葛水平作品典藏
GE SHUIPING ZUOPIN
DIANCANG

小包袱

葛水平 —— 著

XIAO
BAOFU

时代出版传媒股份有限公司
安徽文艺出版社

葛水平

山西省文联主席，山西大学文学院教授，
中宣部文化"四个一批人才"，国务院特殊津贴专家。
著有:长篇小说《裸地》《活水》《和平》；
中短篇小说集《喊山》《过光景》《空山·草马》等；
散文集《走过时间》《河水带走两岸》《繁华的街巷》《我走我在》等；
电视剧剧本《盘龙卧虎高山顶》《平凡的世界》。
中篇小说《喊山》获第四届鲁迅文学奖。

葛水平作品典藏
GE SHUIPING ZUOPIN
DIANCANG

小包袱

葛水平 —— 著

XIAO
BAOFU

时代出版传媒股份有限公司
安徽文艺出版社

图书在版编目（ＣＩＰ）数据

小包袱 / 葛水平著. -- 合肥：安徽文艺出版社，2025.1
（葛水平作品典藏）
ISBN 978-7-5396-8062-0

Ⅰ.①小… Ⅱ.①葛… Ⅲ.①中篇小说－小说集－中国－当代②短篇小说－小说集－中国－当代 Ⅳ.①I247.7

中国国家版本馆CIP数据核字(2024)第077666号

出 版 人：姚 巍
策　　划：朱寒冬　姚　巍　张妍妍　统　筹：张妍妍　宋晓津
责任编辑：柯　谐　张妍妍　　　　装帧设计：王明自　张诚鑫

出版发行：安徽文艺出版社　　www.awpub.com
地　　址：合肥市翡翠路1118号　邮政编码：230071
营 销 部：(0551)63533889
印　　制：安徽新华印刷股份有限公司 (0551)65859551

开本：880×1230　1/32　印张：16.125　字数：320千字
版次：2025年1月第1版
印次：2025年1月第1次印刷
定价：65.00元

（如发现印装质量问题，影响阅读，请与出版社联系调换）

版权所有，侵权必究

自序：乡村，一再被我看得贵重

一

这是一个世俗化和文化化并存的时代，民间的魅力已经远不同于二十世纪七八十年代，那时乡村情怀主要来自写作者个人命运和乡村生活的纠缠。那时的乡村，人们古道热肠，三餐四季激活了人身上潜藏的热爱，人欢马叫，在薪火相传的时间流程里，每一个个体生命都活得生机勃勃。现在，中国人的精神又开始一步一回头地，由城市转向乡村，由现代转向传统。对应着现代化城市不断显影的弊端，对于进入历史记忆的乡村，文化赋予了各种幻影幻觉，现代化乡村被审美化之后，对日益浮躁的现代人并没有起到清凉油和平衡器的作用。

那时，生活中的普通人是一些知足者，他们在生活的细小事情上都用着心劲，我留着他们的记忆。那些奇特的岁月就像是刚刚发生或正在发生，我仍然置身其中。过去，仿佛只是一瞬间。他们还不知道自己入了我的文字，而我因他们的人生早已成就了我此刻的声名。

这大概就是故事和故事里的人吧。

村庄、古庙、戏台、木雕、石雕、贫穷和富贵；古画、刺绣、旧宅、铜器瓷器、书籍和碑帖，一切曾被遗弃的都会告诉我：中国每个时代都有各自的精彩，创造伟大而美好社会的永远都是普通人中对生活提心劲的人。

关于土地的记忆泛化为大地,传统更多地升华为一种精神和感情的彼岸。日出而作,日落而息,想要了解中国农民几千年来的三餐四季,对于写作者来说,只能向童年的记忆回溯,或者,有些情境原本只是存在于诗文或想象中,思想中原有的毕竟还是一种富有诗情画意的期待。这种期待实际上来源于诗文或自己的憧憬、梦幻,是那种想象生造出来的清风明月式的幽雅与闲适情调。如果我们不俯身继续贴近泥土,走入百姓生活,我们就不知道生活在底层的人本来的样貌。

我不知道在这样的状态中会出现什么样的文学作品。

我的写作素材很单一,我只关心那些乡村小人物的故事。对小人物的体悟,比离奇和喧嚣更重要的是,我从他们身上看到了奔日月、奔前程中——活着的力量。

再没有什么比如此深刻的提醒能告诉我记住什么。活着可以把日夕改变,活着本身消耗的却永远是人的精神面貌,似乎只有这样才足够盛载悲喜。没有比自由的疯长更闹心的事情了。日子不易,在四季轮回面前,只有时间才具有总结一切、梳理一切、收割一切的力量。

故乡的人事是我情感地理的图谱,我用文字热爱他们。

二

道路,蕴藏着无限的成长方向和发展可能,远方的城市有文明照耀和财富的积累。一个普通的农人参与社会化大生产的意义,类同于一个国家对全球化世界格局的影响,决定性作用总是艰难的。有多少农人在长满万物的土地上劳作,在释放生命力量的行进中,以创造财富来经天纬地。他们是自由的,自由有可能和获得的财富不沾边,但是,自由又是多么叫人向往!

我在乡村看到了两个字:走失。

这个词在乡下人的日子里虚幻不定,一转眼,阳光可以从屋顶间的缝隙中照射进来,炎热而又潮湿的日子突然就走失成了去年,只有和泥土打交道的人才知道,当你想选择生活时,人已经老了,如同夕阳不想西下。

每一个活着的人都在追赶走失的自己。

我写故乡那些没用人。那些没用人不走正道。

山野之间崖壁上都有可供攀爬的路,日夕相遇,有丰茂的草木。乡下人很性情,实而真,直而诚,长得丰富极了。人和虫草鸟兽,以及四季中的风雨雷电,都是我说话的对象。

我见过母羊和小羊在羊圈里分开的情景。母羊要出山了,小羊,如一个儿童,不知脚下深浅,小羊要留在羊圈。放羊人挥舞着羊鞭,一下两下,母羊开始往羊圈栅栏门方向走。小羊在鞭声中跌跌撞撞,找不到母亲,见任何一只羊从身边走过都认为是自己的亲娘,用羊角顶撞母羊的可爱劲儿让人爱怜。那一瞬间,生活的剧情向前展开。

母羊们在鞭声甩击中走往山腰,长长的羊群,荡起了黄尘。

坐在村庄的空阔地带,听留守在村庄里的人讲一只母羊死去,放羊人把小羊的胞衣涂抹在其他母羊的身体上,血水淋漓,小羊跌跌撞撞寻着娘的味道。

娘的味道,含着前所未有的疼痛,勾勒、构建并呈现村庄之所以为村庄的光亮属性。娘的味道就是故乡啊!

网上说,每天中国的村庄都要消失近百座,村庄里的人呢?城市一直是他们富足的梦想地儿,那么土地呢?大面积的土地开始闲置,人总是在万不得已的情形下才会想到土地。

章太炎曾经感叹中国的国民性流转的多,持守的少。

人的坚守一再动摇,世相多变,性格中固执坚守是不是就是人的福气?

我对所有村庄里的物事充满认知欲,比如我和说书人聊天,和贩卖牲口的人做朋友,只是好奇,常被一种现象感动。我认同他们的手语和行话,一个没有社会背景的人,追求一切的难度很大。在这个貌似很简单的社会中,他们很难把自己复杂地呈现出来。

在底层寻找一种民间语言。民间,那一片海洋我无法表达。

"一个女子坐在坟头朝着你笑,眨眼间你看到海棠开花了。"民间语言鬼气十足。还有戏曲、鼓书、阴阳八卦等等。某次阅读,某个细节,在某些方面以鬼魅的方式呈现,让我的记忆宏阔、深邃、精疲力竭。

三

没有规矩地乱开乱合的民间知识,是我明亮或者幽暗的知识河道。

看那离地二里三里高的地方,晚夕挂着,只有远离尘嚣走入民间,我才能寻找到我的方向。其实,作家的蜿蜒走势皆源于写作者的命运和定力。

生存的风险系数越来越大,人们对从前的怀想与追忆越发显著。

我常听到的一句话是:物质极大地丰富了人们的生活。我们习惯于猜想物质的丰富和生活水平的提高,两者之间的关系。物质丰富了,生活中应该什么都有,这是不是人们的真正需求?似乎又是两码事。

事关个人,关乎个人生活水平和个人归宿。健康已经成为人们的首选,缺失了自然山水和淳朴心灵,物质富有的城市简直是一无所有。因此,乡村,一再被我看得贵重。

那些绝世手艺赠给我一段历史,是那么生动,虽然屈服于生活,却充满人性地在世俗中开花结果。

每个写作者都有自己的生活经验可资使用,不一定是建立在当下的准在场,而是建立在自认为好的"过去"之上,用记忆中的经验寻找故事。对我而言,生命里如果出现一个心仪的朋友,那一定是在乡下,乡下人用"填充"来满足我缺憾的空间,大度地让我"抄袭"他们的人生。每个人都经历着社会变迁,从一套价值观到另一套价值观,社会不是一成不变的。回到从前肯定不可能,但是以一种什么样的形式回归?我选择写乡村,写故乡的好人和"疯子",相比时间,他们是有重量的,人生故事透彻地穿越时间留存下来。

在这套文集即将面世的此刻,我写下这些文字,我感谢故乡的普通人,生活艰苦,但他们是乐生的,他们教会了我热爱。

感谢在我成长的道路上帮助过我的人,感谢上苍给了我写作天赋,感谢文字为我抵抗了自身的毁灭。

2024 年 8 月 6 日

目录

自序:乡村,一再被我看得贵重 / 1

嗥月 / 1

小包袱 / 47

比风来得早 / 93

流水 / 135

成长 / 182

望穿秋水 / 226

德吉梅朵 / 237

狗狗狗 / 289

空地 / 332

连翘 / 369

情归 / 411

甩鞭 / 458

嗥　月

一

公狼在秋天的山谷深处行走,它的眼珠小而黑绿,充满神采。

它居住在这个叫紫团山的峡谷间,原本是一个族群,七匹狼,猎人常出没于此处,母狼在觅食途中遭到伏击,死亡撕咬着活着的公狼。生存环境不断恶化,人类砍伐的欲望唆使黄沙袭击着稀疏的林木,过早到来的一切让狼群看到了生存窘境。

它们已经从干燥的地方退居到了潮湿的洼地,或者人迹罕至的山顶高处。人的脚踪探不到的洼地和高处,就算是夜幕降临,狼也已经不敢轻易进入村庄,因为半山腰上的村庄有猎人居住。

村庄叫哈喽村,村子里的猎人叫王泉,猎人的猎枪从不走火,在狼一跃而起时,铁砂在狼的腹部开出紫色的花。强硬的对抗让它们失去了好多兄弟,狼群开始向恶化的环境投降。复仇,这个念头的不妥协性,就像胃只有消化了食物后才肯停止蠕动一样,不可遏止。

这是一匹不知道厄运已经降临到头上的公狼,它在寻找猎物,还不时抬头向高远的蓝天望去。停下爪子,伸出舌头舔着炕起来的前爪,它从带起的泥土中闻到了母狼的气味,它的目标来了。

一时间忘记了恐惧。恐惧与否对狼是没有意义的,因为它感受到了情欲,来自体内的迫切,它把目光送到最高处的山那边。山那边是另一群狼的领地,那头母狼的味道让它忘记了人世间的"井水不犯河水"。

公狼被情欲粗暴地推了一下,这的确是一件让它很难过的事情,还没有什么东西这么重地推过它。它很不情愿地趴在草地上,它的姿态奇特,默默无语的孤独感、焦虑感,一阵紧一阵地袭来,所有都出自本能,它开始站起来继续走。

天气凉爽,一切都是冰冷的。林木落尽了叶子,山顶在不费多少眼神时就望见了,什么都没有,怪石高出去,有几片云缭绕着。那些突出来的石头,似乎表达着一种极大的自由,它弹跳着攀爬上去。

山腰处挂着冬天的雪,白雪皑皑铺陈在一条进山的路上,积雪上结了冰,冰上有车印子,有马蹄或者牛蹄深陷在雪地里,公狼走在上面,打滑,它站下来望着远处。远山苍茫,近树凄凉。一股风刮过来,冷冽冽的风把那些树梢上的浮雪抬高,狼看到了豁口处挑过来的一角寺庙。它惊吓了一下,腾起跳入黄草丛中。

这时候一个低矮精瘦的老汉拄着一根棍走来,身后牵着一头驴,驴脊上驮着两捆柴火,人和驴走得缓。老汉用粗粝的嗓门吼着歌:"我嗓子天天干得冒烟儿,老天你也该下雨了——"他那嘶哑而悲怆的嗓音令公狼周身战栗,仿佛觉得,虽然这老汉的一大半生命早已被渴念煨煳了,但只要血管里黏稠的血还未凝固,他仍要用一小半去同活着抗争。

公狼想起了猎人王泉,打了个冷战,难以言状的惊惧,它望着远处,走了一下神,随即伸出舌头舔着自己身上缺乏光泽的绒毛。盘旋曲折的山路凸凹不平,人和驴的脚步显得格外颠簸。狼在草丛中蜷伏着,等人和驴走过后,它再一次望着远处,灼灼青山,山岚缥缈,一切人世间原来都是梦幻般的颜色。

天光亮着,晚夕的西天有一抹红霞,风刮走了天上的云彩,透过薄薄的几缕云纱,可看见蓝天上的天脉;晚霞浓的时候像血。

公狼抖动了一下身上的皮毛,它没有恐惧,只有激情。

紫团山的背面是黑虎背,山脊裸露着肋骨,巨石耸立。恐怕没有一种动物像狼一样拥有如此聪慧的面孔。

母狼在一棵白桦树下走动,它的表情是丰富的,眼眶里泛出了一丝温婉,还有羞涩,母狼的嗅觉和听觉变得异常灵敏,尽管林木和山石遮挡了它的视觉,它仍然能轻易捕捉到公狼远足而来的气息。

母狼正处于发情期,在几千米之外,它就已经知道了公狼所走的路线。它行走,在距离寺庙不远的山腰上,它停下了脚步,更远处有一座村庄,那里住着它们共同的敌人。

距离母狼几十米远的地方,一只兔子发出了声响,母狼马上就听到了,可是它并没有行动,它看着更远处的地方,那地方有狼在觅食,有黑虎背狼群的公狼。母狼表现得温顺而沉着,像是什么都没有发现,比如那只兔子。

公狼跑了过去,兔子把那头公狼引往远方。

母狼的心充满了喜悦,它要在晚夕矇眬的黄昏下隐遁自己的行踪。

母狼迅速带着情欲沉入了白桦林。

赴约,对一头母狼来说是一种什么状态?如果危险来临,赴约的母狼该如何抵御突如其来的危险?它的赴约充满了风险,不是面对猎人的。

白桦林的地面上落了一层厚厚的叶子,母狼走过去,它的爪印是隐蔽的,碎屑般的叶片上,它提着心慌,压低心跳去和公狼幽会。

明媚的落日在西天,它抬头望了望,停下不走了,任由风吹着它的皮毛,幸福就要看得见了。感情的反刍让它想起了从前,两匹公狼为争夺母狼发生的战斗。它是一匹战败而逃的公狼。强制遗忘的往事浅浅的,薄薄的,被现实压成了灰,为什么不能口是心非?总有一瞬间,无可预料的风吹来,它会闻见公狼的气息,曾经的就会全部浮现。

继续走,母狼的心跳频率开始紧凑,间接着伴有难过,它努力躲避着什么,它希望天光暗下来,再暗一些,它无法躲避的是,在森林的山岚中,它嗅到一头曾是战败者的公狼散发出来的荷尔蒙气息,这头战败者公狼将成为它的交配者和约会者,如人类的为爱而偷情。

偷情意味着必须走出自己的领地——它是一匹拥有伴侣的母狼，只有走出自己族群的领地，它才能和那匹如约而来的公狼交配，那个领地既不能在那匹公狼的辖区，也不能在自己狼群的界内。

母狼的灵魂和思念全都融入了那匹公狼的荷尔蒙气息中，是的，它的嗅觉是那样灵敏，在寒冷的夕照下，在腐殖的土壤上，母狼的气息和那头公狼就要接近了。干裂的树枝挂走了它的狼毛，母狼再一次闻到了求偶气息，它在接近目标，它不能发出任何声响，即使交配时达到了性爱高潮。

二

山与山的分水岭上有一座庙。庙叫显通寺。寺庙对人类自身精神家园的探求，是自有人类以来与对物质世界的探求并行不悖的，人在物质世界中遇到了麻烦、难题和有所不解的困惑，都要往寺庙里去寻找。

离显通寺最近的村庄是哈喽村，猎人王泉因妻子生了儿子来寺庙里求平安。三岁儿子的手脚没有长指甲，肉嘟嘟的样子让他感觉到了恐慌。他在寺庙大雄宝殿下的蒲团上跪着，一个叫法显的老和尚坐在菩萨前敲着磬，跪在蒲团上的猎人王泉心里不是太平静，只要走入山林，他就能听到猎物活动的声音。

他的心开始不够本分，开始歪了一下头，梗着的脖子越发硬了。

法显和尚唱经，点燃的香缭绕着寒冷的大殿，泥塑的菩萨高高在上。猎人王泉的心思开始随着缭绕的烟气走往幽寂的山谷，他听见一头公狼在奔走，伴随着急促的呼吸。他手里没有拿猎枪，出门时本来要背着猎枪，想着捎带打一只猎物回家，他的母亲翠喜阻挡了他的念想，在大门口夺下枪放回了屋子。翠喜说："求平安就是求心诚，哪有求神拜佛的人手里拿着猎枪？"

每一次获得猎物时，只要路过显通寺，猎人王泉都会走进去给佛烧炷香，没有忏悔，只是一个形式。这也是他母亲翠喜的意思。

猎人王泉的走神被法显看了出来,法显想用经文的诵唱拽回他的心思。法显的声音里出现了颤音,呵出来的经文很长,尽量把诵经声放慢速度,尽量压住猎人王泉的心念。

信仰和理想有时也需要寻根,需要附丽,要有一些具体化的寄托。法显看出了猎人王泉的心神不定,他尽量想把经文念出一种情景,念出泉水流经石壁雄峻的山谷,那是在一个视野开阔间的叮咚作响,法显想让猎人王泉感觉到自己的渺小。

慈祥的佛菩萨给人一种深邃而又奇特的感觉,猎人王泉从来就没有仔细看过,他现在也不想看,他见过没有被塑好前的佛菩萨的样子,就是一坨烂泥。

猎人王泉的心突然战栗了,心差不多蹦到了嗓子眼上。他感觉一只狼在走近另一只狼,猎人发现了猎物,他的神经怎能经受住这样的打击?大好的时光徒然浪费了,手里没有猎枪,失望和绝望压倒了他,他想站起来往出走,哪怕只是去看看。

法显的诵经声更大了,由慢而更慢,进入了他的从前。

法显是在黎明前走入显通寺的,他靠着顽强的毅力走来,日出时他看见了寺庙的琉璃瓦,他看见了松林,洋溢着绿色生命的松林,不但到处是绿色、野花和动物的足迹,而且还有马粪和人的踪迹。他在树林里躺了一整天,他把讨饭的钵挂在树枝上,临时做个标记,就挂着棍拖着腿独自进入了破败的寺庙。寺庙里没有塑像,满目蛛网,他的脉搏开始跳得有力,他循着道路走来时,他的念想里只有一个"路遇",一条道通往寺庙道路,如果路遇他便停下来。

寺庙里到处是狼的粪便,他对狼没有多少好感,偷食家禽,非常讨人嫌。但它们上蹿下跳,机灵敏捷,一味吸纳天地灵气的样子还是很有趣的。法显的到来逼退了寺庙里寄宿的动物,动物们在此之前因为狼群的骚扰就已经陆陆续续离开了。

对狼来说,人是这个世界上最可怕的动物,永远地执迷不悟。法显的潜意识中总以为这世界上无论何物何事总有个对错,而知道这对错是非的,则永远是我佛。于是,永远有些惶恐,生怕什么时间会犯下错误,就连蚂蚁也不舍得去踩。

野生动物走远或者退居,一段时间里很是令他内疚。

荒芜的寺庙非常清净,古旧的砖木结构,散发着离万丈红尘十分遥远的距离。法显坐在庙院的柏树下,已是夕阳西下的时光,蛋黄般的日头,稠稠地透过柏树的叶子,流泻在条石地面上,慢慢地向屋的深处、暗处延伸着,好像在延伸着快流逝尽的金色的光影,延伸着最后的非常华丽、非常奢侈的暖意。

法显双手合在胸前,深吸着袅袅冉冉、沁面而来的若有若无的缕缕花香。那时,他决定化缘造像,在他身后的大雄宝殿内,不能没有内容。

猎人王泉是看见过匠人和泥造像的,他提着被他灭了命的猎物,看见那些人用铁丝绑着佛的骨架,院子里和着麦壳的泥就那样随便摊着。他不相信就这么个肚子里面无货的泥胎像就能唬住人,他甚至脱了鞋踩进泥里去和泥,泥和得越稠越劲道,这意味着佛身上有他搅拌的力气在里面。

佛在台基上一点一点生成,匠人摸着佛的身体、脸颊、下巴,嘴里含着两粒儿黑琉璃,那是佛的眼珠子。那琉璃珠子在匠人的牙齿间,轻轻地被啃啮着。匠人和猎人王泉的对话使整个大殿里充满了光柱的叠合。

猎人王泉说:"泥胎里没有骨头也能叫佛?"

匠人说:"佛不用看相,佛相无骨。"

佛坐着,匠人站着。

佛坐在橘红色的光影里,那种倏忽被映亮的光芒,有一些叫法显沉醉,他依恋佛,他不能离开了。只要离开,他就只能成为外面世界成规与定律的一分子,他注定要被吞噬掉虔敬,注定要被污染,如眼前看佛造像的猎人。

匠人把嘴里的琉璃塞进了佛的眼眶,佛有了目光,目光中便有了投射的力度和纯度。法显开始沐手焚香顶礼膜拜,法显的目光和佛的目光相接,汇聚起来后形成了福泽。

匠人和猎人王泉龇着嘴笑,他们无法想象佛的无所不能。佛在遥不可及处引诱他们,佛的目光在悄然中增值。

法显站在他们面前合掌深深一鞠躬。匠人掏出纸烟点燃,一根烟的工夫,匠人突然觉得整个空间生出了一种情绪,怎么也排解不开,他提着地上的蒲团走出庙门站到了阳光下。

法显的诵经声长长的,把经诵成一种闲情。猎人王泉在后悔中跪着,他不知道来寺庙里做什么,他后悔的是没有带上猎枪。

三

在这条曲折的乡路上,公狼看见过无数的人虔诚地前来求佛。巨大的山影和四下丛生的林木隐藏了它的身体,它不可能由寺庙通往村庄的路上去偷食村里的鸡了。

公狼继续攀爬,它心里此时正复苏着对一朵花的激情,有点佛的意思了。

公狼的笑绽开来,在心里,它脸上的表情永远都不丰富。

它突然发现了目标,它要偷情的对象就在它目所能及处站立着,它疯狂地奔过去,命中目标,母狼发出尖叫,母狼忘记了危险。

公狼在母狼的身体里挽了一个疙瘩,这是一场高贵的野合,没有多余的调情,比号啕大哭来得震撼,一切都预示着临近高潮的门槛,在旷野,在黄昏的庇护下,公狼的器官加倍发达。

如同世间万物不可替代一样,身上没有任何器官可以代替当下的勃起。扑腾撞跌中,只有喘息的份儿了,如此专注,不浪费多余的力气。

母狼神经的触须伸得长长的,它灵活地碰触着那个敏感点,它的快乐隐匿于体内,它需要被感知,美妙的状态,重度冲击的兴奋感逐渐让它丧失了防备。

更远处,一头公狼飞奔而来。它被母狼的呻吟瞬间击中,它无法遏制它的情绪,它不讲教养,神赐的功能不容侵犯,没有任何良方,它需要撕咬,需要闻见血腥味。它非常暴怒,它甚至鄙夷那头被它低估了智商的公狼,它的奔跑没有停歇。

目标越来越近了,连风都做小伏低起来,谨慎而行,生怕被粗粗的喘息声一口吃掉。

狼的偷情,绝不是草狗撩骚,既热情奔放,又不失天地孕生之韵,被温情的潮水、被月光引着,它们翻滚着,呻吟着,它们认为所有犯下的错误都是因为月光的介入,都可以被赦免和原谅。

这也是人类被视为富庶的快乐,可以忘记山林间败落的朴实,被抚慰的饥渴的目光构成了幻想和虚相,弥漫在想象的空间里。

动物的血性没有对峙,那头奔跑而来的公狼一跃而上。交媾的狼开始逃生,野合的快感让它们无法分开。三匹狼开始翻涌升腾,撕咬着,追逐着,寒光泄出,几个腾跳撕咬,野合在一起的狼终于分开。

翻越山谷而来的公狼开始逃生,它似乎已经体验了它的幸福,它慌乱的逃生没有力气,它在母狼身体上用尽了它的激情。

后来的公狼猛烈的攻势让它伤痕累累。

战败的公狼在夜色中逃出对方的领地,它看见了寺庙,风铃在风中悦耳,它想停留在寺庙的墙角下稍息片刻。被咬断的后腿流着血,它觉得它要跌入冥府了,软弱无力,它舔着自己的血,想用血来增强体力。

它突然听到了人的脚步声,一连串的脚步声让它毛骨悚然,别无选择,它必须站起来逃命。

在冬夜的寒风中,狼走得很慢,尽量让自己悄无声息。然而,让它吃惊不小的事情是他遇见了人,不是法显和尚,是猎人王泉。

它听见猎人嘿嘿一笑。

夜色中,笑声比哭声可怖,这嘿嘿一连串,公狼想伸长脖子呼唤同伴,它还没有发出叫声时,棍棒劈头而下。

猎人王泉第一次感受到了不用猎枪的快感。

寺庙挑角上的风铃忘情地响着,风不断头地刮过,风铃中没有悲伤。

猎人王泉掮起那头公狼,他觉得今夜在佛前跪拜后有了现世报。

他的目光变得快乐而高挑,他突然明白了人们为什么要在佛前默念自己的所求,他想着一头猎物时,佛很轻易就叫他遇见了。

这是生活决定的,在过去,生活就如此神秘地向他述说着,能不能听懂完全是靠自己的造化,现在和将来,生活是继续的,佛在人走过的身后适时提醒了。

猎人王泉在空阔的寺庙外俯身跪下,点了三支纸烟插在用手拢起的土堆上,然后搓了把脸重重磕了仨头。

四

哈喽村是一个影子的世界,因为天上的月明。

猎人王泉掮着狼,山风呼呼吹着,是一个月圆之夜,他母亲伫立在大门洞处等他回家。

寒冷的门洞,他母亲翠喜和屋子里的儿媳改珍搭话。

改珍说:"是不是狼吃了他了,现在还不回来。"

翠喜说:"这是月圆夜啊,你少胡说。"

改珍说:"就怕他心走野了,法显师父箍不住他的心,他不是安心烧香磕头的人。"

翠喜说:"该快了。你搂着娃快睡。娃睡得香?"

改珍说:"睡得香。"

月明穿过云层像开刃的镰刀缓缓露出来,一开始在山顶背面,吐出山顶时将大地的黑幕一下就划开了。

翠喜走出院子往山脊上瞭望,看见云彩吐出了月明,她嘟囔了一句:"月升了。"

猎人王泉走进村子,路遇一群夜间捉迷藏的娃娃,他们看见了猎人王泉背上拖下来的长尾巴。很快,他家的破院里就布满了人,那匹狼就被扔在院中央。一些娃娃拽着大人的手小心走近想摸一下那匹狼,有大人就唬一下他们,吓得娃娃们一蹦三尺远跳开。猎人王泉端着海碗,碗里放着咸菜,筷子上穿着三个杂面蒸馍。他不急于下口,所有人都想打听他徒手打狼的故事。他笑着,对于猎人,打死一头狼,那是稀松平常的事情呢。

猎人王泉一直觉得村子里的人天赋有限。

他坐在东墙根下,月明逼视着他,他像说书人一样在寂静中酝酿着神秘。猎人王泉想在哈喽村的人心里施点妖术,他不想口出狂言,如果莽撞地说出狼的故事,就没有嘴上的"拍案惊奇"了。他将嘴里的烟蒂吐出老远,目的是瞄准那头公狼,他是骨骼坚硬的固执己见者,他开始编排他的故事,他列举狼的动作和凶残,他叙述的样子十分动人,没有人和他抵抗争辩。狼是村庄里的天敌,狼死在了王泉肩上,那是猎人的荣耀。

村子里的打小一起耍大的人秃蛋儿很奇怪,没有猎枪赤手打狼,王泉居然没有一丝划伤。猎人王泉也不抵抗争辩,只说是入了寺庙烧了香。人在情景之中犹如入了戏剧,有那么一瞬,谎言在他的眼窝里闪现了一下,他用笑掩饰住了。放大了月明下人们的想象,一种挑战的神态,那匹狼,他的对手,你们看看它已经被冻僵了。

一些人用轻松的语气调侃他,逗引这夜色开始激动。无法说清楚的真相挑逗着所有人的情绪,还有显通寺,映着月明的想象,显得特别高大。村子里的人看见了狼,并记住了月明下关于求佛所得的故事。

显通寺再一次添加了真实性威望。

夜深时,村民开始离开,猎人王泉始终坐在东墙根下,最后一颗烟头吐到狼身体上时,他觉得该起身了。月明映照着他,他的身影射在墙上时显得特别高大,走空人的院子里,他突然觉得像经历了一个季节,很累。

翠喜隔着窗户说:"睡吧,你下了死功夫了,一匹狼,那该有多大能耐,想想都后怕。"

猎人王泉不想离开这个院子,当下的情景中他是越想越入戏,他忘记了傍晚的真实,他将另外一个自己回到屋里,那个看不起他的婆娘,他要告诉她,徒手打狼的人就是你的汉子,历史上除了武松之外。

改珍装睡,新生儿在她的肘窝下出气均匀,一股奶香味儿,猎人王泉俯身看着他们,很多情景都是充满诱惑的。

他娶这个女人是不容易的一件事情。猎人的头衔对所有女人来说是一个噩梦,他出了比别人多出一倍的彩礼娶她回来,他身上缺少现实的智慧和幽默,岁月中物质的贫乏让整个生活充满了凄凉的气味。他结婚五年后才有了这个儿子,村庄里的人说不是他的儿子,这些都无关紧要,只要姓王,落生在王家,他就应该有很深的责任感。一个满脸平静的儿子,身体松懒而且泛着奶香味儿的女人,火台上干着尿布,占满了炕的娘俩,居然没有他伸脚的位置。

改珍闻见了血腥味儿,无端打了个喷嚏,身体抽搐了一下,翻转了一下身子。猎人王泉想趁着动静抬脚上炕,他在掀开被角的刹那,女人睁开眼说:"去对面炕上去。"

猎人王泉说:"一张狼皮是一年的收成,都是给你赚的哩,你总得让我沾沾你的身子吧?"

改珍说:"等你卖了狼皮。"

徒手打狼,一下子就又憔悴又疲惫了。

五

母狼闻到了寺庙外飘散过来的血腥味儿,它和痛苦劈面相逢,分明听见了绝望,落叶般,一坡高过一坡。

母狼的心里留下了伤口。一匹狼的命就该如此挥霍吗？公狼不可能轻易死去,它的死亡一定与那个猎人有关。母狼身上的抓痕已经结痂,它在寒风中舔着伤口,整个身子横在一根枯木上,它甚至感觉到一种不予言说的孕育。月明下,被什么力量拽住了,奋力挣扎,在按捺不住的激奋中站起身驻足远方。满月的光辉无比接近动物性,那哀乐参半的远方啊,它的牵挂被拉长拉细,终于扯断在月明下的落叶上,母狼流下了两滴清泪。

呼啸声瞬间倾倒于地,与视觉上凛冽的光亮相融,母狼箭一样射出了自己。天上群星明亮,有一些走夜路的小生灵倏忽间逃往暗处。母狼的一双明眸发出绿光,它看到群山巍峨河流蜿蜒,活在往生路上的母狼伫立山头,它看见了寺庙,看见了村庄。

树枝被扯断的干脆声一再落下,穿行在通往村庄的路上,村庄的邈远之气,迅速迎来,久违了。

母狼嗅着血腥味儿,聚集于记忆鼻腔的还有公狼的腥膻味儿,稍微一念,便是难以割舍的惊骇之情。

村庄里有狗叫了一声,接着像捻子被点燃似的,几条狗同时叫了起来。

村庄里的人已经不相信狗叫了。猎人掮回公狼时,村庄里的狗叫就已经是此起彼伏。

母狼无视狗叫,它厌恶那种过分夸张的叫声,近乎病态的讨好的叫声对它来说是没有利害冲突的。它在一所门壁斑驳、破旧的屋门前停下来,血腥味到此加重了。

母狼的爪子迟疑不前,就在短暂即逝的踌躇不前里,一种特有的奶香的味道扑面而来。它的心柔软了一下,几欲沉坠的月明下,偏执的情绪开始缓慢溶解。

那匹公狼的尸体就在当院扔着,没有了欢快,没有了弹跳。千万喜悦汇集而来时,它突然黯然神伤。暗处有狗,不想停留,转身,母狼离开。走过狭窄的巷子时,它闻到了猪的气味,很难过,没有停留。走过羊圈时,它闻到了羊的味道,总有一种味道压在它们上面。母狼面壁礼让着走过去,头顶是苍天,分明有孕育的快感,那股子奶香再一次袭来。

顽劣的对抗性、弊端性,逼真得如同夜风袭来,风在村庄上空,鸟在树上,猪在圈里,鸡在鸡窝,不去骚扰,它弹跳了一下前爪高跳着埋入了夜色中。

狼来过了。

村庄里的人猜测狼来过了。

睡在暖炕上的人们听见了狼的嗥叫,一种不祥的嗥叫,让村庄里的人每一寸皮肤、每一个毛孔,都隐蔽地、蓓蕾般地生出了恐惧。

猎人王泉一早上推开门时,他想到了昨夜来的一定是那匹母狼。紧着很自然地看了一眼墙上挂着的猎枪,他喜欢和猎物搏击的氛围,或者说,他是一个不想下土地劳作的人。

母狼走进村庄,不安宁就来了,不知道谁家丢失了家禽。

猎人王泉背着猎枪在哈喽村前后走了一圈,他发现没有丢失任何家禽。这是一件奇怪的事情,在愤怒的情绪中母狼报复成性的灾难为什么停止了?他表情干燥地回到院子里,他要剥下狼皮,完整的狼皮卖钱,狼肉用来补婆娘的身子。西医说,儿子不长指甲是母亲吃肉少缺钙。

院子里再一次塞满了人,日头当空照着,稀奇和期待的眼神都摊晾在那里,空气里散发着一团浊气,狗叫声被压得很低、沉闷,寒冷的风中,有小孩子的鼻尖上居然有细密的汗珠渗出。狼皮被剥下来时,所有人闻到了一股涩酸的味道,无法驱逐的稀罕将猎人王泉围住,他要人把院子里的灶火加柴点燃,铁锅里加进了水和调料,大块的狼肉煮进锅中。猛火烧开,火焰顶着的一锅带骨狼肉蹿出来一股香气。紧接着慢火开始炖,炖到下午,哈喽村子里的队长贾政气挤了进来。

这年月,谁都不舍得吃自己的家禽,一年不见肉味的贫苦日子,有肉吃相当于过年了。何况狼肉是大补。

贾政气掀开锅,拿一根筷子在厚实的肉块上戳一下,一下子戳下了一块带皮肉,拿一把铁勺子舀半勺子油放碗里,端起来香一香鼻子烧一烧嘴,靠在门口,呼出一团白气又狠命吸进去,一大块肉一会就不见了。他手抓起骨头,再啃,嘴咧着,牙龇着,有本事的能人攒下来的张扬劲儿惹得院子里的人口水往下掉。等汤稠了,贾政气也不管旁的人,叫人端来锅舀了就走。烧火的秃蛋儿看锅里落下的不多几块肉,有些凄惶地看向王泉。

走到门口时,贾政气立下看着狼皮说:"这张狼皮熟好了留给我,有一位老领导腿不好,我看它正好做一对护膝。"

猎人王泉说:"一张狼皮差不多是我半年的收成呢。做一对护膝用了整张狼皮,有些可惜了。"

贾政气说:"我是护着你呢,上边早就让收走猎枪,你都徒手打狼了,要猎枪还有什么用处?你还想对抗我,猎枪一律归公,一个平头百姓拿着猎枪你想做啥?"

接着就进来几个基干民兵,二话不说收走了枪。

猎人王泉不能对答。

改珍站在门前,怀里的孩子已经开始学着说话了,没有指甲的手含在嘴里。大人孩子都过来逗一下,拿起肉蛋子小手看一下,然后和旁边的人交换一下眼神。改珍对这个动作充满了仇恨。大夫说让她多吃肉,吃肉补钙,娃吃了有肉的奶就会长指甲。一锅狼肉都要喂了昧良心的哈喽村人了,这些心怀嘲笑的人。她的泪开始由内心走往鼻腔,调转了一下身子,改珍回了屋。翠喜跟了进去。

抱过孩子的翠喜任由孩子的小手抚弄她微合的眼睛、嘴唇和轻扇的鼻翼、安静的耳垂。她享受小手的玩闹,温软酥麻的感觉,这是她王家的后人,心里涨得满满的爱,唯有骂娘才可以化解。

"小祖宗啊,小狗蛋呀,小不待见的东西呀,心头肉哦,叫那些笑话咱的人死在五黄六月,狼吃了他,血泊泊也舔干净了。"

怀里的娃不懂装懂笑了起来。

有村干部在,翠喜压住了自己的情绪,人虽然是刚烈的,也被那些烂舌根的人触到了痛处,明知道家有缺陷的娃娃总归是人前的一个短处,她还是假装心里无事抱着娃再一次走出家门。儿子徒手打狼似乎也没有改变当下的命运,一直就这样叫人家吃,指望着给啥好处呢,哪知,给一碗是恩,给一斗是仇。老祖宗早就总结下了,跟了一句正常话,猎枪也叫收走了。

六

堆积的雪彻底地解除了对大地的封锁,树林变绿了,草钻出了土层,在沉寂的森林里,山涧有了流水的声响。没有了猎人,山林里的小动物开始活跃,新长出的野草给它们带来了生机。

狼群在森林中开始追逐一只野猪,它们的族群需要快速繁衍,怀孕的母狼成了狼群最有威信的头领和被保护对象。公狼在疆域边界做下标记,它告诉附近的狼群,在标志的这边有一头已经怀孕的母狼。母狼不再出去觅食,它懒洋洋卧在泛青的草地上,有时候会望着林木缝隙处发呆,它不再对公狼的荷尔蒙气息感兴趣,它的身体里孕育着新的生命,对死去的公狼,似乎思念已经成为过去。

四个月后母狼生下了一窝四只狼崽。母狼需要补充大量的食物,燥热的天气、潮湿的雨水,在曲折的路途的尽头,那个村庄不再成为诱惑。狼群把最好的美味带给母狼,狼崽发出如同骨头碎裂般清脆却并不明亮的叫声。一些飞虫陪伴着它们,飞翔的声音累积成一片嗡嗡声,像一个怪兽正在低低地呼吸。母狼舒展成一个最放肆的姿势,脑袋顺势滑向一个更为舒适的方向,它让它的奶穗儿完整地暴露在空气中,小狼崽闻着奶香探过脑袋,它们的喉管里传出吞咽声。

吃饱肚子后，小狼崽在草地上打斗，母狼盯着它们，一旦走出它的视野范围之内，母狼就会起身叼回它们来。总会有其他声音，在远离山洼的地方，或者高处出现，那声音隐隐约约，一再重复，是和尚法显的诵经声。

五月初五，显通寺庙会，通往寺庙的道路上人流如潮。成群的人站着说话，声情并茂的人们，表情都很积极，往日少见面或者见面顾不上拉话的人似乎有说不完的话。抢着烧早晨第一炷香的人，走出寺庙后比后来者脸上多出了几分满足的笑容。人人都迎着朝霞龇着嘴说话，脸上挂着红晕，幸福的事情似乎就在脸前头等着呢。进入显通寺的所有人都是怀揣目的而来，然后带着幸福而去。

烧香磕头打卦问平安的人挤挤攘攘。

猎人王泉挤在人群中，眼角的余光滑过那些熟悉和不熟悉的人脸，他的耳朵里总能灌进一些高谈阔论。他顾不上停留，已经来晚了，没有赶上第一炷香，第一炷香性对于他的儿子和他的母亲翠喜、妻子改珍都是很重要的。拥挤着终于跪在了佛像前，屁股撅得高高的，俯下身子，心不宁眼睛也乱晃，有什么东西在簌簌作响，眼睛寻着，看到了佛座下有一只母鸡卧着，佛像下的孔隙处做了鸡的窝，他还看见了一颗蛋。

法显和尚面无表情敲着磬，一声又一声，五颜六色的瓜果，五颜六色的花朵。

磕罢头，猎人王泉站起时走近法显附耳轻声说："师父哎，菩萨像佛座下有一个鸡窝，母鸡还在里面下了一颗蛋。"

法显重重地念了一句："阿弥陀佛！"

猎人王泉走出寺庙，他现在不是一个淡定自信的人了，以往听人说，显通寺最神奇的事是县上领导下来拜佛，法显和尚就会从菩萨像下取出一颗鸡蛋送对方，并告诉对方这是菩萨的赐予。仿佛变戏法似的，佛座下好像有取不完的鸡蛋，县上还为显通寺拨好多款。现在他明白了，佛座下是母鸡下蛋的鸡窝，不是菩萨能下蛋，看来世上传播广的迷信事背后都要靠人动手动脚呢。

真是叫他兴奋,一个秘密叫猎人王泉发现了。他走到院子里往极远处瞭望,似在看着别处,一些和他打招呼的人他并没有看清楚是谁,自顾笑着。他突然觉得他的眼神退化了,那些在他心里永久扎根的东西开始松动,他努力寻找他内心里的破绽和答案,虽一时没有找到,但是,也让他明白了许多,生活永远都是在制造神话。

他走到寺庙的墙根下驻足往远处看,风掠过,然后有云,这个季节的美丽有如过眼云烟,滚涌而来,又悄然消失,他心中生动而绚烂的春夏之交,与流动的季节并无多大关系,与寺庙流动的人群也没有多大关联。

那个真正的骚动在他内心积蓄着,挠痒着,他看到寺庙前的青山时,他的目光磕磕碰碰滑过人群,开始显得惶恐不安。

穿过混合着人体汗味的院子,他就那么很容易地攀爬上了山顶。

黑虎背,山势连绵群峰插天,快乐的鸟鸣跌落起伏在深谷,弥漫一色的峰顶,只露出几处青白的石头。猎人王泉的耳朵突然开始变得灵敏,大树浓荫的覆盖下,有窸窸窣窣的声音传过来,他迅速跑过去。热闹的事情总爱扎堆而来,四只狼崽子,那贼绿的眼睛刺激得他想哭。凝视的时间不到两分钟,猎人王泉迅速脱下上衣包裹起四只狼崽子,它们的牙齿还不够尖锐,但是,藏在背后的敌视已经开始逼人了。

王泉似乎又找回了猎人的感觉。他生来就应该是一个猎人,不喜欢农事,他一直觉得他的敌人不是人,是兽。快活来得真实也很直接,灼灼的眼神许久没有看见了,生活使他从现实的舞台上消退,但难让他在日常的底色中完全隐去。他很依恋那种在山巅上飞奔而去的感觉,他的追逐是有力量的了。

哈喽村的街道上几只瘦狗在地上寻寻觅觅,四面透风的村庄,那些狗像闻到了什么,狂躁地冲着进村的路口叫。光棍秃蛋儿端着比头还大的碗,碗上横担着一条酱萝卜,呼噜呼噜喝着面糊糊。他稀罕,狗为什么会冲着王泉叫？先是一只，后是一群。东西南北各有一个大巷子的哈喽村，因为通透所以非常不聚声，这下子满村人都听见了狗叫。

猎人王泉看着街道上的人说："我逮着了狼崽子。谁要？当狗娃养。"然后响亮地咳嗽了一声。

狗后面跟了一群小孩子。

人们不相信那是狼。

进了院子大门，挡住狗让小孩子进来，关上门时，狼出溜儿滑在了地上。狗在大门外叫得越发响亮了。

翠喜站在屋门口说："哪里逮下的狗娃？"

猎人王泉说："你看看像狗娃？"

翠喜说："不是狗娃能是狐狸？"

猎人王泉说："你就不想想是不是狼？"

改珍抱着娃走到当院说："这东西有兽性。你弄它是惹祸呢，快送走。"

猎人王泉说："养着，炖肉给娃补身子。"

改珍说："瞅你那本事，拿啥养？"

只要是给娃做的事情都是应该做的事情，当下里都不再说话。

王泉用绳子拴住四只狼崽，它们在院子里奔跑时有些跌跌撞撞。狗在大门外叫着，一直叫着。

翠喜搬一把凳子坐在房檐下，眼瞪瞪地望着激情四溢老大不小的儿子，她想知道王泉赶着早烧了第一炷香没有。

翠喜问："可赶上上头香？"

王泉答："不就是去上头香的啊？"

翠喜说："上了头香还顾得上绕远进山，在哪里遇见的？"

王泉说："紫团山脊上黑虎背。欢蹦乱跳的，母狼找食去了。小时候我跟着你去采过蘑菇。"

翠喜喊："改珍，你快看，和狗娃一样样的，只是比狗娃脸长。"

改珍怀窝里的娃挣扎着要下去,娃落在地上时腰际搭了长围巾,改珍拽着,娃跟跄着走向狼崽。狼崽龇开嘴吓唬娃,改珍拾起一根柴给娃,娃站着横着一根柴吓唬狼崽,狼崽不躲避,任由娃吓唬。拥进院子里的人看着,笑说和狗不一样,天性是山牲口。

王泉冲着娃说:"打它,看它还龇人。"

娃跟跄着,嘴里喊着:"打,打,打它。"

狼崽被麻绳撕扯在一起原地打转转。四周看稀罕的村民没心没肺地笑。

七

母狼觅食回到山脊上时发现丢失了狼崽。它不知道往哪里去寻找,只觉得胸口被一团慌堵满了,其难受是可以想见的。它在山脊上来回走动,想把内心的慌松动出一个空隙,忽隐忽现地疼,当它的头冲向山下的寺庙时,远处路上站着的,坐着的,蹲着的,看似无序的人群缓慢地从寺庙方向拥出,仿佛得到了一次神秘的承诺。

母狼开始往寺庙方向走,佛经由高音喇叭处传出,或高或低,母狼突然产生了一种厌倦情绪,忽而又生出了一份焦渴般的向往,它觉得那些人群中一定有人带走了它的狼崽。

走近显通寺的树林中,喧嚣是那样清晰了,它停下脚步,突然觉得狼崽不是穿越寺庙的,嗅觉告诉它,带走它们的人已经不在寺庙前了。母狼感到了失望甚至说是畏惧。母狼迅疾调转身跑向了山头,它的视觉越过了显通寺庙停在了一片树丛中,那里有炊烟升起。日头将初夏的山林涂抹得五彩斑斓,纵横的河汊沟渠闪耀着暧昧的暖色,红兮兮的光照在母狼脸上,母狼开始绕着山脊前往村庄。

母狼蜷伏在一块坡地上,它的视线内有低矮的瓦屋顶,有狗叫声,村庄里的气息飘过来,有人的味道混合在里面。母狼开始等待黄昏。

有一盏电灯亮了,母狼凄楚地望了一眼,然后合上眼,它需要休息一下。不知道谁家大人在呼唤自己家的孩子,声音惊醒了母狼,它站起来,发现已经看不见自己的影子了,所有能够看见的都开始朦胧,母狼大着胆子走往村庄。

母狼此时是一条土狗。

它在黄昏降临的暗中穿街而过,遇见一条真正的狗,那条狗突然绝尘而去。一些人蹲在街道上,暗影中人脸糊成一团白,端着海碗吸溜晚食的吸食声划过母狼的耳鼓。有一条狗大着胆子追过来,似乎带着一种凶恶和聊尽职责的感情在狂吠,母狼丝毫没有慌张,走得缓慢踏实,它嗅着空气中畜生的味道,尽量让自己的眼睛蒙眬着。

母狼看到一个女人提着一桶猪食走往猪圈,猪圈里的猪钻在窝里不出来。女人觉得奇怪了,猪在该吃食时不出窝?女人跳进圈里赶猪,边赶边喊叫:"辣辣辣,吃啦!辣辣辣,吃啦!"

"日怪了,日怪了,放着食不吃,怕啥呢瑟缩着,毛直了二寸长,狼又没有来。出,出,吃去吃去。"

一个老人怔怔地坐在街旁的条石上,望着东山头上一点即将升起来的月明,他木木的身影,木木地沉浸在那越来越亮的红光里。细微的风吹过,因为坐得太久,他就勾了一下头,轻轻地摇晃着,他突然看见了像扫把一样的尾巴从他脸前刷过。喧腾的风停留在街道两旁,倏忽之间,那刷过的一团灰白惊吓得他走了一下神,来不及多想,就看到东山上眉似的一弯月出来了。这时的天空,被无边的森冷的青灰笼罩着,天地之间是忧愁的村庄,山头上有淡淡的白气,他听见狗叫声和以往不一样,尾韵很长。

母狼停留在了猎人王泉的大门外,院子里的狼崽开始兴奋地狂吠,开始往大门口的方向跌跌撞撞奔跑,猎人王泉取过一根粗壮的木棍挑起被拴在一起的狼崽扔在了堂房的廊檐下,被摔疼了的狼崽尖叫着挤成一团,瞬间又开始往大门口跌跌撞撞走。猎人王泉突然意识到了什么,抄起一柄锄头打开了大门,有一股青白之气闪电般滑过去,锄头照着那团气扔过去,只有锄头跌落的声音,什么响声都没有。

翠喜走出屋门看着王泉的样子惊讶地问:"你这是照着什么扔呢,好好的锄头。"

王泉捡起锄头说:"吓唬畜生。"

翠喜说:"黑灯瞎火吓唬憨子呢。吃饭。你弄的这些个东西,填了几张嘴,人吃都不够,这东西是和人争口粮来了哇。"

王泉说:"都是钱,比养猪来钱。"

改珍站在廊檐下。凌乱的廊檐下放着一些废弃的农具,还有一些去冬的黄豆荚、高粱秆子,一些玉米扎成把,一揪一揪密密麻麻地挂在墙上。月明儿沿着墙根照出一圈白,狼崽子缩成一团,娃手里拿着一块馒头伸缩间扔给狼,改珍迅速打了娃的手一下。

娃咧开嘴大哭。

改珍说:"大人都舍不得吃,你手快扔给狼。王泉,你今夜就把它们弄走,你不弄走,我就走。"

翠喜扭了一下身子进了屋。

王泉说:"我能叫狼它娘喂它们。信不?我这就弄走。"

改珍咧了一下嘴说:"你是狼转世,你有那本事?呸!"

一口唾沫迎风扬成碎沫四散飞起。

母狼闪电而去时,奔往一个梁垭子上,这里一溜塌落的老坟,已经成为鼠穴狐窟,一群老鼠在孤坟上对着一棵老槐树仰着脖子望,槐树上扯下来许多丝,每一条丝上都挂着一只虫子,青绿色的虫子,月光照着丝线发出银光。一只乌鸦苍凉地叫了一声,在一阵扑沓声中归于沉静。老鼠迅疾闪进了鼠洞,一阵轻风,母狼长嗥一声。

暗中藏着的动静突然骚动了,东奔西窜,那些小动物的脆弱神经像被无形魔咒套牢住了,骚动后瞬间各自把身体蜷缩起来。这些看不见自己的茫然生命,怀着逃离的窃喜。一列绵延的山峦,围绕着月明四周玻璃色的天空,和那些隐隐埋埋的云朵。母狼就伫立在这样的背景下。它望着哈喽村,那些闪烁的灯影,它的影子清晰地拖拽在身后。

孤独的影子,承接不到一丝抚慰。长出一口气,气息里含着腥咸的血腥味,它的声音里添加了一些旷远的回响,黏稠的怨恨像徘徊的风一样反复,眼睛里有两行泪掉下来,被脸颊的毛胶住了,无法流动,湿成两道痕。

八

猎人王泉用五条铁链子牵着狼崽子走在村街上,街道上空无一人。

一些年轻人在某一处屋子里玩扑克,吵闹声不时传出来,多半是打对家的人指责对方出牌出错了,说出的话结着拳头大的愤怒,几团子愤怒合在一起挤出夜色,直击王泉耳鼓。突然他就不想走太远了,得承认他的心情是亢奋的,希望村庄里的人都看到他的举措。精神文化极度贫乏的村庄,扼制所有年轻人的喘息,尤其可以吞掉整个世界的黑暗,他希望不断生出是非,是非就是人世间最美妙的高兴呢。

王泉的脑子被一些生出的奇思妙想活泛,念头蹿出太多有些乏累了,停下脚步,猛地意识到他身后长着一棵槐树,槐叶在黑暗中像处子的头发,月明凛冽的清光在这空旷的村野中显得格外明亮,四周明晃晃的,如蒙了一层霜。小狼崽开始兴奋了,欢实得东跑西颠,但是始终在猎人王泉控制范围中,跑远时被铁链牵回来。有零星的狗吠,显得软弱无力,像是被什么东西捂着了嘴。王泉觉得有影子在远处注视着自己,他想和暗处的影子说,来吧,来扯开怀奶你的狼崽子来呀,我要牵住你,要你养大它们,而它们一来二来地长大将成就哈喽村一个神话人物——猎人王泉。

猎人王泉为自己的想象兴奋,甚至觉得自己在哈喽村不再是一个无枝可栖的小鸟。他把铁链一一用铁丝拧在槐树下的旁枝上,对等的距离中——用脚步丈量它们之间的距离,想象那匹蜷伏在黑暗中的母狼,那是直接的,也极容易被点燃的仇恨,他喜欢和仇恨较量,就像一场玩上瘾的游戏。

暗处的等待,可看清楚了,你那陡峭的面颊,诡异的神态永远算计不过猎人。猎人王泉挥动了一下粗壮的胳膊,犹如一根粗硕的血管,由他勃勃跳动的心脏而发力,憋足气直着脖子发出:啊哦——

几只小狼崽惊得伸长了脑袋。和那些吓得缩回脖子的动物比较,王泉喜欢这些伸长脖子迎接恐惧的狼崽。

村路虚白,像一道筋脉蜿蜒在村庄暗影下,猎人王泉踩在上面,整个人轻飘而欢喜。没有比他更懂得母狼了,那双贼绿的眼睛此时盯着他,盯着渐渐没入黑暗中的背影。

母狼的智商仿佛一个孩子,并非从知识的角度,而是从感性上对这个世界有了最初的认识:黑一定是消失在黑夜中。

然后,没有犹豫,母狼箭一样从坡地上射下来,按捺不住自己的激情,走近狼崽子时它迫不及待地躺下,母狼的奶穗子被狼崽扯疼了,它用舌头舔着它们,它们莽撞而又急迫地揪扯着,对于一天近乎没有进食的狼崽,母狼的奶穗子是饱满的欲望。

不远处从黑中折返的猎人王泉看到了这一幕,可惜他手里没有猎枪。和他预期的一样,母狼喂饱狼崽时起身叼着它们要走,当叼不走狼崽时,母狼离开在远处看着,它想不明白,突然掉头长嗥一声,这是猎人王泉平生听到过狼嚎中最绝望的一声。声音拖着母狼走往山上。

王泉在街道暗处的墙根下撒了一泡尿,不知道为什么突然就尿紧了,他很诧异,一脸狡黠的笑,多么希望哈喽村的人都看到这一幕。睡如小死,入睡的村庄也死了。

天亮前的哈喽村没有风,万物都是一个剪影,小鸟飞在枝头上,小鸟让树枝开始活动。天是蔚蓝蔚蓝的,日头出来时,树把影子轻轻覆在泥地上。

第一个走在泥地上的是哈喽村的宝福老汉,他牵着猪去往山下的公社卖猪。走到老槐树下他看到了铁链拴着的四只狼崽,猪站着死活不动,打急了干脆用屁股朝向狼崽。宝福用劲牵着,打着,猪就是不走。这么小的东西就吓唬住了猪的脚步。宝福笑着举着棍子敲狼崽的头,敲疼了它们居然不躲避,表情狰狞着发出一种"嗞嗞"的声音,猪一听这声音就开始嚎,想挣脱绳子跑,宝福咧着嘴和猪说:

"怕啥,扭头看看,世界上一切反动派都是纸老虎!"

宝福一下来了兴致,他的观众是猪,他要猪明白,牛气不是拿性格耍哩,是手中的武器。哪里示威敲哪里。宝福总也敲不住狼的嘴,因为猪的挣扎。宝福越发来劲了,我打我打我打,打着打着就不是打狼了,是打王泉,所有的怨气最终不能撒在畜生身上,撒在人身上才是正理。

遥远处有人看见了这一幕,笑着喊:"宝福,你哪头儿值当,大清早耍神经。"

一句话喊醒了宝福,用了力气反过来打猪。

猪哼哼着绕了一大圈快速走过去。宝福第一次见猪也会小跑步,踮起脚尖,和小脚老太似的跑起来跌跌撞撞。一根绳子拽着宝福,他也快速小跑步,能用着身子往后扯着猪。卖猪最怕的就是猪跑,跑急了容易拉稀,杀斤秤。

宝福喊着:"祖宗哎,不急忙,不急忙。"

一群麻雀飞落在狼崽子周围,觅食时一跳一跳,像是女娃们踢毽子。宝福后仰着身子看,猪突然返转了回来,绳子一松,宝福不防备闪在了地上。宝福一边骂一边带起一屁股尘土,骂骂咧咧前倾着身子继续拽了猪走。

宝福走过去后,来了一条土狗。

狗扯着身子叫了一声。四只狼崽排排坐着看狗,丝毫没有畏惧。狗退了一下,又伸长脖子叫了一声,狗反复进退地叫着,叫得没有劲道了就四下抬高脑袋坏坏地叫,似乎是寻找伙伴,又似乎就是没有劲道地叫。村街上走来了狗,三三两两盯着前方走,边走边冲着什么叫一声,狗们集体走到老槐树下时,反倒不叫了。狗们围成半圈看,看着看着就有一条狗起身走近试图伸出蹄子逗闹一下那些个狼崽。

起先看着的狗们先是迷茫了一阵子,然后有狗就冷不丁叫一下。狼崽一脸无奈,好像面对街道上吹来的是一股风沙。狼崽开始放松自己玩耍,狗们遛弯似的走左边叫一下,走右边又叫一下,不知道接下来该做啥。

出工的男女村民们扛着锄头,看着狼和狗的状态也都停下了脚步看稀罕。有人把嘴里吃着的一块窝窝头扔过去,狼崽也不抢,也不闻,倒是狗们跃跃欲试,却也不敢走近。

村民们觉得猎人王泉一定喂狼吃啥了,不然一天不见它们饿。

王泉也装样子扛着锄头走过来。日头出来了,村庄亮丽了许多,大片的绿树打破了村庄里的单调。猎人王泉就着日头的光开始讲昨晚的故事,或者说是讲他排练的一台戏,讲到高潮处,他的兴趣突然就唤醒了村庄人的兴趣,村庄里的人一旦被猎人王泉的描绘吸引,一下子就变得热情和迫切了。

女人们首先开始清醒地发现日头照暖了脸颊,地是一家人最大的财富,闲置了地也不能闲置了男人,地里的庄稼等着下种呢,汉子们可好,闲听王泉说瞎话。女人开始吆喝着汉们走,叽叽喳喳大喊大叫声,在磨钝了的男人们身上找不到一丁点儿效果。

新一拨客人又来了,是一群闲磨牙的老年人。老年人一进入这个群体时,下地干活的人就觉得没有意思停留了。

下地去,走走,下地去,日头短得弯不下几次腰就晌午了。

猎人王泉和新一拨客人开始拉话,不断重复的话题中总要加进去一些突发而出的灵感。

昨晚在村街上坐着发呆的老人突然说:"我恍惚看到狼拖着尾巴从村街上闪过。"

"狼难道不怕人了?二十年可是没有见过的事情哇。"

"你说是狼来了？"

"狼来了。"

老年人齐刷刷的眼光盯着王泉看。

"狼不怕人时,狼就要准备吃人了。"

王泉热情洋溢的脸突然冻住了。

那些老年人的眼神并不比狼的眼神善良。

王泉迅速扫视了一圈,他用猎人的敏锐看着人们,此时多么不喜欢这些人用这样的眼神盯着他看,他装出满心欢喜的样子来,脸上抽搐着出现一个笑容,那笑容无端在腮帮上结成了两个疙瘩。

王泉说:"红日头当头照,我要下地呀。"

"你哪是种地的材料,你就是一个操蛋货。"

这句话如从天而下的一盆冷水:村子里的人从来就没有看起他。

老人们把目光聚在槐树下的狼崽身上,他们想打死它们,举着拐棍的人打下去,狼崽子突然龇开了嘴,老年人往后退了一下差点儿跌落在地上。怎么这么一个小东西就这么知道吓唬人呢?

有人说:"叫狼来吃了王泉吧。"

"走走,指不定母狼就在远处看着呢。"

老人们一下子坠入了梦境,慌不择路走开,走路姿势都发生了改变,气也喘得急。心里都憋着一股气,神色慌慌,开始想小时候荒年里吃人的狼。狼假扮小孩哭,大人一分神,狼就闪电一样叼着人走了。这一说,各自心头就揪起了一个大疙瘩,堵在心口处,对狼崽子骤然淡漠了热情,各自裹着日头的光照往街道深处的巷子走,分手时居然互相不打一声招呼。

九

连续几日,母狼在夜晚都飞奔下山喂养狼崽,离开时和狼崽拉开距离,看着月影下的点点光斑,那光斑经由老槐树的枝干过滤,折射在狼崽身上,让场景变得婉约、迷离。

母狼不舍得离去,再一次走近狼崽,它似乎明白了它已经不可能叼走它们,看着它们脖子上的铁链子,母狼思忖半天,在明灭之间,铁链子似乎又消失了,母狼用影子挡住铁链子,当它躲开时,铁链子又出现了。母狼反复跳跃着,躲避着,有有无无,似乎这样可以打开泥土上的门扉。

月明的天空倏忽就阴沉下来,一团黑云先是凝聚在山头上,黑墨如手掌大的一团,越凝越大,渐渐铺漫过来。很快,头顶上的天空就被一件被面大的灰衣覆盖了。乌云初起的地方,已感觉到了雨丝落下来,一根挨一根,狼崽们开始挤闹着想走近母狼,看不见铁链子的母狼叼着一只狼崽想走,铁链子拽得狼崽嗥叫了一声。

老槐树上夜宿的鸟被惊得扑棱着翅膀飞起落下来,惊惧而强烈的恐惧再一次悚住了偷看的人群。谁家的狗叫了一声,捻子似的点燃了村庄里所有的狗。

一路学着狗叫的娃娃们奔拥而来,人学狗的叫声和狗的叫声此起彼伏,母狼悄无声息地没入了雨中。

大人们急急从村口上招呼孩子们回家,要孩子们不要走近王泉,不要走近狼崽,他们是哈喽村的毒药。

看着一群人走远,王泉从黑暗中走出,走近狼崽跟前,解开一条铁链子,被母狼拽死的狼崽软塌在地上。王泉有点可怜它,毕竟是被母狼拽死了,他疑惑地提起狼崽,感觉是僵硬的,知道已经死了。他提着狼崽回到院子里,趁着热乎劲儿剥下了狼皮。屁股大一块狼皮正好暖腰,他提着狼肉,太嫩的肉村里人是不吃的。

把狼肉扔往小队猪圈。他这念头是一时间冒出,世界上允许狼吃家畜,也该允许家畜吃狼。

闻着血腥味道的狗跟着王泉走,许久没有见到王泉手提猎物了。雨停,街道上起了风,风离人很近,就在街道那个磨坊的山墙处,风从那里生出。

黑漆漆的夜,王泉的手电筒射出去老远,他冲着天空射,光柱在天空很快就化了,光柱在地上起作用,能照到跟着他的狗们。一只狗冲着起风处叫了两声,风沿着街道拐弯抹角处溜来,在低洼的地方发出声音,在王泉走到小队猪圈跟前时,风已经成了势力。和风配合紧密的是王泉的衣裤,鼓胀着,他像个陀螺似的,一层细麻麻的黄土打在他的脸上。

　　风让王泉感觉到了不安,可也说不清楚是为什么,头发干蓬着,里面似藏着一大团蚂蚁。他突然不想把狼肉扔进猪圈了,顺手扔给了狗。狗们在王泉转身离开时呼一下围在了一起开始抢食。狗们的撕裂声传来,村庄里的狗好久都没有吃过生肉了,假如是白天,王泉就想知道猪吃不吃狼肉,他一直认为猪是吃素的。

　　王泉照着手电筒回到院子里,他想把狼皮架起来拉平整,遍寻院子,什么都没有,他是清楚记得狼皮就扔在堂屋前的廊基上的。

　　在他离开的时间中母狼来过院子,叼走了狼皮。

　　王泉很恼火,点了一根纸烟坐在廊基上吸。和猎物斗,他看见它们出现时就喜欢,它们身体上有一种东西在吸引他,没有对话的吸引、冒险和暴力,却有令人摸不着头脑的迷惑,被狼迷惑。

　　接下来王泉想做一件事,什么事还没想好,结果是肯定的,他要生擒母狼。

　　想出结果后,王泉就无法瞌睡了,在这种外部氛围的刺激中,他轻轻推开大门走出去。黑,真是一种美妙的时光,让一个人脑洞大开。他走往一大片低矮的松树林,松树只有一人多高,长着好多枝杈,而枝杈平平地弯着长,似乎被什么力量压着。他折断那些弯着的松树枝,一弯套一弯拖拽着往村口的老槐树下走,松树枝刷着路面嚓嚓响。

　　天空突然又晴朗了,雨来得急走得也急,王泉是从狼崽子的眼睛中发现天空晴朗了,它们的眼睛发着绿光,只有月亮的光照才可以让它们的眼睛发出绿光。

王泉望了一眼天空,天空中出来了明月。

槐树仿佛一只大鸟,从头顶那一整块铁黑中剥落下来,迷迷蒙蒙的,并不断有雨滴从树叶上被摇下来,纷纷扬扬地细碎,感觉黑暗中所有的东西都有声音。王泉的心理发生了微妙的变化,他觉得自己是哈喽村最聪明的人,那些闷头闷脑的人,只知道在土里刨食,日子过得不声不响,年成好也不见丰收。人怎么能把日子过得没有任何声音呢?王泉把松树枝盖在铁链上,似乎还有些不够,他踮起脚尖拽着老槐的低枝,折断放在铁链上,这样看上去,地上什么都没有。来吧,母狼,我要把你折腾得筋疲力尽,在你没有一丝力气时生擒你,我猎人王泉天生就是一个猎人,猎人一辈子都应该和猎物斗争。

王泉布置好一切后开始自觉退后,他本来想着就这样守候着,想到明天一早地里的生活,他很不情愿走往回家的路上。

十

夜静的时候湿气很重,一股潮湿被带进屋子里。改珍靠炕墙睡着的身子很快四仰八叉铺满了炕,这是一个很性感的信号,很诱惑。王泉想和改珍亲热,他咧开嘴靠着炕很下流地看着改珍,忍不住伸进被窝用手乱抓摸,先是大腿,大腿抖擞了一下,甩脱了他的手。他不甘心,手开始乱动,像伸进了河水里,河道是明亮流动的,他摸到了一丛水草,在狂喜和渴望的双重折磨下,他眩晕的情感犹如鸟群,在黑暗的河道里拍打着翅膀翻飞。

改珍翻了一下身子裹紧被子,王泉的手被折疼了,缩回来居然无处放,吊在炕前。他想说话,却是有欲望说不出口。许久了,炕上日子叫他冷灰灰的,改珍不说话,用肢体语言拒绝了他。王泉依旧任性地站在炕前,他此时就想进入改珍的身体,就想。他看不见改珍睁眼,在她的脸上,在她的目光里他好像从来就没有读出过愿意。

猎人王泉后退了几步,仔细揣摩接下来的办法。为什么就制服不了这个女人呢？她那连眼皮都不抬一下的趾高气扬的神态是给我看的。你命好就不会嫁到这样的村庄,嫁到这样的村庄和我这样出色的猎人,就得认命。

哈喽村有限的耕地都在云雾笼罩着的山腰,山高石多,耕种和收获都十分困难,好女不往山上嫁,坚硬的土地刨食困难,强壮的躯体劳动一天,能够让它缓解的就只有女人的身体。猎人王泉无法缓解。他眼眶里充盈着泪水,凝视着黑暗,他可以读懂狼的心思,却读不懂女人的心思。他突然想起来收音机里唱的一首歌:一生只有两天,一天用来出生,一天用来死亡。出生的那一天便是离开人世的那一天,还有什么可等待的？王泉走近炕毫不犹疑拽开被子,一团白晃了他一下,他闷头不吭爬上炕,他要骑在这一团白上脱掉他身上的披挂,在女人面前展示自己的力气是活着非常重要的一件事情。

来不及展示,那一团白忽地一下坐起来,迅疾把他推到了炕下。

猎人王泉像一个孤独的艺术家,完成了一件他自己才懂的作品。他被愤怒击中,此时他需要愤怒得更猛烈些。

"骂啊,骂啊骂啊！"

改珍翻一眼王泉说:"你妈可是还活着呢。"

"人家有本事的一马双跨,我半条腿都摸不着你。和我妈没有半毛钱关系。"

改珍说:"哪有一个正经人天天和畜生打交道？琢磨狼去！"

"你就是现成的狼。"

"走！"

"不走。"

"你走不走？"

"我就是不走。这是我的家。你是我的媳妇。"

"走。"

"不走就是不走。我和你筷子一垛一般齐,晚上睡觉就该肚脐对肚脐。"

王泉梗着脖子,改珍想要泼骂人。

眼看硝烟要起了,门外翠喜说话了。

"做啥呢?半夜三更想做啥呢?"

改珍说:"窗外的是说谁呢?"

翠喜说:"能说谁?王泉你就省省心行不,大半夜就不怕风把声音捎给别人。"

屋里屋外一时无语,夜收拢住了所有声音。王泉狗一样窝在炕边,斜着眼睛打量炕上的改珍,一团棉被捂着娘俩,都说是老婆娃儿热炕头,他的炕头凉瓦瓦的。人要是不改变自己的命运,就这样一日复一日过下去,要等到啥子时候。王泉有点儿坚持不住愤怒了,又不敢发作,这时候只能躲开。

推开门走到村庄街道上,王泉想不来去敲谁的门,靠着土墙想哭,一时想起了光棍秃蛋儿,一起玩大的两个穷苦人有话唠。

秃蛋儿是孤儿,住的是小队公家房,一间用来自己住,一间用来堆草料,还有两间是敞着的厦屋,养着队里的牛和马。队里还养了一头驴,槽前,队里的马咬驴,没有办法拴在一个槽上,驴就和秃蛋儿一起住。秃蛋儿喜欢牲口,觉得那是庄稼人的命,庄稼人的神。下地当劳力舍得出力,地里才长粮食;死了,又献出了身子,叫人宰割。忠啊,义啊,都比人强。它一生吃的是素食,干的是重活,效的是对人的忠义。

喂牲口,割草,孤独一人,过了婚姻的节节,秃蛋儿就当了光棍。

一起耍大的,真是妙趣无穷的童年哦,现在想起来都如挂在山坡上的流瀑。王泉走到秃蛋儿土屋门前敲门,哪里用敲,原本就没有上门闩。推开门走进去,一头驴在地当央站着,秃蛋儿蹲在地上寻找什么。

王泉问:"秃蛋儿,你在寻什么?"

秃蛋儿不抬头一个人独耍。

王泉蹲下去看,看见地上是一个放屁虫。秃蛋儿不停按压它的脊梁,让它表演放屁的本领,直到它屁尽声止。

臭烘烘的秃蛋儿抬头笑,扯着脸上的老皮儿,灯影下笑容还是童年的样子。

从前村庄里的人最恨的就是老鹰。鹰飞得高还眼睛贼,白天总是在村庄上空盘旋,一圈又一圈。一天傍晚他和秃蛋儿在河岸上耍水,听见哈喽村翠喜喊:"王泉哎,王泉哎,老鹰来呃。"

他们跑回村庄,看见翠喜在院子里护着一群鸡。翠喜叫王泉去找回带着小鸡仔觅食的老母鸡。只见母鸡带着小鸡跌跌撞撞走回来。老鹰在上空很冷静地盘旋着,此时,听见全村人一齐出动,有的在自家院子里,有在街道上,他们一起拍掌跺脚,高声大喊。老鹰在高空,喊叫和脆厉的响声吊在村庄的半空,声音阻挡了它,它居然有办法让自己停在空中。

只见它温顺地俯瞰人们,好像在表达着某种心情,冷不防又开始盘旋,它不想离开,离开意味着妥协。老鹰从来都不妥协。

王泉觉得手掌拍麻了,想进屋里取锅盖儿敲,翠喜一下发现了他的小心思,追着进屋,害怕他失手把锅盖敲烂了。就这一个极小的空当,那只老鹰当着那么多人的面,一个猛子直扑下来,巨大的翅膀扇得地上飞沙走石,地上走动的鸡们支开翅膀停滞不动,母鸡在它的利爪下发出揪心的惊叫。

翠喜急忙拽着王泉走出屋,站在屋门前的王泉亲眼见着母鸡的鸡毛从空中悠悠落了下来。他的母亲翠喜瘫坐在门槛上,鸡屁眼是居家过日子的银行。银行被打劫了,翠喜破着嗓子叫了几声,两只手忽而照着王泉打上来。

她认为都是王泉的过,王泉的脸立时就像被风雨蚀掉了原色,铁锈着,难言的苦楚,他暗暗下了决心。

王泉开始梦想长大后做一个猎人。

32

十一

秃蛋儿觉得只有光棍的日子与众不同,它是自由的。他嘲笑王泉的日子是戴着紧箍。王泉认为秃蛋儿只是一张黑白照片的底板。两人互相嘲弄,睡意就跑得没有了踪影。两人决定去往村口上看狼有没有行动。

黑色的夜幕下,王泉看秃蛋儿,头发侧分,五官棱角分明,浓眉小眼,一副叫人产生亲切好感的模样,这样一个人却没有女人嫁他。山高处那抹山峦的印迹忽而就模糊掉了秃蛋儿,一种难过一下就抵达了王泉的神经中枢,这一刻,他明白了人长大真是不好,不知道什么命运要强加给自己,胆战心惊的,不能够抡开臂膀活人。

王泉说:"秃蛋儿,我们离开哈喽村吧,住在这里,一辈子活着没有劲道。"

秃蛋儿说:"你本事大得能叫母狼奶狼崽,才说好啦,来看西洋景不是吗?你绕弯子绕到离开村子,我是不离开村子,出了山没有人叫我喂牲口。"

路过当街一处院子,是寡妇红艳的屋。两人蹑手蹑脚走近了院边上,突然听见屋子里有动静,听了半天是队长贾政气睡在她炕上。院墙是树木扎的横栅栏,两人比画着小声点,想拆开栅栏走近窗户听听动静。栅栏绑得结实,两扇栅栏门上还上了锁,力气用大了就会弄出响儿。黑暗中急迫的心有些让两人忘形,想着被贾政气收走的猎枪,心口一团火腾腾地往出蹿。正犹豫要不要加点胆子,听见一声细长的叫炕声撕破窗户扯了出来。

一丝一缕的叫声把两个人的毛孔都吹开了,扑过来的声音一下抵达了秃蛋儿天灵盖,他以为自己死了,他确实感觉到自己头顶有一丝灵光掠过,照亮了很多他没有感觉过的东西,包括记忆,包括骨头,骨头也被那一丝一缕穿过。

秃蛋儿一下就站定不动了。

这声音活泼如画,秃蛋儿没有兜住自己,比屋子里的人抢了先。

王泉看见秃蛋儿眼神翻着白,想哭,却是一脸喜相。他是理解秃蛋儿的,只是没有看见秃蛋儿此时满眼都是热泪。真是不能细计较这事,人家就可以随便串门,他和秃蛋儿想这事儿,想也不管用,村子里来来往往的人,没一个人是跟他和秃蛋儿有瓜葛的。活人总要摆点故事,讲点道理吧?为啥总是那些人在摆故事,讲道理呢!

"咔嚓"一声,秃蛋儿一脚把那院子的木栅栏跺断了。迅疾,两个人幽灵般地出现在了红艳的窗户下。

屋子里人喊:"什么人闹事?"是贾政气的声音。

人家居然没有羞耻,敢发声儿。

秃蛋儿胆子放了一点,没有顾忌自己的声音跟着说:

"撵狼呢。"

屋里听出是秃蛋儿的声音。"秃蛋儿,滚一边去,你还会撵狼!"

两个人拖着套鞋悻悻地离开了红艳的院子。

走到没人的地方旧话重提。王泉说:"我们一起离开哈喽村,不能一辈子就知道和疙瘩打交道。"

"能的你。我算过卦,一辈子就土里刨食的命。"秃蛋儿说。

"进城去当小工,肯定比种地强,你说种地有啥好处?去年秋天,都说是年成好,一年风调雨顺,庄稼长势弄出丰收的样子来,哪知道,收罢秋,连阴雨下了一个月,眼睁睁,秋粮食烂在屋子里。"

"不想这事。我难过的不是秋粮食烂在屋里,就怕我有一天自己烂在了屋里,跟前没有一个人在。"秃蛋儿说。

"在哈喽村贾政气的手心我们翻不了身。在他眼里我们就是没用人,专供他使用。"

"都说显通寺灵验,我没有去打过卦问过事情。熬一黑,不睡了,等天亮入寺问卦去。"

王泉发现槐树下的松枝不见了。

王泉知道母狼叼走了那些松枝,为什么叼走那些松枝他想不出来。但是可以肯定,母狼一定知道了他的心思。看到三只狼崽子盯着他们,似乎还有点想和他们亲近的意思。

秃蛋儿说:"你看,就是狗娃子嘛。"

王泉说:"只有我知道它们身上没有狗性。"

王泉丢下秃蛋儿,借着月明往山包上走,不一会儿从山坡上拖下松枝。他把松枝再一次覆盖在狼崽子的四周,这是一件没有多大意义的活计。

秃蛋儿说:"你弄这做啥?"

王泉说:"用尽母狼的体力。"

秃蛋儿觉得王泉蛮有意思的。

松枝围着狼崽子散放着,他们像两个无所事事的小孩,没有想象力,似乎有关生活本质的内容,就应该是这样子的,就需要无目的地浪费体力。

之后,两个人躲在暗夜中,等着要发生的事情出现。很凉,山风吹走了他们的无尽遐想,一开始的兴奋渐渐消耗掉了,眼皮子打架,秃蛋儿决定回去睡觉。两个人踢踢踏踏笼着袖往回走。

秃蛋儿觉得有个东西扫了他的裤脚一下:"谁家的狗扫着我裤腿走过了?"

王泉拽住秃蛋儿,照过去手电筒,黑蒙蒙的远处什么都没有。但是,他知道狼又进村了。一定不能让人知道狼又进村了。

王泉拍了一下秃蛋儿的屁股说:"起风了。风把你的眼睛闪了一下,啥都没有,你照见屁了。"

秃蛋儿笑:"难道我放了屁砸了脚后跟?"说完,自顾又笑了两声,夹着裤裆直溜溜往前走了。

夜让两个汉子没有多少趣味,似乎又熬不到天亮,只能回炕上眯个小觉。

王泉睡不着。等着秃蛋儿的呼噜声打得山响时,他借着天光走出屋门。一路小跑到村口的槐树下,一排绿眼睛冒着光直盯过来。风声下的喘气声,狼崽咬着那铁链子,发出牙痒的尖厉声,它们想断开铁链子,它们的行动似乎是母狼教会的,尖厉的牙咬声已经成了习惯。王泉知道祸根起了,他开始不安。

母狼发现了走来的猎人王泉,人的味道,有些咸涩。双方对峙,王泉紧张得皮肤开始麻悚悚。王泉手里无任何武器,五米之外的地方,没有躲避。

村庄里的狗不叫,屏住呼吸也抵挡不住内心的恐惧。母狼的对峙是坚定的,此时,不能躲避,在猎物面前躲避就是接近死亡。猎人王泉下蹲做出马步状,张开嘴用大出平常几倍的声音干吼:"啊噢——啊噢——"

母狼没有回应。

风把他的声音带出去时撕扯得如风口上的干菜丝,干瘪而没有水分。彼此内心都很不宁,却没有解脱不宁的良方。他要生擒母狼的时候来得太早了,准备不足,身上没有任何家什。母狼竖起了身上的毛,摆出腾跃的姿势,准备随时扑来,用那锋利的牙齿一口咬断猎人王泉的喉咙。狼崽不再啃咬铁链子,做出与它们母亲相同的姿势,毫无疑问,它们是要把猎人王泉当作训练捕食的目标。一切仿佛都在这个时候静止下来,连空气也凝固了,让人窒息得难受。猎人王泉感觉到手心开始出汗,甚至能够清晰地听见在他胸口里不断擂动着的狂烈而急速的鼓点声。

母狼迅速地朝后面退了几步,前腿趴下,身体弯成弓状。这是母狼在进攻前的最后一个姿势。

母狼长嚎一声,突地腾空而起,向猎人王泉直扑过来。猎人王泉本能地往后退了一下,抡圆臂膀,他想一拳砸下去,铜头铁背麻秆腰,一拳砸在腰上狼就起不来了。没想到狡猾的母狼却是虚晃一招,它安全地落在离猎人王泉两米远的地方,在落地的一瞬间它快速地朝后退了几米,又做出再次进攻的姿势。就在猎人王泉收回拳头准备再一次迎接的间隙,母狼突然飞腾而出,扑向猎人王泉。猎人王泉一个趔趄跌坐在地。母狼撕下了猎人王泉半条袖子。母狼嘴里喷出的热热的腥味已经钻进了猎人王泉的颈窝。

狼崽们模仿母狼开始弹跳,铁链子勒痛了它们的脖子,撕裂的嚎叫声一下子惊醒了母狼。

起风了,凛冽的寒风将四周的树木吹得沙沙直响,月亮也躲进云层里,空气凝聚得使人害怕!母狼扭过头看了猎人王泉一眼,然后轻轻地离开他,先前还高耸着的狼毛也慢慢地软了下去,那闪着绿光的眼眸居然闪过一丝只有从寺庙里出来的人眼光中才有的祥和。母狼扑向狼崽,对着它们又闻又舔。母狼没有再次进攻,它和狼崽站在原地久久地看着猎人王泉,它转身,很快就消失在幽暗的山林中。

十二

猎人王泉光着一边膀子站在秃蛋儿门前时,耳朵什么都听不见了,只听见屋子里的驴扑嗒嗒往出排泄驴粪蛋子。他明白了失去对手时的寂寞,对于一个优秀的猎物来说,他不够称职。

它还会来,这是一场战争,斗智斗勇,比他想象的要残暴。他要给哈喽村制造出混乱来,只有人世间的混乱与嘈杂才能唤醒四平八稳的人心。

秃蛋儿抬头看着他,不知道发生了什么事情,半条光着的臂膀上有抓痕,有血印子,袖子不见了。猎人王泉呵呵笑了两声,那笑里透出无限蛮力。

"改珍又撕扯你了是不?"

"找件烂衣裳来,起了,入庙问卦去。"

秃蛋儿扔给他一件烂衣裳,衣裳真烂。两个人一起往寺庙走,路过槐树下,松枝裹着那几只狼崽睡得香。村子里的狗们闻见人声时三三两两小碎步跑来:"狗娘养的。"秃蛋儿听得茫然,闲时两个人用这样的语气骂人,骂村子里的各色人等。狗们不管,自顾骚情。

山路上一只公狗无端交媾一只母狗,狗很随便就能捡了便宜。一天到晚见不到腥味儿的秃蛋儿,动不动自个儿跟自个儿较劲,发脾气,心弱命不强,常对着小队的牲口一顿好骂,面对泼天而下的骂,牲口很是无辜。

秃蛋儿捡起路边一根柴,不说二话,上前照着公狗打下去。

猎人王泉始终没有关心这件事情。和心情配合紧密的是发灰的天空,东边日头出处,好像肿胀的青脓包,日头就藏在里边。当他意识到秃蛋儿在做什么时,他突然觉得这不是一个好兆头。一切又似乎都很正常,他要秃蛋儿停下手中的行为,所有的一切对接下来的问佛打卦都不是好的开端。

显通寺大佛殿极朴实地横卧在前方,天色填满了瓦楞瓦沟,模糊了屋脊上的飞禽走兽。偶尔有风铃声从檐角跌落下来,便很快就在晨光中挥发干净了,显通寺更加空阔悠远。走上殿门口的七级台阶,两个活物的心情就开始紧张了,不能自控地紧张。空着的院落,空着的大雄宝殿,里面是极其灰暗的光线,眼睛好一阵子才能适应。泥胎的佛座在高处,安详而不易察觉的微笑投向人间。红蜡烛亮着,有一些塑料花和塑料水果,看上去和真的一样。秃蛋儿平生第一次走进佛殿,他走近,又退远,向左,向右,佛的笑始终如一。佛为什么笑呢?

猎人王泉跪下去寻找菩萨座下的鸡窝,什么都没有,干干净净了。奇怪奇怪真奇怪。

秃蛋儿和菩萨说:"你笑我什么呢?"

秃蛋儿看见菩萨的一根脚指头已出现了空洞,露出草茎,但是目光一与他微启的双眼相遇,心头还是为之一震。

秃蛋儿和菩萨说:"你吓唬我,绵里藏针吓唬我。"

猎人王泉笑他们。

秃蛋儿和菩萨说:"一副脸,你为什么要给受苦受难的穷苦人一副脸?"

猎人王泉想,凡是一副脸示人的都很怕,也许都值得敬。于是,他双手合十在菩萨前说:"尽管知道你是泥塑木胎,我还是想着你或许能够知觉我心中想要的东西。"

他想要改珍对他的好。

秃蛋儿想要的东西只有性别,没有名字。

这些,菩萨都给不了。

他们俩其实都明白。

一条光柱透过窗棂移到了菩萨的额头上,慢慢溢开,从眉棱而眼睑,一时万千金星攒射。光柱晃到猎人王泉的头发上,他本能地躲闪,他看到无边无涯的鲜红,为金光照彻的鲜红,通明的,眩惑的,不能挡开的,有一股森冷的潜流震颤而来,穿心而过。他没有俘获到敌手,却被敌手俘获了,自以为聪明的他,突然产生了一种不祥的预感。

王泉吓了一跳,他把手脚规矩放在一起,也让秃蛋儿把手脚规矩放在一起。他不知道菩萨叫什么名字,菩萨就是菩萨的职务。上了香,搓去手心的汗泥,手掌举过头,头顶上有天灵盖,翠喜常说,灵魂从那里出去梦游。匍匐下去,腰伸得长长的,他突然从胳膊肘下闻到了母狼的气味,他觉得这一定是菩萨的暗示。

秃蛋儿歪过脸笑他。这个不舍得下力气的穷苦人居然也笑他。他是一个猎人,高于普通人,可是普通人看不起他,秃蛋儿的笑里也不完全是嘲笑,还掺杂了对他的稀罕。猎人王泉要秃蛋儿默念他想求的事情。秃蛋儿觉得声音小了菩萨不一定能够听见,声音往上扬才能入了菩萨的耳朵。于是,就大声说:"你显个灵让我看见你,我就信你。我命苦,你就告诉我,我凭啥就是一个命苦人?"

一只麻雀,短促地翻飞,落在寺庙的窗棂上,歪着脑袋,也静静地不动,黑豆的眼仁分明在动。阳光把麻雀的影子射在菩萨的手指上,麻雀动了,手指也动了。秃蛋儿吓得立马匍匐下去,嘴里念念有词。最后,额头触地重重磕了仨头,也算是把心表了。菩萨并没有告诉秃蛋儿为啥是一个命苦人,但是,秃蛋儿认为菩萨是显灵了。

走出佛殿,由殿堂的前后连通处的门洞穿过,他们看到法显和尚在种一小片菜地。更远处坐着三五个女人,随意说着家常,看她们熟悉的神态和语气,她们一定连带着亲戚。猎人王泉就想和秃蛋儿打赌,赌亲戚关系,输了给秃蛋儿一张狼崽皮,赢了秃蛋儿的牲口给王泉种地当一年劳力。

谁去问话呢?

王泉要秃蛋儿前去问话,解解他日思夜想女人的心焦。

秃蛋儿一边清嗓子一边走近对方:"你们这一家人大清早就进庙烧香啊?"

那边有人回答:"嗯哪,问佛求平安呢。"

王泉说:"我赢了。"

秃蛋儿觉得猎人赢得太容易了,不公平,想再赌。

王泉不理他,走近法显和尚,要过他手里的镢头,几下子就把地刨好了。

王泉问法显和尚:"菩萨座下的鸡窝咋不见了呢?"

法显说:"阿弥陀佛,狼超度它们去往了极乐世界。"

王泉说:"我还有事问师父。"

法显弯腰捡拾地里的小石头:"护住心口上的一盏灯,让巴掌大的光,尽量亮得长些,灯头儿是你的命。"

又有几个女人走进来,她们神色暗淡,对佛的求助总和难以排解的苦痛有关。秃蛋儿还想打赌。

王泉说:"咱是来显通寺问卦,打赌定卦,再赌就不灵验了。"

秃蛋儿一脸不解。并没有问佛打卦呢。王泉告诉秃蛋儿,在寺庙里赌输赢就是问佛打卦,赢了就是上上签。

秃蛋儿一点都不快乐,这么神圣的事,难道输了就是下下签?

显通寺对面山上被绿铺满了,高处的那个坪上,母狼的洞就在那里。猎人王泉瞭望了很久,却不由自主地向山上走去,秃蛋儿跟了他走,以为走完一程望不见的路就不走了,但是王泉好像停不下来。继续向前走,听到了风声,听到了风吹得路两边的树叶哗啦哗啦响,有一只鸟在树叶里叫,王泉回了一下头,那只鸟飞走了。王泉坐在了山腰子上,秃蛋儿也坐下,山下的哈喽村和显通寺庙都看得清楚。

秃蛋儿说:"你走过时生灵都害怕你。"

王泉说:"有猎枪时少有生灵能够活着逃生。"

秃蛋儿说:"真好,活人的好就是能看见世上的花花世界。"

似乎刚才的不快已经忘记了。

王泉说:"生来是人,总得活人啊。"

秃蛋儿还有点不好意思地说:"就是,谁叫咱活成了人。"

王泉见对方不好意思,就跟了话说:"你欠下我一年的代耕,打赌输了就得兑现。不过,年底我给你买一件夹克。"

两个人互相看着,都蓬头垢面的,要在这世上长年累月厮磨一生呢,都不敢往下想,就一起傻笑。

王泉说:"等种罢地我们就一起离开,这样活着没啥意思。假如有朝一日老死了,恐怕我们生病躺倒的主要原因不是得了重病,而是怕那些掩鼻而过的熟人。钱是喜上眉梢的大事,钱能叫鬼推磨。"

秃蛋儿问:"你下这功夫,一张狼皮卖多少钱?"

猎人王泉说:"涨价了,一张狼皮 90 块。"

秃蛋儿很兴奋:"半年的粮食地,行啊,怪不得你一夜一夜不睡消耗狼的体力。"

王泉突然很难过:"我老婆改珍不让我上炕睡。我的好体力都被狼消耗了。"

秃蛋儿拍拍王泉的肩膀说："想不到,世上有比我还难活的人。"

钱自古就坏人良心,世上活人都是耍钱来了,没钱耍,人就和你生分。放眼望山下,山峦起伏,如波浪翻滚。王泉直着嗓子唱:"走一山又一山山山不断,过一水又一水水水相连。"

凉腔走调的声音漫过去,曲折着山梁上的灌木,鸟扑棱棱飞走了,两个破衣烂衫的人一卧一卧迈着腿走下了山。

十三

睡饱了觉,就等着夜幕降临。

王泉从秃蛋儿的屋子里走出来时已经是黄昏,天空不再蓝,村子四下里像被一件黑灰色的罩衣罩着,抖也抖不开,人眼睛此时乱了,看见谁都惶惑着。

猎人王泉回家准备夜里的工具,翠喜看见了问他吃饭没有。他说在秃蛋儿屋里吃过了。改珍在屋子里声都没有出。翠喜问地里的庄稼该锄苗了,王泉告诉她就几天光景。

他想进门去看一眼娃,走到堂屋门前停下了,正思忖着,翠喜说:"自家的茅厕里的粪都叫你野了。"

这句话让王泉很难过,决定不进家了。翠喜赶忙就着黑拖他的后衣襟,迟了一步没有拽着,人就没入了夜中。

村子里的人忙碌着,总是忙碌着什么。从村街走过,有下地晚回的提着猪食喂猪,女人吆喝着:"嗷辣辣——""哷哷哷",木勺子敲着桶沿儿。

王泉和所有人打招呼,可谁都没有觉得那是王泉。

"你是谁呀?"

王泉说:"猎人王泉。"

他喜欢在王泉前面加猎人。

有人赶着小队一群羊走过,挤在村街上的羊群收缩般往一起集中。行走的羊大多数勾着头,嘴唇前一下,后一下,舌头和牙齿配合着,咀嚼的动作却没有停止。吃草的声音汇聚在一起,唑唑啦啦,像是下雨。刺激人们耳膜的,似乎只有羊吃草的声音。但是,猎人王泉听到了异样的声音从远处走来。像猫爪深入泥土,几乎发不出声音,它的情绪是柔软的,走到老槐树下停止了。

鸟叫声在将晚的天空里释放狂欢,只几分钟,鸟鸣就静止了。淡薄的云层中有月明穿行,树身树叶黑褐,并不茂盛地向空中伸展。

来了。比往日来得太早了。猎人王泉的心开始不停地被一种情绪抓挠,紧接着身体也无法松弛下来,他必须阻止它进村,它的杀心已经起了。

"狗娘养的。"

"我不是狗,当然不是狗娘养的。"秃蛋儿牵着牲口路过猎人王泉身边,正好听见了此话。秃蛋儿很应景地说了一句。王泉拽着秃蛋儿快速牵着牲口走回,把牲口牵进屋子里。王泉要秃蛋儿跟他走。

村口上已经少有进出的人群,他拉着秃蛋儿在很远处停下来。明月惶惑在云朵里,地上有些阴黑,他们躲在暗中,闭住气息。他们听到了母狼在喂它的狼崽,有轻微的吸吮声。很快喂饱肚子的狼崽开始想撒欢,铁链子拖拽着它们,尖利的牙齿开始行动。母狼把那些松枝叼走,敞亮的泥地上,三条铁链子,蛇一样扭曲着。

母狼开始在地上用爪子刨土,刨开一条深沟,叼起铁链子放在深沟里,然后用爪子扒土覆盖严实。母狼用嘴叼了狼崽撒开蹄跑,腾起来的铁链子从土里蹦起来,砰地一下,狼崽嗷的一声被弹落在地上。砰地一下,狼崽嗷的一声,接着再重复,砰地一下。母狼重复不断地把铁链子埋在土里,叼起狼崽跑,狼崽不断地被弹落在地上。母狼一定是想让铁链子消失,唯一的办法就是把它埋进土里。如几日前在暗影中的舞蹈。母狼疯了一样快速地做同样的动作,月光下偶尔的回头能看到眼睛闪过来的绿光。

秃蛋子身体上的汗毛竖起来,土尘一漾一漾飞起落下。

母狼突然停顿下来,用长长的舌头舔着狼崽身上的毛,很无奈地看着地上的铁链,突然腾起身伏下去避开狼崽直接啃咬拴在树根上的铁丝,动作有些急迫,牙齿似乎是被咬嚼铁链的力度勒疼了,嘴大张着,舌头黑血一样伸出来。

母狼的离开是一道闪电,甚至来不及出手,一切似乎就安静了。

空气被抽得没有一丝水分,两个人抿紧着一点水分也没有的嘴唇看着暗夜的天空。秃蛋儿把高高吊起来的心放回原处,随即听见周身血液不再凝固后的欢畅奔涌。他坚决要回去,只有看到他的牲口他才会感到安全。他要猎人王泉放走狼崽,这种游戏玩起来提心吊胆,四脚不着地,随时有失命的危险。

猎人王泉笑话秃蛋儿是个脓包。

秃蛋儿走在村街上时看见远处十字路口有一团火,是一个家族为亡灵送魂。秃蛋儿突然觉得四下里到处是亡灵,动物的植物的石头的,这个人间只有亡灵永远活着,无所不在的,知道和不知道的都充满了这个世界。他很害怕,用打火机点燃了地上一把秃扫帚,一边捡拾着遗落在地上的柴火一边举着火往家走。总觉得身后有亡灵跟着,后脊梁冷飕飕,他不敢回头,甚至想起了白天的"下下签"。回到院子举着火把看牲口,都在。他还是没有消除害怕,干脆在院子里燃了一堆火,火点亮了夜色,消除了他的紧张。

猎人王泉期待着母狼再来。他在暗中窥视着四周,嘴里嚼着一根干草,不时咽下唾沫来缓解口干舌燥。

母狼在山坡上伫立,正如猎人王泉所想,它在决定行动。它低头撕扯着就近的荒草,那些草被折断,连根拔掉,它想让牙齿更锋利一些。它似乎明白了,无论怎样的选择,结局是一样的,痛苦、绝望,不管选择有无意义,都无法注定未来的命运。

母狼站起来,若飓风突起,龙卷骤降。它冲着山下长嚎一声,长长的铺垫,是长长的导火索,毫无畏惧,穿越灌木而下时它是冷静的。

来吧。风送来那声长嚎时猎人王泉就站了起来,迅速咽下碎末样的草屑。他用笑来缓解接踵而来的搏斗,唇齿间满是针刺样的草屑,握牢镰刀,紧盯下山路。

母狼走到槐树下,没有任何停顿和流连,它长长的扫把样的尾巴从狼崽身边扫过,没有任何声音,狼崽就被它咬死了。

猎人王泉突然害怕了。

他听到整个胸腔有几乎破石而下的洪峰声,猩红没过头顶,窒息他的喘息,他看见空中游来一条长蛇,周遭是云雾缠绕,尖利的牙齿,他甚至来不及举起镰刀,他的脖子处就出现了一个豁口。他的灵魂从那里走出去,他开始心安,甚至看见了狼崽的灵魂,众生的灵魂,漫空是新鲜的气味,是生灵的气味。

他看见一群狼在一堆火的外围蜷伏着,秃蛋儿往火堆里加柴火,火光逼退了狼群。他想和秃蛋儿说话,不幸的是心口处的灯瞬间熄灭,他看见了黑,举目四极空阔,甚至连四极也没有,只是黑,如巨石压顶。

十四

有时候时间是一场风。生成败灭,风起云涌,在四季里不断发生。有时候时间也仅是一场清明雨。故去了一个人,成长了一位雌黄少年。有时候呢,时间就是田埂上的毛豆由青转黄,脚不小心碰了,豆荚儿碰裂了,黄黄的豆儿,倏忽落下了一地。山远处一片绿意,山近处一片青黄。山坡上的谷子差不多该开镰了,田垄下的南瓜掉着花脸儿,一触及地,下地的人将它们放倒在平地上。

果真就开镰了。

秃蛋儿挥舞着镰刀,将一捆一捆的谷子系起来,挑到自家院子。改珍坐在地上拿了剪刀剪谷穗,猎人王泉的后代举着胳膊粗的木棒上下起伏敲打着干透的黄豆荚。

秋天的阳光照在旧屋的青砖上,一只鸟鸣,是喜鹊,饥渴似的干叫着。代耕一年成了他永远的承诺,实际上,他很是心甘情愿。

翠喜抱了南瓜穿着套鞋沿着水洼走,脚底板下的泥巴粘得越来越多,鞋子的重量不断加重着。泥巴上有草根、叶屑,它们吃着泥土拽着鞋越来越走不动了。她不小心摔倒了,衣裳的肘部、双膝、胸部,甚至整件衣裳上都沾了泥巴。翠喜一边捡地上的南瓜一边把手掌上的泥巴往衣裳上擦。秃蛋儿挑着谷穗走过,急忙扶起她。

翠喜说:"你是我儿猎人王泉?"

秃蛋儿点头认下这个名字。

哈喽村自古有招婿一说,招婿的原因不外有二:一是子女众多,家穷无法养活,有少子人家需要招婿上门;二是父子八字相克、阴阳失和,一辈子家中不安,需要送给他人入赘。

秃蛋儿入赘王姓家族,孤儿,无理由,只是对一个死人的承诺。

两情相悦,改珍一生都睡在了他身边。

小　包　袱

一

  单冬花一天里几乎要两次穿过一个叫煤灰坡的菜市场,嘈杂、闹腾,人声鼎沸,特别能抓住她的孤独。

  这样的时刻,大多是黄昏,余晖斜斜地照着,暝色弥漫,恰似彼时的心境,落寞,寡合,把一天心意阑珊的情绪送到菜市场,看人讨价还价,看人闲侃,两个来回,这一天就算过踏实了。

  一直以来,单冬花觉得北京生活既幸福又快活,住了一个冬天,闲时坐在床前细思量,也都是有限的。老天不见太阳,烟云尽过眼底,举目远眺,楼挨着楼,影影绰绰,看一会儿头就沉了。人不见太阳是很容易生长恩怨是非的。老家的那些光照、星星、山林、白云,人看着看着,难过就化开了。城市里楼道里见了相互陌生着,一副脸,什么内容都没有,只是身体躲让一下。小区里有健身设备,有时候单冬花下楼去绕着小区溜一圈,看人家健身,人家做人家的,走在小区连一句话都碰不见,人都显得很匆忙的样子。小区外是个巷子,叫煤灰坡菜市场,有两行菜摊,摊主是几个脏兮兮的农民兄弟,单冬花喜欢去和他们拉拉话,方言不一,有些话也听不大懂,可她就喜欢那大声大气的打问声儿。

  儿媳金平见了很不高兴,拉下脸说:"我最讨厌他们,乡下人和城里人的脏都混合在他们身上了。"

  单冬花喜欢,也只有从他们身上才能闻得见一点泥土香。

  没有人买菜的时候他们就坐在三轮车上打盹,打盹多好,忙忙碌碌的世界里打盹,单冬花就想到了乡下,靠在墙根下,纯净细碎的阳光照过来,几个老人排排坐在一起打盹,阳光都舍不得吵醒。一个冬天住下来让单冬花很失望,说是来过冬,其实是来坐监。儿子张孝德像传达指示似的要求单冬花尽量待在屋子里,并对着媳妇举着指头和单冬花讲日常的约法几章,比如菜市场那地方不可去,买菜什么的要去超市;不和陌生人交谈,一是方言不一叫人笑话,二是太近乎了叫人小看乡下人,没见过的人不能和人家套面熟。再比如不能给任何人开门,就怕坏人趁着家里没人欺瞒老太太。儿媳金平是医生,绝不允许单冬花随地坐和随便跟乡下人聊天。

单冬花想逛逛菜市场,简直是偷着摸着,就像贼见不得光似的。

人一老就被子女绑架了,不能按自己意愿生事,老有矛盾,拗不过儿子,血亲着、筋连着,都是为了好。好什么呀,一进入冬天日子就分外难熬。有的时候因为思想开小差想起了乡下的什么人事转移了目光,有时候回到屋子当下的空里,便觉得屋子是一个笼子,心坠得难受。村子里的那些人事老是在眼前晃着,当下,一个冬天里的单冬花却只能抓住一些乡村的回忆。

张孝德在机关上班,儿媳在医院,孙子上大学不回家,只有夜晚儿子和儿媳才会回家,听他们唠叨一天发生的事情,两人都显得怨气十足。通常,张孝德都是一边玩手机一边听金平讲一天医院里发生的事情,对着单冬花张孝德没有声音,甚至话都少说。单冬花感觉儿子是一个内向、乖巧、听话又十分依恋儿媳的人。曾经的儿子不是这个脾气,世事颠倒了,女人占了上风。单冬花在厨房里做晚饭,有些忧伤,一辈子她都没有活在男人的管制下,清心寡欲的日子过惯了,年老时被儿子管住了,儿子管自己也算是福气吧,可儿媳指挥着儿子团团转,她有些看不惯,可也只能装进肚子里。偶尔晃一眼客厅,看到儿媳,儿媳坐在一张高脚凳上,一只手拿着手机,一只手捧着玻璃杯子,喝着一杯果茶,晃荡着两只脚,不时地抬脚指着儿子叫他拿一块点心过来,那双活泛的脚,单冬花睁眼看着儿子果然就给人家拿了,尿泡打人,臊气难忍,略显尴尬,单冬花故意装着眼瞎了,可心里的气胀得和气球似的。单冬花硬忍住难过,想着乡下,快回到老屋里一个人时好好哭上两嗓子,哭他个痛快。

七九河开,八九雁来。

乡下强大的吸引力,从这个时候敞开了。再不回家,城市是个胃,就要把单冬花消化了。

二

单冬花开始整理她随身携带的小包袱,包袱有枕头那么大,针头线脑都装在里面,包袱皮是一个格子旧方头巾,包袱的外边用一根布带子扎扎实实地捆绑着,像一个小型炸药包。儿子张孝德常笑话她的小包袱,说里头儿不一定都装着针头线脑,一定还有什么秘密宝贝,不然无论是到弟弟家住,还是到北京住,神秘的小包袱一直不离她身,就像美国总统身后的保镖随身携带的那个小黑匣子一样,显得是那样的神秘、重要,好像只要轻轻一按,地球就要爆炸一样。单冬花笑一笑,不言语,不错眼看那小包袱,半晌,又勾下头凑近去看,把包袱拿起来转到别处,东拉西扯说一大堆吃呀喝呀穿呀的话。张孝德发现这个小包袱跟随单冬花五个年头了,来京过冬也五个年头了,母亲每次都抱着它,如母亲的晚生子,生怕有人抢了去。

女儿张小梅从乡下来接母亲回家,瞅着一个傍晚单冬花去和菜市场卖菜的乡下人告别,张小梅悄悄打开了包袱。包袱里包着包裹,打开里面发现是一个一个信封,都是当年儿子在外当兵和工作时的信封,信封上缠着红红绿绿的线,缠绕得严实。信封里装了内容,内容有厚有薄。张小梅猜是放了钱。这么多年来,两个儿子在外工作没少过年过节给母亲钱,那些钱她几次提议说存进信用社,可母亲说没几个钱,放信用社不安全。看包裹里的信封不少,如果都是,就按早年的小面值,她估摸着上万了。张小梅小心翼翼按照原样包好包裹,压在枕头下,觉得看不出什么破绽了,便拿起电话给张孝德说母亲包袱里的钱。

张小梅神秘地说:"妈的包裹里放了钱,有多少不知道,早年没有大面值票子,看捆着的信封有四五十个。"

张孝德说:"姐,你没事闲着,妈每天看她的包裹,你动了她准知道。"

张小梅说:"知道就知道。年前你小外甥娶媳妇,姐有个存折不到期不想动,知道妈有存钱,问她借,她说没有,哪来的钱,你两个弟弟不容易,给两个零花钱都叫吃药了。都是一个娘的肚子里出来,她就偏你和二弟。重男轻女!"

天快麻黑的时候单冬花回来了,进了屋门,发现屋子里黑着灯,沙发上张小梅坐着似一个轮廓。电视没开,单冬花瞅了闺女一眼,心无端恍惚了一下,接着直奔自己的卧室,拉开灯,她发现枕头动过了。掀起枕头发现包袱动过了,打开包裹发现信封没动。她明白是闺女张小梅动了。单冬花不喜欢闺女,再孝顺的闺女也是人家屋里的媳妇。何况二流子女婿她就不喜欢,不是正经人家的人,劳动人不像劳动样,长年做些偷鸡摸狗的事,不下力,跑毛蛋。庄户人家的腿插进土里知道自己是泥腿子,他不是,整天和行脚僧一样,一会儿河东,一会儿河西,一会儿又跑到了北京,一会儿又移驾河南,一直闲不住,张口南腔北调,说是做买卖,不见钱往来,俩外甥的工作还是张孝德给找下。单冬花一时还不想揭穿闺女的把戏。她知道闺女是心焦包袱里的钱,可包袱里的钱不心焦她。

单冬花无事样走进卫生间抹把脸,照着镜子用水抿了抿头上几根稀疏的头发,佯装洗了尘,一身轻松样走进了厨房。

张小梅隔着厨房墙说:"他们不回来吃饭,就咱俩。"

单冬花在厨房里答:"咱俩也长了嘴,也得吃。"

张小梅想顶撞两句,难掩激动,也隐隐担忧怕张孝德回来骂自己。隔着一堵墙,脸上绽露出怨恨,想着那钱都该给了自己。两个弟弟都有工作,唯独自己在乡下,抓钱不容易,母亲没有花钱的地方,日常生活又能花几个钱,钱在包裹里发霉了。

单冬花做饭中间,张小梅也不想进厨房帮手。单冬花忍着那口气做好饭要闺女来吃,坐到餐桌上看着冒着热气的饭,张小梅突然就来气。人在吃上是最自私的,生怕自己少吃一口。单冬花突然觉得闺女的吃相很难看,吃相亮了自己的护身符,挑挑拣拣一盘菜,下作样。

单冬花忍不住了说:这不是在乡下的屋里,人要有个吃相。

一只飞蛾舞扰在饭桌上空,旋来旋去,还挑衅般朝手上落,张小梅扔下筷子,双手一拍,蛾子不见了。但是并没有打死。也真是奇怪,你不动弹,蛾子就在眼前头,你要打它,它又连踪影都找不见了。这样,张小梅对蛾子的仇恨更强悍了,站起来追着打,粗笨的身子在逼仄的餐厅歪来倒去。单冬花难过得手没处放,起身端了碗,离开,走进了客厅。一个女人在家庭的地位,什么叫举重若轻,什么叫行方思圆,先是要懂得一个"镇"字。不说话就是镇。单冬花咽不下饭,做母亲也有偏袒儿女的时候,她不想偏袒张小梅,偏偏压不住心口的跳动,几次想张嘴,却似言又无,端碗又放下,头脑出乎意料地清醒了,不能挑明,闺女算计包袱里那点钱呢,越在我眼前晃越无视她。这当口张小梅斜睨了母亲一眼,母亲的脸蜡黄蜡黄的,像黄杨木心,像色调深重的秋天。

那只飞蛾到底没有打着。张小梅说:"妈,你咋躲客厅里了。一碗饭还是一碗饭,咋不动筷子。"

单冬花不接茬。看着是个便宜捡起来就上当,闺女满脑子都是那小包袱,不答话,就想把闺女动包袱的事丢开,怕一说话点捻子,引到包袱上。

单冬花不吭声,张小梅反倒真不知该说什么,该做什么。她端了碗也过来坐在了沙发上。单冬花的心一直往下沉,头重如山,不由得往坏处想,有一天闺女会偷拿我包袱里的信封。这时张小梅似乎又看见了那只蛾子在飞,又着急似的起身。单冬花又想说,真要是力气没处放,下楼把单杠去。还是不能说,有问无答,母女俩的饭一下就吃闷了。

单冬花不是不疼闺女,自己身上掉下来的肉,是不喜欢闺女那算计样。每次见面都是一堆杂七杂八的事,全都离不开钱。趁着单冬花转身的工夫都要翻一下枕头,床铺下,有三块五块的顺手牵羊入了自己的口袋。张小梅说,手头倒不开,妈,借俩,倒开了就还。每次拿了钱都不见还,不光是钱啦,家中的牙膏、洗衣粉、香皂、罐头饼干什么的,手软软伸过去,紧一下,拿上就往包包里放。每次见闺女连叹息的机会都没有,每一次见面心里都酸酸的,又没有合适的话发作,由着她拿。这是北京不是乡下,这儿子的屋子里还住着儿媳,儿媳是城里人,张小梅乡下人做派叫人家笑话乡下人不懂礼貌,不守规矩,这样的事情结果是叫儿子张孝德受气,在城里人面前端得正正的,乡下人不能没有威信。倒好,趁着我不好说你就要惦记我包袱里的东西了。

光阴过得真叫快,单冬花开始整理乡下的往事时,乡下的日子是刀子刻下来的,疼也罢,甜也罢,都在骨头上留下了记号。她开始想着乡下那些还活着一起下苦的人,岁月苦熬,年年都有早走的人,遗在这世上的人都是亲人哪。想着见了他们该说啥?说啥都得有件礼物,大东西带不带,小礼物也该有件。张孝德知道母亲的心事,其实也是回乡前必做的一件事。这件事通常都由金平陪单冬花逛超市,也算是给母亲的一份安慰。

小包袱放在床上没有来得及往枕头下压,单冬花关上房门的刹那想返回去的念头就打消了,一是怕儿媳妇埋怨自己事多,二呢,觉得张孝德在家,一早她打开包袱数了,一共四十五个信封,这个数字早已烂熟在心。两日后返乡的车票钱她要出,超市买下回乡的礼物她要出。要花的钱已经备好了一个信封,走之前给了儿媳,剩下的应该是整数。好记。儿子给的钱就要花在正途上,叫子女知道自己不是一个没用人,也有钱花呢,钱对她这把年纪的人来说没用。

张小梅看着她们关上门时,迫不及待冲进母亲住的房间,她把小包袱取出来三下五除二就打开了。这个包袱对于张小梅来说是一个心事,老在她的腔子里长着,像是长着石头长着铁。她喊了声:"弟啊,你过来看妈的包袱。"

张孝德看到打开的包袱觉得姐姐有点过分了。张小梅不管不顾继续说:"妈这么大年纪了,她不说,但咱不能不知,我当着你的面看这个包袱,知道是啥有啥,也有个数,免得乡下那些四下里的邻居眼里长了心。妈是文盲,不保证不叫人家顺走她的包袱。"

张小梅扯着脖子说话的样子让张孝德想起来从前的日子。小时候遇事叫人欺负,都是姐姐横在中间。姐姐横着脖子骂对方的样子就像现在的样子一样。这么多年来,母亲和姐姐之间其实存在着某种隔膜,不厚却很有韧性。张孝德不知道该如何消除它,并且觉得有能力消除它的是姐姐而不是母亲。事实也确是如此,比如当下这件事,姐姐就不该动母亲的小包袱。

念头一闪而已,他也就原谅了姐姐乡下人的小心眼。

人一旦离开乡村,就有可能成了另外一个人,原本乡村的壳虽然一直背着,可壳下的自己却是努力想甩掉背上的壳,实现一种表层化生存,小心翼翼地浮在生活上面,决意不去管生活下面是什么。忘情于生活的细枝末节,研究如何营养自己更有利于健康,如何修剪指甲使手指看起来修长;经常性地出去吃饭,耗费许多时间和各种各样的人交往。饭桌上讲讲当下社会的政治格局,讲讲那些要提拔了的背后故事,一个人的职务比这个人的名字还重要,其实也都是偶然停留,没有以后,交情仅够加个微信,点个赞。可这些东西很上瘾,大把的时间被浪费了,每一次都觉得认识了一两个有用的人很重要,饭局安排得值,扯风扯雨后回家看见孤独的母亲,又开始内疚,一个冬天里连陪母亲说话的机会都找不出,一个冬天就过去了。

看着姐姐的样子,很快张孝德就释然了,至少他从现实的世界里明白了,人生并不是一件很严重的事,用不着摆出时刻准备安慰什么人的样子。许多原以为泾渭分明的事,其实界限原来不甚分明,走着走着就混淆在一起了,就成了一种习惯。许多原以为必然如此,不容置疑的东西,其实只是一念之差或一时兴起。他开始原谅姐姐的一时兴起如同原谅自己一样。看着姐姐打开母亲的小包袱,看见包袱里边有用小毛巾、旧布块、塑料纸,里三层外三层地包着一个小包包,打开小包包里又有近四十多个信封。信封都是自己早年当兵后给家里写信用过的牛皮纸信封,封面的字迹还清清楚楚,邮票也完好如初。张孝德也稀罕地捏捏那些信封里装着的厚薄不一的东西。至于里边是什么,姐姐猜是钱,张孝德认为不一定都是,母亲没有这么多钱。还应该有我和弟弟工作后往家里写的信。张小梅想拆一个看看里面然后照原样缠好。张孝德也同意,真要拆时,发现信封上密密麻麻地捆绑着的丝线就像一件手工活,不仅拆起来困难,而且照原样恢复会更困难,显然母亲是用心做过记号的。

张孝德说:"姐姐,不拆了。真要拆开了,等于是知道了妈的秘密,妈会不高兴。"

张小梅数着那信封突然就说:"孝德,你说我拿走一个妈会不会不知道?"

张孝德瞪大了眼睛说:"妈是文盲可她识数。"

不看那小包袱了,没意思,张孝德开始玩微信,一条一条看,有认为可亲近一下的人就送个赞,转发几条只看标题好玩的微信,又觉得该给母亲的小包袱拍个照,点击相机开关拍沙发上摊开的包袱和包袱里的信封,然后开始秀图。姐姐是怎么收拾起母亲的小包袱他忘了,母亲是怎么回来的他也忘了。他把拍下的图发到群里并写下了一段话:深刻的亲情是不能被浅薄的快乐填满的,一想到城市生活那些背后空洞无物,我就惶恐不安,看看母亲的小包袱,让我想起了童年和成长,对母亲的感情,我好痛恨自己不能用语言表达对母亲的爱意。

微信发出去了。很快就有人点赞,接着有人跟"母爱是伟大的"。

"那信封里装着的是什么?钱吗?还是信?""你肯定不会在母亲节给母亲送花,母亲是天下儿子的攒钱机器。钱是什么东西?哪个儿子会在母亲需要你的鲜血时,毫不犹豫伸出胳膊?"他回这条微信:"如果要我血,我一定会犹豫,犹豫的结果肯定是伸出胳膊,但我就是做不到毫不犹豫。"又有人跟帖:"明明已经注定了,还要装模作样犹豫一番,似乎经过了深思熟虑,其实什么也没想,选的还是一开始就认定了的事。"这下有意思了。微信群里一个人问:"假如出现二难选择,你是先救母亲还是先就老婆?"有人替他回答:"肯定是母亲,母亲只有一个,媳妇有若干丈母娘养着。"他回答说:"选择其实是很可笑的,永远只能选择其中的一种,永远无法知道选择另一种情况会是如何,无法重来就无法比较,所以,我不选择。"因为这个群里也有他的媳妇金平。这时候金平发过来一个愤怒的表情。群里的人开始互相将军了。

微信就是这样,在一些无关紧要可有可无的问题上,尽可以口若悬河,绘声绘色。一旦真正企图表达什么时就肯定找不着一个合适话,完全是不用动脑子的快乐。金平发来图片,张孝德看到拍下的图片中有十几双线袜子。金平说:"陪婆婆逛超市,婆婆与单纯的农民又不一样,她买的东西叫人奇怪无比。"张孝德跟帖:"谢谢老婆!咱们的妈妈像土疙瘩那般质朴,她惦记她的乡邻就像我惦记老婆一样质朴。"这样的聊天会延续很久,这样的聊天让当下的张小梅以为弟弟很忙很忙。

张小梅收拾包袱,似乎在想包袱没有解开时的样子,张小梅思忖事情时有母亲的神态。张孝德说:"姐,抬一下头。"小梅抬起头的瞬间,一张照片摄入了手机,他同时不忘放进微信群,并写下了一段话:姐姐一张布满沧桑的脸和脸前妈妈的小包袱,照片太有感觉了,两代女人,一个是母亲,一个是姐姐。犹记当年母亲凭着她瘦小的身躯,挑着水桶,每天天不亮就出发下河挑水,她为这个家,一刻也不停顿地操劳着,消耗着她的心血。

姐姐也不容易啊,说到母亲重男轻女这方面,仔细想,母亲真有。

姐姐长,自己和弟弟孝勤哪里下过地,一门心思读书,记得有一年姐姐领着自己和弟弟去供销社买作业本,姐姐盯着柜台上摆放着的漂亮花布。红底绿花,十分耀眼。以往供销社只卖蓝的白的红的和宝蓝的布,很少卖这种花布。姐姐抚摸着沉迷得很。就像刚才盯着包袱看的神态一样样。

卖货的妇女说:"叫你妈来给你扯点吧,做个袄罩子多好看,这布进的不多,是我走后门托了关系才弄到的。"

姐姐拉着自己和弟弟几乎是一路跑回家的。平常姐姐从来跑不过我们,可那天跑得飞快。一进门姐姐就哭了,边哭边央求母亲替她扯那花布。那一年父亲刚刚去世,家里的日子要往前走,都得算计着过,两个儿子要读书,哪有多余的钱给姐姐扯花布。母亲无奈说:"你咋这么不懂事呢,叫你去给弟弟们买作业本,你倒看上了花布,那是你穿的?等明年夏天上山采下药材好给你扯裈子。"姐姐说:"不让我读书,还不叫我穿一件花布袄罩子,你看人家闺女们都穿戴得红花柳绿,我穿得黑不溜秋。"

母亲瞪着眼说:"这天下营生是男人家的,是女人家的?你读书,你有那出息将来养家户口?穿什么也成不了仙女,穿不露肉就行了。"

记忆中从没有见姐姐穿过花布衣裳。

想到这里张孝德掏出五百元人民币递给姐姐。"拿着,去买一件春天的外罩,穿戴像个样子,现在的社会吃穿都不愁,瞅你,还是穿得黑不溜秋。"

张小梅说:"你接济我太多了,不拿,有多少都填补不满日子里的需要。"

张孝德说:"叫你拿着你就拿着,金平和妈就要回来。"

张小梅眼里噙着泪接过来装进口袋。

真正认识自己的子女,也是需要眼睛和头脑的。单冬花看着床上同一位置不同方格子布的包袱,知道闺女又动了。

明天就要离开儿子家了,不能把气留在这里,她忍着装了没事的样子解开包袱,让她大吃一惊的是一个信封居然被拆了。她装着不知,取出一个丝线捆绑着的信封,一定要给金平,一要付超市里的钱,二要付回家的路费。这也是每年临走前的必修课,不要她就急。金平推让了两下就把那信封扔到了茶几上,算是收下了。

黄昏降临的瞬间里,金平开亮了客厅的灯。

金平突然说:"我看到微信群里姐姐打开妈的包袱里,那一小捆一小捆的都是信封,是不是信封里都是钱呀?"

单冬花不知道什么是微信群,但是闺女打开自己的包袱了她听得一清二楚。张孝德摆手不叫金平再往下说。

单冬花说:"我一辈子没出息,一分钱也没挣过,能有什么钱啊!"

一句话不置可否地绕开了话题。

三

当天晚饭,单冬花基本上是在半兴奋中度过,明天就要兼程坐火车回乡下了,一切的不快都要远去。单冬花和张小梅各自收拾好自己的东西,有绳子捆的,有细线缠着的,整整齐齐地摆在地上。自己走后,儿子这一家除了白天上班,在家的生活就是由电视机和手机伴奏下无聊度过,她有些可怜儿子。每夜躺在被窝里想象村里发生的那些事,想象迷迷蒙蒙的夜晚虫草之间来回走动的情景,想象泥地上那些植被和庄稼挣脱束缚成长的样子,心潮一阵阵涌起,总是一件很温暖很有美感的事。同时,伴随着明天离开儿子家,更多的是牵挂和担心,又要从乡下开始了。

晚饭后,单冬花进厨房和闺女合作一起包明天一早的饺子,母女俩无话,单冬花把注意力从厨房转移到了窗外。夜浓了,感觉天空比正月天高很多,看不见星星,能看见对面高楼上的格子窗户亮着灯。风扑打着玻璃,春天不能不起风,风不来天气就不暖。北京春天的风不少刮,和乡下的风相比,乡下的风是自生的,离人很近,就在自己家门前那棵老枣树下,起风的时候,树皮发青,风在枣树叶子长出处发出号叫,枣树的叶子就被叫醒了,风越过院墙,渐已成势,沿河的杨柳树最早开始变得烟蒙蒙一片鹅黄色,风叫醒了冻土。城里的风无根,乱刮,似乎永远也停留不到地面,尘土被扬在半空,什么东西也想去敲击。过年才擦干净的玻璃,隔着一层细麻麻的土,风没有回落的意思。

　　玻璃上停留的风让单冬花有点不安,像是要发生什么事情,头发都干蓬着,她看了看案板上的面,约莫馅和面的最后比例。围裙带起了静电,张小梅佯装看不见,包完最后的馅,单冬花站着看夜色里的那些灯光发呆。单冬花就想哭了,住哪都不如住乡下好,就怕乡下也不是自己的家了。人老了,做不了主了,老真不好。儿子叫你来住,住够了女儿来叫你回,合理合情,只有单冬花知道,养大的儿女不是真疼你,是尽义务,合谋世上的道理来摆布一个老人剩下的日子。

　　张孝德探进头来说:"妈,还没有包好吗?"

　　看着案板上摆成行的饺子,说着就举起手机拍照。张孝德说:"有妈的孩子是个宝。"

　　这一下单冬花忍着的泪来了。抬一抬袖子抹了一下眼角,一张灿然的脸露给儿子。张孝德说:"妈,哭啥,包完饺子你早睡。"

　　天黑着,客厅里的闹钟响了。凌晨3点整。其实单冬花躺下时眯了一小会儿就醒了,睡不着,自从来城里过年,走时都睡不着。单冬花起身先下厨房煮饺子,闺女小梅也起了,洗漱,收拾地上的大包小包。

　　一家吃过饺子后,开始提着大包小包下楼,准备坐54路公共汽车到火车西站。单冬花紧紧地抱着她的小包袱,小梅和金平搀扶着她下了楼,向小区西侧的公共汽车站台走去。到达站台后,离第一趟车到达时间还有十几分钟,为了化零为整,减少行李的数量,张孝德建议把小梅的一个小提包和母亲那个小包袱捆绑到一起。捆绑中间,第一趟公交车徐徐走近了,迷蒙的夜色,朦胧的路灯,张孝德先架着单冬花上了车,小梅和金平提着大小包包也随后上到车上。

上车后售票员说:"老人家请坐好。"

单冬花说:"闺女,坐稳当了坐稳当了。"

单冬花还想说什么,车上的人都耷拉着脑袋睡,售票员也把脸别往别处,车身抖动着,夜色苍茫,一路滑过的街灯亮着,显得回答的声音很大。

张孝德小声说:"妈,都睡觉呢。"

金平说:"人家就是客气一下嘛,你还当真了。"

公交车行驶了40分钟后到达火车西站。车门打开,一股湿气挤进来,天下着小雨,昨晚的风,原来是携着雨来。下车后开始清点行李,有些该安顿的客气话此时要说。

单冬花说:"回吧,到了火车站,你姐就知道路线了,那边有你姐夫接站,不怕。春天的风沙大,上班记着关窗户。夏天放了暑假叫孙孙回去住几天,你们如果有时间也回去住几天,就当是你们城里人旅游,乡下的山水到了夏天可是好看呢。"

她的话被晾在一边,大家似乎在焦急地找什么。

单冬花说:"把我的小包袱给我,拿惯了,手里空空的,总觉少了什么。"

包袱不在了。

张小梅以为是单冬花拿着,单冬花以为是张小梅取着,全家人急得团团转。

张孝德说:"我叫姐把包袱捆在一起,姐的提包呢?"

张小梅的提包在。

单冬花说:"出门时我拿着,坐公交车时孝德说要和小梅提包系在一起,我明明知道小梅从我手里接走了包袱。"

张小梅说:"妈的包袱啥时候舍得叫旁人拿,我还有福气拿,我是真没有见。"

59

金平指着孝德的手机调侃说："你没有拍下来吗？"

张孝德说："你不要无事生非。"

单冬花腿软得不由得要往地上坐，地上湿漉漉的，金平说："地上到处是全国各地的腥鲵。"张小梅和张小梅急忙架着单冬花。

张孝德说："我们冷静地回忆一下。"一家人开始重复当时的细节。短暂的回忆后，孝德认为忘记把那个包袱带下车了。孝德立即在路边拦了一辆出租车，向54路公共汽车的下一站追去。

车站上的行人多了，赶往各地的人匆匆从她们身边走过。单冬花抱着一线希望张望着往来的行人。

半个小时后，张孝德气喘吁吁地回来说，车上根本没有那个包袱，司机说，车从火车西站向岳家楼行驶中车没有停，若包袱放在车上是不会丢失的。全家人又开始回忆，摸索着开始理清一早出发到车站的每一个细节。最后张孝德做出了比较客观的判断：应该是我们急着上车时，没有将那包袱带上车，丢在了站台上。

张孝德急忙打电话向马家堡派出所报案。电话响后接警的警察说："因为是自然丢失，没有当时线索，这事不好确定你是否是真在马家堡的地界上丢失。你们留一个电话号码，如有人捡到后寻找失主，我们立即与你们联系。也就是说，这件事情得等寻找失主的人出现。"单冬花脸色煞白，嘴里喃喃着："菩萨保佑，有好人，有好人，这世上总归是好人多。"

这时，小梅开始埋怨包袱的存在，包袱是眼睁着丢了，它可从来没有离开过妈的身子，怎么偏偏在离开的一段路上丢了，跟上鬼了。包袱里有啥不能放我屋里，我替你保存，费心思走哪带哪，一辈子好强，临老了还好强，就怕我算计你的包袱，我才不稀罕呢，就算有万两黄金我也不稀罕。

单冬花不说话，话在喉咙里哽着。从未见发过脾气的张孝德，听完这句话开始训斥小梅："你少说一句少啥了？你每天都惦记着妈的包袱,还说不惦记。叫你拿一会你就丢了,你咋没丢了自己的提包,论年龄我该叫你姐,可你就是不成熟!"

50多岁的小梅,患有严重的脊椎侧弯病,行走极为困难,面对弟弟的训斥,既自责又难过,一时说不出一句话来。

金平一边安慰着大家,一边问单冬花:"包袱里有多少值钱的东西?那信封里是信还是钱?"

单冬花说:"是钱。不少,不少。"

张小梅忍不住又呛了一句:"直接说有多少钱。"

单冬花只说不少,就是不愿意说出大概数字。

张孝德说:"妈,你说个实数,都这时候了。"

单冬花嗫嚅着说:"有一万多元,还有你弟媳妇给我买的金耳环。"单冬花看了一眼金平,怯怯的眼神怕伤害了什么。

张孝德说:"包袱都丢了,还不说有多少钱,究竟是多少,一万多,多是多少?你说的数字不对,人家拾上也不会还给你。"

单冬花哭了。这是她这一辈子唯一一次当着子女的面哭。她哽咽着说:"有两万多。"

张小梅接话:"零头有多少?"

单冬花说:"两万八千六百多。"

一家人不说话了。谁也没想到单冬花的包袱里有这么多钱。小梅见过那信封,可没有多想信封里都是钱。

张孝德显得有些生气,同时又不相信母亲有那么多钱,又问母亲说:"您包里到底有多少啊?您哪有那么多钱啊!"

单冬花浑身颤抖嘴唇哆嗦着说:"儿啊,我二十多年积攒的钱都在里边,一分一厘省下的。多的一个信封里有5000元,少的有300元,大大小小几十个信封,我也说不出个准确数目,只能说个某约(大概)。"

金平瞪了一眼张孝德。这么多年丈夫背着自己给了他妈这么多钱,也许不止这些呢。

单冬花读懂了金平眼神里的内容,忙说:"也不全是孝德的钱,还有广续,还有我能爬得动山时,采摘连翘卖后攒下的钱。我不舍得花,攒着,身后有个底气,一辈子,我怎么好临老变得赤手空拳,有几个钱搂着,邻居不敢小看,子女不用嗔怪。"

单冬花非常满意自己大清早能够举重若轻地吐出这些话,这些本来不到说的时候。事情来了,不得不说。

围观的人多起来,广场路灯下所有人的脸都发着青白光,所有看见的人都张着嘴说话。嗡嗡的声音中似乎有希望冒出来。"赶紧去调那个站台附近的监控录像,或许能看清捡到包袱的人。""把你们的联系电话告诉附近的派出所,居委会,以便捡到包袱的人与你们联系。""老太太也是,这么老了自己还存钱,有钱不放银行,你说这年龄要钱有什么用啊。"金平突然和孝德说:"发微信,快发微信,或许微信可以帮助我们。"

众口议论声此起彼伏。小梅突然想了起来,说:"我的手机还放在那个包袱里边。整理包袱时想着妈的小包袱最重要,手机也最重要,顺手就塞进去了。"孝德问:"是否开着机?"小梅说:"开着呢。"孝德急忙拨号,结果是关机。

微信群开始转发孝德关于母亲小包袱走失的微信。其实张孝德清楚,能遇到雷锋式的好人太走运了,几乎是不可能。只要捡到母亲包袱的人关掉包里的手机,就预示着他不可能把东西送还失主。

金平想尽快逃离。她已经好多年没有到过火车站了,蓬头垢面的人群中嘴巴淡兮兮说一些幸灾乐祸的话,真是受不了,这些乡下人像热沥青似的粘着城市的犄角旮旯,这是她最不喜欢的场面。不管婆婆包袱里放了多少钱,对于金平来说她从来都不去多看一眼,不喜欢那包袱的样子,什么年代了,老脑子,不认知社会。人要长高,要成熟,但并非成熟就一定是明白。有时肉体扩展了,年轮添加了,反而变得糊涂了,越活越老土。婆婆就是这样一个典型,这把年纪了,住在城里居然还牵肠着水灾旱情,同情城市里彷徨的农民,更可笑的是,不舍得花钱,一辈子挽着藏钱的包袱东奔西颠,说出来真是可笑。

金平说:"出了这事只能怪自己没有操心拿好,丢肯定是丢了,我去报案,能否找到是个未知,这是个教训,以后也反思一下。"

单冬花半天没有言语了,还有以后?

张孝德说:"去哪里报案?"

金平说:"54路嘉园三里站。事发在那里。"

单冬花觉得自己变成了一个倾家荡产、一穷二白的人了,心恍惚着,就要到开车时间,包袱像是长了脚似的离开了自己。几十年都拿着,朝朝暮暮看着说不见就不见了。单冬花叫小梅打开自己的提包,看是不是顺手装提包里了。

小梅仿佛受到了莫大的侮辱。

"妈,你的包袱从来都不叫人动,丢了就是丢了,我的提包里没有你的包袱。"

人流拥挤着开始进站。虽然故作镇静,但单冬花知道腿上是一点力气都没有了,单薄的身子越发单薄得拉不动日子了。张孝德仿佛感受到了母亲此时此刻的痛苦程度,搀扶着在一旁反复安慰母亲,说:"破财免灾,只要您健康长寿,比任何财产都值钱,更何况,如今的社会还是好人多,人们的日子也不像过去那样艰难,大都不在乎您这点钱,人家捡到后,一定会给咱送回来的,你们放心回家,不等火车到家就会有好消息,城里的派出所办案和乡下的不一样,他们神速着呢,就等好消息吧。"安顿她们坐好后给那边接站的姐夫打了电话,孝德又安顿了母亲,这才走下即将开动的火车。

火车放了三次气后开始徐徐驶出车站。玻璃窗户上闪着母亲和姐姐的脸,勉强挂在脸上的笑容,母亲似乎还在安顿什么。走出火车站,张孝德突然清醒地明白母亲老了,她一生的脾气在子女和生活面前彻底垮了。这样的事情发生,该有一顿骂泼天而下,反倒是姐姐顶撞了母亲,日子颠倒了,母亲下火车时怕是迈不动步了。

张孝德给金平打电话想知道报案的结果。

电话那边金平问:"走了?"

孝德说:"走了。你报案了没有?"

金平说:"又不是贼偷了、抢劫了,自己丢了,丢在哪都不知道,去报案?你以为我真去呀!"

孝德说:"你很有腔调呵。"

金平做事有点出格了。不是自己的母亲,人情世故少了不说居然撒谎。对自己的妻子孝德是无奈的,其实,金平不懈和凡俗打交道的时候有她的气场,气场中心的孝德常常显得很猥琐,不具备反抗的力量。

张孝德走着遇见了一家快餐店,他急需要坐进去。要了一份早餐,一碗皮蛋瘦肉粥,两根油条。他忘记了一早吃过母亲包好的饺子,粥和油条像刷锅水一样难吃,但他仍旧锲而不舍地尝试。脑子里一直幻出一个火车走远的声音,吃下去的味道似乎也非常机械。他不自觉给弟弟孝勤打了电话,弟弟在新疆工作,此时或许还赖在床上。

"这么早,哥,出啥事了?"

"妈今天一早回老家了。往火车站的路上丢了她自己的小包袱。包袱里有钱。"

"妈自己拿着丢了?"

"不是。姐拿着。怕上下车不利索,叫姐拿着,不经意丢了。"

"包袱是妈的心肝。"

"妈说有多少?"

"有将近三万。"

半天,电话里穿来一声闷音:"妈有可能害下大病。"

这句话让张孝德有着战栗的恐惧。

四

单冬花在软卧车厢躺下的那一瞬间,她觉得自己已经看不清楚周围的颜色了,最为重要的是她不记得刚才的事,张口说第一句话就把五十年前的事情说成了昨天。

"你怎么没有把你两个弟弟抱到床上来?"

金平小心地看着进入软卧车厢的人,先是个子不高,身子很敦实,长方脸红扑扑的男人,只见他细长眼睛眯缝着,进车厢就笑,说话嗓门洪亮,透着实在。看着单冬花大声说:"老人家,我坐你脚头儿。"单冬花也笑,笑得难看,伸开的一双脚缩了回去。接着又进来一位学生娃,不打招呼,直接爬到了上铺。

男人指着小梅问:"老人家,这是闺女还是媳妇?"

单冬花勉强答应了一声:"闺女。"

男人说:"闺女好,贴心。"

张小梅笑。单冬花突然很讨厌闺女的笑,转了一下身子脸朝着了墙。闺女和男人在她的身后说话,她不想听,尽量让自己进入一种沉思。闺女蚊子一样的笑声毫无节制,单冬花被这笑声击倒了,好像自己做了什么十恶不赦的事一样。其实她一直在躲避周围,从一开始进入卧铺车厢,她努力不去想不去看,就因为躺着可以让眼睛朝上看,躺下的那一瞬间,她甚至惶惑回忆起了此前,意识很快就回到了当下。她开始压迫自己去冷静回忆刚才发生的事情,儿子坚持要闺女帮她拎着小包袱,碍于儿子的面子,自己假装很不在意递给了闺女,一路上眼睛从没有离开那个包袱,只有一次,上车,儿子搀扶着她,她不能够拒绝搀扶,这是儿子表达他自己对母亲的疼爱,有五六分钟,视线断了。上车后和售票员说话,问答只有一个来回,包袱应该不在闺女手里,她看得清楚,虽然闺女坐在车尾,她想,上车前闺女合并提包,包袱一定是并在了闺女的提包里,没有多想。她没有想到的是,包袱不见的那一瞬间,包袱真的长了脚了。这中间一定在某一个环节有人起了念了。乡下的日子里,她常常坐车去另一个村庄看戏,小包袱不离身,谁照顾过她的上下车,她手脚利索得很哪。在儿子面前她不能像从前那样对儿子说

"讨厌,丢开手!"她是儿子的老娘,人一老,距离来了,隔膜来了,客气来了。五六分钟时间,包袱就不见了。长大了的儿女离心离肺,彼此知道计较,知道假模假样了。一下按捺不住情绪,单冬花坐了起来。

小梅的笑没能保持住,她看到母亲的脸拉着很长,不语不言,盯着地上的旅行箱看,她想母亲要说什么,但母亲没有话。

单冬花转过身盯着闺女的脸看。冷不丁冒出一句话:"得了。"说完躺下了,像一个中年人一样利索。

张小梅高昂了一下头,这时,有人喊男人去打牌,男人站起来走出了车厢,疑惑什么又回头张望了一下。张小梅干脆提起旅行箱放到了自己脚头,没多话,也躺到了铺上。母亲刚才说什么她没有听清,但她明显感觉到了母亲在怀疑什么。她懊恼地开始回忆一早的事,可想到那个包袱的时候,上车前等车过程突然没有了记忆。想不透彻,哀哀地难过,心疼母亲,想和母亲多说说话,坐了起来,站到母亲跟前。单冬花凝视着虚空的眼睛突然合上了。张小梅坐到小桌前扭头望窗外,竟看到了满天的毛毛雨,火车哐当哐当的声音在脚下推动,一些风口的树,在秋天里凋零得早,在春天里新生得也早。天空的云团呼呼四散,一线阳光,扒着云缝射到远处的山头上。张小梅的心酸了一下,她一下明白了母亲对她的敌意,从来没有离过身的包袱被自己拿着时丢了。可那个包袱对自己来说有多么生疏。

单冬花闭着眼,小梅知道母亲睡不着,包袱丢了,天塌了。她喊了一声:"妈。"

单冬花纹丝不动。

张小梅说:"妈,包袱丢了,都怪我。我从来都不敢动,你常说,人一天有仨迷糊,我手里不常拿的东西我手生啊。

"妈,你一直盯着我,可你咋就没有盯住我呢?一转眼的工夫好过了旁人。

"妈,我早和你说,存信用社,你不听。丢了,也不知哪个没屁眼的人捡了。"

单冬花睁开眼恶狠狠地说:"你怎么也敢说短话?"

张小梅说:"我说短话,我是咒捡到包袱的人,我咋不敢说短话?"

单冬花咧了一下嘴说:"你啥不敢?!"

张小梅瞪着眼睛看着单冬花:"妈,你啥意思?就算我把你包袱弄丢了,就算!知道你心疼包袱里的钱,是你两个儿子过年过节孝敬你的,他们疼你,拿钱叫你花,拿钱买你对他们的牵挂,明知道你不花钱,你是攒给他们的,你最终是攒给他们的,你抱着你的包袱,抱着他们的疼。可你怎么就不想想,这么多年,我几乎是两天看你一次,洗洗涮涮,那点口粮地,春种秋收,哪一件事缺我了?伤风感冒,头疼脑热,是你闺女守着你啊,你不信任我,就算我丢了你的包袱,我一辈子做你闺女的好买不来你一个包袱?"

单冬花哆哆嗦嗦坐起来盯着张小梅说:"你是往我心口上插刀!"

张小梅怎么能知道单冬花的难过。

单冬花31岁上守寡,拉扯着三个孩子成长,一个女人的一辈子,那是在人眼皮底下活人的难熬啊。她还记得去年秋天张孝德回乡陪着她住了一个月,单冬花在院子里扫院,起伏之间张孝德说:"妈,6岁那年我记得你的辫子落在腿弯上,槐树那年有胳膊粗。"

单冬花怔了一下,掩饰什么地说:"妈再都不能活回你6岁那年了。都要经过老,你是笑话妈老了。"

张孝德龇着嘴笑,满头白发的单冬花,太阳照过来,照出了单冬花粉红的头皮,曾经,头发盖着头皮,两条粗黑辫子匍匐在单冬花的脊背上。

记忆来得越发深了。

秋天庄稼黄熟了,6岁的张孝德坐在驴背的驮架上,他爸赶着驴,驴脊上的张孝德不安生,两条腿来回敲打着驴肚,把驴惹毛了挣脱了缰绳,张孝德被摔下来,驮架砸在了张孝德头上。他爸抱回张孝德,坐在院子里的槐树下,那时候有个井辘轳闲置在那里,血把张孝德的布衫染得殷红。单冬花站在槐树下,看见血的那一瞬间,眼一黑,天上的云彩旋起来,单冬花就不会说话了。那年单冬花31岁,张小梅10岁,张孝德6岁,张孝勤4岁。他爸看着单冬花的样子吼着:"我死了你咋办?瞅你的样子,除了生娃你啥屎不成!"

秋天,他爸在煤矿下窑,瓦斯爆炸被炸死了。

人被抬到村口那一刻,单冬花出奇镇静。她身后三个娃,三个娃也都不哭。单冬花告诉孩子们:"那棺材里躺着你爸,你爸是张家的男人,他管自己享清闲去了。张家得出一个有本事的人,天下有本事的人是男人,在卵崖底村只有家里出了有本事的人才不叫人下看。我和你们的姐姐供你们弟兄俩念书,只要走出去一个人,前路就看得到光明。"

单冬花破天荒冷静地在跑过来看热闹的人前说下此话。单冬花的头昂着,面孔扬着,脸上留着怨恨,保持着乡下人认可灾难的冷静,里面有一种不可理喻的坚强和难过,她忍着不哭。她丢开孩子们拢住眼,趴在棺材上掀起单子看,她的汉子,一身的对襟青色涤卡布衫,一顶劳动呢八角帽,帽子和身上的衣裳都不是很合套,都是崭新的。只能怨他命不好,死了赚了一身新。单冬花挪不开步,没有力气挪开,身后的家族议论着后事的全部细节,该怎么做有矿上人张罗。身后村庄里的女人们小心地看着单冬花,不敢大声唏嘘,却也不断地追忆着棺材里的人的生前种种生活细节。感染之处,爱哭的老人禁不住流泪了。单冬花期待什么,哪怕有一句那样的话出现"剩下的孤儿寡母怎么过日子哟",但是没有。矿上答应给张家一个顶替下矿的指标,单冬花听见公公在身后交涉,娃都小够不着年龄,叫小叔子去。

单冬花的屋子里除了少了汉子,什么也没有少,多的是三个子女三张嘴。老天连叹息的工夫都没有给单冬花留够,一场秋天的连阴雨,院墙塌了,单冬花站在院子里护住三个娃,自己却闭上了双眼。村里人看见难过,一升米一碗面帮衬帮衬,总归不是长久的事。槐树就在院子里粗壮着往高里长,子女也往高里长,槐树喝水,子女吃粮。自己好养,养活子女难,一年到头屋里屋外,每天往身上沾的有两样东西:尘土和猪食。尘土拍拍就掉了,猪食洗了又溅上,衣裳哪敢多洗,布衣裳不耐磨啊。单冬花知道,这是命,命是什么,老天早安排好了的,谁都不能改变的。既然认命,单冬花就少在人前叹息,也不埋怨,她在老天给她画的框框里闹腾。三个孩子除了吃,还得穿衣,还得学习,学习和穿衣就得花钱,钱在腰里支撑着,硬气,才不会在人跟前低头。

单冬花找石匠在屋子里锻了石磨,她学着磨豆腐,用豆渣养猪,卖了猪可供养子女上学。天亮起床架驴磨豆腐,一头驴戴着捂眼转磨道,磨慢慢悠悠转,磨眼里插着三两根筷子,豆子要三颗两颗均匀匀下,灌豆子时勺子里几颗豆子加几多水,更是马虎不得。性急时,常使磨子打空,心粗的,豆下得不均匀,这样磨出的浆粗,点出的豆腐不能炸素丸子,一落油锅就起沫。单冬花从来不放心别人掌勺,喜欢张孝德搭边手推,一是磨重,需要张孝德知道赚钱不易;二是驴从五更天开始劳作也累了;三是想叫世人看看寡妇是怎么带大了一个有出息的儿。

那年月,学校不重视教育,张孝德学习也不好,单冬花觉得日子没有啥希望了。傍晚时分,明月要升上来,单冬花坐在屋前的台阶下,人乏得骨头都碎了,就是不见瞌睡来。有时自己在院子里慢腾腾走,想一些事情,好好的,心酸得就想哭。背着人哭是她恢复体力的过程。三个孩子从外边跑进来,不知日子的深浅争抢一个果子,孩子不知道大人的苦楚,在院子里追逐打斗,那么欢势,吵闹着耍。一个女人带三个娃,一辈子的好日子叫娃们捎带了,千难万难大人能克服,娃过不去,娃的路长着呢,有人疼有人爱娃才能长好,人一辈子不就是为了娃嘛!看着眼前的景,心里腾开了地方,累着也不觉得难过了。风吹日晒的光景,让年轻的单冬花面如重枣,四十不到,头发白了一半,皮肤跟榆树皮一样。她坐在月影里,压着声音,哭一会儿笑一会儿,人说,有苗不愁长,可到底能结出啥果啊?

17岁的张孝德当兵走了,是公社照顾她。单冬花看着长大的儿子,突然发现那个死去的人又活了。瘦条个子,小眼睛,身子精瘦如柴,新发放的军装架不住,两条腿晃荡着,眼睛却带着电看人,看得单冬花心里是七上八下的。儿子要当兵了,部队教育人,是好事呢,也许将来要随着儿子的出走能过上好日子。单冬花的额头便也舒展了,流露出酸楚的幸福。熬到头了,心里想着要安顿张孝德啥话,又没有适合的话安顿,从包袱里取出卖豆腐的钱递给儿子,叫他装好了。张孝德不要,说部队都管。单冬花握钱的手颤抖着说,还是国家好啊!便安顿了一些成长的话。

单冬花说:"当兵的人,抛头露脸,牵连人情,你见人了,首要的是嘴甜。人活在世上靠了嘴活,嘴是人的软刀子,千难万难,多张嘴问,难事就都化解了。你出门在外接受教育,要关心一起生活的人,当兵人吃公家饭,公家才是稳当的靠山,遇着不容易,吃苦受罪了,心里头都要欢欢喜喜的,不去埋汰他人。你不可和你爸一样,不管嘴,由着嘴伤人。在部队要学得腿勤快,皮实的人都喜爱。家里你不用操心了,有妈,有你姐,等你姐嫁个好人家,得了彩礼钱,你弟就能上高中了,这日子啊已经看见好苗头了。"

单冬花脸上难得有了笑容,虽然隐约着一丝苦涩,笑容能来到脸上,那是咽了太多的苦水换来的。

21岁的张小梅看着母亲的笑容,她不能够确定自己能嫁个好人家,她心里有人了。说出那个人来母亲一定不会同意。自己迟早是别人的,乡下女子土里刨食吃,女子顶不下劳力,工分都是赚半个,还要梳头打扮,多一份花销,虽然亲骨头亲皮肉都是妈生的,可女子嫁人,那是要一次性把娘家的成本和利润算清,自己中意的那个二流子哪里有钱出这彩礼?有一次张小梅和二流子说:"没有进过城。"二流子说:"跟我进城逛逛,管叫你世面大开。"两个人避开村里人在公路上扯风扯雨站了半个钟头,拦下一辆拖拉机,爬上后拖挂算是进了一回城。走在高低错落的楼房中间,肚子饿得咕咕叫,二流子没有一点买饭的意思,张小梅也不好意思说。进了一家小旅店,二流子上下瞅瞅,示意张小梅进去。二流子指着空着的上铺叫张小梅上去,二流子也爬了上去,抱住张小梅又搂又亲。听见外面有动静,二流子用被子盖住张小梅,他压在被子上。一个女孩进来了,看着上铺说:"你登记了没有?"二流子不说话,呼噜声骤起。女孩问了几遍,见人睡得实骂了一句:"死猪。"反身甩上了门走了。二流子掀开被子匆匆破了张小梅的身子。饥饿感没了,羞耻像一疙瘩热牛粪一样黏上了她。就一次她就怀孕了。

张孝德走的那年,张小梅年底嫁了二流子。提亲的日子是秋天,二流子不知在哪喝醉了,穿一身卡其布缝的深蓝色中山装,有些显小不合身,兜兜里别着一支钢笔,还戴了一顶里头垫了一圈报纸的蓝帽子,一条灰裤子看不出原先是什么颜色,脚上一双解放球鞋,手里提着两瓶汾酒两条大光烟,红着脸讪讪来到了张家。进门不打招呼名正言顺坐在了张家的床沿上。他先是看羞红脸低头搬弄手指头的张小梅,接着看站在地上捡黄豆的单冬花,又眊着清汤寡水的屋子看,酒和烟顺手放在了床上。还没有来得及说话,外面的热闹就来了,两个后生因为什么事情吵闹着走到了单冬花门前。一个抓着一个的领口喊:"你借钱不还,你今儿不还钱,今儿就是你的忌日。"一个说:"你弄死我,我早就不想活啦。你弄死我,只要你能活成人,我服你!"

村里人不知道发生了啥事,跟了声音都跑来看热闹,聚在门前指指点点,让单冬花无地自容。

二流子走出门,兜兜里掏出一包烟,二指一弹,弹出三支烟,自己抽一支,伸出烟盒要对方松手一人一支。打火机"啪"一声伸过去问:"借了多俩钱,值得要一个人的命?"一个说:"十块。"一个说:"听听,哥,我的命就值十块钱。"二流子掏出十块钱递过去说:"拿走。少他妈在我丈母娘家门前闹事,今天是我定亲的日子,饶了你们,否则你俩都得喂猪。"

两个人不吵了。一个说:"知道哥是能人,能把地方粮票换全国粮票。几天前我还见派出所所长往你嘴上按烟哩,公社书记的门你是一抬脚就进去了。"

一个说:"哥,你叫我咋报答你,我这贱命给你了!"

二流子二指夹着烟不耐烦地指着二位说:"走走走,我今天是心情好,放我不乐意时早撤下你们不管了,你们这点事坏了我的好日子,惊吓我丈母娘,惹得众乡亲看笑话!还在这里张着乌鸦嘴叫啥,还不快滚!"

二人抬脚就跑。单冬花莫名其妙看着,但也知道是闺女惹下的事。没念过书的人真是好坏人都分不清了。她瞪着眼看张小梅,张小梅的脸煞白,没有半点主意,无助地看二流子。张小梅原以为会有媒人来,哪知二流子自己来了。看着的村民都知道张家的闺女在外恋爱了,恋了个"能人"。

单冬花说:"你招来的人,你愿意,你就自己做主,我不同意。嫁出去的闺女泼出门的水,人活脸树活皮,你就这样丢人现眼,把你弟弟保家卫国的脸都丢尽了!"

二流子掏出纸烟发给四下里看热闹的人,看见有抱小孩的妇女,变戏法似的掏出糖递给孩子,捎带捏一下孩子的脸。一群大一些的孩子也跑了过来要糖,二流子说:"一人一粒糖,好事要成双。"

抽烟的吃糖的也算是分享了张家闺女的好事。有人知道二流子是隔山那边东屿上公社的人,谁家的娃一时想不起来。单冬花觉得自己没脸在这世上见人了,反身快速走进家门"哐当"上了门闩。

二流子反倒不在意,正中下怀。一手拉着六神无主的张小梅,一手放在裤兜上说:"卵崖底的乡亲们,你们见证,小梅今天是我的妻了,我本来今天是拿了彩礼来定日子的,没想到两个泼皮搅了我的好事,我的丈母娘不想听我的解释就把我妻张小梅关在了门外,我无所谓,男人家脸皮厚,叫一个女人的脸往哪里放?你们都见证了啊!"突然从裤兜里掏出一沓钱晃着,乡下人哪里见过这么多的钱,觉得单冬花小家子气,有人就想上前劝说,单冬花不开门。二流子也不听劝,拉着张小梅的手往大路上走,一边走一边说:"总有一天我抱着外孙回卵崖底来看你们。"等远离了人群,张小梅突然跪在了路当央开始哭,哭得站不起来,那个人也跪下重重磕了仨头,拽起张小梅扬长而去。

单冬花攒钱是出了名的,一分一厘抠,零钱换整钱,两个儿,修房盖屋娶妻,谁都帮不上忙,只有钱能帮上忙。嫁闺女反倒一分钱没有收,就这样叫一个泼皮活生生拉走了。单冬花不怨二流子,怨自己的闺女,缺心眼,没脑子!

五

当兵走的那年老屋的墙上糊着一九八三年的报纸,报纸的外面贴着"保家卫国"白底红字奖状,奖状的旁边是杨柳青的年画。窗台上放着一面圆镜子,镜子是一九六三年单冬花结婚时的嫁妆,上面有毛主席的军装肖像,下面是对称着的六朵向日葵。靠门的墙边有一口老柜,上面放着手掌大一个相框,是张孝德当兵时戴着红花的照片。儿子的照片成了单冬花的精神寄托,每年往来的信件,看后保存到小包袱里,信件成了单冬花克服困难的力量。

儿子在外,家里没有亲戚人脉,出社会之后更要靠自己,没法靠关系,所以在外的人加倍儿比家里的人难。从儿子的信中,单冬花知道儿子一开始在部队上喂猪,把部队的猪当了自己的亲人,后来不喂猪了进了后勤上,因为是乡下走出的兵,一旦受了部队上的教育,人就变得讲究忠贞,认定了自己的工作,从头到尾不生二心。部队中人情味特别浓,不分你我,新兵蛋子,互相帮助,勤勤恳恳的老实人总是会受到重视,这样,三年后张孝德又调往军区给领导当了生活秘书。张孝德后来复员到北京某房管所工作,通过关系安排弟弟成了援疆工人,又把姐姐家的哑巴闺女安排在省城一家福利院,并让她成了家,这一系列的改变让卵崖底人很是刮目相看寡妇单冬花。

　　单冬花还记得当兵五年后的秋天,张孝德回乡探亲,到家时已是黄昏时分。卵崖底的人知道张孝德回乡了,都聚在张家的院子里,人们的兴奋程度就像是过年,毕竟是走了五年的人。单冬花看到儿子个子高了,人壮实了也白了,再看那张相片,觉得不一样。卵崖底的水土不养人,个个儿养得黑干细瘦,还是外头的水土养人啊,看人家孝德根本就看不出是卵崖底人。一轮皓月当空,人们发现单冬花粗糙的脸上有了水分,被月亮的光笼罩了一层神秘的笑容,笑容生动着过日子的不易和忧伤,卵崖底的人被什么东西感染了,大伙都齐齐开始同情单冬花的不易,31岁守寡到40多岁,寡妇门前居然没有任何是非。培养出这么一个有出息的儿子,也算是命好之人啊。单冬花烧了热茶,村庄里的男人才发现这么多年来是第一次进张家。屋子还是早先那样没有添一件新家具,日子过得简朴。他们并不推辞,端碗时却轻手轻脚,喝茶只是站着,更不随便说什么,只是听张孝德说。轻里有一份敬。单冬花说:"你们坐呀,怎么都不坐?"所有人都不坐,喝完一碗又喝一碗,张孝德看到了母亲在卵崖底人心里有一种地位。

　　张孝德忍不住问起了姐姐,单冬花不语,张小梅是单冬花的一个痛点。有人应答:"你姐嫁人了,过几天叫她回来看你。也该走动走动了,这么多年哪有闺女不上门认娘的道理,再不认就忤逆不孝了。"张孝德想知道姐姐嫁了什么人,到底发生了什么事?一股野风吹过来,呼啦一下吹乱了单冬花的头发,单冬花的习惯还是早先那样,用手往后掠了掠,这使张孝德猛看到母亲头发的颜色已十分相似于斑驳的老墙,灰白而没有光泽。单冬花不说话,倔强着,背过身,母亲的样子让张孝德心中打鼓,但同时又有点儿意外的高兴。

　　谁知单冬花出其不意地说:"嫁了个二流子。没脸回来。"

　　家丑不外扬,喝茶的人就都开始放下碗找借口告辞,单冬花也不留,女儿触痛了她的心。张孝德看留不住就一一和大家告辞。这时候张孝勤去乡里送豆腐回来了,人搭了黑,一进门一身风尘,看见张孝德,有几分不好意思。单冬花说:"你弟弟也不念书了,不是供不起他念书,是他自己死活不想念,就在家和我一起磨豆腐。不是人才的命就安心做个受才!"

单冬花一心想供出一个读书人,能走出一个读书人是一个家族的脸面,可她没想到两个儿子都不好好念书。她这一辈子都是赌气在活着,家中能走出一个读书人构成了她生命和理想的明天,这是她心底藏着的一个夙愿。眼下她只能感叹自己命不好,生活磨砺使得她的悲凉已不放在脸上,说此事时单冬花平静中有几分刚强。

张孝德在家住的几天里听孝勤讲了姐姐的事,孝勤告诉张孝德,都说带走姐姐那天,二流子掏出的钱不是真钱,是一沓鬼洋,他就欺我们家没有男人,咱俩找他去,我就想打他一顿出下这几年的气。张孝德想不出姐夫的样子和做派。决定要回部队的前一天,张孝德借口和孝勤去送豆腐背着母亲去看姐姐。

兄弟俩打听着走进姐姐院子时被一个流里流气的人挡住了。三间石板房,参差不齐的院墙豁牙缺口,灰白的颜色是曾经刷过的石灰,一地的枯枝败叶。和周边砖土结构的四合院相比,更远处立起了几幢全砖楼房,对比告诉了张孝德这户人家的穷困潦倒。屋子里姐姐在喊叫,不一会儿,一个孩子降临了。哇的一声啼哭,惊世骇俗,接生婆说:"你曹家有后了,是个小子。"这句话使得院子里那个流里流气的人也如同床上的姐姐一样,幸福得微微战栗。张小梅在屋里知道弟弟回来了,无声的泪流下来。张孝德听见屋子里的姐姐说:"外甥像舅舅,我的儿将来会有大出息。"院子里流里流气的人握住张孝德的手,扭头吐了一口唾沫说:"双喜临门,今儿我请我两个小舅子喝酒。"他哪里有钱买酒,不过是一句谎话。

见到姐夫,张孝德就有了某种直观认识,姐夫那一惊一乍的虚样,他明白了当初姐夫演的那出戏,这样的家庭娶妻是很困难的,他用一种

75

卑鄙龌龊的手段把姐姐弄回家,生米做成熟饭了,说什么似乎都已经是多余。张小梅把屋外的人支走和弟弟在屋子里说一些心里话,她知道母亲还怨恨她,就想有一天母亲能够原谅她,否则,和旁人一说起娘家人来,就有被妈抛弃的滋味,人前人后都挺不好受的。张小梅突然停下了哭看着孝德说:"你的话妈听。她一辈子重男轻女。"

张孝勤说:"他是拿着鬼洋羞辱妈,你和他离婚,只有离婚妈才接纳你。"

张小梅说:"人嘴里没好话,他那天拿着的上下是两张真钱,中间是纸。"

这句话叫孝德心里很难过。张孝德安慰姐姐不哭,月子里忌讳哭,容易伤身子。张小梅控制不住自己,一座山的背面是娘家,她已经五年没有回家了。看着弟弟她不能说自己看走眼了找了这样的男人,男人好坏是自己跟了人家的,娃也生了,只能放大他的好。还想着贴补娘家呢,看来以后的日子全靠眼前的这两个弟弟了。说话间一个四岁的小女孩走进来,看见有陌生人在,怯怯地站在门口不言语。张孝德蹲下问:"你叫什么名字?告诉舅舅。我是你舅舅,想要什么舅舅给你买。"

张小梅说:"叫芬芬。大弟,她听不见,是个聋哑人。"

时间对于张孝德有点残酷,这个家,让他一下成熟了许多。他恼恨那个人,也不想知道他叫什么名字。姐姐一生的幸福就在他手里毁了,是姐姐心甘情愿被毁了。张孝德放下一些钱,又放下两身普通军装,明知道那个人穿了军装又要在世人面前吹牛,但是,因为姐姐他什么都不去想了。

张孝勤出门站在那个二流子面前捏紧拳头说:"你敢欺负我姐姐,小心卸掉你一条胳膊!"

二流子"扑通"就跪下了,诅咒发誓说:"让你姐说,我要是欺负过他我就不是人!我是能力有限,穷家过不了富日子,你们只要给了我能力,金銮殿大,只有你姐一人坐的份。我要是待她不好,我自己解决半截去见你们行不行?"

一个人都这样了,你想打他却举不起手来,还能怎样?一只猫滚着地上的搪瓷碗吭啷啷响,村里看热闹的人都来了,芬芬倚着门,咬着手指,一脸惊恐的样子。张孝德不忍心再看,拉着孝勤就走,失落,无奈,无法抗拒地落荒而逃。

张孝德看姐姐是瞒着母亲的,其实走了一天的人瞒是瞒不住事的。单冬花对女儿当初的行为她发过誓一辈子都不见,看着张孝德低沉的情绪,她明白闺女的日子比她想象的还要糟糕。单冬花说:"知道你去看你姐姐了,她日子过得可好?"

时间已经化解了单冬花的怨愤,跟前站着的两个儿子已经成人,生活教会了她松紧适度,快慢自如,艰难困苦都走过了,看开看不开,都已经无法找回当初。

张孝德便不捂什么,一五一十讲述了姐姐的现状。单冬花一句不插话坐在床上听,张孝德告诉母亲:"姐姐这一辈子命该过好,可惜因为爸爸早逝,她是舍下自己照顾这个家,如今的结果也不能完全怨她。姐姐找不到好的结婚对象,多半受限于环境,她没有读过书,在看人上难免走极端,尽管如此,姐姐对人性也不曾失望,老说那个人的好,怕我对那个人产生成见。姐姐用不带成见的心来面对生活,她说那个人虽然满嘴跑牙,但也是一个有意思的好人,他是掏心挖肺想对姐姐好,可惜穷日子限制了他。"

单冬花回答:"屁!"

张孝德看着母亲说:"妈,你可能不知道,姐姐的大闺女是个聋哑人。"

单冬花咬了咬牙说:"外头人不摸底,我是经见过了。我怎么不知道他是什么东西,睁眼说瞎话,偷鸡摸狗,人想不到的事他都做得出来。骗吃骗喝叫人打过好几回了,每次打了都完好无损,人说小梅的女婿经打,恢复快,这也叫好名声?没个人样,谁都瞧不起他,你不要叫他姐夫,小心污了你的嘴。那闺女聋哑到什么程度？可听得见人说话？"

张孝德说："听不见。长得好看,和洋娃娃似的。姐姐说他脾气好,骂他几句也不恼,也不还嘴。喜欢抛头露脸,虽然不下力气,但要是家境好有背景,说不定也算是乡里的一个人才呢。姐姐有一天领着娃回家了,妈千万要认下她,姐姐心里一直牵挂着妈呢。"

单冬花的泪一下就溢满了眼眶。她可怜那聋哑闺女,上天为啥不叫那个二流子变成聋哑人,怎么偏偏就降到了还没来得及活人的娃娃身上？

娘俩不说话,看着窗外的槐树和枣树,秋风起了,成熟的枣儿被刮下来,有鸟啄食。娘俩共同回忆起了那些年孩子在枣树下玩耍,刚放学回来的张孝德扔下书包跑出门,张小梅一下揪住了他："你不做作业往哪跑？妈磨豆腐,我来管你,不做完作业不能耍!"

张孝德说："去你的,你管我算老几？"

张小梅说："你不做作业,我就是老大!"

"啊呀!"单冬花叫了一声,"小梅,浆开了,忘记了退柴。"

恍惚又觉得不是从前了,下意识地说了一句从前日子里的话。眼前哪有女儿!

此时窗外老槐树上飞走的麻雀又飞了回来,舍不得眼皮下的那一树枣子。张孝德走出院子扬手撵树上的麻雀。

单冬花也起身走出去说："不撵了呀,叫它们吃,能吃几个枣子,肠胃加一起没有一颗豆粒大。"

张孝德看着单冬花走进西厢房,似乎对姐姐以往的恨已经消解一大半,这就是他善良勤劳的农民娘。

西厢房里,如今已经是用电磨豆腐了。豆香飘出来,顽固持久地弥漫在张孝德身体周围,是一股湿润感觉的香味,那香味催开了记忆的花,记忆被时间的铁锤夯实过多少遍,有生命从幼稚到成熟过程的痕迹。

"退柴!"

柴从灶火中拽出来扔到了屋外,一股青烟。姐姐先用锅盛一盆豆浆,点一勺浆水于其中,再用这带了浆水的豆浆一勺一勺点大锅里的,如此数回,豆浆一点一点清了,豆腐花一层一层地起了,待豆花凝成块,轻轻捞起集于一个大大的竹筛子,用勺子挤压成形。这时候屋外早已经站满了人等着起豆腐。张孝德记账,豆腐一块一块被取走了。眨眼工夫过去的景象已经模糊在大脑里,那些可都曾经接应过张孝德的呼吸呀,姐姐不在这个家了,这个家里还有姐姐曾经的记忆存在。

单冬花喊:"孝德啊,在外吃呢还是回屋里吃?"

儿子归队,娘亲的最后一餐饭似在从事一项艺术活动,那一声喊洋溢着一股爱意喜气。

张孝德说:"妈,咱在院里枣树下吃。"

单冬花踮着小脚端着碗送出门,张孝德迎上去要接过来,单冬花不让,屋里只要是男人,饭菜就得女人来端。张孝德便坐回到枣树下的石桌上。四样小菜青绿红白,一碟儿凉拌黄瓜,一碟儿红萝卜丝,一碟儿葱油豆腐,一碟儿春天的腌香椿芽。饭是小米稠粥,粥里煮着红薯、黄豆。吸溜一口稠粥下咽,有如往返于红尘净土,闹市幽谷,便觉得两腋下有清气浸润,鼻息之间,胸腹之间,腻烦全消了。单冬花看着张孝德的吃相,活人的精儿魂儿梦儿根儿全来了,她想她该原谅那个不孝的女儿。

六

回到家里时金平不在,空空的家中到处是母亲的影子和她的小包袱。张孝德的心极度惶惑,想起了去年农历十月初一,他回家给父亲烧50年纸,准备提前把母亲接到北京过冬。临走时,姐姐欲把母亲扶上汽车,但母亲迟迟不出门,一定要姐姐到门外等。张孝德从窗户玻璃上斜睨着看到母亲在炕头的那口从来没有上过锁的木箱里翻来覆去找东西,好像一下没有找到,一脸的紧张。姐姐在院子里催促她,她也不急着出门。单冬花站在床边想什么,想着想着拍了一下头走到墙角的矮柜子前打开取出了什么才往出走。

卵崖底的人们看到单冬花怀里揣着一个小包袱出来了。张孝德知道那是母亲的宝贝啊,走哪都不离身,她已经准备好,恐怕是一时忘记放哪里了。单冬花在大家的搀扶下坐到了小车上,像抱着一个出生不久的婴儿一般,抱着她的小包袱不放。当天下午到达晋城,3天后,又坐火车来到北京。一路上,单冬花与那小包袱是形影不离,就是上厕所,也要带在身旁。坐困了,张孝德想替母亲拿一会包袱,单冬花都不让,说男人家粗心,给她弄丢了怎么办?一路上张孝德老是开玩笑想知道包袱里装了什么,单冬花就是不说。

到家后的第二天遇见母亲在整理她那小包袱,看到张孝德过来,她就停了下来,用包袱皮盖住里边的东西,不想让张孝德看到。时间一长,只要母亲翻动她那小包袱,张孝德就自觉地回避开,并且要儿子和金平也一样回避,生怕母亲多心。一段时间后闲聊,张孝德问母亲攒了多少钱,单冬花笑着说:"就你和你弟弟逢年过节给寄的那点钱。就是那点钱,我还要补贴你姐,还要用于看病,打针,吃药。你说说能有几个钱?你不是算计你给的那几个钱吧?"

张孝德逗她说:"就是算计你那钱呀,你把钱花了我还算计个啥。"

单冬花一辈子算计着给子女花钱,轮到自己反倒花一分钱都心疼。

自从张小梅拖儿带女上门,被单冬花认下后,张小梅的女儿芬芬就跟着单冬花过日子。每一次二流子怂恿张小梅来看女儿总是两手空空,单冬花边数落边收拾一些家里多余的吃喝叫她带走,张小梅回去后就和二流子吵架,张小梅的大儿子虎子就在这样的吵架声中长大。有一次张孝德和张小梅长大的小儿子虎子聊天,虎子说:"小的时候,我害怕父母吵架,除了吵架他们平常不多说话。等我长大后,他们吵架成为我了解生活的一种途径。从他们的对话中,我听到了以前很多不知道的事情。"虎子说:"有一次爸爸没有钱花了,周边的村子里已经不好下手去借钱,结果鬼使神差跑到了卵崖底。他先是糊弄村里的人他认识大领导,买农药买化肥小意思,他说认识商店里的采购,结果姥姥村里的人就筹钱要他买便宜货,村里的人满心欢喜等着,他却拿着钱没影子了。秋天,卵崖底有人家说书,妈妈去看姥姥,结果被卵崖底人堵在了村口,不得以姥姥从家里取了钱还了欠债。爸爸再去卵崖底,好像这些事都没有发生过,见了人家还家长里短套近乎,人家冲着姥姥的面子不好说什么。他还说,放别村的事情我早不管了,因为这是我丈母娘村里的事情,就跟我家的事情一样样的,就是为了你们村走后门的事情我把人家外村的人惹下了,人家去告我状,你们知道我有多费神费力?搭进去工夫不说,有时候事不由人,天王老子也只能干瞪眼。钱我是给他们了,你们不摸底,我敢在丈母娘的地盘上耍脾气,迟早要给你们弄,我不行还有我小舅子呢,我小舅子是北京人,二小舅子也当兵,那是谁的能耐?我小舅子的能耐。不缺你们那俩钱,你们不要下看我。卵崖底人觉得我爸爸好有意思说这些,但也似乎也构不成坏人,也没有人计较和纠缠他,可姥姥知道了就不依。爸爸居然到姥姥屋子里顺手牵羊拿姥姥的东西出去顶账,姥姥一直防着爸爸,后来就防着妈妈了。"

过年时全家在饭店吃饭,张孝德特意给母亲点了燕窝,母亲很喜欢吃,说:"好吃。"金平说:"一碗要五百块呢,当然好吃。"张孝德看见母亲拿勺子的手哆嗦,看着自己说:"你们真敢花钱,早知道我就不吃了。"

单冬花说:"人狂没好事,狗狂挨砖头。人哪敢作践钱,钱是长了腿脚的,你这样作践它就要往人家门上走了。"

单冬花告诫张孝德:"以后要节省,慢慢岁数大了,要有些积蓄应急。社会不是四平八稳,有捣乱人作怪,想兴风作浪时,受难的常是小老百姓,手头没有积蓄,乱来了,日子难时国家大了,帮不上普通人,只能靠咱自己。"单冬花这一辈子最羡慕的人是村里的小学老师,不仅因为人家有知识还因为人家有国家给的工资，除了赞许之外，还有尊重在里面。记得第一次坐车到京城，单冬花把自己打扮得整整齐齐，仿佛要去参加一个重要的聚会，张孝德说："城里也是你的家，不必要从心里就想着这是儿子的家，随随便便就好。"单冬花不这样认为，她不想叫城里人笑话，这是谁家的老婆子，瞅瞅那窝囊样，那不是给我丢脸，是给儿子丢脸啊。何况家里还有儿媳妇金平，人家怎么看？人家是城里人，穿衣吃饭都有讲究，不能因为是乡下人就叫人家原谅自己。单冬花疼钱爱钱可也不吝啬钱。亲戚邻居有个红白大事，只要告知，不管30、50的，单冬花都要表示一个心意。每年春节，单冬花还要给孙辈们每人50元压岁钱。外甥、外甥女，以及外孙女对她非常好，张孝德逗她让她多给一点，她笑着说："我一个没用的老人，他们不给我就行了，我还给他们？我这点钱还是你们给的，我不能拿你们的钱去充大方、做人情，给50元就蛮不错了。"

每年的清明节前，单冬花总要给在外工作的两个儿打电话，"我昨晚又做梦了，梦见你们的死鬼爸，他不说话，泪在眼窝里转，是不是该给他烧纸钱了？可不能叫他缺吃少花啊。"农历十月初一鬼节前，单冬花就提醒张小梅："该告诉你弟弟们了，天凉了，别人要笑话老张家没有后人了。"单冬花早早把要烧的鬼洋准备好。因为两个在外工作的儿子根本就是纯粹的唯物主义者，而且是无神论者。他们不相信人死了以后，还会有这样的物质需求。单冬花认为，人死了是有灵魂的，存在另一个世界，在那里，她可以和自己的丈夫重逢，继续他们中断了五十年的生活，另一个世界更需要她的孩子们的关怀和照顾。多烧一些纸钱，才好有更多的积蓄，那些不愁吃不愁花的人是因为有钱，有钱好啊，钱多了人少生是非，人世间谁愿意过没钱的日子呀。从另一个角度说，单冬花也是从子女们对待他们陌生的父亲的态度，来猜测百年后自己可能遇到的情形。

张孝德想起姐姐小梅说起的一件借钱的事。有一次，张小梅家急需用钱,自己借不出就委托哑巴芬芬去借,单冬花对外孙甥女芬芬的疼爱家族中没人能比,但是,单冬花从不表达自己的情感,不说过多的温情话,她常说的一句话"宁给个好心,别给个好脸"。由于从小就过早承担了家庭负担,单冬花几乎没有读过书,仅仅在当时农村的扫盲班学会识数,认识的狭隘使得单冬花不可能用复杂的语言和她的孩子们做情感上的交流,但,这些并不妨碍孩子们感受母亲内心的感情。张小梅正是抓住了这一点。哑巴女儿比画着要借200元。单冬花问做啥用?芬芬比画着买书。只要是读书的事单冬花常常不多去想。张小梅借了母亲200元,一年后,张小梅还了单冬花两张新版100元。单冬花扔在地上说那不是她的200元,她的那200元是蓝色的,票面大,纸质好,割耳朵。而张小梅还她的软不拉塌的,还不起可以拖延时间,没必要拿假来充真。

这中间涉及村上一个故事。

秋天,留守在家的老人们收完玉荬,就有大卡车来收购。卵崖底后村有一个叫王清建的老人,秋天卖玉荬得了2000元,王清建豁牙露口沾着唾沫数钱的样子大伙还记得,那是劳动得来的钱哇,也是人老了能给孩子们填补家用不是废人的自信。过年孩子们都回来了,王清建拿出钱来讨好儿子,结果发现钱是假钱。报案两年了,抓捕不到人。乡下收购玉荬的往来车多,谁都没有记住车牌号。哑巴吃黄连,这事情生生叫王清建种下病了。经过这件事,卵崖底村的人见了大票都认为假的多。张小梅只好换20张10元小票,才算得到单冬花的认可。

去年单冬花八十大寿,之前张孝德问单冬花:"想要啥礼物?"单冬花说:"啥都不要,一家人聚在一起就好。"可私里她和芬芬比画着说想要一个金手镯。芬芬迅速把这个想法传递给了张孝德。生日聚餐时,张孝德要金平给单冬花把金手镯戴到手上。单冬花笑着问大家:"我是不是老财迷?还管你们要东西,手老成这样戴啥都难看,其实我就是满足一下你们孝顺我的心理。"

生日过后单冬花把金镯子送给了金平。金平不解。单冬花说:"你是有功劳的人,你为张家生了后代。这金镯子不是要给你,是要给我未来张家的孙儿媳妇,我就怕我哪天来不及交代闭眼一走,心事未了,我见了你死鬼爸,第一句话是要报喜,你爸也好知道我给了他张家孙孙礼物呀。"金平认为婆婆传统,这事要传出去会惹弟媳不高兴,弟媳养了两个女孩,女孩也是后代。单冬花说:"长子长孙,皇帝家都偏心,我是小老百姓,我就认继承主业的人。"

张孝德越想越不自在了,母亲一辈子的钱都在里面,母亲不说真话是因为她老了啊,人一老就变得和孩子似的,会任性,跟这个世道争理,会觉得自己辛苦一辈子,老了没有用了,但是我还有钱,还能过年过节给孙辈发压岁钱,还能理直气壮说话。她常说的一句口头禅:"我连累不了你们,我能够养活我自己,我够花了。"那是因为她不用为钱的事情犯愁,她藏着钱就是藏着自己的老年尊严呢。

多少年贫苦生活的煎熬,钱对于这个家来说简直太重要了。单冬花对生活没有多少要求,就怕没衣穿没饭吃。而要做到这一点就必须有钱。记得弟弟不上学又不想在农村待着,想要外出打工,相跟着村里的人一起出去,年底回家时,领队算账少算了二十块钱,母亲要弟弟去要,弟弟不去,说丢人。母亲自己要去,弟弟又拦着不让。母亲就一遍一遍自言自语,神经质地唠叨,她的表情凄苦,情态悲凉。后来领队人送来少算的钱,弟弟还埋怨母亲心眼小。母亲在电话里和张孝德据理力争说:"二十块钱是你们小时候半年的学费,我要起早搭黑磨两个月豆腐才能赚得来。"

回想母亲的这些事情,张孝德就明白了为什么母亲不把那小包袱寄存在家里,或让姐姐为她保管。她不放心啊,若放在自己家里,一旦小偷入室行窃,那还了得?放姐姐家更不是上策,那二流子姐夫越老越不学好。放信用社也不好,包袱里是救急钱,一旦有个头痛脑热,急用钱时还得去信用社取,乡下的信用社存钱老是叫人存几年期,说利息高。你急用时他说期限不到。求人不如求己,实在搁不住和他们费嘴,还是随身带着,方便、放心、踏实。

去年,大年初一早晨,单冬花郑重其事地拿出一个信封,从信封里取出一沓钱对张孝德说:"你买了房子,金平又做美容,花了不少钱,在北京花费太大,离开钱一天都没法活,这是3000块,给你补贴家用,另外500块是给我孙孙的压岁钱。不是我偏心,孙孙的压岁钱就该比孙女的多十倍,这世界是男人的天下,我要是不力主把你送出山,你哪能有工作赚钱,哪能把你弟弟和姐姐的孩子们带出去?你们说我偏心,说我对你姐不好,多少好能满足那二流子的胃口?女人的眼窝浅,但妈的眼窝不浅。"

张孝德和金平当时坚决不要。单冬花说:"这钱都是你们平常给我寄的,我平素也舍不得花,况且现在国家政策好,我每年还有1000多块低保,1000多块养老钱,足够平日开销了。你们寄给我的钱,我也是为你们暂时保管一下,等我不行了,再交给你们。"倒是孙孙高兴得喜滋滋的,把那500元压岁钱接了过来。孙孙说:"我虽然已25岁,但毕竟还在上学,所以奶奶给的压岁钱还是要拿的,那是奶奶对一个未来延续张家香火人的祝福啊!"

包袱丢了,任何多余的情感交流对单冬花都是陌生的。包袱里装着单冬花低下头走进去的岁月,那岁月里有她过日子的欢愉和秘密。张孝德在屋子里待不住了,他要去做一件事,或许对母亲来说是最好的结果。

七

天蒙蒙亮时,就有人起床了。车窗外闪过的田野上,寻不到早春的绿。远处除了一小片一小片的积雪,一概是枯草的黄色,有一种漫漶的苦涩。单冬花贴着玻璃看窗外,行驶中的火车被山地上的荒凉忽略了,无法感觉到真实速度,车停在高平站,卧铺车厢里只剩下了单冬花和张小梅母女俩。走道里的人开始洗漱吃东西,大家似乎因为起得过早以及一路颠簸,就快到终点了而兴奋,尽都灵醒着享受这一刻的热闹。

张小梅问母亲是否要喝水,单冬花不语。

突然单冬花转过身子说:"就咱母女俩了,你说我的小包袱是不是你手迷糊了放进你的旅行箱里?"

单冬花脸上一副沮丧的模样。话语中虽然带着求助但是也有着不信任。这样的表情和问话触痛了张小梅,内心有一股火气开始突突冒,母亲这句话意味着打开旅行箱时撕破了亲情的脸。

张小梅提起箱子放到距离单冬花最近的地方。"你打。你是妈。啥事都由你先做!"

真要打开了未免残忍。闷闷地一阵子过后,单冬花说:"我不碰你的东西。"

强烈的自尊取代了彼此动手的欲望。单冬花想让闺女说真话,但张小梅就是不说。

母女俩相对而坐,张小梅突然就觉得包袱丢了好,丢了省心。她之所以隐约地嫉恨母亲,是嫉恨母亲那没有节制没有理性的爱,谋杀了自己的前程。母亲对儿子的溺爱,造成了她对学业的懈怠,从而使她的前途一片暗淡。

张小梅突然醒悟了,母亲从来就没有想到那包袱是真丢了,而是一直怀疑是自己装到旅行箱里了,母亲的这种想法多么可笑!尖厉的声音已经顶在了喉咙处,就在要发作的当下里,张小梅看到母亲那张苍白的脸在灯光下,呈现出一种病态的模样:疲惫、憔悴、枯皱、蜡黄。张小梅的心一下软了,母亲眼睛里枝蔓一般的怀疑和不信任,她不能去阻挡,丢了的包袱已经丢了,由她去怀疑吧。

对峙过程中单冬花别过脸不看张小梅,果然在她的预料之中,闺女不敢打开箱子。单冬花多么想这个女儿跟上那个二流子不要学坏,管了小管不了大,到底是吃谁家像谁家的人啊。

张小梅猛然倒下,用被子将全身蒙起来,单冬花看到埋在被子里的身体在微微地起伏。她在哭。单冬花心中一阵震动,哀哀地想,好过了那二流子,不用再说了,丢了的东西就让它永远丢了吧。当泪水顺着单冬花的脸颊滑下来时,她立刻有了一种勇气,她要见了那个二流子时腰身挺得直直的。

火车在音乐声中缓慢停下来。到站了。

单冬花自己穿好鞋,往起站时有一阵晕眩,是一宿没合眼的结果。张小梅掀开被子提起地上的旅行包让单冬花先走,母女俩不说话用身体示意,一前一后随着人流走往出站口。

从远处单冬花就看见了那个二流子,他吆喝着:"便宜了,便宜了!大优惠,经济又实惠,过了这一时,就没了这好货,买了是享受,不买是后悔!"张小梅怯怯地看了一眼单冬花,单冬花装了没听见。一个保安走过去要撵他离开,他嚷着:"接人哩,接我丈母娘和媳妇,我这是捎带咧。"他细着脖子冲着这边张望,蛇一样拧着脑袋。这才是丢包袱的罪魁祸首呀。

单冬花无法想象自己的闺女是如何和这样一个人共处的。二流子在笑,递给保安一支烟,人家挡了回去,他捏着烟嘴嘴和驱赶自己的保安搭讪,脑袋往这边张望,看见了,跳高了往这边招手。张家怎么会出现这么一个男人呢!小梅啊小梅,你看那卵崖底的女娃,刚刚长成了桃红,水格灵灵的时候,便要于村口上,在那唢呐声中,被好人家接了去。那卵崖底的男娃,懂得地里的活路了,肩上知道担了生活的苦重了,便立在村上,盼望着吹着唢呐娶回一个好女娃。一年四季里,卵崖底要送走和娶回来多少新人,自己养大的闺女扯着没皮没脸的哭就那样叫那个二流子拽走了。闭眼睁眼,醒着梦着,什么时候我还敢去村口看人家娶亲,你把你妈吊在卵崖底人的嘴上,你可知跟上你,妈的头上落下多少笑话,你活得扎眼啊小梅!

二流子跑过来一边喊:"找见了,找见了。"一边要搀扶单冬花。单冬花甩开他伸过来的胳膊。

二流子说:"北京的警察就是有能耐,妈啊,你出门时丢了包袱,到家时就找见了。"

单冬花停下很认真地看着说:"包袱呢?"

二流子说:"包袱肯定回不来,包袱又没有长脚。不过,妈呀,钱回来了。"

单冬花说:"我不信。你是哄鬼呢。"

张小梅说:"你快把经过说说。"

二流子说:"经过是你们经过的,我哪里知道经过?我只能告诉你们钱回来了。现在就在我口袋里,我准备和妈商量一下,看看能不能转借一年半载,我好买辆电动三轮车跑路。"

单冬花说:"你把嘴张得大大的再说一遍?"

二流子缩了缩脑袋:"不说了还不行。说错了还不行。"

单冬花要过二流子的电话要给张孝德打。二流子取出电话来说:"我来拨。"

电话响了一下,他就放了。

张小梅说:"怎么打着就放了?"

二流子是怕浪费电话费,等孝德打过来。

张孝德为了让母亲不再因丢包袱的事而难过,他和弟弟商量立即打到家在晋城跑三轮的外甥虎子银行卡上15000元,并让外甥虎子告诉姥姥,他们通过警察,当天上午就找到了捡到包袱的人,要回了15000元,剩余的钱作为感谢费用送给了那个捡到包袱的好心人。张孝德再三叮嘱虎子,千万不敢说漏嘴。哪知当时正好虎子的爹二流子在,一定要自己去做这件事。虎子不放心,从银行取出现金,本来说是要和二流子爹一起来车站接姥姥,因有货要送怕耽误接站就叫自己的二流子爹来接。虎子安顿二流子,把他姥姥接下火车后,第一时间告诉姥姥这个失而复得的"特大喜讯"。二流子取了钱心花怒放,放嘴上

"噗噗噗"亲了几口,他需要演一出戏把这钱想法子弄到手,他太需要钱了。面对钱他没有别的出路,睁眼闭眼,脑子里老有幻觉,这钱该是他的。

电话里,张孝德将另一个版本告诉母亲:"都是我们自己不小心把包袱丢到了车上,被一个好心人捡上,他通过派出所找到了我们,包袱里的东西都完好着呢。"单冬花不信,说:"包袱里的东西你都清点了?"

张孝德说:"清点了,零票都换成整钱了。"

单冬花说:"我那些信封里还有东西呀,千万不敢丢了,你可收拾好了?"

是什么东西呢?张孝德一时语塞了。假装手机信号不好问:"妈,听不清你说话呀,你说啥呢?我听见你的声音断断续续。你到底是想说啥呢?"

单冬花说:"那信封里一多半不是钱,是你的信呀,是你当兵时寄来的信,我百年后是要带给你爸的,也好叫你爸知道我是怎么养大他的两个儿呀。"

张孝德拿着手机无声流着泪应答:"都在,妈,钱在信也在。"

单冬花开始是半信半疑。张孝德突然想起来自己拍过一张姐姐打开包袱后的照片,急忙把姐姐剪辑掉,发一张彩信到二流子的手机上。单冬花看着这张照片,照片里包袱打开,信封散落在包袱皮上。半天后单冬花感叹道:世上还是好人多啊!

八

四月,田野已经泛青了,那些稚嫩的春草和草花破土而出,一场雨后,就算是风来,只要不那么鲁莽,被洗过的草、花在田野上蓬勃得越发妖艳多姿。单冬花坐在自己的菜地里,空气里有清香袭人,地畔上的桃花杏花开了,山水便要柔软起来,明丽起来了。儿子张孝德电话里说,秋天过后,要把她接到北京长期住。单冬花不知道自己在这世上还有多少日子,离开就意味着再也看不见生活了一辈子的乡下了。不舍得,不能做主的恍惚感,从现在就已经开始了。和城市里比较,卵崖底矮矮的,山谷里有顺势而下的溪流,整齐的庄稼地有粪堆稀稀拉拉撒开的印子,满山遍野铺着直戳戳的阳光,坐在土坎上,单冬花的回忆被引发又被切断,所能够想到的,很害怕秋天离开家后自己一去不返。从前是儿子常回家,现在日子好过了,老人要跟着儿子走,一辈子从来没有认真看过这田野,季节一到,今生她注定是不属于这里了。她的眼神穿过山山脉脉,丈夫就埋在对面的凹里,要离开世界的那一天,她一定要挽着自己的小包袱去,包袱里有她碌碌一生的不满和无奈。

山坡上数百只羊朝着一个方向缓缓移动,乍看过去一切都是静止的,像紧紧贴在地面上的图案,就好像看不见的四季微妙的变化,其实,时光都从身边溜走了。儿女大了,各自有所着落,过日子总让人伸不直腰,习惯了一种动作,再想改变有多么的难,可谁能知道单冬花多么不想改变啊。她不想离开家,哪怕那个二流子再不争气,可那都是乡下的滋味。

远处有三轮车开过来,在辨认不清的田野和路中间朝着自己开过来。单冬花的心突然急速跳了起来,那是二流子开的啊,他哪里来的钱呢?车开到缓缓站起来的单冬花跟前,二流子从车上跳下来说:"妈,我扶你上车,拉着你咱回卵崖底村绕一圈,我这车虽然不能和小舅子张孝德的两头平卧车比,可和村里那些没用人比,我也握着方向盘呢。"

单冬花说:"你哪里来的钱买它?"

二流子笑着,想到单冬花往日对自己不屑一顾的态度,就想和这个丈母娘开个玩笑。

"妈,人生无非是吃吃苦,受受罪,讲讲排场,丢丢人。我是丢人丢尽,可排场还没有讲过啊。你只管上车,不管买车的事,我就想在卵崖底扳回我的名声来。"

单冬花脸上没有任何表情地说:"人家的脖子上都长着脑袋,都知道有个脸面,就你横着脖子,不怕卯崖底人笑话。你告诉我车钱从哪里来的?"

二流子说:"你有儿女孝敬,难道我就没有儿女孝敬?"

听完话单冬花扭身就走。

二流子突然觉得钱就是一个人的底气,花钱讲排场,我现在是开着蹦蹦车,还穿着西装哩。哪有丈母娘瞧不起女婿三十年的事?怎么说也不能在她面前丢了一跺脚四面调土的威风。单冬花在前面走,二流子在后面开着车慢慢跟着。二流子突然想到了丢包袱的事,丈母娘怀疑自己的闺女,闺女在丈母娘家得到啥了?既然怀疑我就直接告诉她。

二流子冲着单冬花的背影说:"我能买下这车,我还得感谢妈,没有妈,我买啥车?生米做成熟饭啦。"

单冬花站在了路当央,一下就转过身来:"你也算人?你只能算一个活物!你把那信给我,就知道你们合谋来哄我。狼怎么不吃了你?吃了你舔干你的血泊泊。"

二流子见单冬花真生气了:"妈,你小农意识太重,你真相信啦?"

单冬花弯腰捡起地上去冬留下的干牛粪照着二流子的脸扔了过去。二流子一边倒车掉头一边喊:"我怎么就不能和你开个玩笑呢?你怎么就老是看不起我呢?我就想孝敬你一下,明知道在你张家连个脸熟都混不上,我偏偏屎壳郎变知了,自讨没趣。"

车跑远了话传过来:"我也有十年河东十年河西哩!"

单冬花回家后第一件事就是给张孝德打电话,电话那头接起来时心反倒哆嗦了一下:"孝德呀,妈没事,就想告诉你,二流子是个不知饥饱的饿死鬼,越吃越饿,越饿越吃。都是他教坏了你姐,咱张家水不深,你可不敢叫石头露出头顶呀。"

张孝德说:"妈,发生啥事情了,没头没尾的一段话?他欺负你了?"

单冬花紧着说:"他哪敢欺负我?妈没事,就想给你打个电话。"

放下电话,单冬花望着屋外,看得景物朦胧了,一个佝偻着身躯的老人站在她的屋门口,身后的暮色同样朦胧了他,他看着单冬花说:"秋口上你一走哇,能说话的人就又少了一个。"

老人闪过后说:"那些果树上的熟果子,秋天连个糟害它们的娃娃都找不见了。"

天空下着雨,雨不大,雾霾很重,更没有电闪雷鸣,张孝德讨厌这不大不小的雨,它不利不爽,最挫伤人的锐意。翻阅微信时看到了打开的小包袱照片,想着这件事情,觉得那个捡到包袱的人,哪怕光归还母亲保存了20多年的信也好。想到这里,心头一热,就再次拨打大姐的手机号。让张孝德没有料到的是,电话竟然打通了,但没人接。

张孝德一阵狂喜,再打,电话那头传来的是在建筑工地当小工的二外甥虎英的声音,他说:"刚才我在扛水泥,没听到电话。"

张孝得说:"你妈把电话给了你?"

虎英说:"我妈说,这电话她这辈子都不用了。叫我换个号,我办号时发现卡上还有钱,等钱打完就不用了。大舅,我回头告诉你我的新号。你有事吗?"

张孝德说:"没事。嗯,你不要和你妈说我打电话了。"

迟疑了一下,张孝德又说:"以后多孝敬你妈,她这一生不容易。"

张孝德看到窗玻璃上映着他的面孔,想哭,这张脸已经回不到童年。

他翻阅书柜找出一沓旧稿子,坐在书桌前,他在想,二十多年前给母亲写过的信里都是什么内容呢?那些内容他是彻底忘记了。

张孝德提笔写下一行字:妈,我在部队想家了。

接下来呢?文字还能在一个人的疼痛中生长吗?

比风来得早

一

　　吴玉亭最近几天肯定有啥事端着,因为,十几年来他的脸上从来都藏着一股静气。

　　吴玉亭在县政府当着政府办公室副主任,办公室一正三副,论资排辈他早该扶正,可这世道常常是花对人无意,人却对花有所乞求。端着啥事的时候,他不说别人已经看出来了,从端着的人的那种架势就能看出来。平常的吴玉亭走路胸脯微压,小快步,一身细碎,见人主动打招呼,一脸谦虚,进了办公室一杯茶,一沓沓报纸,便是一个上午。原来办公室没有饮水机时,办公室暖瓶里的水总是他来打。后来有了饮水机了,办公室人喝的茶都是他来拿,总是见他从抽屉里取出一小罐茶来,看着倒水的人说,来来来,捏巴点,好茶,清明前的。人耐得了泼烦,走来走去给人家的杯子里捏茶,要说的话好像就在舌尖上挑着。吴玉亭在办公室没有别的事可做,就做一件事:用剪刀裁下报纸上他认为有用的文章,然后归类,财经类的、政法类的、人生格言警句类的,一沓子一沓子地放到文件袋里,一上午无话。做这件事时吴玉亭很认真,每看到一篇总会有想法,并幻化出一段录像来,他会看一眼窗外,闷的话,呷一口水,心里激动半天。吴玉亭有吴玉亭的想法,风水轮流转,总有一天这些资料会用到县长的讲话稿子里,到那时候,由县长在"三干会"或人大、政协会上念出来,下面人议论说,这讲话是谁润色的?

　　是政府办吴主任润色的。

　　人家吴主任是写小说的,弄这还不是小孩子家拿着鸡鸡耍尿呀!

但是,这句话对吴玉亭来说很难。

几十年了,当着政府办的副主任,他经历了三任县长,总是到该提拔的时候,有希望了,到最后一刻却没有了下文。

三任县长,吴玉亭私下里给三任县长叠了几十年被子,那真叫个有定力。每天早上他总是赶在县长起床前站在门口等,门开了,县长要出去到隔壁洗漱,自己趁着这个空当进去叠被子。通信员不干的事情,他来干,他实在是想不出来还有什么样可干的事比叠被子更能暖了县长的心。他想,干这样一件事日久天长了,也许能感动县长,能铁树开花。

他是从娘身上得来的经验。

第三任县长今年换届,下一任据说是要来一任女县长,那么叠被子的事看起来若要继续做下去就不雅了。这一任的习县长说,老吴啊,走之前,也该给你扶正了。

听了这话,吴玉亭私下里想落泪。最早人们叫他小吴,到现在开始叫老吴,光阴如水,不仅仅是小和老的转换。他五十二岁了,秋风起处,落木萧萧,人说一年中没有不开花的季节,他常常会想起鲁迅写过的,好像是写大山茶树,鲁迅写道:赫赫的在雪中明得如火。他记不起来是从哪一张报纸上剪下来的,他此时的心情就是这样,喜悦得有点儿不得劲儿。只觉得四周空气浮泛得油活,飘飘悠悠,脚落不了地,手也没个抓挠儿,没个挂靠,几十年来没个什么人注意自己,怎么就觉得眼下特别想让别人注意自己呢!他见了谁都说一句话:好天气啊!以前,自己想引诱别人来注意、来肯定自己却没有资本,要别人注意那是有很大的存在意义的呢,在别人的眼睛里,存在就是幸福嘛!这样,吴玉亭走起路来脚尖尖就开始吃劲了,心里的那个激动像五线谱一样滑动,脸上就有了内容,走起来的步伐被一股什么气流拽着,胸也挺了,尤其是看人的眼神,游离得很呢,走进办公室也不见拿清明前的茶出来,虽然清明茶就在眼前。他的两膀子往起抬着,眉眼微露正气,甚至往杯子里加水也要喊旁边的干事王章过来添水,一改往日的谦逊。

从吴玉亭端着的架势上大家都知道吴玉亭要提了,也该提了。离六十岁还有八年的干头,还有八年时间可以给县长的讲话稿子润色。

吴玉亭觉得最近的报纸上没有什么新的内容,简单翻阅几下就顺手把那一沓沓报纸放到身后文件柜上了,他突然觉得那报纸上的铅字像他过去日子里劳动浸出的汗水、眼泪一样悲戚,他很是不屑。他扭转头望着窗外,杨树的絮子落尽了,有黄绿的叶子探出头来,过不了几天,满树的叶子就会仪态万千,十分恣肆。春华秋实将窗外弄成了赏心悦目的风景,取而代之的是人间花事。吴玉亭有点激动,多好的词汇,用到政府工作报告中,是可以出彩的啊!

二

清明前一天,吴玉亭决定给乡下已经故去的母亲上坟。母亲故去十年了,在乡下种地的弟弟早说要给母亲烧五年纸,他不同意,说那样太张扬,容易被人抓了小辫子,有可能成为阻碍他将来提拔的一个由头,成为他扶正的绊脚石。弟弟说,给娘老子烧五年纸,你一个副科,又没有腐败,你怕啥?他说官场上有潜规则,你回去烧纸,张扬不是,不张扬也不是,这个你就是外行了,我不烧五年纸自然有我的道理。今年这十年纸就得排场一点烧,我要告诉地下的母亲,我熬到头了。

早几天吴玉亭就已经和县文化馆的演出队联系了,要他们清明前一天到瓦窑沟吴玉贵家报到。演出队的团长叫陈小苗,和吴玉亭是师范同学。师范没毕业时,吴玉亭继续上学,陈小苗却被剧团招走了,家境贫寒,但也出俊闺女,要说长相那是方圆挑不出几个的上等品相。当然,年轻时候他们之间没有什么故事,故事是从吴玉亭病妻故去开始的。吴玉亭的妻子张国花在县东方红小学教书,早年是肺结核,到后来钙化了,想着多年来吃药打针总算有了一个了结。哪知道,药物弄得她整个人身体菌群紊乱,最后引发肝癌去世了。妻子去世时吴玉亭才四十三四岁,男人四十当属虎狼年龄,有人介绍他和离异了的陈小苗结合。要说当年的吴玉亭也有那个意思,只是他刚提了副科,又刚死了妻子,觉得事情在时间上距离拉得还不是太远,又有丈母娘在自己面前哭天抹泪,也怕县里有人说三道四:看看,病妻刚走,结发夫妻的缘分再好,也是人走茶凉。吴玉亭想,人不能活着不落一个好名声,尤其是在政治上,便要介绍人传话,要陈小苗等等,等个三两年。要说吴玉亭这个人呢,陈小苗也比较喜欢,觉得吴玉亭有才,也正是好时候。说吴玉亭有才,是因为他会写小说,还写过诗歌、三句半什么的,出手快,读起来有味道,一个人的才情能运化成小说,那真要叫人高看了。说吴玉亭正是好时候,那是说他由副科而正科而副处而正处,人生台阶高上之处是光明万丈,不能因为这么一点感情上的事影响了他的登高,陈小苗便决定等他几年。

你说,这都是成年男女了,说等也只能是形式上的等,还能真等?

可吴玉亭就真等。这事起因于一次开"三干会"准备材料。"三干会"的材料由政府办准备,谁来执笔?都知道吴玉亭有才,但这事一拿到桌面上,当时的县长就说了,写小说和写材料那是两码事,写小说的人要写材料,容易把现实的词语弄得花里胡哨,我看还是弄个踏实点的人来写吧。这样吴玉亭就和材料不沾边了,有为人不踏实的意思在里面。内里的事吴玉亭不清楚,恰巧陈小苗来办公室找他,也没有什么事,找了个理由想叫他出去。当时办公室里的人正看各个乡送上来的材料,要大家看完把具体数字勾画出来,责成一个人来写。这材料发到吴玉亭手里时没有了。主任关心地说,小吴啊,你和陈小苗不是要出去吗?这事你就别参与了,整材料和整小说不一样,对于你来说,头等大事应该有个家。

这话听起来感觉俩耳朵眼就像一个穿山洞一样,凉风飒飒,吴玉亭看着陈小苗说,她找谁、和谁出去我不知道,反正不是我。说完话走到自己的办公桌前把头别过窗下。政府楼前改造,黄尘荡了山样高,他觉得他就像波浪起伏的黄尘下的一道深谷。其实,那黄尘是隔着玻璃的,他无来由地像是被呛着了,冲着窗户打了两个喷嚏,当时居然有人迎合了一句,哎呀,小吴同志,你小说的感觉真好!

陈小苗也像是被呛着了似的,眼睛辣疼,恨不得那黄尘淹没了自己。那时候人的脸还知道红,她的脸就像钢铁生出的红锈,找谁也不是,不找谁也不是,巴不得自己马上锈掉,咧开嘴,挂着泪,说了一句,我谁也不找,避尘!

黄尘把政府楼荡得和土蛋子一样,陈小苗像无头的苍蝇,架着双臂穿过黄尘,脸蛋上的泪滴被黄尘胶住了。回家后自己对着镜子看了半天,一口唾沫吐到了镜子上,觉得自己真是傻到极致了,刚才的事情可以让吴玉亭当小说范本来写。之后两人再见面,彼此就都很客套,吴玉亭小心守护着自己的底线,他知道那底线之下有很好玩的事情存在,但是,其瘾似乎也只在心里想一下,动一下,脑子却像针一样清醒地认为,不能让人看到了,把他和小苗同志的事当个事情来闹腾,政治上最忌讳这男女之事了。而自己首先得让县长肯定自己,自己不是一个写小说的人,更不是写小说的人才喜欢拈花惹草。

事实上两个人之间的事情已经了无意趣了,花溅泪,鸟惊心,是为伤春,而他们之间的那点低鸣,或可为悲秋吧。吴玉亭想要陈小苗认识到他现在的地位和将来的地位,他必须把政治上的那种压抑感找一个物体来代替发泄,而这个物体就是陈小苗,他想,陈小苗应该理解,他一定会给她一个光明的未来。恰恰这陈小苗就不理解,不仅不为他守身、守操,后来居然还领着人组织了一个演出班子,抛头露面唱曲儿。吴玉亭想,自己的高度是地位的高度,地位没有高度,爱情这东西在普通人身上太脆弱了。

既然吴玉亭要提拔了,叫陈小苗来演出,从心理来说他也有说不清楚的目的在里面。

吴玉亭的父亲七十八岁了,一个人单住,说是单住也是和吴玉亭的弟弟吴玉贵住在一个大院子里，一扯七间砖房，另辟出一间来住。七十八岁的吴丙国老汉，自个种地，自个做饭。吴玉亭要回来，就和父亲睡对炕，一床新被褥叠在有些年代的木板箱子里，吴丙国老汉不几天就会把它们拾翻出来，要它们见见阳光，要阳光散发掉存放久了的霉味。被子芯的棉花是吴丙国老汉亲自种的，他每年都要在清明过后下种棉花，收获的棉花，就几个儿女分一分，也算是活着给子女们一个暖身的想法。自己的被子芯换不换无所谓，这床被子，每年秋天新棉花下来他都要女儿来把旧棉花取出把新棉花续上。吴丙国老汉一辈子的爱好就是凑堆和人唠嗑，就算是吃饭也不例外。公社的时候，每顿饭都往村中央的大槐树下蹭，不管树下有没有人，一碗饭一待就是半天，自己一句囫囵话也说不利索，却偏爱听人说。槐树下就是当时的新闻焦点，上到中央，下至山沟小庄，说什么的他都稀罕听，话成溜儿落成行就行，听的时候很认真，认真到嘴张着，不吃饭等话，精彩处手里的筷子不是用来吃饭，而是用来敲碗，一副傻傻的兴高采烈的样子。更有意思的是，碗里的饭不是自己吃完了，是一高兴给地上凑热闹的鸡们食了。

　　为此事吴玉亭说过吴丙国老汉好几次了，说，人活着不能不像个样子。吴丙国老汉说，轮得了你来教训我？我怎么活得就不像个样子了？吴玉亭说，都知道你有一个儿出息大，在县政府工作，天下事政府办知道得最多，上面印着"保密"的红头文件就有几柜柜，有什么想听的事，我告诉你就是了，你这样，是叫人笑话。吴丙国老汉说，笑话什么？我不偷不抢，就爱扎个堆堆。你说的那保密事都是官样文章，我就喜欢听大伙说出来的，也没有见有人笑话那些扎堆堆的人啊。吴玉亭咽下一口唾沫说，爹哎，你又不是普通人的爹，你就不能学得木讷谦让一些？你这样坐到人堆里听笑话，人堆里坐的都是粗俗的老农民，互相取笑，人家取笑你时，你张着大嘴哈哈，你知道不知道是在取笑你儿子我?!

　　一听说是取笑儿子，吴丙国老汉内心就开始忐忑了，就不敢再端了碗前去槐树下凑热闹，每天端了碗就在自己的院墙外找个石墩子坐下，周围连个鸡都没有,辨认来辨认去,发现脚下的旮旯地方有个蚂蚁窝,每天用筷子挑一星星面放到地上,看蚂蚁们聚堆儿,围着那一根面聚得有拳头大,几天不散。吴丙国老汉就想,我这个儿,到底在县政府当着多大一个官?等吴玉亭回来忍不住就问了。吴玉亭说,是副科。这个词对吴丙国老汉来说太专业了,想不出比较的对象来,就问,县长是个啥?吴玉亭说,正处。吴丙国老汉还是不清楚地问,那你相当于个啥?吴玉亭思考了半天说,这个还真不好相当于,正处也是副科上去的,只能说相当于通往楼上的第一个台阶。

虽然没有问出啥结果来,但是,吴丙国老汉的心里也还是有了几分神圣,见了村里的支书就问人家,你这个职务相当于啥级别干部?支书被问得说不出话来,举起指头扳着数了半天说,相当于干部十一号。支书的意思是,自己跑腿办事要的是这两条腿,说十一号有点嘲笑自己的意思。但这样的结果对吴丙国老汉来说是糊涂上加难得,整个脑仁子被一锅糨糊给填满了,不敢多问,怕人家取笑自己没见识,那样等于是给儿子脸上挂黑。有几次外甥来找他,想让表兄吴玉亭在县里谋个临时工作,他一口答应了说,这不算个事。结果和吴玉亭说,不仅事情没有解决了,还捎带了一箩筐话:你也不想想你的儿平常都是和什么人打交道,是和县长、书记打交道啊,我能张嘴和人家讲,想安排一个农民来县里上班?就他,识得的大字不如他脸上的雀斑多,天生就是和土地打交道的,想要进城里,到头来怕是让他活得上不着天,下不着地,像个绝望的塑料袋,做人都做得不环保。吴丙国老汉听了这话有些心慌气短,不好和外甥回话。老姐姐比他早走几年,当舅舅的办不了这点事,自己这张七竖八皱的脸真是不值一钱!可儿子总归是儿子,从感情上讲还是和儿子近,量不上米布袋在,要外甥缓缓,这日子,缓得是外甥打灯笼——照旧(舅),没有了下文。

知道儿子清明节要回来,吴丙国老汉把被子晒得蓬松绵软。往年村上给长辈烧五年纸或十年纸的,大部分是放一场电影或说一场书,吴丙国老汉知道这回来的是一个演出团，那个排场是村子里几十年没有过的，也算是给自己的老脸撑足了面子，一高兴就想到处去炫耀炫耀，想告诉那些平常老槐树下聚堆儿的爱热闹的说古今的人：这回啊，你们可得早一点来我的院子里看演出，我那在县政府上班的大儿子吴玉亭给他死鬼娘唱热闹呢，请的是县文化馆的戏班子，人家都上过中央二台。

三

吴玉亭从政府办要了一辆车，车是普桑，后面还带着一个车斗，他从县城买了一车斗吃食，准备清明这一天使用。当时和主任要车的时候，还有些犹豫，该不该要一辆车回家办自己的私事，但是，想着这么多年来自己小心谨慎做人，如今就要被提拔了，差的就是一纸文件，哪有政府办的主任回家上坟坐班车？要一辆车有什么不可以？也算是副职期间张一回嘴吧。

这车有几年车龄了，几近报废，有条件坐车的早就按级别换车了，没条件换车的旧成一堆废铁也只能让它旧。吴玉亭想，怎么也该给自己一辆好一些的车，没想到给了这么一辆，心里不忿，姓王的，人生几步一重天，有你好看的时候。职务不在手，你拿谁也没办法，只能就这样凑合上路了。清明节，有些地位的人都要回家上坟，一路上大车小车的，风卷尘土扬。其实清明上坟不上坟都是个样样，吴玉亭自认为是一个最能看到本质的人，他在看坟堆子的时候，看到的是一堆土，远远地看，走近了看，好多年之后看，确实是一堆土。人们在怀念土堆下的人的时候其实是怀念曾经的自己的影子，拿曾经的影子和现在的影子比较，有能耐了就把土堆当回事，原来的时候那是什么光景啊，看看我的现在吧！项王说，不衣锦还乡就像没有穿衣服的猴子。吴玉亭想：眼下中国人最能体现衣锦还乡的是清明上坟。

小车开到自家院子前，车上的东西提下来，他不进去喊人，要司机探进车窗摁喇叭,司机摁了三下,又三下。

院子里吴玉贵的媳妇急慌慌地走出来,以为大门外出了啥事情,做饭的围裙还系在腰间,两只手沾满了面粉,一看是大兄哥,手在脸上抹了一下,扭身朝着院子里喊了一嗓子,快叫你爷爷去,就说你大大开着两头平的小卧车回来了!

院子里跑出一个小丫头来,叫了一声,大大。上前摸了一下车子,倒着走看着地上的东西和车,龇着豁牙的嘴有几分不舍得离开。吴玉贵的媳妇跺了一下脚说,还不快去!

小丫头扭转头旋风一样喊着,我大大开着两头平的小卧车回来了!人转眼没了踪影。

吴玉亭左手抃着腰,右手拿出一根烟来,司机上前想给他点火,他摇了摇头,像是等什么,眼睛望着村庄上空的云彩,有几只灰麻雀"叽叽叽"叫着从头顶飞过去。司机问他要不要把地上的东西提进去。他说,不用,等一下喝口水你就可以回县里了。

吴玉贵的媳妇从屋子里端着两碗水出来,给了司机师傅一碗,另一碗端给了吴玉亭。吴玉亭不接,手里的烟掉了一下头,过滤嘴朝着水碗点了一下,用嘴吹了一口,烟屁股上吹出了一串水沫子,这时他才说了一句,拿火来。

吴玉贵媳妇不知道他还喝不喝这碗水,想着城里的干部都讲卫生,这碗水沾了烟屁股怕是喝不得了,扭身回屋又换了一碗出来。吴玉亭说,我有自己的杯子,泡着上等的观音王,就怕这水不是好水,观音王都要糟蹋了,还想着带一桶矿泉水回来的,这事,忙得头一昏就忘了。

吴玉贵媳妇说,他叔,好水,是从龙王沟引过来的泉水,不放糖精都是甜的。

吴玉亭没有接她的话茬,他从心里可怜这个弟妹,除了农村生活再没有过过第二种生活,对外面的世界很无知,活得不明不白,大脚,厚身板,一副对什么事情都很好奇的样子,啥也不懂还傻呵呵地乐,人活得越来越没有形了,臃肿得像一摊软米枣糕。

村子里的大人和孩子都稀罕地往他家这边走。要说一个两头平的小卧车也没有什么稀罕的,但吴玉亭坐了就让他们稀罕。往常吴玉亭清明回来上坟坐班车,村干部都往人家坐小卧车的家里跑,显得吴玉亭就有些落寞,心里埋怨这农村人啥时候也学会看人下菜了!这吴玉亭坐小卧车说明地位升了。有老者走过来,他是看着吴玉亭长大的,走近拽着吴玉亭的手说,老吴家的大娃啊,你这干部是当大了!能给叔说说有多大个官儿吗?

吴玉亭压着嗓子咳嗽了一声说,大也大不到哪里,叔,县长的日常生活都是我来安排。

老汉家松开手,两只手拄着拐棍,仰了脑袋望着吴玉亭,不时地点着头,长叹了一声说,从同治年开始,咱瓦窑沟就没有出过大干部了,这车是县政府给你配的吧?

吴玉亭说,不是,临时用,下一次回来的车比这要高级。

老汉家越发惊讶了,像孩子似的嘴里流着哈喇水说,就是,该了,人家三两年就上去了,你等了这么多年,该了!回头给咱村要几吨水泥铺铺路,建设新农村,咱村都没有搞村村通,这官,我看目前就数你大了,不要看他们早就开上小卧车了,我给你说吧,都不是正经官,搞副业的出身!你总算熬到头了!是回来给你娘烧十年纸?

吴玉亭说,是。

老汉家说,还请了演出队?

吴玉亭说,是。

老汉家说,太排场了!是该给你死鬼娘热闹热闹了,地下有知,鲤鱼翻身,她真敢出来看看你啊,给你娘脸上长光了!

老汉家说完话往人群里返,一边走一边还嘟囔着,看看人家也叫儿,这回老吴家长脸了。走了几步回过身来又说,我也给你娘送一些纸火过来。

在农村,一个有些威信的人家,办丧事也好喜事也罢,村里人都要送一份礼,这清明呢,烧十年纸是死去的人大寿,看活人的面子都要送一些纸钱过来,表明活着的人一直惦记着死者,死者的后人那才是顶顶值得尊重的人。

吴玉亭觉得他回乡第一件事情已经该结束了,看着司机说,你回吧,有事情,我会给你电话。

司机说,吴主任,那我走了,有事尽管叫我。

车发动着倒着掉头,有人自告奋勇上前指挥,打着手势喊,倒,倒,倒,住!司机打了两把方向盘车就掉转了头,司机打了两声喇叭,屁股后掀起一股黄土出了村。

吴玉亭抹腰的那只手始终抹着,闲着的那只夹着烟屁股举起来向着车走过去的地方挥手。

那个姿态在瓦窑沟人的眼中一下就提起来了,就生动了,就正经八百像个当官的样了。

四

吴玉贵去丘庄接应演出队。丘庄离这里有四十里地,吴玉贵骑着摩托去,到了才知道演出队来不了了。因为当地举办一个什么踏青会,请了市里和省里一帮诗人和小说家来搞"春天送你一首诗"。县里要演出队给这帮文艺人助兴,前一天的晚上就请了演出队演出,没有选择性地听、看,演出队有流行歌曲、戏剧、杂耍和八音会,文艺人听了不过瘾,想看地道的地方艺术,今天晚上的节目就演纯地方的东西,所以走不了了。团长陈小苗特意和吴玉贵强调了这一特殊时期的情况,说,我就计划派人去一趟瓦窑沟和你哥协商一下,你来了就好,知道这一次你哥是动了真性情,我也是想积极配合,但是,有时候事不凑巧,计划赶不上变化,也算是政治任务,硬走怕不好,只能委屈你这边了。两夜的演出只好错后一天,这事是县政府办的王主任特意安排的,我是脖子上系着领导指示,不照办不好说。况且这一活动是全国性的,要是你哥一直写下去,这一拨人里,你哥怕也成为全国性的人物了。

吴玉贵听了这话不知道该怎么办,自己也没有手机,不方便和哥哥联系。瓦窑沟村人都知道今天晚上看节目,院子里的大锅都支起来了,媳妇的白馍也蒸好了,就等着演出队一到把娘的牌位接回来,放到方桌上要娘打头看演出。要是自己订下的怎么都好说,中间搁着哥哥,他也是政府人,脖子上也系着一根绳绳,自己不敢瞎闹,多余话没有说,掉头走人。出了丘庄村,越想这事是越不对劲,到夜晚人都往老吴家的院子里走,听不到声音,见不着热闹,一下灰秃秃了,你能把脑袋装到裤裆里?真那样那真要叫人笑话死了。既然演出队明天才能来,今天夜里的事情他就擅自做主一回,绕道到乡政府订了一场电影,人家说电影的胶片不多了,赶着清明都要演,还剩一个旧片但也是名片子,《秋菊打官司》,要不要?吴玉贵想,这片子是有些老了,既然没有挑头了,《秋菊打官司》就《秋菊打官司》吧,首先,娘活着没有看过,就算是自己给娘尽孝了;其次,要娘也知道秋菊这媳妇多么不简单!

吴玉贵回到瓦窑沟的时候,已是半下午,感觉自己院子里的气氛有些不对劲,是自家的热闹有些过了。先是听到院子里说话声吵,女人多,有好几个妇女张嘴嘻哈笑。熄了火,放好车,才看到地上有小卧车的车辘轳印子,想着,这回哥是讲排场了。进了院子看到瓦窑沟村村支书兼村主任的媳妇吴国花来帮厨,还有会计的媳妇李婉婉也在,平常这两个人见了他眉骨都不动一下,现在看着他眼睛都弯没了,笑着说,看你黑着脸,是不是不稀罕来给你帮厨呀?他觉得这天上下饼子的事要发生了。更有甚者,听到了爹的屋子里,支书兼村主任的李喜平和会计王政林也在,正和哥哥一唱一和地说事呢。吴玉贵觉得这两个看人下菜的人物能来,说明哥的地位变了。我说嘛,哥因何要回来给娘烧十年纸,而且又是如此张扬!

吴玉贵不敢往细处琢磨,急忙往爹的屋子里走,想和哥哥说明白今天发生的事。吴玉贵进了屋子,顾不上打招呼,直截了当地说,哥,今天给娘的演出怕不成了。

吴玉亭正和主任、会计说着未来瓦窑沟村修路的事情,这么一说,有些坏他的心情。但即将提拔的吴玉亭已不是当年那个吴玉亭了,当年的吴玉亭还有几分农民的倔强脾气,丢了面子耍小聪明想力挽狂澜,现在,那脾气隐了,隐成了一种面子上的拿派,尤其是面对地方干部的时候,兵来将挡水来土掩的稳当心态还是学了一点,但他拿烟的那个手指尖还是抖了一下,一截烟灰落在了裤子上。按以前他会抬高手臂狠狠地拧下去,把那截过滤嘴屁股拧成烂丝,现在的吴玉亭不会了,时间已经把他锻炼出来了,他已经把以往的少年皮蜕了,青年皮蜕了,壮年皮也将蜕尽,他就像蚕一样老熟了。只见他把那截烟头叼在了嘴角上,揪住裤子用二拇指弹了一下,轻轻地把烟头放到了一个用八宝粥罐子代替的烟灰缸里,他还很轻松地用自己杯子里的茶水倒了一下,那烟头的青烟一下就断了。

吴玉亭抬起头来说,有什么大惊小怪的事值得用这样的嗓门说话?

吴玉贵说,人家演出队在丘庄,说是给文艺人演出,今天走不开,还说你有悟性要是一直写小说就好了,就成全国性的人物了。吴玉贵有些对哥没有写小说、没有成为全国性的人物而遗憾,停顿了一下没有接着往下说。

吴玉亭就是不想听这"小说"二字,这二字让他的生活发生了质的变化,让他的人事秩序多少年来一直遭到严重破坏,让他不能够在人事道路上应对自如、游刃有余,总是让他在期待重新洗牌时被扣了底牌。他抬了一下屁股,很是不屑地说,知道,是"春天送你一首诗",对你们来说,春天送几袋子磷肥和碳铵是再好不过了,也就是一些个不务正业的人拿春天说事找泼烦。

一句不务正业,把一帮文艺人搞得没有了广阔的背景。

吴玉贵说,是县政府的王主任安排的,人家团长说了,县政府的指令就是拴在她脖子上的一根上吊绳。吴玉贵一时没有想起来当时的原话，意思是领会了，就篡改了一下用词。

吴玉亭一听这王主任，心里就蹿火，算什么东西嘛！自己有媳妇在乡下种地，吃着锅里的看着碗里的，整天拿着职务调派演出队，还不都是看上了陈小苗那娘们？陈小苗也是，就算不等我，也不想和我好，都好说，见怪不怪，找了一个有妇之夫，素质和品位之低下，那真叫个嚼着不烂，咽着吃力，听起来堵耳朵，哪有半点爱情的高尚趣味！如果这时候发火那就显得自己气量小了，想了想换了一种口气说，那哪是王的意思，那是习县长的意思，还有我清楚？

吴玉贵想，既然你清楚，为何还要我去接？但不敢这样反问，是自己的哥，便小声说，错后一天，今天晚上呢，我订了一场电影，是《秋菊打官司》，人家说是名导的戏，瓦窑沟武黑他爹死的时候放过，一个照着村长的裆踢了一脚的女人，那女人，呵呵，一根筋！

会计王政林说，错错错，是村主任踢了秋菊男人的裆，把她男人踢寂寞了，她不依，一级一级上告。

吴玉亭觉得弟弟说话太没有水平了，说着啥事情呢就拐了弯了，这弯拐得有点半吊子，要不是自己这个即将成为正科的面子撑着李喜平，村支书李喜平岂是一个吃素的人物！

吴玉亭说，春天送什么的事，我是知道的，只是换届前的事情太多，又因为清明要回来上坟，三天里习县长要准备的材料，我在回乡之前都准备好了，我都忙得乱昏了头脑，看看，我都忘了，也算是有个补救。秋菊这位农妇也是一个进步人物嘛，值得一看，懂得用法律来做武器，现在自上而下不是讲和谐吗？啥叫和谐？我和习县长经常探讨这个问题，说给你们听吧，自然朴素的品质就是和谐，这影片到最后，说明了一个问题，都是他妈的善良厚道人。

一听叫王主任是姓王的，村主任李喜平赶忙站起来取了暖瓶给吴玉亭满上水，倒水的中间给会计王政林使了一个眼色。王政林说，我出去小解一下。

王政林出去后进了茅房掏出手机来赶紧给村主任李喜平发了一个短信。李喜平的手机响了,看到上面写了:你的眼色我没有明白。

李喜平看着手机和吴玉亭说,小孩舅发来的,操蛋呢,知道我和吴主任在一起,想让我求你,看能不能说说让他去镇政府当个通讯员。

李喜平抬了一下头说,我发给他,这点毛毛事也找吴主任说!

王政林接到李喜平的短信,上面很清楚地写着:打听一下吴有没有提的可能,有,回来就说今晚的电影咱管了。

吴玉亭没有接李喜平的话,看着别人发短信自己也想发,这东西在当下社会,说白了就像看见有人尿,自己也紧,便掏出手机来说,这叫拇指文化,全球通,都普及乡下了。

相互让烟的工夫里李喜平的手机又响了,因亮光折射得屏幕有些黑,他用手捂了看,上面写了:马路消息说,有可能是真!

李喜平回过去说,肯定下来!马路消息,马路上没有人?日你娘,谁说的?

李喜平合上手机笑着说,小孩舅回的,说我和你的关系铁得就像钢板一样,这点毛毛事对吴主任不算事。小孩舅和姐夫,中间隔着他姐,他敢拿我当软柿子捏。

王政林在茅厕急忙翻阅他记录的电话号码,终于看到一个很重要的人物,这个人物是县政府看门房的武秃子,他把电话打过去问武秃子,吴玉贵提拔的事风声紧不紧?武秃子在电话里说,看人家的走步,有变化,一般来说,有动静的人,这时候大都沉不住气,不是说话口气变了,就是走步变了,还有呢,以前叫我武师傅的只要开始叫我老武就有动静,等确定叫我武老头,那这人准提了。王政林说,你说明白点,到底提了没有?我啥都不叫你,我提了啥了?快点,我提着裤子呢!武秃子冲着电话说,我又不是领导肚子里的蛔虫,我酸得难受了,知道人家是甜东西吃多了!告诉你,有提的可能!

看到屋外的王政林很像回事地系着裤带走进来,坐下后看着吴玉亭说,说句不中听的话,吴主任,今晚的电影就算瓦窑沟村给你放了,一是给婶尽个孝道,二来呢也算是我和喜平村主任祝贺吴主任高升!

李喜平拍了一下王政林说,这话我早想说,不是说我这人势利,吴主任,就咱,中国最低的一级政府,办啥事不得拍上边人的屁股?你要是普通农民,我丑话说到前头,我不认识你这个人物,如今都是一把手说了算,你当了一把手,我就拍你,不怕你笑话,就这么定下了。玉贵啊,放电影的啥时候到?

吴玉贵说,我还得去一趟,去接他过来。

吴玉亭觉得不好,李喜平说,有什么不好?你明天的演出不也同样娱乐了瓦窑沟村村民的生活!

吴玉亭不说话了,拿着手机发短信,这条短信他是发给陈小苗的,他虽然相信她的演出是一项政治任务,但从思想上觉得陈小苗对自己有意见,拿政治任务做幌子的意思深处隐藏着内容。这条短信在用词方面应该有一些讲究,不能太直白,不能让对方看出来自己是在吃王主任的醋。他搜寻了脑海里所有的记忆,他觉得写到文章中的句子都是好句子,但用到这里难说能出彩。手不随心想,一行字出现在手机屏幕上:曾经沧海难为水。他猜测陈小苗看到每一个汉字在她眼皮下晃时,那意味深长的一笑,自己便也笑了一下,一下想起了他剪下的那一沓沓文章里的一句话:祸兮福之所倚!

这句话要比刚才那句话有力度!

但是,已经晚了,手机上显示了发送成功。

五

山里头天黑得早,日头先是歇在了山背上,接着日头就翻过山跌空了,山没有影了,杨树上的喜鹊窝也没有影了,喜鹊飞上飞下不叫了,一副老成持重的样子。这时候它看到瓦窑沟村上空袅袅炊烟浮动着,暮色把瓦窑沟罩住了,最后把瓦窑沟村人的脸也罩没了,喜鹊飞进了窝里,瓦窑沟彻底黑实了。

吴玉贵这时候才回来,都想着看不上演出能看上电影也成,哪想吴玉贵订下的电影也荒了,因为,有胶片没有放映机。当时订的时候还有,半中间被镇长拿去给县民政局回乡烧纸的李局长献殷勤了。吴玉贵骑着摩托跑了好几个地方,他想订一家说唱的过来,跑了几个地方都没有订下,临时抱不到佛脚。回来看到自家的院子里灯明火旺的,觉得这事弄得有些狼狈,有些脸上挂不住。进了院子,看到爹往院中央放椅子,两把椅子,一把正中,一把偏一些,他知道,那是用来放牌位的,一个是娘的,一个是嫂子的,人虽然走了,不回头了,活着的人也要把她们当在世看。他走过去说,啥也不成,瞎了,拾掇回房吧。

听得自己的屋子里,李喜平高着嗓子喊:吴主任哪,一心敬你,七个巧啊!

吴玉亭就四个字:五个魁首,五个魁首,五个魁首,五个魁首!

爹一把揪了吴玉贵的衣裳问,到底是咋回事?我都通知了村里的家户,都通知了两遍,第一遍告诉人家看演出,第二遍通知人家看电影,结果啥也没有,好不容易能要大伙来聚一聚,咋啥都弄不成了?

吴玉贵没有和爹多搭话,走进屋子,看到炕上放着炕桌,桌上放着四个菜一壶酒,哥盘腿坐着,村主任和会计不习惯盘腿,蹲在炕上,闺女小红嘴里吃着菜,一口没咽下,一口已经紧着夹到嘴边,腮帮像憋着两个核桃。

吴玉贵说,哥,不成,没有放映机。

吴玉亭没有出声,一粒花生米落在口中,胸口处空空的好像连着一口井,那井嗡的一声被什么砸出了响儿,空震得他的脑仁子发麻,那粒花生米在后牙根上嚼了一下,他心里默念了一句:姓王的!

李喜平和王政林两个人有些喝大了,听吴玉贵这么一说,李喜平仗着酒劲跳下炕说,浑球镇长,没有上眼皮子的货色,这事真没有人管了?

是政府办的吴主任用,用他的机器那是高看他了,怎么这样不识抬举呢!哪家拿了放映机,找几个人去抢了它!

吴玉贵说,没有用,是民政局的李局长。

王政林说,那咱不敢抢,民政上往下拨的款多,这条腿咱不敢断了!

吴玉亭摆了摆手要李喜平冷静一下,他摸了一下小红的头说,胡来不得,放不成就不放了,就算是抢来了,可以放,你叫全县人民怎么看我这个政府办的主任?我现在面对的不是一个简单的放映机问题,而是围绕这一事件出现的各种眼睛,要做的是让人们看到我的肚量,而不是成为这些个眼睛的反面教材,我不能因为这么个事给习县长丢脸,让人家说,小习用的人就是这样一个人!

王政林也想说什么来着,听这么一说,就不敢搭话了,敢把"小习用的人"挂在嘴上的,瓦窑沟也就他一个。况且,这习县长要论年龄也不过四十出头,比在座的他们仨都要小,可论头衔哪个敢叫人家习县长"小习"?距离近远,明眼人一下子就感觉出来了。气氛有些紧张,一时无话。

听得外面有几个老头老太太夹着马扎进来了,看到院子里站着的吴家掌柜大呼小叫,吴老汉哎,你这大儿真出息啊,你可不能草筛子饮驴走过场,今儿看不上,明儿得看上!这放电影的还没有到?怎么幕布都不往起挂!

吴玉亭听得爹说,咳,说啥呢,这电影八成是看不成了,听玉贵说,有官大的抢啦!

一老头说,那是咱玉亭的官不大,官大一级,他敢抢?吓不死他才怪!

吴玉亭觉得乡下人嘴上没拉链,指不定下一句还要说啥呢,随手扔给吴玉贵一包软"中华"要他出去散烟。李喜平急忙和王政林说,傻啥呢?还不出去发根烟熏住他们的嘴!

王政林说,咱的烟不好,红旗渠。

李喜平说,"红旗渠"咋的了?就"红旗渠"发去。

王政林和吴玉贵往外走。出得门,王政林先说了,今儿是县政府办吴主任回乡给咱婶烧十年纸,婶活着时德高望重,唯一的遗憾事就是没有看上这《秋菊打官司》,偏巧这机器被咱们的老朋友民政局长先行一步,先行了好啊,这电影就看不成了。我和李喜平支书巴不得看不成这电影呢,正好和吴主任说说内心话,说说咱村的实际情况,不过呢,就是委屈了咱地下的婶和地下的嫂,也委屈了瓦窑沟人。这不,吴玉贵代表吴主任给大家发道歉烟来了,烟是软"中华",好烟呢,我给你们说吧,这烟一条八百,一包两袋碳铵,一根四块,你们也抽抽这折合七斤玉茭的烟是啥滋味。

李喜平在门口叫道,两口猫尿灌晕你了,也叫说的是人话!

这时候陆续走进来的人就多了,孩子们像马蜂一样见人缝就钻,看到吴玉贵发烟,也跳高了抢着要。

一个八十多岁的老太太伸出笤帚一样干瘦的手臂也要,王政林给她点了一根说,会财他姥姥,你长了这么大财迷了这么大,你尝尝,好烟就是好烟,抽多少口烟灰也不落。

会财他姥姥豁了牙口,有些口齿不清地说,宁要一捧玉茭,也不要这一根棍棍,哄人呢。看看现今的人哄人怕不怕,我抽抽它,是顶饱呢还是顶渴,呸呸,呛鼻呢。

院子里的人哄笑了起来。

李喜平走进屋子里附在吴玉亭的耳朵上悄声说,不怕主任,我能让他们比看上电影还热闹,要下边的小官做啥呢?就做这呢,欺瞒他们傻乐呢。说毕,走出门,大手一挥说,瓦窑沟的村民们,咱们县政府办的吴主任能在百忙之中回乡给咱婶上坟,说明他是一个孝道人,有孝道好啊,我给他这样的人举两个老拇指头!

李喜平借着酒劲举了两个老拇指头在自己的脸前晃。

《秋菊打官司》看不看吧,也没啥看头,村主任把人家男人的裆踢了,踢寂寞了!

　　院子里的人就又开始哄抬着笑,有人叫着:你不是村主任?就是说你这号人呢!

　　李喜平嘿嘿嘿嘿地笑了,笑出了口水,一股白酒味,还哈着霉干菜味,打了个嗝,把最后的那个捂在喉咙眼里的"嘿"嗝了出来。

　　李喜平接着说,那个说我这号人的人,你当我不知道你是谁?你当我真的酒醉了?你把手往哪里摸呢?那是谁家媳妇的屁股蛋子收紧了一下子,那屁股蛋子可不是铜锣啊,你的爪子也不是锣槌吧,还一下子一下子击打呢!说你呢,笑甚呢?牙都往下掉了,还笑!嘿嘿嘿嘿,这电影我看,不看也罢,明天咱弄个好看的拷贝,弄个《满城尽带黄金甲》来,不怕他今天没有放映机,明天咱去找,这放映机就像"黄金甲"里妇女的乳房,挤一挤总还是找得到的嘛!

　　一院子人越发笑得刹不住了,笑到最后的尾音笑不出来了。有几个女人弯着腰抽着气说,要死啊李喜平,你是糟蹋妇女呢,你忘了你是吃妇女的啥子长大的!

　　李喜平说,不笑了不笑了,咱说正经事,这电影是放不成了,大家就和吴叔唠话吧,吴叔的四肢九窍都等着你们和他唠话呢。吴主任能回乡那是咱瓦窑沟过节都逢不上的好事情,吴主任已经答应咱了,要县里给咱拨款拨水泥修路呢。吴主任当了主任,最大的好处就是咱瓦窑沟能讨了便宜,讨什么便宜呢?大家想啊,咱的学校也该投资了是不是?以前那个普九,是墙上刷了一层白灰日哄两下子了事,风卷一股尘学校还是一张老脸,不要看王怀平在外赚了几个钱给学校捐了几张桌椅,咱稀罕的是政府支持!咱的队部也该投资了,是不是?投资建个活动室,咱农闲时打麻将还用给黄软平家的自动麻将桌抽钱,除了搭不上黄软平那张粉脸蛋,咱啥都不用出。咱的敬老院也该投资了,是不是?和谐社会不敬老不爱幼,那能叫和谐?咱的戏台子是不是也该投资了呢?等等等等,抱了吴主任这疙瘩热沥青,咱瓦窑沟就水泥化了,就建筑化了,就麻将化了,这么着吧,你们说,看那电影有啥意思?还有比陪吴主任喝酒更有意思更管事的事情吗?瓦窑沟的人们啊,都回家吧,回去早点睡,明儿上坟不要忘了也给吴家的坟送点纸火。回去睡不着,看韩国的电视剧去吧,还睡不着就上床做那事情去吧,做那事灵醒点,小动静喘不过来就咳嗽两声,大动静里外得不轻闲,该咋的就咋的吧,别把自家孩子教坏了!

又一阵子哄笑中,谁也没有想到吴玉亭会出来。

这吴家的大儿子从来回乡都很少和瓦窑沟人搭话,总是低着头来去匆匆,都说这吴家的大儿子有才呢,会做文章,几年下来没见把官做大。

可惜就是早走了媳妇,媳妇活着时有结核病,连娃也没有生下,娘走了十年,媳妇走了也有五六年了,愣是不找,这社会哪有这般苦守着不娶的?

吴家的大儿不如小儿话多,人白净,一看人家就是办公室坐出来的,看人家那样子,走路都在思考事情呢,一看就是有本事在心里藏着的人哪!

院子里的嘀咕声像春天成长的虫子,那声音不如秋天的旺,听上去有两寸厚。

吴玉亭站在门口,门脑上吊着电灯,灯光照着他的脸,那是一脸的白净。他咳嗽了一下,有点像在麦克风上试音似的,接着又咳嗽了一下,右手攥成拳头捂在嘴上。

李喜平大叫,静一静,下面的瓦窑沟村人,站起来的坐下,走了的向后转,听县政府办的吴玉亭主任讲话!大家鼓掌!

鼓掌过后院子里一下就静了。

吴玉亭放下拳头,他被眼前的景象所感动,长这么大没有什么场合因为他要讲话有人能这样地尊重他,就算是县长讲话,下边也是乱哄哄的。他看了人群中的爹一眼,爹大张着嘴,一脸兴致,他突然理解了爹为什么爱凑这热闹,爹在这热闹中能感觉到温暖的气息借助了声音在往他身上积聚,一个人面对孤独时,他一定心有戚戚。他看到爹抹了一下嘴上哈出来的口水,嘴依旧张了很大,那露出来的一截黑瘦如铁的手腕儿,在灯光下激动得抖抖的。

吴玉亭说话了,他挑高了嗓音,他现在有足够的底气。

我看到了瓦窑沟人的眼睛都盯着我了,你们对我充满了期待是不是?这,我心里明白!以前,我没有能耐,一个人的能耐是他的地位,地位不在那里想办啥事情都难!这以后,一句话:好了!李喜平和王政林能来造访,我也明白他们的语气里含混夹杂着某些不便说出的意思,我是明白的,我不怪他们,一个字,穷,咱瓦窑沟村穷!吴玉亭家穷!穷字下面一口刀,把该有的都斩断了!

王政林看到吴玉亭眼睛里有泪打转,不像一个领导干部讲话,哪有实打实说的?不吹嘘呼点,不拿出点势来,就没有人怕你,畏惧你,老百姓也一样。怕他因为酒精的刺激和放不成电影的刺激弄得失了态,用肘扛了一下李喜平,李喜平拍了一下手说:鼓掌!

吴玉亭还想着说说什么来着,人已经被搀回了屋子里,只听到屋外的李喜平喊了一句,好了,咱瓦窑沟村人在政府部门,现在,总算有人立起来了,"富"字下面一张嘴,朝中有人好做官嘛,好了,各自回家热闹去吧!

这一夜的酒喝到很晚,喝得李喜平和王政林舌头大了,头大了,接着脚跟落地不稳,个个儿呕着心,想吐。

李喜平说,还不给吴主任拿盆盆来!

王政林拿了地上一根点火棒在石板地上画了个圈说,给你,盆盆来了。

李喜平就扶着吴玉亭照着地上画着的那个圆哗哗地往外吐。

互相喝破了心事,三个人一起笑,说起了一些儿童时代的事情,亲密得开始称兄道弟,这酒把人的地位喝淡了。

六

　　吴玉亭被吴玉贵搀到爹的屋子里,脑仁子被酒精刺激得兴奋,看着爹笑,接着又开始哭。爹咽了一口唾沫,很努力地期待着问,你把官做大了?吴玉亭踉跄着伏倒在床了说,爹,屁大个官儿,给爹丢脸了。

　　爹一脸糊涂,这官要没有做大,瓦窑沟村主任那也算个人物,人家能打发媳妇来给咱帮厨?圈着腰把儿子耷拉在床边的两条腿抱起来搁到床上。

　　爹说,你好久没有和爹说话了,和我嗑嗑话吧,你自打长成人,就和我话少了。爹把崭新的棉花被子盖到吴玉亭身上,屋外的风呜呜地吹,吹得院角上几捆秫秸杖子簌簌地响。

　　这春天的风是一种很不消停的风呢!

　　吴玉亭说,爹,记得小时候我最喜欢做甚吗?

　　爹咧开嘴顾自听,一脸等待,手脚没有搁处,想不起儿子最爱做甚。

　　吴玉亭被酒精刺激得兴奋,心里堵得实,喝多了也没有把想说的说给李喜平、王政林那两个王八蛋听,他有话说,他就想说给爹听。他仰起脸举起手机看有没有陈小苗的短信,没有。他大声说,捅!马!蜂!窝!

　　吴玉亭把手机扔到了一边,有些不舒服地又把它朝上的荧屏扣到了下面。咱瓦窑沟村外有一棵树,树是柿子树,结果子的树里面,儿我最喜欢柿子树了,苍劲的枝干,宽大油墨的叶片,尤其是其间的柿子,似乎袒露了儿的心事,一个一个羞红了脸蛋儿。树上有个马蜂窝,我想捅了它,因为它影响了我对柿子的渴望。我是想算了很长时间的,最终想出了一个法子。爹,别不吭声,你猜猜,猜猜儿的心里想出了一个什么法子?

　　爹猜不出来,依旧手脚没有个搁处,笑容堆得满脸都是。吴玉亭的眼睛蒙眬地翻了一下,接下来把盖在身体上的棉花被子很粗鲁地踢开了,又觉得这样不妥,热了脸,羞赧地说了句,我失态了是不是,爹?把拽开的被子轻轻拉了回来,很亲热地搂在了两腿中间。

爹假装看不见,说,喝了酒的人热气上身,不想盖就别盖了,这是在家里,机关里那一套就丢了吧,你在爹面前就不讲究。

吴玉亭说,爹,我回家了是不是?那我就把人前这张皮撕了。

告诉你吧,我用了爹给我做的弹弓,用了一上午的时间对准它发射,哈哈,它掉下来的一刹那里我就往村子里跑,马蜂像我放出的臭屁一样追了我跑。我跑啊跑,跑到了大队的粮仓里,我看到粮仓里新收下的小麦,那麦子上还盖着几方大印,我照着那印钻了进去,等我醒来的时候,我已经被带到了大队部,我的头肿得脸盆大,娘找到我后说,你操皮捣蛋要到啥时候才能改!

爹笑了笑说,那时候有意思呢,那时候的老树下净是端了碗吃饭的人。

吴玉亭说,那时候的柿子树是大队的,秋天结了柿子,我偷着穿了爹的裤子,用爹黄球鞋上的带子绑了裤脚,趁着黑天,爬上树摘了两裤腿柿子,下来的时候,一下脱手了,我掉了下来。我回来,爹用绳子把我吊到梁上,裤腿里的柿子也不让往出掏,让梁上的绳子坠我。爹说,吊到你懂得集体的东西不能拿,吊到你懂得集体叫啥,告诉你小屁孩,集体就是国家!

爹端过来一茶缸水,怕水烫,又拿了一只碗来回倒着,等了一会儿用脸皮试了试冷烫,端过来要吴玉亭喝。

吴玉亭说,爹的手皮厚了,结了老茧,试不出冷烫来了。

爹加了糖要他喝下去,说,缓解酒劲。

吴玉亭说,我上学了,初中读完没有上高中,考了师范,我是想当一名老师啊,爹也告诉我说,当老师好,受人尊重。那个春天,也是这样一个春天,我和同学们出野外踏青,我看到新土,看到刚刚钻出土的茅根子。细细的绿,春天透土了。杨树叶子还不能被风吹响,是鹅黄的,有像虫子一样的杨花絮。远处是麦田,像大地的花地毯,平坦的麦田在春风吹拂下泛着银子的波浪。这是我那一次踏青过后的一篇作文,被学校的春芽文学社油印了,在学校传阅,还被当时的市报选发了,我一下子成了文学新人。

爹,记得你说,我儿真有志气,都上报了。

娘把那张报纸贴在墙上,早上看一遍晚上看一遍。天一亮,看清楚看不清楚字,爹都要探过头来扒在娘的肩膀上看。后来那张报纸上的字淡了,是被爹和娘的眼睛看淡了啊。

爹起身走到木箱子前,开了锁取出来一个木匣子,是娘当闺女时候陪嫁的梳妆盒,核桃木,枣红漆面,上面画了几朵牡丹,经了时间,那颜色看上去有些淡,有些衰老。爹打开它,取出一疙瘩泥皮,那上面的报纸有了霉点子,哪里还有原来的颜色?当年翻新房子,弟弟和爹还生了一场气,说爹偏心,人家攒金攒银呢,你攒了一疙瘩泥皮。爹掴了弟弟一个巴掌说,你是看见肚子里有墨水的人吃醋呢!

吴玉亭说,扔掉吧爹,没有用了,时间把石头都能化掉,巴掌大的一篇文章,没啥用处!

爹合了木匣子,没话。

吴玉亭说,爹,知道不,就因为我会写,当初当老师的梦想没有了,到了县政府当了通讯员,人家说,这娃好成分,有灵性,会写文章,将来有机会上!我当了十年通讯员,二十九岁上到了政府办收发报纸信件,我想不出来,我都这么大了,再没有比我小的通讯员了,我看新来的人们看我的眼神不对,似乎已经急着要先我当家做主了,我得有动静了,也该上了!可是什么动静也没有啊,夙夜忧叹,我别无长技,写写豆腐块大的小文章是我日常爱好,我由理想繁多变为希望单一,人家说我不务正业,说有才用不到正点上。我后来想,写那玩意儿顶啥用呢?图了虚名,舍了!我埋头啥也不做干了五年,这五年里比我小的都上了,我看见春天窈窕的身影如闺女似的来了,又走了,又来了,然后风吹来吹去,绿的绿了,红的红了,熟的熟了。爹,我看到你依旧是重复着以往的日子,驾犁耕地,戴着草帽栽种,爹脸上的皱纹多了,是笑太多折叠出来的。儿我是明白人啊,只有亲近自然的人才活得本色,只有活得本色的人才会幸福,你的儿,我是活得一点也不幸福! 我从你和娘的身上知道了要想温暖一个人的心,最基本的东西是给这个人温暖。不怕爹笑话我,我没有,从来没有给你和娘叠过被子,我给三任县长叠了几十年被子,人家把我当老通讯员使唤。四十岁上提了副科,这是第一任给我的,那是一个好县长,他曾经不让我来做这件事情,他说不平等。平等是什么? 爹,平等不是你坐在我对面就是平等,那是屁股下的交椅啊! 两只手的作用由脑来指挥,我豁出去了,不把事情想那么深了,不就是活动一下手的灵巧性吗? 爹,一种筹码和证明,在权力面前,我算个啥? 啥也不算! 我是权力的异类,而在人面前,权力是人的异类。爹听不懂我的话是吧? 我告诉你,爹,权力就像爹种棉花,劳动了不一定能获得好收成!

爹合上了眼睑,有一会儿,吴玉亭想,是疼痛让爹合上眼睑的,爹没有想到他的儿比种地人活得还难,种地人简单到看到庄稼长起来了,就有无法抑制的开怀,明晃晃的阳光,眯住眼睛咧开嘴巴笑吧,可他的儿不知道看到什么该笑,看到了笑不起来,有一身的不自在!

爹从床上拿过来一盒"红旗渠"抽出一根,摸索出汽油打火机,吴玉亭抽出一支软"中华"扔给爹。

爹说,贵了,我抽了是糟蹋。

吴玉亭说,谁抽了不是糟蹋?

爹说,一亩地棉花卖不够一条烟,一股青灰冒了,这么贵的烟抽了,是要我脚底发软。

吴玉亭点了一根抽了一口说,有些事情是比较不得的,这是爹愚了。

爹说,爹不抽它,省了心去想它的贵!

吴玉亭说,爹说得对。可人是最操蛋的东西,偏偏就是要想,想和别人比较,想要,要得到的和不该得到的东西。这烟在我身形孤寂,百无聊赖时,做了我最忠诚最坚决的伙伴。爹,抽这贵烟的好处是,县长抽它,我也抽它,贵贱我和他嘴里冒同样的东西,我平衡!

爹一下觉得这个儿怎么不像是他的儿,他的儿不该是这个样子!

吴玉亭接着把肚子里的苦倒给爹听。第二任县长,怎么说呢,爹,告诉你一个字:贪。我给他叠被子年头长了,七年,我看不到人家的那个贪字写在哪,人前讲话,那是真叫个绝!他答应离任之前把我提成正科,我想该了,为了提拔,我都把文学梦扔了,身心不二,我是一门心思谋政。爹,你知道,咱祖辈是农民,祖辈没有见过当官的人是啥样,祖辈排了队找不到一个能说上话的人,祖辈不知道啥叫阔气!我为了这句话,等,等到都提拔了,没有空位子了,我还想着一定有一个我没有发现的窟窿等着我钻呢。那天,在他离任前的晚上,县政府楼里要做一件事,灭鼠。灭鼠的最佳药是"三步倒",爹你是知道的,老鼠吃了走三步就倒了,再也起不来了。灭鼠是那几天的重要任务,为了配合卫生部门的检查,也为了"创建卫生城市",我作为将要提拔的人选,必须身体力行。我提着塑料袋,拿着长柄勺,舀着塑料袋子里的黄色小粒粒,往墙角旮旯放,这时候我看见县长下楼了,他看了我一眼说,新来的县长快来就任了,你去把那些我用过的东西收拾一下,纸袋信封什么的都处理掉。我说,县长你不住了?他说,不住了,你的事我和新来的习县长说好了。

我把"三步倒"老鼠药发放完,我收拾他的床铺,我在掀起他睡过的褥子下面看到了有三寸厚的一沓沓信封密实地铺满了床下,信封上有俩字:面呈。后面点了冒号,总共五百三十二个信封,我当时就想把那些信封捆起来当了废纸处理,捆扎的时候我发现有的里面还有信,也不是什么信,是个人情况,我还笑这些人呢,一个一个地把自己涂脂抹粉得那么优秀那么有作为,我就这么一个一个看,看他们的笑话呢,哪知道结果发现有的信封里面还有人民币,那是现在快看不到的第三套人民币,面值都是一百。这让我心跳加速。爹啊,这就是我想用心温暖的世界,苍天晓得,那种可怜的温暖有着怎样的天穹和深渊啊!我的自行其是,到此,要我怎么心甘?!

吴玉亭看到爹手上的烟不是抽没的,是自己燃没的,烟灰掉在爹的裤腿上,灯光下白得耀眼,爹带着轻微的颤音说,你说那些信封都装了那东西?

吴玉亭说,我所想到的辩解都等于谎言,你看看电视上那些个官吧,更怕!生活和梦不属于同一个世界,爹,你的儿就因为一个看上去很简单的信封作怪,一切又迟到了五年。

爹把伸出去的腿缩回到床上,有骨头咔嚓的声音响了两下,吴玉亭知道,那是爹的骨关节在响,爹手里又点了一根烟,烟柱像蛇一样,因爹抽回去的腿带乱了烟气,它缭绕得呛了爹的鼻子,呛人的气息令爹咳嗽起来,最后那口痰像田地边水渠里的浊水在涌动,携带了尘世太多的浮尘和干渴,咕咕地嘶哑了一阵子,爹走下地圈着腰开了门顺着风把那口痰吐了出去,风携带着它飞进了黑暗。

爹关上门,走到火台前,火上坐着水壶,水开着是为了取暖。爹掀开火看了看壶里的水,拿瓢从缸里又舀了一瓢倒进去,爹往火里加了炭,火苗欢起来。吴玉亭想起来,瓦窑沟村在贫瘠的山岭上,祖辈吃水难,过去有一口井,有二百多米深,为了吃水天不明就去排队,时不时为排队你争我吵,大多时候是他和弟弟去排队。下井的绳索是铁绳扣,足有二百斤,绞水时,辘轳把上两人,一人驾辕,两人搭挑,另有一人用手挡着铁绳扣不让它因绞的铁绳扣厚重而脱落。劲还得往一起使,否则绞上来就是半桶水,多年后吃水有所改观,从山后提过水来,但总因水源不足,用水旺季,还得绞水吃。吴玉亭想起来,好像李喜平晚上喝酒时也提了水,说,你要把咱村的吃水问题解决了,就算百姓托你的福了,就算你不白当这政府办主任了!吴玉亭依稀记得当年往县里参加工作时,因为去的是县政府,走时,爹说,你为咱这穷人争了口气,为咱这穷村争了口气!

这么多年来他那口气争在哪里?

爹开始准备一早的饭菜,还有清明上坟的祭品,爹突然在地当央站了下来,看着床上的吴玉亭,爹张了张嘴想说什么,还是没有说出来。床上的吴玉亭有几分睡意,吴玉亭看爹停了下来,便又有了几分清醒,看着爹笑了笑,那笑看上去比哭还难看。爹走近他把他脚上的鞋脱了,要他躺好,他想哭,他知道爹有话,爹的嘴笨,嘴笨的人大都爱听人说话,吴玉亭噙着泪说,爹你有话说!

爹说,也没有啥话。

吴玉亭很坚决地说,爹你肯定有话说!

爹说,我一下忘了。

吴玉亭说,你是不是觉得我活得下贱,笑话我?

爹说,啥话,干啥就得像啥,人家一县的领导泼烦事情多啦,给人家叠被子算啥,用不了二两力气。

吴玉亭说,可我心里苦。

爹说,说说话,心就松动了,就不苦了。

吴玉亭说,爹,你哪里懂得!

爹憋红了脸说,再不懂得,也可惜你把写文章的正事丢了!

吴玉亭一下觉得酒劲上来了,腮帮热了一下说,爹,这你就是外行了。

爹咳嗽了一声说,我到底想起那句话来了,是一句古话,你也记下了,说的是,人为财死,鸟为食亡。

七

天上布满了云,将雨不雨地苦着脸,也许这日子是清明,似乎把人心也濡染得不畅快。瓦窑沟村通往村外细肠子般的土路上,蚂蚁似的布满了人影,有的端着木盘,有的挎着竹篮,里面放着白馍、黄表、香火、鞭炮,好一些的人家还放了罐头、香肠。喜欢土地的瓦窑沟村民自然也喜欢把先人葬在自己的土地里,一座两座像邻居一样,鞭炮炸开了寂静,香火点亮了暝色,坟头的一声哭,是告诉地底昏睡的死去的人,又换年头了。

　　吴玉贵家地当央的坟堆上长满了刚透土的青草芽儿,坟旁一棵柳树下是用石头垒起来的供案。吴玉亭从地上的篮子里往出掏祭祀的物品,还不时地掏出手机来看,这个动作让吴玉贵很是看不惯。趁着这个空当,吴玉贵接过了篮子,两个妹妹和吴玉贵的媳妇已经跪下了,正准备把头上的围巾捂了脸,就等把香点了她们好开始哭,哭什么呢?先是要哭地底下昏睡的人苦,撂下一堆事,当了甩手掌柜,花花世界,光阴易逝,那时的自己还小,还想着爹娘说着话呢,咋的就已在地下埋了好久,活着的好多稀罕事,活着时没有想到要你们看,去了也误了,不知道的事情多了呀!该过好日子没有过上,走了的苦了呀!接着哭自己的不好,活着的人苦呀,不如地下的人,丢下了亲生的儿女到地下享清静的福去了,这世道是哪个留下了这生死轮回!

　　还没有等吴玉贵把香火冥纸鞭炮取出来,已经听到身后脚步声走过来,那脚步声不像一两人,是一队,像学校出早操后让学生稍息后的脚步声。

　　先是吴玉贵扭回了头看,叫了一声:我操!

　　等吴玉亭彻底扭回头时,瓦窑沟村的大小老少在李喜平的带领下,在他的身后像马蜂一样围了过来,他看到所有人的手里都拿了黄表,李喜平第一个把手里的黄表点燃了,他下跪磕了仨头,接着又磕了仨头,李喜平站起来很认真地说,吴玉亭主任,这仨头我是代表瓦窑沟村民给咱姊和咱嫂子磕的。接下来李喜平的媳妇和王政林的媳妇坐下来,脖子上的头巾往头上一蒙开始哭上了,先是吴国花开始数落着哭道:地底下昏睡的姊和咱嫂啊,你看这冥钱烧得和火龙一样欢呢,火龙伸着红红的巨舌在舔那天空呢,风助了火龙都能把人的头发烧掉一撮呢,你俩在地下享福了呀,上亿的票票商店都兑换不开呢,你俩坐着吃利都够几辈子花呢!地底下昏睡的婶和咱嫂啊,活着的人可就难了呀,咱瓦窑沟山大地块儿小,种地费工石头多,清明开耠子一直到芒种,老阴坡沟剥楸皮,遇了天旱不长苗,人都吃水难哪里见收成呀!苦了咱瓦窑沟活着的人了,住在这石头多得像荞麦棱子,公家看不见摸不着够不着地方,苦啊,呀喂,呵呵苦啊!

李婉婉接着开始数落着哭道:

地底下昏睡的婶和咱嫂啊,吴家出了大人物了,别看这山坡坡沟深石头大,没墙没堰,可咱的风水好啊,出了大人物,咱瓦窑沟挺美的,接了山外沁河的水,咱瓦窑沟就是米粮川……

这哭诉到了最后就成了诉说瓦窑沟的难了,瓦窑沟的难有了吴玉亭以后这日子就过得舒畅了。两个妹妹和吴玉贵的媳妇,本来这十年纸由她们来唱主角的,这么着一闹,她们仨反倒不知如何哭诉,哀巴巴看着,哭的人不能让她一直哭,旁边的人要拖她们起来。吴玉贵抬了两臂搂了吴国花要她起,吴国花像一块年糕粘在地上说自己还没有哭够呢,吴玉贵恼火地说,这地下睡的是我娘,你又不是我媳妇哭给谁看呢!吴国花怎么说也是村主任媳妇,自觉就比瓦窑沟的人高一等,吴玉贵这么说,她心里有了几分不乐意,你吴玉贵算什么东西也敢占我的便宜!一下止住了哭,扯了头巾站了起来想说什么,看到李喜平白了她一眼,她的话头马上就系住了,换了一个话头说,我是哭我婶呢,怎么说我也是吴家的闺女,我要我婶知道,吴家的男人也不都像你一样土里刨食,也有做官的,都是姓吴家里的,可这落差大着呢!

吴玉贵觉得这十年纸烧得有点瓦罐子气,本来是自己家的事掺和了村委,以前也没有见村委的人来磕头,伸出双臂用了猛力把李婉婉抱了起来,也不管她站稳当了没有,自顾从篮子里拿过鞭炮来点了捻子,绕着坟堆放了一圈,没有燃完的鞭炮在吴玉贵手里晃着,扔出去,落下去的炮仗在吴国花和李婉婉的脚前爆响,吓得她俩往远处跳,吴玉贵斜了一下眼睛嘟囔了一句,把那毛料裤子烧了窟窿才好呢!

这句话吴玉亭听见了,他从心里瞧不起弟弟,尤其是这句话从他口里说出来,整个一个小农思想嘛!妹妹从篮子里拿出自己买的鞭炮要兄弟放,说这是闺女的,给地下的娘和嫂子放了听个热闹。吴玉贵拿了放到自己手里等磕了头准备放。吴玉亭看到两个妹妹和弟弟在坟头前给地下的人磕起了头来,他便也站在了坟前,想着地下的母亲和妻子。母亲虽目不识丁,但贤淑明理,勤劳善良,母亲对儿女的关爱无微不至,可说是把全部心血都倾注到了他们兄妹几个身上。记得小时候家穷,孩子又多,早上一顿玉茭面掺了谷糠的蒸疙瘩,母亲总是让孩子们先吃,说自己看着就饱了一半,荒年饿不死造厨的,稀汤灌大肚呢!年幼无知的他们,你一碗我一碗抢着吃,尤其是他和弟弟,饭量又大,好像永远吃不饱。等最后轮到母亲时,已所剩无几,母亲只好将锅底残余的些许饭菜掺了开水充饥,还告诉他们说,口淡,菜咸呢。有时竟空着肚子。年幼时,兄弟姐妹几个的衣服像蚕茧一样往下褪,先是姐姐的褪给他,接下来妹妹们,然后是弟弟。那年月,不像现在有料子布,只有棉布,不经穿,衣服和鞋袜往往穿不了几天就破烂不堪,这就更加重了母亲的负担,一方红黄摇曳的炕墙上,母亲飞针走线,挑灯夜战为他们缝补衣服或纳鞋底,怕灯光影响他们睡觉,母亲用结实的身板挡了光线,夜静的时候,拽麻绳的声音细柔有力地布满了整个屋子。爹说,看你娘苦的。娘说,对着孩子说甚呢,满屋子你给我找找苦在哪里?娘停顿了一下看着他们又说,就盼着我娃学了知识吃了"公家饭",娘等着坐我娃的小卧车呢。

吴玉亭仰起头,那一仰不是为了看天,是想把对地下人的思念安置到一个宁静的去处,是想告诉地下的人他终于有小卧车坐了。

对于地下的妻子,他有比娘更多的话要说,那种感情也是莫名其妙的,爱恨掺半。他甚至不知道和妻子之间叫不叫作有"爱"存在。他能进县政府办其实与妻子有很大的关系,因为妻子的父亲是县政府办的司机。他和妻子是同学,上学时她的身体就弱,第一次领她回瓦窑沟,娘背过她和吴玉亭说,人单薄,没腰没胯的,小脸蛋和蒜瓣子似的,要是在农村她那身子骨务不活庄稼,更别说走针引线了,娘不同意。

后来他想,他之所以看中她,是因为看中了县城,县城是他离开农村后最羡慕的地方,让他有一种神气在里面。农村人进了县城,他感觉就像驴进了县城一样,嘴上吊个草料袋子,屁股上也挂个驴屎袋子,怕县城人见不得,驴就没头没尾了。他就想做一个彻头彻尾的县城人。县城里的人有一种东西在脸上挂着,他一直不知道是什么,不是优越,后来他知道了,是"势"。他想起来和同学在她家帮助做煤球,弄得一身臭汗,她并不厌他们,而是为他们凉上白开水。在乡下,他们农村的孩子哪里喝过凉了的白开水,口渴了拿马瓢从缸里舀了凉水,饮驴一样往脖子里灌。一听是凉了的白开水,乐得他们眉头高扬。他看到她的母亲不高兴了,周正白净的脸上看他们的时候蹙着眉,他们从她母亲面前走过去时,他看见她母亲的手不自觉地在鼻子前扇了一下,他的神经蹦了蹦,仿佛和院子里落下的泡桐树上紫红色的花赌气似的,孩子们全都停止了热闹,其实他未来的丈母娘并没有做什么,连细碎的话都没有说,脸上随着就挂出了笑,那笑在黄昏的亮影下有几分清丽和明净,但是,不知道为什么孩子们都不喝那凉了的白开水了。也是后来,他知道"势"其实是一种距离。那个夏天的黄昏,他不知道他在县城少了什么,但是,很明确地知道他不喜欢农村,不喜欢父亲常年不刷牙龇着黄锈的牙和裸露的牙床,不喜欢农村人的裹裆裤黄球鞋,甚至不喜欢母亲累得顾不上梳理的头发。县城,是他梦里生活的背景,他像破了茧的蛾子要飞向县城了。当他向妻子表示要娶她时,她没有激动,她母亲像历史老师上课一样讲了从前、现在,最最主要的是,她不能生孩子,也许一辈子,他得小心呵护她。他还记得当时的一个场景,停电了,县城里的油灯不像农村的,农村里的油灯用的是孩子们用过的墨水瓶,搓个捻子插进一截洋铁皮卷筒里,添进去煤油就成了。县城里的灯是有灯罩的,她母亲张开她红润的嘴唇往灯罩里哈气,然后撕碎一张书纸,用纤细的手把书纸揉软,伸进两根指头抹着那纸片,很缓慢地一层一层地转,她母亲不停地往灯罩里哈气,之后一遍一遍地擦。直到她伸进去的指头,仿佛透亮起来,她母亲才说,呵护她就应该像呵护这个易碎的玻璃罩子。然后,她母亲用少见的兰花指轻轻捏住灯罩,扣上油灯。屋子里突然一下亮堂了,他看到她的脸在灯光下有两朵红晕染了两腮,她母亲说,我的闺女和乡下的那些个没有教养的女人不一样,你要学会尊重她!

新婚之夜,她那没有丝毫肉感的身体对他来说,说不上喜欢,也说不上不喜欢。丈母娘给他一盒避孕套,毫无廉耻地告诉他,记住,每一次,你都必须戴着它,必须坚持检查它的乳头处有没有破孔,说毕,居然伸出两根手指示范操作方法。这让他最早体验了县城给予他的文明。每一次,他都会想起在瓦窑沟翻过山梁的那个水库钓鱼,他总是用蚯蚓当钓饵,他把粗壮的肉红色的蚯蚓放在他的掌心拍晕,小心地穿到缝衣针烧弯做成的鱼钩上,轻轻放到水中打好的窝子里,便有鱼来咬钩,鱼咬钩实在是美妙,他知道鱼总也不会被钓上来。他也知道身下人是用了吃奶的劲想迎合他,那一种迎合在一长串的咳嗽中像凉了的白开水一样寡淡,他也只限于体味鱼咬钩的美妙。

吴玉亭举眼眯缝着看天空,天空没有云,云和太阳光搅和在一起了,这清明,印象中从来没有晴朗过,但他确实听到了过往的日子那蹬蹬的足音。他该给地下睡的人磕头了,泥土是他膝盖的蒲团,但他却跪不下去,他觉得目前他要做的动作不是跪下去磕头,而是很儒雅地三鞠躬,这样才能有别于他和周围人的物事,有别于一个领导干部在清明这一天的风景。

三鞠躬之后,他长叹了一声:往事并不如烟啊!

身后被李喜平集中来的村民们,家家都有个难事儿,于是,就有人趁着这机会把想要求办的事说出来。

先是罗锅马必土的儿子马小沁,瓮着肩走到吴玉亭面前,小嗓发声说,叔,我爹炕上下不来,要我求你个事情,求你给我在县城找个临工,我爹说你当大官了,有人巴结你,要你可怜可怜我。

李喜平叫了一声,做啥劲呢,把腰杆放展些!你跟着凑什么热闹,说话都没有半毫热气,能给你找个啥工作!退后边,清明上坟是私事,不谈工作。

马小沁急忙朝坟前走,谁也不知道他要做甚,却见他双膝跪下去磕了仨头,嘴里叫着,奶、婶,你们给叔说个好话,我给你们磕头了!

接着是跑运输的王海急忙走到吴玉亭面前说,大主任,说个帮忙的事,我的车在县城被交警扣了,官大面子大,求你了,也算咱是一个沟的人,这是我的情况,对于你来说,这是小事,我的车证件全有,就是少了一个尾灯,扣了我冤,烧香找到你这庙门了。

还没有等李喜平抬手指着走近的人喊话,瓦窑沟平良德老汉用烟袋锅子敲了他的手臂一下,他正想发作呢,只见老汉插过人缝挤上前说,侄子,我和你告个状,不怕难为你了我就说。

吴玉亭说,你说。

平良德就用烟袋锅子指着李喜平说,就告龟孙子他!

吴玉亭说,他咋的惹你了?你这气这般冲。

平良德老汉额高面长,悬胆鼻子,说话如和人吵架,处事挺横的,想骂哪个龟孙子就骂哪个龟孙子,他用疑惑的眼神看着吴玉亭说,剑里头哪一种剑最毒?是舌剑。都觉得非打架不可的事情,我认为舌头能摆平的才叫本事。你跟着县长,我找你就是要叫你来评理,我种的二亩地苗圃,苗都长到胳臂粗了,村上说修路要占地,把我的苗圃占了,砍了,说我的地是三类地,我明明是一类地。龟孙子李喜平选举时候说得好,说他当了村主任,这事不算事情,小事一桩。我选了龟孙子,龟孙子一当选了,老二不尿老大,说这是政策。我问你,当初光我家就给了他六票对钩,那是有交易的。现在我不同意,能不能按政策说我那六票不算数了?免了他的职务。

吴玉亭没有想到平良德老汉是来翻老账,这事不知道该怎么说好,就拿眼睛瞟了一眼李喜平,李喜平也没有想到平良德会说这事,一早他打发人挨家挨户去煽动,去送纸火,说县政府办的吴玉亭主任回乡烧纸来了,大家也都去坟上给人家送个纸火,乡里乡亲的,说不定以后会有用得着人家的时候,不要见官就看不起。李喜平知道现在的农民和以前不一样了,也不好管了,和你村干部没啥牵扯,不给人家实惠,谁要按你的意思去办事?他没有想到平良德老汉在这坟头上说这事。

李喜平急忙走近和平良德说,老叔,你是想出难题不是?这事与吴主任有什么关系?当初选我你也是自愿的,说给你条件也是真心的,可结果你的地只能评估三类地,我给你争取了二类地,你的地要是一类地,你不种麦子了,要种树!

平良德说,龟孙子你这不是说屁话吗?大侄子,我要你说,我就看你这个官有多大分量!

吴玉亭方才还觉得瓦窑沟人给足自己面子了,现在就觉得这清明有点吵,只听见自己的弟弟吴玉贵扒开人群喊道:这是我吴家的坟地,我哥是回来上坟的,你们存心不想让我地下的娘和嫂子安静是不是?谁要再拦我哥,我这个没文化人就一路打出去了!

吴玉贵说完话,点燃了手里的鞭炮,鞭炮在他的前方炸响,他拖着吴玉亭,吴玉亭踉跄地往前走,眼睛却看到了逐渐开阔的田野。

吴玉亭说,这样走了不好,你要叫瓦窑沟人笑话我,笑话我的能耐!

吴玉贵说,平良德那三亩苗圃地本来就不算地,屁类地也不是,净是一些石头蛋蛋,能弄成二类地也算是李喜平的功劳,老鼠逮猫,他们是哪一出还不清楚?你不要因为提了个正科就以为自己是个官了,李喜平那才叫官,官不大,特懂行道。

吴玉亭觉得手机有短信响,急忙甩了弟弟拉着的手,翻过手机来看,是陈小苗的,上面显示了:下午到,晚场八点开。

这几个字像政府文件,没有一个字是跳动的,更没有给人"除却巫山不是云"的心动。吴玉亭想:陈小苗这个荡妇,看我见了怎么拿捏你!

八

傍晚的时候天上下了一场小雨,斜斜的雨丝打乱了人的头发,瓦窑沟村湿漉漉的,干河沟里的鹅卵石被雨水濡染得加重了颜色,一些鹅黄的茅草在雨丝中生姿,有几只鸟压低了翅膀飞行。吴玉亭的父亲已经来这里向公路望了有几次了,看着鸟飞行心里有几分不快,鸟低飞那是想拣拾雨头儿嘛,天公不作美,这个清明一点也不叫人省心。

吴玉亭上午上坟回来,困得眼皮子连眼毛毛都支不住,倒头躺在炕上顾不上想事,一觉睡到天黑了也没有起床。院子里的大锅冒着热气,压好的面条一箅子一箅子放在屋子里等演出的人来了下锅。有雨,天黑得早。吴玉贵几次想叫醒哥哥问演出队为啥还不来,李喜平都不让叫,说要他多睡一会儿。吴玉贵满脸不高兴,觉得自己家的事被这一掺和了,弄得人心和这雨一样,黏糊糊的。

院子里的灯亮了,拉灯绳的不是别人,是吴玉亭。这时候听到院门外吴丙国老汉一路小跑进来,喊着:快,下面了,演出队的大队人马来了。

院子里的气氛一下热闹了,先是小孩子往院子里跑,接着是演出队的刹车声响,有人抬着箱子进来,说地上潮湿,叫人拿几捆干草来垫地,进进出出闹欢了。吴玉亭在爹的门口站着,什么表情也没有,嘴上叼着根烟,等他要见的、想见的人出现。

陈小苗大步跨进院子看到吴丙国老汉上前就握手,说:来迟了,没办法,吃公家饭就得听人家抓差。叔,你这身体看上去硬朗呢,有几年不见了,还是那样看见了叫人亲切。

看见吴玉贵她叫了一声:大兄弟,劳驾你帮忙要他们把场地铺开,看这雨怕是不停了,一些电源见不得潮地。

然后,她指挥下边人架线,往摊了干草的地上铺帆布,泥地上是不能翻跟头的。先演出的人开始吃饭,等大部分演员都吃完了,一切也都弄利落了,陈小苗才问吴玉贵:你哥呢?

吴玉贵告诉她,哥在爹的屋子里。

陈小苗拍着手上的泥往吴丙国老汉的屋子里走,抬脚进门的时候喊了一声:吴主任,你这接待我的态度可不好啊,准备酒了没有?我得喝两口才能唱响,你不陪我?

吴玉亭赶紧从床上起来假装刚睡醒似的说:看看,我昨晚喝多了,一天不清醒,县里的大红人,我敢不接待吗?!

陈小苗说,那就走啊,高升了,就着灌面的菜喝两口,我也好祝贺你一下,晚上还有好节目呢。

吴玉亭其实就等着陈小苗主动呢,下酒的菜他早安排人弄好了。

外面雨下着,依旧是细细的,打到人的脸上像雾一样轻,吴玉亭突然觉得自己很清爽,是酒醒后的清爽,还是雨天的清爽?好像什么也不是,是见了眼前的这个女人的清爽。心不自觉地跳了几下,惶惑了一阵子,他跟着陈小苗走进弟弟的屋子里。菜饭都已经齐全地摆在了桌子上。弟媳妇看到陈小苗进来,一下不知道该叫什么,当初他们谈对象的时候来过瓦窑沟,她叫人家嫂子,现在叫什么?嘴张了半天合下来时叫了一句:陈团长,你胖了,富贵了,越发好看了。

吴玉亭前倾的胸往起抬了抬,抬胸的当口眼睛扫了一下陈小苗,他觉得和眼前这个女人之间也应该有一种"势"在里面,他不是以前的吴玉亭了,他磨正了。但是,他确实看到这个女人发福了,圆润了,有了一点贵妃的味道。他的脑袋歪了一下游离开视线,给人的感觉是他并没有看她,她的圆润和贵妃的味道与他没有多大关系。一个领导干部在女人面前,看到的不应该是异性,她就是你的下级,用口气指挥她行动,和圆润和贵妃都不沾边。

陈小苗说,叫我陈团长我听了别扭呢,当初,差一点就做了你的嫂子,人这一生差一点的事情多了,要不是这年龄差一点啊,你哥哥就当正主任了。

这句话说得吴玉亭有些丈二和尚——摸不着头脑。什么意思?难道主任的位置又落空了?不可能,他回乡之前才被习县长叫去谈话,说这一回,你放心,正科是肯定了,也该上个台阶了。怎么说,走了一天就出事情了?

陈小苗发现吴玉亭一下定神了,想不出来是因为什么事,也不管愣在那里的他,顾自拿起倒好的酒喝了一口,说,你哥要是觉得我这个嫂子合格,你就还叫我嫂子好了。

吴玉亭上前一把抓了陈小苗的手往暗处拉,这个动作让陈小苗一阵喜欢。

吴玉亭却嘴角有点颤抖地说,不可能,政府办主任谁来当?你的意思是不是我?你从哪里听到的?

陈小苗觉得吴玉亭永远是吴玉亭。

她嘴里嚼着一口菜说,给了你正科待遇,上面有政策,县里副科五十二岁就切,考虑到你的工作时间,县里决定给你正科待遇退下去,我也是下午才清楚,采风团有领导酒桌上说了,我替你高兴呢。你跟了我演出,工资待遇我给你正科的,你就帮着写作品,小品、相声、双簧、三句半,诗歌也行,今晚就有你一个节目,你看了一定会高兴。

吴玉亭一点也高兴不起来,如果说时光倒流三十年,这是他的家庭梦想,时光像什么呢?他脑袋里一片空白,只觉得胸口如一口干涸的古井,空得他想哭。

陈小苗说,和你喝三杯,三杯之后吃面,吃了面演出开始。你在我这里干,永远不退休。陈小苗说完这句话还冲着他挤了一下眼睛,是一只眼睛挤,有挑逗的成分在里面。四十几岁的女人做这个,在想象中有点过了,但是,实际上是很可爱的。

吴玉亭依旧装了看不见,这一回看不见是心里乱了,这乱和以往的乱不一样,这等于是政府炒了他的鱿鱼,他有点失了方寸,为了掩饰,只能喝酒。一杯酒下肚,他像被捅火棍捅了一下,火辣,这样反倒好一些,让他有几分清醒:他是男人,不能喜怒形于色,就算是巨大的悲痛,三十年了,他都压着,压到现在,压不住也得压!

吴丙国老汉忙着把两把太师椅搬出去,做这件事情他不要人帮忙。两把椅子一正一偏放到演出台对面,怕雨淋,他在太师椅上顶了两把伞。两个牌位:老伴和儿媳妇。他把她们婆媳放到椅子上,这样的位置是任何人都不能坐过来的位置,他也不能。两张椅子,两把雨伞,两个牌位。她们的身后才是俗世的热闹,俗世的热闹好啊,吴丙国老汉想:俗世的最大的好处是脸上的七窍都能动,有嘴能说话,有眼睛能看人,有鼻子能闻香臭,有耳朵能听人声,什么声音都没有人声好听。吴丙国老汉饭都不想吃,就想听身后瓦窑沟人的说话声,就想听演出队叽叽喳喳的吵闹声。灯光一下打亮了,院子里和白天一样亮,灯光把人脑袋推到院墙上,挤挤撞撞的,人世间的热闹就这般突出来了。

屋子里,被外面的热闹挑逗得心不在焉的弟媳妇,也不管屋子里的人,顾自站在门前一脸喜气,那喜气不是挂在脸上,是挂在嘴上,嘴张了老大,一口牙快要挂不住了,想往下掉。

屋子里的人喝酒没话,这中间团里有人进来请示开演,陈小苗嘴噘了一下,对着吴玉亭说,问老吴!

从吴主任到老吴,难道自己从此没有"主任",就剩下"吴"姓了?还因年龄的拉长加了"老"字?吴玉亭咬着后牙根说,老吴要你们开始!

演出开始,一段八音会段子响起,之后该落座的人都落座了,人把院子挤满了,有人骑在墙头上,李喜平和王政林领着各自的孩子、媳妇也都坐下了,吴玉亭却没有出来,他觉得他的面子上挂不住,他和瓦窑沟人许诺了要当政府办主任,现在这主任当不成了,当不成主任好说,许诺下瓦窑沟建学校的事咋办?修路的事情、吃水的问题,扩建办公楼的事情,多了,他不能出来见他们,他的脸上挂不住,一个人的地位决定自己的价值,现在,他等于是一个没有价值的人了。

陈小苗陪着他说,你不想出去看看?你不想出去就听吧,有雨的日子听这个节目怀旧,"春天送你一首诗"的人还说,这个人的才华不得了。你吴玉亭要是认准自己写下去,就不是现在的吴玉亭了,你要听了这个节目能走出去就是大毛蛋了。

这是吴玉亭的小名,谁还记得它?吴玉亭苦着脸笑了笑,他觉得男人其实是很脆弱的,不要看平时想的那些事,遇了事情就觉得自己要马上垮掉,想靠着什么东西支一下,现在,能支他的,就是眼前这个"贵妃"一样的人了。虽然,他一直在心里骂她,嘲笑她,甚至从心里看不起她,鄙视她是荡妇,其实,他是在乎她,她的一举一动一颦一笑,他恨那一举一动一颦一笑不是冲着自己来的,是冲着社会上那些权势去的,他突然想到,他在奋斗的三十年里,他所做的一切又是冲着什么去的?

一口酒闷下肚子,听得外面主持节目的人报:今天,我们团能够有幸来到瓦窑沟,这也是政府办吴玉亭主任带给我们的福气,让我们有幸和瓦窑沟村的父老乡亲共度这清明,共度这思念的日子。天上的小雨用激动的热泪迎接我们,在座的瓦窑沟村民用热烈的掌声欢迎我们!

这时候,李喜平站起来喊,大家鼓掌!

瓦窑沟村民的掌声爆响了,年轻人的口哨也尖利地切割断雨丝,越过院墙,把村里守院的狗叫愤怒了。

接着主持人又说,谢谢父老乡亲的掌声!接下来第一个节目是口技并配乐诗朗诵:《蛤蟆叫》。这个节目是我们政府办吴主任二十年前创作的,借我们献给他地下有知的母亲和妻子,在此,我们也祝愿吴主任的父亲健康、幸福!同时祝愿瓦窑沟村民健康、幸福!

先是听见一个瞪着眼、鼓着皮囊的蛤蟆"咯咕咯咕"叫了两声,跟着有蛤蟆"叽咕叽咕"迎合了几声,一群蛤蟆便群起哄叫,一如人类的

热闹,充盈了一条河沟。等蛤蟆叫声弱下来时,有男声开始朗诵:

> 蛤蟆叫
> 蛙声如潮带雨来
> 哪个敢说吵
> 蛤蟆叫
> 比风来得早
> 万里江山我做主
> 春来背着鸣囊叫
> 蛤蟆叫
> 清溪田野随意跳
> 爱欲满其身,擎着丰收叫
> 目盼东山月,耳闻溪水声
> 一如人类抛歌喉
> 满谷满沟倾心叫
> 蛤蟆叫
> ……

吴玉亭觉得,这是他写的吗?是他曾经有过的经历吗?这首小诗能够引领他的,不是天边地平线上的无限奇幻,是他所看到的对面那个女人的眼睛里漫渗出的热爱。一条干河沟里,蛤蟆叫不在了,这个清明,假如他能走出去面对这些热闹,他以后的日子怕得回过头去望了。

流　　水

一

75岁的恶人赵城时带着一张宋朝古琴朱致远款仲尼式琴"春雷"从江西前来。

一张断琴。

断了四十年。

赵城时对于四十年前的那个决定似乎已无情绪，或许是叫岁月被动地默然了，只剩下一个心愿，把琴安放在此处，垂老的无辜的目光就该坦然地对这个世界合帘了。

一路上他很奇怪，自己对自己都很陌生。两个人老到这般火候，人际关系却出现奇迹般的和解，大概真是上天的旨意，无论人情还是地理。有那么一种现时的存在，摆在面前的过去时时再现，要他承认，要他明白，要他醒悟，往事似乎已经烙进了记忆里。

对古琴藏家来说，视琴如命，远远胜过珠宝金银的说法是毫不夸张的。江西的赵城时所藏的"春雷"，是一张宋代名琴。桐面梓底周身漆黑光泽鉴人，腹款"皇明宗室云和道人亲造"，蛇腹断纹清晰精美。可惜琴身在第五徽处折断了。

老友见面分外眼热。

杜抗生第一句说："你像混蛋一样老得让我认不出了。"

两位暮气沉沉，土气盎然的脸，互相打量着。一切都败给了岁月。

杜抗生接过旅行箱，赵城时连回敬对方一句话也想不出，起码应该像狗一样条件反射，反问一句吧。嘴里发出一种声音，同笑的效果本无二致,也许他们的笑容准确地被对方收到了。

赵城时重重拍了一下杜抗生的肩膀,说:"笑到最后的还是你。"

两个人的心里有一股热从胸口泛到鼻腔,鼻头酸刺了一下。

杜抗生从卧室取出一块绿色金丝绒单子铺在工作台上,四十年没有打开旅行箱,四十年后在此打开,拉链拉开,古琴被轻放在台布上。

赵城时看着杜抗生做这件事。两位七十多岁的老人,最明显的标记就不要说头发稀少两鬓斑白,两眼浑浊总是散发出逃不掉的泪光,泪却没有掉下来。再看琴,杜抗生觉得自己由一个爱情的殉难者变成沧桑的承受者和虚空的观察者。他感觉到了时间如何消失,又如何被光吮吸,此刻他理解了长歌何以当哭。

二

杜抗生父亲,是"中国大百科全书之父"杜玉明。这位中国的"狄德罗"以高尚的品德、辉煌的业绩,在世人心中筑就了一座永不消逝的丰碑,也给后人留下了难以释怀的印象。他的第一个儿子杜抗生于1937年11月20日出生于日军炮轰上海的战火中,当时已开展地下工作多年的杜玉明寄志抗日,为这个大儿子取名为"抗生"。

在杜抗生童年的记忆里,父亲杜玉明很忙,每次见父亲和来人聊天,听到谈话中的父亲知识面十分博大,尤其对中华传统文化有深入理解,甚至通晓外国文学和现代文艺。那时,正逢抗日战争时期,上海已经沦为孤岛,杜玉明的身份是中共地下党文化总支的书记。日常生活中最主要的工作是在看京剧、越剧、电影、话剧,听音乐会中完成的,打掩护的人是杜玉明的母亲和杜抗生。年幼的杜抗生经常在祖母的牵手中随着父亲去看戏、听音乐会,时间中那些古典音乐戏剧的熏陶反倒带给他幼小心灵莫大的滋养。

大约是1955年的一个冬日午后,杜抗生由父亲牵着手去往五马路中乐店,18岁的儿子该学一门艺术了。店掌柜的样子如一根柴火,目光也是杜抗生见到的最冷漠的目光,如同死尸。看着走进店铺的父子俩,店掌柜没有多余的话,眼睛中没有一点光亮,机械地拿过乐器一一摆放在柜台上。杜玉明要儿子在众多的乐器中挑选一面自己喜欢的乐器。柜台上放着琵琶、二胡、京胡、萧和笛子,店掌柜似乎是用自己最后的力气尝试着弹拨和吹奏了各种乐器,杜抗生在惊恐中最后选择了琵琶。

父子俩付钱走出乐器店,身后的店掌柜说话了:"还有一床古琴,叫春雷,你收了吧。"杜玉明一时没有明白,店掌柜说:"我要死了,也许就在明天,你若喜欢就拿去,可再救我一日。"

父亲不容杜抗生停下脚步,用力拽着他走,走出门父子俩长长出了一口气,门让父子俩得以喘息,得以逃生。他第一次感受到了内心的逃亡,也第一次感受到了眼睛的重要,在众多的乐器中,店掌柜那双眼睛溢满了死亡气息。

杜抗生拉着父亲的手说:"他真要死了,或许买了古琴可以救他一日。"

杜玉明紧紧握了一下儿子的小手,没有回头张望,也没有停留,寒风袭来,背上的乐器磕碰着发出细碎的响声。

杜玉明说:"这是一个一律的世界,只有一条路,换多少鞋子走的还是那条路。对他来说多一日少一日终点都是一样。"

杜抗生听不明白爸爸的话,但是,他知道乐器店的掌柜要死了。那眼睛很像死鱼眼,无声,似乎瞬间即逝。杜玉明停下脚步,儿子看见的一切是对的。店掌柜吸毒,已经病入膏肓,也许就是瞬间的往生。

停下的脚步声再一次响起,父子俩一前一后往一个方向走。

一个星期天下午,父亲杜玉明领着儿子到国乐大家卫三乐先生的府上,杜玉明想让儿子拜卫三乐为师,卫先生是琵琶大家,儿子既然学艺就得找一位好老师。跟着卫先生学艺的人很多,包括他的女儿卫央,一个骄傲的小公主。

学习琵琶过程中,杜抗生发现卫先生的最爱并不是琵琶,而是中国文人四艺——"琴棋书画"之首的古琴。不论到哪教学或演出,无论演奏什么,他都是古琴不离身。每逢排练完毕,卫先生在众弟子的邀请下演奏上一曲,指随心动,有一种内心的狂野出逃。

一曲而止,被留在空虚边缘的学生散开,走在回家的路上,脚板竟无一点印迹可寻,甚至有学生和卫先生说:"听罢卫先生的古琴弹奏真想让自己自焚重生。"

这个学生不是杜抗生,是一个叫赵城时的学生,他也是卫先生的学生,也学琵琶。

赵城时的父亲是生意人,上海只是他的寄居地生意场,衣锦还乡是生意人的梦想。

赵城时把自己的感觉说给卫先生,卫先生的解释是:"弹琵琶是为了表演给别人听的,是演艺。而弹古琴是给自己听的,是为了养性,同时也悦人,陶冶性情。"

杜抗生第一次知道了古琴是涵养性灵的妙器。他的脑海里想起来乐器店店掌柜的眼睛,还有那张叫"春雷"的古琴。他把这个消息透露给赵城时。杜抗生不知道这个消息对赵城时来说简直就是及时雨。他愣在那里倾听着,尔后便是寂静,赵城时相信命运从来都是眷顾有钱人的。

赵城时撇下杜抗生往家走,他迫不及待要见到自己的父亲。

见父亲的原因很简单,杜抗生的一番话勾起了赵城时沉淀在心灵深处的记忆,他很激动,甚至下意识掐了掐大腿,明明有痛的感觉,那就是说,不是在做梦!

他想起父亲说过:"在上海,钱一定要和文化沾边儿。"

赵城时能够和卫先生学琵琶,主要是因为卫先生的女儿卫央。结儿女亲家不是小事,虽然赵家有钱,但是钱还放不到卫先生眼里,他的眼睛里放着一床古琴,是那种真正的古。曾经有一次饭局上赵城时父亲流露了想和卫先生做儿女亲家，卫先生和赵城时父亲说："你若拿一张宋代的古琴做聘礼，我家卫央就是你们赵家人。"

赵城时急匆匆和父亲往琴行里走，琴行门挂着锁。旁边的店家说，有几日不见开门了。

又一个冬日的午后，杜抗生抱着琵琶在卫先生的院子里徘徊，说不上是为什么事徘徊。他14岁了，正是驮着思索和梦想的年龄，未来很遥远，遥远到想想都可笑。因为学艺，很久没有去剧场看演出了，剧场里光明和黑暗分开的那一瞬间，总是暗藏着什么。

人生是不是就暗藏着一分为二？比如那些演员，一半在台上，一半在台下。年轻的演员嘴上无毛，年老的演员胡须好长。剧场，真是让人落入圈套的地方啊，跟着哭泣，跟着欢笑，所有的人情风暴一样，一半左，一半右，随着曲终人也星散。

此时杜抗生的手里有三张戏票，他想不出喊谁去看，三张，三个人。一分为三。

这时候，杜抗生看见了卫央走过来，怀里抱着图书，学生装，阴丹士林蓝上衣，黑裙子，两条黑漆漆的辫子青蛇一样挂在胸前。卫央的眼睛不大，两条柳叶眉毛很黑，白净的脸上有一股沉静，远远的溢着笑容很轻盈地走过来。

冬日的暖阳虽然温暖着杜抗生，但是，突然地他觉得冷风凄冷，俗不可耐地跺起了双脚。大概他跺脚的样子很滑稽，走过去的卫央回转身笑了一下。杜抗生也笑了一下。

笑是一道老天的旨意。

卫央停下脚步从杜抗生手里抱过琵琶，寻找着坐到旁边的过厅椅子上。

卫央弹拨琵琶时用了绞弦、大幅度推拉和轮指等手法奏出战马嘶鸣、刀光剑影、人们浴血厮杀的战争场面。这样一个表面平静的女子，竟然有足够的情绪去碰触丝弦。

杜抗生惊讶得张大了嘴。卫先生的这个女儿他很少见到,似乎是上教会学校,很少见,一见便对自己停留下来徘徊有了一个着落,心情深处的自己有无法触及的惶恐,怕失去什么似的想上前说话。

卫央弹罢曲子手托琵琶递给杜抗生,然后嫣然一笑走了。

身后的人心情此起彼伏着,以后会遇见她吗?以后,他看着走道无人了,抬头望着天空,心,如那苍白黯然的天空,那是掩藏了不知多少的鸟儿飞过的痕迹。

杜抗生往前跑了几步,脚跟的震动,引起鼻梁上的眼镜像一只休眠的虫动弹了一下。摘下眼镜拎在手里,继续跑,兜里有三张戏票,有一张一定要分到卫央手里。

听到跑来的脚步声,卫央停下来,回头,看见是杜抗生,有些惊讶地想知道他为什么要跑来。

那么近,心情此起彼伏着层出不穷,手里捏着戏票,他想到,假如人家拒绝呢?送给百分之百不会拒绝的人,喜欢看戏的人才对。一时,自己对自己都陌生了。

看着脸红且有话想说的杜抗生,卫央说:"你还有事吗?"

杜抗生把手里的戏票捏得紧紧的,潮热的气息条件反射般投射到脸颊上,然后红着脸说:"你的琵琶弹得真是好。"

卫央莞尔笑了一下说:"你也可以弹得很好呀,相信自己就会有好的结果。"

杜抗生说:"你以后可否指导我弹琵琶?"

卫央笑了,说:"我们有一个共同的师父,难道徒弟比师父还要强?"

杜抗生不知道该说什么,对方的话让自己很难对答。

卫央等不来回答,再一次笑了一下,骄傲地转过身走了。

杜抗生紧闭了嘴,整副神经交给风照管,尴尬得只剩下了耳朵眼里远去的脚步声是活物。

很无趣,很懊恼,对自己的行为很不屑。五官似被冻住了,脸上什么表情也没有。

怀抱琵琶走在大街上,听见有人喊他,他停下脚步张望,对面走来的是同学赵城时。皮肤黝黑的赵城时踩着马路牙子,左摇右摆漫无目的地走,看见杜抗生时迅速快走几步跳到他面前来。

街道两侧楼群林立,一群麻雀起起落落,在被寒风吹皱的天空希望渺茫地寻找人间吃食。

杜抗生觉得刚有一段切入自己生活的内容,马上就撤空了,如同飞走的麻雀,没有痕迹,却隐约感觉心被什么,抽中轻轻的一鞭。杜抗生掏出戏票顺手撕了两张给了他,叫赵城时晚上随便喊一个人去看戏。

三

上海金城大戏院也叫黄浦剧场,上海人嘴里一直喊它叫:金城大戏院。戏院观众厅设1780座。剧院夜戏演出的是《孟丽君》。杜抗生先到了戏院,从幕布后看到有演员在走台步。他们眉毛勾到鬓角,眼睛吊到眉梢,脸涂红,腰缠细,说话时抑扬顿挫。一方舞台把现代人拼命想缩小的生活夸张得很大,呵出来的音又细又长。

陆陆续续的观众走到自己的座位上,他们仰着脸左顾右盼。能感觉到许多双眼睛在寻找什么,充满了含蓄隐晦的期待。在剧场里,所有说话打招呼的人都受到了某种暗示和鼓励似的,真是看客的心理。尤其那些穿着高跟鞋的女人,外面披着大衣,在人群中她们很自然地脱掉外套,灯光下裸露出来的胳膊大腿都好像面团一样,包括脸蛋在内到处都肉嘟嘟的,更有甚的还学西洋女人露出半个乳房。每一张脸上弯弯画两道千篇一律的细眉毛,感觉十分不自然。至于头发,一定是烫成卷的,然后戴上个发卡什么的,把光光的额头亮出来。就算有刘海,也像是发际线内的一排毛刷。

杜抗生绕着剧场转了一圈,回到自己的座位上,看到自己的座位左边空着,赵城时还没有到。

杜抗生老早就看过周璇、舒适主演的电影《孟丽君》,这一次看戏等于是重温这部影片,来一个戏剧和电影比较。电影和戏剧同样是讲述了元代才女孟丽君为救被陷害的未婚夫皇甫少华,女扮男装,上京赴考得中状元,并屡建奇勋,十八封相。有一天元成帝识破孟丽君是一位绝色女子后想纳为后宫妃子,孟丽君宁死不从。最后在太后的帮助下,救忠除奸,与皇甫少华终成佳眷。

戏是老套故事,把不可能发生的故事变为可能。电影中的孟丽君让杜抗生心动,将来找对象就找周璇这样的女子。可这样不普通的女子可不是满世界都有啊。

铃声过后戏要开始了,左边的座位还是空空。

杜抗生突然觉得不应该送给赵城时这两张票,浪费了,一个商人的儿子充其量也就是附庸风雅一下,不会认真来看,还不如喊自己的两个妹妹来看。戏开场约有二十分钟时,赵城时带着卫央携带着一股冷风弯腰躲过顶棚上的光柱坐到位置上。

杜抗生惊讶得咧开嘴笑,算是回应,扭头盯着舞台时心里却泛出一股酸。一个商人的儿子,还在母亲腹中待产的时候父亲又娶了小,跟着脾气暴躁的父亲长大,生命也曾充满了愁苦和挣扎。他居然能够请了卫央来看演出,最早的送票人本该是自己啊,怎么就易手了呢?

这一场戏看得杜抗生心里七上八下,身子几乎没有动过。舞台中的唱腔把他的部分思绪碎成一小段一小段,甚至害怕自己某一个动作过了引起对方不适应。也许是自己太拘谨了,旁边的赵城时反倒不时扭头和卫央相视而笑。

真是没有什么可以缓解杜抗生精神的极度紧张。

时间如此漫长,以至于幕布合上,戏结束了,他依然有好几分钟习惯性保持着贴在座位上的姿式。

赵城时说:"走啊,难道你也入戏了吗?"

杜抗生不好意思地盯着卫央笑了一下,站起身跟随所有人的脚步向前移动。豁亮的光就像把一个人的内心的不安晒了出来似的,人与人紧挨着的黑暗交界处,他看到赵城时拉着卫央的手,一双黑手拉着的一双白手,白手白得十分耀目,黑手看起来很脏。

走出剧院,街道上的冷风吹过来,杜抗生看到一个肥胖的中年人,个子不高,颧骨明显,黑肤,走路急速,戴着一顶礼帽,杜抗生看不清他眼神里的意思。他穿着呢子大衣,在大衣领口下的第三颗扣眼上搭挂着一条发亮的怀表链。他是赵城时的父亲,他开着车来接儿子和儿子的女同学。张口说话时一口黄牙,他招呼赵城时跟着他走。赵城时要杜抗生一起走,杜抗生推脱有事要他们先走。

家中有洋车的人不多,有洋车也是一种身份象征。

卫央决定和杜抗生留下来一起走,赵城时说:"夜的上海寒风吹来容易感冒,你父亲还等着我们回去呢。"

卫央不好解释什么,回头给了杜抗生一个歉意的表情,羞涩地和他招招手钻进轿车,车身抖动了几下,车轮转动一溜烟走了。

杜抗生走在大街上,或许是不自觉,或许就该是命运的牵手,他走到了五马路中乐店。琴行关了门,门两边贴着一副白联子,上联写,千里之外菊花台桃花朵朵开;下联写,十面埋伏黄金甲秋天不回来。

琴行的掌柜果然死了。

驻足期间大门开了一条小缝,一身白衣裙装的女子怀抱一床古琴,看见杜抗生说:"你买了这张古琴吧,它叫春雷。我需要钱埋葬我的父亲,我父亲借下了好多债,我得偿还。明天这张古琴就易手了,我以前见过你,你父亲买得起。"

女子说罢轻坐在琴行的门槛上,古琴放在双膝上,女子开始弹拨。泛音的轻灵清越,散音的沉着浑厚,按音的或舒缓或激越或凝重,在不知不觉中浸润着人的心田,但一切又似乎是淡淡的,可是它会停在那里,不时地从心里浮上来,飘散,回旋。当然,它也有汹涌澎湃之时。

这是《流水》中七十二滚拂营造出"无边落木萧萧下,不尽长江滚滚来"之境。

杜抗生想起了老师卫三乐,心情莫名其妙开始激荡。

静夜的街头,琴声是死亡的阴影下轻吟着的春曲。还有什么更能表达一个女儿对父亲最有意义的追悼呢?这个女子的血液里一定奔流着人世间的真情遗传,尽管她的父亲死在一种不光彩的岁月里。

杜抗生说:"我现在没有带钱,明天一早会带着钱来。一早,早在其他人之前。"

月光下"春雷"漆色奇古,断纹,琴声润透清丽洪亮。杜抗生伸手轻抚琴身,真是叫人爱不释手啊。再看女子的脸,月影下洁净而又恣肆,眼睛里有泪水充盈其中,不禁心有戚戚。"乐与时去,悲亦系之",一个习琴女子,好端端的因了父亲活着时的好恶,人生急转直下,兴尽悲来。

杜抗生不忍多看,急速转身离去。

一早,阳光有些浑浊,杜抗生起迟了,又因为昨晚回家晚没有来得及和父亲商量买琴的事,急忙起床洗漱去见父亲,父亲已经出门,他又急见母亲。母亲听了他的叙述,认为学琵琶的人怎么好再学古琴?执意不容许他买。

杜抗生往琴行走,快速的脚步有些凌乱。边走边想着昨夜的情景,月影下的女子,比他可能要大几岁,说不上好看,因为古琴就有了几分高雅。癖好的养成需要环境,但归根到底是与琴的品性连在一起的。

15岁的杜抗生突然迫切想得到那张"春雷",那么景慕,甚至觉得自己的情感中带着露珠一样晶莹的意向。

就要走到琴行了,没有带钱的人想得到一床琴,说来是一个笑话,但是,他坚信能够得到。

琴行外搭了灵棚,守灵的人中没有那个女人。

杜抗生跑上前和看上去有些身份并主管丧葬事情的人说:"我是

来买'春雷'古琴的。"

那个人说:"已经被人买走了。"

杜抗生问:"什么人买走了?"

那个人说:"月娴的丈夫。"

杜抗生迟疑了,独自嘟囔了一句:"她叫月娴?"

那个人说:"她的丈夫姓赵,江西商人。就在早上,他带着月娴和琴一起走了,赵商人留下钱埋葬月娴的父亲。他的父亲抽败了他的家产。赵商人比他父亲更狠,人琴双得。"

杜抗生此时真想试验一下服药的幻觉。麻醉使人通向永生的虚幻道路,心灵轻快起来,肉身舒适起来,是不是没有了时空?杜抗生哭了,号啕大哭。没有人认为他在哭一张破琴,更多人认为他在哭死去的琴行掌柜。

杜抗生走在南京路上。满大街行走的女人,穿着像样一点的,她们的生活重心是社交和爱情,一个个像一株株向着热闹开放的向阳花,需要外界不停地滋养和浇灌,不然,便径自萎谢了。女人在追求爱情与关注的路上,真是有点儿神经质和任性,她们的偏激和膨胀的自恋,和不计后果的行事方式常常让她们陷入困境。但是,这些女人是没有气质的,气质就是由一些癖好生成的,一个女人如果没有在某些审美趣味上与众不同,说起来是十分庸常的。

他看着女人们,把她们和卫央和月娴比较。

那么谁有能力买走"春雷"并带走月娴?

四

春天,或许很短暂,没有来得及感觉春风吹来的畅快,夏就来了。

20岁的卫央和23岁的赵城时要在夏天订婚,订婚仪式在卫先生的院子里,也算是卫先生的一次雅集。

清幽的院子里开着三角梅,白色、粉红色的三角梅扯出很长的枝蔓,有些招摇。院子里的雅集虽不能如山林那样"畅叙幽情",在短暂的敞亮的人间觞咏"幽情",无疑更富有个人化的寓意,也就更能让人动容。卫先生的雅集是为了女儿卫央而设,虽然看上去很松散又缺乏自然,但程序却有一种神秘感。

卫先生身穿青衫长袍,仙风道骨,眉宇间带着祥和与安谧。小心翼翼怀抱一床古琴,环视所有来宾,有一种发自内心的笑容溢在脸上。而她的女儿卫央则不同,脱掉学生服穿着碎花旗袍,也许是受西方短裙影响,旗袍衣长缩短,袖口也相应缩小,显得更合身。

旗袍演绎得卫央千姿百态、楚楚动人。

江南女子的雅致,大都会小姐的精巧,繁华下的世故聪慧,上海女人的丽质和旗袍的剔透完全融于一体。小小年纪却有着上海女人特有的精明,看上去对一切都是那种特别拎得清的样子。更像一棵枝条清晰的白桦,从不轻易发散无谓的枝丫。又像一株绚烂的郁金香,纵然光彩照人,却无刺无害,不争抢别人的光华。也许人世间那么多华丽的烦恼和奢侈的忧伤,都不会降临到她头上,因为感性和理性自带化解功能,这真是难能可贵的两全。

赵城时则仰着黝黑憨厚的面孔站在学生中间,虽然没有和卫央站在一起,脸上却明显有一副高人一筹的样子。也许是妒忌,怎么能不妒忌呢?卫央是谁,那可是国乐大师卫三乐的女儿,士大夫情调家庭,多少权势窥觑已久,能和卫央订婚,一定是有越过常人的胆识和才气。对于赵城时,杜抗生从心里是不屑一顾的,心里隐约有些黯然,或是不服气。想着,如若对卫央有任何负心行为,他的拳头都不是吃素的。

美人卫央啊,你喃语蜜意的那个人为什么不是杜抗生?

卫先生有点不舍得放下怀中的古琴,环视着他的学生,用洪亮的嗓门说:"今天是小女卫央和学生赵城时的订婚日子,双方家长已经有过私下里的仪式,但是,小女卫央订婚,是她人生从一个里程到另一个里程的续接。我请学生们来参加小女的订婚仪式,是想让你们知道人的一生精神上的享受当跃居于物质奢华之上,你们每一个相遇者都应该重在个性上。个性,不是承老庄之学说,论说养生、才性、佛理等等,是仪态、形象都朝着优雅徐缓的方向走。今天我还要告诉我的学生们,从今天起我将放弃教你们琵琶,你们在我这里的学业期限已满,有想继续深造的可另择师父,找有意教琵琶的老师延续你们的学业。从今天起,我本人只弹古琴,你们在雅集过后各自回家吧。当然喽,想学古琴的可以继续留下。"

学生们不知道卫先生到底因为什么要如此之说教。

卫先生说:"同学们,看我手中的古琴,长约三尺六寸,正好是一年三百六十天。古琴,最初只有五根弦,内合五行,金、木、水、火、土;外合五音,宫、商、角、徵、羽。不过,后来文王因于羑里,思念其子伯邑考,加弦一根,是为文弦;武王讨伐昏庸纣王,又加弦一根,是为武弦。因此,古琴也称文武七弦琴。现在我将用小女卫央订婚聘礼宋朝古琴'春雷'弹奏一曲《流水》,以表得琴之心之激动之情和不再教学之歉疚之意。"

杜抗生惊讶得张大了嘴巴,月娴的宋琴"春雷",原来江西赵姓商人是赵城时的父亲。

商人,永远都在做一桩买卖,算计着不亏本的生意。

自己恐怕这一生对月影下永远眷恋的缘由,依据之一就是那一曲《流水》了。

一曲令人心神向往的弹奏,屏气聆听:仿佛那是从洪荒深处传来的苍凉悠远的召唤,让杜抗生惊悚;又如缥缈轻曼的风,从前世吹来,轻轻地揉抚今生的心灵,熨帖着尘世间的浮幻。心灵里久违的宁静和优雅,竟在这古老的音乐中复活了。沉醉之中琴声戛然而止,就在余韵袅袅,缭绕不绝之际,苏轼的诗词涌上心头,杜抗生不禁大声朗诵起来:

"蔼蔼春风细,琅琅环佩音;垂帘新燕语,沧海老龙吟!"

卫央看着杜抗生,发现少年的杜抗生,此刻脸颊上全部铺满了泪水。

杜抗生的烦恼不仅是琴的烦恼,更有对未来命运的烦恼。

卫先生弹奏完毕,学生们上前依次抚摸"春雷",十二个金徽尚存(只缺第十三徽),断纹清晰,叩击板面,声音古朴松透,非一般平庸等级。

卫先生翻过琴背,上面刻有两行阴文鎏金隶书楚辞体诗句:"岐山之桐,斫其形兮,巍巍之魂,和性情兮。广寒之秋,万古流兮。"

文字镌刻十分俊美。

赵城时突然快走两步站到卫央身边,看着所有人笑着说:

"各位同学,我在翻读琴书古籍时常留意有关"春雷"的片言只语。时日不负我,终于探得它的'身世'。原是杭州玛璃寺住持芳洲法师所藏的两张琴中的一张。元人张伯雨有《春雷琴诗并序》曰:'……其春雷之谓欤,芳洲所蓄,琴体制合古,篆铭特佳,近代所稀有,因发其义赋诗一章……'《琴史续》引《春雷琴图题咏》的记述则更为翔实:'……四方贤士过西湖之上,必往访之。芳洲对客拭此琴,蛇腹绚烂光彩射几席,手拂指调,响振林木,清越高亮……'类似内容在《西湖志》上也有记载。而我所收藏的"春雷"琴正符合了记载中'体制合古''篆铭特佳''清越高亮'等特征。查悉芳洲法师为元初时人,那么'春雷'琴当为宋琴无疑。"

一床宋琴换作了卫家的女婿。

杜抗生脑子一片迷惘,迷茫来自灵魂,不知道是走失还是迷路。他想起《诗经》第一篇《关雎》里有"窈窕淑女,琴瑟友之",眼睛里再一次泛出了泪水。

这一切卫央都看在眼中,所有的学生中唯独杜抗生的双眸流露出来的情感对接了她的心扉,有点寂寞,有点美好,阳光映在他的脸上,轮廓分明,头发有一点自然卷,很无望的样子,在人群中少年的他显得那么无助。

也许是怕自己失态,甚至没有和自己尊敬的卫先生道别,杜抗生急速离去的身影在同学中十分显眼。

他是故意的,可故意给谁看呢?

此时的黄浦江上,蒸腾的水气滚扭在一起,白中透紫,紫中又泛青;真是像热恋中的情人的梦一般,此情此景,杜抗生不知道该和谁慷慨陈词。一种深深的针锥之痛扎在心里,难以拔除。眼前的城市、街道、楼房和人影,都显得魔幻憧憧,诡秘莫测。

杜抗生认为自己是喜欢卫央的,爱比青春来得更早。他认为是商人的计谋占了上风,始终没有想过自己还是一个孩子。自己给自己画了一块饼,虽然遂意,却不能充饥。甚至觉得社会是一张网,自己无端陷入了命运的怪圈。

街道两边的法桐,叶子葱郁而招摇,点缀在晴朗的高处,生命的活力与辉煌都在这里汇集,城市以它春华秋实的正常时序,迎接着每一天到来。远远近近的堤岸,零零星星的行人,许久之后,杜抗生的气息平和多了,这时候天空和江水有一种酣冥的醇芳,人世间的愤怒被江水流动缓解了。

杜抗生想,既然老师不再教琵琶,我这一生也不会再学琵琶。

五

1957年春天,风对于熟悉又陌生的大地是什么?是各种花朵的盛开,是季节的精神,是草根生命的绽放。20岁的杜抗生在这个春天将要离开上海了,是举家搬迁。因为爸爸杜玉明将要调往北京文物管理所工作。全家人都在做搬家前的准备。杜抗生找了空隙去看望卫央。

此时的卫央已经是赵城时的妻子了。杜抗生去看望卫央只能是去赵家。在赵家门前徘徊了很久,想不出正当的理由来,或许"道别"才是最好的理由。

第一次走进赵城时的家门,穿过院落,一个穿了棕红色格子长裙的女人站在院子一角的阳光下,一头浓密蓬松的黑发,脸上的笑容像阳光一样明媚。

是月娴。岁月滋润得月娴少了月夜下的清秀。杜抗生站在月娴身边,他希望她能够认出他。月娴正眼都没有瞧他。如果时间能停留在那个月夜多好。

赵城时在屋门前朝杜抗生招手。

杜抗生迎上去指着远处的月娴说:"她是弹《流水》的月娴?"

赵城时说:"她是一个疯子,什么东西不能在她手里,在手里就撕,钱也撕的疯子。"

是什么把一个女人变成了疯子?听赵城时这么说,想来那真是一个无力挽回的月夜啊。

杜抗生看见了卫央,她的鼻梁上居然架起了金丝眼镜。有道是"一个美眼一圈金",正是此时女人赶时髦流行的装饰。卫央笑盈盈地走过来,杜抗生有点一下认不出来。有一股植物香型的味道袭来,仔细闻是鸢尾滚珠香水的味道,和母亲用的香水味道一样。

卫央如一大束鸢尾花站立在赵城时身边。一身葱绿格子旗袍,眼波流转间沧桑湮灭,举手投足时岁月回溯,恍如葱茏少女,丝毫没有岁月疲态的痕迹,只是比学生时期的她要更有风韵,且处处透着优渥生活淬出来的精雅韵致,真是要做足了一辈子的美人了。

没有等说话,家中保姆抱过来两个哭叫的孩子,卫央伸出双手接住一个,想必是卫央的孩子,此时她脸上母爱泛滥。另一个保姆正犹豫着,赵城时要保姆抱着去找那疯子。

疯子是月娴。

杜抗生惊讶得张大了嘴。

此刻有一个少年本不想窥探的秘密被窥视了,世界上没有哪个角色,能这般光明正大地登堂入室,只有婚姻。他似乎窥见一个无法说清却讳莫如深的感情世界,女人的生育,一个是儿子,一个是兄弟。

幸福在脸上,难道生育让她们更幸福?他想不明白。

卫央抱着儿子亲了又亲,似乎是该喂奶了,她抬头和杜抗生笑了一下,算是打招呼告别,抱着孩子进了更深处的卧室。

外面的月娴不知道因为什么胆气十足的样子,她不抱孩子,裹紧了裙袍,瞪着眼睛要保姆走开。她踩在棕黄斑驳铺张了一地的法桐叶子上,从地上拿起一个空木盆,用一根干柴敲着盆底"嘭嘭嘭"响,她开始收不住自己的声音笑,笑很恐惧,笑着还咿咿呀呀唱。儿子在保姆的怀中也跟着笑。一个挑着扁筐装着水果的中年男人站在赵公馆门前吆喝。月娴跳起飞一样跑过去,此刻不知道从什么地方跑出两个彪形大汉冲上前架着月娴往回走。

赵城时大声喊:"把她按在草地上,不听话给她一个耳光。"

保姆已经把孩子抱走,地上放着一个筛子,里面似乎放着各种豆子。彪形大汉把月娴架到小凳子上,让她捡豆子。

杜抗生自言自语说:"她果然是疯了?"

赵城时气喘吁吁跑回来说:"她和一个店伙计偷情让我父亲发现了。没有骂她也没有打她,是尊严叫她疯了。"

杜抗生想,尊严可以叫人疯掉,那也是对内心有尊严的人才可以啊。

他说:"我是来道别的,我父亲去北京工作,举家北上,以后上海就不回来了。再回来怕也是物是人非。我来是和两位同学道别一声,以后去京有什么事尽管去找我,等到了京城,落脚了,我会写信回来。"

赵城时说:"哦,是好事呢,也许我们会回江西老家,社会不利于经商,也说不好会去北平,啊,是北京。"

看见卫央没有出来赵城时压低声音说:"我知道你喜欢卫央,也可能你是精神层面的喜欢,你们读书人家庭的子女性格都纠结。哈哈哈,我才是人生赢家。不过我还是要感谢你,如若不是'春雷'恐怕卫央父亲——我们的老师也不会把他女儿许配给我。我的岳父更是人世间的精神导师,精神层面的追求者,很容易做出出格事情来。可生活是生活,精神是精神,人性的真实就应该不断向生活妥协。"

杜抗生说:"不多说了,也许去了京城还会找到像'春雷'那样的古琴,那时,我不会放弃。当然更希望能够遇见那些不热闹,却和自己有话说的朋友。再见了老同学,善待你的妻子,柴米油盐中出不了艺术家。"

此刻卫央抱着一张焦尾琴走出来,盘腿坐在地毯上,她说:"今日别去不知何年何月才能相见,我弹一曲送你北上,请抗生同学选一曲要听的曲子。"

杜抗生赶紧盘腿坐下,同学一场从没有听过卫央弹古琴,也是迫切想听,却也要很慎重地选曲。

杜抗生说:"唐朝白居易《清夜弹琴》诗所云:'月出鸟栖尽,寂然坐空林。是时心境闲,可以弹素琴。清冷由木性,恬淡随人心。心积和平气,本应正始音。响余群动息,曲罢秋夜深。正声感元化,天地清沈沈。'可说是琴人追求形上思维的表征。不过,我哪里敢要求弹什么,只凭卫央同学随心所弹。"

赵城时听他这一番话,虽然没有任何情感泄露,但是,听者自然可以听得明白。便说:"诗句是为表达思想情感而存在的,歌曲是配合语言的咏唱而形成的,乐器的演奏是依附于咏唱的,而音律的规范则是为了谐和乐器演奏的曲调。我建议你弹一曲《关山月》。"

卫央思忖了一下说:"我喜欢崔珏的《席间咏琴客》:'七条弦上五音寒,此艺知音自古难。'"

在他们的对答中,一曲《流水》,从缓慢的散板、清澈的泛音到疾速的滚拂,一切开始回归生命的本来。

一层层上叠,一层层上推,推到悬崖边上猛地跃下,滚拂连续不断,江河翻倒。水,无色无味,在方而法方,在圆而法圆,无所滞,它以百态存于自然界,于自然无所为也。水为至善至柔,包容万物而与世无争。

一曲流水弹毕,保姆抱着月娴的儿子进来说:"嫂夫人,太太让你喂奶给小公子,那个女人依旧不让孩子吃奶。"

赵城时说:"不吃就饿他。"

似乎是卫央乐意为之的事,她示意保姆抱过孩子来。卫央起身抱过月娴的孩子进入深处的卧室。

赵城时气急败坏说:"赶快找奶妈,真该死,这他妈叫什么事啊。"

杜抗生压着一腔情绪,低头告辞走出客厅门,走过月娴身边。停下脚步,自问一声:"生活对女人不公平。"又自答一句,"生活是不是自古就这样啊。"

他回头再一次告别,发现卫央已站在屋檐下。他用足劲挥了一下手,转身噙着泪离开。

就让自己停留在一种放弃里吧,在她认为最美好的时候安静退场,也许因此守护了一种美丽的永恒,一份唯一属于自己的美丽,也是在告别中完成了一次涅槃。

一路上杜抗生乱想着,脚步也显得凌乱。嗓门发颤发堵,有一种抒情诗般的相思,想把前前后后对卫央的记忆回忆一遍,尤其想到的是刚才的《流水》。大量滚拂的手法,水流裹石之声,形象地描绘出汪洋浩瀚、急湍奔流的气韵。二、三段泛音点出山涧小溪潺潺、瀑布飞溅的各种泉声。四、五段表现万壑之泉由细流出山汇入洪流,并渐有汹涌之势。自六段起,水流汇入浩瀚大江,急流穿峡过滩,形成惊涛骇浪、奔腾难挡的气势,不畏艰险、勇往直前的品格。七、八段为高潮之后的余波,忽缓忽急,时放时收,渐渐平复。第九段以杳渺徐逝的气象终曲。

人间难得一知己。多少起起落落的复杂心情,杜抗生很准确地在讳莫如深的感情世界找到了自己想得到的。一阵风刮过来。喉咙吸进一股干涩的沙土,他迎风大吼一声,沙尘满嘴,他蹲在地上连咳嗽带吐号啕大哭了一场。

深切的孤独也许只能用哭来倾诉,最痛苦的离别,应该是诀别,自己的顾自多情,全不由己,于是,他要收藏于心,尽管卫央已是他人的妻子。

六

火车离开上海带着全家人北上,车轮的"咣当"声越来越密。

对未来,杜抗生的脑子里是一片空白。上海,就像自己的手掌,闭上眼睛,也能分得清纹理。南京路上炫目的广告和霓虹灯,各种各样商品的浓墨重彩,尘世里形形色色的诱惑比老子的时代当然大得多,好在尘世里许多东西不能让他恬静,一切都别了。也许只有对一个陌生地方的向往才不会让他此时颓唐,说不清是一种什么情愫在胸口上弥漫着,一路上看着窗外,夕阳无限好啊,可自己为什么如此难过。

渐渐被火车甩在身后的上海看起来干爽利落,大朵的云盘旋在天空,晚霞从云缝中射出来,也许尘世里的风景才能叫人惊艳。但是,他此刻满脑子都是卫央弹琴的影子。啊,亲爱的卫央。一想到卫央,他就感觉到自己不那么孤独,不那么贫乏了,甚至可以说是幸福的。四下里张望,发现欣赏窗外风景的人并不多,更多的人在昏昏欲睡。此刻他能够回忆,在火车上,卫央如一道极大的暖流击中了他的心念,并让他快乐或者惆怅。

居家落定在北京东南部,朝阳门南小街西侧罗圈胡同。罗圈胡同呈南北走向,多曲折。北起史家胡同,南止干面胡同,东邻朝阳门南小街,西靠西罗圈胡同。胡同北口路东有一小庙,说是清朝刘罗锅子(刘墉)的庙。庙侧有一家元宵店,常见一外地中年女人用冰糖核桃红绿丝油面拌馅儿,再用木板拍啊拍,拍得实实的,用刀切成小方块放在大簸箕里,里面预先搁置了元宵粉,一面摇,一面在馅上洒水,方馅儿就摇成了圆圆的元宵了。

女人个子矮小,头发稀疏,看见杜抗生走过来,常拘谨得像陌生人。她表情木然,只说两个字"几碗"。杜抗生喜欢带着妹妹们去元宵店吃元宵,有时吃后也要带一些回去,老板娘用纸包好,上面放了红纸印的字号,喜庆得很。他十分喜欢红纸印的字号,能够看到一点生活中的喜色。

元宵店女人有一对双胞胎男孩,憨傻,肤色黑,头发糟乱,两个男孩常坐在门外的长条凳子上看街道上走过的人群。凳子腿长,坐在凳子上的男孩脚够不着地,只能悬在凳子上晃荡,四只脚上的鞋子破旧,露出的脚后跟是紫色的,似乎是去冬留下的冻疮。两个人的袖管因为擦清鼻涕又不常洗衣裳被涂抹得明光锃亮。

傍晚的时候杜抗生路过元宵店,发现女人的孩子竟然有五六个,大孩子是儿子,接下来是女儿,儿子白天带着妹妹去乞讨。傍晚孩子们围着劳累了一天的元宵店要吃要喝,那对双胞胎儿子依旧坐在高凳子上,他们似乎已经吃饱喝足,四只脚吊在半空晃荡。一同晃荡的还有周围的黑暗,有种突然逼近的陌生感让杜抗生很快形成了对该特定场所的深刻记忆。

元宵店的生意并不是太好,这时候才会看见一个拐着腿拉黄包车的汉子回到元宵店,想必是这家的主人。

杜抗生对元宵店充满了好奇,说不上为什么,他感到难过,女人的一生要做多少事情?日子就这样过着,就这样。杜抗生想到卫央的一生,假如一个女人因为生育毁掉了才华,多么可怕的一件事啊。

回到北京快三个月了,上学还是工作一直是一个纠结的问题,父亲让他练习琵琶准备考音乐学院,他拒绝练习,对抗的方式是假装去元宵店买元宵,然后跟着胡同里的孩子们出去打架,寻找一种平庸生活的乐趣。每一次回家撞见父亲的脸色难看,自己便也步履沉重,内心有一种想逃亡的欲望,想摆脱命运,但是心中所想总是无法排遣,想坐着火车回上海,想见到卫央,或者说想听卫央弹《流水》。但是自己没有学会古琴。只能是想象,才华与万物沟通,才能将这条相思的鸿沟填平,途径,唯有琴声吗?

七

春天是随着风飘来的。

正月十五刚过,风摇醒了刘墉庙角上的檐铃,在胡同里行走,已经不像冬日那样觉得寒冷了,手可以从袖筒里伸出来,墙角贴地的蔓草已经苏醒,呼出和吸进的气息有一股极其温润的暖意。

先是柳树,后是杨树,它们向天空伸张开枝丫,抖落掉身上的残叶,仿佛一夜之间,胡同里的孩子们多起来,他们勾魂似的穿梭在胡同有孩子的街门口。有货郎摇着拨浪鼓走进来,货郎的搭背里装着女人的心事,胡同里的孩子们则把一冬里积攒的牙膏皮和废铜线圈找出来,从货郎手上换下放风筝的线盘好在春天去放风筝。一些胡同里的痞孩子带着杜抗生去偷线圈,杜抗生不敢下手,痞孩子们嘲笑杜抗生不会打架,身上有娘娘气。

杜抗生第一次伸出了拳头,冲着说此话的人打过去,瘦长的指头瞬间被撕裂,血流不止。那个骂他的痞孩子丝毫没有受到伤害,似乎人家的皮特别厚实。

春风抽打着他的脸,他跑到胡同深处没人处哭,他觉得自己已经长大了,可是为什么将来还很遥远?疼痛可以忍受,思念却更难忍受。没有多余的时间为游荡在胡同而浪费了。

杜玉明看着儿子混日子,又拗不过儿子的想法,破天荒当着胡同里的痞孩子面打了他一个耳光。说:"凡是经历的,你必须经历。想躲你也无法躲过。这就是命。将来的社会不会有人弹古琴,你养活自己都是问题。"

杜抗生站得直直的,目不斜视,他希望父亲来第二下,感受到了疼痛,但是要忍住。父亲没有打第二下,径直往胡同深处的家门口走去。看着父亲的背影,心被什么,再一次抽中轻轻的一鞭。

胡同里的痞孩子们笑他,他也笑,笑着就跟着这群人跑了。

杜抗生抵抗着父亲的欲望,坚决不再学琵琶,他要学古琴,就想用这种方式抵挡梦魇一般的现实。如果不让学琴,他就去代替那些穷苦人救赎他们的生活。

有一天傍晚,杜玉明下班后看着要下雨了,急忙在马路上拦下一辆黄包车。拉黄包车的人带着破帽子,杜玉明一时也没有看清楚,或者也没有往那方面想,坐上去说:"去朝阳门南小街西侧罗圈胡同。"

拉黄包车的人也不抬头也不说话,拉着黄包车飞快跑。

北平从1929年开始,有六条电车路线,每天发出八十多辆公交车,票价定得很低,黄包车想拉人很难。有一个时期,北平的黄包车车夫们便联合起来,将市内的有轨电车给砸了。黄包车夫的生活绝无浪漫可言,他们活在城市底层,地位卑贱,经济困顿,每日赚到的工钱通常不足以养家糊口。车夫的生活,是介乎贫穷与难以生存之间。

这个年轻人和自己的儿子年龄差不多,这么年轻就用单薄的身板拉黄包车,杜玉明就想了解一下对方的家境。

"你这年轻人,力气用得过早身体会吃不消。家可是住在北京市区,还是周边?"

杜抗生借着元宵店的黄包车玩,没有想到拉上了自己的父亲。不敢吭气,顾自拉着人飞跑。

杜玉明说:"和你说话呢,怎么不搭腔?这么不懂道理,难道你是聋子吗?"

杜抗生大口喘气,故意让自己无法接话。拉黄包车的人来到胡同口,不能说话更不敢要钱。等杜玉明下了车,杜抗生拉着黄包车就要跑。有几分疑虑的杜玉明拽住车帮子扭着头看车夫,发现果然是自己的儿子。

杜玉明气坏了,指着杜抗生说:"拉黄包车是苦力活,有体面的城里人都不会愿意从事这一行当。你看看人力车夫哪里有城市居民,绝大多数是从农村流入城市的破产农民。他们身无长技,基本上未受过像样的文化教育,除了出卖原始的体力,很难在城里找到职业门槛稍高一点的工作。你这个样子十分下贱知道不?"

杜抗生不能顶撞。很认真地听父亲讲出这一番道理,可这话怎么都不应该是从父亲这样有学问的人嘴里讲出的。

杜玉明说:"你最大的人生理想是不是拥有一辆属于自己的黄包车?如果是我今天就可以满足你。"

杜抗生站着不动,胡同里此时是热闹的,拌嘴声,吆喝声,说教声,也许沉入这个世界并不缺少什么,拥有一辆黄包车也未必不是一件好事,结果没有过脑子就说了:"我就想要一辆黄包车。"

杜玉明惊讶得张大了嘴。

"你所学知识,难道墨水变成粪水了吗?你跟我回家说,杜家在胡同里是有身份的家庭。"

这一趟等于是白跑了,杜抗生把车放在元宵店门口,进去打了一声招呼,出门和父亲相携往家走。

父子俩走着风就起了,风起时雨点落珠子似的下了,父亲不躲雨,就等疾风大雨袭击自己。大雨有时候真是没有什么征兆,到处都是暴怒的激流,急速斜刺到距离自己最近的可堪避雨的屋檐下。杜抗生看到母亲在屋檐下放了水桶、脸盆,叮叮咚咚的屋檐水落在里面,父子俩被一场雨吹透浇湿。

母亲探出脑袋说:"你们父子俩是咋了不进屋躲雨,明着叫雨淋吗?"

杜玉明一脸怒容,和整个的天地是一样的,浑浊痛快,而唯一生动的可能就是地上一个个打击出的雨窝窝。杜抗生就盯着那雨窝窝看,父亲说了什么他一概听不进耳朵。

杜玉明看着杜抗生的样子生气地说:"我告诉你小子,1946年5月,汉口的公交车管理处开辟了一条从王家巷到三民路的短程路线,发车当天,有一个叫作孙昌清的黄包车夫跑到王家巷公共汽车站,挡在正要开动的汽车前,意思是,你们要发车,就从我身上碾过去吧。车站的站长出来与孙昌清理论,结果打了起来。黄包车车夫用头一撞,把车长门牙撞落一颗并撞歪一颗,车夫的头顶也被牙齿撞破一块,彼此都流有血。民众还想理论什么呢,其结果,黄包车很快就被汽电车取缔了。守旧,最后吃亏的人是自己,黄包车车夫试图以人力车阻挡汽电车滚滚而来的车轮,多么愚蠢。你是青年人,要知道社会永远是进步的。"

杜抗生一脸无辜说:"爸爸,我没有不进步,我只是同情他们。"

"你可以去同情他们,去帮助他们,但是,任何社会都有可能产生种种问题,而健康的社会,则拥有自我修复的能力。你现在不能算是孩子了,所以,你必须知道,要的是他们自己的觉醒,而不是你!"

杜抗生低下头盯着地面,想着,觉醒是雨打出的水泡吗?

母亲招呼父子俩回屋来,边招手边说:"这孩子做啥都痴,如若不给他找一个古琴老师学习,他可能就沦落成市井混混了。"

女人的话关键时候很起作用。杜玉明怔怔地看着儿子,虽然觉得这个儿子没有救了,但是,给他一个机会以后不落埋怨也许是自己当下要做的事情。

八

这是1958年3月的北京。

起风的季节,人走在大街上有悬空的感觉,浮力明显,仿佛被擎起,裤管空空荡荡虽然周围没有树枝摇摆的迹象。墙头上那些古色的瓦,瓦上素面凤纹瓦当,民间粗拙技法下奇怪的娟秀和生机,咫尺里的旷远,显示着迢递的安宁。风从瓦楞上下来,吹得行人裹紧了单薄的衣衫,刚流行开的零零星星的自行车在街道上骑过,那些车链子明明暗暗的声音,以及腾起来的去冬的落叶在不知不觉中搅和着打出旋子一样的小风。

杜抗生跟着父亲踩着小风去中央音乐学院民族音乐研究所拜访管

岳川老师。研究所在北土城地带,交通实在是不方便,地偏,也很荒凉。父子俩走了半上午,中午时分才见到管岳川。

进了研究所门,门房指着一间办公室说:"那个倔强的人住那间屋子。"

杜玉明敲门,门呼一下就开了,门口站着一个半大老头,白发,人极清爽。

管岳川说:"你们二位是?"

杜玉明紧着介绍自己的工作单位并把杜抗生拽到管先生面前说:"我儿子,他想跟着先生学古琴。"

管岳川打量着杜抗生说:"假如有个白痴,就喜欢弹琴,没钱也行,没工作也行,没女人也行,没家也行,什么都没有也行,只要一辈子弹琴就行。你选择跟这个怪人学琴吗?不怕他把你带坏吗?"

杜抗生说:"我愿意,老师。琴是一己抒发情志之器,一进入境界,则魂魄升腾于宇宙自然山水之诗境而不知有我。"

管岳川拍了拍杜抗生的头,打开门要他们父子进屋。

房间里一张桌子,两把简易椅子,桌子上放着管岳川对古琴的打谱心得。"打谱"是一种激活故纸堆里一首首惊世之曲的复杂工程。

三个人两张椅子,杜抗生不敢坐,要管先生和父亲坐。

管岳川问:"你以前接触过古琴吗?"

杜抗生说:"有过接触,没有认真学过,或者说错过了机会。"

管岳川说:"你之前学什么乐器?"

杜抗生说:"琵琶。"

杜玉明插话说:"我准备让他考音乐学院,就考琵琶专业。"

杜抗生回头看着父亲很认真地说:"爸爸,我不会考琵琶,我是准备考古琴的。"

管岳川似乎看出来父子俩之间一些微妙意思,很少有青年人喜欢学古琴。接着打着哈哈用赞许的眼光看着杜抗生。

管岳川说：“喜欢弹古琴好,作为一个万物之灵长的人的个体,弹古琴对你以后的成长是一个提升。古琴之外一切身外之物是帮不上忙的。”

杜玉明有些坐不住,站起来环视四下里的墙,墙上有一床蕉叶琴。"管先生,琴再雅也不能雅成孤家寡人吧。"

管岳川说：“古书上说,俞伯牙和成连先生学琴,成连对俞伯牙说,'我的老师方子春住在东海,他一定会使你的琴艺有个飞跃。'于是就带着俞伯牙一起到了东海边上,说,'你就在这里等着,我坐船去迎老师。'他一去十几天不回。俞伯牙一人待在海边,精神寂寥,向前远望,水天相接,渺无人迹,只听到海水汹涌,群鸟悲号,于是他援琴而歌,抒发感受。这时候成连回到他的身边,俞伯牙突然有了质变的体悟,琴艺遂为天下之妙。杜先生,我佩服古人为师的循循善诱,引而不发。"

杜玉明说：“管先生怕是一己之见,我是十分反感俞伯牙的,钟子期一死,他竟然毁琴绝弦,终身不复鼓琴。这只能说明他的心胸狭隘或不自信。如果一种艺术弄到天下只有一个人能赏识,这种艺术的意义和价值就要打一个大大的问号了。"

管岳川不再听杜玉明说话,站起身拿下墙上的古琴,看着虽然还懵懵懂懂却已意志坚定的对杜抗生说：“琴虽是高雅乐器,但琴家不可自视不凡,孤芳自赏,从同气相求来说,我很想听小朋友弹一首曲子。"

杜抗生一下紧张了,一来自己所学都是跟卫先生零碎学得的,好久没有抚琴,此时更是不敢弹琴。红着脸说：“我哪里敢在先生面前卖弄,且无有卖弄之技。"

管先生说：“那你最想听什么曲子？"

杜抗生惊讶得抬头看,莫非先生有意抚琴？那真是莫大恩惠啊。

杜抗生说：“我十分想听先生弹《流水》。"

说毕自己坐在了地上。窗外丽日照着绿树,婆娑的树影在窗前摇曳。

杜抗生突然发现管岳川的指头上没有指甲,老茧形成了一层厚厚的痂如指甲一样坚硬。管先生是用肉弹。

管岳川说:"《流水》从古到今有很多版本,大流水小流水,每个派别细节上还都不同。弹《流水》心中不能有杂念,我即水流,水流即我。"

平心静气后,管岳川洗手后正襟坐于琴几前,此刻先生的状态是"坐忘",什么是神仙?有超尘的体验就是神仙。管岳川是继承了九嶷派节奏,规整,指法严谨,乐句、乐逗的划分清晰,吟、猱节奏有特定规律。他左手取音极为准确,绰注音较短,简练洁净。一位严谨尊重古谱的琴人,古谱中若无绰注音,他绝不妄加,所谓"丝毫不妄动"。

琴音清晰,无纤毫尘俗柔媚之气。

从没有滚拂的小流水开始,到后来的"七十二滚拂"大流水,滚拂活生生地把流水一分为二了。

太古之音在天地间低昂,风清月明。

杜抗生想起古人中一个叫求婴的琴人,他弹琴时的琴音尽管低沉悠远,他还是嫌它太亮,他要求学生把指甲剪光用肉弹,学生接受不了,他生气地说:"你图声为何不去敲鼓?"

曲末流水之声复起,缓缓收势,整首乐曲一气呵成,听之如同得到了流水的洗涤一般,不禁令人久久沉浸于"洋洋乎,诚古调之希声者乎"的思绪中。

一曲流水弹毕,似乎此时说任何话都是多余。

杜玉明被感动了,首先打破了安静,琴的孤高雅洁,不但通俗浮滑之士无法同声相应,而且无形之中拒斥了一般俗人听者,他第一次感觉到了琴中有兴味。

"管先生,我郑重把我儿子交给你了。"

管岳川说:"跟我学琴很慢,你想考学,我可以推荐一个人教你。凡学琴者须先学刚指,后学柔指,则柔中有刚,百炼钢化为绕指柔,乃成真刚真柔。如先学柔指,后学刚指,则其名为刚其实非刚,盖终身堕于柔弱、柔媚、柔靡而不自知矣。"

杜抗生说:"我就想和先生学琴。"

管岳川说:"你要学,我可以教你。但是有个条件,从今天开始,你三个月不要再弹琴。把原来的全忘掉,这三个月里,每星期到我这来两次,看我弹琴,听我教琴,听三个月以后,我给你上课。但是,别忘记了你即将考学。考学是人生第一位的大事。所以,我要推荐你去找一位叫溥雪润的琴人,他住在城里,现无实职,时间宽裕学起来也方便。"

管岳川说:"考学当然是第一,等你上学后,忘记你所学,我再来教你,你心怀古曲,将来一定有出息。"

父子俩拿着管岳川的推荐信告辞出门,不敢稍停,一路奔往辟才胡同去找溥雪润。

走在大街上,步行令时间变得缓慢,杜抗生有一种难过,甚至想安分守已地坐在管岳川面前不动,像一只寄居蟹心安理得地依附在大师面前。忽而又想起了卫央,亲爱的卫央,我所追求的一切也许就是为了能在你面前弹一曲《流水》,落花流水中的你可好?可好?

九

溥雪润是一位前清遗老,矮矮的个子,稀疏的白发,几缕白须,使得他在人群中与旁人区别出来的不是他的样子,亮点在他老人家脚下:别人都是穿鞋踩在北京四合院常见的泥土地上,溥雪润脚下的布鞋,分明垫着一方小小的羊毛地毯!

因为拜访溥先生的人多,父子俩就在四合院外等着。断断续续听来人说溥雪润是道光皇帝的曾孙,父亲是贝勒,他袭封贝子,生于光绪癸丑(一八九三)年。

清末的皇族,除了少数在政坛上显赫之外,其余基本上游手好闲,吃喝玩乐是正职。

溥雪润是溥字辈,琴棋书画样样通,四合院来找他的人大部分是来求画。坊间对他的传说很多,主要是说他性格极其豪爽,再一说是他眼下住的四合院并不是他的王府,是他租住人家的房子,传说他跟朋友玩骰子,一晚上将王府大宅子输得干净,第二天就搬到了此地。别看他输了王府住进了租来的四合院,可依旧过着宽裕的生活。

正说话间,看到他的夫人用人车夫突然排队在门口恭送先生上车,依旧是贵族的排场。出门看见等候的杜玉明父子,上前说:"我看了管岳川的信,今天就算收了你来学琴,明天上午你早一点携琴前来就是。"

看着一行人排场而去,想不明白他靠什么来养家糊口。父子俩出了院子,正好碰见一个熟人,说起刚才的事情,结果熟人是万事通。他说:"目前雪润在辅仁大学教美术领着一份薪水,另一收入来自北京为数众多的画店扇庄书画订单。你留意一下抗战前《湖社月刊》上面刊登的润例,雪润的扇面,每页要二十元,这比普通画家要贵一倍了。皇城根下的北京人最流行的,是前清皇族的书画,价格比遗老太史公还要高。"

杜玉明似乎想起来什么,说:"他的画干净,跟他的性格有关系,和他的长相实在是无关啊。我看过他的画,几乎不用浓墨,淡淡的,水灵灵的,画兰花,画菊花,一叶一枝,绝不含糊。好像他也画山水,甚至能画工细的马,看他的这些画,浑然可以忘记他们是外族,只觉着画里面纯粹是一种高贵凛然、不可侵犯的态度。至于人间烟火,那是这些王孙漠不关心的。"

那人说:"是啊,这些养尊处优的皇族从来不关心家里的收入,他只需要有人磨墨,伸纸,就能养活一家和九个孩子。他们家几乎每天都有人来求字画。不过,现在,天下已经变了,是翻天覆地地变了,他这样照过着自己书斋中的贝子日子,总有一天会殃及他的小天地。"

一番意味深长的话让杜家父子俩琢磨了半天。告辞熟人,父子二人走往前门,去一家琴行买了古琴。杜抗生试着问有没有古一点的琴出售,琴行服务员很不屑地看着他,甚至话都没有回复。

总算拥有了一张心爱的琴,一路上就一个姿态抱着不放。路过元宵店杜抗生迟疑了一下,恍若回到了古代,这家酒肆里可否遇见一个知己?

那一对双胞胎儿子依旧吊挂着脚坐在窗户前的高凳子上,他们看见杜抗生走过来,傻笑着。永远是皱着眉傻笑着。春天被一种生机盎然的傻笑笼罩着,很容易让人陷入亢奋和幻灭交替的困境中。

杜抗生停下脚步看着这一切,他在胡同里挥霍了大把时间,跟着痞孩子们冲锋陷阵。再不能这样了,他闭上眼睛,把形体的疲惫和内心的焦苦,放到一个没有烦躁的阳光地带。怀中的琴让他脱胎换骨,感觉五体在生长,心肺在扩张,情感在解冻,连同此刻的胡同里的晚夕,都褪去了尘世沾染给它的粗俗,而突然接近了音律。

别了,胡同。

父子俩回到家,杜玉明急于翻找什么,看着杜抗生沐手准备试琴,他告诉儿子说:"溥雪润的古琴,师从黄勉之的弟子贾阔峰,属于广陵派一脉。不过从琴风上来说是广陵派。但也可说是金陵派。黄勉之是正宗的广陵派,但是,他早年到了北京打出'金陵琴社'的旗号传授琴艺,极一时之盛,形成事实上在北京的'金陵派'。黄勉之去世后,由徒弟贾阔峰继承'金陵琴社'的门户,并将琴艺传之溥雪润。我认为这里的'金陵琴社'应该只是个以家乡来命名的一个招牌,其琴风还是广陵派的。以前爸爸不希望你学习古旧的东西,时代进步,这些都是被淘汰的行业,今天听了管岳川老先生的《流水》,我有所悟,天地方圆里,让我听到了一个悠然自得的节律,真是上天替人类留下的音乐。你专心练,说不定从此你就是广陵派的传人了。"

杜抗生觉得父亲一下转变了,不敢相信,疑惑着,看着父亲傻笑。

杜玉明假装没有看见,低头捡起地上的一张纸片,抬头时正好看见了门口即将照射进来的夕阳,真好,四月花儿就要在夕照中次第开放了。

辟才胡同,原来叫劈材胡同。是买柴火人的集聚地,1905年科举制度被废除,教育家臧佑宸在此创办的"京师私立第一两等小学堂","劈柴"胡同由此改为"辟才"。臧佑宸出生在天津,长大后一直在北京经商,居住在劈柴胡同。清政府提倡私人办学后,他便积极筹备办学事宜。劈柴,辟才,谐音矣,开辟人才即是辟才。臧佑宸谱写的校歌,现在还有人唱:"辟才,辟才,辟才胡同中。苍苍,菁菁,槐柳兼柏松。是何处?私立第一两等。开辟人才,开辟人才,胡同著其名。"

辟才胡同溥雪润的四合院里有一棵石榴树,石榴树干麻花瓣似的扭曲着向上生长。屋顶上有鸽子落满了瓦坡,不惧人,偶尔落在院子里走两步,除非有人故意惊吓它们。溥先生家的六格格长得好看,有点花痴,不喜欢见生人,见有人来家,走路快快的,不时回头看,甚至小跑步,窈窈窕窕看上去是一道风景。

第一天报到,溥先生先要杜抗生和他出门遛鸟。遛鸟是他一天生活的开始。他们沿着后海遛一圈,路遇一个同样遛鸟人。

对方说:"溥先生,遛画眉?"

溥雪润说:"遛脚力。"

等那人过去,溥雪润唱了一句昆曲:"原来姹紫嫣红开遍,似这般都付与断井颓垣。"

溥雪润活在自己的内心世界,生活俯仰之间,已为陈迹。因此他是在怀念自己的从前。

溥雪润侧脸和杜抗生说:"人要有点高雅的癖好。我喜欢有癖好的人,个性是由一些癖好来张扬。你喜欢古琴好,一定要留在古琴界,专心研究琴艺,你和我保证不要再图其他生计,我就认真教你。"

杜抗生认真听,其实溥先生的话和自己的内心是吻合的,一个人对美的持抱一定不要轻易松手。

点头答应下,眼睛很诚恳地看着溥雪润。

一趟遛鸟下来大约就半上午了,来时母亲用饭盒带了午饭,他在厨房避开人吃饭,然后等溥雪润午休起了再练琴。

第一天,溥先生只给杜抗生讲琴,先是由琴曲题解,按谱一声一字不改,保持原曲的完整性的讲解。接着头头是道讲指法:勾、抹、剔、挑、绰、注、吟、猱、撞、逗、唤、淌等,所用在不同的曲目中,各有不同用法。要求杜抗生在弹学琴时要神静气肃,舒臂运腕,指节坚凝,呼吸直通指下。缓猱细吟,长句连音,会到无声处,使人气息相通,人琴俱忘,才能心声合一。

溥雪润捋着胡须自恋似的说:"琴学赖谱以传。专恃谱又不足以尽琴之妙。不经师授,亦废书也。故琴学重谱,尤重师传。"

时光流逝,不觉夕阳西下,已是黄昏时分,溥先生留杜抗生用晚餐,老师留餐学生哪敢违抗,便也随遇而安。晚饭时六格格看见有生人在,躲得远远,一双大眼睛如惊恐的小鸟不时回头张望。

溥先生说:"过来吧,认识一下,虽是学徒,进了门就是一家人了,何况是管先生介绍。"

六格格扭着腰身跺了一下脚,推开院子里的人抬脚就跑。

溥先生笑着说:"六格格心里害羞了。"

杜抗生的脸颊上不觉也羞出了两朵红云,或许是黄昏的缘故,脸颊上的红云只有自己心里知道,六格格让杜抗生想起了卫央。

晚饭罢了,杜抗生告辞回家,走到大门口,看见黑暗处有一个影子晃了一下,他没有多想什么,那个影子捂着一块手绢快速跑过来放到他手里说:"小老头儿,送给你。"然后跑开了,是六格格。

走到马路上在路灯下打开手绢,看到是一张折叠的《普庵咒》的琴谱。借着路灯的光,他认真看完曲谱,发现琴曲《普庵咒》节奏平稳,谱中使用了较多的撮音,借助音乐造成了古刹闻禅、庄严肃穆的气氛。曲式上虽然不同于一般琴曲,有些类似于丝竹曲中曲牌联结的形式。但是,曲谱的结构上最突出的特点是,除首段的引起之外,每段的后半段都出现了完全相同的曲调,听起来回环反复连绵不绝。

杜抗生想起他阅读《醒心琴谱》,其中有一句话说:"其音节清静平和,自然安稳,为静虑涤心之妙曲。"

"小老头儿……"

自己老了吗?难道自己变成了一个小老头儿?他哑然失笑了一下。回忆刚才的情景,觉得六格格一点都不痴傻,心里明亮着呢。看着夜幕下的长安街,觉得生活真是好,于是大步流星往家走。一路上可惜着,假如琴不留在老师家,他要连夜学这个琴谱。

回到家,爸爸问:"学琴可好?"

杜抗生说:"爸爸,我找回自己了。"

母亲笑着,虽然哑摸不出这句话的意思来,但知道儿子走上正道了。

十

在溥雪润院子里学琴,真是开眼见啊,三教九流人物来来往往。六格格因为杜抗生学琴,似乎一段时间都处于一种迷幻状态,每天一身衣服,此刻她穿着一身绿色长裙,绿色长裙像一个绿蘑菇从六格格腰际突然吹起来,有点西洋范。六格格走在杜抗生面前声音又细又长说话,很嗲,似乎把真实的自己藏了起来,展现给杜抗生的是一个未知的被情感调动起来的另一个六格格。

在随后的日子里,溥家人都觉得六格格又犯病了。早些年犯病是因为一个来学画的书生,六格格如痴如醉喜欢上了人家,人家不动心,因为人家已经娶妻生子。六格格守着人家一会儿笑,一会儿哭,仿佛天下的事都压到了她身上,就需要这个人来救她。学画人回家了,她就在王府门前张望,溥雪润喊人把六格格架回来,她哭得几乎要绝气。生活在故事之外的人,不会懂得故事中人的感受。

现在想七想八的六格格就喜欢和杜抗生一起。杜抗生还不知道六格格在犯病,有些时候也迎着六格格走过去。也许是一种悲悯,或者就想知道六格格到底怎么了。

杜抗生上前问了她:"六格格,你在做什么?"

"看落花飘风的晚夕。"

"六格格,你在念诗吗?"

"无常无望无告!我要和他同归于尽。"

"六格格,你糊涂了吗?"

"我想和你亲嘴!"

吓得杜抗生再不敢多话,想起了人生的一分为二,梦幻者是现实和梦幻之间的无从选择,虽然无法预知,却再不敢主动搭讪。

六格格顺着墙脚摸着,把一只手伸得老长老长,就想爬上去似的。另一只手就摸索着前进。

"侬晓得……等等我?"

一句上海话,这句话是和杜抗生学的。

六格格似乎每天都换衣服,脸上擦了粉,一双桃花眼,充满着含蓄隐晦的期待。杜抗生由原来的好奇、羞怯,变成了恐慌,或者说练琴时都有一些张皇失措。黑瓦灰墙的四合院,榴花开得很艳,六格格依着木头门扉,完好的门头上,隐约可见吉祥图案。六格格拽着栓孔的铁门扣,小声喊着:"小老头儿。"

此时在屋内画画的溥雪润正起笔画一幅兰花图,正寻思着宣纸上的构图,最后的落墨是一块顽石呢还是一块赏石。几笔画下来,发现有几片叶子笔气显得弱了,摇着头看了半天,抬头看窗外,正好目睹了六格格的妖娆,弹琴人弹得逼仄、拘谨,他觉得有些事情要发生了。

心里疼痛了一下,走出门,六格格虚声奶气地自言自语什么,他喊了一嗓子:"六格格回自己的房间去。"

六格格颠儿颠儿走开了。

天气慢慢热了,原本穿着夹衣换了布衫,六格格拿了溥雪润制作的扇子在嘴巴的下方轻轻摇动着,看着杜抗生练琴,不时地撩拨一下头发,或者拿出粉盒涂一点薄粉。她似乎因为杜抗生的到来总是笑个不停,像过节一样。

学琴一年多了,溥雪润觉得杜抗生对六格格是一种灾难,不想让他继续学下去,不想让女儿体验情感失控后的疯狂和混乱,有一种生活深层次的无奈和悲痛,作为父亲已经看出了女儿的举动。再继续下去六格格就要把内心深处最宝贵的真实祭献给爱情了。

溥雪润说:"我把能教你的都教你了,以后的事全凭你的造化,该离开我了。"

杜抗生觉得似乎自己也应该离开了,他受不了六格格的变化,他不可能成为六格格的什么人,因为他心里装着卫央。

找了一个时间去百货大楼给溥雪润买了一支钢笔,对老师的感谢不知该用什么方式,社会上正流行互相赠送钢笔。

溥雪润拿着杜抗生买来的钢笔,穿着长衫的他居然不知道往哪里插。

看了半天笑着说:"有知识的人左胸前的上衣口袋都插着钢笔。是不是钢笔插得越多,知识水平就越高?我对有知识的人不喜欢,他们卖弄他们那点书本中得来的学问,看他们不讲究的样子,插一排钢笔也土。我认为他们都是修钢笔的人。不过你这支笔我还是要收下,我是一个荣华和苍凉都经历过的老人,但都属于过往。时过境迁,物是人非,我很坦然了,也不屑于身外之物的沉浮。我不在乎什么了,我只在乎我活着的架势。说这些你不懂。我是真想把六格格嫁给你,但是,不能啊,人不能太自私,更不能害人。你去考学吧,艺术学校的美人多了,找一个你喜欢的。"

杜抗生说:"溥先生,老师笑话了。"

溥雪润说:"哈呀,今夜我一定要搞一个雅集庆祝你学艺出师。"

黄昏刚刚降临,来到溥雪润府邸的是京剧名家盖叫天,他带着他的小儿子:小盖叫天。接着是溥先生结交的众多朋友。在四合院的厅堂里,杜抗生弹奏了盖叫天最喜欢听的《梅花》《平沙》《流水》,还有《梧叶舞秋风》等曲,小盖叫天则在一旁舞剑相伴。

"剑胆琴心哪,哈哈……"溥先生情不自禁拍案叫绝。

艺术是相通的。盖叫天表演了一段京剧老生唱段。溥雪润在盖叫天表演时给杜抗生点拨了几个字,戏剧的表演讲究"精气神"。"精",就是精神,心中要有所指,知道演的是谁,有什么性格特征,有一个完整的意念情景。"气"就是运"气",唱、做、念、打之间,根据心中的意境来用"气"驾驭这些表演技巧,表达其"神"情。

溥雪润说:"水是生命之源,气则生命之本。琴道乃声音之道,与性命通。若以心命指,以指驱弦,弦随指使,指自心施,人琴合一,身心相通,岂能不动人?你如能把京剧传统表演艺术的精髓融会贯通于自身的琴艺中,精气内含,舒臂运腕,指节坚凝,'气'与'声'合并而出,抑扬顿挫,气韵传神,众妙皆归矣。你将来就是广陵琴舍第十一代传人。"

成长中的六格格娇憨地立在开放着雏菊的方桌前,身后一幅书法卷轴,一尊古代仕女,她明媚一笑,动人极了。

这些,杜抗生都不敢正眼看。

雅集结束后,夜已经很深了。盖叫天要用车子捎他回家,杜抗生也没有拒绝。和溥先生道别后,还寻着想和六格格道别呢,却发现人群中并没有六格格。很遗憾地抱着琴上了盖老的车子,关车门时朝后窗户看了一眼,看见六格格站在大门口挣脱人群疯了一样追着车跑,有用人追上来抱住了她的腰。

车后扬起了尘,暗夜下什么都看不见了。

回家的路上盖叫天说:"小同学,看你弹琴很好,可愿意和我一起去上海演戏?每场戏前,你弹琴,我儿子舞剑来一开场'剑胆琴心',你也可以有不错的收入。"

杜抗生太想去上海了,那里有卫央,更主要的是有古琴"春雷",他就想用"春雷"弹一曲《流水》给卫央听,知己的回报一定要送《流水》。

于是抢着说:"我当然愿意了。如果先生不嫌弃我是学徒,不怕小辈给您添乱,先生说啥时间走,我便收拾行囊跟着先生走。"

盖叫天说:"等一段时间。我会派人联系你,你回去和家大人说好,免得他们担心,就说是盖叫天带走了人。"

杜抗生回去和父母商量,有一股藏不住的迫不及待的神情。父亲听说是跟着盖叫天去上海当然也很愿意,也希望儿子跟着名角去学习一下为人处世,在艺术上也见见世面。

杜玉明是熟悉盖叫天的,他说,盖老幽居在上海淮海路后面的兴安路上,每年夏秋两季他都前往上海演戏。

得到了父亲的许可,杜抗生让母亲简单收拾一点行李,开始期待盖叫天来接他。

这件事情一直等到第二年夏天,中间因为等得时间长,杜抗生跟着父亲先去文物所上班,先是临时工,等有指标了好转正。

往上海的火车上,盖叫天给杜抗生讲京剧,也谈自己的学戏经历。盖老说,自己的祖籍在河北省高阳县西延村,父亲一辈子和土疙瘩打交道,土地不养人啊,一年四季家中日子穷愁潦倒,一年到头唯一的好饭就是吃"三黄",黄高粱米、黄棒子面、黄豆芽,直到十二岁到了上海,才第一次吃到大米。

杜抗生稀罕盖老的名字,为啥就要叫盖叫天呢?

盖叫天爽朗地大笑着说:"本来我的艺名叫'金豆子',是天津隆庆和科班的老齐先生起的。他瞅我长得精神抖擞,挺有斗性,又演的是武戏,给了这个名字。那会儿我十三岁,人站在那儿,像个画眉鸟似的,挺精神的。可是唱文戏用这名儿便不怎么合适,到了杭州大伙儿给我合计着另外起个艺名,研究来研究去有说叫'小菊仙',我不喜欢。那会儿谭鑫培叫'小叫天',我说我就叫'小小叫天'吧,我的意思是借着他的名儿,弄点大米吃。不料在座有一个人瞧不起我,在一旁冷笑说:

'哼,你也配叫这名儿!'这一下把我说火了。北方汉子年少气盛,和他当场顶起嘴来。为什么我不能用这名字?天下事,一眼就能把人看死吗?不光是继承前辈的艺术,我还要自成一家呢。就这样,我意气用事地用上了'盖叫天'这三个字。"

盖老眉飞色舞的讲解逗得杜抗生和小盖叫天一路上大笑不止。

杜抗生背着行李抱着古琴终于站在了上海的土地上。

下了火车他仰着脸让天空的阳光照射在脸上,心里激动地喊:上海,我回来了。

几年不见,上海的变化还是很大的。

盖叫天每天清晨练功,下午五时去黄浦江天外天酒楼用下午茶,吃七分饱,然后进戏园子准备演戏。夜里散场,回家才要正式用晚饭。

每天清晨杜抗生跟着小盖叫天去黄浦江边遛鸟回来早餐,接下来小盖叫天练功,杜抗生弹琴,下午三时许,盖老午睡起来,在正厅八仙桌旁静坐,长长的条案上陈列着栩栩如生神态各异的十八罗汉塑像。两壁挂着巨大的四条幅,阴晴风雨墨竹图。

这时盖老总会喊杜抗生来弹琴。他最喜欢听的是《梧叶舞秋风》。一曲弹罢,盖老喊杜抗生过来和自己一起坐到八仙桌前,从琴曲中抽出数段静动疾徐起伏,节奏不同的乐段,稍作连接的改动。又喊了儿子小盖叫天配合舞剑。这样子练习了几天就要准备试演了。

演出在天蟾舞台,天蟾舞台在上海市闹市中心,福州路701号,云南中路转角,西藏路人民广场东首。天蟾舞台是以演京剧为主的大型剧场,数十年来以邀请南北名角来此演出为特色,形成了独具一格的剧场风格。凡属中国京剧界一流演员几乎无不被请到天蟾舞台献艺。如逢"大会串",更是名角云集,异彩纷呈。不少著名演员就是在这里成长起来的,许多京剧迷也因为进了天蟾大门而爱上了京剧艺术。社会上有"京角不进天蟾不成名"之说。

听说有古琴助演,一些文人雅士能购得票的大多都前来目睹。

杜抗生想到了卫央。如若她来看,会不会小瞧我?她会知道这是一次追忆逝水年华的一种无可奈何的心灵之约吗?淡淡的流连和悠悠的怅惋包裹了杜抗生这次演出。

第一次登台,他穿了盖叫天为他定做的灰色长衫,长身玉立的杜抗生坐在琴台前,眼前一片灯光,一切是寂静的。他抬起手慢慢放在琴徽上,他相信生命中有一种神秘的召唤,她会来,她一定会来。

十几分钟演奏,很快就结束了。观众席上并没有人为他们喝彩,话筒质量不好,古琴的声音又很小,根本就不适合在舞台上演出。显然观众更期待的是盖老的《武松打虎》。大幕合上时锣鼓响起来,他觉得自己很狼狈,带着感伤的味道,"于我心有戚戚焉"。他明天一定要和盖老说,他不再登台了,他想在疏疏的林,淡淡的月,柔细的青草浴着月光的地方弹琴。他希望卫央不知道,卫央没有来。

其实偌大的上海,卫央怎么会来呢?何况她此刻一个人带着两个孩子,一个是儿子,一个是小叔子,而此时的赵家已经衰败了,生灭流转的人生风景,她不到三十岁就经历了。

十一

热,是夏天的专利。

俗常而又细密的时刻从一片窗棂或者一条并不十分喧闹的大街上出现,杜抗生看见了卫央走过来。当卫央出现在他的视野中时,偶然的难过使他怦然心动,他不知道是否有过从前,是否从前和现在衔接在一起。他委托同学打听卫央约了她在南京路上见面。

他期待的见面是忐忑不安的。

烫了一头卷发的卫央,穿着小翻领蓝色小花的"布拉吉"走过来。这种样子的衣服是从苏联传入中国的,苏联女英雄卓娅穿着飘逸的"布拉吉"就义时,"布拉吉"成为一种革命和进步的象征,也因此成为20世纪50年代末期和60年代早期最流行的女性服饰。

杜抗生喜欢梳长辫子穿旗袍的卫央。那种婉约自信的笑容是他从心里渴望的。

卫央看见站在黄浦江边等她的杜抗生笑了笑,甚至伸出手很客气地握了一下。

这让杜抗生猝不及防。

从前,相遇的情景在他的脑海里重复无数遍,从弹琵琶到弹古琴的卫央,从一种动作一种表情过渡到另一种动作另一种表情,思念在他的心里划出了一道道不为人知的痕迹,等待着出现的奇迹居然是这样一种方式。握手是距离产生的开始,他多想静静看着对方,但是,握手阻挡了他的情感。他突然很懊悔在南京路上约会。

江风是热的。夕阳下伸出老长的建筑物呈现出灰色的阴影,两个人在阴影中慢慢走,没有一个人先打破此时的沉默,似乎沉默又融化了握手的距离。

卫央首先打破了沉默。

"你还好吗抗生?"

杜抗生说:"好。上海回去准备去艺术研究院工作。你呢?"

卫央说:"我父亲去世了,'春雷'回到了我的身边,但是它被摔断了。"

杜抗生惊讶地问:"为什么要和不语的物产生仇恨?"

卫央说:"说起来话长,我们边走边说吧。你见过的,我和月娴同一年生孩子,月娴生完孩子就疯了。赵城时父亲是一个商人,你是知道的。商人看重的是利益,得了琴又得了月娴,因琴又和卫家联姻,你看多么好的如意算盘。月娴有心爱的人,是一个修乐器的匠人。赵城时父亲娶了月娴,她说可以做赵家的老妈子,但是不嫁人。女人哪有不嫁人的道理。她知道一床古琴娶了国乐大师家的女儿,她就疯了。没有人可以进入她的世界,她也不喜欢自己的孩子。她喜欢撕纸撕布撕一切能够撕出声音的东西,钱在她手里被一张张撕碎,唯一无声,却让她兴致。和她一起住久了,会发现她的眼睛是空洞的,装着遥远。我有一段时间试着和她说话,她很敌视我。慢慢地她有了懦弱的渴望,偶然也会找到我拽着我的手指着远处看,远处什么也没有。但她很快就忘记了身边的我而投入另一件无意义的事情中去。你知道的,月娴是赵城时娶下的第四房妻子。新社会怎么能容忍他妻妾成群?在月娴没有疯之前,赵家就发生了内讧,几房太太闹得家里鸡犬不宁。月娴总是笑着坐在窗户前数豆子,这几乎是她在家中的基本姿势。一种难以言表的心情使两个不同辈分的孩子不停地一起打闹,也许他们才是我生存在这个家里的光亮。"

此刻站在时间中的卫央仿佛正在经历着一些早已忘却的过程。重复会让她再一次经历痛苦。杜抗生的手握得紧紧的,他觉得他和卫央的心是在一起的。

"三年前我父亲去世了,我抱回了'春雷'。亲人中最疼我的父亲走了,现在我都不相信,一直认为他还好好活在这个世界上。一个视琴如命的人,走得即时,也是好命。他是一个骨子里极为浪漫的人,活着时喜欢在小小的书房里长久待着弹琴。书房里有一种沉闷的气息,是我不能习惯的气息。就在书房里,父亲在我不知道的时刻去世了,母亲以为他弹琴累了,睡着了,结果父亲再没有睡醒来。我抱着'春雷'回到我家,就像抱着我亲爱的父亲。"

南京路上走过熙熙攘攘的人群,他们是陌生的,对马路牙子上走路的人,没有人会多看一眼。一只鸟儿一晃而过地飞向高处,仰头望着鸟儿飞过天空的卫央,脸颊上有眼泪落了下来,她心里的积郁不能化解。杜抗生掏出口袋里的手绢递给她,卫央接过手绢捂在脸上。

"父亲去世后,赵城时对我的态度就变了。他用满脸的威严对我发号施令,声音变得强硬。经常见他急匆匆上下班,像是忙着什么重要事情。这时候的赵家已经败落了,好像是一天的事情,没有什么迹象。他和他父亲在家中号啕大哭了一场,父子俩说了什么不知道,好像还吵了嘴。第二天我们就离开了换到一个小房子里。赵城时说了一句有意思的话:赚钱一串,神鬼一半。你们这些钱窟窿,赚多少才能填满。面对他的诘问,我能说什么呢?月娴的孩子离不开我,这样我们一家人实质上并没有分离。但是,赵城时变了,他爱上了一个女人,父子犯着同样的病。我不知道感情给人带来的痛苦是什么。各种忙乱充塞了时间,在忙乱中总是能够忘记不快。但是,为了离婚赵城时借用了一句流言蜚语。因为社会上有传言说我和他父亲生了一个孩子,又和他生了一个孩子,两个孩子的存在让他无法转换自己的身份。"

杜抗生张大了嘴,这是他听到的人世间最恶毒的流言。

卫央哑然失笑了一下,说:"听到这句话时,我一点都没有痛苦,很奇怪这句话的真实性。两个孩子和我牙牙学语对话,他们还不知道人活着会有那么多的忧患和苦恼,就让我陪伴着他们吧。我从前的生活和人间是不一样的,人间也许就是赵家的生活样子。我都奇怪那么多的日子是怎么过来的。看到天空灿烂的星星是那样喧哗,但是它们比人间的更懂得彼此守着默契。人间的树木鬼影一样,但是,我不怕。我喜欢月娴的孩子,他聪明贴心,你没有体验过一个孩子吮着乳头两眼望着你时的可爱,他是无罪的。赵城时埋怨他父亲,认为继续留在上海会影响自己的前途,他的父亲穷愁潦倒回了江西老家。平常日子里除了两个孩子,就我和月娴,因为月娴的孩子哭着不跟着他父亲回江西,想留下来。夜很安静,我和月娴在星空下就着月亮的光喝酒。月娴醉了,醉了的月娴是那么忧伤,无望而心酸。我没有想到一个疯子会因为酒那么安静。我拿出'春雷',在月夜下,在盛满了时间的小屋里,我弹琴,想唤醒她的记忆。她像一个孩子,任何一种安静都没有月娴的安静让我高兴。我为她弹了一曲《流水》。天知人事焉?天不知人事焉?那时我感到了天地万物生出无数的口,大幅地翕张,那一条流水冲出千年的泥土、墙壁和坟墓,从各个角落纷沓而至,流水不腐,我还需要什么?我决定和赵城时离婚。"

杜抗生说:"卫央,你知道吗,我来上海就是想用'春雷'弹一次《流水》给你听。我用一年多时间学琴,我母亲说每个人都有自己的命,物也一样。我会常常想起你,想起'春雷',我们都有各自的命对吗?"

卫央继续说:"是。我相信有命。'春雷'也有命,但是'春雷'的命会比我们长。1962年4月20号晚,这是一个永远不会忘记的日子。那是赵城时最后一次回家。月娴突然很清醒地开玩笑说:'我是你妈。'你很难想象他的表情,我的意思是,很久以来,我已经有许多次痛恨自己所处的现状,每每想要改变,都会被许多前思后想所蹉跎,直到要求改变的念头完全熄灭。比如我得养活两个孩子,还有月娴,我得去工作,想到我得带着流言去工作,受到他人的无端猜测,我不可以像祥林嫂一样,所以我的犹豫总让我停止往前走。我的命是一生挑战自己。挑战的结果是连我自己都惧于面对自己的羞耻。赵城时举手打了月娴一个耳光,两个在地上玩耍的孩子吓坏了,接着'哇'一声大哭。我跪下求他,或者是求我自己的名誉。我想让他收回离婚理由,不需要理由,我会离婚。我没有想到的是赵城时是来送离婚证的。这张离婚证可能让我以后的岁月背负更大的恐惧,但是,那是我的命。月娴,我们忽略了月娴,她仰着脸,眼神时而散乱时而凝滞地望着某个地方,但是只有我知道她要行动了。她抄起桌子上的'春雷'照着赵城时打下去,赵城时举起地上的凳子,那床琴落在凳子上,它断了。要多大的力气才能断掉一床琴?我搂着两个孩子,把所有开腔的念头都压了下去。我后悔我跪下去求一个人。"

杜抗生无语对答。街上五颜六色的遮阳伞,鱼贯而行的人群,他还没有来得及经历这些人性的恶。他下意识地拉住了卫央的手,脑海里想起了赵城时那双黑手,那双手为什么会那么脏。

杜抗生说:"跟我回北京,带着两个孩子还有月娴,躲开这里的熟人。"

卫央抽出手说:"不会,我不会带着包袱跟你走,你还年轻。"

杜抗生惊讶地说:"我是小老头儿。卫央,你一定要想想,换一个环境你就会重新找回从前的你。"

卫央说:"谢谢你抗生。对面的楼里有我一个熟悉的人,我正好去拿一样东西,你等我几分钟,我拿了东西来我们好说别的事儿。"

杜抗生觉得卫央在躲开他的话题,他必须把他的思念说给她听,让她知道,无论人世间发生什么大事,都没有跟着杜抗生走的事大。

杜抗生说:"卫央,亲爱的卫央,我们这一生一定要在一起,无论发生什么事情,我都在此等你回来商量离开上海的事。"

卫央侧过身走过马路,然后回头嫣然一笑。有一群人走过,杜抗生张望着卫央的背影,一直到看不见。他站在原地坚定着自己:无论以后发生什么事情,我们都是一家人了。他要重新拾起琵琶教学,或许当下赚钱才是必须考虑的事,两个孩子,一样的年龄,一个喊他叔叔,一个却要喊他哥哥。都好,也是命,不怨恨生活,不埋怨命。更不怕与风雨搏斗淋成落汤鸡,只要和心爱的人一起,所有都不是事情。

卫央没有回来,夜如期而至。

明丽宽阔的苍穹之下,杜抗生在南京路上徘徊着,他不信等不来卫央。

又一个白天将要过去了,杜抗生蹲下去,他期盼的奇迹没有到来。他突然觉得自己失去了方向,到底是为什么?卫央,我对你的承诺是一生的承诺,无论发生什么都不应该躲开我。

杜抗生像一个影子,人一下憔悴了许多,在街角走,天上有月光,月光很白。路灯昏暗,有人从他身边走过,回头看他,绿色的灌木丛在他眼前水绿水绿地耸立着。他找了一家小酒馆大吃一顿并喝得烂醉,摇摇晃晃回到盖叫天住处。走了一天一夜,做梦一样,甚至怀疑就是在做梦。

他的样子可把盖老吓坏了。看他醉成这样,要厨房给他熬了姜汤水和雪梨汁解酒。问他为什么喝成这样,他说不为什么就是见了同学。

杜抗生说:"盖老,我不想再登台演奏古琴了,我厌腻表演,就让我做盖老一个自由自在的观众吧。"

盖叫天笑了,摸着杜抗生的头说:"娃娃,把心安稳放在肚子里,啥事都好说。你这一失踪我还得回去交代你父亲呢,现在好了,恰巧接了任务,收拾行李我们明天就离开上海回北京。"

离开上海意味着再找卫央的心思就搁浅了。

坐上火车的那一刻,远眺窗外,昨日远了吗?等待的那个人可是杜抗生?为什么那梦想不可靠近?一触摸,一靠近,就变成了另一种情景,杜抗生感到了生活是一种虚幻。

上海的晚夕,只剩一抹残阳了,云朵的缝隙里还能够看见一片橙光。惶惑而过的村庄,随着风动而显得凌乱,渐渐地,凹凸的大地昏暗下来,突然之间,黑夜到来。

卫央从此就消失在了时间的褶皱里了。杜抗生写信给卫央的同学打听过,回信中说起卫央都颇有微词。

那个年代有个贬损女人的词汇叫:破鞋。

溥雪润拉着花痴女儿的手在1966年到来之际,消失了,让你看不到死亡是如何移向他们父女的。杜抗生尝试着寻找一种可能,他发现世道人心已是一道铜墙铁壁,高高耸立在人间。杜抗生觉得许多事都是一个谜,一个很难猜的谜。以为自己就在谜的中心,而又并非中心。左转右转,总是在现实中,哪怕躲在梦中,也还是在现实中。

现实中的杜抗生一辈子没有结婚。

赵城时十年后又回到卫央身边,卫央原谅了他的从前,全都是为了后代。

月娴比卫央先走十年,走在春天发芽季节。卫央换洗她的内裤时,月娴用最后的力气撕烂了它,她的一生一直在守护她的贞洁。

卫央比赵城时先走十年。走时留下遗嘱:找见杜抗生,把"春雷"送给他。

杜抗生修琴修了三年,修好琴为了弹出春雷原来的声音,又弹奏了七年。十年后杜抗生在卫央的坟墓前用"春雷"弹奏一曲《流水》。

时间的箭头并不像文字那样任意扭曲。一曲流水弹罢,心绪也就一如死亡那样苍白寂寥了。

成　长

一

曹丕是一个活在街头的人。

他经营的生意一面是卑琐的行径,一面是崇高的人性。曹丕的世界里就这样充满矛盾和多样性。

二

曹丕还在少年时代时,曹丕的爸爸曹力大喜欢抬举老师,乡下的学生读书难免参差不齐,学得好坏多少要看个人造化。曹丕爸爸抬举老师就是为了老师多给儿子开小灶。可惜老师都是半业余的,没考上大学,念了高中,读过书不能和农民一起站队,在乡里谋个活路当小学老师,心思又不在教学上,时刻想着往城里去。曹丕的爸爸对曹丕也没有过高要求,就希望将来曹丕能做一个乡下老师,凡是做了老师的人都是肚子里有墨水、练就一副好喉咙的人。这样的人乡下人喊他们是知书识礼之人。

曹家几代都是农民,到了曹丕这一辈,曹力大说什么也要摆脱长期低人一等的感觉,再难也要供曹丕上学。曹力大抬举老师的唯一途径就是要曹丕妈给老师送麦子面馒头。乡下最好的面是麦子面。

可曹丕是那种没有特色的学生,不喜欢读书,喜欢野天野地地玩。曹力大从野地里找回曹丕时,常骂一句话:"王八羔子,吃了喝了,粪都攒不下叫你野到人家地里了!"不读书不长本事,更不能给自己的家族带来若干好处,就算当一个层次不高的教书先生,简单地实现一个梦想似乎比登天还难。

曹丕混到初中,要到离家二十公里的庄坡上学。人离开家,也就离开了曹力大的视野,曹力大想酿造一个强迫念书的氛围,这种氛围因距离原因被堵塞了。因为庄坡有初中,村庄里就有人开了网吧。曹丕基本不念书了,初中的课程比小学难,小学没打好基础,进了初中看啥啥不明白。本来是年少活泼无忧无虑的时代,因为读书曹丕显得郁郁寡欢,他整天泡在网吧,不想读书也不想回家。他感到自己的灵魂在漂泊,没有可供其落脚的地方。再是,初中还没开始念,眼睛就高度近视了。

有一天,曹力大在网吧逮着曹丕了。

曹力大站在曹丕身后看曹丕在做啥。

曹丕在玩游戏。曹力大看不懂。

曹力大说:"这舞扰(山西方言,形容莫名其妙的忙乱的样子)的人都在做啥?"

曹丕说:"过关呗。"

曹力大说:"过了关做啥子?"

曹丕说:"过关呗。"

曹力大说:"过了关做啥子?"

曹丕说:"你来网吧不知道啥叫过关?去,妨碍我过关!"

曹力大一个巴掌上去了。曹丕的关没有过去。曹丕瞪着眼说:"你让我过不了关!"

曹力大说:"王八羔子,你接受不够九年义务教育,你连基本的说话能力都没有,不要说写封信了,念书念到现在就只会说过关,你爸就是你的关,你来过过!"

曹丕才发现身后站着的是曹力大。曹丕站起来就跑。曹力大在后面追。

出了网吧,一群乡下的老农民喊住了曹力大!"现在的娃娃有几个好好读书的？读书能做啥？考上大学都不分配工作了，都说上网是一个怪瘾，小孩子都喜欢进网吧，由着他去吧。"

曹力大在人家的劝说下脚步迟缓了，看着曹丕麻雀一样起起伏伏跳跃着不见了踪影。

曹力大为啥叫曹力大，因为他是一个受材。一身好力气，高个粗腰，头发板刷一样硬。农村人一年四季和土地打交道，要的就是力气，父母给他起这样的一个名字是起对了。一年到头要下地的那些日子里，对他来说简直就是抡了两下胳膊锻炼了锻炼。等生下自己的儿子时，起名字不能依靠一辈子和泥打交道来决定，得有文化。找乡下的老师来决定，人家抬眼就说："叫曹丕。"说曹丕是历史中魏国开国皇帝，又是三国时期著名的文学家、诗人。这个曹丕厉害，结束了汉朝四百多年统治。曹力大对这些历史是一头雾水，只有读书才能不辜负这样的一个名字。如今曹力大对曹丕念书的态度显得很是力不从心。儿大不由爹，看见曹丕的样子他就心慌气短。

一个平常最不喜欢和人谈正经话的人，被逼迫得决定和儿子谈一次话。

夜晚降临时，曹力大在学校门口堵住了曹丕。曹力大揪住曹丕的手往学校外的干河沟里走。曹丕看到曹力大嘴上叼着半根烟，熏黄的手指在嘴边略微颤抖，出气粗得厉害，一脸的黯淡。曹丕很快就萎了，低垂着头，反正就是这一身皮肉顶着，大不了疼几天。

河沟里有晚雾，石头上有些潮湿，明亮的月光照软了曹力大的心，嘴上叼着的烟头早就灭了，只剩下过滤嘴干在嘴唇上。父子俩坐下来后，不知道该怎么打开这个话头，曹丕是不打算说话。曹力大揪扯了一下过滤嘴，用劲猛了，一块皮扯了下来，血渗出来，慢慢地聚成一粒豆大的血珠，很快就干凝住了。

曹力大说："你计划咋办？"

"你不读书咋办?"

"起下这么好一个名字,不读书叫糟蹋了!"

"你有啥理想?"

一条狗跟过来,在不远处的地方撒尿,尿在草叶上像下雨一样,唰唰唰一阵子。消停了的狗卧在对面喘着粗气看他们。

曹力大说:"你不敢不读书,当下的社会不读书没有出路。

"网吧里玩游戏,要是能一辈子玩游戏算你有出息!

"你的理想最败兴也该是当个小学老师。"

草丛中有什么东西动了一下,狗支棱起耳朵,一缕鼻息呼出来,草丛里的东西哧溜跑远了。狗立起身盯着跑远的东西又呼了两下。

去年的这时候,对面有一块小地,地里种了玉米,上网到凌晨时肚子饿了,曹丕在玉米地里掰过两穗嫩玉米,那是一份丰美的食物,现在还能反刍得出那香甜来。

曹力大说:"你忍心叫你爸一直说话?"

曹丕没有控制好。曹丕说:"反正我是不念书了。"

曹力大一个翻身,曹丕以为要打他,紧着抱住了头把身子埋进两腿中间,驮起背。哪知曹力大跪在了草地上。

曹力大说:"我给你下跪,你是我祖宗,算是求你把书念下去!

"不敢忘了你的名字可是历史上一个帝王的名字,你不能辱没了这名字啊!"

曹丕站起身说:"你可知那曹丕只活了四十岁!"

曹力大猛地一把抓住曹丕把他摁在石头上抡起巴掌就打,狗冲着这一幕一边叫一边退,这边打得动静大,可没听见曹力大骂,也没听见曹丕讨饶。

三

曹丕彻底不念书了。

两个人不说话,像两个僵硬的物体,虽然无话,可那声音却凄切而尖锐,无边的对抗弥漫在这个家庭的白天和黑夜里,一个一个念想在两个坚硬的人心头盘旋。默声是一种巨大的对抗,它可以让对抗的人感到时空的错乱,压得活人喘不过气来。两个人都想大声说话,似乎一句话都不会说了;想大声喊叫,可声音却像从小肚子下发出,软弱而冰冷。曹丕妈喊两个人吃饭,吃饭成了一件没有意识、没有方向,只是一个机械动作的事。曹力大脑海里一片混沌,这世界上没有过不去的坎,曹丕就是他过不去的坎,横竖都看着难过,这样下去咋办?

忽有一日曹丕从他妈那里哄了一百元,人一走不见了踪影。

曹力大被曹丕的行为吓住了,歪歪斜斜地坐在屋外的廊檐下。曹丕妈收拾曹丕床铺时发现了曹丕写给曹力大的三言两语,大意是外出闯荡会像个人一样回来。多大个人,外出闯荡容易嘛。曹力大嘴上喊着:"让他走,走得远远的,省得在我面前晃荡!"话归话,身子骨却是软得没有一点力气。人咋能不读书?正是读书的年龄,不读书曹家是没有翻身的机会,就算在外能活下去,可活下去的质量没有啊!

曹丕怀揣一百元大钞,可一百元在市面上经不了几下花,或者说刚够路费。小麦还未收割,玉米还未灌浆,一开始离家出走的自由还来不及享受,肚子开始饿得没着没落,泪水来了,泪水浸醒了他的冲动,无边的陌生立即包围了他。城市的灯光明亮,可静夜的天空下,稀疏的灯光高高地闪现着冷漠的嘲笑,曹丕想到那是曹力大的眼睛。夜静得街道上不见行人,偶尔有车闪过,掀起一股冷风,浑身不自觉的鸡皮鼓胀得冷冰冰的。他开始恨曹力大,只有恨曹力大他的心才有温度,才有一种活到明天的勇气,才可能获得一种前所未有的爆发力。他寻着一个墙角的背风处,坐在地上,用自己所知道的最恶毒而肮脏的土话骂曹力大。骂声深入夜空后,又跌落下来,他的声音怪怪的,荡着阴森森的气味。静下来后开始想曹力大模糊的轮廓,曹力大走近他时那高大的影子,一度屏蔽了他的呼吸,他厌恶曹力大。正好旁边有一面玻璃墙,曹丕起身走近照自己的样子时,发现玻璃里有一双熟悉的眼睛,他先是感到奇怪,再仔细看时发现那双眼睛下面显现的脸庞也很熟悉,整张脸的轮廓,而不是具体的一双眼睛、一个鼻子或一张嘴,他从来没有看这张脸仔细到这个地步,这张脸正在扩大,无限扩大,他发现这就是一张曹力大的脸。曹丕尖叫了一声,感到心里火辣辣地难过,为什么自己会长一张曹力大的脸?

一个流浪汉走过来,他身上披挂着一些细碎的布头,灯光从灯杆上浑浊地照下来,罩住了他。他的身上有一些烂而黄的白菜叶子,一条腿裸露着,生了很大一片脓疮,在惨淡的灯光下他站得孤独而潦倒。曹丕掏了掏口袋,一百元花得还剩余七十多块,这个数字对曹丕来说是一个焦虑不安的数字,如果他明天回家给曹力大承认错误,一切都会化解。如果明天不回家?他突然觉得身子一阵冷似一阵,握钱的手心里捏出了冰冷的汗。

一群醉汉走过来,彼此斜斜吊吊走着,一个人的头始终亲密地和另一个人的肩连为一体,周边的人像扭秧歌一样前前后后忽闪着肚子,腿和胳膊像断了似的左戳一下,右戳一下,那一对连体人,突然地有一个蹲了下去哗哗地开始呕,那些食物经由他的肚子颠出来,是那么腐臭。几个人仰天大笑着晃过来,拖着呕吐的人跌跌撞撞往前走。凌乱的脚步声走远时,他看到那个流浪汉在傻笑。流浪汉在笑什么呢?他这一辈子根本就不知道什么是哭什么是笑,如果知道,他不会傻成这个样子啊。曹丕也开始笑,反正骂和笑在这个静夜里没有人看得见,总之今夜先自由放纵吧。

曹丕笑着往前走,他想去找一家网吧,玩一夜,明天再说明天。那个流浪汉跟着他,这是一个意外的乐子。身后的那个人笑着流着涎水,曹丕反身倒退着走,用手指着他又开始骂,这一会儿他忘记了曹力大,显得很开心。

就这样忘情地走着,走到了城市郊区一座桥下,桥下居然住了人。曹丕看到桥下生着旺旺的火,没有风,一股青烟在火焰之上。走近了才知道不是住着一个人,桥下有好几个地铺,有睡觉的,有唠嗑的,咳嗽声持续不断。一个戴着破帽子的汉子手里抓着一条蛇,他像抓着自己的裤带一样在手里来回舞弄着。一个女人递过来一把小刀,他在蛇的颈子上转圈割破,坐在地上的汉子伸出手想要什么,只见戴着帽子的汉子把握着的蛇头递给地上坐着的,戴帽子的汉子翻开蛇颈项上的皮往下拽,没用太大的劲,"一二",蛇被剥得精光,小刀子一挑,蛇被煮进了锅里。

戴帽子的汉子扫了一眼曹丕:"妈的,这么晚了不回家,游荡啥呢?"

曹丕说:"我没有家,我妈嫁了后爸,他把我赶出了家门。"

说说这句话时曹丕都没打草稿。

戴帽子的说:"不让你念书了?"

曹丕说:"念那书有啥用!"

戴帽子的说:"跟我们一起住,这世上只要脑子活泛不愁长不大,念书把人都念傻了。"

戴帽子的从桥墩下扔过来一块砖头,扔给曹丕一床破被子:"找旮旯睡去。"

曹丕躺下去时,感觉到了四下一片朦胧的温馨,让他有种在床上睡的感觉,然而桥上的车嗡嗡地在走,这些又似乎是催眠曲。

曹丕歪起身说:"蛇会报仇。"

戴帽子的人说:"来了一条吃它一条,我这身肉全凭吃五毒吃成这等成色的。"

曹丕沉默了一阵子,看着地上突然害怕什么地方跑来一条蛇,一时脊梁骨有些发冷。他实在是太困了,倒在砖头上,眼皮子沉甸甸的,合上了。

四

曹丕和那些活在街头的人住在了一起。

戴帽子的人叫李明孩,白天看,脸膛黑里透红,额头更是油光发亮。大白天不穿上衣,也是黑里透红的油光可鉴,雨落在他身上挂不住,不留痕迹就没有了。桥下住着的人都是生意人,有钉鞋的,耍魔术的,卖假药的。曹丕很喜欢这个群体,尤其喜欢李明孩。这个群体天亮后出去,夜黑后回来,人人都很勤劳,一副早出晚归的忙碌样子。李明孩是卖假药的,他只上过两年学,早把字忘了,不过卖假药的串词他熟络得很。夜晚回到桥下时大家都很兴奋,他们几个人合伙雇了一个来城里打工的女人做饭。女人长得不好看,身材不匀称,甚至有些粗短,每天来做饭时脸上挂着疲惫的笑容。李明孩一看见她就喜欢撩逗她,她的指甲缝里藏着面粉,却不好意思地捧着一个碗,遮住半张脸。李明孩说:"瞅你羞花闭月的样子。"念书没有记下几个字的人会说羞花闭月,这让曹丕更是另眼相看。

李明孩说:"曹丕,桥下的生意人里,你看中哪个行当了,哪个人就是你师父,这里不讲文凭。"

曹丕胆怯地四下里看看每个人,他们都在叙述一天的生意经呢。

李明孩说:"街头生意都讲究个口才。不过你不念书了挺可惜的,小小年纪不念书,要想挣脱祖祖辈辈泥里爬泥里滚的命运,从现在开始奋斗,你首先得把苦当了乐,哭当了喜,悲当了笑,就像我一样,一个穷字挡了媒婆的脚,光棍儿一个,一个光棍儿,一人吃饱全家不饿。我和你讲,啥子生意都难做,就看你悟性高低。悟性低的人,站在街头,毒日头晒得皮起壳,腰子痛得弯不直,半毛钱少,半毛钱不见有人掏;悟性高的人,我不说你该明白,从现在开始一步一个脚窝做,你就是未来的大老板。"

曹丕哑得不知道说啥好,选择啥生意来生存?念书是他长这么大唯一的选择,放弃了念书,选择啥？他很茫然。

李明孩唱了一句:"解放区的天是明朗的天。"

旁的人也跟着唱。曹丕很幸福地看着他们。

李明孩说:"你不能活人成了个吃才。"

曹丕开始想曹力大,曹力大是他的大后方,在那里可以得到最无私、最有力的支持,可那是要叫他念书。现在是念书之外的事,曹力大那张凶狠的脸一下就来到了眼前。

曹丕低下头说:"你们都是民间高人,你们看我像什么就学什么呗。"

"咦——"

这句话说出来很叫李明孩高看。三岁看大,七岁看老,念过书的人不一样,最大的不一样就是会看人说话。

李明孩说:"铁匠炉里加炭,老鼠跌进了风箱,打个箭步到跟前,活是白日见了鬼。你人小心眼多,不念书可惜了。不过话能来回说,书本里的知识到了生活中都是反的。你跟了我学,保管你吃香的喝辣的。"

曹丕点点头,看着李明孩。

李明孩说:"拨云见日,和他们的生意来说,你干不了他们的那些个娘娘活。一拳一酒,捉对厮杀,拳打胜家,你听猜拳令,这都是生意经。跟我做生意,第一,脑子要活泛,第二,嗓门要洪亮。伸手为定,吆喝如同唱戏,水火相遇,水化了火,火化了水,真作假来假作真,买卖具有刺激性,要吆喝得那些口袋里揣着钱的人兴致高涨,按捺不住,心痒迫切,买卖就成为生意了。"

李明孩从一卷铺盖里摸出半瓶高粱酒,又从什么地方摸出一小袋子五香花生米,端过一只过时的瓷碗,倒酒时发现碗太大,把碗翻了个,酒倒进了碗托里。吸溜一口,再倒又吸溜一口,连着三下,倒一托递给曹丕。曹丕说长这么大没有喝过酒。

李明孩说:"从现在开始,你慢慢儿把这一辈子没干的事都尝试一下,就怕到老尝试不完。哎,你多大了?"

曹丕说:"我十六岁。"

李明孩说:"看见你要比实际年龄大,长得急。过去像你这么大的人都当爹了。来,和我一样,三下三清。"

曹丕不含糊端起酒三下三清。桥下的人凑过来,一人灌了三下,其中那个掌鞋的拐子,三杯下肚脸上涂了一层漆光。酒一喝开就控制不住了,李明孩掏出十元钱给地上窝着的罗圈腿,叫他去买酒。罗圈腿嘴里含着纸烟,瞪着眼像审贼似的盯着曹丕。曹丕从口袋里掏出十元钱递过去,曹丕说:"捎带买两个下酒菜。"

罗圈腿脸上不冷不热,那双大眼怀疑了一下,一把抓走了曹丕手里的钱。

李明孩说:"你为啥叫草皮?任人踩。这名字难听。"

曹丕说:"是曹操的曹,不字下面一横的丕。"

李明孩说:"是戏台上那个拿腔拿调的大花脸儿?那个人我倒是不讨厌他,他喜欢喝酒。我也喜欢喝酒,很对缘分,啥时候他从戏里出来,我请他喝两口。"

曹丕说:"曹丕是他的儿子,当过皇帝。"

李明孩说:"你的意思是,以后我得喊你皇帝?"

曹丕吓了一跳:"不是不是,我只是说我的名字的来历,是有说头的。"

李明孩说:"你那亲爹八成是个小学老师,我们村里的那些当过老师的人就喜欢弄个历史人物出来说事,文绉绉的,生怕别人不知道他认得两个字。叫草皮也不叫曹丕,不字下面一横,那也叫个字?不像个字。你爸叫啥?"

曹丕说:"曹力大。"

李明孩说:"亲爸后爸?"

曹丕说:"后爸。"

李明孩笑了。

"你妈投奔爱情给你改了祖宗。以后甭叫曹丕了,就叫曹力大。反正被假冒了才是名牌,又不是你亲爸,你也恨他,我以后骂你也好骂起来顺嘴。龟孙子,曹力大!"

曹丕的泪水总不能忍住,眶在眼里,脸蛋子通红通红的,低了一下头把泪挤出去。买酒的罗圈腿回来了,带来一股风,那股风从袖口、颈脖子处钻进身体,曹丕不禁打了一个冷战,一个不切实际的想法吓了他一大跳,这是根本不可能的事情啊,曹丕是曹丕,曹力大是曹力大,曹力大是曹丕的爸,曹丕不能改名叫曹力大。他想进一步做一个很诚实的解释。

李明孩冲着大伙说:"这是龟孙子曹力大买的菜,鸡用鸡爪往前刨,猪用猪嘴朝后拱,天生的,生就的骨头长就的肉,他知道拿十块钱买菜拜师,这就是找吃食的本事。"

酒菜摆在砖头上,大家伙围拢坐过来。

李明孩认为曹丕是自己送上门来的徒弟,是自己的运气,是天给的,第一杯酒要敬天。披上人皮做一回人不易,得靠地聚气给一块开场,第二杯敬地。接下来是曹丕敬师父,曹丕长跪在地上磕了仨头,第三杯孝敬师父李明孩。李明孩喝了一大口,剩下的给了曹丕。曹丕端着酒两难在那里,李明孩说:"站起来,你妈养你就是一个该站着尿的人。曹力大,把师父剩下的酒喝下去,我欠你一个媳妇,你欠我一副棺材!"

让曹丕激动的是"曹力大"这仨字,媳妇和棺材哪和哪是个未知。这仨字让他心里流血,头发里冒火。曹丕站起来一仰头喝下酒,空碗一摔,眼里的泪哗哗地下来了。

李明孩吼道:"哭啥哩?做我的徒弟,第一不能怕丑,第二不能怕羞,第三不能脸红。要想生意做好,大街上脱胎换骨炼红心!"

五

曹力大自从曹丕离家出走整个人就不多说话了。对曹力大来说，他为了这个家日夜操劳，不得喘息，曹丕就是他出人头地的希望，是曹家未来的终身寄托，曹丕是比家里供奉的神像牌位更实在的东西。曹丕一走他就钻进了牛角尖里，他认为曹丕的出走与曹丕妈有直接关系，他无法从这个女人身上找到优点，在他想象力所及的范围内竟然找不到原谅她的理由。她首先不该给曹丕一百元钱；其次，父子对抗的日子里她没有协调这种僵持的关系；最后，曹丕完全遗传了她的糨糊脑袋。

阳光明媚的早晨，曹丕妈做好早饭，小饭桌摆放在屋子外的廊檐下，饭菜端上去，身材小巧的曹丕妈走路轻快，像一片风吹落的叶子。她冲着里屋床上的人喊："吃饭了。"以往喊"曹丕爸吃饭了"，现在是生生把"曹丕爸"去了。时光真叫人一寸一寸心疼。曹丕妈准备就绪，一个人坐在大门外望着进村的路，路真叫个长。村庄看不见人，车也少见。从前村庄里热闹，没有一个人想出远门，人都在热闹的视线里，很大的声音围裹着村庄，一户挨一户的消息不敢多走动就叫人都知道了。现在，活一天张大眼睛寻摸一天，眼睛里连个正经人都看不见，几个留守老人把曹丕的事说烂了，翻来覆去没有新意，倒叫人心里焦得难过。

早晨过去是中午，上午的时间总是很短，中午饭她把曹丕的饭也做下。曹力大端碗在锅里盛饭时，看着一锅饭，看曹丕妈的眼神有些陌生了，提着勺子走近曹丕妈说："日子叫你过败了！"曹丕妈开始流泪。曹力大睨了她一眼："还没有死人呢，好日子都能叫你哭败！"曹丕妈把脸扭往一边，忍着泪出了门。走到村口，她看到村里的五保户兰娣坐在废弃了的碾盘上，眼睛眯着，不多的几缕白发被风吹着遮挡着脸。兰娣已经没有亲人了，眼睛已经什么也看不见，耳朵还好着，天暖和的时候她就盘腿坐在碾盘上，她迷恋村庄里的热闹，那热闹里有她在世的亲人。如今春来冬去，风来雨去，听听声音想想从前，世上的牵挂都不在了。

以往曹丕妈觉得兰娣怪异,现在她突然明白了,兰娣的现在就是自己的未来。自己不喜欢煎熬在屋子里,想不得曹丕的从前。

曹丕妈越过兰娣走了没几步停下了,村庄朝东的路上,一动心事,曹丕的模样就来了,调皮的曹丕背着书包踢踢踏踏走过来,曹丕说:"妈,拿回书包。"曹丕妈急着问:"不回家你去哪?"曹丕说:"耍。"

"不念书就知道耍。"

兰娣伸长脖子说:"是力大家里的?你和谁说话?"

曹丕妈回过神来:"自说自话。"

兰娣的皱纹已经从眼角扯到了脸颊,有些困乏,不想说话,还是嘟囔了一句:"不该到自说自话的年龄。"

伸向远方的路模糊起来,曹丕妈的眼睛酸酸的,曹丕什么时候能回来?走时没拿一条线一块布,走时连顿饱饭都没有吃,这样想着,泪又来了。

曹丕走后,曹丕妈就这样忍气吞声,心甘情愿在心里接受曹力大的埋怨,也不敢堂堂正正交锋。日常生活出现了强迫症,当曹力大用发号施令的口吻和态度让曹丕妈做他希望她做的事时,曹丕妈觉得日子过不下去了,她觉得自己受了天大的委屈,她感到自己这么多年来一直受控于并被戏弄于一个牲口的手里。更严重的是,她心里放不下曹丕,非得有个准信和结果,要不她自己就吃不好睡不安。曹丕的离家系在她心尖上,稍一牵动,便痛彻心扉。担忧和愁苦中,她把曹丕换季的衣服收拾出一大堆来,毛衣、单衣、棉衣、秋衣,换季的鞋袜、内衣内裤,两大蛇皮袋子。曹力大看见了觉得别扭,顺手提起扔进了西房。曹丕妈坐卧不安,手不是手脚不是脚,短短一些日子人就瘦了半个。不管曹力大怎么骂她都不还嘴,没人的时候只是流泪。可曹丕妈曾经是一个要强的人,也是一个有主见的人,不然她不会选择曹力大。

当年的曹丕妈是乡里的一朵花,盯着采花的人多了,曹力大能像沙砾一样借了太阳的光芒放射出来,走进曹丕妈眼里,那是有赖于大集体时代,当然曹力大讨好曹丕妈那也是一套套的。

当年秋收时分各队的青壮劳力集合在一起互帮收秋,曹力大到曹丕妈的那个村杀高粱。整个一块大地里红漾漾的一片高粱,天有些嫩寒,曹力大故意脱了上衣,露出很结实的肌肉,故意让那些人先开始杀。那年月不讲性感,光天化日下,裸露膀子,让那陈旧的大地上显得格外明亮。闺女媳妇乌泱泱的眼睛,像种种子似的往曹力大的光膀子上下种,胆大就是幸福,曹力大的身体就是爱情的力量。等他们走了三分之一了,他甩开镰刀,棒槌似的手臂一搂,一怀高粱横下,放地上时高粱穗先轻触地面,再撂秸秆,轻重缓急,潇洒得很。歇头歇时,别人都坐在地头上拉话,他走近还不是曹丕妈的女子,要过她手里的镰刀,说:"给你磨磨镰,看你杀得吃力,镰不快杀起来不轻便,明儿手臂抬不动。"只见他走到地中间,从女人落下的那垄高粱开始杀。那女子看四下里的人都看着,想说什么,却也说不出口。只见曹力大一起一伏地说:"杀高粱就是磨镰刀,庄稼地里高秆粮食是镰刀的磨刀石,几下子就能越杀越锋利。"曹力大身强脑健,讨好女人有一套,旁的人笑在嘴上却也说不出反对意见来。一身结实的肌肉,一副助人为乐的好心肠,这些都很符合那个年代女人的择偶标准。曹力大一个卖身的小花招很轻易就得手了,那女子没有弯转过筋来,两年后成了曹丕妈。

一季连着一季,而衔接这季与季之间的裂痕是下一代人否定了上一代人,下一代人又莫名其妙长成了上一代人的脾气。当年曹力大就是因为不好好念书,他的爹拿着鞭子抽得他的脊背跟斑马纹似的,他的奶奶颠着金莲护着曹力大,嘴里嚷嚷着说:"世上最难的事就是识字,就那几个笔画来来回回把社会就扭打乱了,不学它了,黑有黑道,白有白路,造化弄人,下什么种子开什么花。"曹力大也发誓有了娃一定要把他放养在山里,他认为世界上最难的事也是识字。娶了曹丕妈生下了曹丕,他转变了,认为不识字世界就不是你的,不识字兔从狗窦入,鸡在梁上飞。

曹丕离家一个月下来,曹丕妈像变了一个人似的,除了照常去地里侍弄庄稼外,再就是站在村口上望路尽头。见人不抬头像有了短似的,更是不见有句客套话。在屋子里也不看电视,目的是想避开声音,怕忽略了屋外的动静,屋外的任何动静都和她靠得很近。夜黑的时候她顺着出村的路走很远,像是一阵风从门口经过,让她闻到了什么,她急急慌慌放下要洗的碗筷就走,沙沙沙沙的声音,是几片叶子在路上行走。整个山野一片寂静,铅灰色的山挡住了天边那半个月亮,夜低垂着,无论耐力、韧性或定力,那些仰头可望的山峦都叫她感到了压抑,让她有一种剧烈的疼痛感,她觉得她有憋了一辈子的话要说。她看着山打着寒战,她要说的话被夜胶住了,小声到只有自己的心能听见:"曹丕曹丕,妈在村口的路上等你回家。"

话说回来,就曹丕这一个儿子,出了这种事,曹丕妈可以说是看着儿子不动声色地出走,这样的打击太大,刺激太深了。街坊邻居们开始为她担忧,一致认为曹丕是个男孩,不会出啥事,只是一时孩子气离家出走,活不下去还会回来,曹丕妈气出病来那曹家就天塌了。

村里外出打工的人听说了曹丕出走的事就互相转告,谁见着曹丕了都要把他妈的情况告诉他。

后来,村里有个叫林生的人外出,果然在火车站看到过曹丕。曹丕小大人似的,腋下夹个假皮包包,跟着一个黑油光亮的人急匆匆地赶路。瞅见他的林生喊他,曹丕扭转头循着喊声过来,果然是曹丕。林生告诉曹丕,他妈天天在路口上望他,人瘦了半个。曹丕不言语。林生说:"跟我回家吧。你们家的希望因为你出走没了。"曹丕在创业,起步是艰难的,一个人如果有太多的儿女情长,所有的起步都可能半途而废。一想到家,家就变得沉重了,没有任何东西能够阻止他去做真正想做的事情,家能坏事。只有脱离开家,时间才是光,才是空气,才是自由,他的命运才会有运气来改变。曹丕说:"你回去告诉我妈,叫她不要瞎操心,那个人是我师父,我跟我师父学艺,学成了自然要回去。你也回去告诉我爸,学艺如念书,不下功夫学,艺不精到。叫我妈吃好些,我是个男人,我得闯天下,总有一天会衣锦还乡。"曹丕的话说得叫林生没有话再说,社会真是锻炼人,这几句话念书人是说不来的。曹丕妈一边抹眼泪一边听林生讲曹丕的事,怕一个抽泣失了一个细节,拿着手帕细声细气听,听完了觉得还没有听明白,还要问,问曹丕穿啥衣服,穿啥鞋,脸色是啥样子,个子高了没有,问完了又问跟着的那个师父是啥样子,曹丕跟人家学啥艺。林生说:"我忽略了问他学啥艺。"曹丕妈说:"知道知道,到底不是你的亲人。"这叫啥话?遇见曹丕带信回来不感激反倒成为不是了。不过这个消息让曹丕妈气色有了回转,人显得话多了,见人就开始后悔曹丕走时给他的钱少了,一百元是个屁,风放个屁都能吹跑。不知曹丕是怎么活下来的,曹丕妈每天只要闲下就要找借口去问见到过曹丕的林生。林生被问泼烦了,一见曹丕妈就说:"你饶了我吧,我下回见了曹丕我就装作没看见。"

这哪里是相邻说的话?

知道曹丕在外好好的,个子也长了,长得和曹力大一样粗壮,曹丕妈心里就有底了。饭饱生余事就不怕曹力大了。

正是收秋时节,田野上到处都是丰收的景象,外出打工的人都回来收秋了,都显得急慌慌的样子,把回家当了一个债,回来还债来了。曹力大杀倒玉米,曹丕妈卧在一畦一畦的玉米旁,掰下来的玉米发出轻微却干脆的折断声。她把掰好的玉米棒子扔进筐子里,曹力大把筐子挑到路边的三轮车上,一车一车玉米被送回了院子里。满院都铺满了玉米,一年怎么吃得完?曹丕妈把玉米皮脱至尾巴处,和别的玉米拴在一起,一串一串挂在窗下的横杆上。院子里有两棵柿子树,树杈上也挂着玉米,墙头上、山墙下也都是玉米。玉米皮划得曹丕妈露出来的皮肤上到处都是红道道,太阳一蒸,热辣辣地疼。有一个念顶着,曹丕妈不觉得疼。一年的玉米晾晒完了,余下的玉米曹丕妈不等来年春天,一定要卖个贱价。曹力大和曹丕妈吵上了。

曹丕妈一改往日小心小胆的样子,吵架的声音出奇大。

曹丕妈骂:"春天的玉米价格高,你等得我等不得,儿不是你身上掉下来的肉。娘身上掉下来的肉娘疼。"

曹力大骂:"反了天了你!好好的春天的价,叫你秋后糟蹋了,里翻外颠倒,折了一半价,玉米不卖!"

曹丕妈喊:"就卖!"

曹力大喊:"不卖,这是老曹家!"

曹丕妈脸上挂着草皮指着曹力大:"老曹家?屁,老曹家是低贱的树,只有我李艳红才叫你老曹家树上结下的果有个样子。"

曹力大想笑,这么多年他忘记这女人叫李艳红。

曹丕妈说:"你把曹丕打得那样重,小看他是个孩子,他也长了心,孩子怎么走的?就是你打走的。亏得我给了他一百元,不然以后孩子想通了回家来,连个暖心的疼也念不起。

"这是有人看见了孩子活得好好的,要是孩子没了人了,曹力大,你别想好好活个死,我提前走也要拽上你,死了还做你老婆叫你不得闲!

"你看看你曹家祖坟上有没有念书人这棵草!你还不趁天好卖了玉米去把儿子找回来?你看钱比儿的命重,来来来,我这一条贱命不值钱,你守着曹家的祖宗,你活,你活千年王八万年龟!"

曹丕妈一翻身,曹力大先还有点干火,后来人就习惯被骂了。在骂声中开始反思自己,人生不吃苦头就尝不到甜头,自己不也是懂事晚,曾经不也是不想念书吗?算了,不念就不念了,能谋个生意也算是个交代。玉米卖完,曹力大怀揣卖玉米的钱,开始循着见过曹丕的人指点的路线进城去找儿。

六

城市里真要藏一个人还藏得真严实。走街串巷找,到底曹丕在城市里学啥艺？曹力大想：不给人家修脚揉肚子还怪了呢。走着乱想着，瞎猫碰死耗子，总归要在一个地方看见曹丕，心里默默地高喊着：曹丕，曹丕，我是你爸！

城市里高低不齐的楼房，街道上往来不停的车辆，曹丕在什么地方？不停地走下去，曹力大的腿像灌了铅似的，尘土吸进了他的心里，他由快而慢，胳膊下夹着一个黑布兜，用来装干粮和水，水喝完了想讨口水喝难得很。他不停地打听一个叫曹丕的人，因为说话有方言味，怕城里人听不懂，就尽量想用普通话问话，总归是说得不老练，一方水土养一方语言，说话是为了交流，关键是对方听不懂。他打手势和人家沟通，人家翻他一眼，显出了城市人的优越。他不敢吭声，拿笔在纸上写了一句："见过曹丕？"城里人看他伸过来的四字纸片："去去去！"像防瘟疫一样嫌弃他。他走过的街道又走了回来，进过的店又走了进来，十字路口上选择道路，有的他已经走过了，有的他还在疑惑走过没有。他像汽车轮胎带进城市里的一疙瘩泥，风卷着他在城市里转起圈来。这样找下去不是办法。他在绿树成荫、花木繁盛的城市花坛里坐下来休息，看到那些休闲的人、牵着手的伴侣在其间徜徉、逛街，好生羡慕这些人的富裕时光，他有一些兴奋。城市好哇！城市是个大宝物。

夜深了，曹力大走得口干舌燥、筋疲力尽，他走进一胡同深处寻着一家小店吃了晚饭，就着旁边的旅馆住下了。一晚一百二十元，这让曹力大的心疼了一下，与那些大宾馆相比这家是最便宜的。入住房间后，他看着白色的床、白色的墙、白色的床帘子、白色的厕所用具，白色让他没有丁点儿力气。白色在乡下是死人的颜色，白色让曹力大无限痛苦，唯有地上的地板砖带一点儿肉色。曹力大坐在地上靠着床，脑海里泛起无比复杂的内容，假如睡到明天不醒咋办？讨嫌的宾馆。站起身走进卫生间拧开水龙头解了渴，撒了尿，趴在窗户上看不十分热闹的胡同。一只蛾子在窗户外扑打着玻璃，几次扑打后跌落在了暗夜里。他看到热情行走的年轻人，亮着灯光的小卖铺，平地耸起的高楼,黑灰色的影子下几个建筑工人就着路灯在打扑克。他开始难过,这个城市藏着逃避他的儿子,站在这样的窗户前,乡村突然离他遥远了,那个遥远让他十分惧怕,这个城市里一个人消失太容易了,就像那些黑乎乎的窗户,人走进去再也看不到黑之外的色彩。曹力大努力让自己清醒一些,走进简易的卫生间,看到墙上挂着的洗澡喷头,他脱光衣服站在喷头下,拧开水龙头,水是凉水,像雨水一样洒在他的身上。不念书的人永远都不能高人一技,不念书的人在念书的人跟前人不人鬼不鬼的还不知觉,按照富贵设下的山头,不念书的人都是给念书人垒台阶呢。

敲门声响了,曹力大忘记了自己没有穿衣服,湿淋淋开了门。走进来一个中年女人,女人个子不高,看见曹力大的样子脸也不红,似乎曹力大的裸体在她来说太熟悉不过,一进门她就把门反锁上了。曹力大觉得她是找错家了,便冲着女人笑了一下。女人说:"看你登记时的老实样,没想到你也是老江湖了。"曹力大吓了一跳,意识到自己裸着身子,急忙反身关上卫生间的门。他脱光的衣裳在外面的地上扔着,他打开门想取衣裳,哪知女人在门口站着,单刀直入地说:"我是来陪你过夜的。"这句话让曹力大浑身不自在,如芒刺在背。曹力大在乡下听说过一些城里的事,电视剧也教会了他很多,他是过来人,也和村里的女人偷过情,他清楚地知道这个女人是找钱来了。曹力大感觉自己被这个城市游离出来,他想哭,努力让酸楚的鼻子吸气,再一次开门取地上自己的衣裳,他发现女人赤精着身子,他被这陌生浓烈的气味呛了一下,完蛋了,跌落进陷阱里了。就这么个热身子想咋咋吧。曹力大被女人拥倒在床上,女人叫了一声"哥"。这一声"哥"如一道电光从头顶直直地照下来,一个完全陌生的人这样大胆地叫自己。曹力大不敢直视对方,怕自己无端地哭出来。女人桃花带雨,春波如潮:"哥,我不害你,我来是教你好。"

曹力大血压突然就升高了,一颗心扑通扑通直往嗓子眼里撞,局促在床上,手脚不敢动,生怕一动便要要命。满脸苦大仇深的曹力大不能够正视这个女人,他的呼吸跌落在她的胸脯上,曹力大不敢把她当作曹丕妈使唤,他知道即将发生的后果。偏偏有些后果是无法控制的。

本来曹力大带了钱想在城市里多住几天,直到找见曹丕为止,一夜之间钱的性质转换了,女人离开的刹那,脸上荡起一阵看不见的小风,女人说:"哥,两千。"曹力大脸红了,抬头注视着注视他的人,他脸上的红一点一点褪尽,这个女人无论哪里都不及曹丕妈。这桩交易甚至连讨价还价这一基本步骤都省略了,曹力大说:"没有。你说你不害我。"女人走到门口开门的瞬间闪进来一个男人,男人进门揪了曹力大的领口,曹力大乖乖地掏出口袋里的两千元递给了女人。女人说:"哥,明晚不走我还来。"门吱的一声敞开了,离去的两个人消失时,应声而入的光线分外刺眼。曹力大的脑袋里嗡的一声糊了,一时间不明白自己是在哪里,听见隔壁房间里有声音,又想那声音是路边传来的,却又很奇怪那声音,此起彼伏。他开始害怕,那害怕越来越近,靠近他的鼻子和眼睛,他抡起巴掌打了自己的脸一下,那声音无疑是从他脸上传出来的。害怕靠近了他的眼睛,他不知这一切该如何结束。城市里的诱惑有恃无恐,他害怕再来一次诱惑,他开始把床拖到门口顶住门,这样依然不放心,自己靠着床坐下,他想,来吧,我曹力大有的是力气,就这样他坚持到了天明。

曹力大顺利地离开了小旅店,结账时那个老女人朝着他露出了牙齿,不是笑也不是骂,硬邦邦的,把多余的钱退到桌子上。曹力大出门时撞在了玻璃上,他像一片从大树上掉下来的干枯叶子,不知要飘到哪里去,在农村人模狗样的一个人,到了城市他空了。一条熙熙攘攘热闹的街,人流如潮。走过的人没有一个人主动看他一眼,可曹力大觉得都在看他,明明满眼都是陌生人的气息,可自己的心里总是充满了怯意,唯恐世人指着鼻子骂他,甚至害怕此时找见曹丕。走了一段路,陌生的一切完全消失了,曹力大是谁?没有一个人关心。他紧抿了一下没有水分的嘴唇,咽了一口唾沫,那唾沫居然把喉咙都拉伤了。他开始佩服城市里的人,人一辈子没有在城市里活两天那叫白活了。那火柴盒垒起来的楼房,见缝插针的小酒楼,以前是住店,现在是宾馆,城里和乡下像两个世界。"走过路过不要错过",从声音开始,这些街道,让他忽略了停留在城市里的时光。曹丕就在这样一个城市里生活,他逃避念书,如果在这样的城市里活下去,念什么书嘛!不念书在这个城市里怎么活?像那些摆地摊的,活在塑料泡沫、冰棒纸屑、菜叶和丢弃的杂物中间,城管过来撵着跑,在大街上没有落脚地,小街小巷里贼一样,不能再想下去了。曹丕,不念书你在城市里只能活得人不人鬼不鬼。看见看不见的难让曹力大开始讨厌城市了,在乡下,你当个教书匠,家长敬着,给脸不要脸的东西哇。曹丕,曹丕,曹丕!口袋里的钱叫曹力大一夜挥霍了,留在城市里吃风屙屁是活不下去的。夜里的那个女人,展开来想,她在夜色下抚摸曹力大的脸庞,他的心开始由惶惑而惊厥,一团白肉,渐渐模糊了,他想起了曹丕妈,很久都没有叫他焦躁了,可这不是理由啊,曹力大为昨夜的事情感到羞愧,他为这个秘密感到难过,他所做的一切使不幸降落到了不幸家庭身上。疲倦、饥饿、对曹丕的仇恨让他无法呼吸,面对着这个转来转去的城市,他的脑袋始终无法清醒。

黄昏,曹力大在风里坐着最后一趟车赶往乡村。

漆黑的夜幕下,曹丕妈打着手电筒站在路口照走过来的行人。听见脚步声时先照路,照走过来的脚,脚上穿着的鞋不是曹力大的,便说:"路上可见着班车了?"来人说:"我和班车走的不是一条路。"

人走过,路静得听不到任何动静。乡下的人是越来越少了,半天听不到脚步声。曹丕妈担忧着外出的人,摸黑走了二里路,一路上想曹丕的从前。曹丕从前多可爱,话多嘴不闲,放了学往家走时一口一个妈叫得欢。曹力大和曹丕对抗后,曹丕就不叫妈了,总是有求于自己的时候才困难地叫一声妈。眼下曹丕走了快三个月了,她在村口上望了三个月。乡下人真不知道怎么才能调教好孩子,从前的人养一窝,现在养一个都难。曹丕妈的心悬着,心如蚕吃桑叶一样搅得她心慌。

有脚步声走过来,曹丕妈仿佛听到了熟悉的声音,照过手电筒,那双鞋很眼熟,心悬了一下,心里有一棵草,嘣嘣嘣往上蹿,稳住神顺着手电筒照着裤脚、西装、脸,果然一个有深刻廉耻感的人回来了。电筒晃得曹力大不好睁眼,抬手挡了一下。回来得如此急,曹丕一定是有了音信。

曹丕妈说:"见着曹丕了?"

曹力大自顾往前走,"没。"

曹丕妈说:"走一天就回来了,是听到消息了?"

曹力大说:"听了个大概。"

曹丕妈往前小跑几步挡着曹力大:"你说下个准信,大概是个啥?"

曹力大说:"回屋说,黑更半夜,村里人还以为我死了。"

心里都有意回避着一些急火,往回走时曹丕妈腿酥得几次要软下去。

一路上曹力大想,回家怎么交代?儿没找见钱没了,钱没了事小,儿没找见事大,虽然有夜色掩护,瞎话编不圆,再加上疲惫、干渴、路途奔波,越发让他缺乏想象力。假如曹丕妈咬住这个话题穷追,他实在找不出一个高明的答案。

时钟指向夜间十一点钟,曹力大把皮包扔到床上,四仰八叉躺下去,他说肚子还饿着。对善良的曹丕妈来说这是一个捻子,她似乎也听见了一个奔波的人肚子里辘辘乱响,赶忙添水生火。秋后的穰草在灶膛里发出呼呼的火声,她不时瞟一眼床上的人,好生心疼。夜静时分,擀面声奇响,不一会儿,一碗面端到了曹力大眼前。曹丕妈说:"见着曹丕了?"

曹力大翻了一下眼皮。

曹丕妈再问:"曹丕可好?"

曹力大不得而知曹丕可好,挑了一筷面往嘴里送,占着嘴没法回答。

等着半碗面下了肚,他又佯装瞌睡得急,等不得放碗。曹丕妈心焦得一下夺走了曹力大的碗。

"曹力大,你不是娘生的!"

曹力大夺回碗:"你弄啥哩? 我不是娘生的,你也不是娘生的。"

"我还以为你进城一趟连句囫囵话都不会说了。曹丕可好?"

"好。不好我能轻易回来?"

"那他在城市里做啥?"

"肚里有二两墨水,给机关单位当个文书。"

"吃喝都没见遭罪?"

"妇人心。进了机关就是干部,哪个干部愁吃喝?"

说这句话时曹力大有点心悸,有点伤脾伤肝的疼。

这句话对曹丕妈却是一杆秤上的定盘心,曹丕妈转头取出一个碗舀了两勺汤端过来。

"你没给曹丕放个钱? 出门在外可是人穷志短。"

驴走下坡路。曹力大想大声说话,想一跳多高,想发情时土话骂娘,想做梦,睁开眼时梦实现了。

曹力大说:"城市里要的就是钱。那地方,没钱你就是乞丐,有钱能让人活得上瘾。"

这是一句耐琢磨的话,曹丕妈偏就忽略了。

夜深时,外面下起了雨,门缝里钻进来一股牲畜气息、败草气息,还有雨打进黄烂泥里的味道,这些流动的背景成了曹丕妈无法入睡的温暖。她坐起身看着身边曹力大的脸,月光如水泻在上面,曹丕长得和你一个模子,迷人的老汉啊,好久都没有闻见你身上呛人的辣味了,你呀你呀,可不敢叫我曹丕也长成一个你。曹丕妈笑了,笑得不明亮,但笑得踏实。这日子过闷了,该笑了,明天下雨不上地,给曹力大烧慢炖烩菜。

七

入冬后的一天上午,一张一百元的汇款单上写着"山西长子县曹家营曹力大收",像长了翅膀似的来了。

一家闹腾,全乡知道。邮递员怕耽搁了这事,专门骑摩托来村里送了一趟。冷风刮在村庄少有人烟的杨树上,风在树梢盘旋,一阵叶子雨点似的落下来。长驱直入的摩托车一时惊得村口前几只调情的鸡乱了方寸,狗听见了跑来冲着村路凶恶地叫,日头把天空染了一片红。邮递员喊着:"曹力大,曹力大,有你的汇款单,曹丕寄来的。"这无疑是秋天的雷音。接到汇款单的曹力大手有点哆嗦,站在那里不会走了。站了半天后他转向邮递员走远的地方,猛跑了去追人家,他想问问曹丕的事,一阵子后意识到这是徒劳的事。反反复复看汇款单,有些字还不是太熟悉,急忙往回走,他知道曹丕妈上过初中。

曹丕妈接住汇款单紧张得先是笑了一下,接下来就嘤嘤嘤地哭开了。曹力大很烦,这不是好事吗?哭啥哩了吗?

曹丕妈:"我儿曹丕是恨我了,不多不少寄了一百块,是走时拿的数啊!"

曹力大说:"这时候你还文学,我是问你看清楚地址写哪里没?"

曹丕妈疑惑地看着说:"你都去过儿子的机关了,你问这是什么意思?"

曹力大一时心情糟糕透了。

狗路过,冲着曹丕妈乱叫了几声,像是对曹丕妈的感情援助。曹力大朝着狗踢了一脚,狗脾气上来了,鼻子抽动几下,猛地跃起狂吠着就要撕咬。曹力大的脾气也上来了,或者说他的脾气在曹丕走了的这些个时间里就一直点着柴。曹丕妈拿着汇款单扭转身回屋子里去了,曹力大抄起家伙照着狗就打。狗躲开家伙,不死心,守着退路一扑一扑冲着曹力大叫。这下彻底惹恼了曹力大,他拾起地上的砖头打过去,狗撒开脚爪往远处的地垄上跑,柔软而舒适的田埂,即使无助的恐惧在狗心里弥漫开来,狗也不怕。狗抬头看看扩大的田野,回头看看火冒数丈奔跑而来的曹力大,爱炫耀大嗓门的狗不叫了。太阳高高挂着,入冬后的田野,毛茸茸的一层霜淡淡地化开,为啥要和曹力大计较呢?都是一个村里的留守人员,罢罢罢,狗撒了欢似的蹦跳起来。

狗看到曹力大一步不稳,扑通跌倒在地上。曹力大感觉有什么东西抚摸了他一下,他想是狗扑上来了,可他就是不想动,想让狗下狠口咬他一下,他是大男人,他不能和女人一般见识。此时此地他想到那张汇款单就想哭,躺在软软的泥地上,像小时候躺在母亲的怀窝里一样温暖,曹力大眼眶里的泪出来了,一种久违了的心颤,他感觉到心里火辣辣的,脸上火辣辣的。曹丕的消息让他立刻有了勇气。跪坐在田里,看着收获后杀倒的庄稼,他获得了前所未有的勇气,恶狠狠地吼了一嗓子:"曹丕,你还知道曹家营有你爸呀!"

狗安静了一下,冲天呜呜呜长应一声,脸贴着前爪闪着眼看着曹力大卧下不动了。

曹力大招呼狗过来,狗一嗅一嗅爬过来。曹力大伸手摸它,摸它的头脸、脖子,还有光滑的皮。狗显得格外舒服,把脸搁在地上,眼睛也不睁,任曹力大摆弄。

曹力大和狗说:"你知道不知道人是分层次的,我就是低层次的人。看我的长相,长腿短身子,俗话说,腰子长来腿子短,不是坐轿就打伞,我没那命。从小没有念上书,我这一辈子是熬不出头了,我对我这一辈子熟透了。我的儿曹丕,你知道的,我寄希望在他身上,如今是肥皂泡落地。我是个没用的人,我多么想培养一个有用的人啊。祖辈种地靠打粮食发财,在地里扑腾着,也要活人,可人要和人比,人和人一比较,落差就来了。尤其是夜深了,看天上的青白月牙,听地里的唧唧虫声,我这一辈子就守着乡下不东想西想了,人比人气死人,不想人家的好。可是不行啊,不由得要想,要攀比,我不能实现的就想我儿去实现,念书,考个好学校,识字多了,就能摆脱农民的身份,哪怕当个小学老师,那也是一辈子受人敬,不愁吃喝啊。曹家营的儿孙们考上学外出的多了,没有考上学的,凭了各种关系纷纷逃出去,我看着这些个人,我心里就特别不是滋味,心里就有了阴影,我正宗的曹家子孙不能没有出息。你看曹家营李武安的儿子,在县城里当小工,提泥包,以前在曹家营见了我还叫个叔,现在见了和我站成了一辈子,叫我老曹。再看王行元的闺女,以前穿裤子,现在穿秋裤都不套裤子了,两腿和圆规一样,鞋有半尺高,我从人家跟前走,人家腰身扭着躲一下,把我当了种地的乞丐。扳着指头一数两数,哪家都有外出的人,都有考上学校的子女,农民的出路只能靠知识改变。曹丕不念书,丢人不说了,日子怪别扭,等于是把我的主心骨给抽走了。我这一辈子养儿,我本来指望我儿曹丕打击他们,可曹丕偏不给我争这口气,不发愤,曹丕这一闹腾,让我找不到头绪了,看不清曹家的走向。你说他在城市里做啥,能做啥?我梦里就见他叫人家打了,我说他在城市里当文书,那是我浮想联翩哩。"

狗似乎睡着了,保持着一个姿态,风推攘着它身上的毛,牛屎的臊味被太阳照得蒸腾起来,曹力大觉得自己真没出息,连狗都不听人话。他捡起根柴扒拉狗的眼睛,狗喉咙里发出呼噜噜的声响,这是发怒前兆,曹力大赶紧收手,狗却怒而不威地站起来抖了抖身上的毛走往远处的地头。曹力大瞅着狗走远,脸色难看起来,他感到了无望,连狗都不能成为他忠实的听众。曹力大起身恶气地咬着牙槽说:"再到我门上讨吃食我非弄死你!"

曹力大晃着长腿走近自己的小院时,日头已将他的身影拉长出十步开外,脑袋印在了门槛上,曹丕的汇款单有点儿虚假不实,心里空落落七上八下的。"小小年纪不念书,将来除了认得钱还认得了什么!"

院子里围了一群人。这是一位老者在说话,无疑是笑话老曹家的日子。

曹丕妈说:"我曹丕在市里机关当文书。可不是你想的那样,他认得的可是天文地理。"

"文书就是写材料的,领导的话都是借写材料的手说出来的,还说曹丕不念书,要念多少书哩?一辈子图啥?你曹家的吃喝都有了。"

"赚钱的本事难学。以前的人谁敢往城里跑?只敢往野地里跑,镚子儿没有,也只管跑,饿不死。往城里跑,指不定哪天就要花钱,能往回寄钱,那是出息。"

"从小看大,小时候野山野岭的孩,长大了都有出息。"

"念书有啥用?把人都念傻了。你看西岭上王怀玉那娃,说是在北京上大学呢,回家里见了村上的人不说话,见面也不打招呼。念书花了一笔债,听说工作了不往家拿钱,还叫怀玉贷款给买房。"

"是哩,不是贷一两钱,是五十万,要怀玉命哩。养儿念书有啥用?一辈子使唤不上,只能说是名声在外。"

曹力大开始怀疑曹丕在城市里的工作,莫不是学了个贼?只有贼来钱快。他一点也不喜悦,思路厘不清,曹丕似乎真在市里当文书,真与假在心中缠绕着、闹腾着,之前在城市里见过曹丕没有都糊涂了,一些情景让他禁不住浮想联翩。他感到自己在田野里,刚锄完一块地,累了,便走到地边的一块小坡上,横放了锄头,坐在上面,他摸出纸烟要周围的人抽,他和大家说曹丕的机关,上一次去市里住的是机关宾馆,宾馆一色儿白,乡下把白当了孝,城市里叫洁白。这些想象让曹力大变得异常敏感而活跃。曹丕在机关当文书的各种场景纷至沓来,同时心里也产生了暖融融的感觉。在机关里当文书的曹丕,这个创意让曹力大感到绝望而又快意,突然有种如释重负的快乐,先前思来想去不得要领的事情全解决了。风声滑过耳际,他看着所有张着嘴说话的人,心里突然涌起了一个大胆的想法:我不比他们的日子差,我有一个初中没毕业就进机关当文书的儿子,没有一点关系就能进了机关,哈呀,就因为我儿曹丕起了个好名儿,是皇帝后裔,我儿曹丕才有今天的舞文弄墨。

曹力大决定过罢年去城市里的机关大院看看,今生也该知道想象中的曹丕生存的环境是个什么样子。因果错置,曹力大想着这些的时候总是冲着树上的鸟打口哨,鸟也不急,悠闲般地看着曹力大这条贱命在地上来回恍惚。

八

过罢年,出了正二月,定下了出行的日子,就等清明一过下种后动身。风吹过土地,金属般铿锵的声音自远而近。曹力大把锄头立在地当央,春风已经温热了,他点了根纸烟,看着身后跟种的曹丕妈。自从知道了曹丕的消息,人变得勤快了,见人托小腰,一步三摇,说话底气足,她多么自信,认为只有她才能养出不好好念书就能进机关当了文书的儿。女人,到底是省略了不可能的过程。

种罢地,曹力大换上了出门的西装,找出只有出门时才背的皮革包包,包包里装了曹丕妈一早烙下的葱花饼。曹丕妈本来还想叫带上曹丕留在家里的换洗衣裳,曹力大执意不带。曹丕妈看看天色还早,拿了碗冲了两个鸡蛋,破例加了几段葱花。曹力大端起喝了两口,觉得好喝,不由得说:"曹丕龟孙子放着家里的福不享。"曹丕妈暗自神伤,一时控制不好,嘤嘤地开始哭了。曹力大说:"我还没有和水和盐的缘分尽了,还活着,你这是送我上路哩!"曹丕妈不哭了,掉头在中堂前点了三炷香。曹力大看不惯她这迷信做派,蛋汤一口倒进嘴里,拔脚就出了门。因为太早,山野黑乎乎的,东方的天空有一些青白的光,光把山影的轮廓照得和几头卧狮似的,几只体格很大的蚂蚱跳过他的脚面。曹力大想,乡下真不好,完全没有城市里车辆的聒噪,就算曹丕在城里活不下去也不能叫他回乡了,回乡让自己没有面子,这回找见他得把丑话说到头。他隐隐约约能听到等班车进城的人的说话声。

"那是曹家营的吗?"一股隔夜的口臭飘过来。

曹力大看着来人咧开嘴笑。"哪的?进城?"

灰蒙蒙的脑瓜盖被照了一下，看见车灯从远处射过来。一个人吐了一口浓痰。"听说你儿在城里给干部当文书？"

"伺候人，摆不上桌面。"

"说淡话，那是出息。走了谁的后门？"

"前门都找不见还后门。自己找下的。"

"你娃真有出息。捣蛋的娃不能小看，凡是捣蛋的娃，长大了都有出息。"

大家开始讨好地笑，这时候班车就来了。车上塞满了人，车门打不开，将就开了，等车的人一起往上挤。曹力大拔长脖子往四下里望。"往后挪往后挪！"曹力大发现有几个人他熟悉。正要打招呼，一起上车的人里有人说话了："曹力大的儿在市里给干部当文书，再过几年人家怕是要小车来小车往了。"熟悉的人里有人朝着曹力大说："你有几个儿？不就是曹丕一个？"

曹力大说："一个儿还发愁得头疼，还几个儿。计划生育不给政策。就算给政策，养得起教育不起。"

"你儿啥时候给干部当文书了？我上个月还见过你家曹丕，要不就是你曹力大有两个儿。"

话里有话。曹力大不吱声了，脸有些通红地扭往一边，尽量叫别人的身体挡住自己。曹丕在城里做啥？想打听又不敢打听，有些无趣，刚才还咧着一张嘴，现在脸上再都不显示内容了。梦想回到了现实。

班车午后到了市里，车密封不好，灰蒙蒙的脑袋瓜们对进入城市的渴望一时间有了一些骚动，三轮车像一群猴子一样蜂拥而来。曹力大第一个下了车，三轮车集体喊道："大哥，来上我的车，你要去哪？"曹力大摆脱他们，躲在班车上人瞅不见的地方等早上说见过曹丕的人下车。他看见那个人下车后也没坐三轮车，想是奔公交车去了，他一路尾随过去。走出车站才发现城市里比乡下暖和，女人都光了腿。紧着走过去拍了那人的后背一下，那人回头看，是一脸殷勤样子的曹力大。

"做啥哩了嘛,你儿不是在机关做文书?"

曹力大脸像被谁抽了巴掌似的难受。

"那不是给自己的脸贴金嘛。你在啥地方见过曹丕?"

"上个月在市政府门前,我撞见他了,问他做啥,他顾不得回答,收拾一块条幅,被城管撵跑了。"

"那是做啥?"

"反正不像在机关里做文书的样子,倒像是告状上访的人。"

公交车过来了,那人跳上车,嘴里还交代啥事,曹力大脑子实得一句都没听进来。

他招手叫了一辆三轮跳上车:"去市政府。"

蹬三轮的是一个愣头儿青:"十块。"

曹力大跳下车说:"我拉你,你指路,五块。"

蹬三轮的笑了,没见过这样的主儿。曹力大夺过三轮叫对方上去,用劲踩了一下力,风一样往前走了。

市政府楼像一双外八字脚,楼前一条大道英雄街,英雄街上没英雄,路两边塑了几个当代劳模的铜像。两边的楼靠着天空伸展,街道上人声叽喳,车水马龙。大院里停着许多两头平轿车,像个大停车场似的。门前种了四棵假椰子树,曹力大对这种树陌生得很。市政府就在椰子树后,有几分威严。曹力大的身子僵硬在那里,他不能够进去,保卫过来了,示意他走开。曹力大还算是见过世面,急忙掏出一包来时准备好的烟,急急地撕封条,却又紧张得找不到封口,不经意开了封,又抠不出来,显然又是一个没有见过大世面的人。保卫挡回他的烟示意他走远,曹力大迎上去,人家粗鲁地再一次推开他,向他低吼一声:"你一个乡下人,来这地方做啥?走开!"

曹力大不知如何是好,脸上的笑还尴尬在脸上,心里就想着:曹丕啊曹丕,你要是好好念书,将来就进这里头,不蒸馍馍蒸(争)口气,把这个保安逮捕了。一辆黑色轿车开过来,保卫走到一边敬礼。曹力大还看到一些往门里走的人,脸上都讪讪的,骨头像松过一样,稀软着,不由得叫曹丕大忧怜。这地方引得他怪好奇,四棵椰子树上的果子说青不紫地挂着,太阳底下照着新鲜事,如今不念书的曹丕这辈子是进不了这地方了。一阵伤感袭来,能进这地方的都是额头高过常人的人,乡下人天生是低头走野路的货,没有几代人蚂蚁啃骨头的努力,在这地方连脚印都不会叫你留下。半截燃尽的香烟烧了他的手一下,腿脚在这地方变得不利索了,一时有些无趣,只好掉转身沿着英雄街漫无目的地走。他觉得自己像去冬一片干瘪的树叶,被风吹进了城市,由着风推攘着,找不到落脚的地方。走到天黑,曹丕大累了,想找个地方坐下来歇会儿,繁华的大街上却找不到一处可供他休息的地方,四处都显得很时髦,都在流动,急慌慌的,都是不想停顿下来的人。他一边走一边想,今夜再不敢住宾馆了,有些好见着就是了,那是要烧钱哩。城市里住是个问题,乡下哪里都能宿。他抬头时看到一个站牌,那站牌上的字简单,他熟悉,是去火车站。火车站不就是乡下的牲口棚嘛,对,就住火车站了。

曹丕大在火车站的小摊前买了五个烧饼、一瓶矿泉水。进了候车室,人声嘈杂,他看到大部分人站着说话,有座位的人半眯着眼睛,窝在座位上。既然找不下座位,只好找缝隙站着。突然又拥进来许多人,进来想再出去都难,身子被人固定了,左拥一下,右拥一下,浓烈的混杂着狐臭味的汗酸气铺天盖地就埋葬了曹丕大。他打听周边的人,知道夜里十点有一趟开往北京的过路车,火车过后会松下来,于是便耐心等着。近十点时,铃声开始响,人哗地一下全挤往进站口,曹丕大嘻着脸看马蜂一样挤在一起的人,瞅着空出来的位子挤过去。去往北京的人进站后,候车室还有好多人,这些人是这座城市里的过客,和曹丕大一样夜里宿在这里。

夜的气流悄无声息地蹚过来,曹丕大把皮革包包往怀里抄了抄,想起来还有葱花饼,拉开拉链拿出饼大口吃起来。一边吃一边想上一次进城,脸上像被谁抽了一巴掌似的很难受。抬了一下屁股调了一下身,脸朝着靠背。如果说曹丕的出走让他平静的日子里落进了一颗炮弹,那么他进城的结果就是炮弹炸了。他随口应答曹丕在城市机关当文书的话,叫他一辈子的梦想有了阴影。对曹丕的期盼如今是个谜,过去的、现在的在他的心中绞缠着、闹腾着,找不到头绪,看不清走向,这次来是否也像上次一样无功而返不得而知,想着想着,瞌睡就来了。

天快亮时有人捅醒了曹力大,醒来时看到候车室又挤满了人,顿时明白火车又要来了。行李混合着人体汗味的臭气,年幼的孩子哭闹着,这时候他想起了人一旦有了钱这日子和那日子是不能比较的,他又续接上了昨夜想的事情,很是为自己开脱,如果不是经历过,怎么能懂得这世道的行情?

天亮后他走出广场,没有建筑物遮挡的时候才发现天气出奇地好。站在广场中央发呆的时候,曹力大突然发现有一个人在远处引长脖子望他,而且他还发现那个望他的人有点眼熟,似乎某点愣头的样子和自己很相似,一刹那脑子没有转过弯来,决定找一个摊位吃口饭。他马上反应过来了为什么那个人和自己很相似,于是他向那个人奔去。噢,是曹丕。更远处一个汉子冲这边叫着:"曹力大,这里就不错。"

在这陌生地方居然还有人知道他曹力大,他没有胆量应答对方,明显感觉到对方是在叫另一个人。

曹力大喊:"曹丕,难道曹丕叫曹力大?你站住,我是你爸曹力大!"

曹丕躲了一下曹力大的眼睛,看着李明孩,李明孩觉得有意思,居然有人长得和自己的徒弟很相似,只是显得老一些。李明孩刚吃过油条,擦着嘴上的油正要叫曹力大,曹丕喊道:"师父,我见了我爸,你容我和他说几句话。"

李明孩问:"你爸?湿的,还是干的?"

湿是亲爸,干是继父,可明明长得一个模子嘛!曹丕想解释什么,根本就没办法解释,再撒谎是给自己寻事呢,头上一层虚汗突突往外冒。他走近李明孩:"师父,你不要为难我,放我一天假,这个世上我跟他是父子关系,我得认这一层关系。"李明孩说:"我瞅你是通过他传宗接代更新出来的曹家后人,不过有些矛盾,他不该叫曹力大。"曹丕瞟了一眼曹力大,回头肯定地和李明孩说:"他就是曹力大,我妈从来没有离过婚。"曹丕说罢,眼睛翻到高处。李明孩看到曹丕的眼睛似乎泛出了一些潮湿,有一疙瘩云飘过来在天空压得很低,好像是直压李明孩心头一样,他一把抱住曹丕说:"他叫你念书是对的,书上的文字是叫你做人哩,你跟了师父流浪,说到底只能是流浪江湖,江湖太大了,险山恶水,你跟了我一辈子没啥出息,他要领你走,你晚上就不要回家见我。恨你多一些,念叨起来会好受些。"

曹丕低下头用劲吸了一下鼻涕,脚跟前一个矿泉水瓶子,他用脚踢了一下,裤子因了个子往高长短了,露出一截子黑瘦如铁的脚腕儿。曹力大看得真切,他掏出烟想给抱住曹丕的人发烟,然而那一截脚腕儿刺激了他。他同时看到了曹丕龟裂的嘴唇上方,一缕鼻涕挂了很长,那个鼓起饱满的二头肌的人抹了一下曹丕的嘴,很轻巧地把那鼻涕抹在自己的裤腰上,这个动作弄得曹力大的思维杂乱不堪。他看到曹丕冲着自己走过来。

曹力大说:"谁借了你胆,拍屁股一走了事!看你过的叫啥日子,跟我回家,念书还来得及。"一大群汗味的人挤往车站,他们脚步凌乱地叩击着城市的早晨,从他们父子身边走过时推搡着他们,回头去看,李明孩已不知去了哪里。广场四下一些卖早点的摊位飘过来一股恶心的油腻味,油条、豆浆、小米粥饭、胡辣汤、鸡蛋方便面、麻酱灌饼,一片片腐烂的菜叶子被丢弃在彩色瓷砖的地上。

曹丕说:"我不回去念书,念不进去。"

曹力大想吼,却发现城市里的噪音压住了他的暴躁,他怕曹丕从这地方再一次消失。他唯一的儿,在这个世上不能因他的暴躁断了牵挂。

手心里淌出了冰凉的汗,他尽量压制住自己的急促,笑了一下:"你妈想你,心脏病犯了。"

曹丕一怔后也笑了一下,走出的这两年里有些东西曾扯断了他对家的怀想。一个年轻的裸背的女人从他们父子身边走过,她皮肤白嫩,身材婀娜,她的颈肩部文了一只蝴蝶,像一阵风再一次湿滑了曹丕的眼睛。曹丕看着那个女人的背影在人群中不见了,才想起妈的心脏病犯了。"我妈严重不?"曹力大又笑了一下,两排黑黄的牙上挂着昨晚葱花饼里的韭菜:"严重得还没有要命。"曹丕别转脸:"找个饭店吃饭去。"

曹力大跟了曹丕走,曹丕突然焦躁了,他的口袋里没有一分钱,刚才的早点是李明孩掏钱,一早出门是要赚足一天的钱才要回去。口袋里不装一分钱,这也是李明孩定下的规矩,这样可加大度日糊口的力度。曹丕知道自己不能说没有装钱,曹力大会小瞧他,小瞧他在城市里不安逸。同样也不能花曹力大的钱,那样曹力大会更瞧不起他。曹丕庆幸简易的家当还在身上背着。

曹丕看见什么笑了,原来是一个矮个黑瘦的乡下人,他坐在地当央,脸前的地上铺着一块烂布,放着一堆小玩意儿,有几枚石印,几个似乎想买的人蹲在那里挑拣着看。只见黑瘦的摆摊人从怀窝里掏出一个布包,蓝色的布上污着点点斑斑的墨迹,揭开最里一层油纸,里面是两个通体浑黑的把玩件,阳光在这墨黑样的宝贝上亮亮地流动。曹丕放开声音说:"啊,这不是玉,这是煤精石,在煤的深处,有上亿年才能形成,我听我大学里的老师讲过,这么大的个儿少见,得上万块。爸,有钱就买了它,能卖大价钱呢。"周围的人就看曹丕。曹丕蹲下拿起有点爱不释手,与他的穿着打扮,与他的年龄什么都不符。这惊乍的喊叫让咫尺之外的曹力大恍惚了,曹丕啥时候上过大学?有几个人开始问价钱,曹丕手里握着玩件不舍得丢开,围着的人开始多了,四下里悬着的心就开始活动了。黑瘦的人开始讲故事,那故事讲得颇叫人掉泪,一个人开始掏钱买走一块,另一个人也开始掏钱买走另一块。曹丕眼巴巴地盯着买走的主儿,没有四下张望,很惋惜地抬起头看曹力大:"走吧,叫人买走了,怪可惜。"曹力大不明就里地跟了曹丕走,走出人群,思忖着曹丕上大学的事,满头雾水。父子关系变得好像陌生了,相生相连的经脉哪里要断了,这是咋的了?日头照着身上,心里漫过一阵阵燥热,身上头上汗津津的,感觉自己失去了重量。

曹丕领着曹力大经过高楼林立、色彩纷呈的街市时,有几次他看到曹力大想说话,曹丕先说了:"这是最繁华的南街。爸你看看,在城里,只有你想不到的,没有你见不到的。"曹力大还是想说话。"曹丕,你到底在城市里做啥?""反正在城市饿不死。"曹力大这下有点憋不住了:"你以为是乡下?你娘能生你,城市里可不会生钱。饿不死?人一辈子就为了饿不死就算是理想了!"

这哪里是当爹说下的话?对人一点都不信任。曹丕想,反正我口袋里没钱,说这句话得为他自己的肚子负责任。曹丕心安理得地领着曹力大转城市,转到他脑子空了,无力说风凉话,我好再表演一下赚钱的手段,让他知道生活不仅仅是读书和种地。转啊转啊的,曹丕就这样领着曹力大不停走不停介绍,走过电影院,走过超市,走过学校,走上天桥又走下来,遇见一个裸着两条长腿的女人,曹丕盯着人家看,出现有一丝微妙的闪念,一种复杂的感觉。这被曹力大睨着的眼捕捉到了,曹力大想,王八羔子快和我一样了。

曹力大被城市的街景搞得晕头转向,一个上午展现在他眼前的都是人,形形色色的人,路上填满了车辆,大小车辆,都争相拥挤,肠胃咕咕咕咕叫着,热面条般挂满街道的车流人流让曹力大觉得太乱了,乱得和糨糊一样稠。曹丕连水都不买一瓶,曹力大的火气跟着冲上了脑袋,眼睛红,嘴唇干,步伐快,像拧着什么似的,终于忍不住了:"曹丕,你爸我是饿得前心贴后脊梁了!"

曹丕的前方就是这座城市里最繁华的广场。原来地面上遮挡着围栏,现在拆除了,对天气的热有感应的人们坐在围栏拆除后剩下的水泥墩子上,这正是曹丕想要的效果。曹丕说:"爸,我是想叫你看看城市。为啥人都想进城,因为城市叽叽喳喳热闹。你现在坐下歇着,一会儿工夫我请你吃过油肉。"

曹力大紧走两步上前抓住曹丕的胳膊:"你跟我回家念书去,不吃你饭了,瞅你现在的样子,你本来是社会主义的苗,现在你和草一样长荒了知道不知道?"

曹丕说:"你不是想知道我怎么赚钱吗?我这就赚给你看!社会主义的草和苗都是为了将来能赚钱!"

只见曹丕拣了一处开阔的地方,从提包里拿出一块白布铺在地上。白布上写着:"家传秘方,专治溃疡,三服见效,五服除根。"还画着人体阴阳八卦之类的图画。曹丕从包包里掏出一把小铜锣咣咣一敲,不一会儿就招来一堆闲人围观。曹丕把上衣脱掉,露出正在发育的强健的肌肉,一边敲锣一边开始表演:"老少爷儿们,大哥大姐们,俺家十代行医,专治疑难杂症,俺祖爷爷是清朝乾隆宫里的御医,乾隆当年下江南时的专职陪同。今天带来的是专治胃溃疡的神药,有钱的留点钱捧场,没钱的免费赠送,五块钱十包,十块钱二十包,二十块钱五十包。人到世上谁不愿肠胃像这街道一样宽展,肠胃不好,五脏容易出毛病,身体出了毛病,一辈子该享福的事全都像米汤一样的稀饭了……"

一帮闲人,插着裤口袋,叼着纸烟,三三两两或蹲或站,一袋袋纸包包忽悠着那些清醒着的,混乱着的,也难受着的人不由得掏出纸币来买。也有帮腔的:"这药管事哩,烧心吃了不烧心。在别的地儿我见卖过。"看似钱不多,不用考虑消费支出,也就是十块二十块,现在的人吃得好,容易肠胃不好,见了肠胃药虽然有些犹豫药效,毕竟也想抱着试试的态度大都还是掏钱买了。

前后一个多小时,收摊检点。曹丕走过来举着一沓钱嘿嘿一笑说:"咋样?爸,一百块到手,顶你秋天二百斤玉茭。"

曹力大一时没有翻转过来,刚才只顾张嘴看,看得也投入,也没想那是自己的儿,看着收摊后的曹丕,他醒过来了:"真是药?"曹丕拉着曹力大走,边走边说:"是碱面,少吃一点健胃。"

曹力大彻底清醒了,曹丕赚钱的快乐抵消不了他的难过,儿的嘴里完全不会说真话了,他老曹家的祖宗就算是个农民也不能是个卖假药的!

九

天气晴朗,城市里的嘈杂声继续泛滥。曹力大不知自己是怎么就着酒吃下过油肉的,和曹丕分手后曹丕怎么消失的。他看见两个城管撵着摆摊的小贩跑,精疲力竭,自己也跟着跑,跑了一阵子还是在喧嚣的城市里。这城市跟他隔着一层东西,有透心彻骨的不解,有摘心去肝的痛。城市里究竟有一种什么东西叫人上瘾?为啥,他养大的儿,来世上要来熬他的性子?总归要熬走他的命啊!回去怎么和乡里人说自己的儿在城市里卖假药?说不出口哇!曹家营哪家的儿子咱敢和人家比,不怕不知道就怕一比较,说不出口,与自己的设想太有差距了。坐在城市的花坛边回想,午饭后,他是努力压住火把自己的话说出来的,他说:"你要还在这个城市卖假药,就当我这一辈子没生儿,你是抱的人家的种,我曹力大天生没生儿的功能!"曹丕红着脸说:"放心,曹力大,车到山前必有路,有路就有我走的路!"曹丕就这样甩手走了,他的儿,居然敢喊他的名字,他已经不是曹丕的对手了。城市里教一个人学坏教得够彻底,比他妈的网络还厉害。曹力大又站起来走,走得跟跄,难过,恶心。

依旧想不通,念书的年华怎么就不念书呢?你不念书让我一辈子脱离不开苦海啊,怎么就不能做个人上头的人呢?都是不念书的结果啊!曹力大想哭,想到世界上最负责任的父亲是什么样子,咱也好去找找人家讨些说法。城市把人搞得净说假话,是城里的结果呢,还是养育的结果？想得心口难受时曹丕大干呕一声,急忙找着一块草坪蹲下去吐,中午的过油肉吐尽了,长出一口气,又长出一口气,他是一点奈何都没有了。回家,只能回家。

曹丕回到租住屋子里,他看到李明孩一个人独坐着,屋子里一股呛人的烟味。李明孩看了一眼曹丕,一种锥心的疼,他想站起来,是什么让他麻木而迟钝了,他试了几次站不起来。这是一件密不透风的地下室,汗味、臭袜子味、烟味、食物的味道,混杂在一起。简易的两张床上堆着脏黑的被子,地上扔着几双变形的皮鞋,一些易拉罐饮料立在墙角,几只坏粮食生出的蛾子飞上飞下,窗外的车从头顶上隆隆开过。这就是城市里下等人的生活场所。那混杂的味道无节制地散发出奇怪的情绪。曹丕扑通一下跪在了李明孩跟前,脸憋得通红,双手交叉放在胸前"哇"的一声哭了。李明孩也哭了。两个人不动就这么哭,哭得呼天抢地,哭得左上方的一扇小窗的玻璃呼掀呼掀响。他们的哭惊动不了任何人。

李明孩突然说:"不哭了。哭不来钱!"

曹丕一下激动无比。曹丕说:"钱钱钱,就知道赚钱!从此我不卖假药了,我想学个手艺。我管不住自己,在车站见着黑皮了,我做了他的托,我说我上大学,我看到曹力大看不起我的眼神。我在广场卖药,我吆喝,他起初傻张着嘴看,我以为他欣赏我,他还是瞧不起我和我的这张嘴,可是我为什么要做那样的事让他讨厌我呢？他有一天要死,在这个世上我得活着,我一想到我得活着,我没有理由不叫我的嘴说话,是你教我的,师父,为什么那么多的人说假话都当真话呢？"

曹丕站起来合手拍死了一只飞翔的蛾子,蛾子倏地落在了地上。

李明孩看着曹丕说:"人这一辈子有多少真话说？你回家念书吧。"

曹丕不能再回去念书了,他不喜欢被太阳烤得板结的地,不喜欢老师在课堂上那种拿腔作调讲课的样子,不喜欢下雨天村庄散发出来的猪粪味,不喜欢狗伸出舌头的丑样,不喜欢妈把头浸在河里用猪油做下的香胰子洗头的腻,不喜欢曹力大见了老师那低三下四的样子,不喜欢日头醉唧唧照着劳动人的影子,他不喜欢农村的物事太多了。念书大势已去,我怎么才能给老曹家扬名呢?曹丕背对着李明孩想这些事情,脸对着墙,墙让他不快乐,他伸出拳头捣上去,一下两下三下,人活着咋这么累?他瘫倒在了墙角下。

李明孩第一次看到曹丕这样发火:"明天去找手艺,你想学啥都行,我卖假药供你。我横竖就这样了,你学,学做一个人上人不说假话。"停顿了一下又说,"可啥叫人上人呢?咱没有背景,和人家有背景的人是天上地下的差别啊!"

曹丕紧紧盯着左上方那一小方窗户,两只深陷的眼窝搁着两粒儿晶莹的泪珠,用劲挤一下,泪像虫子一样在脸上拱,选择道路。从现在开始曹丕也要选择道路了,哭有什么用呢?对这个世界撒谎的开始,就已经误入歧途。

李明孩用酒精炉煮挂面,像往常一样,外出的人都回来了,看着大家嘻嘻哈哈地议论一天发生的事情,曹丕始终不说话。

黑皮说:"你的话为啥突然少了?今天你帮了我大忙,我得给你提成。"

曹丕突然地一阵恐慌,盯着所有的人喊:"都滚出去,我讨厌你们假模假样装腔作势的样子!"

大家莫名其妙地看着曹丕,李明孩要他们各自回到自己的地下室住处。大家退出去后,曹丕倒头蒙上了被子。

这一夜曹丕和李明孩都没睡,一会儿兴奋,一会儿难过。曹丕突然觉得自己长大了,身上有股天不怕地不怕的狠劲儿。"一辈子要苦出个名堂来,要紧的是得有狠劲,我和曹力大一样有一身力气,我不能过叫花子日子,耍官家脾气,我拿力气在城市里找手艺,我不相信我活不出个人样来。"

李明孩翻了个身说:"曹力大,啊不,曹丕,我独柴难烧,独人难活,老天可怜我呢,把你给了我,我这辈子,凡是叫花子的事都由我来做。"

这一夜不是父子的父子俩聊得很晚,设想了很多,也畅想了很多,独没有想到后来曹丕从事的生意。

三年后的一个春天,铺天盖地的黄风起了,把天地刮得浑浑噩噩,蒙蒙浊浊,天日不见,乡干部冒着黄风来到曹家营。乡长王刚进了曹力大的屋子嘘寒问暖了一阵子,这无来由的问候让曹力大吃不消也吃不准。曹力大佝偻着脊背忙着递烟紧着叫曹丕妈倒水。王刚乡长用手拍打着头发上的黄沙土,看着黑乎乎的屋子,叫通讯员从车上拿下两袋子丝棉被送进来。这件事的直接后果是让曹力大的腿软了,惊讶得汗珠子都要从头发里往外滚。

曹力大说:"王乡长,这是咋的了,咋好好地送这?这曹家营的都送呢还是就我一家?"

王刚乡长说:"你们曹丕给乡里做大贡献了,县里的'三干会'他主动给会上演出,那是风光啊,把县委书记县长看得哈哈大笑,不时地竖起大拇指,说咱乡里外出的人不忘家乡父老,这就是干群关系搞得好嘛。我来,一是慰问曹丕的父母,二是要二位转告回乡的曹丕,我来看过你们,来替曹丕关心你们二位的生活。"

曹力大蒙了一下,曹丕?三年没见过的儿,在曹家营他因了这个儿头都仰不直。曹丕妈上前拉住王刚乡长的手:"乡长啊,你快快地说,我家曹丕他,他到底做啥职业,我们老曹家连村支书都不照面,你来是因为啥?"

王刚乡长疑惑了:"你们连你们的儿曹丕做啥职业都不知道?不可能吧?你们的儿曹丕那是有出息啊,带团,杂技团的团长。"

从王刚乡主任嘴里抠出来的话叫曹力大吃惊不小,杂技他们还是知道的,那不是杂耍,是功夫,三年里一个人就算是有神助怕也不能练出杂技功夫,何况还当团长?

这时候付主任也来了,村百姓也都围进院子里。王刚乡长就和曹家营的留守村民说:"三月十五的乡里庙会,曹丕的团来,大家都去看啊,你们曹家营出人才了,不远的将来曹力大就要进城了,怎么会住这样的房子呢?"

曹家营的人好奇了,大多不以为然,笑笑,笑成怜悯,曹力大看得出来。

曹力大心中忐忑不安,和尚打坐似的用手捶自己的头。曹家营的人就笑话曹力大欺瞒得这么好。乡长站起来看房子,曹力大也紧着站起来,这其实是乡长要走的信号。村主任和村干部就送乡长出门,乡长一边走一边打着官腔说:"今年是个好年景,一场黄风怕是要引来一场雨了。雨来了好哇,咱老百姓的口粮地要丰收了!"村干部哈哈地打着哈哈,这同夏天的百花在冬天凋零一个道理,觉得并不全是真心话,有水分在里面。

曹力大紧着横晃到乡长的车跟前,眼睛亮亮的,龇着一口黄牙,说:"都是托了乡长的福,你是好领导、好公仆。"

有一个半大孩子"喊"地叫了一声:"神经。"

曹力大冲着那孩子小声说:"你这号人,将来有你哭的时候!"一副过来人的有经验样子,不忘看着乡长颠呵颠呵地笑,乡长和大伙握了手,上车车窗没见摇下来,这让曹家营的人有些失落。曹力大抬着手跟了村主任晃着手和轿车的尾气再见,车走得不见影,他还难为情地望着那一股尘土笑。曹家营的人开始另眼看曹力大,他自己也觉得,群众的眼神有多么重要,人在世上活着,恐怕就是来看旁人的眼神来了,由远及近的眼神晃着亮,和以往真是两样光景。曹力大想宣布点什么,可他真是什么也不知道,不能犯三年前的错误了。人的节气就这样准时,曹丕当团长了?他曹家的儿,他不敢把时光抛向记忆深处。不过现在,他认为不是梦,乡长是多么势利的一个人,能放下架子来曹家营,那不是说说算了的事,是有来由的。曹力大突然就觉得自己高人一等了,那个高让他听到了风在半空伸腰展腿的吵闹声。他大步地越过村主任,敢超过村主任,就是明确地告诉曹家营的人们,曹力大从现在开始也要打喷嚏了,他儿不再是曹家营的一个冷笑话!

曹力大回到屋子里,屋子一下空了,比平常显得更空。晚上坐在屋檐下,霄汉吊挂着那月亮不大也不圆,但贼亮,像挂在头顶的矿灯。春风就是春风,已经不像冬日里那样寒冷,夜色下可以把手从袖筒里伸出来,贴地的蔓草也苏醒了,有一两只小虫子落在曹力大的鼻尖上,他不动,眼睛睨着鼻尖,虫子散发出一股腥灰气息,不停地端详,鼻尖痒痒的。伸长一条腿又伸长另一条腿,那小家伙痒得他皮肉疏松。曹丕妈看着他的样子,说:"你神经啥呢?"他吭哧着手指着鼻尖,曹丕妈过来扇了一下,那虫子被风掀走了。

真是舒坦啊,清明就要来了,庄稼该下种了。曹力大说:"你说咱的日子因了我的儿要改观了吗?"

曹丕妈就凶恶地说:"叫你三年不去见娃,娃长骨气了。插一根柳当年还发芽,三年我儿曹丕是咋度过来的?不要瞧曹丕长得随你,可性子随我,有钢骨气!"曹力大听罢,一个挺子站起身,倒剪着双手,仰起头在院子里的月影下徘徊,想城市的路灯亮起后街道上走过的人群,大小车辆连成一片的流动,那就叫城市。应该也叫曹丕妈进城市里开开眼,不要光想城市是纸扎的布景,也该领略一下城市的热闹。天空的云团一下聚住了,慢慢地,月光扒着云缝射出来,曹力大仰着脸喊:"曹丕他妈,曹家要翻身了!"

三月十五,乡里开庙会,街道上做生意的人都在搭棚子,曹丕的杂技团来了。一辆敞篷车,车身子喷绘得花花绿绿,曹丕的这次回乡与春天有直接关系,时节是大规律,清明还没有过,土地闲着,朴素的生活让厚道的乡下人迟缓在对曹丕的期待中。因了不是唱戏,杂技让年轻人也充满了好奇。亲戚朋友,街坊邻居相互转告着要去看看曹丕耍的杂技。曹力大一再给他们强调,是曹丕的团,不是曹丕耍的杂技。乡里的舞台,原先演戏要挂大幕二幕,演杂技简单要的是个敞亮,就一道大幕。戏台两边飘着两个大红气球,像井口那么大,用比大拇指还粗的绳系着,气球下挂着大幅标语,一条写着:游子归来为家乡父母无偿演出,另一条写着:爹娘养育情是儿女的都懂孝敬。

曹力大一直亢奋着,曹丕的成才,由此而形成的变化让他受之不尽,心在春天里回忆春天,曹丕真是叫他脸上有光了。舞台上的曹丕在人群中发现了他的爸妈,曹丕想哭,李明孩在一旁拽了他一下,自己跑下台去招呼曹力大。曹丕看到李明孩安顿父母坐下后正眉飞色舞讲啥哩。

讲啥哩?李明孩讲曹丕创业的故事哩。李明孩说:"这几年,曹丕拜了一位师父,学了一身硬气功,招了几个徒弟,拉起一个杂技团。"曹力大一脸狐疑。李明孩就从腋下夹着的包包里取出一枚公章要曹力大看。曹力大要曹丕妈看。这绝对是中国历史上独一无二的公章,因为通常情况下公章的中央都是一颗五角星,而曹丕杂技团公章的中间却刻着曹丕二字,是公私章兼用。曹丕妈说:"这公章不规范。"李明孩说:"不这样,演出完毕没法取钱。这是拿曹丕的名字备案哩。"演出开始了,大家静静地看杂技表演,轮到曹丕时,曹丕的节目更是让人惊心动魄:一块石碑压在肚子上,上面站十个人,又摞十个人,起身后一把大砍刀使劲朝肚子上砍,明晃晃的钢刀,曹丕妈吓得猫腰低下头双手捏着曹力大的大腿不动。那一晚,曹丕铆足了劲,要在家乡父老面前露一手。本事,这就是曹丕的本事。

曹力大看演出看得是热血沸腾,他的儿面对那个压在身上的石头,一发力,来了个牯牛犁地把石头翻了个身举起。后生可畏,台子下的人喊着,那是曹力大的儿,那不愧是曹力大的儿!盘古开天第一遭,就听那"曹丕大的儿"曹力大都产生了一种自豪感。曹丕妈一晚上手脚拘谨得捏着一把汗,直到曹丕把自己的节目表演完,曹丕站在台上讲了谢幕词,乡长送了花篮,走散的人走得没有影踪了,曹丕妈手心里的汗还留着。

十

多少年后,只有李明孩知道这是他策划的一场戏。曹丕和杂技团签下了合约,曹丕的两场演出和曹丕的团长职务是要曹丕三年不挣一分钱工资来还,一切都是为了人在人世间的一双眼睛,改变曹丕,塑造曹丕,李明孩得帮助曹丕提着头发往高拔,但仍然说不上曹丕将来的成败。

望穿秋水

一

　　1961年夏,李坊村的闫二变十六岁了,要在旧社会她都该嫁人了。眼下的闫二变还没有婆家,娘极力主张找,再不找晚了。闫二变靠在门框上舒展了一下眉,这个月光浸透小院的夜晚,爹在院中央收拾农具,闫二变展眉之下把娘的话当了耳边风。

　　娘在院子的屋檐暗处叫二变离开屋门,脑门上长了一个马蜂窝,很小,像一只耳朵,倒悬的蜂窝上三五只马蜂拱出了几个葱管一样的蜂房,娘怕马蜂叮了二变。

　　爹抬了一下头,嘴里叼着旱烟,黑黝黝中明灭了一下,他看到二变嗔了娘一下,抿着嘴笑。爹的手像树皮一样粗糙,微弱的光亮推动了二变的心思,有爹闫五则在,明天一定是几丈阳光的好天气。

　　二变爹闫五则主意很正,就这么一个妮子,闫家人丁不旺,日子使不上劲,李坊村人背后指指点点笑话闫家哩。眼下妇女是半边天了,世道要变了,有一股强大的底层妇女主事的气流在游动,对于自己的妮子,他看到了未来。闫五则想,要想在世上扳回闫家的脸面,就得从妇女能顶半边天上起事,泥窝窝里也能混出金凤凰。农村人往哪儿混?单听村名就知道,那是李姓人横行的地方。事实上也就是李姓人横行的村庄。村干部都是李姓人,闫姓人的祖先是逃荒过来的,几代过后在李坊村也才混了个"知道有这么一户",闫二变想混出头脸怕是难了。尤其一个女娃家。

　　秋天说话间就到了,天高气爽,队里忙着收粮食赚工分,一个"忙"

字把闲余的时间都打发没了。收完秋,地上是一片衰败,风在裸露的土地上横割竖割,妇女们在地头捡拾秸秆中遗落的秋粮,有人就想给二变找婆家。

一听找婆家,闫二变突然觉得衣裳变得又轻又薄,风像水一样轻易就浸过来直抵了她的五脏六腑,闫二变对"找婆家"开始陡生畏惧。

风带给二变最初的激灵过去后,她看到丰收顽固持久地挂在李坊村人的脸上,那是李姓人家才有的自信。妇女不甘心,说要找的婆家是李坊村会计家的晚生儿李要发。这无疑是烂泥里插了一个炮仗,一声响后,烂泥就开了一朵坑花。闫二变不由得慌了一下,心里揣着个兔子似的,有一股野性的力量在蹿,风突然改变了方向,放眼望去的田野上不再是灰秃秃,是暖和的风,脚下的步子也迈得格外轻巧。

泥土的香味催开了少女的思想,闫二变从心里确实看中了会计家的晚生儿子李要发。念想来时,一天不见到李要发,二变心就痒,有事没事游荡在李会计家门前。人家晚生儿对她没多大意思,这件事闫二变没看出来,也没想到是村里李姓人家小瞧他闫姓,闲余拿二变开玩笑。但是,二变爹琢磨出来了。

爹看见丢魂落魄回家的闫二变说:"你是不是耐不住娘家的日子了?"一时话里的意思没明说,二变抬了头看爹,爹也看闫二变:一双剑眉,两只眼睛又大又亮,圆圆的鼻准,厚厚的嘴唇,鼻两夹有十来粒雀斑,就是皮肤黑了点,一个健康的好闺女。闫二变明白什么似的念叨了一句:"爹泼烦人呢。"讲这句话时闫二变显得明眸皓齿的。爹笑了,一个自尊自强的闫姓人家的好闺女。爹在闫二变身后喊道:"李姓娃见了姓闫的五则同志连个叔都不喊。"听话听声,锣鼓听音,二变听出爹的话里有内容。

相思的秋天就这样过去了。

二

这一年的年关,二变想把自己家的两间土房用书纸贴一下,土墙年久失修,墙皮往炕上脱落,反正二变不读书了,要书没用。二变妈糊了糨糊,二变一张一张拆开书往墙上贴。书不够贴墙,二变就去找会计儿子李要发要旧账本,会计家的旧账本多得都用来擦屁股。这是有一天二变等李要发时眼看要撞见他妈了,躲进茅厕闪闪惊慌时发现的。

第一次进会计家,闫二变发现人家的墙上贴的都是奖状,都是报纸。由于报纸都比较大,内心还真觉得会计家比自己要高出一等半等似的。闫二变得心惶惶的。李要发问二变要旧账本做啥用,二变说:"贴墙,书纸不够。"

李要发惊讶地说:"你把书都贴了墙?"

闫二变说:"反正不计划念书了。"

李要发说:"你不念书,心里就装不下一本变天账。"

二变说:"啥叫变天账?"

李要发说:"在你假积极爹的肚子里装着。"

二变很没趣很想再听李要发说点啥,哪知人家闪下她抬脚走了。满屋报纸如梦如烟,闫二变很好奇,想看看那报纸上都写了啥,只见李要发妈脱下自己的鞋扔向门外的鸡:"谁家的鸡隔过院墙就敢来偷食?穷命鬼!"

闫二变走在李坊村街道上,冬日暖阳照着阴坡的黄草,穷人家的后代在茅封草长的山道上能走多远?闫二变想哭,看到自己家颓墙败壁的窑洞,爹站在门口,她觉得李坊村的街道真短。

闫五则说:"他走他的阳关道,咱走咱的独木桥。"

二变闭上了双眼,让黑色幕布覆盖了自己的世界。

进入年关,闫五则从生产队领回来一项任务:快过春节了,过春节人们自然要改善生活,吃得好,产生的粪蛋子自然就质量高,在这个时候去积肥不啻一个大丰收。会上队长问哪个愿意大过年出门进城为生产队积肥,凡是舍下年外出积肥的都给高工分,往返的路费和吃住都给报销。闫五则毫不犹疑领了这项任务。

开完会回到家里,闫二变问:"开的什么会呀,爹?"

闫五则说:"积肥会。"

女儿:"啊?积肥还要开会?"

闫五则说:"不开会不能统一思想。"

二变说:"啥叫统一思想?"

闫五则说:"就是把思想顺成一个方向。"

闫五则进一步补充说:"一颗粪蛋一颗粮,没有粪蛋粮不长。城市里人吃得好,产粪多,爹明天就趁这个正月天去城里给生产队农田积肥。"

没有等爹说完闫二变就抢了说:"爹,你要领我一块儿去,去看一看大地方是不是?"

闫五则想了想,大过年的,走外的人都是寒酸人,叫妮子去不去呢?她如不想在家过年,一定是把简单的道理弄明白了,知道人家李姓会计的晚生儿不想跟她谈恋爱。

闫五则说:"出了门啊,可是要受罪啊,寒冬腊月受罪不暖和不说,还要受城里人白眼。"

闫二变猛地坐起来说:"白眼见多了长志气呢!"

这句话闷雷似的击中了闫五则,他其实就是想带着妮子出门,凡事都有起步,没有苦中苦哪有人上人?窗户外的雪开始下了,应了老话,干冬湿年。雪中隐藏着说不出的恓惶,那种恓惶好像在世间某个角落一直潜伏着。闫五则望着无边无际的雪花,恨不得整个村庄都白了。雪都是从天空下来的,可是为什么一样爹娘生养的人,命不一样呢?

三

腊月二十六,闫二变和闫五则冒着风雪拉了粪桶进了太原城。父女俩先是找了城郊一个农村住下,讲明白自己是乡下人,来给队上积肥,积下粪满院子有臭味,可这都是为了集体。腊月天积肥舍下年不过,叫城里人高看一眼。房东是一位老太太,听父女俩大腊月天来给生产队积肥,受了感动似的叫他们父女俩住下了。

过年了,二变没有新衣裳。

闫五则怕妮子难过,开玩笑说:"搁不到年这头,能来城市过个年依赖好社会,李坊村李家人就算是穿了新衣裳脚踩着的也是乡下土地,咱是为了集体,天大地大集体大,妮子,心里可明白这个道理?"闫二变知道爹是怕自己心里不好受,安慰爹说:"李家人没有闫家人境界高,闫家妇女自小就有志在四方的志气。"

正月天淘粪,一些城市人就张了血口骂:"种地人进城淘粪,也不看个时辰,搞得一正月天都是屎屁屁,死气。"

闫二变不仅没有看到大城市的好处还受了一肚子委屈,白眼经不住天天儿受,夜里躺在被窝里偷着哭。闫五则知道女儿哭了,就把手放在女儿的被子上说:"妮妮家有啥可哭?又不是不知道出门是来受气的,受气也是给公家受气呢,咱身后有生产队这个大靠山,你怕他们啥了?!"

闫二变说:"城里人吃粮食,就不知道粮食是粪养的!"

闫五则说:"闺女可算是说好了,城里人不懂事理,我妮懂!你可是小学毕业的青年啊!不闻大粪臭,哪得粮食香?"

闫二变把头伸出被窝,表示了要听爹的话,知道了香从臭中来的道理,心里想那些城里人都是一些香臭不分的家伙,不值得为他们生气。

寒风刺骨的季节,天不明闫二变就起床做饭了,吃完饭拉上粪桶去淘茅粪,闫五则淘男茅房,她淘女茅房,淘完后一车一车运到住地,搅匀摊好,晒干后再垛起来。

时间长了,城市里方圆的人都知道附近有父女俩来城市积肥,上学的大孩子里有人觉得闫二变是有伟大理想的人,有的就把家里的小人书送给闫二变看,有《小英雄雨来》《鸡毛信》《海鸥崖》等。尤其是后来一个戴眼镜的瘦高个子男同学送给她一本《山乡巨变》,让闫二变大开眼界，更坚定了自己为李坊村生产队积肥的信心。闫二变朝瞅暮瞧，总怕自己一身的粪气污染了小人书，要洗几遍手才要翻着看，并不时回忆给她书时的当下情景，闫二变说："我怕看坏了你的书。"男学生说："看坏了我买新书送你。"闫二变就哭了。男学生很慎重地把小人书放到闫二变手上。

男孩子说："别哭，世界上的事，劳动最光荣！"

从那以后，闫二变就不去焦苦焦苦想李要发了，只拿李要发和城里的人比较。生活的不尽如人意都要坦然面对，生活是无尽的劳动，因为劳动被城里的男孩表扬。劳动光荣，想起李要发家墙上贴下的奖状，那上面就写着"劳动光荣"。闫二变一定要得一张奖状也贴到自家的土墙上，为了将来的那一天，酸甜苦辣算什么！

夜里父女俩看着渐渐堆积起来的肥，心里有说不出的高兴。一些流浪在城市里的人也凑到院子里来和他们父女聊天。有三五成伴，有萍水相逢，但同是天涯谋生人，有着类似的不同甘苦，因而就有无限的共同话语，话语中少有酸楚和哀伤，多有黄连树下唱戏——苦中有乐。人一旦亲近了劳动，臭也闻见是香，瞅着瞅着，恍惚看见了金灿灿的粮食排山倒海而来。

四

冬季刚刚过去了，春天还没有来临。人们都还穿着防寒的肥厚的衣裳，树的枝条开始返青，冬天蕴含在土壤中的养分，通过躯干射向枝条，向天空输送了精神。

返青的树的躯干让闫二变心情好了许多。那是一个向晚的黄昏，瘦高个男生骑了一辆自行车来到闫二变租住的院子里，他围了一条围巾，那围巾是一前一后耷拉着，像电影里的五四青年似的，让闫二变看到了激动的画面，不由得和村庄里的会计儿李要发又悄悄比较起来。人和人是不能比的，其实还没有来得及比，她就发现了自行车后座上还驮着一位女学生,女学生脖子上围了红围脖,两条油黑的大辫子在胸前挂着,一双眼睛不大却水汪汪的,闫二变在她面前显得很不自在。

闫二变进屋子里洗了手换了衣裳出来时,看到那女学生两只手不时地在鼻子前扇。瘦高个的男同学显然是想和对方沟通,想让她知道社会上还有闫二变这样的妮子,不能仰仗了自己的小姐脾气不懂得尊重人。看看有理想的人是什么样子吧！男学生指着闫二变。女学生瞪了眼睛看闫二变,一步一步地往后退。瘦高个男学生突然拽了女学生的手要她走近闫二变,女学生撅着屁股不走,男学生到底还是把她拽到了闫二变身边。女学生干脆用另一只手捂严实了嘴和鼻子,闫二变不知道自己怎么了,好久都没有照过镜子了,想说话说不出来,底气不壮的样子。自己身后可站着李坊村的全体农民呢,怎么就底气不壮了呢？木木地站着有一会儿,女学生憋不住了松开手"哇"的一声开始呕吐,瘦高个男学生丢开她的手时,女学生跑了。

瘦高个并没有去追对方,拉住闫二变的手说："你才是我们祖国未来的希望。"讲完后从书包里掏出一本小人书《山乡巨变》放到闫二变手里扭身走了。

闫二变的手第一次叫男人拉,拉得紧,心无端泛出了春潮。地上的粪也没顾得上搅拌,站着,一直到爹淘粪回来。闫二变破天荒没有做晚饭,捧着小人书在灯下看。爹说："你迷啥呢?"她说："看小人书呢。"闫五则看到小人书是看过的,就说："老看有啥意思?"闫二变得很严肃地告诉爹："未来的李坊村像图画一样美！"

她想大声笑,心里默默地笑不出来,她想大声喊叫,声音却像从嗓子眼挤出似的,她的脑海里一片光亮,她似乎看见了满窑洞的土墙上都是奖状。思维断断续续,一夜里《山乡巨变》和李坊村搅在一起,分不清画中的是人间还是人间在画中。

爹早上起来喊她才打断了她的梦境,睁开眼时,天早已大亮,外面的粪臭飘进来,淡淡的,很香,像春天的青翘花(连翘)一样香。

瘦高个男学生再没有来找过闫二变,她很想见到他把书还回去。可是对闫二变来讲,这是一件难事,一不知道人家在哪里住,二不知道人家叫什么。心里搁了事儿淘粪时就多长了心眼,不敢明目张胆问,就绕了弯儿打听扎了长辫的女学生。她不说对方的好,只说对方长得不好看,好像思想不对头都要影响了对方的外貌。打听来打听去却是一直没有结果。

有一天,闫五则说,不淘粪了。歇两天,单等清明前后拉了干粪返乡。

歇下来时闫二变心里一下就空了。

在城里走走看看,闫二变发现城市真好。春天的风飘逸中带着一股芳香,城里的男人和女人破天荒长得都好看,走在大街上都显得富有朝气。时代在城市里变了,在乡下没有变。城市让二变开了眼界。

她瞅着一个好天气,鬼使神差走到城市一座高楼上。正是夕阳西下时分,那天的落日格外红,照得闫二变风吹日晒的脸红扑扑的,照得窗户上的玻璃也都是红扑扑的。二变站在楼顶上喊:"你在哪里啊?你知道我的脸为什么红吗?你说劳动最光荣,可我找不到你呀,我的脸再红你也要看不见了!"

落日似乎听到了二变的询问,那奇异的景观,云彩如嶙峋陡峭的岩石。闫二变想爬上去,爬到最高处,让她的喊再大声一些。攀爬的过程差不多就是临危的绝境状态了。脚踩岩块,手扒岩面,在将要失去重心的一刹那必须抓住削如刀面的岩石,那鲜艳夺目的高处就在眼前了,身后一个人用他粗壮的手臂抱住了她。二变回过头时看到了闫五则,她的脚下就是楼下的街道了。闫五则神色惊恐地看着自己的妮子,风吹日晒的脸如墨如黛,闫五则说:"清明,咱李坊生产队要摇耧下种了!"闫二变惊慌地看着脚下:"爹,我幻了一下。"闫五则突然想起来妮子为了积肥过年都没有吃上肉。

233

五

　　返乡的日子说到就到了,队里来了十辆马车,前前后后装得和小山一样肥,拉了一星期,最后一趟闫五则和闫二变收拾停当家什也随了车队离开。

　　黎明时分,最后一队马车浩浩荡荡穿太原城而过。闫二变坐在马车的前帮上,两只脚时不时地扫一下马路,数着路两边的电线杆上的电灯。胶皮轮胎走在柏油路上的声音怪怪的,像狗馋食时的怪叫声,一声声近来一声声远。小书包里的小人书很不安分地跳动着,马车的起伏让坐在车帮上的闫二变有说不出的不舍和难过,却也起伏出了几分骄傲。这是一群从城市抵达乡下的人,马车和人的脚步声凌乱地叩击着太原迎泽大街的早晨。路灯黯然了,就快要大亮的天色,忽然又黑了一阵子,在黎明前的黑暗下,有赶车的车夫问车帮上坐着的闫二变。车夫说:"二变,在城市里积肥,城市里的人不嫌你臭吗?"闫二变昂着头说:"谁嫌粪臭,那是他没理想,思想不对头。"

　　早晨通体透明,一路上的粪香味儿弥漫在太原城的上空,有早起的人闻了半天,感觉像南方的茉莉花茶的味儿。

　　1962年闫二变和她爹为李坊生产队积肥二十五万斤。李坊村干部决定表彰闫五则,闫五则据理力争要大队表彰闫二变。闫二变年底时被公社披了红花。闫五则觉得闺女给闫家挽回面子了,赚足了面子不是主要的,主要的是闺女该找婆家了。

　　闫二变是披了红花的人,一般家庭不敢来问,闫五则就又想到了会计家的晚生儿李要发。闫二变披了红花,人家娃见了面也开始叫叔了,说明人家娃有回转的意思。闫五则斗胆叫支书做媒说合,支书欣然应允了此事。

　　闫二变知道后反倒不同意了。

　　村庄像煳黑的锅底一样,支书和闫五则、闫二变站在院子里,明天清早闫二变要去县里受表彰,支书想叫会计儿李要发跟了到县里。闫二变说:不需要。出去积肥的时间里,有些东西扯断了闫二变对李要发的好。眼界开阔是一方面,另一方面是在艰苦的环境中成长锻炼了二变,二变要在更艰苦的环境中创造出一个更美好的明天来,就像《山乡巨变》里的那样,不能简单地把自己交给一个男人,否则,一定是一辈子跟在牲口屁股后转了磨台转锅台呢。李要发已经成为闫二变恍若隔世的人,与闫二变当下的生活格格不入。正是磨炼意志的时候,社会给了这么大的荣誉,一下就谈婚论嫁,说不清将来要替谁难过,与其如此还不如缓缓,叫他李姓人低头来找而不是闫五则抬头求人。他李姓人家怎么就不能先张口?我闫二变可不是从前的闫二变了,现在的闫二变人穷志不短!

闫二变说:"话分两头讲,叔,以前我高攀不上他,现在,怕他也高攀不上我呀。"闫二变再一次拒绝了支书的好意。支书没说二话撂了一句:"二变啊,世上谁的眼光宽?毛主席的眼光最宽,他青年时期就知道闹革命,可闹革命也没有忘记了成家立业,毛主席不能肉眼看到明天,可毛主席知道成大事先成家是天下最主要的事。"二变说:"毛主席是毛主席,闫二变是闫二变,毛主席也没有找同一个村里的人结婚。"

闫二变认为自己是有理想的人,虽然说自己不是祖国的未来,可自己是李坊村的未来,她把李坊村设计得辉煌灿烂,仿佛灿烂的朝霞就要从她家的黑窑炕上升起。

果然,二变因为受苦被提拔成了李坊村生产小队的队长。她要求家家都要知道劳动的重要。日出日落,庄稼人自有庄稼人的活法,二变要求李坊村男女老少农忙时上地,农闲时积肥。村庄火热的日子是在地间打肥,把粪堆儿倒上倒下,还要插上高粱秆透气,让生肥发酵,最好是腐败透顶。李坊村的庄稼年年丰收,二变慢慢就成了公社里的人物,乡里的人物。劳动让她不舍得停下脚步,劳动反复呈现着闫二变的价值,闫二变就成了县里的人物,就变得金贵、扎眼。

235

时间的记忆就像一条溪流,有欢畅也有跌宕。闫二变上报纸了,得下的奖状贴满了自己家的墙,县长见了二变都要专程快走几步路来握手,那照片上了报纸后同时也上了闫五则的土墙。可一墙的闫二变照片叫闫五则怎么都高兴不起来,叫他心急的是二变还没有成家。二变也老辣得很,见了成家立业的李要发很大方地赶上前握手,甚至问候说:"有困难找组织。"谁是组织?闫二变是组织。李要发居然低头哈腰地说:"怎么好意思给组织添麻烦?不敢不敢!"说完急匆匆走开。

　　闫二变自言自语说:"人活着,死是不存在的,一个人要是被一个人忘了,那才算是真死了。"

　　闫二变在心里一直想着那个借给她《山乡巨变》的男学生,时间总也化不开。每次到省城开会,最叫她激动的事就是回忆从前,一辈子经见了一件事,就叫人家牵着走了,一辈子真是不长,当年的影子仿佛还在眼前。

　　说这话时闫二变七十岁了。

德 吉 梅 朵

德吉梅朵十四岁时，阿爸死了。

一个大雪纷飞的冬天，在琼结县措杰村临马路的一座石头房子里，阿爸仁青措躺在临火炉的睡床上，弟弟次仁罗布往火塘里添加一些杨木树枝和牛粪，青烟缭绕着，如同煨桑。阿妈达瓦卓玛站着，手足无措，一只手轻抚着衣袍，一只手拭着脸颊上的泪水，没有声音，似乎此时的任何声音都可能带走自己的丈夫。

这个要丢下全家远走的人，在最后的关口没有多余的话。

德吉梅朵是一个瘦小的女人，像一只出生不久的羔羊，还没有长成。曾经每天早上和黄昏，她在房前蹦蹦跳跳。阿爸仁青措穿着一身灰色的藏袍看着放学回来的德吉梅朵笑，一口白牙，阿爸说："我们家的女学生回来了。"

三年前，仁青措得了胃病，走在治病的路上，家里就没有笑声了。流泪成为家常，全家人都希望仁青措好起来，有十五亩地等着种青稞，家里的日常开销需要有人外出打工，两个孩子需要读书，六头牛，五只羊，仁青措不能不劳动。

胃病一天比一天重，见不得一点风寒，吃不进饭，一米八几瘦个子瘦成八十来斤，夏天天气炎热时裸出瘦骨嶙峋的身子，像一匹抽干力气的老马。弟弟次仁罗布把青稞一粒粒摆放在阿爸的肋骨间，阿妈达瓦卓玛一双眼睛盯着次仁罗布，走过来狠狠打了一下儿子，仁青措把儿子搂在怀里，用手捂着儿子的眼睛，仁青措看着达瓦卓玛掉下了两行眼泪。

过了秋天，进入冬季，仁青措躺在睡床上就没有起来，他一生的力气都耗尽了,肠胃里装不进青稞,人开始高烧不退,一支小小的温度计,家里人实在是不知道它的用途,只是常常由母亲达瓦卓玛放入仁青措的嘴里,然后很仔细地透着光看。德吉梅朵觉得母亲像是发现它有什么奥秘似的,当然,不会有什么奥秘藏在其中。

阿爸不认识字,阿妈不认识字,温度计是医生让带回家说是量高烧体温的,但是,阿爸和阿妈很快就忘记了医生的叮嘱和使用忠告。

德吉梅朵在阿妈不注意时拿着温度计透着光照,明亮的玻璃细管里红色的水银汞柱似乎凝然不动,她试着在火塘前烤了一下,它的汞柱突然就升起来,然后她学着阿妈达瓦卓玛的样子用劲甩了几下,里面的汞柱有些降落。弟弟看见了想抢过来看,被德吉梅朵拒绝了。

阿妈达瓦卓玛每天都往丈夫仁青措的嘴里塞温度计,似乎塞进去丈夫的病就减轻了,似乎一支温度计可以让身体羸弱的丈夫强壮起来。每天都在昏睡的仁青措任由达瓦卓玛重复这一动作,然后透着光看,然后用劲甩几下,然后放在仁青措的枕头旁边。

这一动作的结束是因为温度计碎了。

次仁罗布有一天偷拿了温度计,学着姐姐德吉梅朵的样子伸进火塘里烧,"砰"一声,温度计碎了,汞柱很快消失并落入火塘燃起一股火苗。次仁罗布吓了一下,他下意识地看了一下四周,没有看见德吉梅朵,也没有看见阿妈达瓦卓玛,他飞快捡起玻璃碎碴跑往马路对面,扔到了碎石中。那一瞬间,次仁罗布被吓坏了,他认为自己的行为可能让阿爸的病情加重。

达瓦卓玛发现温度计不见时,温度计就再也找不见了。

仁青措在冬天最冷的季节走了。他一生吃进肚子里的青稞在最后那一刻化成了两行泪水,含着泪水的眼睛看着女儿德吉梅朵,他知道自己的离开给家里欠下了债务,女儿就不能上学了,这么小的人要背一家人的债务活着,他还有什么颜面说话?这是一个十分喜欢识字的女儿,她才十四岁。

仁青措闭上了眼睛,达瓦卓玛试图伸手去擦干净仁青措的眼角,却发现,那地方一点都不潮湿。假如不是温度计丢失,仁青措也许还会活着,高烧把仁青措的眼泪烧干了。达瓦卓玛盯着德吉梅朵大声喊:"是你弄丢了它?"

德吉梅朵没有还话,假如不丢阿爸就不死吗?阿爸死了,阿爸死在最冷的天气里。

这一年藏历年是从十二月二十九日开始的。仁青措的离开让一家人怀疑,日子是否真要这样在没有仁青措的一天天中走下去?

临近藏历新年时,家家户户都忙于准备年货,类似于汉族的春节。为了欢度藏历新年,一般从藏历十二月初就开始准备切玛,炸卡赛,添置新衣,购买糖果、点心了,一年中,或许这一段时日是最忙碌的。因为仁青措的离去,达瓦卓玛过藏历年的心情全无,有时候望着空空的火塘旁边的睡床长叹一声,德吉梅朵走去拉着阿妈的手,阿妈又长叹一声,坐在火塘前,总得要过藏历年吧。

达瓦卓玛在藏历年的那天,还不到下午五点,就在厨房里忙开了。家里的老人都走了,以前总是阿妈和阿爸忙着一些传统的事,丈夫仁青措悠闲地喝着甜茶,现在,不该走的都走了。

达瓦卓玛看着女儿德吉梅朵说:"今天晚上,各家各户都要吃古突,虽然你们的阿爸仁青措走了,但是吃古突不能少,这是一件十分重要的事情。"

开始做古突了,达瓦卓玛端来一盘盛着牛肉、水果糖、麻辣羊肉干和红糖之类的东西,然后扯一块面来回捏。达瓦卓玛看着女儿说:"记住了,做古突要故意包一些东西,以测试家人在新的一年里的运气。过去做古突啊,往里包瓷片、辣椒、牛粪等。现在生活好了,其他的都改了,瓷片换成水果糖,辣椒改为麻辣羊肉干,牛粪换为红糖。"

达瓦卓玛为了让孩子们开心,还是故意在面团里分别包上石子、辣椒、羊毛、木炭、硬币。这些东西代表"心肠硬""刀子嘴""心肠软""黑心肠""发大财"。

德吉梅朵配合阿妈达瓦卓玛麻利地做好了三十个古突,做好后和年夜饭一起端到桌上。一家三口开始吃古突,达瓦卓玛看着姐弟俩说:"吃到什么要吐出来,吃到水果糖说明好吃懒做,吃到麻辣羊肉干说明嘴如刀子,吃到肉说明想着祖先,吃到红糖表示经常会有好运气。"

"吃到羊毛和木炭呢?"次仁罗布问。

阿妈达瓦卓玛说:"那就是'心肠软''黑心肠'。吃着了要及时吐出来。"次仁罗布把嘴里咬了一半包着羊肉干的古突扔进姐姐碗里,德吉梅朵夹起来往嘴里送时发现是包着羊肉干的古突。

弟弟次仁罗布说:"德吉梅朵吃着了羊肉干,她是刀子嘴。"

德吉梅朵迅速吐出来,达瓦卓玛说:"吐出来就好了,吐出来就不是刀子嘴了。"

德吉梅朵说:"一个古突真能决定一个人的命运吗?"

达瓦卓玛说:"能。"

德吉梅朵望着正堂藏柜上"竹素琪玛"的木斗,那里装着酥油拌成的糌粑、炒麦粒、人参果等食品,上面插着青稞穗和酥油花彩板。然后是琪玛、卡赛、青稞酒、羊头、水果、茶叶、酥油、盐巴等。

达瓦卓玛说:"德吉梅朵,你走神了。"

德吉梅朵说:"阿妈,我不能上学了吗?"

达瓦卓玛说:"你阿爸仁青措走了。"

德吉梅朵说:"阿爸走了就不能上学了吗?"

达瓦卓玛说:"你阿爸仁青措不回来了,你上学有什么用处!"

德吉梅朵说:"阿妈,我想识字。"

达瓦卓玛生气了,说:"你刚才吃了包了羊肉干的古突。"

德吉梅朵不说话了,笑起来,一家三口人在欢声笑语中吃完九道古突,达瓦卓玛举着火把,放起鞭炮,呼喊着"孩子们都出来",母子仨走到十字路口,望着远处的雪山祈望来年好运。

一

德吉梅朵果然不上学了。

过了藏历年,有人来介绍德吉梅朵去琼结县当保姆,说是照顾一个一岁的孩子,一个月五百元。

达瓦卓玛收拾好德吉梅朵的日常用品,没有多余的话,叫人领了德吉梅朵走了。

走到马路上的时候,碰到寒流袭来,让人从脚直冷上来,她打了一个哆嗦。她想起了阿爸仁青措,想起了阿爸的大手抚摸她的头发,便有一股温暖流贯全身,便会联想起阿爸活着时的劳作,联想起阿爸的许多教诲、许多慈爱,从肠子头上涌起一阵热潮,一直涌到双眼!她突然觉得眼前的世界变得模糊,随即又变得格外清晰。一种生死两茫茫的无情隔离随即想通了。纷繁的思绪沉静下来,漂游的思念得以依托,她回过头看着阿妈达瓦卓玛说:"我要让阿妈和弟弟过上神仙一样的好日子。"

那个领她走的人用摩托车带着她往琼结县走,她还没有去过琼结县,她想着高中要到琼结县读,没有想到命运让她过早到了琼结县。

德吉梅朵当保姆的家庭是汉族三代,男主人叫张红生,女主人叫熊小英。这样的家庭对于德吉梅朵来说是陌生的,她还没有住过楼房,而且是有厕所的楼房。

德吉梅朵看着女主人怀里的孩子,那么小的孩子看着她笑,她也笑,笑得眼泪都快要出来了。德吉梅朵感觉回到了从前,和弟弟次仁罗布的从前,一只奔跑的羚羊和一只成长的小鹿又见面了。

女主人熊小英第一件事是要德吉梅朵洗澡,洗去她成长的泥尘。这也是德吉梅朵第一次面对一个陌生女人脱衣裳,她十分羞涩,太阳晒暖的水从水龙头里哗哗哗哗地流出来,落在自己肌肤上。她紧张得很,有神秘感,也有乌云一样的不情愿。等德吉梅朵换洗了干净衣裳,熊小英——指导她如何换尿布、喂奶粉,大宝在德吉梅朵的怀里用红红的嘴巴吸吮她的手背,她的手背上有冻伤,有些痒,她又开始笑,大宝也笑。

熊小英惊讶地说:"不可以这样,不能让大宝舔你的手背,那上面布满了细菌。"

德吉梅朵忧伤了一下,还是愉快地答应了,轻轻把大宝放下,大宝开始哭,她又抱起,像从小抱着弟弟次仁罗布一样在客厅里抱着大宝走来走去。她看到男主人站在窗户前看什么,很专心的样子,她也走到窗户前,看见院子里有一个三岁小孩手里拿着苞谷饼子吃,一只大红公鸡大摇大摆靠近他,用它硬硬的嘴啄他手里的饼子,从高处往下看,公鸡似乎比小孩长得还高,小孩子吓得哭了。突然出现了一个男人抱起孩子,冲着那只红公鸡跺了一下脚,那只公鸡吓得架起翅膀,像兔子一样跑。孩子和大人一起嘎嘎嘎嘎大笑,德吉梅朵的眼睛被云朵罩住,潮湿蒙眬了,看人家,有阿爸多好。

张红生看着公鸡跑起来,莫名地兴奋,回头冲着妻子神秘一笑,然后迅速走进了一间房子。

汉族人的家里,有一些不一样的东西,德吉梅朵不只稀罕人家的装饰,每一次上厕所都觉得屁股怎么可以坐这么白净的东西。尤其是冲水时,她甚至有想再撒尿的欲望。

十四岁的德吉梅朵觉得自己到了一个神仙居住的地方,整个心都变得莫名其妙地紧张,常常去偷看一些东西,疑惑这东西到底是用来做什么的。

突然有一天早上,她发现了床单上有一抹刺目的鲜红,准备尖叫时又吓得捂住了嘴。然后突然间悲伤地明白,那些无知傻笑的日子已经走了。等大宝阿爸阿妈上班走了,她小心去卫生间洗干净,一边洗一边哭,哭了很久却发现床单上还是留下了斑斑驳驳的印子。

熊小英下班回来后,德吉梅朵喊她到自己的房间,然后僵硬地站在那里用手指着床单,并告诉她:"我流血了,它没有和我请假就来了。"

熊小英笑着说:"这是少女的初潮,德吉梅朵,它不会和你请假,你要长成大姑娘了。"

德吉梅朵有明亮的眼睛,健康的笑容,成长就这样开始了。

一个月过去后,德吉梅朵拿到了五百元。她蘸着唾沫数钱,一遍又一遍,二十元一张,数起来也还是很吃力。钱真是一样好东西啊,阿爸看病欠下的债务可以还一部分,有两年时间就可以还清了。钱在她的手里响,鸟叫一样,钱是有声音的,她抬起手,无可辩驳地、准确地把钱放在耳朵边,"咔咔咔咔"整齐的节奏,开始紧张到痉挛,会想起童年掘草根的刺痛感,还有青稞穗。阳光发出淡淡的暖橘色,她闷闷地向大宝沉下头颅,贴着大宝的额头,像贴着羊羔子一样,觉得大宝是她的福气。

大宝笑,德吉梅朵也笑,笑凝住了眼中的泪水。

张红生在琼结县文化局上班,喜欢饭后闲余时间用毛笔画画儿。毛笔杆儿尾部是骨质的,有红丝绳,笔帽是黄铜的。打开,张红生告诉德吉梅朵这是羊毫笔。那笔尖上还残留着没有洗净的墨迹。张红生画公鸡,扯着嗓子打鸣的那种,踮着脚尖,使劲儿的。

等上班的人走了,德吉梅朵偷偷进去发现秘密。看着公鸡画,德吉梅朵总会想到第一天来时从窗户望见的那只大红公鸡。站在张红生画好并挂在墙上的公鸡画前看,这张画嵌入了她的记忆,立于画前,她觉得有一股尘土要吸附在她的头发上。她想起田里的青稞、油菜、豌豆、土豆花,阿爸无休止的劳动,劳动间歇,阿爸坐在日夜流动的雅江边,唱一首古老的歌谣。这首民歌是措杰村人在打青稞穗时所吟唱的。

"从小一起生活,长大爱如大蒜;倘若父母剥皮,我俩无法分手。"

德吉梅朵开始小声唱,一边唱一边翻书,她是一个十五岁的女孩,开始漂泊,为了阿妈,为了弟弟,为了家。她甚至在窗口看见了一只山鹰,一只盘旋的自由的山鹰,那山鹰是飞在风中的,风沿着山势而上,风把山鹰托得高高的,那是山鹰自由的高度。

她看见桌子上放着一摞书,是汉语书,简单的字能认出几个,具体意思她实在是不明白,长长的句子到底写了什么?她轻轻翻动它们。大宝睡着,此时一切都是永恒的静止,时间凝住她的眼睛,她迫切想认识它们,书本的声音和数钱的声音,那声音震动耳鼓,愈来愈快,她想认识世界上所有的一切。钱让她自由幻想,如山鹰一样,如公鸡一样,如窗外的风和云朵一样。

熊小英下班回家后听见动静,循着翻书声看见安静凝神的德吉梅朵,她知道这个藏族女孩想识字了。

德吉梅朵看见女主人时不由自主红了脸,她羞涩时很好看。尤其是笑时,白白的牙齿,眯着眼,像是做错了什么事情,两朵绯红挂在脸颊。

熊小英抚摸着她的头发看着窗外说:"想学汉语了是吧?"

德吉梅朵羞涩地点了点头。

熊小英说:"我用藏语给你讲一个藏族故事,然后翻译成汉语,用故事学汉语学起来更快。"

"从前有一个兔阿妈和它的儿子相依为命地活着,它们经常受到老虎、豹子、熊的袭击,为了避免兔儿子的生命受到威胁,它们从山上逃到平地,到处找安全的地方生活。在平地里它们看见了村庄,走进村庄后首先看见了一口井,这是什么?它们走得太累了,就坐到井沿边歇息一下吧。这时从井旁边一棵高大的老树上掉下一片树叶,大大的叶子被风吹落在井中,发出'恰'的声音,恰巧被走神的兔子们捕捉到了,它们往井里一看,结果呢,从井里呈现出它们自己的影子,因为不知道是什么动物,它们吓得撅起屁股就往回跑。"

德吉梅朵急迫地问:"然后呢?"

熊小英故意说:"明天再然后吧。"

德吉梅朵很羞涩地说:"我不该问然后,可是我太想知道然后了呀。"

熊小英笑了:"说明你是听进去了,好吧好吧,我们就开始讲然后。

老虎、豹子和熊又一次来侵犯兔子母子几个时,兔阿妈说:'你们就是敢欺负我们,我们现在可是不害怕你们了。'老虎大笑着:'哈哈哈,没有我爪子大的小东西居然敢对抗我。'豹子说:'我现在肚子饿得咕噜咕噜叫呢。'熊吭哧着说:'你们敢说这样的话吗?'兔阿妈说:'我们发现了一个比你们都厉害的动物,它说话轻声细语,和我们同一个长相呢,它太厉害,一般是不动手的。'老虎、豹子和熊不相信,要求兔子带它们去村庄看,结果呢?"熊小英故意不说了。

德吉梅朵说:"是啊,结果呢?难道是它们看见了自己?"

熊小英说:"聪明的德吉梅朵,它们果然看见了自己,它们冲着井里的'恰'发火,指手画脚,它们气得七窍出血,它们发誓要跳到井里去抓住'恰',当一个一个被气得去拥抱自己的影子时,兔子阿妈看到'恰'吃了它们,从此兔子们的日子就太平了。"

没有等熊小英用藏语讲完这个故事,大宝睡醒了,咿咿呀呀地说话,似乎他也听明白她们在说什么。德吉梅朵跑到隔壁逗着大宝,不时用汉语讲兔阿妈的故事,断断续续,讲着讲着自己也笑了,似乎知道意思,话说不出来。德吉梅朵想,我要从一个藏族初中生回到汉族小学生,从头开始学起。汉语太丰富多彩了。

阿妈达瓦卓玛在发工资的第二天来取钱,带来了糌粑、酥油茶。达瓦卓玛第一次走进有工作人的家,憨笑着不敢进门,害怕自己藏袍上沾的牛粪、羊粪弄脏了干净的屋子。达瓦卓玛看见德吉梅朵穿着汉人的衣裤,两条分叉的腿没有规矩地站着,达瓦卓玛不好多说什么,毕竟是在人家里干活。

熊小英要达瓦卓玛进来,达瓦卓玛执意不进门,把拿来的东西放在门口,接过德吉梅朵递过来的钱,用橡皮筋圈紧,圈成筒的钱很暖手,握在手心,达瓦卓玛笑着告辞走往楼下。

消瘦的达瓦卓玛,身后拖着两条长长的辫子,辫子上结着红绿丝线,仔细看会发现头发上沾着灰蒙蒙的沙尘,酥油茶的味道,或者就是奶渣的味道,下楼的达瓦卓玛发出腾腾腾的脚步声。

熊小英和站着目送的德吉梅朵说:"你阿妈的腰和腿都不好,走路脚重。"

德吉梅朵说:"是,是,阿妈有大骨节病,不能种田,不种田没有青稞,阿妈喜欢喝酒,只有喝了青稞酒,阿妈才会高兴地笑。"

德吉梅朵羞涩地低下了头,泪水跌落在地板上。一个十五岁的孩子,也该是唱歌的年龄。熊小英想起了藏族的歌声,音域宽广,高可遏云,低胜燕鸣,一代一代藏民在歌声中成长。当女人仰起紫红色的脸颊,当小伙子甩开膀子,穿着藏靴、氆氇长袍、戴着单耳金丝灌边礼帽,舞蹈起来,所有的苦难都是快乐,都无所畏惧。

熊小英看着德吉梅朵轻声唱:"富人骑着马匹,穷人骑着驴子;琼结吉如大叔,给狗套上鞍子。"

听到"给狗套上鞍子",德吉梅朵露出白白的牙齿,笑出了声。

德吉梅朵的脸涨得通红,熊小英的歌声从墙壁和一些探不到的角落传出来,这一种家庭气息让德吉梅朵新奇,像瞥见了人世间珍贵的一角。

二

春末,灰黄的大地上流淌着斑斓的色彩,弥漫着牛粪、羊粪味儿的春寒中传播着夏的气息。高原上从春跨到夏,泥土便在火辣辣的阳光里一股一股地从地下冲向碧蓝的天空。

夏是繁茂的季节,农田里的青色植物为高原带来多彩的景致;夏也是漫长的季节,青色越多,景致越多,每一个景致都蒸腾着藏民咸咸的汗气。

德吉梅朵回了一趟措杰村,看到阿妈和弟弟,她把钱递给阿妈时,阿妈的笑让她开心。

仲夏的农活多,达瓦卓玛顾不上和德吉梅朵说话,知道德吉梅朵回来过星期六,便要她在家里做午饭。

中午阿妈还没有从田里回来,德吉梅朵先是看到放学回来的弟弟次仁罗布,十岁的弟弟个子在往高长,黑黑的脸膛,一双眼睛黑白分明,看到姐姐在就想看姐姐买了什么回来。德吉梅朵一边指给次仁罗布看从熊小英家带来的糖果、图画书,一边用教育的口吻和次仁罗布说:"你要好好读书,学会汉语和英语。知识让人聪明,社会是聪明人的社会,就在刚才我回家的路上,在客车上我依稀看见有一家餐馆写着招牌说招收服务员,明码标着会汉语的工资要高过不会汉语的呢。"

次仁罗布拿着糖果跑到外面,他最反对认识字了,最大的乐趣是种田,到田里把力气撒在田里多好,和阿爸一样。

德吉梅朵知道次仁罗布无法像阿爸那样,阿爸没有读过书,弟弟是马上要读初中的人了,德吉梅朵不安分地伸长了自己的目光,渴望走进年仅十岁的弟弟的心里,探寻一下他心里对未来日子的希望是怎样的。

德吉梅朵看见蹦蹦跳跳的次仁罗布走在阳光下,居然没有看她带回来的图画书,他是一个不喜欢读书的人。这个漠视过程进入了德吉梅朵的记忆,从弟弟的这个漠视开始,德吉梅朵想:就算没有机会上学了,自己也要好好和汉族人学汉语。

太阳当空,达瓦卓玛从地里回来,赶着四头牛,肩上的锄头高高翘起来,锄头挑着太阳,太阳将激情似火的热刺进地心。

德吉梅朵走过去接过阿妈的锄头,阿妈脸上流着汗水,湿湿的汗水挂在阿妈的发梢。没有阿爸的日子里,阿妈是屋子里最主要的劳动力,可是阿妈有大骨节病,有头痛的病,靠喝青稞酒解烦闷的阿妈,心里一定有比病痛更难过的事。

德吉梅朵黄昏时离开家去往县城。石头墙呈现着黄昏的色调,一抹夕阳照着路边的花草,风轻摇着德吉梅朵的裙子。黄昏似乎就该是怀旧的命定的色调,她再一次想起阿爸,阿爸喝酥油茶时,总是偷偷将一块酥油悄悄抹到她的嘴角,她用手抹下来,末了将手指一根根舔干净。她回头看了一下空空的屋子,阿爸已经隐入了岁月深处,不留踪迹。

返程时,坐在客车上的德吉梅朵想着阿爸:阿爸脸上浓浓大大的眉眼,没有被皱纹入驻;阿爸挑着担子奔跑在田间的道路上和坡堤上;阿爸咬着牙,汗水淋漓地在脸上、身上奔流。不应该想阿爸病痛时的样子,要想阿爸甩开膀子劳动时的样子。

客车走过一家饭店门口时正好有人下,德吉梅朵也提前下车了,她想在大街上走走,时间还早。路过"阳光拉萨"饭店门口时,她突然又看到了招收懂汉语服务员的招牌。这下她彻底看清楚了,会汉语的一个月一千五百元。比当保姆多出了一千元。

德吉梅朵走进饭店找见店老板说:"我会汉语,能够和任何人把汉语说流利了。"

饭店老板才仁巴桑说:"好吧好吧,会说汉语的藏族姑娘,我欢迎你。"

德吉梅朵用奔跑的速度跑往熊小英家,飞奔上楼,敲开门,开门的是张红生。看着上气不接下气的德吉梅朵,他惊讶地说:"什么事情让你如此慌张?"

熊小英抱着大宝看着德吉梅朵说:"出什么事情了吗?"

德吉梅朵说:"出大事情了。"

张红生说:"出什么大事情了?"

德吉梅朵说:"我要离开你们家了,因为我看上了另外一份工作,那份工作我更喜欢。"

熊小英和张红生对视了一下,要德吉梅朵坐下来说。

张红生说:"你找到了比这里更好的工作对吗?"

德吉梅朵说:"我太兴奋了,我找到了比在这里赚更多钱的工作。"

熊小英的心踏实了一点,一个十七岁女孩要走向社会了,她一旦决定,那一定是要开始行动了,你看她兴奋的脸上,像被一层从未有过的美丽笼罩着,带着生动的梦想,生活会对这个女孩展现什么不同寻常的事情呢?既然是更好的工作,那是一个什么样的工作呢?

张红生望着窗外,四周的山,全都一色的苍劲和雄健。近来他开始画山水了,暮色下静默的冈底斯山给人的感觉非常奇特,树以叶为形,风以动为行,天以云为形,生活本无常,到无中去生有,这就是生活。

熊小英有些不高兴,说走就走,不给人一点缓冲,她看着德吉梅朵不知道说什么好,就希望张红生说句话,或者挽留一下,让德吉梅朵等自己家找到带大宝的新保姆再走,也算是一个交代。

冈底斯山的轮廓凝重了张红生的视野和思维,他的爷爷从河北来西藏,留在山南,是不是也被这大野无声震撼了?留下来,背井离乡,说走就走,没有流连,生命重塑了故乡这一概念,故乡有了新的内涵。张红生由山而想得更远,当年祖先来西藏是被什么诱惑了?是被远古的呼唤吗?祖先走来时,身后没有任何路标,脚窝踩出即被风沙淹没,再不能顾盼回望,走进高原就不想离开,为什么从来就没有想过画这高原上的山水呢?

听得身后重重传来一声喊:"张红生,明天你不用上班了,在家看大宝。"

张红生想转过身说话,似乎已经来不及了,他听见熊小英和德吉梅朵说:"这么小的年纪,心里就没有疼痛吗?"

德吉梅朵说:"姨姨在和我说话吗?我去的地方比这里多一千元,等于我一个人做了三个保姆的活。你知道我家里多么需要钱吗?阿爸看病借了许多钱,钱对我的家庭来说就是幸福。"

熊小英说:"你到底找到了一份什么样的工作?什么样的工作让你如此心动?"

德吉梅朵说:"饭店服务员呀。"

熊小英惊讶得长嘘了一声。

张红生觉得说任何话都是多余,不能说自己家好,饭店不好;更不能说自己家里可以教育她学会知识,难道生活不是知识吗？

熊小英说:"难道你现在就要离开吗？"

德吉梅朵说:"就是啊,我现在回来是来告辞的。"

熊小英一时无语,德吉梅朵说是回去过星期天,结果回去重新找了工作。而且没有一点征兆,说走就走,什么工作也不能不过夜就走啊。

张红生穿好衣服站在房门前,然后打开门,这个在自己家生活了两年的藏族女孩,或许他根本就不了解。她的性格中有急迫的东西,她说走,谁都没有权利拦。

德吉梅朵从熊小英怀里抱过大宝,三岁的孩子已经学会叫姐姐。

大宝不知姐姐已经抛弃他,流着哈喇子伸出手喊:"姐姐。"

德吉梅朵突然抽搐了一下,整个脸皱起来,丑丑的样子,也是她心酸的样子,泪水串珠一样掉下来,她抱起大宝贴在自己脸上然后迅速放下他,不再说什么,从敞开的门走出去。

坐上车,德吉梅朵依旧一脸兴奋,从打开的车窗看高远处的天空,一轮皓月,四野被映照得格外幽深,像被一层从未有过的美笼罩着。生活,不同寻常的生活,对一个刚涉世的女孩子来说只能往前走。张红生送她前往新的工作岗位,一路上张红生不知道该表述什么。车行一段路后,他很认真地扭过头,看着副驾驶座上的德吉梅朵说:"你的选择没有错,只要是成长都没有错。要错就错在人的本性和成长的痛苦。我不会说你不懂事,只是遇到了你自己必须决定的事,你想冲出大人们包围的茧,这是迟早的事情,以后我们不会呵护你了,本来我有许多想在你身上实现的奇迹,没有想到仅仅学会了流利对话的汉语你就要飞了。但是你要记下我的手机号码,发生任何过不去的事情都可以打我的电话。高原上生活的你太纯真了,你不会受到别的伤害,但是你会受到男人的伤害。"

德吉梅朵惊讶地抬起头,她的脑子里一时还装不下这么多东西,她很兴奋自己找到了新的工作,赚钱,没有多余目的,想远了脑仁子疼,就

250

是赚钱。

她笑着指着方向说:"我记着呢,等我赚钱了买下手机记手机里,现在我记在脑子里了。"

猛一抬头看见了"阳光拉萨",德吉梅朵说:"停车停车,喏,就这里。"

张红生靠边停下车,打开车门,目送德吉梅朵走进去。这女孩几乎是飞奔过去,甚至没有回头,她是兴奋的。

一个神奇的民族,一个神奇的地方。张红生开车往前走,天边还有一缕红云游丝一样,很美。他突然想走近雅拉香布,吐蕃在这里诞生。

张红生开车往城外驶去。一路上想着吐蕃王朝的辉煌真是无与伦比,它雄踞高原,八面来风,内联盛极一时的唐王朝,外联当时较为强大的尼泊尔,在中原政权衰微时,吐蕃则开疆拓土,与唐王朝在多处展开了长期势均力敌的争夺。不仅如此,它文化璀璨,兼收并蓄,奠定了今日高原的历史性和民族性。

作为文化工作者,这段历史长久以来为所有藏人追慕谈论,而它的滥觞之地——山南也因此有了独一无二的地位。

历史永远都与一条河和一座山交集,他所在的核心地域雅砻河流域长久以来成为山南的代称。爷爷当时为了生活从河北老家走来,祖先是做盐巴生意的,从小张红生就知道雅拉香布是雅砻河的发源地,这里也成为吐蕃王系的诞生地。传说中,雅拉香布接连天地,吐蕃赞普均为天神幻身,第一代至第七代赞普均顺一条光绳由此山下到凡间,完成使命之后再由此返回天界。直到第八代赞普,因光绳被斩,无奈居留人间,雅砻部落从此走向发展壮大。

有几年妻子熊小英常唠叨想回去,哪怕是回到成都,绝不留在高原,说孩子上学时一定要回内地,她受不了高原的风、高原的日照。这几年回内地看到冬天的雾霾,有时让人无法喘气,熊小英也不再坚持要离开高原了。

张红生是不愿意离开,不离开的理由就是山南的文化,他出生并成长在这里,熟悉的东西很难拒绝,它是和一个人的精神气质连带着的。

车行路行,没有想到走到了一条岔路口,路标指向桑耶寺。吐蕃强盛时期,山南雅砻河流域及雅鲁藏布江沿岸,成为西藏的"粮仓"并延续至今,保障了一个王朝的仓廪,其重要性不亚于江南之于中原王朝。而佛教传入吐蕃后,佛苯相争,山南再担重任,成为佛法生根之地,赞普赤松德赞主持修建西藏第一座佛、法、僧三宝俱全的寺院——桑耶寺,首派七名藏人剃度为僧成为"七觉士",并从印度和汉地请来诸多高僧,在桑耶寺翻译佛经,弘扬佛法,最终开创了西藏佛教前弘期的盛况。琼结,藏语的意思是"屋角悬起多层"。

天色已经暗下来了,他看到山的轮廓,脑子里想着四围的山,每个人都是一个在世修行的人。美好的画面感,他想着回去一定要画出来。

手机的铃声打断了张红生的遐思,接起电话看是熊小英打来的。电话里熊小英一肚子气说:"我们应该押她一个月工资,那样也许不至于跑这么快。她让我们措手不及,明天怎么办?大宝是不是要送到幼儿园?你怎么会走这么长时间不回来?"

张红生说:"我这就回呀。"

放下电话,张红生掉头往回走,琼结已经看不到悬起多层屋角的宫殿了,但青瓦达孜宫的断墙残垣仍然高高矗立在城东的高山上。

路过阳光拉萨餐厅,张红生特意停下来,想走进看看,结果第一眼看到了面前的招牌,上面赫然写着:招收服务员,月薪一千,会说汉语的比不会说汉语的每月增薪五百元。

这对德吉梅朵来说是一种荣耀。

她是一个爱钱的女孩。难怪她如此急迫。进出吃饭的人形形色色,为了前途,每个人都四处奔走招租房子、糊口,脚底起泡、捉襟见肘,或许这里才是德吉梅朵人生的开始。

三

德吉梅朵成长中的第一次爱情来了。

天空的云朵白莲花似的,毒辣的阳光从来没能晒败它,肆虐的风沙也掀不翻、扑不灭它。

白莲花似的云朵,蓬勃、兴盛,它是生命的颜色和光彩的梦想。

桑多带着几个兄弟走进阳光拉萨时是下午1点。他们的身影挡住了门前的阳光。桑多的兄弟高喊:"我们要吃饭,来一个包间。"

德吉梅朵迎上来说:"203包间,来客人了。"

有服务员走过来带着他们往楼上走。不一会,服务员跑下来和德吉梅朵说:"他们是一群不讲道理的人,刁难我,我无法满足他们的要求。"

德吉梅朵没有多说话,直接来到二楼203包间。看见进来的德吉梅朵,桑多说:"我还是那句话,县长吃啥我吃啥。"

桑多身边的女人花枝招展地笑。

德吉梅朵笑了,这是一个有钱不知道怎么花的西藏人,她毫不客气地指着菜谱点了一桌菜。

桑多说:"你点的菜都是县长吃过的吗?"

德吉梅朵说:"都是县长吃过的。"

桑多说:"那就好,我就想和县长一样,县长吃啥我吃啥。"

德吉梅朵想:自己哪里见过县长?县长吃什么自己也不知道啊?既然要和县长一个标准,那就点贵的菜呗。

一桌子人吃肉喝酒,个个儿红着眼睛大着舌头,桑多更是挥着手说:"谁也不许走,再吃一遍。"

桑多旁边坐着一个藏族女孩,她的氆氇服那么美,宽松的衣服包裹着她丰满的身躯,脸上红光照人,酒精的作用下,她像天上的太阳一样热力四射。她叫阿夏,桑多用迷离赞赏的目光看着她,阿夏受到鼓励,站起来,她的两颗乳房饱满张扬。

阿夏开始唱歌:

> 我们不是康巴,
> 但要欢唱康歌。
> 幸福就在羊卓,
> 羊卓草种齐全;
> 草种是否齐全,
> 请看嘎林草原。

如果不是地方小,他们就会一起表演,围成圆圈载歌载舞了。

德吉梅朵站在一边艳羡着,回过头看其他服务员,她们也傻傻站着,每个人都裹一团灰扑扑的颜色不起眼地站在那里,望着歌声穿透墙壁的远方,在这一群富裕人明媚富丽的映衬下,她们显得寒酸。

突然的酒桌上有人指着服务员中一个说:"喊你倒酒呢,你傻站着不动,一看就是低保户。"

这句话一下刺进了德吉梅朵的心里。

在这种背景下,她看见、听见了羞辱,低保户和明丽的衣服像植在一个人身体上的皮,培养了德吉梅朵的性情,叛逆与容忍,幻想与自卑,奔放与拘谨,激情与忧郁,这些彼此悖逆的血液天然地混合在体内,开始涌动。

她拦下那个被喊"低保户"的女孩,走过去倒酒,然后站在一边用汉语唱:

> 富人骑着马匹,穷人骑着驴子;
> 琼结吉如大叔,给狗套上鞍子。

德吉梅朵眼睛里射出的不是目光,而是一种不屑。她说:"如果你们的肠胃还能装下一桌酒菜,那么我通知厨师不要下班,让你们都把唇吃成豁子。县长可不是你们这样,县长彬彬有礼,从不占用我们的休息时间。"

阿夏想发作,被桑多拦住了。

桑多对德吉梅朵说:"你生气时很美。"

这句话把德吉梅朵吓了一跳,此时她觉得美是一件"可耻"的事情,如果别人说她美就说明她不是一个好服务员,整天只知道和客人搔首弄姿,像桑多旁边不时拿出小镜子往脸上涂粉的女人一样。

德吉梅朵的这句话让一群人离开了,离开时阿夏用恶毒的眼神盯着德吉梅朵,走到门口时还扭回头又瞪了她一眼。阿夏骄傲的样子让德吉梅朵难过,她开始明白"美"是重要的,美丽的氆氇服装能让美变得重要起来,但是美丽的氆氇服装不能罩住一个灵魂中的丑陋。在他们的心里没有平等,没有呵护,他们的行为冻疮一样烂在了她心里。

桑多走后又来过几次,身边的女孩不断变换,有人说他把自己的路虎车改装成了霸道,他认为有钱人就一定要和县长看齐。

桑多是琼结县有钱人家的儿子,喜欢被众星捧月,有仗义的一面但也有虚荣的一面。他的朋友和他的女人一样在变换,桑多始终是这个群体中的太阳,不管换了多少人,来到这个群体,必得维护桑多,这是因为桑多代表着这个群体中的大是大非,稍有轻慢,别怪桑多对你不客气。桑多在阳光拉萨吃了一年多饭,德吉梅朵见识了他身边形形色色的人,能长久留下来的人不多。有些时候意见不合,吃饭中就分裂成了两个阵营,辩论辩论吵几句解决不了问题时,有人就拿出了藏刀,后来就干脆发展到了打架的地步。

有一天德吉梅朵看到横卧在大街上的桑多,烂醉如泥,通红的脸,脸上还有凝结了的血痕。德吉梅朵走过去叫醒他,跌跌撞撞搀扶着他走到饭店。德吉梅朵帮助他清洗了脸,倒了酥油甜茶,等他慢慢回过神来。这是一个太年轻、太没有阅历的青年,他根本不知道,征服一切要付出什么,而那种征服又是多么不可挽回啊。

桑多睁开眼就不停地要酒,他喊着:"我有钱,我要跟县长喝一样的酒。"

然后桑多又喊:"让我醒过来干什么呢?"

可桑多毕竟是醒过来了。

等桑多更清醒的时候,桑多看着德吉梅朵说:"做我的女人吧。离开这个酒店。"

德吉梅朵的脸白莲花似的,太阳没能晒得败她,肆虐的风沙也吹不裂她,她长成大姑娘了。对桑多的感情德吉梅朵一时想不明白,这是一种非常说不清楚的感情,让她感到一种莫名其妙的惶恐,当她试图要问明白这是为什么时,自己又完全解释不清楚,也许是桑多长得高高大大的样子吸引了她。

爱情是什么? 也许是两个偶然碰撞的心相遇,共同怀有一腔同情和惊喜,虽然有酸涩和磨难,但凡是种子总是要发芽。成熟像一把透了水变得柔软的蘑菇,每一个细胞都在张开。言行、表情、个性,爱情点燃了德吉梅朵的自信,她走在大街上,买了手机,第一个电话打给了桑多,她似乎已经忘记了此前。忘记就忘记吧。

桑多最大的好处是有钱,钱是好东西,钱让桑多的友情一拨一拨换人,只有烂醉如泥时会想起德吉梅朵。

德吉梅朵请了一天假,她和桑多去雍布拉康玩,这座寺庙在距泽当镇11公里的扎西次日山上。"雍布"意为"母鹿",因扎西次日山形似母鹿而得名,"拉康"意为"神殿"。民间也叫母鹿后腿上的宫殿。

他们走上去时云朵遮挡了太阳,走上寺庙的台阶,攀爬上最高处时,强劲的风从高空袭下来,掀起他们的藏袍和长发,有风铃发出撞击声,瞬间,一场大雨顷刻袭来,云朵里有闪电,雨点从四面八方扑击他们,他们俩相拥着,风来吧,雨来吧。

德吉梅朵微微颤动,她躲在桑多怀中,脸埋在藏袍中,什么也看不见,唯余厚重的雨幕敲打着她的后背,两人同时生出了一种孤独无援的安静,没有人说话,风雨声那么急切,把开腔的念头压了下去。

也只有十几分钟时间,很快,这番狂风骤雨就过去了,天空明朗,他们看到更高处的风马旗,更远处的山脚下,山与山重叠着,山路崎岖,山气浓重,一些牵马的牧民——他们是专门送那些不想走路想骑马往雍布拉康旅行的人。这些马,风来雨往,平均寿命十九年,其实它们在第十五年时就登不动山了。它们这一生走了多少路?朝拜了多少次雍布拉康?它们的命运在来世会改变吗?

往山下走,看到马淋得通体精湿,它们打着响鼻,马头上挂着红花,黑黑的牵马人吆喝着马,有人上马、照相,牵马人牵着马往高处走。

杂草的种子趁机跟着饱满爆芽,在石块的缝隙里成长起来。德吉梅朵好像是跟不上趟的出操队员,走走停停。桑多走过来扛起她,咯咯咯咯的笑声扬起来,所有的人看他们。看吧,来看吧,他们是自然的一个景象,如同草叶上晶莹的露珠,你们就看一眼吧。

山间小道都是草木开就,不平中就有嶙峋石块浮出路面,行走时非得时时盯住路面,以免柔软的脚指头无辜踢到。当他们发现山间行走的人越来越稀少,环顾四周都是草木遮蔽山体的绿色,有身披五彩的山鸡张皇失措地往远方飞,顷刻又淹没在草丛中,有啁啾声,不是一只是一双。有潺潺的声响,有沙沙的声响,是鸟和水和草木的交错所致,汉语说天籁无声,稍一细听则无处不出声响。德吉梅朵感到自然空间是如此丰富充沛,它们在各自的空间内,按自己的方式存在着:草木往上长,雪水往下流,藤蔓横着攀爬。

走到车跟前,两个人坐进去时无来由地互相望着哈哈大笑,外面如此阔大的空间,为什么不尽量舒展自己的身体呢?山风、山雨、山气、山色则满目都是,他们有足够的自由,足以让他们伸长手臂,爱情的视野里没有疆界,除非不是发自内心。脱下被雨水淋湿的衣裳,迎面而来,彼此呼入对方的气息，在没有周转的空间内，泥土涩涩的味道、流水清冽的味道、酥油茶、奶香，草木将更加青翠发亮，流水要更加激越畅快，心爱的人啊，我们的血液里流着互相交融时对风雨的敏感。

四

桑多换女人了。

阳光拉萨的服务员小姐妹次珍告诉德吉梅朵时，她先是下意识地笑了一下，她的笑有点羞涩，更多的是掩饰不住的聪颖与灵智。

德吉梅朵已经怀孕两个月了，如果不是没来例假她都没有往那方面想。

AB 血型的桑多，有着性格极端的两面，活跃时不拘小节，性格外向，口无遮拦，置身再大的场面不惊不悚，面对再大的人物无拘无束，有钱撑腰，不理解他的都可以成为朋友。但在另一面，他又有着异乎寻常的寂寞和孤独，伴随着驱之不去的孤独感，他对女人有一种不能抑制的追求与渴望。每当做爱时他近乎失去理智的疯狂，似乎是想把身体里的孤独甩出去。

肚子里的孩子怎么办？德吉梅朵决定去找桑多。

想找到桑多是很容易的事，他喜欢到人多的地方去，这个时节他会去哪里呢？他一定会去 K 歌的地方，是那种花钱多的地方。

德吉梅朵走在城市的道路上，她再一次和城市的人群亲密地打了回交道。这是一次非理性的行为，她要和这个人决裂。她走到"偶遇"酒吧门前时，发现了桑多的霸道改装车。她只身走进去。每一道门都是打开的路径，她突然觉得这种行为很荒唐，返身回到门前的台阶上，颓然地坐在路边，想理清楚眼前的事情。

这是无法理清楚的事情。

心情迷乱，德吉梅朵还是起身往里走，有服务员拦住她，她说找桑多。谁不认识桑多？大名鼎鼎的桑多。

德吉梅朵推开204号门,没有人会关注进来的是什么人,只有进来的人关注到里面的人群中有桑多。高大的身影拥着一个女人,这是一个衣着暴露而挑衅的女人,拿着话筒唱《青藏高原》,她的嗓门出奇地好,在最后的高音处,口哨和掌声一起响起。

酒精刺激的作用,桑多抱住女人亲了又亲。

狼毒花的根,桑多是一个有毒的男人。

德吉梅朵走上去,推开桑多怀中的女人。黑,真是最简单的颜色,似乎可以遮蔽一切,包括肮脏。快乐走得太快了,如云朵被风刮走,忽然而已。

女人说:"这个捻线陀螺一样的女人,她是谁?"

桑多不假思索说:"村子里的低保户。"

德吉梅朵眼睛瞪得大大地盯着桑多,这是一句惊天动地的话,她被这句话缠住了,就像布网的蜘蛛一样。

桑多居然没有羞耻,依旧拉着那个女人,女人招摇着一头秀发,嫣然百媚的风致,暗红的唇,笑起来如风吹金箔。

德吉梅朵第一次发现笑能把人的心灼伤。

德吉梅朵说:"桑多,你的脑子坏了,心也坏了吗?"

醉酒的桑多说:"你这个瘟疫一样的女人。"

德吉梅朵说:"桑多,因为和你的纠缠,我肚子里怀了你的孩子。"

桑多说:"把那个小东西处理掉吧,我不想当一个孩子的爹。"

四下里的人笑,笑桑多这句话有哲理,接着他们起哄说:"我们不想当孩子爹。"

德吉梅朵摔了门跑出来,她的胃极度不舒服,头也跟着胀痛。在藏族人的经卷里这是不能饶恕的罪过啊!阿妈说过,世上的人都是老天爷赐予的神物,罪过呀,天大的罪过呀。

外面到处是喧闹声,到处是人声、歌声,德吉梅朵的眼泪像棉线一样落在地上,没有力量。

跌跌撞撞走回阳光拉萨,因为爱情,她已经不好好上班了,老板几次提醒她,因为有桑多,因为有爱,她并不在乎。现在她什么也没有了,多么没有道理。她脸色苍白地坐在饭店椅子上,像一个蜜蜡做的女人。

都是热热闹闹的声音,喝过酒吃过饭还没有过滤掉的热闹在行走中继续,只有德吉梅朵是安静的。

饭店老板要她回去休息,她也不多说什么,饭也不吃就离开了。

回到住地躺下,很痛苦也很疲惫,可就是睡不着,但愿电话不响,但愿没有人知道她生病。她现在抗拒一切,包括食物,就像抗拒那些无处不在的虚假的爱情。她不爱谁,也不相信谁,此时,她连自己也不爱。

桑多本来就是现在的样子,是自己不由自主爱上了一个混蛋。

德吉梅朵把外面的袍子脱下来,暗红色的内衣,一样不要,这些全部是桑多的钱买下的。她裸着自己,皮肤有一种针尖麦芒般的刺痛,找出自己的旧衣裳换上,有点眩晕,想抓住什么,可是能抓住她看到的影子吗?

拉窗帘时,兀然看到一弯明月,仿佛她痛苦无妄的爱情,在这个世界上,你和这个人好又不能完整说出理由,单纯是不成熟,可什么是成熟,谁能告诉她?

可是为什么心里还想着有电话打进来?又在期待什么?

德吉梅朵妊娠反应很厉害,已经到了无法上班的地步。阿妈达瓦卓玛来阳光拉萨看她,难过地说:"你遇见了魔鬼,回家吧女儿。"

魔鬼的孩子也是神赐予的神物,是天爷爷的宝贝,堕胎是天爷爷不可饶恕的,会让堕胎者几世受罪。德吉梅朵跟着阿妈回家。依旧穿着旧衣裳,那些或许有过爱情的衣裳已经没有意义了,她把它们毫不留情送了人。

穿过琼结县城的街道,阳光和人群,昼夜轮回,四季流转,从前是什么样子已经没有意义了。天上会下雨的云朵都是从她心里飞出去的,她无法想象藏族人的祖先是怎样培养出了桑多这样的男人,魔鬼降临人间了。

弟弟次仁罗布长高了,不喜欢读书,整天逃课或者躲在同学家看电视。德吉梅朵的回家让阿妈更操劳,对日常投入的精力更多。她妊娠反应越来越重,有时候想到是一个梦,一米一米的阳光会化开这个梦,山上的风会吹散这个梦,睡一觉也许就回到了从前。桑多就像一个过去的坏习惯长在了她的脑子里,努力不去想,可是努力的事情又总是不能忘记。

有几次她想给桑多打电话,可准备打时又觉得自己没有出息。

阿妈达瓦卓玛已经为这个家损耗了太多精力,对弟弟的牵肠挂肚导致身体抵抗力下降,偶尔性的头疼变成经常性的头疼,疼起来需要扶着墙站下。

撑过六个月,德吉梅朵稳定了,似乎妊娠反应小了,也能正常吃饭,有些时候还可以下地劳作。

天气已经是冬天,在屋子里某个被阳光照射到的地方,德吉梅朵闻到了一股奶香,她默默坐着,感受肚子里的胎动,她试图找到那只小脚丫,和捉迷藏的小猫似的,很长时间又没有任何动静了。门前的阳光金子似的拉长了她的影子,那个影子无限扩大,她突然看见了阿爸,阿爸还是当年的那个样子,站在那里笑。那股奶香奇异而美好,难道是自己的身体散发出来的奶香吗?

阿爸仁青措笑着离开。她看到风吹过草原,摇动草地深处所有站立的茂茂草和滩上爬着的荒草。阳光把风揉成金黄色,把空气切成碎块,然后雪片似的从天上飘落。总觉得阿爸在慈祥地注视着她,给她从来没有过的力量。

阿妈从外面走回来,晚霞的光辉像巨大的梦境铺天盖地而来,阿妈笑着说:"领到低保的钱了,这样生娃就有保障了。"

一沓钱放在坐床上,很扎眼。

德吉梅朵说:"阿妈,你说什么?"

阿妈说:"低保啊,从你没有工作那天起到现在,你也可以拿国家的低保了。"

德吉梅朵说:"阿妈说我在拿国家的低保对吗?"

阿妈说:"对啊,你没有工作了,我们家没有人有能力为这个家进钱。"

德吉梅朵感到从未有过的落寞和孤单。她盼着孩子赶快出生,她想到桑多用鄙视的眼光盯着她说:"低保户。"那一句刺耳的话像一只失群的羊羔,灵魂在旷野里迎风呼叫,往日思念着桑多的念头突然就结住了。

那一夜德吉梅朵惊醒过来,她发现自己的手放在胸口上,她似乎完全清醒着,且似乎又无法动,静静地呼吸着这种能让她产生幻觉的气息。这种气息是那样坚挺有力,她挣扎着,睁开眼睛望着上空,眼睛在朝阳升起时深沉得像一潭湖水,波光粼粼,美丽得令人心碎。

阿妈达瓦卓玛用劲喊她,说她在做噩梦,阿妈像呵护一头牛犊一样看着她,用手轻轻抚摸着她的头发,阿妈的抚摸感动了她,她突然又想到,要不要在孩子出生前找到孩子的阿爸呢?

矛盾的德吉梅朵在孕期受到了伤害,她没有一点对策。

达瓦卓玛说:"只要你不怕他像魔鬼一样再伤害你。"

阿妈的回答就像昨天从屋顶上滚过的雷一样让她身体颤抖起来。似乎又成为一种斗志,她要去找他,不能让孩子出生就没有阿爸,更不能让孩子出生就吃低保。

德吉梅朵带着她荒唐的想法坐车往琼结县城。

天气似乎比想象的要暖和。有些时间不知道桑多的动向了。她下车后先是站在街边看了一会儿人群,城市对她有一种诱惑,如果不是肚子里的孩子,她的月工资还会涨。身上裹着厚厚的棉衣,临出门时还被阿妈套上了一条围巾,一辆车走过带起的风扬起一股肃杀之气。拿出电话拨通桑多的手机,一直是忙音,再打,依旧是忙音。此时的桑多会在哪里？K歌厅还是酒吧？

电话突然响了,不是桑多,是拨错的电话,电话里的人认定这里应该有一个他要找的人,一遍一遍问,最后核对电话号码,结果错了一位数,然后那边又很突然地就挂了。

德吉梅朵往桑多常去的酒吧方向走,果然在酒吧门口看见了桑多的改装车。心跳加速,手脚都出汗了。她走上前抬起脚照着桑多车的轮胎踢了两脚,心里的气无法出,她不是一般地委屈。

哪想桑多的车报警了,有保安走过来指着德吉梅朵说:"你赶快走开,这里不是你这样大着肚子的人来的地方。"

德吉梅朵说:"我找这辆车的主人,我肚子里的孩子也是他的孩子。"

保安进去找人时,德吉梅朵觉得就让这辆车喊他吧。她不停地用力踹车轮子,好大的车轮子,她眼泪出来了,汗水出来了,车叫声引来几个围观人。

桑多出来了,他身边永远站着一个妖娆的女人。保安上去制止德吉梅朵,桑多很平静地笑着,这个没有穿高跟鞋、矮矮的女人,大肚子像圆鼓一样,整个人看上去像一只母鹅。

桑多发怒了:"你这个瘟疫一样让我丢尽脸的女人,你这个疯女人!"

那张红脸在日照下,嘴唇显得很怪异,德吉梅朵还惊奇地发现,桑多整个脸的上半部布满了雀斑,密密麻麻,以至于从稍远处只看得见深红一片。他的眼睛只剩眼黑,眼白发红,几乎和脸是一个颜色。

桑多一发怒,他的狐朋狗友便知道下一步该怎么做,有几个人走过来,就要走近了,德吉梅朵突然心酸了起来,事实证明她来找桑多是错误的,这个聪明面孔笨肚肠的人,这个绣花枕头一包草的人。

德吉梅朵惊魂不定地望着桑多身边的女人,陌生的脸庞,无奈而且尴尬。德吉梅朵曾经站在她的位置上,那也是德吉梅朵的栖身之地,说不清怎么回事,自己便爱上这样一个人,像一条披着人皮的毒蛇奔窜在逐渐枯死的青草间。

德吉梅朵尖叫了一声,冲着那个女人喊:"你难道没有看见你的下场吗?桑多,我肚子里怀着一个'低保户',你这个魔鬼来吧!"

女人眉眼生动,突然纵情笑着搂着桑多撒了一下娇,桑多甩开她,这是一个不生气就难过的人,是被钱财捧红的野味,是热闹的充饥物,这是一个不能坐下来说话的人。

桑多说:"有钱的后人永远不是低保户,马蹄溅起的粘泥已经贴近我的嘴巴了,你不想我赶走你,你就不要在这里羞辱我的脸面。"

德吉梅朵说:"你配有脸面?脸面已经糊了你的脑袋,你自作聪明的下场便是暴死荒野。"

桑多大喝一声:"让这个不知天高地厚的歹毒的女人去死吧!"

德吉梅朵想:来吧,看看你桑多怎么对付一个女人,好和坏、对和错、有理和无理,所有的脏水和孩子,你连孩子一起干掉吧,你会有报应的。

明天就是放弃今天,结伴而来的痛和苦,来吧,德吉梅朵豁出去了。

刹那间一个人影横插在了一群人中间,她大喊一声,然后她拽起德吉梅朵的袖子就跑,在所有人不明白发生了什么事情时,她们已经走出很远。

是阿妈达瓦卓玛。阿妈怕德吉梅朵受罪,一直跟着走,她祈求死去的亲人来保护德吉梅朵,不要让人间盛开苦难和忧愁。

达瓦卓玛一边拽着德吉梅朵跑,一边气喘吁吁地说:"魔鬼在诱惑你,他用肚子里的孩子诱惑你,那个诱惑早已成为一个坏结果。为什么要用鸡蛋碰石头呢?你和他的纠缠已经结束,这是仁青措家的后代,不是魔鬼的后代。"

母女俩跑往人多的地方,离开恶狼的办法就是快速逃离。

五

德吉梅朵和阿妈拉着手走,从琼结往措杰村走。

街道上很安静,就像在长长的一年平常的日子以后迎来即将到来的藏历年一样,突然松懈了,什么也不想了。

谁家的酥油茶和着最后的夕阳一起缭绕过来,街道边上有人推车子卖橘子,她突然想吃橘子。一个小女孩牵着阿妈的手等阿妈买橘子,女孩穿着粉红色牛仔裤和长筒皮靴,女孩的眼睛很大,像火一样燃烧。德吉梅朵下意识地摸了摸自己的肚子,等那母女俩走远了,女孩后脑勺上还烙着德吉梅朵的眼睛。

太阳刚刚落山,晚霞的余晖将冬日那一望无际、苍黄的群山涂抹得色彩斑斓,纵横的河汊沟渠闪耀着暧昧的暖色,红色的晚风轻拂在脸上。

两斤橘子走着吃着,很快就没有了。

她走着突然就觉得身体有点失重,有点气喘吁吁,有阿妈的汗味笼罩着她,显然德吉梅朵并没有意识到自己头重脚轻。

天慢慢暗下来,远处稀稀拉拉散开的村庄,有零星灯光闪耀。每路过一户藏民家,都是大同小异的气息,她肚子开始叫,偶尔碰见一两个藏民,一两群牛羊,全都是黑乎乎一片。

月亮升起来了,德吉梅朵抬头看了一眼月亮升起的地方,突然又觉得后腰处像坠了一块石头,重得屁股都无法抬起来。慢慢地那块石头又移到了她肚子上,像马蜂蜇了一下那般酸困。

德吉梅朵说:"阿妈,我饿得腿脚没有力气,像踩在棉花上,膝盖快要跪下了。"

阿妈说:"坚持一下,月亮替我们照着路呢。"

不知道为什么,德吉梅朵的心突然陷入了孤独中,疼痛越来越大,她实在是烦累了,停下脚步,看着走在前面的阿妈,她不知道马上要发生什么事情,月亮冷冽的清光湿漉漉地包围着她,有什么东西越来越沉重地压迫着她。

达瓦卓玛发现德吉梅朵没有跟上来时,回转身发现没有人。

达瓦卓玛大声喊:"德吉梅朵,女儿!德吉梅朵,女儿!"

德吉梅朵倒在地上,她透不过气来,心头慌乱得差点儿想大喊救命。

德吉梅朵说:"阿妈,我的肚子要疼死了。"

达瓦卓玛循着声音走过来,看着倒在地上的德吉梅朵,经验告诉她,德吉梅朵要生产了。

荒郊野外,达瓦卓玛的诵经声响起,传递着令人压抑的气氛。偶有几声狗吠,听不见人声,月亮虽然不圆,冷冽的清光在这空旷的乡野里显得格外明亮,地上白花花的,真似蒙了霜,伸手摸摸身边的小草,感觉特别凉,达瓦卓玛哭了,身边没有强劲的身影,她感觉到了惧怕。

达瓦卓玛觉得自己必须去找人,可自己又不能丢下德吉梅朵。

两难中,达瓦卓玛说:"女儿,打桑多电话吧,阿妈求他,只有他可以来救你,此时,我们没有一点办法。"

德吉梅朵掏出手机打桑多电话,依旧是忙音,再打,电话有人接起,是桑多,电话里的桑多大声说:"你是一个不吉利的女人,你这个低保户。"

德吉梅朵说:"我要生了,我要生了,你来救救我。"

电话早已挂断。夜死了,没有一星半点气息。

达瓦卓玛手足无措,德吉梅朵哭着忍着疼,翻着手机电话,她脑海里突然掠过张红生的电话,这个电话原本是要记在手机里的,但因为什么事情一直没有记。她输入号码打通电话,期待着。接电话的是一个男人。

德吉梅朵说:"是张红生,大宝阿爸吗?"

电话里问:"请问你是哪位?"

德吉梅朵说:"我是德吉梅朵,我要生孩子了,在回措杰村的路上,您来救救我。"

张红生在电话那边迟疑了一下,他的迟疑是因为没有听明白对方在说什么。

德吉梅朵急切地说:"我要生孩子了,我的孩子没有阿爸,我被男人伤害了。"

张红生脑子嗡的一声,有几年没有联系这藏族姑娘了,快,德吉梅朵需要帮助。熊小英已经穿好衣裳,两个人迅速下楼开车往措杰村走。

在路边看到德吉梅朵母女俩时,德吉梅朵羊水已破裂,熊小英的心里一阵子疼痛,两位疲惫不堪的母亲。她闻到了空气中的血腥味道,迅速搀扶她们上车,疼痛让德吉梅朵不断呻吟,车上的每个人都对她肚子里未来的小生命充满了担忧。

德吉梅朵入院不久很快就生下了女儿,这个早产的女儿,有两只黑黑的眼睛。降临到人间时,她没有哭,大拇指含在嘴里,看到母女平安,张红生夫妇松了一口气。

达瓦卓玛在孩子屁股上狠打了一下,"哇——"德吉梅朵的女儿哭声嘹亮,惊世骇俗,使得张红生和熊小英如同产床上的母亲,幸福得产房都微微战栗。这实在是破天荒的事情啊,这个藏族女孩到底经历了什么?

太阳升起时逼退了清晨的寒风,女儿来到她身边,一夜之间,德吉梅朵成熟了许多,她的悲哀已不放在脸上,微笑中有几分刚强。累了一夜的张红生和熊小英想着一个人在家的大宝不放心,急急告辞出来,临出门时说:"有事打电话。"

达瓦卓玛送他们出来,因为语言不通,无法和达瓦卓玛沟通。熊小英说:"回去吧达瓦卓玛,好好照顾你女儿。"

达瓦卓玛茫然无措地挥挥手。

在德吉梅朵的激动中,窗外飞过去一朵云,像白度母的化身。这样,孩子的名字就出现了——卓嘎。达瓦卓玛说:"我的卓嘎。"

这是一个多么非同一般的奇迹啊。卓嘎,粉嫩粉嫩的,躺在阿妈身边。藏族没有对非婚生子女的成见和重男轻女的陋习,卓嘎的到来成为达瓦卓玛家的佳音,也成为德吉梅朵嘴边开口时第一句话。

出院那天,熊小英带来奶粉、肉松和各种大宝小时候用的玩具,她有点喜欢这个女孩,因为身体原因她已经不能再生育了,如果大宝有个妹妹就好了。德吉梅朵希望熊小英给卓嘎起个汉族名字,熊小英脑子都没有动就说:"叫熊二丫。"熊二丫已经是熊小英的疼爱了,万千故事必然在后头紧跟着。

一百天的卓嘎已经脱掉了人之初的混沌,对周围的事物的感知有了某种自觉的意识,喜欢笑,对四周做出相应反应的是笑容。有时候德吉梅朵拍拍手,她就笑,舅舅次仁罗布拍拍手,她也笑,笑得十分自如、喜悦和甜蜜。

德吉梅朵的手机里全部是卓嘎的笑脸,她的鼻子,她的眉眼,简直就找不到缺陷。

卓嘎双手双脚并用,慢慢地能坐了,会爬了。德吉梅朵突然想到张红生讲过的故事,古埃及的神话中有一个长有翅膀的怪,通常为雄性,是"仁慈"和"高贵"的象征,当时的传说中有三种斯芬克斯——人面狮身的、羊头狮身的(阿曼的圣物)、鹰头狮身的。亚述人和波斯人则把斯芬克斯描述为一只长有翅膀的公牛,长着人面、络腮胡子,戴有皇冠。到了希腊神话里,斯芬克斯却变成了一个雌性的邪恶之物,代表着神的惩罚。因为希腊人把斯芬克斯想象成一个会扼人致死的怪物。传说天后赫拉派斯芬克斯坐在忒拜城附近的悬崖上,拦住过往的路人,用缪斯所传授的谜语问他们,猜不中者就会被它吃掉,这个谜语是:"什么动物早晨用四条腿走路,中午用两条腿走路,晚上用三条腿走路?腿最多的时候,也正是他走路最慢、体力最弱的时候。"

俄狄浦斯猜中了正确答案,谜底是"人"。

斯芬克斯羞愧万分,跳崖而死。(一说是被俄狄浦斯所杀)

她的女儿是一个人。

远处的雪山静伫着,抿口不语。夕阳涂抹在走过的牛群身上、脸上,德吉梅朵抱着卓嘎骑在牛背上,鲜花盛开的季节,卓嘎已经开始牙牙学语,德吉梅朵听不懂她的话,但母性使她本能地领悟到女儿的话是一种呼唤。

次仁罗布休学了,不喜欢读书。

德吉梅朵和他谈了一次话。不读书的人只能种地,地里长不出钱。钱不能生钱,只有读书可以改变命运。

次仁罗布说:"钱可以生出钱,不读书照样可以活着。"

德吉梅朵拿出二十元钱递给次仁罗布说:"我看你怎么生钱?"

次仁罗布拿着钱跑出家门,他要和同龄人去打麻将,要证明钱是可以生钱的。二十元很快就没有了,两手空空,空得如心。

过日子很为钱恼火,丢失的钱永远不会回来了。

德吉梅朵说:"钱走了就走了,不知去向,它虽然走了,但是绝不会消失。它在泥土里,在修建的楼房里,在牦牛的脊背上,在喜欢读书人的理想里。钱不会消失,因为它是钱,钱什么时候都不会死,我们不能把钱看轻了。"

卓嘎长到八个月时,措杰村开始建蔬菜大棚,需要工人。德吉梅朵报了名,这是男人干的活计,一个女人报名垒墙,虽然说起来稀罕,但也不足为怪。一个月干足二十五天可以赚六千元。

德吉梅朵选择坚持和勇气,她的心中有一份清醒和希望,只有劳动可以改变命运。

阿妈达瓦卓玛觉得德吉梅朵体质弱,一天干不下预期的活计,恐怕一个月拿不到那么多钱,不希望她把身体累坏了,毕竟来日方长。

德吉梅朵对劳动的执着九头牛也拉不回来。

六

　　蔬菜大棚建在措杰村东北角上，建棚的老板是汉族人，他娶了一个小女人做老婆，在山南建筑行业的山头中不算大老板。电话不离手的汉族何老板常常用它来听别人对他发号施令，那个别人不是别人，是他的妻子。

　　措杰村的蔬菜大棚有一定规模，干活人中间女孩子少，为了不显得扎眼，德吉梅朵穿着弟弟的衣裳，密密麻麻的人头中，如果不仔细分辨还发现不了德吉梅朵。工地上虽然也有女孩子来干活，可她们总是站得远远的，就像督工一样，每天上工时都不少她们，少了她们又太煞风景，女孩不能和男孩比，她们干活就那样停停歇歇。

　　很奇怪的事情是，没有人觉得德吉梅朵是女人，别人吃饭了，她还在干活，甚至想要干很多很多活，连吃饭的时间都不舍得停歇，就为了干完自己的活早一点回家看卓嘎。有时候饿得心跳加速，背转人吐一口酸水，说是去野地里上厕所，其实是跑回家看女儿找吃食。

　　措杰村建蔬菜大棚的不仅仅是措杰村人，还有其他县的工人。一个叫次仁德杰的小伙子看上了德吉梅朵。这一代藏族男女再不可能像他们的父辈那样保守，文明随着物质，必然在一代一代的进化中更高地提升。

　　恋爱毕竟应该是一件含蓄而秘密的事情。次仁德杰喜欢夜幕的庇护，因为那样会使他感到温暖而安全。德吉梅朵则在夜幕时分需要回家带自己的孩子。次仁德杰目送德吉梅朵的背影，有时候在后边轻声喊一下："嗨，你怎么这么早就走？"

　　德吉梅朵羞涩地笑一下，离开对次仁德杰显得残酷了点。

　　恋爱毕竟是一件含蓄而秘密的事，需要远离人群，远离住处找一个说话的地方，德吉梅朵匆匆忙忙的离开让他无从下手。

　　德吉梅朵说："我有一个女儿，刚刚一岁，我的女儿卓嘎还离不开阿妈。"

次仁德杰跟在德吉梅朵身后说:"我能为你女儿做些什么事情?我给她买一个玩具吧?"

德吉梅朵说:"卓嘎还小,还不知道玩具好玩。"

次仁德杰说:"可是我最想做的事情是成为卓嘎的阿爸。"

德吉梅朵再一次羞涩地笑了:"你像狮子的嘴巴一样,太夸张了。"

次仁德杰说:"我说的是我心里想的话。"

德吉梅朵说:"我还不想恋爱,我对男人不信任。"

次仁德杰说:"男人与男人是不一样的,有好男人,我就是。"

德吉梅朵说:"我就要到家了,我要见我的卓嘎。"

两个人就这样你一句我一句、有意无意说着话,一个看似在诉衷肠、爱意无限的样子;一个心里有心事,也没有很决绝地拒绝对方。

山南这个地方昼夜温差很大,寒凉对于此时情况下的男女根本没有意义。

夜凉了,次仁德杰想握住德吉梅朵的手,几次伸手让自己挨得近一些,越近就越能感觉到对方;越感觉到对方,就越有一种不能自抑的燃烧。

听见卓嘎的哭声了,德吉梅朵快速跑了几步,一下子距离就拉开了,等次仁德杰也跑了几步时,德吉梅朵已经跑回了自家的院子,女儿牵着她的心呢。

黑暗中,次仁德杰徘徊在马路上,天空有星星有月亮,有夜鸟飞过,他想德吉梅朵劳动时的背影,这个女人朴素得让人欢喜。

德吉梅朵干活实在是累了,一回家搂着女儿,一边让女儿吃奶一边端着碗吃饭,狼吞虎咽的样子让达瓦卓玛看着直发笑。饭毕,德吉梅朵搂着女儿卓嘎在尿味乳香中倒头就睡。

第二天一早依旧昏然入睡的她被电话吵醒了,是次仁德杰喊她上工地。

放下电话,德吉梅朵想:我又被一个魔鬼惦记上了。

蔬菜大棚有可能很快就完工了,那么接下来该做什么?去哪里找工作呢?此时她还想不到爱情,偶尔也多看次仁德杰几眼,和桑多比较,次仁德杰长得不够高大,人显得憨厚一些。现在德吉梅朵必须放弃已有的一些好坏参半的东西,比如说,伤害和痛苦和曾经厌倦了的思念,而去要一些新的东西,而那些新的东西同样也与好坏长短对错一起结伴而来,当这些东西来到我身边时,很容易满足我此时的孤独,可是无可奈何的日子还很长啊,会不会再出现伤害呢?

张红生曾经说过的话再一次响起:你总会被男人伤害。

德吉梅朵想:我现在还不能要爱情,爱情还不符合我的想象,短暂的疼爱会过去,我不过是一个过平常卑微日子的人,任何人的温情脉脉都是假象,我平凡的、令人激动的好日子就是陪伴着阿妈、弟弟和卓嘎,卓嘎的出现已经不是原本的生活了。我要把此前的日子收拾起来装进一个纸盒子,再系上时间和忘记的绿色丝带,将它放置在心头,时时提醒自己,一切还不是时候,自己还有目标没有实现,不能被当下的没有结果的东西打乱了日常。

再见次仁德杰,德吉梅朵就不理他了。

次仁德杰觉得德吉梅朵是一个诱惑,她以微笑和美好引领他向那个方向望去,他无法控制自己要向那个方向走去,他觉得自己的未来是和她连接在一起的,世界一定会像自己想象的那样豁然开朗的。

措杰村街心里有两三个孩子追逐耍逗,他们的笑声与小鸟的婉转啼鸣一起在树丛中回旋,没有拖拉机的声音,也没有大人在一旁不断地监视和呵斥。阳光下有两只鸟在打闹,起起落落,上上下下,前前后后追逐。

次仁德杰站在旁边看他们,鸟叫声像是私语,能够想象那些小生命同自己一样开心得发疯,只是苦于听不懂它们的语言。此时他穿过街心就为了去见德吉梅朵,他要向她表白,不再躲躲闪闪,虽然她不理自已了,那也没有关系,爱情是追来的,功夫一定要舍得下。

措杰村的蔬菜大棚盖起来了,一点收尾工作,对于重劳力已经找不到下力气的地方了,就等结算工钱了。

德吉梅朵在青稞地里拔草,青稞地站起来看仿佛没有尽头一般,弟弟在远处,埋在青稞中,这个不读书的年轻人终于把自己安顿在了青稞地。读书才好改变自己的命运啊,她一定要卓嘎将来读书,读大学,做一个有本事的人。

汗水打湿了她的头发,她呼着粗重的气息,又开始想卓嘎的样子了,一岁多的孩子已经开始叫阿妈了。

青稞地里静悄悄的,冥无人声,像所有的中午时分,路上连自己的影子都没有。一行行的青稞,还有远处的油菜花,像诗歌一样。她不知道诗歌是什么样子,但是,此刻她便已经知道诗是什么样子了,心里敏锐地感到诗一样的东西,一下就感觉到了过日子的滋润和欣悦。

德吉梅朵唱着歌,起起伏伏,青稞地就活泼了。

次仁德杰站在远处听,慢慢走近想吓她一跳,对德吉梅朵不理他的事情已经忘到脑后了。

"嗨,德吉梅朵!"

德吉梅朵吓了一跳,她迅速站起身应答了一声,看到是次仁德杰,她一下就扭转了身。

次仁德杰说:"你知道我有多么喜欢你吗,德吉梅朵?"

德吉梅朵说:"你快走开,我讨厌你。"

次仁德杰说:"我说的是认真的,我就喜欢你,答应和我好吧。"

德吉梅朵突然想到最近刚学到的一个汉语词语"不尽如人意"。

"我的当下的生活不尽如人意,我的将来也不尽如人意,所以我不喜欢你。"

次仁德杰说:"我们的将来到来时一定不尽如人意,我们把将来变作现在,将来还是在远方,我会等待那个不尽如人意。牛奶会有的,面包也会有的,我们就一起不尽如人意吧。"

德吉梅朵瞪大了眼睛听着,然后喊了一声:"次仁罗布,次仁罗布,你赶快过来赶走这个坏蛋,你赶快来呀!"

听到呼喊的次仁罗布从青稞地跑过来站在次仁德杰身边,小伙子长得高出了次仁德杰半头,身子骨虽然看上去单薄,但是脸上显示出了愤怒。他准备打架了,只要对方敢动手。第一次打架,他把力气全部用在两只拳头上,他可不是一个孩子了,他要保护这个家里的所有女人。

次仁德杰后退了一步,他可不想和这个未来的小舅子打架。

"我自己会离开,总有一天我们会成为一家人,等着看吧。"

次仁罗布眼珠血红,他被姐姐喊过来是为了收拾这个男人并用力量来纠正他的过错,怎么能轻易就放走了他?他往前多走了几步拦住次仁德杰,太阳光涂抹在两个青年男人身上。

德吉梅朵窒息了,她被这种场面震慑了,吓得说不出话,眼前的景象凝固成一幅照片,一幅被阳光和风塑成的即将开战的照片进入了德吉梅朵的脑海里。

四周安静得近乎原始,无法感知的暴风骤雨就要来临了,没有说话声,只有粗糙的呼吸声,次仁德杰也捏起了拳头。

德吉梅朵一阵眩晕,脑子里突然幻想出一队羊羔的影子,这种白色而温暖的亮点穿过看不清楚的远方停滞下来。这种柔和的停滞给了她无限欢乐,她突然喊道:"停下来,任何一个人先出手都不应该,我们要像汉族人一样学会礼貌。"

出乎意料的是,两个人并没有放松自己的身体,包括脖子和眼睛。

德吉梅朵跑过去,这次的对峙由她引起,她突然认识到自己做了一件坏事,把自己的好恶强加给了次仁罗布,不能再让事情发展下去了,发展下去没有任何意义,她冒出这个想法的时候就想把事情说破,说明白了。

"次仁德杰,我不喜欢你,我有心上人,我不想把话说破,更不想我的生活多出一双盯着我的眼睛。你的眼睛爬在我的双肩,飘在我的头顶,或长在我的后背,这让我不快乐,你走吧。次仁罗布,放他走,我们不是仇人。"

次仁罗布听完姐姐的话依旧没有让步,次仁德杰走了,太阳照着他的后背。他想:德吉梅朵是属于我的,她总有一天要接受我,我有足够的耐心来追她。

七

午觉醒来,外面突然起风了,德吉梅朵抱着女儿坐在窗户前,窗玻璃被风吹得咔咔作响,因为看见了什么卓嘎笑起来,原来是一只猫在地上玩阿妈达瓦卓玛的线团子。

满身阳光的卓嘎喊着:"阿妈,阿妈。"

卓嘎管所有看见的喜欢的人喊"阿妈"。

措杰村的扎西顿措来德吉梅朵家,想问一下德吉梅朵愿意不愿意出去干活,比如去砖厂,但不在琼结,在另一个地方——扎囊县。按工计酬,干好了一个月可以拿到六千元,而且可以长久干下去。

德吉梅朵当然喜欢了,她觉得眼下最喜欢的就是钱,谁会对钱惧怕和讨厌呢?这几天她正为出门干活忧愁呢。现在听了扎西顿措的话她立马就答应了,说自己愿意去,阿妈在家照看卓嘎,弟弟也长成人了,可以和阿妈一起种地,外出做工赚钱的事就交给自己吧。

扎西顿措说:"那就好了,明天我们就出发吧,恰巧这个砖厂有和汉族老板打交道的事情,老板还想要一个懂汉语的人,我看你就正好。"

送走扎西顿措,德吉梅朵想,自己是生活在高原上的人,因为会汉语,赚钱还比别人多,心里一阵子窃喜。起身放下卓嘎,开始收拾明天要带走的东西。

扎囊离琼结不远,也是山岭重叠,山路崎岖,不过也有赖于这高原,世代生活于此的高原人家,生活秩序没有多大改变。这种一脉相传的生活,温馨而又平静。

山野是相当广袤的,但是可作为耕种的田并不多,还要依山势划割,许多机械很难进入,所以,犁、镰刀、锄依旧是传统的工具。

阿妈达瓦卓玛放牛回来知道德吉梅朵要出去工作了,心里有说不出的喜悦和担心。阿妈安慰德吉梅朵说,放心走吧,卓嘎有我,地里的活计有次仁罗布,现在家家户户都有电视了,可以从天气预报中得知风雨信息。

德吉梅朵说:"可是天气预报有些时候还是关注不到我们村子一带。"

达瓦卓玛笑着说:"哪里可能细微到村,就靠自己的体验吧。你阿爸活着时把上辈人的经验化为实用,阿妈没有读过书,但是对你阿爸牵挂风雨的事情、对四季不同的风来雨往都记得很清楚,除了手中的活计,还要和邻居互换劳动。你就放心走吧,扎囊离家也没有多远。"

晚上的时候德吉梅朵和弟弟次仁罗布说话,主要是安顿她走了以后家中的事情,不希望弟弟每天看电视,要多替阿妈做一些事情。

德吉梅朵说:"我们种了十五亩地,这可不是一个小数目,弟弟虽然不读书了,但是身体还没有长成,才十六岁,你要帮助阿妈干活,但也不要累坏了自己。土地归属是自然,除了劳动能力付出之外,主要是要靠天吃饭。四季好时,不在乎今年和去年下气力有多少差别。每一场雨有每一场雨的作用,每一阵风有每一阵风的意义,阿爸活着时知道凭风向决定收割南边或北边的青稞。收割青稞时雨水也是大麻烦,少了不足,多了为害。"

次仁罗布还没有想那么多,心里对季节变化不敏感,觉得姐姐有些唠叨就不想听,把电视的声音开得很响。

德吉梅朵喊道:"你难道不知道阿妈有头疼的毛病吗?你不可以这样。"

次仁罗布低沉着声音说:"我的血脉里流着阿爸对土地的敏感,现在我虽然什么也不知道,但不是姐姐的道理让我明白的,是一天一天往下走的日子告诉我的。我没有远大理想,农田里那点事儿,我可以从明天中学来,你就放心去打工赚钱吧。"

德吉梅朵突然觉得次仁罗布长大了。

夜暗下来时,卓嘎睡了,德吉梅朵想出去走走,沿着马路走,明月当空,地上一片银白。走在山间小道上,任何一条道都是草草开就,不平的路面就有碎石块突出路面,行走时非得时时盯住路面,以免柔软的鞋无辜被踢破。环顾四周都是草木掩映的绿色,人显得渺小起来。不知什么东西在草丛中划过,有啁啾声响起,停下来稍一细听则无处不出声响,让她感觉到大自然是如此丰富神秘。

德吉梅朵在月光下转了一个圈,她不想那么多了,每个人的视线都没有疆界,从明天开始她要慢慢抵达远方,如果老年时能去拉萨最好,赚钱,赚更多的钱,去拉萨,去北京,去世界上她想去的地方,不让一些人小看她,那么就从明天做起吧。这样想着,德吉梅朵又笑了一下,觉得周围的动静有看出她心事的,就小声说:"你们不要笑我,我想一想还不行吗?你们不要挡了我的念想,你们是知道我秘密的人,但是,实现起来会难,难也不怕,风雨抽打过我的心,我经历过了,不怕难。"

德吉梅朵不想去否认自己,日子是朝着快乐的方向发展的。

扎囊的砖厂在县城外,四周无村,所有的工人就只能住在厂子里。老板叫索朗旺堆,个子不是很高,人看上去很厚道。第一天,他和新招来的工人们训话,讲了场子里的规章制度,讲话结束后又问,听说有人懂汉语,懂汉语的举手。

德吉梅朵举手,也有几个零零落落的人举手。

索朗旺堆举着一本书说:"哪位能朗读下这本书?"

因为距离的原因,德吉梅朵看不清楚那是一本什么样的书。

索朗旺堆说:"是《走过西藏》。"

这下没有人再举手了,只有德吉梅朵。她走过去接过书,认真翻阅

了一下,然后选择一页打开朗读:

"对于未来者,西藏是个令人神往的佛界净土;对于此在者,西藏是一种生活方式;对于离去者,西藏,你这曾经的家园让多少人魂牵梦绕——西藏,就其实在的意义来说,更是一个让人怀想的地方。

"有些时候我希望自己能被西藏所怀念。在怀念的时候,被怀念者本来的价值也许就会一点一点地呈现出来。但西藏在想起我来的时候,我是一个怎样的形象呢?是一个逗留得太久,热情也持续得太久的行吟诗人吧;是一个喜欢张望人家的生活情景、喜欢打探人家的人生之秘的好奇的旅人吧;是一个执迷投入但始终不彻不悟不知圣者为何物的朝圣香客吧。西藏看我在这片高原大陆上走来走去,一定很纳闷——

"那么多年了,她在找什么呢?"

索朗旺堆很欣赏地看着德吉梅朵,他让德吉梅朵停下朗读,说:"你从现在开始跟着我搞销售。"

德吉梅朵说:"请问索朗旺堆老板,销售工资和工人的工资是怎么算?"

索朗旺堆说:"工人在一线,干的活多工资多,搞销售相对要轻松,当然没有工人的工资高。"

德吉梅朵说:"原谅我索朗旺堆老板,我喜欢到工地去,我现在需要赚钱。"

索朗旺堆挥手叫大家散去。德吉梅朵也散去,许多解释在这个姑娘身上似乎不起作用,她需要钱。

女人们一起住在砖厂宿舍,空心砖砌就的床铺,门是一扇红黄镶嵌的木板门,板门外面装着蓝色铁门环,一天都在工棚里做砖,只有夜里才回到宿舍。卓嘎不吃奶水了,德吉梅朵的胸前湿漉漉的,是奶水溢出。

几个月活计干下来,她突然觉得和这个世界有一种距离,连话都少了,埋头干活,抬头看天。来时还带着一本书看,其实干了一天活,夜晚倒头时连说话的力气都没有了,哪里能够睁开眼睛?

工棚和宿舍中间有一道栅栏门,天亮后吃饭,然后许多人向栅栏门走去。栅栏门前站着穿蓝制服的检察员,所有的腿在向前迈进,她突然很喜欢这个栅栏门,无论她的心境平静抑或躁动,一旦走进这个栅栏门,她又觉得通过劳动得来钱有多么幸福。

又几个月下来,德吉梅朵开始想卓嘎和阿妈还有弟弟。每天的生活就两个场景,此前的生活经历好长一段时间都是门里门外,门里的家,门外的世界,现在的门里门外是门里想怎么多赚钱,门外依旧是养足力气多赚钱。

半年回一次家,德吉梅朵不舍得多请假,回家一趟只停留三天。卓嘎已经不认识她是阿妈了,她哭着说:"卓嘎,我是阿妈。"

卓嘎躲开她,有几次试探着用小手去抚摸她的藏袍,很快就缩回来了,蹦蹦跳跳躲到一边去悄悄窥探。

看到地上有许多玩具,德吉梅朵以为是弟弟和阿妈买的。伸手捡起来递给卓嘎,让她近前来拿。卓嘎说:"叔叔买。"

德吉梅朵看着阿妈达瓦卓玛。

达瓦卓玛说:"是一个年轻人。他半个月来看一次卓嘎,每次来都买玩具,问他叫什么他也不说,每次送来东西问一下你的情况就走了。"

德吉梅朵想,一定是桑多醒悟了,他一定是碰了钉子,或者是让马蹄子踢了脑袋。

德吉梅朵把半年的工资交给阿妈,阿妈又递给德吉梅朵几个零花钱,德吉梅朵带了换洗的衣服很不舍地离开了措杰村。

到了县城,她要转乘去扎囊县的车,因为晚到了,车已经发动,她远远地招手追赶着车希望车停下来。如果今天赶不回去,明天就要误工,一天工资就没有了。

车在远处停下了,鸣着喇叭,但是,她追赶奔跑的途中摔倒了,一切发生得太突然。德吉梅朵迅速站起来时,觉得额头有点儿潮湿,她用手捂着追赶到车前扒着车门上去时,车上有人惊叫了一下"血"。此时她才发现有一股黏黏糊糊的东西顺着额头糊住了她的眼睛,她把手放下来看,全是血,用右手抹了抹脖子,手心立即殷红。她怕吓着他们,赶紧从包裹里拽出一件上衣擦干净,笑着解释说:"一点皮,被石头疼爱了一下,就擦破一点点皮。"

有人问她还有哪些地方疼。

她摇着脑袋表示再没有地方疼痛了。

但是,她感觉捂住的伤口有一股温热又冒出来,能够明显感觉手心又潮湿了,不能被她手掌覆盖的暖流顺着发根、额头,缓缓向后脑勺以及耳朵方向流下来,她明显感觉耳郭部分已被血充满,一会儿,耳轮里的暖流便溢出去,向耳外后脑部流去,有头发遮挡着,就让它流吧。

德吉梅朵使劲回忆到底自己碰撞到了什么地方,是什么绊倒了自己。什么也想不起来。慢慢地她觉得血不流了,也不觉得疼,迷迷糊糊又睡着了。

醒来时,发现车到了终点站扎囊县,下车后她还得走将近一个小时才能到砖厂。走吧,此时谁也帮助不了你,就是破了点皮,有什么怕的。

走到砖厂已经是夕阳西下。

夜里睡下去她才知道了疼痛,闭上眼睛,一切安静了。她突然想起了阿爸,没有衰老的阿爸有一天会回来吗?她会拉着阿爸的胳膊,看他满不在乎的微笑吗?夜里居然梦见了阿爸,依旧是活着时的样子,他对德吉梅朵招招手,悄然微笑地飘过,慢慢地隐入了墨色的高空,她惊恐地喊:"阿爸,你不能就这样走了,我们都想念你。"阿爸摇摇头,不停往高处走,很快什么都看不见了,阿爸再也不回来了,和逝去的亲人比,自己这点疼算什么啊。醒来时,发现所有人都睡得呼呼的。

脑袋疼得钻心,她突然想到了死亡,如果再睡过去是不是就是死亡来临?她再一次看见阿爸,阿爸梦幻似的突然就消失了,她不想打扰工友,小心穿衣走出外面,脑子嗡嗡的,刀割似的疼,她担心自己会疼死。受不了了,她把整个脑袋放在外面的水龙头下,让冰冷的水冲走疼痛,不能死呀,一定不能死呀。

德吉梅朵醒来时,发现一切都是白的,阳光是白的,周围是白的,错综迷乱的记忆是白的。当发现自己躺在医院里时,白色像一个口袋把她的一切装进去,包括身体。

穿白色大褂的护士说:"你被送进医院时高烧40度,伤口感染加脑膜炎,你差点死去。"

德吉梅朵说:"是谁送我来了医院?"

护士说:"是你们的工人一早发现你倒在水龙头下,是你们的老板送你来的,你为了赚钱不要命了吗?高烧都不知道吗?"

德吉梅朵说:"脑子疼得让我忘记了高烧,快点让我好起来吧,那样我好去工地做工赚钱。"

护士摇摇头说:"钱把你的心买走了。"

索朗旺堆第五天来把德吉梅朵带走。一路上索朗旺堆都没有说话。

快到砖厂时德吉梅朵很忐忑地打破了沉默,说:"索朗旺堆老板,住医院的钱你接下来扣我的工资吧。"

索朗旺堆看了她一眼,脸上的表情是难堪而痛苦的。

"你太不怕死了,减去不怕死再加上爱钱,就是德吉梅朵。"

德吉梅朵羞涩地笑了:"索朗旺堆老板,难道你开砖厂不是因为爱钱?"

索朗旺堆说:"爱钱也不能不要命啊。看你爱钱的样子,这几天的工资就不扣除了。"

德吉梅朵惊讶地瞪大眼睛:"难道你真相信钱长进了我的心眼里了?难道你真认为钱已经成为我的疾病?索朗旺堆老板,你该知道藏民家的青稞从来不出售,出售的永远都是自己的力气,力气可以赚钱,麻烦永远不能。"

索朗旺堆哈哈笑着,猛一踩油门,车飞奔起来。他知道,所有善良人的心灵都是相通的,就算是雪山高高在上,也没有融不掉的积怨,更没有接不住的绳索。

八

有一天砖厂来了一位小朋友,是个小女孩,大大的眼睛,卷卷的头发,怀里抱着一条白色的泰迪,毛茸茸的,通身纯白,雪团似的。她站在砖厂栅栏门门前,看着进进出出的工人,不畏惧,甚至放下狗,狗对进进出出的人狂吠,工人尤其是女人吓得尖叫着躲开。女孩咯咯咯咯笑着。女孩叫达娃,是砖厂老板索朗旺堆的女儿。

狗很尽职,知道它自己的使命,只要达娃挪一步,它保管不离左右,跟前跟后。这几天达娃成了砖厂工人心中定格的风景,那么风姿绰约,特别当夕阳西斜的时候,人和狗的影子都被夸张地拉长,这个小人小狗的欢叫和笑声便点缀得砖厂忙碌紧张的日子充满了生机。砖厂的人没有不认识达娃的,德吉梅朵尤其喜欢达娃,看见达娃就想起了卓嘎,常常走近达娃抱一抱她。

达娃说:"你好。"

德吉梅朵说:"你好。"

达娃会说汉语,从小就被普及了三种语言:藏语、汉语、英语。

德吉梅朵突然就哭了,也许是因为卓嘎,也许是因为别的什么,她抹着眼泪准备走时,院子外传来了马达的轰鸣声,接着,一阵扑通通的脚步声从砖厂院子外传进院子内。上货的来了。栅栏门大开,走进来的都是年轻人,他们穿着工装,工装上沾着灰土,脸晒得黑里透红,眼睛晶亮晶亮的,大多看着地上的达娃和她怀里的狗。

其中有一个人朝这边看了一眼,很熟悉的一个人,他拿着一个玩具走近达娃,好像达娃和他很熟悉,主动求抱。德吉梅朵想起了次仁德杰,这个人是次仁德杰。

她快速离开,午夜的明月从对面的山上浮起来,像奶锅那样大,比奶锅还要大,红通通的,有些像傍晚时那舔着了地平线的落日。

她急急地跑起来,急急地,好像月亮要轧着她的脚后跟似的。

她想,我躲过这个人了。

曾经无数个夜晚,放下手中的书关掉灯,把自己放置于黑暗中,对眼前发生的一切苦思冥想,未来会是什么样子呢?爱情会是什么样子呢?一切来不及想瞌睡就来了。赚钱吧,她很满足自己的生活,赚了钱以后再考虑自己的生活也不迟。因为工作,他们家的低保比例已经降低了,曾经可以不工作而享受社会福利,现在出于对社会的责任也需要赚点钱,赚了钱不当低保户。她想起桑多的眼神,桑多的眼神让她充满着难言的惆怅。怅然中面对无边无际的天空,天空可以任由小鸟展翅,可是天空也可以让小鸟迷失。没有谁告诉小鸟应该怎样筑巢、寻找水源、觅取食物,对于没有归宿的人和鸟来说,自由是一种奢侈的装饰,人和鸟一样都得背负责任。

德吉梅朵回到砖厂宿舍,拉砖车已经开走,院子空荡荡的。进入已经黑了的房间,和衣躺下,突然觉得自己躲避的东西很无聊。假如今天晚上次仁德杰认出了她,她想,我一定要和他喝青稞酒。

躺下去,片刻就昏然入睡了。

也许是第二天早上,索朗旺堆从工棚里喊出德吉梅朵,他希望德吉梅朵跟着他跑销售,现在汉族人在山南搞建筑的太多了,有些话他一时不能够理解意思,要停顿很久才能慢慢明白。

德吉梅朵说:"那要给我一线工人一样的钱,否则我的汉语就太不值钱了。"

索朗旺堆说:"假如我给你更多的钱呢?"

德吉梅朵说:"索朗旺堆老板,虽然我喜欢钱,但是多余的东西拿着了总是要烫手。"

索朗旺堆等了她近一年时间的虚荣,那虚荣还是被她自己掐断了。

索朗旺堆说:"我喊你出来是因为我有个弟弟还没有女朋友,想介绍你们认识,我的弟弟和你一样也是一个固执的人,不过固执的人总是听不进别人的建议。也许你们很有缘分呢。"

德吉梅朵羞涩地说:"也许我们没有缘分呢。两座山头上的树,永远不能闻着风的味道寻找。"

索朗旺堆说:"牛羊走向羊圈就是缘分,你在山头上问候一声看一眼就是缘分,我们在天空和大地之间就是缘分,你还是砖厂的工人,难道我们没有缘分?"

德吉梅朵说:"索朗旺堆老板,那就见见看看我们的缘分吧。"

砖厂的工人在周末有了一次聚会,年轻人抬出仓库里的一只老木鼓,异常陈旧的鼓,木帮、鼓皮泛出黑色,击出的鼓点有点破声破气,但是,也有苍凉悲壮感。大家围着木鼓,跟着敲出的鼓点开始跳,大家唱着:

> 这里走向圣地拉萨的人们,要学会检验那黄金是什么;
> 如果不会检验黄金是什么,怕黄金与汉地黄铜分不清。
> 这里走向圣地拉萨的人们,要学会检验松耳石是什么;
> 如不会检验松耳石是什么,怕松耳石与聪石混淆不清。
> 这里走向圣地拉萨的人们,要学会检验那海螺是什么;
> 如要不会检验海螺是什么,怕海螺与象牙之间分不清。

一个人牵着一个人的手跳舞,那个牵德吉梅朵手的人紧紧牵着她,手掌心都出汗了。德吉梅朵在回头的瞬间,发现那个人是次仁德杰。

他冲着她笑。这是一个多情的人,高高低低的月光在他跳跃的头发间闪烁,把目光送到天空去,把思绪牵回到每一次踏步的脚下,他的眉目传情和爱的倾吐,曾经的拒绝都土崩瓦解了。即使刚才还有一些烦乱的心情也会如秋水般平静,披着月光跳舞的民族,披着月光摔跟头,月下有许许多多的故事都很美很美。

次仁德杰牵着德吉梅朵的手离开那儿,走往远处的青稞地,月下风光的美妙和心境的愉悦,怎么看德吉梅朵都是一个羞涩的少女。

月光照着扎囊,映着山势,绵延着的群山,蓝莹莹的湖水,有微风吹来,飘动着青草和野花交融的异香。月亮很大,也很低,透明的轮廓清晰而线条分明。

次仁德杰突然跪下来说:"美丽的姑娘,嫁给我,做我的妻子吧。"

德吉梅朵羞涩地笑,一丝微妙的暖流从胸口划过,她第一次有了初恋的羞涩和愿望,此前是欲,是虚荣,是一个被外貌迷惑的错误。

月色辉映着对方的轮廓也朦胧着对方的脸庞,这是多么美妙的情境啊。

我们恋爱吧!

次仁德杰告诉德吉梅朵,他是索朗旺堆的弟弟,但是,他不会因为索朗旺堆办了砖厂就做索朗旺堆砖厂的寄生虫。为了得到德吉梅朵的爱,他策划了砖厂招工的事,知道德吉梅朵会说汉语,希望索朗旺堆不要让德吉梅朵太受苦,一直到现在。原来索朗旺堆要给她介绍的男朋友就是他。

砖厂的歌声还在继续:

从这里去东方背山上观看,遇见明媚月亮和温暖太阳;
这明月是照亮雪域的需要,这太阳是温暖四季的需要。
从这里去东方背山上观看,遇见白色公牛和黑色母牛;
那公牛是雪域耕地的需要,那母牛是雪域挤奶的需要。

从这里去东方背山上观看,遇见格萨尔王和森江珠牡;

这军王是雪域降敌的需要,这珠牡是雪域抚亲的需要。

听着歌声,踩着细碎的月光,次仁德杰和德吉梅朵走在布满碎石的小路上,他们轻言细语,怕惊扰了草丛中的虫子。此时砖厂里已经人少声寂,脚下的干草沙沙作响,月光、花木、雪水,似专门为他们走过而铺设。

德吉梅朵指指高处的月亮说:"汉族人说,那是月老。"

次仁德杰已经不会犯"不尽如人意"那样的错误了。他说:"这是一个尽如人意的夜晚。"

太阳哺育了生命,月亮培育了爱情。

九

这是2016年的冬天,就要过藏历新年了。措杰村村民小组迎来了一对新人。他们走进村委办公室,第一句话说:"我们是来退出低保的。"

一种被阳光猛烈照射之后眼前出现的短暂而温柔的黑色眩晕,让村委会接见他们的次仁索拉在潮湿的幻觉之后开始走神。他有点不明白他们在说什么,这是两张被黑红的太阳狠狠亲吻过的脸,他们应该明白,国家的钱是可以拿的。

他们互相对视了一下,德吉梅朵的笑就显得羞涩了,在热烈的阳光下眯起眼睛,她说:"这是我们家开会决定了的事情。"

次仁德杰伸出手臂,有力地和次仁索拉握了一下手。

这件事次仁索拉是无法做主的,他要去喊干部们来决定。

次仁索拉的离开让四周安静下来,风在门外跳舞,一只狗就地滚了一下,很舒服地滚进树荫下,又滚了一下,滚到了太阳底下。可能是困意和香气一起袭来了,它拖着长长的腰闭上了眼睛。

门口第一个人走进来,又有第二个、第三个、第四个人走进来。

他们觉得德吉梅朵的举动很不成熟。这个他们看着长大的女孩子,有明亮的眼睛、健康的笑容,这个疯玩疯跑疯笑的女孩,真是不知道她脑子在想什么。

德吉梅朵站在四人对面,是很严肃的事,她说:"我要退出低保。我阿妈和弟弟都已通过。"

"为什么?国家让你家每年有小一万元入账呢,你要好好想想。"

"你还没有长大呢。你阿妈知道,那是一头牛的价值。"

德吉梅朵说:"我听见城市里有人喊:别理她,低保户。他们的表情不是装出来的,有嘲笑在里面,当然不是说我,恰巧我听见了。"

"听见了又能如何?你们家还有你女儿卓嘎呢。"

德吉梅朵指着次仁德杰说:"我女儿有她的阿爸。"

次仁德杰抬起眼睛来,暖暖地笑。

德吉梅朵羞涩地笑了,长发披下来,就好像闪光的水流温柔地流淌。她没有办法解释她的行为,在她的心里,充满了未明的不安与懵懂的罪恶,但是,她无法停止。

"我们得去你家里调查,这不是你可以决定的。"

德吉梅朵说:"当然。我代替不了母亲和弟弟。"

"是因为宗教吗?"

德吉梅朵说:"不是。"

"仅仅是因为'低保户'对你是一件丢人的事情?"

德吉梅朵说:"有。也不完全对。"

"那是因为什么?"

德吉梅朵说:"是电视。"

"哦?"

德吉梅朵说:"电视里我看到了比我更苦难的人群,我省出来的总归可以给一个家庭资助。我们现在不需要太多的钱,钱已经够了。"

"钱还有够的时候?小姑娘,想吃低保的人像树叶一样伸着手等,你真是一个有高尚品德的人,要知道拿回家里的东西是没有送出去的理由。"

德吉梅朵说:"您这句话像'低保户'一样打击了我,胳膊伸长了总是要长皱纹,挖太多的草,草原的肌肤就要受损。是酥油就要化,我是一个有手脚的人,还有一颗活着的心。"

次仁德杰看着德吉梅朵,时光静止,只有空气在流动,一切美好而纯净。

德吉梅朵说:"射出的箭,说出的话,我们再没有话可以说了。"

屋子里的人知道,他们一旦发愿,十八头牛也拉不回来。

狗　狗　狗

一

　　大约是1945年7月。

　　那年夏天,天空少雨。满世界夏阳干裂裂的,茫茫田野一片肃杀。一切绿色的东西都在逐步卷曲或变黄,大风刮来时,哗啦啦的,在听觉上很干燥。王月蛾挽着荆条篮子,在山神凹窑垴地玉茭茬根上捡豆角。她在撩拨额前被风梳下来的刘海儿时,看到了风脉山巅上走下来的高头洋马。

　　小鬼子进凹了。

　　王月蛾疯也似的跑回土窑。这当下两个孩子——十二岁的虎庆和五岁的虎昌正在灶火灰烬中扒拉烤芋头。芋头的香气散发出一股揪心的膨松甜味。王月蛾揪起在灶火旁的虎庆和虎昌扭头就走,忽然又想起什么,转身从窑顶梁上挂着的竹篮里取出几个玉米窝头揣进怀里,慌悚悚地和虎庆说:"东洋鬼子进凹了,你领二子跟娘躲到后山的羊窑内。"

　　虎庆抬头瞅了一眼窗外,窗外崖头上一纸薄的夕阳,淡薄得失了血性,黄瘪瘪的。他把眼睛耷拉下来,脸上带着迷茫,不清楚日本人进凹了要干什么。

　　日本人占领中国八年了,来山神凹这是第二次。第一次是从风脉岭上过马队,没有拐下山神凹,从岭头上往太行大峡谷方向走了。虎庆那阵儿在旱水池边张着嘴看,娘一把拽了他藏进了树丛中,等了好长一阵,再看岭头上空秃秃的,马队像风一样消失了。

王月蛾旋风一样把手伸进灶火,在地锅底上摸了一把锅黑抹在了脸上。虎庆抬头看时,感觉娘的脸就像他手里捧着的烧焦了皮的芋头,在傍晚窑洞收聚的光线下闪烁着铁屑的荧光。
　　走不了了。
　　王月蛾清楚地听到马蹄的嘎巴声由远而近,心里像掉进了一块石头,那块石头揪住了她的心肺,她感到了莫名的惊恐。
　　嘎巴声越来越近,在窑门口停下了。
　　鬼子用刺刀挑开刺槐编结的篱笆,在院当中的枣树上拴了马。
　　王月蛾把两个孩子紧紧搂在怀里。二子虎昌不知道发生了什么事,一小块一小块掰着芋头往嘴里送。王月蛾说:"还吃!"
　　怕娘夺了去,二子虎昌一把把芋头全塞进了嘴里,两腮鼓了起来,眼睛看着娘。
　　虎庆瞪了他一眼。这光景就听得门哗啦一声被什么东西刺开了。
　　小鬼子进窑了。
　　留了仁丹胡的鬼子眯了眼睛细细地寻了一遍窑洞,最后眼睛停留在一团阴黑处。鬼子的刺刀闪着银光,在窑洞飞扬的尘埃中画出好看的光影。那一团阴黑似乎蠕动了一下,就听得鬼子的枪栓"咔嚓"一声上了膛。
　　二子虎昌"哇"的一声哭了,芋头喷了出来。王月蛾用手捂住了他的嘴。
　　鬼子的目光似乎有了答案,在没有进一步用肢体动作表现之前,瞥了一眼土炕上一条叠得方方正正的粗布被子。这一细微的神情很无意地被虎庆发现了,他跑过去一下跳到了被子上。他们一家人就这一条被子,东洋鬼子想打被子的主意?虎庆不干了。鬼子收了枪,咧开嘴居然笑了一下,仁丹胡歪上了脸的左上方,他从口袋里掏出两块糖递过来,虎庆一巴掌把它们打掉在地上。鬼子脸上的笑霎时不见了,一把拎起虎庆,王月蛾吓得叫了一声,鬼子松了手,虎庆垂直地被蹾到土窑地上。鬼子用枪刺抖了抖被子,人体沾落在被里上的皮屑像雪一样飘起来,鬼子嘟囔了一句什么,转身从水缸的篦子上拿了一只水瓢,反身出了窑洞。

山神凹,这里离山外有三个山头,凹里人家不到十户,大小加起来不够二十人,孤落落的一个村庄。鬼子来这儿干什么?王月蛾一时半会儿没想明白。

鬼子走出窑,卸了马鞍牵了马朝不远处的一个旱水池走去。水池旁有一棵上了年纪的正开着花的老槐树,鬼子把马拴在树上,眼睛闪着光看着水。这一池子水是他几天来看到的最好的满足。他本来不是来山神凹的,在风脉岭上看到了亮,就来了。当下他挽起袖管,愉快地笑着走近水池。那笑容在闪烁间包上了晚日的余晖。鬼子弯下腰掬起一捧水,在鼻子下嗅了嗅,然后将一瓢水泼在那匹棕黑色的马的马背上。马抖了抖颈部的鬃毛,打着响鼻仰起脖子很惬意地嘶鸣了一阵儿。

这一声惊动了山神凹所有的人,都贴了门缝看,只见一个留了仁丹胡的人赤条条地在池中上下翻飞,池水苍黄。

小鬼子忽略了天光和山神凹的人。

这是山神凹人赖以为生的旱水池,因为山神凹缺水。缺水的原因是地质结构,奥陶系石灰岩分布面积厚度在 500 米以上,致使地表水难以储存,地下水埋得很深。又因为地处太行山系大峡谷的中部,高低相差 1300 米以上,坡陡、谷深,河涨而易枯,井深而难凿。县志上记载:掘地三千尺犹不为泉。这里的人就只能靠天上的雨水吃饭。这旱水池是凹里人赖以活命的。王月蛾掀开缸看了看水,够娘母仨吃几天。

这时候虎庆说:"娘,来看。"王月蛾看到小鬼子正掏出物件儿欢叫着将一注黄水射向池中:"嗷,咯咯咯!嗷咯咯!"一腔怒火填满了王月蛾的胸膛。王月蛾说:"面朝东就是坡,好端儿淫了一池水!"鬼子的这一举动激怒了山神凹所有的人,几乎就在同时,家家户户的门张开了,一凹男女老少举着棍棒朝旱水池冲去。鬼子还没把那股黄水射尽,一根木棒就落在头上,仰面躺在岸上,围过来的人一阵乱棒,霎时,鬼子赤条条地蹬了几下腿见了阎王。

山神凹的人们抢去了鬼子所有的东西,就在他们拖着鬼子往沟里扔的时候,风脉岭头上又下来一个鬼子。

鬼子是一个一个进山神凹的。在这片土地上,他们已经很习惯了这样的走动,因为没有什么是他们害怕的。又因为一项任务,他们同时在风脉岭上看到了这个旱水池。这是一个小岛上的民族,习惯于和水会合,过惯了水沫飞溅、浪花欢跳的日子,只要几天没有见水了,就会好想好想。

鬼子发现了一群男女往村里跑,他大叫了一声:"八格!"

山神凹的人没有停下来,乱了阵脚一样跑了起来。鬼子朝天放了一枪,四处奔跑的人叫喊着停了下来。鬼子把他们集中到旱水池边的一块空地上,发现了对面院里的那匹东洋马,踮起脚尖尖顺着一溜血迹看到了坡地上躺着的鬼子。鬼子望着鬼子,牙齿咬得嘎巴响,恶狠狠地举起了刀,手起刀落,一个山神凹人就地滚下了旱水池。一个,两个,三个……霎时,山神凹的人的头就像滚冬瓜一样滚到水池边停住,人头张着嘴,瞪了眼,看旱水池,水池沿儿上有一片血散开,像三月桃花开得红艳。

整个过程几乎就是一眨眼的工夫,山神凹的人甚至没来得及反抗。倒是畜生受了惊吓,挣脱了缰绳,长嘶一声蹿出了出去。

杀红了眼的似乎不解恨,挨了家搜索。

为了两个孩子,王月蛾没有出窑。这当口,一股被滚弄得潮腻腻的血气由远而近窜进了窑洞,王月蛾心火燎燎地蠕动起来,她明白想不到的事情来了。她把两个孩子打发到地窖里,她说:"记住,什么响动都不要出来!不要哭,饿了吃萝卜、芋头。"

石板扣上时漏了一丝天光。

王月蛾看到有一个人要走过来了。

一个东洋鬼子。

王月蛾从缸后抄起了一根顶门棍,猛一顿,立在了鬼子面前。

窑门吹进来一阵凉风,王月蛾感到后背上有蚯蚓在爬动,同时也感到小腿肚子酸困麻刺刺地正朝她的上身漫,双方对峙着。僵持像悬桥样搭在王月蛾和鬼子的目光之上,他们每眨一下眼,那僵持就摇摇晃晃弄出一些惊心的响动来。

僵持比死亡痛苦几倍地消耗着她的体力。王月蛾不敢先动手,因为,那柄战刀闪着银白色的亮光。

鬼子仔细眯了眼睛定定地看着王月蛾的脸,似乎看出了什么内容,就有了念想,欢快地叫了一声,上前想拉过来王月蛾。鬼子想拉王月蛾过来干啥,王月蛾明白,鬼子更明白。王月蛾为了给自己壮胆,手里的棍有力地晃了晃,然后用力打了下去,因用力过猛,顶门棍子打在窑门上,碎成了几截。一刹那,王月蛾看到鬼子的军刀卷起了很厚的刃,豁豁溜溜,那刀尖儿滴着血一下子插进了她的肚子,王月蛾瘫了下去,闭上了眼睛。

天色苍白,一纸薄的晚夕也不见了,半空的血气麻麻乱。东洋皮靴的嘎巴声从凹西走到凹东,之后,两匹马一个鬼子离开了山神凹。

虎庆和虎昌在地窖里看着天光暗了又明了,有阳光拉丝一样落进来,突然地天光就又暗了。什么声音也没有,虎庆对虎昌说:"二,咱出去。"

他们爬出来的时候看到的是天上聚过来一块很厚的云。走进窑内,他们看到了娘躺在地上,肚子露出了一团曲里拐弯的东西,血干瘪瘪地在土窑地上发着暗红。虎昌大叫了一声:"娘——"浑身像筛糠,张着个嘴说不出话来。

一场暴雨从天而泼。雷神喊叫着,将地面上山神凹人的死人血聚集在一起流向旱水池。

山洪从风脉山头上蜂拥而下,兄弟俩顶了雨往山头上爬,他们想翻过岭头到后柳沟找一个人,这个人不是别人,是武嘎。

雨下得太大了,红胶泥路胶去了俩兄弟的鞋,他们反身回到了窑垴顶的一个给牲口铡草的窑内。虎昌瑟瑟缩缩拉了哥哥的手,他的手像火炭一样烫,虎昌说:"哥啊,冷。"

虎庆反身抱了他躺在谷草上,感觉自己是抱了一团火,吓得站了起来,用谷草将虎昌盖起来,一边盖一边说:"二,不要吓我!二,不要吓我!"

清鼻涕和着泪水一把一把甩在地上。天黑下来时,雨有些见停。虎昌开始呻吟,到后来渐渐变得安静了许多。窑内漆黑一片,虎庆的眼睛望空了,落落寞寞的沉寂便哐当一声砸在了他的心上。只一下,他才灵醒到一凹人就剩下他弟兄俩了。他心里满天满地空旷起来,死寂和恓惶像突然降下的深秋一样弥漫了他全身:"娘——娘——娘——"

这一声紧一声的黏稠的叫声把山神凹的脉气叫得似要冲荡出来,一些窑檐下落脚的鸟,冷不丁儿乱飞,这时,就有回声传来:"娘——娘——娘——"

虎庆一觉醒来时,天麻麻亮。雾气积聚在山神凹内,他扒开谷草叫:"二,二,二——"

虎昌无声,已在半夜里断了气。深灰色的山蒙上了浅白色的雾,他的呼喊声像麻绳一样断了下去,心里轰然一声巨响,仿佛窑将倒塌,他疯了一般朝后柳沟跑去。

二

山神凹眼下除了虎庆,还有一个人活着,他是放驴汉武嘎。

武嘎是山神凹唯一的一个青皮后生,其他的都给充军走了。他之所以没被充走,是他整日在外放驴,他给外村几个大户合起来放驴,也掺了几只羊,驴是泉沟的驴,羊是山神凹的羊。他不在泉沟放,也不在山神凹放,要到后柳沟放。他说:"泉沟的山上树稠,有狼,后柳沟有一块缓坡地,草厚。这地方十年九旱,哪里有草让驴吃,就把驴放到哪里呗。"

其实,无论山神凹还是后柳沟的人都清楚武嘎是想后柳沟拴柱的女人。也就是说,武嘎没有女人,他的女人是拴柱的女人。

拴柱的女人叫秋。

秋是1930年拴柱他爹从中原买回来的童养媳。秋被买回来时,10岁的她不及7岁的孩子高。黄皮寡瘦的脸皮儿上扣着一双大眼睛,睁开看一只眼睛比嘴大,两只眼睛占了半个脸。一张小嘴凹进了两颊,两半儿脸蛋上就点出了两个小酒窝。由于旱灾,又因为是闺女,拴柱他爹五尺土布就买回了她。

当春水还异常寒冷时,秋抱了一家大小的衣服到后柳沟的旱水池洗涮。拴柱给她搬一块搓衣石板,石板下有旱瞎子挑了尾巴来回跑,秋就揪住瞎子的尾巴摔在旱水池的石垛上。有人看见了说,河南来的"草灰"杀生,谁也不待见她。没想几年光景下来,秋就像春天潮湿地带长出的小黄菊,灿灿的,像是见到什么就受到了什么的滋润,在青枝绿叶间亮得嫩爽,清朗活泼得像刚脱了蛋皮的小鸡子。

17岁时,拴柱他爹给他们圆了房。圆房只能算是一个结果。因为,打小人们就知道拴柱没有小锤锤,两条细麻腿中间是一个肉球球。秋不知道这意味着什么。星月的阴影挂起来后,她才知道人这一辈子活了个啥。在山沟沟,十五六岁的闺女都抱娃儿了,儿女房事打早婆家人就示范,秋的婆家却从不提及此事。

月黑的夜里,秋摸着那个肉球球,摸着摸着就睡了。到半夜,听得对面炕上有翻迭声,是公公在摸索婆婆。夜很静,他们的出气声却很粗,有响声冒出来一个气泡,那个气泡一下就撞疼了秋的心。她狠命地拧了一下那个肉球,拴柱被拧疼了,听到对面炕上有动作,就拿腔作调地咳了一声。对面炕上那些个冒出来的气泡就飞远了,气息声就小下来,只是喘息声还在,还继续,细小的气泡儿还在冒。拴柱就用嘴咬秋的肩,这一咬倒咬出了秋的痛快。秋感到全身像木炭遇了火星子,热烫地叫道:"咬啊,咬啊,咬啊,咬——啊——"

后一句"咬啊"如鬼魂的游丝,长长地、悠悠地呵出来,对面的土炕上的喘息声像麻绳一样断开了。

白日里,有好事者把秋夜里的音调呵出来,秋听了脸上就好像有耳光掴打后的火辣,心里窝着的羞辱像藏匿了无数串烧红的蚂蚱。

秋肩了锄到坡上的玉米地里锄苗。黄土坡地上因为干旱弥漫着阳光的焦煳味儿。她把锄扔下,坐到地垄的一块石头上生气。风吹来,玉米叶子拥动出哗哗的响哨儿,她把手插进土里揪出一疙瘩野小蒜,放到鼻子下吸吸,香辣青涩的温暖就汪洋了一脯胸膛,脸上有粉粉的红晕浸出来。

"吆呵——"

远处悠悠的滚雷一样,滚来一声男人的喊叫声。

秋把手放在额头上抬了头看,见山梁上墨黑的油松现出紫金,有一层烈烈的烟尘铺在上面,那是夜的地气在日头下生出来的张狂,往下看,看不见吆喝的人影儿。秋呆呆地看着远处,不由得想了心事,她恨爹娘把自己卖了,落脚在这山沟里。落脚在山沟里也罢了,一辈子还被这样一个男人拴死了。泪水不听使唤地流了下来。

这当口,武嘎赶了驴和羊顺了沟口进了后柳沟。把驴和羊赶到缓坡地,见秋在地垄上坐着,四下望望没见有别的人,绕了一圈走到秋跟前。见秋脸上淌泪,武嘎说:"大白天的,哭个啥?"

秋抹了抹泪,看看是山神凹的武嘎,说:"没哭啥,瞎想。"

秋又回头看看,说:"坐吧。把山神凹的驴赶到后柳沟来放,也不怕路远?"

武嘎说:"远怕啥?再远的路能远过咱这双脚?什么样的山头登不上?什么样的弯道拐不过?"

武嘎说这话时,眼睛转了一个大大的圈,除瞭了周围的山上,还瞭了秋的脸。

他瞭到秋的脸上贴上了红晕。一个女人要见了一个男人,脸上贴上了红晕,那种事情八成有门。

秋不说话,望着地垄边的深沟,沟中蓄满了燥热,正当晌午,热气涌上来焐烫了秋的脸。

武嘎把身上穿的粗布褂子脱下来,揉成一团在脸上抹了一说:"这天闷热得要死。"

秋闻到了武嘎身上的汗臭味儿。

武嘎把布衫夹到腋下,往前坐了一下,想说什么又没有说什么,手在自己的身体上搓来搓去,搓下了一些泥撅撅。武嘎说:"人住的地方就怕缺水,人要是没有了水汽,就和这地一样干得能裂开个纹儿。"

秋说:"裂就裂,遇了雨水倒好,灌得猛。"

武嘎说:"你就是旱得干裂的地。"

秋没有言语,好像在品咂着武嘎的话。

武嘎用手轻轻擦了一下秋的胳臂肘,秋就一蹶趔,双手往腿中间夹了一夹,顺口叫了一声:"驴。"

武嘎说:"驴还知道个跳马,鸡还知道个打鸣儿,猫狗都知道个二八月,是吧?人就这么个日哄日哄算了事啦!"

秋的心里浸浸地淫起了一团热燥,一团火。

武嘎进一步说:"咱打个比方吧,要是你就是那个芦花儿母鸡,咱就是那个黑花儿公鸡,我追着你打鸣儿,你撅屁股不?"

"没皮脸。"

秋抬起头又低下头笑,把双手抽起来捂了脸。粉嫩的指尖上沾的黄土、野蒜汁味儿散开来,秋歪了脸看玉茭地的青苗儿。

武嘎对着远处叫了一声:"黑——"

岭尖上闪过来一条黑毛狗。

武嘎站起身看着秋,看着看着弯下腰"嗨"了一声,抱起秋走进玉茭地深处。

黑在玉茭地外面四下里吐了血红的舌张望着,看人。

多少日子,燥闷焦枯的山梁上开始有了一些别样的味道。玉茭的动荡似乎是洪水卷流的头,上下起落,把山脉撞得一片洪荒汪洋。

玉茭熟时,武嘎和秋转移到了后柳沟的羊窑内。天寒窑暖,天热窑凉。铺了干草,秋天的草厚,厚厚的草把驴和羊养得肥腻。武嘎把羊毛薅下来捻成线,削了荆条针绾毛裤,生羊毛织出来的毛裤硬邦邦的,武嘎织了要给秋穿。秋说:"裤裆中间留下个口,我添了布,生羊毛磨得裆疼,也痒。"

武嘎就笑了说:"那活儿就是绝痒。"

十几只羊和十几头驴在窑口聚成团,日照的光影从畜生的皮毛中间漏进来,有青白色的滴答滴答声响起。秋知道那不是水声,也不是树声、草声,间或虫鸣声,是羊屎的吧嗒声。

三

武嘎是鬼子进村的前十天出后柳沟的。武嘎出凹有一件事情要紧着办,他想给秋扯二尺水红洋布。秋说:"武嘎,你到山外给我扯二尺水红洋布,我想做个肚兜。"武嘎就去山外给她扯水红洋布。这一去就是10天。这10天里发生了好多事情,对武嘎来说,这10天他是一生都不会忘记的。

武嘎翻了两座山到一个叫王壁的村里扯布。这里平常是有货郎挑了货进山的,因为兵荒马乱,货郎不得不在自己的村子里隐下来。武嘎找到货郎扯了二尺布揣进怀里往回走。也该他倒霉,走着走着就遇上了一队日本鬼子。

这是1945年的6月底,从天空掉下来两个炸弹在日本小岛上,它不是普通的炸弹,让这个不知道什么叫怕的民族怕了。驻扎在晋东南的日军接到上级的命令要撤出山,一小股撤退的日军在山里迷了路,就在他们像群无头苍蝇在大山里乱转的时候,遇见了武嘎。日本兵要武嘎带路,还把一挑担子架到了他的肩上。担子说重也不太重,一路走去离山神凹远了,离后柳沟也远了。武嘎肩上的挑子就重起来,他想这样下去不是个办法,得跑。就这样走走停停,停停走走,武嘎始终没逮个机会。他看到日本人只要歇下来,就没完没了地修理挑子里的一个铁疙瘩,还不时拿一个像算卦的罗盘一样的东西对方向。机会终于来了,到了晚上,武嘎乘鬼子换岗的当口,跑了。

武嘎没有白跑,他背了铁疙瘩还拿了那个很像罗盘的东西跑,绕了山梁,不走正路。

武嘎拿走的是日本人的电台和军用指南针,当然他并不知道它对于日本人的作用。他一边跑一边骂：

"让老子给你带路,还给你当挑夫,越走越远,好好的一个人就这么说走就和你们走了,了得! 来这山沟里干啥来了,我偏让你想干啥尿不成啥!"

铁疙瘩很重,武嘎本来想抱了它回沟里找铁匠打两把锄,但走着走着就嫌碍事,抱着它跑到山梁上把它扔到山梁下了,怀里揣了罗盘和二尺水红洋布走回了后柳沟。

武嘎回到后柳沟的第二天就下了一场大雨。雨铺天盖地而来。武嘎望着对面的山上冲下来的石头蛋子,想：东洋鬼子完蛋了,尸体明天一早就刮到了峡谷外的林州。武嘎大声地笑了起来,窑口的驴因为武嘎的笑也对着外面的雨嘹亮地叫起来。

第二天雨歇了,武嘎打发黑去叫秋。黑在秋的土坯房前叫了两声,秋就会意了。但她偏偏不表示：人走了这么长时间,一回来就让狗来叫,想得好! 就没有了出门的意思。

黑跑回羊窑哼哼了两声也反映不出个什么来,武嘎和黑说："心里明白就是说不出话,是不是?"

黑哼哼了两声。

武嘎取了一个包袱夹到腋下,往秋的土坯房子走去。他不从村上的正道走,而是沿着墙根走,来回绕着闪了几下就走进了秋的院子。在门口碰见了秋的公公,武嘎立马咧开嘴笑,秋的公公说:"出了趟远门?"

武嘎说:"出了趟远门。我薅了些羊毛给你做褥芯,喏。"

武嘎递过去包袱,秋的公公接过来翻看羊毛的成色。这间隙儿,武嘎的眼睛绕了一圈,看见秋在炕上坐着正瞅着窗外,拴柱在给他娘捶背,咚咚咚捶背的声音缭绕了满院子。因为是夏天,闷热的天气让沟里人摘下了窗户透凉,武嘎这么着就把所有的景致看了个透。

秋的公公说:"进屋子里去吧。"

这话反倒让武嘎不大自在了。他用手挠了挠后脖子,挠了一指甲泥撅撅,泥撅撅像丸药蛋子一样在手指上卵了卵,弹了出去。

武嘎能走进秋的屋子里与拴柱自身有很大关系。拴柱是家里的独根苗苗,却又是个二尾子。他爹一直想要个后,那年头想要后是没有办法人工造就的,必须依靠他人器官的帮助来解决。拴柱他爹和他娘私下里商量了一下,对待儿媳要睁一只眼闭一只眼,意思是想要别人代替拴柱来实现,不管是谁的种,生在了老宋家,就是老宋家的种。武嘎成了第一人选。当时拴柱心里很憋屈,直到秋背着他和武嘎偷情,自己干着急又行不成事,觉得自己的能耐确实不大,才稍稍想通了。就是说:一些事情只要一下想通了,很重要的事情搬出来也就很顺当了。

武嘎进了屋:靠窗的炕上秋在做针线活;靠墙的炕上,拴柱卧着给他娘捣背。

就算是人家放松了,武嘎也还是不大志气,首先想到的是要讨得宋家人的笑脸,才能行事。撩起屁股坐到秋的炕上说:"拴柱,给你个耍子。"

他从怀中掏出了那个很像罗盘的东西,并捎带出了二尺水红洋布,顺手就给了秋。拴柱接了武嘎扔过来的那东西,翻来覆去看了半天,那尖尖的红针针怎么样转都是一个方向,不知道是个啥,稀罕得很。拴柱跳下炕挨到秋的身边要秋看,那个红针针就指着秋的胸脯。

拴柱稀罕地说:"秋,快看,它指了你的妈妈穗。"

这地方的人管女人的乳房叫妈妈穗。秋就挺了挺要它指。武嘎的心一下子弄得很是不自在:撩啥吗?让心火燎火燎的。十天了,一下子也没有接挨到实处,指着个那东西算个啥?

武嘎斜了眼珠子暗示了秋一下说:"没啥说了,就这,我走了。"

秋马上明白了。看武嘎一走,她就指着那个很像罗盘的物件和拴柱说:"你拿了它去问问看坟地懂阴阳的沟西的刘来法,这和他那个罗盘一样不一样,他要是想要你就卖给他,讨他几个钱花。"

拴柱他娘很赞成儿媳的聪明,也催促儿快去。拴柱跳下炕,趿拉了鞋,提了提裤说:"那鸟?比鳖都精。"咳嗽了两声出门走了。秋在身后说:"货在你手上,卖不卖给他看价钱。再精,再精他也是个乌龟。"

拴柱找见刘来法给他看武嘎给他的东西。拴柱说:"这个东西你不要小看了,是从大地方带回来的。你不要问是谁带回来的,在我手上,就是我带回来的。我是看得起你才让你看,想想咱后柳沟有几个人配看这么高级的东西。这东西你一定用得着,是吧?不过我是舍不得卖它。你只能看看,看看你就清楚它的分量了。"

刘来法接过来看了半天,心中大喜,脸上露出来的笑却很是寡淡。说:"这么个东西有啥值钱的?铁片儿落在了潮湿地方,再好也是个锈。你说我要是拿了这么个东西去给人家看风水,谁能信我?不看也罢。不过,这么着吧,既然你拿来了让我看,我也看了,看了就不能白看,你领我到你家的老坟上看看,我给你解捷毛病。你家的后人稀,不仅稀,还少东西。你爹找了我几次让我去看,我都没有空,现在有个空咱去看看,这洋东西还是给你,给。"

他们一起到了拴柱家的老坟上。刘来法说:"我掏出我的家什来,你掏出你的家什来,看看就清楚了。我的家什上啥没有:金木水火土,这么着由外向内看,乾一、兑二、离三、震四、巽五、坎六、艮七、坤八,寅丑、亥戌、申未、丁午丙,说多了你也不大清楚。你那家什上有吗?这么个东西还不如你家坟上的一块石头有用,一块石头真要摆对了地方你准兴旺。"

拴柱本来想着要卖个好价钱的,听这么说,倒觉得这东西放在自己手上真是没什么用处,顺手把东西递给刘来法:"啥也没用了,还说个啥?白给你也没有用,还是你拿着吧。"

刘来法有些窃喜:这么着就把这个东西弄到手了。他确实喜欢这东西,因为它指着个南正正的,一点也不偏。自己的罗盘要拉了红线转,麻烦又不准确。刘来法在坟上来回走了几圈,说:"坟是块好坟地啊,要说后人有毛病,怕是住的屋子宅基有小毛病,今儿咱就不看了,隔天给你看看去。"

秋下了地,把针线活绕了几绕,撩起夹袄放进了肚兜。照着镜子吐了口唾沫抿了抿刘海儿说了声:"娘,我去村上绕一圈子,听听有什么稀罕事。"拴柱他娘也吐了唾沫,只是,她吐到了地上,是很重的一口,看着秋的背影说:"浪死你。"

秋走进羊窑时听到窑掌深处有二胡声传出来。二胡是武嘎自己做的,做这把二胡他费了很大的劲。先是从山外的戏班子里偷了丝弦,又用粗一点的荆条做了杆,细一些的荆条做了弓。武嘎的二胡拉出的音不大正,主要是二胡的筒是一块核桃木挖出来的,闷得拉出来的音儿走形。就听得武嘎凉腔走调的唱挤出窑来:

> 上一回庙来打一回钟,
> 看着个你来伤一回心。
> 人人都说我和你有啊,
> 说有就有你怕他个甚?
> 天塌下来有高人在顶,

怕就怕你和咱不一心。

狼来了有咱的黑羊顶,

咱硬邦邦顶你行不行?

秋走进羊窑,觉得窑中有一股子潮气扑面而来。武嘎看到窑口上闪出个影来,知道是谁来了,来回锯了两下弓,收了二胡。武嘎一把拉过秋按到了自己的身体下,秋一张粉脸仰着要武嘎吸吃她的舌头,武嘎吸溜了两下,急慌慌地拽开了秋的红裤带,秋软软地倒在了草铺上。秋的手在武嘎的胸脯上摸,像水一样顺着欲望的沟往下流,就摸到了他的痒处。天光的阴暗之间,那东西如出檐的椽挑挂起来,湿润润的,灼热悄然间浸满了全身。

秋听到羊屎吧嗒、吧嗒往下掉,一听到这响儿秋就开始绝痒了。

这当口,一个人就闯进了羊窑,因惯性的冲力,身体重重跌爬下去,随即传来嘶哑的声音:"狗、狗、狗——"

这个人是山神凹活下来的虎庆。

武嘎赶紧挽起裤带,扒开畜生群把虎庆抱进来。虎庆脸上干净得没有一丝儿血色,身子干瘪瘪硬硬地挺在武嘎怀里。武嘎抱紧了虎庆说:"孩,不要抖,你给咱说。"

秋光了身子散乱在草铺上,坐起来要穿衣,听得武嘎说:"不要穿裢子,抱了暖热咱孩。"

秋把虎庆接过来搂紧,软软的身子贴紧了虎庆湿漉漉的身体。半响,虎庆缓过一口气来,指着窑口瞪着眼说:"狗、狗日的东洋鬼子!"

武嘎把秋残留在他嘴里的口水唾到窑墙上,说:"狗都不日!虎庆孩,慢慢给咱往下说。"

武嘎要秋暖着虎庆,他就出门了,一边走一边喊着:"狗,狗日的咋就不绝了种?"

后柳沟的人不知道他在骂谁,想来想去很符合骂拴柱,就想好戏来了。这日子蝗灾、旱灾,天灾不断骚扰,人眼看着都活不下去了,还有人有力气骂。被苦难困扰的后柳沟人就想看这个稀罕。骂着骂着,武嘎的叫骂声像炸雷一样跌落在了人们的头上:

"山神凹,一凹人被狗日的东洋鬼子杀光了——后柳沟的人听见了吗?天杀的日本人的祖宗!"

人们的神态一下紧张了起来,看到武嘎跌坐在地上拍着地,满脸的泪水哗哗往下流。

武嘎和后柳沟的人们进了山神凹。进凹前,秋给武嘎灌了一壶米酒,取了一些黄表纸,要武嘎见到死人的时候了个心意,就算是屈死的,临上路也能喝一口汤水。一进山神凹就看到旱水池里的水泛出红光,有黑乌鸦盘旋在头顶上叫。武嘎揪开酒壶塞子,先是自己灌了一口,要后柳沟的人都灌了一口。武嘎说:"大伙喝一口壮个胆,我替山神凹鬼们先给你们磕三个响头。"

武嘎说完,跪下来重重把头磕在地上,抬起来的时候后柳沟的人看到他的额头上有一个血红的印子。埋人的动作快速麻利。旱水池的半坡上耸起了一个大土堆堆,武嘎点燃黄表纸,纸灰儿乱飞,一种想喊想叫的冲动撞击着他,但他就是喊不出也叫不出。埋了山神凹的人回到后柳沟,把驴送回了泉庄的主家。他要秋把虎庆带回家看好,赶了羊上了山岭上。武嘎在山岭上望着山神凹的窑洞哭了起来,一凹人对付不了一个人,山神凹的血白白地染了那一池子水。

山岭上看到远处一清二楚。这么着就看到了一长溜儿日本人从远处骑了马走来。武嘎倒吸一口凉气蹲下了山,黑跟了他跑。武嘎骂道:"回,守着羊去。"

黑刹住了后蹄,不大情愿地站住了看着武嘎往下蹿。

武嘎往山下蹿得有些猛,半山腰上的一棵松树拦了他一下,他倒了下去,滚着往山下掉进了沟里。黑看到武嘎掉到了沟里箭一样地蹿下了山。

它跑到秋的门前对着秋叫。

秋想武嘎刚上了山就回窑了,刚从山神凹干了那么重的活回来,就又想那事情了,没时没晌的,人就是个人,不是个铁蛋子。秋顾不得多想,拉了虎庆往羊窑走。秋想我拉了虎庆,武嘎你就只能歇息了。

羊窑内没有武嘎。

黑对了羊窑叫,秋拉了虎庆跟了黑往山里走。这么走着,秋就听到身后的马蹄声,那声音听起来像敲鼓声,虎庆回头看了一眼就说话了:"狗——"

秋捂住了虎庆大张的嘴往前跑,跑到山包包上武嘎掉下的地方,黑停下来看前面的沟,秋顾不上看黑,找了一处藏身的地方看着山下。

日本人一进村举了枪朝天往出冒火,四处逃跑的后柳沟人尖叫着。黑叫着往山下跑去,秋张着嘴说不出话来。秋看到四下里逃跑的人停了下来往一起聚,有一个人不大听话,想逮个空往外跑,一个日本人刺刀片儿一挥他倒了下去,是谁呢?认了半天是自己的公公。

秋看到黑呼的一声扑上去咬住了日本人提刀的手,她感觉那把刀和那只手是一起掉下来的,枪响了两声,黑倒在了地上。

这时候有一个穿了黄军马裤拿了喇叭的人说话了,他说的不是日本话,是中国话。秋想:日本人里面怎么会有中国人呢?

穿黄军马裤的那个中国人说:"乡亲们,我们大日本帝国的'皇军'是开明的部队,我们现在是想绕道出山,就是说要离开这个美丽的国家了,我们不想伤害大家。今天,之所以到这里来,是因为,几日前有一个八路,他借着给'皇军'当挑夫的名义,偷了'皇军'的电台和指南针,'皇军'想知道那个人是不是这个村里的人,只要是这个村的人,只要把东西交出来,'皇军'就放了你们,并且有赏,大大的赏金。有知情不报者,'皇军'的刀是不吃素的,有谁说出了他,'皇军'一样的大大有赏。"

后柳沟的人静悄悄地不说话。拴柱眼睛一亮,不由得扭头盯紧了沟西的阴阳刘来法。因为,那个叫指南针的东西在他手上。不知道是不是说的那个能领赏金的东西。

穿黄军马裤的显然注意到拴柱的神情,指了一下刘来法,说:"你,出来。"

刘来法抖动着身子边往出走,边从怀里掏出那个指南针。一个东洋鬼子看了一眼就明白了,挥起刀,刘来法的胳膊掉在了地上。刘来法不觉得疼,盯了地上的胳膊看,又扭回头看看自己的肩,骨头白皮肉红,哇地尖叫了一声抬脚就朝一个地方跑。他跑的方向是拴柱站着的地方,他想:我把你个拴柱,我不撕吃你就不叫刘来法!没等他跑几步就倒下了。

拴柱心里想着两个字:活该。叫你拿了值钱的东西不给钱。

刘来法的闺女脸上抹了锅黑,大叫着跑出来扑到她爹身上,指着拴柱骂起来。那个穿黄军马裤的人指着拴柱说:"你的,出来。"

拴柱就出来了。拴柱出来的时候在刘来法身边停住了,蹲下身子从刘来法掉到地上的手里,掰出了那个叫指南针的东西。伏在刘来法身上的闺女猛地扬起手掴了他一个巴掌,犹不解气,站起来要和拴柱拼命。

穿黄军马裤的和马上的一个留了仁丹胡子的日本鬼子说:"'太君',女人的干活。"

"太君"挥起了军刀,后柳沟的人们就闭上了眼睛。"太君"的军刀没有砍下来,在空中画了很大一个弧,随即刷地插进了刀鞘,示意几个小日本兵拖了刘来法的闺女走了。

没等穿黄军马裤的人说话,拴柱扑通一声跪下说:"这个指南的针,是我的,不是他的,他把我的骗了去,我把它给了你们,我应该得大大的赏金。"

穿黄军马裤的人上下打量着拴柱说:"你从哪里弄来的?要如实说,不得有半点虚话。怎么弄到这个东西的,和这个东西一起的还有电台,你,弄到哪里了?"

拴柱有些傻了,怎么又冒出那么个东西?拴柱摇了摇了头说:"没有见那么个东西,不知道是个啥。"

穿黄军马裤的人说:"不知道?那么,你说你是从哪里弄来这个的?"

马上的"太君"抽出军刀叫了声:"八格!"拴柱一下子抱了头坐在了地上,裤裆里一热,黄尿顺着裤管往出洇。

拴柱埋了头抬起胳膊指着对面山上说:"岭尖上,放羊人,武嘎。"

"太君"指着穿黄军马裤的人说:"你的,上山的干活!"

穿黄军马裤的人立马点了头说:"是是是,'太君'。"穿黄军马裤的人迈动八字腿往山上走,他身后传来刘来法闺女撕心裂肺的喊叫声。几个日本兵过去把扑在拴柱爹身上的拴柱娘拖走。从人群中又找出几个女人。拴柱想:我怎么没有看见秋?抬了头看着娘和后柳沟的女人们被拖走了,拴柱埋下了头,他的脑海里空洞洞的,啥也没有,填满了一股子尿臊味。

马上的"太君"拿起望远镜看山头:

山头上是山尖,山尖上是天空,天空中有白云悠悠,往下看是如刀削下来的山崖,山崖上灰秃秃的,偶尔斜出来一棵小树,再往下看就看到了羊,很自在地吃草。再往下看怎么也看不到人,尽是一些松树,松树上跑着几只松鼠。"太君"咧开嘴笑,他是太喜欢这大自然了。放下望远镜揉了揉了眼睛,生疼的眼睛里就揉进了一座山,是富士山。山下开满了樱花,他的那个叫杏子的姑娘在樱花树下走,像一朵大樱花。他很快就要见到这朵大樱花了。他是在接到撤退命令时准备出山的,没承想半路上电台发生故障,与外界失去了联系,已经在大山里转了十几天了。他们是日军三十六师团二二二联队一大队编组的两个放火中队中的一个中队的一小股。日军华北方面军对他们此行下达了这样的命令:"凡是敌人区域内的人,不问男女老少,撤退前应全部杀死;所有房屋,应一律烧毁;所有粮秣,不能搬运的,亦一律烧毁;锅碗要一律打碎,井要一律埋死或投下毒药……"这是他们对这个国家实施"强化治安"的最后"凯旋"。

"太君"又举起了望远镜,接着往下看:山坡上开满了黄色的小花,拉近拉近,黄色的花上有蝴蝶飞来飞去。再往下看,就看到了一个人,不是一个是两个,前边走着一个,后边跟着一个,前边的走得松松垮垮,后边的屁股蛋子上挎了刀,是个瘸子。后边的不用枪和刀对付前边的那个,用一个细长的家伙顶着前边那个人的后脑勺子。"太君"叫了声:"八格!"

鬼子的枪尖尖一起掉转了身体朝那两个人指去。前边的人是穿黄军马裤的,后边的人正是武嘎。

武嘎拿了羊铲顶了前边的后脑勺,他不相信他的羊铲不如那军刀快。前边的人叫喊道:"'太君','太君',我的大大的立功了,找到了要找的人,你的不要朝这边开枪。"

武嘎说:"把沟里的人都放了,我告诉那个东西在哪儿。"

"太君"拿了望远镜拉近看看,看清楚了是那个挑夫,要找的人。"太君"抬起刀指着穿黄军马裤的人说:"死啦死啦的,讲!"

穿黄军马裤的扭不回头来,不知道要讲啥。好在"太君"很快就明白了,示意旁边的一个日本兵放枪,日本兵痒痒得早就想放了,举起来瞄准就放,"太君"拿军刀挑起了他的枪,意思是吓唬一下。枪朝天响了。

穿黄军马裤的一听枪响掉头就跑,武嘎往前用劲儿一铲,穿黄军裤的头朝前倒了地,羊铲嵌进了他的喉骨中间,竖直了还频率很高地晃了一会儿。

"太君"从马上跳了下来,小脸儿抽成一团黑说:"你的,把那个东西藏哪里了?"

"你也会说中国话嘛。好,我告诉你吧,我把你们要的那个东西放到了一个山崖下,你明白的?把他们放了,我就领你们去取。"武嘎指着身后的人说。

"太君"狞着笑,把眼睛眯成一条缝,细柔得瘆人:"狡猾狡猾的,你的八路?"

武嘎说:"你说咱八路咱就八路,你把他们放了。"

"太君"没有放人的意思:"你的,把东西还给我,我的放人,不然全部死啦死啦!"

突然听到刘来法的闺女喊叫着从屋子里跑出来,武嘎回头看时,看到她光着身体,胸前的两个妈妈穗被割掉了流着血,披散着头发,跑到前面的崖上纵身跳了下去。武嘎想,怎么没有见到虎庆和秋?拴柱看到刘来法闺女的样子,吓得倒头大叫:"我有良民证,我是支持'皇军'的,我不想死啦!"武嘎说:"孬种!"然后对日本人说,"叫几个跟你爹走!"

秋看着日本人押了武嘎走了。可怜的武嘎不知道日本人要把他往哪里押。她是看到武嘎拐着腿从山崖上爬上来的,不知道他为什么摔了下去,武嘎被摔得鼻青脸肿,爬上来时遇见那个穿"皇军"马裤的人,三下两下武嘎就绑了他。因为距离远,秋和武嘎没有说上话。阳光背过了山那边,秋不想让虎庆多看山下的血腥,又不放心山上的羊,拉了虎庆躲开后柳沟人的视线往山尖尖上走。秋对虎庆说:"不要害怕,你大小也是个男人,不要怕。"虎庆不说话,12岁的男人能说个啥!秋看到武嘎织好的生羊毛裤在青草地上好好放着,他们找了一个地方坐下来。虎庆的嘴张着说不出话,被风吹得起了一层干皮子,秋揪了一把青草要他嚼。虎庆嚼着青草,嘴角上流下来淡绿色的沫子,他的身体瑟瑟缩缩抖得像筛糠,秋把他搂过来用袖口擦干净他的嘴角,说:"日本人他绝不了咱。"

五

五个日本兵押了武嘎走。准确地说是五匹马拖了武嘎走。武嘎不走正道,走的是羊肠坂。铁青色的山脉像一只肌肉虬结的巨臂把羊肠坂抱在怀中,武嘎不怕走,武嘎就怕不走。羊肠坂不是一条普通的小道,在历史上它走过一个很有意思的人——曹操。曹操北上太行山,是因为他坚决要讨伐一个叫高干的人。群雄争霸,曹操想问鼎中原。那应该是个冬天,天低云暗,大雪下得正紧,无边的山道上,长长的马队驮着悲壮的曹兵一步一步朝北方走来,这么着走着,曹操的心灵就经历了一次苦难冲击。因为,要想从羊肠坂上走就不能骑马走,必须要人下来步行,曹操是一个不善步行的人。武嘎听说书人说起过曹操,曹操步行的地方是一条古栈道。快要到攀栈道的地方了,武嘎不由得产生了一个念想:自己要在曹操走过的地方做一件很有意思的事情。马拴在了栈道下的一棵松树上,武嘎领了他们攀,攀到一小段平地处,武嘎停下来,指着崖下说:"那东西就在这下面。"

　　鬼子要武嘎下去取,武嘎就往下走。鬼子觉得不是那么回事,要是他一个人下去跑掉了怎么办?就商量着一个一个跟了武嘎一起下。武嘎走一走等一等,鬼子的皮鞋不时把一些石头蛋子踩得掉下来,心里惊惊地抬起头叫后面的鬼子拉起手。武嘎开始动作了,武嘎开始动作前想的是刘来法的闺女。那闺女武嘎曾经打过主意。春耕时节,野花遍地犹如是,布谷声声犹如是,武嘎把刘来法的闺女看在了眼里,但那闺女是闺女啊,是一朵纤细娇美的花,开放着,放送着清香诱人的气息,还是一块月白风清的地,武嘎最终不敢下手。倒让日本人下了手,下了手不说,怎么就把妈妈穗割掉了呢! 你们这样的兽行连太行山都要震得发抖,武嘎愤怒了。他假装回头扶那个后边的鬼子,他们的手牵着,一链子这么着一拽,一串儿鬼子就掉下了谷。武嘎朝上面吼着最后一个鬼子:"下来啊,狗!"最上面的那个发现不对劲,扭了头往回跑,边跑边往后放枪。

　　黑被东洋鬼子吊起来剥了皮在火上烤。一池旱水里早有几个兵下了水,水被搅得泛黄,有一些个小青蛙跳上了岸,它们还没有学会唱歌,很哑巴地一跳一跳地就跳走了。东洋鬼子在旱水池子里唱着歌,歌声很好听,串串地在沟里缭绕。

秋想,这歌是如何从那样的嘴里挤出来的?那样的嘴也会唱这样的歌?

秋看到拴柱从自己家里端来了锅,挑来了水,把家里的一只芦花鸡也捉来了,一个鬼子在他面前竖了大拇指,然后一扭鸡脖子,嘎嘎叫的鸡就不叫了。秋看到地上死去的公公,看着他的儿拿了自己家的鸡讨好日本人,心里就恨上了:你怎么就这么轻贱,这么不值钱,这么命重而骨轻,这么叫人不想看你!

拴柱家院门口地上横躺着的几个死人,依旧那么个姿势躺着,其中一个就是拴柱的爹,一群苍蝇围绕着飞舞。拴柱对鬼子说:"求你们让我把爹埋了吧!他的大大的良民!"

鬼子指着山崖对拴柱说:"你的,把他们扔下去。"鬼子咔哒上了栓,枪口对着拴柱。拴柱浑身一颤,裆里就涌出了水。

拴柱张着失神的眼睛走到尸体前,闭住眼拖起了一具尸体,他不知道自己是如何把尸体扔到悬崖下的。拴柱拖他爹时看到爹裤带上的旱烟袋,他拽下旱烟袋,心里对爹说:爹,孩儿不孝,儿取了你的烟袋嘴儿留个念想。当爹的身体打着旋跌落到崖底,传出空洞的响声时,拴柱心里有细长的泪水流下来,谁也不知道只有拴柱自己知道。

拴柱的裤裆湿透了,脱下穿黄军马裤人的黄军马裤穿在自己身上。

这时候从羊肠羊坂跑回来的日本兵打老远就叫喊着什么,马上的太军叫了声:"八格!"要其余的日本兵把后柳沟的人前后排成队,听得他说:"你们中国人不是很喜欢吃糖葫芦吗?吆唏,要你们吃一串糖葫芦。"只见机枪顶着前一个人的脑袋,扣动扳机,一串儿后柳沟人倒在了地上。天上正好挂了一轮月亮,亮汪汪的月光下面,枪声哒哒哒响,四周围的房屋燃起了冲天大火。秋想:月亮,你怎么就不知道藏藏自己的脸!

这一场枪杀中活下来一个人——拴柱。

鬼子要拴柱领路,夜晚的山路上拴柱领了鬼子出山。亮汪汪的月光下拴柱穿了黄军马裤在前面走,他的脸拉了很长,眼睛干涩得眼珠子都要掉出来了。就这么看着路走,白雪雪的一条路曲里拐弯地延伸,月光下他的影子一耸一耸。拴柱心里有一个温暖暖、湿漉漉的故事荡起,细节因故事的荡起而丰富,像人体里的毛细血管,有太多的敏感末梢,拴柱便想哭,便想笑,便有说不完的无奈和辛酸。但现在他是什么也说不出来了,他所想象的那种美好的东西对于他来说很脆,像是打春早水池里结的那层儿薄冰,用小棍儿划一下也能把它划裂。拴柱想来想去就想了一句话:怎么就活了一个人?

岭头上秋和虎庆跪着看山下,虎庆张着绿汪汪的嘴,空洞洞的风刮过去,他的嘴里发出阵阵啊啊声。看到后柳沟人静悄悄地躺着,秋和虎庆哭着不说话,赶了羊往山神凹走。虎庆穿了生羊毛裤,脑袋从裤裆留出的窟窿里钻出,双手缩在两个裤腿里。木然地走,山上的石头绊他一下两下,脚指头的指甲盖被绊掉了也不知道疼,是不是伤得重时人就没有知觉了?

月光下,虎庆看上去很像一只羊。

羊肠坂的古栈道上,武嘎捂着脸呜呜地哭。哭什么?哭山。这么大的山怎么就挡不住个东洋鬼子?站起来没有咱的个高,躺下没有咱的个长,怎么就这么个日能法?爹早死,娘早死,那是命。要死的人你想拽他回来,不可能。武嘎想自己天生是要来这个世上一个人活的,一个人活便罢,怎么就一凹人都没了呢?秋和虎庆现在不知道怎么样了,还有山上的羊。月光下他的哭声像狼嚎。他就听到了有动静,抬起头来,看到离他不远的地方闪着一对对绿眼睛。武嘎起来在一棵松树下站定,发了狠用足气号,边号边摇,树摇得哗哗响伴着人的号叫声在空阔的山谷里回荡,把那些个狼吓得往后跳了一下子,又跳了一下子,绿眼珠子闪了几闪,寻了谷下的死人味去了。

武嘎决定返回后柳沟。他想知道秋怎么样了,整个一天没有看见秋和虎庆的影子,人是死是活说不清楚。武嘎突然很想后柳沟的人,想拴柱,也想拴柱他娘他爹,就是他娘见了武嘎黑眉醋眼的,武嘎也想。后柳沟人被东洋鬼子困着,困着的人们吃啥喝啥?那些个躺在地上的死人,还有黑。武嘎还想羊窑里的事情,想那把二胡,这么着一想,武嘎什么都不怕了,这世上好人一天一天地见少,咱算个啥?和东洋鬼子拼了去。武嘎就对了大山吼上了:

"我吼你了,听见了吗?

"你出来啊,山神老爷!

"你说给咱百姓保平安的,

"怎么没有平安尽是灾啊!

"啊——"

突然有火光闪了几下,突突突,是机关枪的声音,枪声从山坳里冒出来,脆裂裂地响。武嘎不吼了,收住了往回走的脚步,扭了身往羊肠坂高处爬。这么爬着,听到了有人喊:"武嘎,后柳沟人绝了,你跑吧,我给东洋鬼子带路——走不出这谷,我就死不了,走出这谷,我就死了,给我报仇啊,你跑啊——"

从沟底冒出来拴柱的声音,接着是两声呱呱的掴耳刮声。

夜戛然而止,月光从高处投射下来,羊肠坂一半儿在黑影中,一半儿在亮光中,武嘎摔瘸了的影子在大峡谷上拉出了很长。武嘎喊道:"秋她还活着吧——还有虎庆——"一串儿哒哒哒声响过来,武嘎的一丝儿想望突然地就这么破灭了。

武嘎拄着棍往中原方向大步走,拴柱带着日本人也往中原方向走。

日本人在进入林州境内时遇上了八路军的伏击。

八路军首先获取了情报,知道这几日有一小股日军在太行山峡谷中和外界失去了联系想靠近公路撤退。可是这么守着几天了也不见一个人影,又怀疑会不会北上往太原方向走,这么着等着,武嘎就走进了他们的视线。他们看到一个人走过来,这个人走得急,有些瘸,浑身上下的衣裤被什么东西划得像布条子。武嘎被两个八路军战士扭上了山。获悉了后边的情况,八路军知道日军押着个老百姓带路,怕伤了自己人,有意放过了前面的几个人,也就是走出了距包围圈不远的一段路,就抄了日军的后路。趁着个乱儿,拴柱顺着一条小路跑了,往哪里跑?往后柳沟跑。

拴柱边跑边想:秋她去哪里了?我怎么在后柳沟没见过她?她就是在死人堆里压着,我也要把她刨出来。我现在活了个啥?就活了个秋。

六

山神凹王月蛾的土窑洞里住进了两个人,一个是秋,一个是虎庆。

秋17岁。秋把羊赶到一眼绝了人的土窑内,秋拉了虎庆坐到窑垴上看月光隐去。时间如沙漏,眼看着暗了下来,就在这暗下来的瞬间,秋想到这山就这么样绝了人了。山好大,自己憋屈的心情像一块石头坐在胸脯里,哀巴巴的,泪在肚子里蓄得如旱水池子,汪着却哭不出来。夜晚降临的时候,虎庆不敢一个人睡,要秋搂了他睡。虎庆在秋的两个妈妈穗中间暖暖地睡去,秋大睁着个眼睛睡不着。

秋看着窗外,窗外有星星,有月光,有风呼呼地刮,还是睡不着,觉得每动一下身后都会有一个影子在动。秋起来壮了胆把隔壁窑里的羊赶进来。人睡在炕上,羊睡在地上。秋想:羊就是人,山神凹没人了,山神凹的羊就是山神凹的人,羊能给我壮胆。狼闻到了死人的气味,在山上呜呜地嚎。秋想:明天说什么也得回后柳沟把那些人埋掉,狼要是吃了死人,狼就真的要吃人了。

第二天,秋和虎庆赶了羊从凤脉岭上回到了后柳沟。

后柳沟的人在地上躺着,静悄悄的,生死隔绝的悲凉如刀子一样在秋的心里横着。秋要虎庆从旱水池子里提来水,她用手巾把后柳沟的人一个一个整理干净,然后埋掉。秋找了半天也没有找到她的公公,无意间往山下看了一眼,就看到崖底的几个人。她绕着山路走到崖下,看到公公挂在崖边的树上。秋把公公从树上放下来,看到公公扭曲的脸上脱落的一只眼珠子垂掉在额间,像天眼在瞪着她。秋身子颤了一下,赶忙闭了眼,哆嗦着用手将其按进眼眶里,心里说:爹,你就瞪着眼睛看看这世道吧!这大山里的人绝了,你当初领我来这山里,你说,大山里养人,养得满沟沟笑声,你要我给你生一个带锤锤的孩娃儿,要我和人野合,那野合的人都撒开手去了阴间,我和谁去怀娃落草?爹,小日本他灭了咱!老天要我活着,爹,你和后柳沟的人就保佑我和虎庆见风长高吧,这大山里的山弯得有个窍道,曲得有个平直,是吧?立户过日子,我要日本人杀不绝咱!

汗把秋的头发洗得水淋淋的,她撩起衣襟擦了擦脸上的汗水和泪水,挂了羊铲拉了虎庆进了一躺羊窑。羊窑口风刮得起哨。秋想后柳沟的人来和她告别来了,她冲着窑口跪下磕了仨头,站起来扭身往窑掌走。出来时虎庆的肩上挂了一把二胡。秋看着虎庆细瘦的身体有些心酸,蹲下来抱起虎庆,最后回头看了一眼后柳沟,就看到了一个穿黄军马裤的人从对面的山上摇摇晃晃走下来。

虎庆指着对面说:"狗!"

秋看到穿黄军马裤的人是拴柱。

拴柱紧着跑了几步,几步远的路让拴柱好长时间跑不过来,干脆扑到地上爬了过来。拴柱说:"咱活着,秋。咱还活着,秋。"

秋看着地上的拴柱清鼻涕挂了满脸,一边哭一边又笑着,看着看着拴柱的脸就不是脸了,是一团阴黑。她弯下腰,摸着那张涩凉的脸,想起了在山上看到的那些个事情。秋不说话,放下虎庆拉了掉头就走。

拴柱说:"秋,沟里就咱了,活下来容易吗?"

秋停了一下,眼泪往下掉,虎庆看到秋胸前浅黑色的布衫上被泪水洒成了深黑。拴柱说:"秋,咱回家,有山神凹的羊,有你有孩,咱就是一个家,不怕他东洋鬼子龟孙子。"

秋说:"你不怕他怎么还要给他下跪?"

拴柱说:"你是爹用五尺土布给我买回来的,你不能不听我的话,现在谁说了算?我说了算。人都绝了!"

秋慢慢转过了身体,拴柱看到她眼睛里汪着泪水,汪着的泪水没有掉下来。秋说:"是爹用五尺土布买回来的,爹他哪去了?你把爹找回来,我还他五尺土布,有哪个给东洋鬼子下跪了?现在朝着后柳沟人埋的地方给你爹跪下求他要我留下来,他要是能说话了,我听你的,留!"

虎庆掉转了头盯着拴柱的黄军马裤鼓起眼睛喊了一声:"狗!"

拴柱一下子就坐在了地上,张了嘴哭了起来。

拴柱从太行大峡谷走回来的希望和热情,顿时觉得有什么东西打了他一下,比鬼子捆他耳刮还要疼,这么着就什么也没有了。他捡起身边的一小块石头蛋蛋,照着秋的后身掷出去,石头蛋蛋越过秋和虎庆的头,落入了一丛草中间,秋看也没有看它。拴柱彻底失望了,用一种尖锐的声音喊道:

"秋,留下来,留下来黑里我咬你的肩,我咬得你鬼魂一样叫——"

秋很决绝地往凹里走。

拴柱听到二胡甩在虎庆的屁股蛋子上垮垮响。望远了,对面的山腰上几只白色的羊像云彩一样,飘飘飘过了山堆堆不见了,拴柱喊了声:"我怎么就活了个人啊!"

秋领了虎庆收山神凹人留下来的粮食。地大部分是山地,一小块一小块散铺在山上。谷子黄黄的,倒伏在地上,秋割下来用谷草拧了一个小捆要虎庆扛回土窑院子里。下山的路埋没在草丛中,看不见虎庆,只看见了一捆谷子擦着两边的灌木走。秋不忍心看,低下头搂了谷子狠命地割。两个来回下来,虎庆坐在地垄上看山上的羊,秋走过去伸出手摸他干黄的头发,透着一种爱抚之情。这爱抚是秋想把幸福送进虎庆的心里,秋清楚,她的心里再苦,也没有这个孩子的心里苦。她想借助手指的拨弄,表达自己的内心。山里绝了人了,这孩子是这山里唯一的一个真正的男人。她有义务把他抚养成人。

秋看到对面的风脉岭下的玉米地里闪着一个人,是拴柱。

拴柱没有往山神凹走,停留在一些小块地里收割玉茭。

秋就想起了武嘎,蓄留在她体内一丝儿欲望让她战栗了一下。这段孤寂悠长的时间里,萦回在她心头的欲念全消散了,怎么看见了玉茭地就想起了他呢?她的心里不大平静了。秋觉得有一种不言而喻的感情在她的内心透出了一个芽,化作了她心中不言而喻的感情的一部分,是一种奇怪的狂野和激情,她的脸上流下了泪水。秋想,你个怨鬼,你是死是活?你怎么就这么长时间也没有给我种下一个发芽的籽?秋看到天地皆绿黄,风过天晴,山里显出来黄褐相间的条纹,黄的是成熟的粮食,褐的是裸露的土地,自眼前一直延伸到山的尽头。裸体的土地上现出生命的旺盛,与生命的旺盛衬托下的荒凉让秋情涌心颤,这么大的山,这么好的土地,就这么生生被日本人绝了,天你睁了眼睛看啊!

看着虎庆又扛了一捆谷子走下了山,秋朝他走去的地方跪下,她要向长天做一个仪式,一半是发狠誓,一半是祷告。她发誓要把她生命的一部分,再现在这个孩子身上。这么大的山要谁来统治它,东洋鬼子你能杀绝我们吗?山里的生灵是杀不绝的啊,我要他重新生长起来。秋全身都战栗着,眼睛灼灼发光,她重重地磕了一个头,抬起来时,对着大山喊了一声:"啊——啊——啊——"

山下的玉米地里秋的声音脆生生地震过,好像上苍开了天眼滚过的一声雷音。

七

虎庆从来没有说过话,冷冷的眼神要么望着旱水池子出神,要么就看天空,怅怅地看,然后狠狠地往下咽一口唾沫。夜里秋搂了虎庆睡。秋说:"虎庆,说句话我听听,不说憋在肚里的话是要把你憋坏的。"

虎庆不说话。

"你娘就死在这窑里地上的,我不是你娘,你有娘,对吧?"

虎庆不说话,望着窑梁,窑梁上挂了收割下来的玉茭穗。

秋说:"我做不了你娘,只有娘才能这样搂了你睡,你到对面炕上睡吧。"

秋想将一将虎庆。虎庆不说话,翻起身下了炕到对面的炕上去睡。这时候他突然看到窑梁上吊着的玉茭不是玉茭是娘,拖下来的穗子不是穗子,像娘的肠子麻绳一样疙疙瘩瘩坠下来,看到地上涌着的血,血地上躺着娘,一个日本人他败坏了一池水,一池水里躺着全凹的人。他开始呼吸急促起来,霎时面色如土,痛苦地将扭曲的头颅歪向一边。他一下翻起身跳到了对面炕上,把头埋到了秋的妈妈穗中间,闭上了眼睛。秋叹了口气,搂紧了虎庆。秋睡不着了,想以往。

以往的事情里老有一个人影晃,是武嘎。这人要是在外面的大山里被杀了,这山沟里的狼也早就该把他吃了,不想武嘎也罢,越想就越觉得他人是死了。武嘎的二胡在窑墙上挂着,蒙了很厚的尘,秋等虎庆睡熟了起身摘下它,透着窗户漏过来的光吹了几下。秋听到了羊屎蛋吧嗒吧嗒往下掉,秋的脸就热了一下,反身把二胡挂到了墙上睡下了。秋用手搂了搂虎庆,虎庆瘦小的身体像干柴棍子。秋摸着他的头,干瘦脸儿,背和屁股蛋子,胸脯上的骨头横排着秃显出来,往下摸就摸到了他的小锤锤。大拇指长的一个肉虫儿,摸着摸着,就一挺一挺长出来一截子,秋的心喜了一下,那个小锤锤就越发地挺了起来。你见水儿就长,见风儿就扬吧,它果真就长就扬了,一股水射出来,射了秋一肚子。秋笑了一下,挺起肚子让它射,等它不射了,就把虎庆挪了挪,自己暖着那一片湿,秋的心里也是一片湿。

拴柱在后柳沟住,后柳沟的房屋被日本人烧了,烟熏的屋子里漏着天光,他趴在灶火前用嘴吹火,结果锅溢了,稀汤灌了他一脸。拴柱有些愤怒了,一捡了块石头把铁锅砸了个大窟窿。拴柱肩了铁锅往山神凹走,他要秋看看,他的日子叫什么日子。明明有媳妇,媳妇突然地就和自己没有了一点关系,日本人杀得就剩咱了,咱不疼咱谁疼咱? 咱是死人堆里爬出来的,能从死人堆里爬出来的有几个? 山神凹后柳沟也不过就我一个,我怕他谁了,我背了锅找你,一个透了窟窿的锅,你得养我,给我做饭,你不给我饭吃,我背着个烂锅坐在你窑门口。

拴柱是个没有欲望的人,但并不等于说他没有念想。他的念想使他梦想着生活,他的念想使他的梦想看见的永远是另一个现实。也就是说他的身体和以往的行为方式已经超越和瓦解了他的生存秩序。拴柱想,秋你是我的媳妇,可是我干不了男人干的事情。秋,你不是我的媳妇是谁的媳妇? 武嘎的? 不对。秋你明摆着就是我的媳妇嘛,我要去找你。拴柱肩了铁锅从风脉山上下来,拐了个小坡坡,就看到了秋在院子里给羊剪毛。羊很舒服地躺在秋的腿圪䏶,被秋剪了毛的羊在院中央吃着一堆青草,秋的脸红扑扑的、湿濡濡的、很暧昧的气味,给拴柱一种感觉,好似到了秋天的梨树下,闻到了烂梨的味道,女人的味道就是烂梨的味道,那些羊闻着这样的味道肯定舒服死了,我拴柱也要闻这样的味道。

虎庆看见了他,拿了羊铲出了篱笆院站到了小坡坡下。

"狗!"

虎庆提起羊铲对正了拴柱,不说话,那目光像鬼子的刀一样敌视着他。拴柱身上的汗毛孔就大了,看到深深凹下去的两腮像两张黄纸紧紧地贴在骨头上。拴柱想,这个孩子他怎么就长了这么个样样呢? 拴柱紧了一下子尿,扭了头想走,又想,我来干啥来了? 找秋,一个娃娃家敢来管我!

东洋鬼子给他留下个很不好的毛病,见不得有个事,一有个事就尿紧。拴柱就想骂,骂谁? 骂东洋鬼子:

"东洋鬼子,你要再敢来一趟山神凹,再敢来一趟后柳沟,老子要再给你下跪,就不做这人了!"

拴柱把铁锅放到地上说:"秋,我的锅烂了,你看着怎么办吧?"秋抬起头说:"后柳沟的房屋烧了,锅又炼不成铁疙瘩,后柳沟十二户人家的铁锅够你用,你一下子砸也砸不完!"拴柱想:我是天底下最贱的活物了,我活得还不如一只羊!拴柱的屁股蛋上潮湿得淌水,扭了头回了后柳沟。

夜里秋搂了虎庆躺在枕上说话。

虎庆无话。

秋说:"他来了,就让他进来嘛,他也是个可怜人儿。"

虎庆咽了口唾沫。

秋说:"活过来的不易啊,像狗一样爬着活过来的能有几个?也就是咱吧。那么多人在你眼睛里现在还有吗?没有了,就连一条黑也没有放过,那些个不仁慈的日本人,你要和那些个禽兽计较吗?孩,你得说话。"

虎庆不说话,埋在秋胸前的脸上有些潮湿。

秋说:"他是我的男人,我现在要不理他了,他活着还有个啥意思?"

虎庆把身子掉了一下扭到了墙前。

秋说:"你还小,有些事情不懂,人是懂情分的,恨一个人,只要和这个人在一起睡了就不会恨一辈子。"

虎庆不出声,有一会儿,他扭过来身子搂住了秋。

秋说:"我不恨他,他活着也是个人,可就是和别人不一样。"

秋的脸上有泪水流下来,溽湿了虎庆的头发。虎庆摸着秋脸上的泪,扯起被子擦了一下。秋就抬起手抓住了他的手放进被子里,她要他在自己的身体上滑行,她要给他的生长新添一种冲动。

夜是多云的,秋在黑暗里无法看清,但她等待着他的抚摸的时候,仿佛听得见一种轻微的声音,她希望抚摸能给他带来意气扬扬的情感,秋希望他在行将踏入成年的时候,那种冲动因他的长大而使绝了的人口兴旺。秋感觉到了他的心跳,她让自己的心跳慢些,她要慢慢地将深长的意味传递给他,她要撕破她一切天生的羞怯和庄重来纵容自己的激荡。她说:"虎庆,撩开被子看看,看看我长了个什么样儿。山神凹就咱俩,我不是你娘,但现在到老我们都得在一起,都得相依为命,我要你长大,你要快些长啊。"

虎庆停顿了有一会儿,坐起来掀开被子,微弱的星光下他看到秋白色的人体像一条鱼。这么一想,他咬了下嘴唇开始机械地抚摸,他的抚摸迎合了秋内心愈来愈响亮的呼声,秋抬起身体一下把他搂进了怀里。

拴柱把黑的皮子搭在柴上翻晒,毒毒的阳光把黑的皮晒得淌油。他翻晒皮子的那份专注神态仿佛是有一件大事等着要办,那目光里满含了看到了神仙的光芒。就是吃饭的时候他也端了碗坐到柴下的石头上看,饭吃完了他看着黑的皮舔着空碗,舔完了对着太阳照照,放下来看着黑的皮继续舔。

拴柱想:狗皮褥子铺到秋的身板下面软软的,秋呵出来的小音会拖得很长。秋的妈妈穗卧在它的上面就像两小鸡子,刚刚拱出了蛋壳壳,他这么着揉着秋的妈妈穗,秋会叫道:"揉,揉,揉呵——"

拴柱就卷了狗皮褥子往山神凹走。走着走着就想唱了:

闺女好,好个啥?
好了一个下身子。

拴柱不唱了。自己是啥也不懂的人,瞎唱个啥?

拴柱从风脉岭上走下来,没等下了坡就看到了秋。秋挑着两桶水从旱水池子里上来,拴柱说:"秋,我来给你送黑的皮,天凉了铺在身子下暖和。要不我来给你暖吧?"

秋说:"放窑里吧。你回你的后柳沟住去,我不要你暖。窑炕上有给你做好的棉裤,你拿了去。"

拴柱说:"虎庆他人在不在?"

秋挑着水喘着气说:"在不在你进去拿了走人,没有人拦你。"

拴柱一听,觉得满胸脯都是底气,梗了梗了脖子往窑门口走。

"狗!"

山垴垴上的羊群里传来一声吼!

拴柱吓得后退了一步,裤裆里一下子没紧住出了水儿,扔下狗皮褥子就往回走。

秋挑了水倒进水缸里,反身叫拴柱,看见了黄土小坡坡上漏下了一长溜儿湿,拴柱搂了肚蹲在窑垴上愁着脸想骂娘。秋进屋拿了棉裤递给他,看他那可怜样儿,伸了手拽起了他。

拴柱也不管裤裆湿不湿,拿了棉裤就往后柳沟走。

秋在他背后撂了一句话:"你要是缺甚想要就来吧。"

拴柱没有回头,朝前喊着:"我就是缺你,你就是不回后柳沟。"

虎庆在旱水池槐枝低垂的浓影处坐着,对面秋提了桶给羊饮水,她的背后是几眼空洞洞的窑洞,窑里的人就死在这个旱水池边,他亲眼看见鲜红的人血流着积聚在了池子里,他现在就吃这里的水,羊也吃。想到这些的时候虎庆是孤独的。在后柳沟看到最后的枪声静下来,看到人像跳大神一样倒下去时,他发现他张着的嘴说不出话了。虎庆在秋的臂弯里几次张了嘴想说,可就是说不出。唯一说出口的一个字是"狗"。

虎庆把眼睛拉向秋的脸,他觉得秋的脸就像五爷庙里供的那个观音菩萨的脸。

这时候他看到秋把刚生下来的一个羊羔子剥了皮,在旱水池边用桶冲洗干净,他知道这是秋给自己煮肉吃,秋要他快快长,他也想快快长。他在秋的身上发现了在娘身上看不到的东西,这样想着,脑海里就滑进了古怪的恍惚之境,想起窑洞里武嘎抱着她在努力做一件很剧烈的运动,秋裸露着上身,扭头看羊窑口爬进来的自己时,面色红润。虎庆想,真是像一条滑溜溜的鱼啊。她脸蛋子朝上,脸上淌着泪,还用拳头打着枕头哭。他走近她身边时,她反身抱起了自己,紧紧地抱在怀里,嘴里叫着:"你怎么还不长大呢?长大,长大!"

虎庆喃喃说了一声:"长大!"

发出来的音却是:"狗狗。"

夜里秋搂了虎庆说:"你枕着我的胳膊怎这样重?"

虎庆抬起头让秋抽出胳膊。

秋说:"你一来一去就长大了。"

秋把手放在他的头上摩挲着。

窑洞里透着冰霜将至的寒意。天下雪了,雪落无声,秋偏偏就听到了雪落的声音。雪从黝黑的窑垴上落下来,落在院子里的枣树上,又被风吹落到突出地面的树根上。干瘪枯萎的芋头秧子散乱地爬在院中央,雪这时候落在上面就比雨的声音浅。

窑地上的羊卧着,自从羊和人住在一起了,秋就没有把它们再赶出去。羊不断地增加,她不要羊增加,她把那些个生下来的羊羔子弄死煮了给虎庆吃,她要他长个儿。地上飘起来羊身上的膻味儿,一下唤醒了脑子里使她兴奋的东西,在这种兴奋的情绪之下,她开始抚摸他的脸、他的身体,口中想说什么却又说不出,想说的话在胸口反复滚动着。秋的手再一次滑下到他的下体时,她惊异地发现了上面细小的绒毛。秋越过黑暗看他的脸,然后在他的耳朵眼里悄声说了句:"你真的要长大了。"

秋仰面躺着,不看虎庆看窑顶子,窑顶子上有个啥?有个未来。就听得窑门外有脚步声走来,秋知道是拴柱。拴柱夜里不睡,起来捉麻雀。麻雀到天暗下来宿窑檐儿,从窑洞上的麻眼钻进来,扑入草料堆过夜,拴柱知道秋爱吃。用料叉赶麻雀飞起来,飞起来的麻雀往马灯的地方躲,马灯下早有拴柱用小棍儿支起来的荆条筛子,麻雀乱飞撞翻了小棍儿,筛子兜头扣下去,一回能扣住十来只麻雀。用红胶土糊了烧得土裂开缝,把它们一只一只放进篮子里,提了到山神凹,放到窑窗户上,要秋吃。秋不吃,要虎庆吃。拴柱不知道他送去的麻雀都让虎庆吃了,拴柱要是知道了,会生气,一生气就会坐到旱水池子边上骂,骂日本龟孙子,把他的日子搞得人不是个人,鬼不是个鬼。拴柱就是不知道秋那个心头恨,秋心头的那个恨是要用一辈子和几辈子来对抗的,拴柱就是知道了也只能垂头耷脑。

八

夏夜是很凉爽的。在窑院的枣树下,秋铺了一片苇席,虎庆坐在苇席上望着天空数星星,天上的星星尚来不及数上几颗,就被习习凉风吹进了梦乡。秋怕虎庆着凉叫他起来回窑睡,虎庆睡意蒙眬之中,不忘站起来对着枣树哗啦哗啦地撒上一泡尿。秋听着这尿声,知道虎庆的少年时代就要过去了。

有些等待看起来很慢,实际上他在快速成长。

秋天到了的时候,一个又圆又大的南瓜不知道什么时候来到了院子里。院子里扫得干干净净,南瓜躺在地上很显眼。虎庆肘窝夹了羊铲回来看到了,死死地盯了一会儿,拿起那个南瓜往怀里一抱,拐上小坡坡走了。虎庆步子迈得像拉风箱,一小会儿就进了后柳沟。

后柳沟的拴柱正在院子里喂鸡,抬眼就看见虎庆抱了南瓜往自己院子里走,那个南瓜好生面熟。

虎庆越走越近。拴柱发现这个孩子和以前不大一样了,以前的脸皮贴在骨头上,针尖剜不出一块肉来。现在看上去有肉了,个头也长高了,看着不像个孩子,像个什么呢?想来想去想不出。

拴柱迎了虎庆的目光笑了笑,心里很想和他坐下来好好说说话。说什么呢?最想说的一句是:你还想要秋搂了你睡多久?秋是你什么人?她不是你娘,只比你大5岁,哪有不是娘的搂了睡!秋从年龄上说只是你的姐,我应该是你的姐夫,我这个姐夫自从东洋鬼子从咱这沟里绝了人跑出去,我当过一天姐夫吗?没有。为什么没有呢?因为你,因为你绝了话,因为你不敢一个人睡,一个人一睡下就会看到东洋鬼子砍死的山神凹人。我一个人在后柳沟,我就不怕?我也怕啊,我看到后柳沟的人瞪着眼睛看着我,我看到我爹被我丢下沟时的样子,他是断了气,可他的眼睛是睁着的。我爹给我弄回来了媳妇,我却把他老人家丢进了沟里,他老人家给我弄回来了媳妇,你却搂了睡,你说我苦不苦?那个苦在心里都沤酸臭了啊!

没等拴柱把想要说的话说出口,走进院里的虎庆就把南瓜往地上一摆,南瓜就开了花,黄黄的瓤子,白白的瓜子,五六瓣儿铺了一地,两只母鸡叫着呱呱飞上了天。

拴柱跌坐在地上,屁股下的石头寒凉得很,和以往不一样的是,没有一股热出来。

虎庆回头拽着一股火气走了。

拴柱很恼怒地站起来,想骂他几句,可话到嘴边又收回去了。他收拾干净院子,抖了抖肩膀,扭转头哼着小曲出了院子。在村子里绕了一圈,脑袋仰得高高的,小调儿哼得欢欢的。怕啥?是咱的它迟早是咱的。一个小孩子长了半腿高就想来诈唬我,我把媳妇都搭给你了,你牛个啥!日本人嘘呼我我尿裤子,你嘘呼我我偏不尿裤子。拴柱在村子里转了一圈,找了两块好一些的硬木头扛回院子里。找出他爹曾经用过的一个墨斗,搬起地锅刮了些锅黑,扯出墨线拉紧了提到一定的高度,一眯眼瞄准,啪地弹到了木头上。拴柱想:我要做一个柜子,放后柳沟地里收回来的细粮食,要攒足了等秋回来吃。你虎庆总有一天要长大吧,总有一天不搂秋睡吧,秋一回来,我的日子还能回到日本人没有进沟的时候。

秋在岭头上碰见拴柱,知道拴柱做柜子,秋要他多做几个。秋说:"做二十个柜子,要硬木头,梨木、黑桃木、花椒木,不要柳木、杨木、杨槐木。没有铁钉子,赶一头羊出山去卖了买。"拴柱说:"要那么多柜子做啥?顶多多做两个给虎庆留着用。"秋说:"听我的话做就是了,把山神凹的窑摆满,窑里得住人,窑里要是没有这人气养着容易塌。就像这大山一样,山里要是绝了人了,山就空了,容易生虎狼。"

秋凉了,夜里睡觉的时候觉得炕上凉冰冰的,秋翻出黑的皮铺到炕上,人躺在炕上暖和柔软了好多。秋在枕头旁边又加了一个枕头,一床被子成了两床,各人拱进各人的被子里面。秋想试探一下虎庆到底对一些渴望懂不懂。秋说:"虎庆,泉庄有俩仨闺女,人勤快,你白天赶了羊翻过岭去看看,假装下山讨水喝,看中了谁家的回来言语一声,我托了人去牵个红线。"

虎庆不说话,看地上的羊。羊站着不睡觉,嘴里嚼了草,这么嚼着屁股上就有羊屎蛋子拉出来,一串儿,一串儿:啪嗒嗒,啪嗒嗒。

秋叹了口气说:"你到底还是个孩子,啥也不懂,吹灭灯睡啦。"

灯一灭,虎庆就看到了娘,娘拖了血肠子站在他面前,脸上抹了锅黑,泛着青光,像风中的黑布衫没有个形儿鼓着来回跑。虎庆叫了一声"狗",掀开秋的被子钻了进来。

不吹灯不怕,一吹灯虎庆就害怕,一害怕就想和秋伙盖一床被子。

炕上的狗皮褥子因为是狗的形状,要按人的形状躺上去,有些地方不大展刮。秋往里挪了挪,撅起屁股伸下手拽了拽,这么着一拽就发现了有个地方不对劲。那个不对劲的地方是秋往前挺肚子的时候发现的,一下子秋就弹了回来。秋激灵了一下,血液涌上脑门。这么些年了,自己这样忍辱负重为了个啥?不就是想要他懂得活的意义,懂得她真实而又无奈的强烈欲望吗?秋俯身向前,她的嘴唇刷了一下他的面颊,与此同时,虎庆第一回感到了她的不一样,他窘了一下子。秋为了掩饰自己情感临近爆发的幸福,变得粗暴起来,秋说:"六年了,你懂得我为你所做的一切吗?"

虎庆往里动了动,正确地说是探了探。秋的心越发地幸福得不可收拾了,秋知道她想要做的事是有教养和有信条的人所不能赞许的,然而她又无论如何无法和人说出她的仇恨,她的仇恨像一匹母马一样甘愿套上羁轭,她心甘情愿为此而劳作。东洋鬼子不是要想杀绝咱吗?看吧,哪有大山里的生灵能杀绝啊?

虎庆侧着个身子,那地方像一个快乐羞涩的鱼时起时跃试图想去摸高处的岸。岸没有探到,探了一下树梢就缩回来,缩回来又不死心地探了出来。这么着一探出来,似乎不明白是怎么回事,挺着脑袋不敢走近。虎庆就开始大口喘气了,一些羊膻味儿,狗皮的酸臭味儿,秋的肉味儿,趁着夜的风一起涌来,在他嘴里集体做着一件事,弄得虎庆就想咳嗽,一咳嗽就不断头了,越咳越厉害,以致喘不上气,脸憋了通红。秋坐起来用手在他的胸口上往下搓了几下,虎庆就不咳嗽了。还有些羞涩的小锤锤不敢在探了,歪过脑袋平静地睡去。

秋坐起来看着窗外,狗皮褥子在屁股下面热起来,秋缩回身子躺下了,外面的风刮过去,刮过来,四季的风多有不同,来了复去,去了复来,没有影迹,却给秋的心里留下了不同的印记。她敏感的想望在风中悄悄就要到来了,她日日里望着这山,这山上唧啾跳跃的小鸟,这个荒凉广大而人迹稀少之地,自然万物都在生长,你日本人怎么就敢绝了这地方的生灵呢!生命的缺失体验让她的仇恨不断增加而不是消减。她想明天要拴柱把做好的柜子用车拉进凹里来,她要把每一个柜子填满粮食,粮食是人的命,命的延续让秋坚定着自己,坚定着理想,也坚定着未来。

这一夜虎庆遗精了。秋的渴望在狗皮褥子黏稠的精液上风狂雨骤。这一夜该发生的事情没有发生,各人的心里都怀了心事。那个心事对于秋来说它不仅仅是绝痒。

一个季节和一个季节过渡绝大多数时候会有事发生,比如这个季节风就刮得很大。夜晚降落的时候,火炉上的水壶开始冒着热气,外面的风响着哨子。秋赶回羊笑着说:"风好大。"

虎庆瞥了一眼外面,想,风大就大吧。他看见了秋的笑心里很难过,一个活生生的人从12岁养了你这么大,在关于自己的成长中她充当了什么样的一个角色?当自己已经长大了,母亲无影父亲无踪,多亏还有她的存在,慰藉着自己的伤痛,那么这个和自己年龄不差几岁的人,她是自己的什么人?该是自己的母亲!虎庆想不通,不想了,决计夜里自己到对面炕上睡。

他的这个举动很让秋不安。秋不铺狗皮褥子了,她给对面的炕上铺上。夜的墙上亮着发黄的灯,外面的风影响了灯的火苗,火苗里飘着秋的失落。

火苗儿噗一声灭了。

夜的声音比白天的声音更孤独。

虎庆尖叫着一下跳起来,过去钻到了秋的被窝里。

这个夜就把未来改变了。秋的喘息声,羊的吧嗒声,黏嗒嗒的气泡,一串儿一串儿往出冒,没有狗皮褥子的炕上冒出了热气,冒出了秋的希望。

拴柱把做好的柜子送进山神凹,摆到空着的窑内,怕窑内潮湿,又把柜子抬到闲着的炕上。秋要拴柱出山一趟,买回来一些油漆,用油漆刷了的柜子不生虫,不怕木头变形。拴柱说:"我不想在后柳沟住了,想来山神凹住。"

秋说:"后柳沟好,将来山神凹住不下人了往后柳沟迁,迁过去的孩子们从山外领回来媳妇,这两条沟里的人就多了,人一多就不怕他日本人杀,沟里人祖祖辈辈是杀不绝的。"

拴柱没有明白秋的意思,想来她是说虎庆了,虎庆一成家,秋就回后柳沟和我住了,他不怕等。拴柱想,既然不想让我到凹里来住,那就算了,咱活得已经不算个人了嘛,像一个泥团子,谁想捏就捏,捏成方就方,捏成圆就圆。拴柱想:一个人在后柳沟守着黑乎乎的房子算啥?出山找个活做,不能老是需要什么了就来山神凹牵羊,虎庆那一声"狗"叫得人辛酸。拴柱说:"秋,我再牵了一只羊出山去,我想出去挑个货郎担串串山，看能不能赚俩钱，贴补贴补生活。"

秋要他赶了一只羊走了，虎庆看着他牵了羊走，不说话，眼珠子盯得拴柱差一点就湿了裤裆。

春打六九头的时候，宽荡荡的黑夹袄穿在秋身上没有个腰身儿。五黄六月天脱了夹袄穿了个花褂子，秋凸起的肚子像秋天的萝卜。秋要虎庆用荆条筛子扣麻雀，用红胶泥烧熟了自己吃。虎庆笑着看秋吃，秋能吃二十只麻雀，吃完麻雀秋一抹嘴开始吃萝卜，水分和养分都补充够了秋才下地干活。虽然虎庆不说话，秋已经知道虎庆的意思了，虎庆的悲伤和快乐都在秋隆起的肚子上。

拴柱已经一冬一春没有来山神凹了。挑了货郎担的拴柱想把泉庄的一个闺女给虎庆提提。他去找人家闺女问话时，人家的老子说话了：

"拴柱你是真不知道还是装傻？都新社会了，还兴咱闺女做小？"

拴柱碰了一鼻子灰也没有想通这个事情，又不是我讨你闺女，我要有那本事讨小，我就不是拴柱了。

拴柱往山神凹走，一路上想着虎庆的事，虎庆的亲事要是一旦做成，秋她肯定要回后柳沟，只要回到咱后柳沟，就是咱的人了。拴柱想着想着就对着这山唱起来：

红花花红，白花花白，
爬山越岭找你来，
妹子呀，
白牙牙咬开你的红裤带……

这么走着走下了凤脉岭，走进了山神凹。下了小坡坡，拴柱肩上挑了货郎担，手里摇了拨浪鼓，咚咚咚就想见秋。看到窑门口站着一个大肚子女人，那个女人的后身板很眼熟，一时想不起来是谁家的女人。大肚子女人来这山坳里干啥来了？

虎庆在院子里磨盘上编着一个荆条篮,看着院那边的女人笑。

拴柱想:虎庆都会笑了。

虎庆笑着笑着,脸上就挂上了黄,一下子站了起来,看那个女人的身后。

那个女人扭回了头看。拴柱猛地发现这个女人是秋,他简直就不敢相信自己的眼睛,用劲揉了揉眼睛,没错,是秋,是咱爹五尺土布买回来的女人,是咱拴柱的媳妇!拴柱鼓了眼睛,冲着正前方重重地摇了一下拨浪鼓,吼了一嗓子:"狗!狗!!狗!!!"

九

秋生孩子生得面黄肌瘦,形容枯槁,52岁最后一个孩子结束了她的生育。秋越到后来越没有奶汁了,妈妈穗耷拉在胸脯上,孩子的嘴揪着奶头扯多长。秋要虎庆用南瓜根煎汤给自己服用,一次又一次地催自己淌出奶汁,然而催一次奶,自己就消瘦几分。秋不怕瘦,就怕不能生育。山神凹被日本人绝了的窑洞里有了人气,窑垴上的青烟缭绕着,打山头上就看到了有一片青云悠悠地荡来荡去。

若干年后,有一个姓武的大干部回了趟太行山,因为路不好走就住在了县城里。武干部问起了山神凹和后柳沟的事情,县长汇报说:"那沟里的人1945年被鬼子斩尽杀绝了,不过那次大屠杀过后还是留下了人。"

武干部摇着头说:"不可能,不可能了!"

县长说:"是真的,还留下一个女人和两个男人,说来这事情也怪,那女人到现在都清楚那场屠杀。女人养了一群儿女,是闺女就一定要招女婿,可她明明生有儿子。也算是个谜吧。"武干部听说是还有个女人留了下来,眼睛一亮,马上就问:"那是个啥样儿的女人?"

县长笑了一下说:"我都没有进过那沟,路不好,都是道听途说,要想往里走很费劲。那年头小日本鬼子不知道为了啥就进了那沟沟。"

武干部就想进一回那沟。因为路不好只能骑驴进山,县长不敢怠慢,备了驴,一帮人骑了驴走上了山道。

路过羊肠坂的口上,武干部下了驴,坐在石头上掏出烟来抽了两根。很久很久站起身看着周围的一帮人说:"这个羊肠坂它曾经走过一个人,叫曹操,是一个大奸雄,还留下来一首诗,你们去找找,看他到底写了个啥。"

县长就扭回头和后面的人说:"听见了吗?回去以后去找找曹操的东西,看他写了个啥。"

一帮人骑了驴继续走,走到晚霞快要落下山时走到了山神凹的风脉岭上。武干部下了驴,有些激动地望着山下,山下的窑洞,窑顶的烟囱里正往出冒烟,袅娜的炊烟漫到半空融进云雾,扎有篱笆的院子里有一群孩子围着个妇女转圈圈。县长赶忙说:"这是狼吃小羊的游戏,那个妇女扮了个狼。"

武干部说:"知道。狼是犬良啊。"

武干部眼眶一热,跌跌撞撞地朝坡下跑。山下院子里的孩子们抬起头来看山上,发现驴跑得欢,却连个人都攥不住。

都说这武干部喜欢拉二胡,也不懂谱,瞎拉。拉得累了,就要过夫人的毛裤来织。夫人织的毛裤,他常执意要露个裤裆,夫人也不知道因为啥,反正不听他的话,他就骂。

常骂的一个字是:"狗。"

空　　地

一

　　腊月天,山里尽挂着褐黄色的枯蒿。

　　几天前下过的一场雪板结在山道上,踩上去发出骨头断裂的声音。

　　要过年了,有人傍晚就着天光点豆腐,提了木桶,用马勺往熬得热气冲天的铁锅里舀浆水。远处空地上有猪叫声传过来,看点豆腐的人们就拥向了那一块空地。猪被吊在一棵龙爪样朝上伸展开来的梨树下,开了膛。一群孩子围抢着猪尿脬玩,叫丑丑的小女孩,看到一个背着黄帆布挎包的瘸子从公路上走来时,喊了一声:"大大,爷爷要你割肉。"来人近了,腿外撇得厉害,整个人往下陷,走起路来一脚稳健,一脚不灵醒,那不灵醒的一抬就由不了自己,在空中摇摆,很生动,脚掌落地时裤管将路面扫得干净了,那只脚就落在了实处。孩子们不抢猪尿脬了,跑过去跟了来人学他走,来人扭回头笑,一边颠着一边咧开嘴看梨树下吊挂下来的雪白的肥猪。有人拿了烧红的火柱烫猪头上没有刮净的猪毛,一股子燎毛臭,让站着的女人捏了鼻子看。来人拉了丑丑,近前指着说:"给我割两块槽头肉,肥一些。"

　　割肉的手起刀落剁下了两块肉。有举秤的钩了肉吊了两下子说:"拐子,给,一块三斤六两,一块三斤八两。"

　　有人接了话说:"我家里的挂表坏了,我拿了过来你帮我修修。"

　　来人说:"拿过来吧。"

　　一个叫才茂的老汉拄了拐棍,前倾着身子,抬起棍敲了敲来人那条拐在一边的瘸腿,说:"瞅了天日,你给我去画一画炕腰墙子。"

来人翻眼瞅了一下天空说:"明天,等晴了天。"

来人有一个官名,叫张保红,好像人们已经忘记了他的名字了,习惯叫他"拐子"。

叫拐子他应得欢。

拐子张保红提了肉,拉了丑丑往回走,给了丑丑一块要她拎了回家,另一块,他拎了走进了自己的屋子里。他看到他爸张庆生盘腿坐在炕上,叼着一根烟,烟蒂燃了好长了,开门时,风把那截燃尽了的烟灰吹落在张庆生的黑棉袄上。张庆生低头吹了一下,烟灰碎碎地飞落在了地上。

张庆生问:"收回了修表钱了?"

张保红说:"没有,人家说没有钱,给不了,要过了年等七月初三骡马会卖了牲口。——割了两块肉。"

张庆生说:"你不要给我提那个七月初三!人家七月初三是交易牲口,你倒好,赌了牛搭了一条拐腿,搭了腿你都没有学聪明,倒给我落了一个话巴巴养了个傻儿!大腊月天谁看见钱不亲?你把割肉钱给人家了?"

张保红抬了屁股坐到了炕沿上说:"给了。"

张庆生看着张保红拐在地上的瘸腿,从炕上跳下来指着张保红拉长了脸说:"你不会也赊?你的心眼就实到了这个份上了?实心眼毁了你一辈子了,儿!"

张保红听他爸讲话,咧开嘴笑时,天光下牙齿划过来一影儿白光。

张庆生看着那显出来的一影儿白光,说:"还笑,笑多了人家就会以为你真傻,真憨,真的好捉弄!"

外面的雪下大了,舞绕着窗户上的玻璃,天光有些暗,张保红站起来拐了一下,拉亮了房间的电灯。

电灯泡的光射下来,张庆生本能地抬起屁股扯过拉绳拉灭了电灯。"你赚了几个钱!"

电灯光暗下去时,张保红看到他爹脸上挂了一层土黄色的油光。

劣质纸烟把屋子里缭绕得一团烟气,张保红站起来的身体搅乱了那一团烟气,听得张庆生说:"我说的话,你不要东耳进西耳出,当了耳旁风!我一说你就不想听想走。又一年了,不要活着一年不如一年,我对你的期望已经不高了。你天天施舍,哪怕你活着能进那空地主持一回迎喜神,也算你做的那些个事得到了承认,不要让我背了养个憨儿的名声!"

天空满铺开了云,有薄透的地方隐隐漏出来一片光团,是月亮的光团。听得屋里的张庆生说:"你娘撒手走了也有十年了吧?又该过年了。她不明白她这个儿的日子是越过越糊涂了!"

二

张保红提了油漆工具,领了弟弟张保山的闺女丑丑穿过西乙村往前走,前面拐弯处有一个代销店,地上的雪落得像铺着的一张世界地图。一路上有人看见了说:"准备好了?"

张保红说:"没啥准备头,年年那样儿,和平常的日子一样!这不给才茂叔去画炕腰围子。"

一个人说:"才茂老汉是没事找事,都啥子年代了还画炕腰围子。我拿了家里的钟表,你给我修修,表下吊着的那个榔头不摆了,它不摆了,心里默得慌。"

张保红扯开嘴笑了笑说:"拿过来吧,我肯定让它摆得你心里不默得慌。"

路上碰上了西乙村李庆怀的儿子毛伲,六岁的毛伲看着张保红和丑丑走过来,兴奋地望着张保红喊了一声:"哎!"

张保红说:"哎什么,叫干大!"

毛伲抬手把脸捏得和鸭嘴一样,叫道:"干大。"

张保红扯着嗓门公猴一般应了一声:"干儿哎,干大心尖尖上的肉哎!"叫丑丑领了自己认的干儿子一起去买泡泡糖。

丑丑说:"走啊?"毛伲咧开豁了牙的嘴,在衣裳上抹抹耍雪的湿手,跑过来把小手套进了张保红的大手里。

牵了两个孩子走到代销店,一只瘸腿就势搭上门槛,把屁股放在门墩上坐下了。砖垒的柜台后面站着代销店的女主人秋香,看到张保红来了,从柜台后的什么地方拿了一个玉米皮编的圆蒲团,笑着走过来要张保红抬起屁股,塞到了他的屁股下面。张保红坐下觉得屁股有了热气,知道是秋香的屁股刚坐过了,有什么地方动了一下。

丑丑站到柜台前踮起脚尖拿了一块钱递上去说:"拿泡泡糖。"

拿了泡泡糖的丑丑出了门分给毛伲两个,拽了张保红的上衣说:"大大,我要看你画炕腰围子。"

张保红抬起屁股拐着腿往西窑走。

西窑的墙皮因风吹日晒熏得干黑,西窑里住着才茂老汉——秋香的公公。

院子里满铺了青石板,张保红那条吃重的腿,脚上钉了后鞋掌,敲得石板院子"叮叭叮叭"响。才茂老汉盘坐在炉台上,拿了锥子在一摊捣碎了的核桃上抠核桃仁,看见了张保红,忙伸开了腿,摆了手要他坐过来,递给两个孩子一人半个核桃壳。

张保红探过身子看着炕腰围子说:"才茂叔,你的腰围子还不旧,今年就不用画了,我给你画个灶画,画个锅台画,添了喜气过了年再说。"

才茂老汉看了看自己的炕墙,看丑丑用牙咬那半个核桃壳,随手拿了火台上的锥子递给了她。才茂老汉说:"你说不旧就不旧,我日日里瞅着那鸟身上的翅膀旧了,浅了羽纹,鸟没有翅膀它指望啥飞高?"

张保红扯了嘴笑了笑说:"墙上的画说到底也只能是画,认真个啥? 鸟就算是有翅膀,它也是落在墙上,往哪儿飞?"

才茂老汉掏出烟袋伸了烟嘴儿,从烟叶布袋里挖了一锅子烟,探到

335

火炉上猛吸了一口,扭回头"噗"吹了出去。毛伲站在火台前很认真地用牙往出刮核桃仁,刮进嘴里的核桃仁用后牙根嚼得"呱唧呱唧"响。磕出去的烟灰眯了毛伲的眼睛,毛伲皱了眉用劲挤了一下,丑丑看着毛伲的吃相,把锥子递给了他。

张保红用改锥撬开了久不使用的漆桶,晃了晃说:"老叔,家里有没有汽油?"才茂老汉走到墙角放着几口缸的旮旯里,伸手进去摸出一个酒瓶子来,透了天光看了看,发现里边空了。张保红看着空着的酒瓶子望着门外说:"谁家有汽油呢?"才茂老汉说:"我出去找骑摩托车的要二两回来。"

才茂说完站起身,把烟锅子别在腰带上出了门。

张保红站起来四下里看了看,发现村子里静悄悄的,扭过头把含在嘴里的烟蒂吐了出去,看到代销店门墩上放着的蒲团,屁股又热了一下,有什么又动了动。要丑丑和毛伲待着吃核桃,自己也出了门。张保红走得有些快,跳跃着,托瘸腿的那只手就顾不得了,两条胳臂合并着来回摆得像舞秧歌。走进代销店,从怀里掏出一条红头巾来递给了秋香,气喘吁吁地叫:"秋香,秋香!"秋香撩了一下头发,把手里的绣花线系了疙瘩,拉了张保红拐进了柜台后,要他坐下来脱了鞋试一试绣好的鞋垫。张保红顾不得脱鞋,嘴里依旧叫着:"秋香,秋香!"秋香就牵了他的手进了里屋。

要说秋香有多好看,也谈不上多好看。小个子,蛋圆脸,小眼小鼻小嘴,头发抿得水光,碎花布小袄裹得腰身鼓鼓的。屋里的热气腾得脸上的红晕漫开来,漫了一脸的羞涩,看上去比平常的秋香要好看。

这时候村上的那个想修钟表的人,怀里抱着一个挂表进了才茂老汉的小屋,看到就丑丑和毛伲两个人,问丑丑:"你大大走了?"丑丑头也不抬地说:"走不走他又不和我告假,你去问秋香。"

那人说:"保山的闺女成了人精了。"

丑丑剜了来人一眼,不管毛伲,自顾自跑出去玩了。

那人往代销店里进,听得身后有脚步声音走来,扭回头看是才茂老汉。才茂老汉看了来人,招了手说:"进屋里来抽一锅子烟吧。"那个人就跟了才茂老汉进了小屋。

听得毛伲叫了一声:"干大!"

才茂和那个想修表的人,看到毛伲捂了左眼睛站在火台前大哭,先是看到脸上有粉红色的泪流下来,后就看到了血,吓得才茂老汉的汽油瓶子掉在了地上"啪"一声碎了。那个想修表的人紧紧搂了自己的表两步跳了出去,冲着代销店喊:"拐子,拐子,毛伲戳了眼了!"

秋香掀了门帘探出来头,秋香往这边望了一下,放下了门帘,就见张保红撩了帘子脸色煞白地跳跃着往这边跑,看到才茂抱了毛伲已经走到了他跟前。

才茂说:"锥子挑了眼了,快送医院!"

张保红二话不说,抱起喊叫的毛伲往外跑,腿限制了他的速度,他跑出大门外看到了那个修表的人领了李庆怀跑了过来。张保红说:"快找车,往县城走。"

毛伲已经不哭了,缩在棉被里像一只懂事的猫。李庆怀不说话,也不看张保红。三轮车迎着风往前开,开车前秋香扔上来一个大氅,张保红给李庆怀披上,李庆怀不看张保红,任由他给自己披上。张保红耳朵冻得有些木,起头儿还给毛伲拽拽棉被,后来风瞅了领口、袖筒往身上钻,整个人就像冰棍,光顾了个心急,身上倒没有知觉了。

车开到县人民医院,挂了急诊号,毛伲被抱了进去。

张保红站在走廊上不自觉地摸了一下头发,捎带了一下自己的耳朵,耳朵钻心地疼了一下,火燎燎地冒火。听得里面传出来吵架声,张保红想推门进去,门反锁着。听上去是李庆怀和人吵,张保红开始拍门。李庆怀推开门走了出来,看张保红的眼睛恶恶的,那眼神里好像还闪着亮刀子。

李庆怀说:"医院让住院,钱不够。"

张保红赶紧从口袋里往出掏钱,掏来掏去掏了有百把块递了过去。

李庆怀斜了眼睛看着张保红说:"日哄狗!"

张保红着急地说:"你说的叫什么话!毛伲呢?好些吗?你看着,我回西乙凑钱去。"

李庆怀撸了两下胳膊抬了抬手想做一个狠动作,看了看往来的人,手就停下了。

张保红走到挂号处和窗口里的医生说:"你让毛伲先住院,怎么说人民医院也应该懂救死扶伤这个道理,这个道理都不懂还叫什么人民医院?"

窗口里坐着两个嗑葵花子的穿白褂子的女医生,她们不看窗口,光顾着拉话,什么话引起了她们俩的笑,等笑够了,其中一个人从窗口扔过一句话来:"你们叫苦叫穷,死乞白赖地住下了,看了病不交钱兜头跑了的多了,相信你们就等于相信鬼!"

张保红说:"长了嘴除了吃饭就是说话,吃饭为自己,说话为别人,都应该讲个负责。你先让孩子住下,我马上回去凑钱,你先给孩子治疗,你们也有儿女,恁大的事情发生了,你们能说不给治?"

窗口里的医生说:"不给你治疗怎么就进了急诊室?多大的事情,不就是一只眼睛!"

张保红拽了李庆怀一下,两人走出了院子,走到了停着的三轮车前。张保红爬上车叫三轮往回返,安慰李庆怀说:"你看着毛伲,我立马取了钱来。"

李庆怀哭丧着脸扭转身不看,叫喊着:"什么叫不就是一只眼睛?"

张保红身上的热气还没有循环出来,又上路了。一路上开车的马小蛋迎了风喊:"是你戳了毛伲的眼了?"

张保红背了风喊:"什么话,我三十多岁的人了和五六岁的孩子耍?是他自己戳了!"

马小蛋说:"不是你戳了,你积极什么?积极也不是一个时候嘛!

你凑什么热闹,拿什么钱?"

张保红把手卷了个筒朝着前面喊:"我领了毛伲,毛伲又是我的干儿子,就算不是毛伲,本乡本土的,你能说见死不救?大道理就说不过去!"

马小蛋说:"你真是个人物!李庆怀啥时候让毛伲叫你干大了?毛伲叫你是人家孩子小,不懂事,等懂事了不一定叫你,你也不知道一厢情愿个啥?"

张保红说:"有些事情要发生它是没有预见的。没事咱不找事,遇事咱不怕事,有事咱不躲事。你家里出这样的事,我照样管!"

马小蛋说:"大腊月天,你家才出这样的事!"

车向前猛蹿了一下,坐在车帮上的张保红被闪了下来,屁股重重蹾在了车中间的铁皮上,整个车子晃了两晃。西北风刮着,像无数细小的箭镞朝着张保红的后脑勺射来,张保红的牙关挫得嗒嗒响,心里却想着毛伲,想着毛伲这孩子的眼睛。张保红很在乎毛伲叫自己干大,尽管李庆怀不让他叫。张保红知道这孩子是米箩里跌进了糠箩里,打小里就没了妈。人说有妈的孩子是个宝,没妈的孩子像根草,张保红的心是跌到了一般人之下来想的:有妈的孩子呼来喝去心明透亮,没妈的孩子头多虮虱面多尘的,生活得畏首畏尾,谁来疼他?谁要是说看了这孩子不心疼,那真叫枉算个人了。

三

李庆怀家穷娶不起媳妇,周边邻近的没有一个女人愿意嫁过来。有贩卖云南妇女的领了女人来,远近亲戚七凑八凑帮李庆怀买了一个女人。买来的女人识得几个字,人挺机灵,看着李庆怀就不怎么愿意跟。李庆怀说:"你跟了我不受罪,我家楼上长鸟蛋。"那女人不信。李庆怀领了她走到自家的院子里,指着楼窗上的鸟窝说,看。那女人说,看也是灰塌塌。李庆怀说:"不能那样说,我养了鸽子在楼上,一对种鸽子卖到六十块,我一百五十三对,你算算。"那女人笑了笑留下了。谁知道后来鸽子不值钱了,里翻外连赔了个净打光。那女人一年后生下了儿子毛伲。

那是仲春时节,离清明还有两天,熏风温软地经由山口上吹来,泛青的土地上荡不起一点尘。那天是毛伲生下来一个月零两天。刚给毛伲过了满月,满月那天孩子刚有了名字。

那天早上,太阳刚从东边的山头露出个红脸来,冲着山下的李庆怀微笑。李庆怀回头看看抱着孩子的女人,仰头看看天,天瓦蓝瓦蓝的,李庆怀问自己:天也有这么亮的时候?他又回头看他的老婆,发现他老婆糟乱的头发梳水光了,小脸蛋被西北风吹得红滴滴的。他的房子是土坯房,一溜儿三间新修的,还没有上门窗。檐墙是土坯垒的,上面的泥皮显出了土坯印子。门是用又粗又旧的木板简易支着,门上挂着几条化肥袋子连缀成的门帘。因为太轻,风稍微一吹,就飘到了半空中,门帘打了他老婆的脸一下,好像是带进了他老婆眼睛里一粒沙子,他老婆反身站起来揉了眼睛抱了毛伲进了屋子。李庆怀想起自己是要去北边上他爸住的窑洞取犁铧,清明旮旯里农活跟在庄稼人的屁股后撵,种子着急着要入土呢。

他哼着小调扭转头往北走。走到窑口上,看到他爸坐在院子里箍木桶,旁边放着锯末屑,他爸拿了钻子往桶板的缝隙处,用锯末紧桶的缝隙。他爸在做喂牲口的提料桶。老汉有孙子了,老汉高兴哩!老汉一高兴就又想买牲口了,人丁兴旺的人家才叫富裕呢。

老汉问:"毛伲睡了?"李庆怀说:"没有,他妈抱着他喂奶哩。"老汉咧开了嘴笑。李庆怀看着他爸笑,自己也笑了,是整个人在笑,笑着扭回头看了一眼,还看到毛伲妈出来往院子里堆放的柴火上晾毛伲的尿布。李庆怀进了窑扛了犁铧出来,犁铧有些生锈了,他找来一块砂纸轻轻地打磨了两下。他爸说:"农具天生是用来使用的,打磨它做什么?插进土里一亩地犁下来它就亮了。"

李庆怀不擦了,阳光洒在铧刃上的细碎亮点晃着他的眼睛。他和他爸说了清明上坟给娘烧纸的事情就往回走。前后不到四十分钟,李庆怀走回自己的屋子里时,听得床上的毛伲哭,盖在身上的小被子蹬得一团糟,他的老婆不见了。李庆怀有些恼怒:这个婆娘,怎么可以扔下孩子自顾自地出去了呢?

李庆怀走出屋子喊他的老婆,不见回应。这时候太阳已经照到院子西边的墙梢上了,玉茭秆子编结的小院内渐渐地充盈着灿灿的光,那玉茭秆上没有毛伲的尿片,那女人是看见李庆怀往这边看了,故意做了一个假象。李庆怀反身抱了毛伲两步蹿出了院,冲着西乙村大声地喊:"毛伲的娘,毛伲的娘!啊!啊!"李庆怀喘着气,从肚子里往出拔那口气时,像是连心也要拔出来,不顺畅地喊,到后来就喊不出一句完整的话了,只一个字——"啊"。

抱了孩子的李庆怀在西乙村挨家挨户问,哪里还能问出一个影子来?有人提醒他去公路上找,快快往公路上跑!

李庆怀把毛伲递给了村上一个妇女,不敢消停,往公路上跑。公路上哪有人影儿?偶尔有一辆车影儿闪过去,不见毛伲娘。

李庆怀碰见了张保红,张保红背了一个军黄挎包,军黄挎包里放着沿村收来修好的坏手表和坏锁子。清明前他出去给人家送表去,捎带揽一些活回来。往公路上走要过一条河,西乙村喊这条河叫旺河,李庆怀看到张保红坐在旺河沿上洗脸。河水哗哗流过去,张保红提起滴水的手来甩了两甩,仰了头要阳光晒他的脸。李庆怀还看到西乙村有俩仨妇女抱着孩子从对岸走过来,来西乙村走娘家。河面上没有桥,比起以前的河来,现在的旺河算不得河,细得如张保红的那条瘸腿。妇女们过河的时候摇摇摆摆,像河岸上被风吹乱的柳梢,笑声也浪,满河岸令人开怀的笑声。

其中有一个看到了张保红,站在河当中说:"拐子,隔天去我们东乙村修表配钥匙去!"李庆怀不知道该不该问一问张保红,是不是看到了他老婆拦了车走了。李庆怀着急得有点搓手跺脚,脸憋得通红,就是张不开嘴。

张保红看见了李庆怀,抬了手喊:"庆怀,我看见你老婆往镇上走了,走得快,还和我借了五十块钱,说是你要她到供销社给毛伲买奶粉。你老婆的奶水不足了是不是?"

李庆怀一跺脚,二话不说往镇上跑,随后赶来的庆怀爸和张保红说李庆怀的老婆跑了,张保红还冲着李庆怀的背影喊了一句:"不要急,她不会跑,你见哪个母牛养了牛犊舍得仰了脸朝前走?它要朝后顾牛犊哩!"

李庆怀顺着公路往镇上跑了。张保红站起来也往镇上走,迎面撞上了返回来的李庆怀,李庆怀不说二话,上去抬了拳头冲着张保红的肩膀就是一拳,两个人互相揪了领口打上了。

张保山领了张庆生跑了过来才把他们拉开了。张庆生问:"李庆怀丢了媳妇,怎么你和人家打起来了?"

张保红休整了一下自己的瘸腿,揪了揪领口,指着李庆怀说:"问他!"

李庆怀抹着嘴角上的吐沫星子说:"拐子把我老婆送走了,他给了我老婆路费,我老婆五十块钱雇了高价车走了。我的儿见了阳世才一个月,你叫我的儿怎么活?他不是人,是个拐子。"李庆怀说完,抱了头蹲在马路上开始哭,开始时是嗡嗡嘤嘤的,后来就大哭了。张保红反倒弄了一头雾水,和他爸把经过说了一遍,张庆生便明白了。

张庆生说:"你本分得出了村,谁知道好机会偏偏都让你遇上了。遇上了也罢,你给她什么钱?你以为你是富裕户,满世界的穷人要你来帮助?不是什么事情也能往出掏好心的,你怎么就活了个人,活了个少心没肺!我以前还想着你是个正常人,你的心怎么就这么不正常呢!"

张庆生掉转身和公路上抱着头的李庆怀说:"你老婆现在跑了没有还不清楚,也许还会回来看毛伲。你怨保红给她钱了,保红给她钱从道理上讲是对的。为什么说是对的？因为你的老婆和你是一个村的人，识得你，要不是识得你，怎么知道她是你老婆？不知道是你老婆他就不会给她钱了，一个路遇的生人，即便有什么三长两短的事情，躲还躲不及，怎么会给她钱呢？我这个儿还不至于傻到拿钱买巴掌来捆自己的份上。她要和你好心过，她走了也会回来；她要安了心不和你好心过，她要跑你看不住，再大的困难她也要跑。牲口还有溜缰的时候，何况是个人！五十块钱算个啥？想找就出去找找，不想找就回去看毛伲去，孩子毕竟小，哪有娘不疼儿的？她终究是要回来的。你打了保红了，打就打了，我不怪你。"

张保红几次要说话，都被他爸给挡回去了，好不容易现在抢着挤进了一通话："你说我路上遇见了一个有困难的人，他急着要办一件事情，求到了我的名下，我又能帮他，我看见了能说是没有看见？能帮上忙反倒说不帮人家？帮了人家我不少啥，心里还很熨帖；我要不帮人家，我几天心里都不熨帖！能帮不帮，那我活得还叫一个人吗？"说完话张保红歪了歪脖子，不看他爸，他最瞧不起的就是他爸说的和做的根本就不是一回事！

张庆生照脸给了张保红一个巴掌。西乙村看热闹的人，起头儿看着李庆怀哭，心里还酸酸的，听这么一说，一下子那个酸劲就过去了，由不得就笑了，有的人笑得都流出了热泪。女人们搂着旁边站着的男人的胳膊笑，男人们看着张庆生的脸拉得长了，用手捏了一下女人的屁股或什么地方，女人们就捂了嘴，把笑堆在了喉咙里，一下子有憋不住的，那笑就往出冲，就呛得弯腰咳嗽了起来。

西乙村的人说：拐子，到底是拐子，从情理上就不知道心疼自己的钱，一个不正常的人拿他有什么办法？就不能按懂道理来判断。说毛伲他娘，自己身上掉下来的肉都不心疼，说走抬脚就走了，怎么说也是自己的儿，别人不疼有道理说，自己不疼你说去哪找道理去？山外的女人天生就野，山外的风谁能留住？迟早是个跑。这事遇上了拐子，也是

343

的,你借人家什么钱?

张保红说:"莫不说是个少亲无友的云南侉子,莫不说人家有了困难,就是没有困难,求人的事难张口,一旦张了口,我有什么道理不借人家钱?"

西乙村的人琢磨拐子的话,便不禁感慨系之,办事虽然没脑子,欠思考,礼数上是通达的,但是,通达的礼数不见得用到生活中就对,拐子的脑袋瓜还是有问题。

张庆生听着看着脸上就挂了一层黑,手里拿着一根纸烟想点了抽,不知道怎么的就在手里揉成了一团,稀稀拉拉的烟丝掉在潮湿的公路上。有一辆车开过去了,车停下来,有人探出脑袋来看发生了什么事情,看了半天撂下一句话来:"拐子你站直了,别趴下!"张庆生冲着张保红说:"你是喝了六年墨水,还是喝了六年粪水?你跟了汽车拾粪,样子做得大,图惹人笑话!"

李庆怀从此行走进了一个极不真实的梦幻里,他带着毛伲就这样一年年挣扎过来了。一肚子的郁闷像冬日炕洞里的火星,在他一脸皱纹里明灭。毛伲一天天长大,长得黑干细瘦。

李庆怀整天不沾家不恋舍地在地里受苦,毛伲饿得肚子咕咕叫的时候,就像小猫一样寻了自家的锅台边去,锅台边上有李庆怀放好的玉茭饼子,饼子早已经烤得干黑,啃得毛伲嘴唇焦黑。毛伲坐在门墩上望着远处,远处有女人轻轻摇摆着腰姿,在自家的院子里吆五喝六地使唤着自家的孩子。毛伲突然一下没有憋住那一股往外直冲的泪水,一屁股坐在自家的门墩上哭了。张保红看着毛伲,走过来摸了毛伲的头说:"哭啥?"

旁边西乙村一个妇女说:"热汤热水喝上了,他就不哭了,这孩子哭妈。"

张保红摩挲着毛伲的头说:"我要做你的干大,你爸愿意不愿意我都要做你的干大,干大来疼你,干大领你去买零嘴。"一回两回毛伲不叫,三回四回,毛伲的口就松了。李庆怀站在自家院子里亮着吼鸡骂狗的声调喊:"拐子!瘸子!毛伲尚不懂事,你让他叫你干大,走遍天底下不叫你这种人干大!"张保红远远看到毛伲喊:"毛伲干儿哎,叫我啥?"毛伲跑到院里的篱笆前,少不更事地喊:"干大!"

毛伲不懂事,可李庆怀记着张保红的事呢!

四

三轮车停在了张保红的院子里,张保红的腿被三轮车蹾得麻木,半天下不了车。看见他爸站在家门口黑着脸,张保红想都不想地说:"爸,快准备钱,毛伲要住院。"

张庆生说:"又不是你戳了他的眼睛,准备啥子钱?"

张保红从三轮车上掉转了屁股往下翻,那一条瘸腿有些硬,还没有泛过麻劲来,差一点被车帮绊倒,马小蛋上前扶了他一下。张保红一只手托了那条好腿往他爸面前拐。有人走近了问张保红:"毛伲的眼睛没有救了?"

张保红说:"怎么能说没有救了呢!蛮机灵的一个孩子,缺了眼睛像个啥!有救有救。我就是回来凑钱的,看热闹的老少爷们,大家伙儿都回去凑凑钱,一毛不少,一百不多,算我拐子借大家伙的。"张保红做了一个电视上求人的作揖状。

张庆生说:"看你那瘸样子,你还表演。西乙村的人把你当猴看了,你还蹦得欢,不知道啥叫个丑和俊!"

张保红说:"爸,你说的叫什么话?西乙村哪个人要看我的笑话?"

张庆生咳嗽了两下子,冲着远处吐出一口痰,说:"你是个人物,你爸不算个人物,也没有那冤枉钱给人!你和西村人借钱,你要是能和西乙村人借上钱,也算他们把你当了人看!"说完背了手往张保山的院子里去了。张保红有些着急,想上前去拽住他,发现身后站着西乙村的人,张保红说:"哪位借给我钱?救个急,救救毛伲,那孩子是没娘孩呢!"

　　有人往后缩,不一会儿青壮汉们就缩得没有影了,剩下一些老婆和老汉议论着,像是没有听清楚张保红的话,有说毛伲可怜的,也有说毛伲妈绝情的,留下一小小儿好不容易养到现在,眼睛又戳了一只,真是命苦怨不得人啊。更有人觉得不是张保红的事,他硬给自己揽,怎么就糊涂到没有事要给自己找事的份上了?

　　看着茫然无措往后缩的西乙村人,张保红瘸了腿走回自己的屋子里,关上门,把手伸进炕洞里,拖出一个铁皮盒子,打开取出一沓子钱来,往手上吐了唾沫,大拇指搓着往后数,也才数了五百来块。装了钱,想不起来和谁去借,想来想去想到了秋香,想到秋香立马就解乏提起神来,想到秋香啃着脖子、啃着嘴唇说过的话,那话虽然是一把埋怨,一把眼泪,但是,秋香还是心疼自己的秋香。就一拐一拐朝着代销店的方向去。

　　进了代销店见了秋香,没等她问毛伲,张保红张了口就说借钱的事。

　　秋香说:"又不是你戳了他的眼睛,毛伲眼睛戳了关你什么事?该帮的忙你都帮了,借钱的事你也管?"

　　张保红说:"话不能这么说,大小是一个村庄的人,不说八方支援吧,总不能眼瞅着毛伲的眼睛就瞎了,有一个人出来帮忙总比没有人帮忙强吧?"

　　听张保红说完,秋香走进里间取出一个布卷来递给了张保红。张保红接过来看了看,有些不相信地问:"怎么是一双袜垫子?"

　　秋香说:"过年了,你身上也该添个喜气。"

　　张保红说:"我是和你来借钱来了,添不添喜气吧,现在还顾不得添它。"

　　秋香说:"腊月天买卖正好着,一半天就要去进货,手头上紧着呢。"

张保红涨红了脸有些结巴地说:"救人重要,还是进货重要?"

秋香斜过身往外走:"我问你,我重要,还是毛伲重要?"

张保红抹了一下流出来的清鼻涕咧开嘴笑了一下:"这叫个怎么个比法?说来还是秋香你重要,你不重要我就不来找你了。出一份心意,那孩现在就比你重要。"

秋香说:"他是你干儿,我的儿是你的什么?"

张保红斜了一眼秋香说:"咱的儿和干儿能一样?"

秋香说:"既然不一样,咱管咱的儿,管那小要饭的做甚?"

女人耍性子的时候摸不准她是使性子还是装样子,张保红想拉一把秋香的手,秋香躲过他说:"干儿重要,认干儿去!"巴巴看着秋香满脸的不快,挨着他的前胸进了里屋。张保红想不起来还要去和谁借,想了想,觉得村主任恐怕当着个干部的职务存有俩钱,拐着腿往村主任卢成员家去了。

村主任修了二层小楼,像日本鬼子修的小炮楼,架在西乙村的半坡上,看上去挺抢眼的。张保红敲了半天黑漆大门,门开了一个缝,探出一个"狮子头"来,是村主任的老婆高国花。高国花看看是拐子保红,想了想自己的立地挂表这两天不知道什么原因收不住台,有音无影就想着一句话:想曹操,曹操就到了。露出了不常见的笑容让张保红进来。张保红的腿拐得厉害,整个变形的大腿根上让残废了的一条腿斜出去好多,门缝见小。张保红说:"给咱弄大点,婶,拐不顺,进不去婶的高门。"

门随着婶的退步开了。

张保红说:"成员叔在不在家?我找他有个事情想说说。"

高国花说:"县上来了领导,陪领导打麻将呢。"

张保红一听赌博,心里就不高兴,不高兴也得进,听得小西房里有笑声和麻将磕在桌子上的声音传出来。

有人说:"知道吗?三饼叫嫩豆荚;二饼叫奶头,是女人的妈妈穗;

这个三条绝,叫三点式;那个四饼叫奥迪;更绝的是七饼,你们猜叫什么? 叫瘸子。"

这时高国花领着张保红推开了门,打麻将的人看到门口的张保红,突然不笑了,听得有人叫了一声:"来了一个七饼!"揉麻将牌的声音和笑声突然一起爆响了。

张保红想起来自己是来借钱的,红着个脸说:"叔,我有话要说。"

成员说:"有话说吧,都不是外人。"

张保红说:"叔,毛伲戳了眼睛,住不了医院……"

张保红把要说的话咽下了半截子,他看到四个玩麻将的人打完了一把开始结算钱,拉开麻将桌的小抽屉,乱放着满满的一抽屉。一个人说:"我有暗杠,我收三百。"一个人说:"我和了,成员,是你的庄家吧?"成员点着头说:"是我的庄家。"成员把小抽屉里的钱一张一张往出拿,"够不够? 我说的那个事情,贾兄,贾局长,你得往上给我反映一下,不要忘了,论资排辈我也该松动松动了。"那个被喊贾局长的人说:"麻将场上不谈工作。"成员说:"这不叫谈工作,叫玩高兴,领导高兴,我也就高兴了。"

张保红有些发绿的眼睛珠子瞅着那钱,那钱真叫个好看。看着打麻将的人很悠闲地搓着牌,张保红瘸着腿不说话了。

成员说:"毛伲那孩子戳了眼睛,是不是又让你遇着了?"

张保红说:"叔,我拉人家孩去买泡泡糖,拿锥子挑核桃仁吃,不小心他自己戳了。"

成员说:"这么说来不碍你的事,是你眼睛里长了事了? 你这个热心实在是叫人起敬,可就是觉得真叫个没来由的热心。就因为你站在这里,看看,你叔输钱了吧!"

贾局长边叫着牌,边说:"成员,话不能这样说,牌技上的竞争,输赢是常事,要是觉得输了钱冤枉,我们就不要玩了,玩钱就是玩快乐的。七饼!"

另一个人说:"我钓七饼,对对和了。"

贾局长说:"啥不能钓要钓七饼!你们的说话声音影响了我发牌,这七饼本不该打的,都是你这个七饼!"

和牌的声音明显有些重了,成员头上一下就起了一团热气,赶忙说:"倒水倒水,给领导们倒水,咱输钱是输高兴的,拿着钱玩高兴是天底下再高兴不过的事嘛!"

有人就应和着说:"成员那心眼,这么多年了谁不知道?有嘴无心的,贾局长认真不得的。"

张保红乘机说:"毛伲戳了眼睛了,要住院,钱不够,叔,你得借我钱,你们打得大,两把高兴就够了。"

成员说:"小祖宗,我求你了,你给咱走,你站着不走弄得都别扭!"

贾局长脸上挂了不快的神色,站起来松动了一下腰,走出外面,等成员打发保红走。

成员看着一脸寡气走出去的贾局长说:"瘸子,我现在恨不得你个小兔崽子两条腿都是瘸子,在家待着出不了门,你管什么闲事嘛,管到我这里来了!"

张保红笑着说:"叔,你盼我两条腿都拐了,我还得吃西乙村的救济,多吃多给你脸上抹黑。"

成员扭头和身边的人说:"弄走弄走,影响打牌的情绪!"

张保红有点急了,说:"满桌子赢两把牌就够,你给了我,我赶快走人,不要弄得外面的领导越发看你不高兴,赢你钱也赢得不爽快,你输了钱还讨了没趣不是?"

成员说:"我还敢赢两把,我是啥身份我能不知道?我比你聪明多了,人活着要是都像你,世界乱套了!"

外面的人走了进来,其中一个有点扫兴地说:"你看,贾局长第一次来,你就遇这事,赢什么赢?兴致减了大半!麻将桌子上最忌讳说借字,怎么半天还不走人?"

349

这时候那个被大家称作贾局长的人反转身来,掏出来三百块钱对张保红说:"扶贫济困,你把我这三百块钱拿上,算我的一点心意。"另一个随了贾局长来的人也掏出来三百,对张保红说,"我这是三百,你也拿上。"成员一看着了急,忙说:"贾局长,这怎么行? 我们西乙村的事,怎么能要你们的钱? 拐子,这是三百元钱,你拿上吧,代表我和村委会向李怀庆家里表示慰问。要是不够,再拿三百。贾局长来支持咱们村里的工作,他们的钱,咱们说啥也不能要。"说着,硬把贾局长和另外一位的手挡了回去。

张保红手里捏了成员给的六百元钱,瘸着腿一趔一趔地出了门,听得身后传来说话声:"跟七饼简直是神似了哎!"

然后是一阵笑声和哗啦啦的洗牌声。

张保红决定去弟弟宝山那里找找爸,看看能不能再取一部分。

张庆生原来是小学老师,退休了,手头不缺零花钱,也有俩存款,动员动员也许行,要行,张保红就不想要卢成员的钱了。卢成员不给钱便罢,给,就肯定有求于人。前年搞村选,提前每一户都发了一桶色拉油,不明白是为啥要发。成员说:"'穷帮穷,富帮富'那一套套走远了,现在是穷富相帮一家人,送大家一桶色拉油算啥! 吃啦!"后来才知道是选干部。拿了人的手短,吃了人的嘴软呢。填选票的时候,不自觉地就填了卢成员。

老百姓好作唬,能给点实惠就心动!

张保红往张保山住的小垒底走。

母亲去世以后,兄弟俩就分开另过。张保红记得分家那天,父亲张庆生背靠着树,张保红和张保山蹲在地上的一棵烂木头上。刚吃过饭,还要喝一碗汤,汤喝完了还要再坐一阵子。时间就拉得长了,院子里能看到过往的人和几头牛。张庆生说:"现在没有什么事情,给你弟兄俩分一分家。小垒底新修的那一院房子,本来是给保红修的,因为保山先结婚了,现在就让保山两口去住,你是当哥的,做个榜样出来,你不同意,我也不能给他们。"

张保红说:"我给我弟弟,当是给谁?我同意。"

这么一同意,秋香就和张保红闹开别扭了。

秋香是死了男人的寡妇,男人一死,落下一个老人和两个孩子,秋香的负担重,谁也不愿意揽她这一摊子。秋香是女人,哪有女人不渴望婚姻的?在考虑婚姻的对象时,秋香明白自己比不得当闺女时候了,寡妇和闺女是一种社会角色的转换称呼,寡妇表示她已经被打入了另册,非有特殊机遇,青壮汉们好的是轮不上自己了,就因为自己拖着两条小尾巴。秋香看中了张保红,张保红人虽然是瘸了,但是,他有艺道。秋香的哥哥说了,张保红这个人就怕有人管,管住他是往家生钱的机器,两个孩子都是花钱的,谁来揽这一摊子?这种人缺根弦,没有私心,跟了他,看好他不会生外心。

秋香说:"你这人千好万好,就一样不好,爱招事,跟了你一辈子不平安。你就不能看见了别人有事装个看不见?就不能干脆利索、当仁不让就承认是你的?就不能像旱地里的庄稼一样捉了一棵苗就是一棵苗?自己还旱不保收,偏偏要去可怜人家,人家还没有给足你好脸色,你就好心了,赔了钱不说,把自己都赔进了!明明那房就是你的,要让给保山。你把那房要回来,我再考虑嫁你。"

张保红想,秋香到底算是一个女人,头发长见识短,就不知道我是对她好?打凑钱让她开代销店,让她打着算盘过日子抵得上旧社会的店掌柜了,还不高兴?我爸张庆生翘了屁股努了力修的房,他说要给我弟弟,我能说不?怎么说也是一个娘肚里出来的,秋香她要是连这么个事都不理解,她还算是念过初中文化的人?

秋香不这么想。念初中文化怎么啦?越有文化才越知道什么事情该做,什么事情不该做。做的那事情本不该做的,你做了,念书是让长心眼的,是让你当咸菜配饭吃的?

张保红想起初中生物老师讲课时结合课本说过的一句话:生物在

合适的空气和土壤里发芽成长,而有些人则在变幻的社会环境里变化。秋香就是在变幻的社会环境里变化的。两个人的关系彷徨了好几个月,接续起来的情感不如以前那样儿光溜了。张保红望着那满是斑白鸟粪的窗台子,想人和人的要求到底是不一样,忧伤了好几个月。

张保红进了大门看见保山媳妇在院子里洗衣服,打了声招呼进了门。看到他爸坐了小板凳在火台上嗑南瓜子,他也歪了一下屁股坐在了炉台上。

张庆生跳下炉台走出了院子,张保红也歪下火台跟了走出了院子。张保红嬉皮笑脸地说:"爸,我知道你有俩钱,借出来嘛。躲我,躲得了初一躲不过十五,谁让我是你的儿来着? 生就的骨头长就的肉,你就当我跟丑丑一样不懂事,行不?"

张庆生说:"丑丑多大,你多大? 你马上就四十的人了,做人做事还要我教? 你做那事还不如丑丑。我听丑丑说,那锥子本来是她拿着挑核桃仁的,她觉得挑起来费劲,就不挑了,毛伲拿了,毛伲就挑了眼睛。你说事情是不是差一点就出现在了丑丑身上? 人哪,不要说差一点,就差一点,人和人就不一样。丑丑都知道躲事,就你喜欢事找你。借五十块钱给那个云南侉子,人家记恨你哩,知道不知道,儿?!"

张保红笑了笑说:"事情哪有那么复杂? 谁家也不是天天出事,有事了不帮人家,良心就过不去。"

张庆生不说话了,背转了身往门口走,出了门眼看着是往自己家里走。张保红想:有门儿了。跟了他爸拐了腿走,心里想着毛伲的眼睛,看了看天光,天光有些转暗,不敢再耽搁了,拿了钱马上就得走人。他回头叫了一个旁边站着看热闹的人,要他去告诉马小蛋,准备发动车,自己跟了他爸进了屋子里。张庆生从裤腰带上解下了一串钥匙,一个一个往过找,找了一个黄铜钥匙出来,两指头捏了锁透了天光往进捅,捅了半天也没有对准锁眼。张保红拐了一下上去,很利落地掏出打火机"啪"点燃了迎上去。张庆生看了一眼张保红开了锁,掀开木板箱,翻了半天,很吃力地往出拽一件东西。张保红说:"爸,要不要我帮你拿?"

张庆生不说话,狠用了一下劲拽出来了,是一件棉猴大衣。张庆生把大衣扔到了床上,说:"狗屁良心,数九天刺骨,穿了上路挡风寒,你爸能帮的就这了!"

张保红有些着急地说:"爸,怎么就弄了个这?"

张庆生说:"你想我能给你弄个啥?我有儿,我又不需要干儿,你没有儿,你要毛伲做你干儿,庆怀他又不是我干儿,我疼他做啥?"

张庆生说完话锁了木板箱上的锁,出了门站在院边上掏出来一根烟点燃了顾自地抽。张保红觉得他爸越来越不像一个人民教师了,不知道他怎么就当了人民教师?怎么教育那一茬一茬的学生!

张保红不敢消停,看着开过来的三轮车,穿了棉猴大衣爬上三轮车往县城方向走。

五

毛伲包扎了眼睛,医生说怕感染,需要马上输液,先消炎,等炎症下去才能做手术。李庆怀还不知道做手术的结果就是毛伲的视力降到了0.1。毛伲转到了住院部,医生给毛伲打了点滴,李庆怀很伤心地哭了。他老婆跑了他都没有这样哭过,老婆跑了留下了儿,辛苦到现在,眼看精明灵活的一个儿,眼睛瞎了,真的是阳光落在玻璃上,有光明没有前途了。

医生进来说:"赶快交住院费用,不然的话明天转院。"

李庆怀抹了一下眼睛说:"大夫,你说我儿那眼睛有救没救?"

医生说:"眼球严重感染,不好说,准备钱吧。"

那个医生看了看李庆怀不说话了,现在说啥话好像也不顶用。医院是能把一个硬性子的人磨软的地方。医生不急,医院又不是医生个体的,他只需把话传达到。医生走到吊着的输液瓶前观察了一下,抬起手来用二拇指头弹了弹输液管子里的气泡,气泡往上行了行,顺着管子进入瓶子里,咕咚一声鼓了出去。医生临走的时候说:"健康是商品,出现了问题就得花钱治疗!"

这一句话撂出来,撂得李庆怀情绪十分低落。村子里这样的广告太多了,什么电是商品,路是商品,水是商品,都是商品了,这人活在社会里,不知道算不算商品,算的话,李庆怀现在就想卖了自己!

想得李庆怀心里烦乱得很,站不是坐不是,站在窗前看院子里,院子里飞得满是红色的白色的塑料袋子和纸屑,那塑料袋子在尖厉的西北风中颤抖着,苦涩地飞。李庆怀的目光木木的,想乡下人的命苦得比黄连还苦!

李庆怀看着毛伲,毛伲长得和他娘一个样子。古话说:女儿像爹,儿子像娘。自己的儿子是真像娘,可他娘哪里还见得到踪迹!

毛伲睁着一只眼,一只眼裹了纱布。毛伲看着李庆怀说:"爸,我过年还没有新衣服,老拣表姐的穿。"

李庆怀一下没有明白过来,听得门外有人说:"不穿新衣服,年照样过,看谁有本事把穿了表姐衣服的毛伲挡在年外边!"

看到张保红进来了,毛伲欢喜地叫了一声:"干大。"

张保红说:"哎!干大给你买了好东西了。"说着从怀里摸出了两包零嘴鸡尾圈和两个橘子,放到了毛伲的枕头旁边。

李庆怀说:"谁叫你叫他干大了?他要害死你,他不拉你去才茂老汉家,你会用锥子挑核桃仁吃?他拉了你去,你挑了眼睛他高兴哩,拐子歹毒哩!"

张保红抬起头看着李庆怀,有些生气地说:"你怎么能和孩子这么说?孩子知道什么是好什么是坏?我存心害他,他会叫我干大?毛伲,干大好不好?"

毛伲怯怯地看着李庆怀说:"不知道。"

张保红笑了,帮毛伲剥橘子,一边剥一边喜悦地看着李庆怀说:

"吓得孩子不敢说真话了。毛伲就是我的干儿子!"

这时候有医生走进来换药,看到张保红正往毛伲嘴里放橘子,马上就喊了一声:"不敢给孩子喂东西吃,孩子的眼睛受了伤,正是愈合阶段,剧烈地嚼咬东西会带动整个脸部肌肉动作,造成眼窝疼痛。刚刚住院,要喂他一些流质的东西,或用水泡软了的馒头和饼干,两天后才可以活动脸部的肌肉。"

李庆怀蹿上前一把抓了张保红买来的东西,扔到了门后的垃圾桶里。毛伲想哭,医生示意张保红哄住孩子,不要让他的情绪有大的起伏。医生换了药观察了一下,摸了摸毛伲的额头,从怀里掏出一个体温表来,甩了两甩,要毛伲含在嘴里,毛伲想哭的念头就咽下了。

医生示意着床头的呼叫器说:"十五分钟摁铃叫我。"

医生一出去,李庆怀就指着张保红的鼻子开始骂上了:"我说你害我儿,你说不是,医生都证明你害我儿了,你不害瞎我儿,你就不甘心是不是?你个拐子!我好不容易把你想得好了点,你又开始害我了。你走,你走!你不是一个正常人,走走走!"

张保红真正地伤心了,说:"毛伲有病心里不爽快,你骂我,现在,黑天黑地的,我咋回?我知道你心里难受,谁不难受?好,只要你能好好让毛伲康复了,我就走。小时候看戏走夜路要翻两座山,不算个啥。但你说我不是正常人就不对,我明明是个正常人!"说着,从怀里掏出一百块钱来,放到床上,转身开了门要走。听得毛伲嘴里像塞了棉花套子一样喊了一声:"干大!"

张保红掉转身笑着说:"等你好了,干大天天给你买泡泡糖,干大赚钱供你学文化!"

出了门眼泪掉了下来,像剥落的豆子一路撒了过去。

外面的天黑得看不见月亮。张保红走出了医院,肚子咕噜咕噜响了起来,他记起来自己两顿饭没有吃了,掏了掏口袋还有三五块钱,拐着走进一家小饭店要了一碗烩面,三口两口填了肚子。他想,黑天黑地的,自己是回呢,还是将就找一个小旅店住下?住下也不是说不可以,问题出在口袋里没有钱。后一个希望就等于没希望,县城里没有亲戚还必须是往回走。这么想着,张保红三下五除二往嘴里灌了面汤,结了账,出了饭店。两边厢看了看发现有一家录像厅闪着光影儿,突然觉得这么晚了还是应该住下,自己不比从前,从前有两条好腿,走百把里路不算啥,现在不行了。张保红走过去打听了一下,人家说是八块钱一晚上,他翻遍口袋也掏不出八块来。

张保红探进录像厅窗口和买票的人商量说:"我只有两块钱了,让我进去宿一夜,明天一早还你怎么样?"

窗口里的人说:"不怎么样。有事做事去,没事不要来找事!"

张保红说:"就宿一晚上。我要冲你这个情况我肯定收留的。"

窗口里的人有些恼怒地说:"讨巴掌吃,想找事吗?看你瘸着那腿就不是一个正经人!"

张保红缩回脑袋,西北风刮得街上到处是乱飞的纸片儿。有提了塑料编织袋捡破烂的拿了铁叉子扎那些纸片,也有匆匆忙忙往什么地方赶路的行人,男男女女老老少少各自走着自己的路。一个个灰头土脸比西乙村人也不差上下,可人家就是城里人,小腰板儿一挺见了乡下人自觉地就长了一头,就看着自己不是正常人!

把大衣往身上裹了裹,手拢进袖管里走。有车从他身边闪过去,是拉货车。张保红想,要是从前,他早两步窜上去爬了后马槽翻上去了,就想起了自己毁在七月的腿。

七月是乡下人的一个吉月。

乡下人把七月定成了自己的吉月,是因为三月清明抢墒把种子埋进了土里,绿染六月尾,闲出手来,抽回身来,消停了的牲口也该染染金水似的阳光松动松动了。乡下人有一首歌谣:正月捂着年味儿想,二月举着脚跟儿望,三月清明走坟忙,四月苗崽探头长,五月端阳念屈子,六月麦穗一半黄,七月初一捏面羊,初三牲口交易慌……

张保红是七月初三那天赶着牛去乡里交易的,娘得了癌等着钱治病。张庆生说,你跟着去会上卖了牛,少说也得卖它一吊。这里人说一吊是一千。

走到乡里,各自为营,有去看戏的,或者根本就不是去看戏,是去看唱戏的演员,一哄而去谁也找不见谁。牲口交易会在乡边儿上的一块闲地上,七乡八村的都来看,有买的有卖的,有大牲口也有小牲口,有外地也有本地的,买主卖主喊叫声此起彼伏。

和西乙村的人挤进了牲口交易市场,有几个买牛的走过来翻了牛嘴看了看牛的牙口,又摸了摸牛的肚子问:"你这个牛是老牛了,想卖多俩钱?"

保红说:"一吊!"

那个人说:"贵,也就剩下三二年光景了,还一吊!"

保红说:"那你说多少是个少?多少是个多?"

那个人不说话,从肘窝下伸出一只手来,大拇指和二拇指八叉开伸了个八数。

保红看了一眼说:"笑话,我这个是黄犍,你不要小看了。"

想买牛的人突然摇了头唱上了:"春种那秋收哇,全凭它粮满仓哪。"

周围的买主看着就笑了,远一些的买家和卖家都往这边厢看,张保红一时就忘情。

那个人乘着兴致从肘窝下伸了一下手说:"八九不离十,也算是个满贯?"

那人又说:"有个回转余地嘛,不差上下,可以了,天都晌午了,赶了牛寄存到亲戚家,下午还不忘看戏。"

有人搭了腔问:"下午是不是要唱连台本《十二寡妇征西》?"

那人说:"可不就是,误了啥也不能误了看戏,会是由头,戏才是主角,一头牛买它不买吧!"

保红有点着急了,说:"那就按你的意思来,我也是个痛快人,自己的畜生养得出了感情,抬不起价来,只好落了,点钱吧。"

那人点了钱递给保红,透了太阳光一张一张摸看那钱是不是假钱。那人说:"农村人不会造假,有假也是那些城里人干的,我活到五十了才知道,不是说种地人才能吃上自己的粮食,城市人不种地照样打粮食。"

装了钱走,看到前方有一堆人聚着,凑过去发现地上放了两只碗,那个取碗的人抬起碗来要大伙看,碗里有一张扑克牌,是红桃,那个人扣下了那只碗。又拿起了另一只碗,另一只碗里扣着一张黑桃。那个人抽出了其中一只碗里的一张牌,剩下了一张红桃,那个人又拿出了剩下的红桃,两只碗就空了。来回在地上打了几下转,那个人把一张牌放了进去,是一张红桃,所有的人都看见了是红桃,那个人问:"我扣进碗里的是红是黑?"

站着的人异口同声地说:"是红桃。"

那个人说:"谁来压?"西乙村看热闹的人说:"保红来压,才卖了牛。"那人就盯上了保红说:"有时候说一样不见得就一样,要凭自己的感觉,自己的眼睛来判断。我帮你来赢,输了算我。"

那人在他的耳朵眼里说:"压了他的手不要让他动,是黑桃。"张保红就急忙压了他拿碗的手,压死了不让他动,脱口而出叫了一声:"是黑桃!"耍牌的人抬了手准备要翻碗的时候还说了一段话:"老少看家,人说天上不可能掉下馅饼来,我今儿就让老少爷们看看,什么叫日进斗金,什么叫天上掉馅饼,什么叫睁眼看着好事来。好,马上就要揭开了,看准了,看好了,不要让自己看中的跑了,红可以变黑,黑可以变红,说红是红就是钱,说黑是黑也是钱,说不对了,只能说你不走运,自认倒霉了。翻了翻了,看准了,看中了!"

那只手翻起来的时候,众人看到碗底是一张黑桃。张保红有些兴奋,回头看帮他的那个人,就看到翻碗的那个人从口袋里掏出来五块钱递给了张保红。

那人说:"一次五块,卖了牛赢了钱,弄好了一天赚一头牛不在话下。"

旁边的那个人小声叫张保红再来,说:"你怕他啥?已经赚了五块了,大不了不赚还给他嘛,要是再猜对了,你不就赚十块了!"

张保红心动了,想着炕上躺着的娘,娘需要的不是一头牛的钱,要是有钱娘就不怕住不起医院了。手里捏着那五块钱在那个取碗人面前晃了两晃说:"再来一次!"

信心十足的张保红抬起手压了那个人的手不动,等那人说完了翻了碗果然张保红又赢得了五块。旁边的看客有些骚动了,围着的人多起来,以保红为榜样,听的人就起了兴致。

九十年代的乡下当时流行这种骗术,农民改革开放得还不够,一双双焦灼的眼睛望着一小片一小片慢慢变黄的土地,心里那个不满劲看着钱就毛躁,农民单纯哩,那几年骗子用这种手段骗了乡下人不少钱。

张保红又压了一把,明明看见是黑,说了红,结果却是黑:输了。

人天生有不服输的性格,其结果是出溜出溜光往外掏钱。人天生也有保底的性格,保红就想自认倒霉抽身走人,其结果是他又赢了两把,保红在不断的反复中有点赌红眼了:啥也不怕了,一个字,赌!大不了赌上一头牛!

九十年代流行着一首歌,其实是大城市流行过了落脚到了小城市,小城市流行过了姗姗地来到了乡村。那一首歌叫《潇洒走一回》。赶会的店铺里就唱着这首歌,反复不断地播放"我拿青春赌明天……"。其实谁也不听这首歌,该走的走,该看的看,走的就因为个挤,看的就因为个乱。乡下人说:"赶会是为了啥,是为了比脸,挤得转眼无影无踪,眼看着后尾巴都拽不住了,才叫个过瘾。乱得两耳朵嗡嗡嗡如马蜂乱飞才叫个爽!"午后三点戏台上化装好的演员走来走去,有在开场前表示要唱主演的"嗯,啊啊啊,嗯嗯嗯,哦——"舞台下的人声嘈杂喊儿叫女的,有板胡开始定弦"来米,来米来米"。

有看戏的人大声说:"西乙村的保红输了一头牛,不是输了牛了,是卖牛的钱输了个净打光。"

这时候就传来了吵架声,先是大声地嚷嚷,后来就听不见吵架了,叮叮光光的东西响,有喊叫声传过来:"打上了啊!"

戏园子里的人站了起来准备出去看,有女人拽着又坐下来的,但他们是一脸的兴致,是想看热闹的兴致,拽不住的踩了板凳架空跳了出去。外面的喊打声就大了起来,"打,打!"

事情弄大了,维持治安的吹了哨子叫停,兴奋的人们才停了下来,发现那一伙人早跑了,乱糟糟打的是自己人,张保红在撕打中摔断了腿。

娘死了。娘死于癌。娘死时用足了最后一点力气拉着张保红的手说:"娘不指望你做大事,小中见大,把小事做好,小事做不好垒起来就是大事了!心要善,不要贪,贪过了,上天总会降祸下来。"娘的眼睛塌落进颧骨里,像两口深不见底的井。娘的手像冬天里大火烧脱皮的老树,在保红的脸上游离,粗粝得有一种荒芜空寂的东西跌落到了心里,张保红的心凉了一下,那种悲楚,那种冷暖体验凉得张保红发抖。张保红葬了娘出去跟了人学修表,学了手艺回乡,他觉得自己虽然是受了别人的骗,落下一个残缺,但是,他记着娘的话:心要善,不要贪,贪过了,上天总会降祸下来!

张保红看到路边有伐下来的树枝,走上去拣了一根直溜吃硬的,拄着走了两步,底气好像也往出蹿了几蹿。

"大哥捎个脚?"

有车停下来说:"上吧!"

天底下总还是好人多。坐了三十分钟的车到了西乙村口,张保红不知道该怎么感激人家,说:"大哥,你捎了我,大腊月天,我送你两句好听话吧。"

想了想说:"大哥走山路,多捎俩人来做伴。"

司机伸出手来拍拍他的头。

车咣咣当当走远,什么也看不见时,他才觉得夜黑得像涂了几层墨!

六

回到屋子里,张保红看到床上的被子成筒状展开,脱了衣服拱进去,发现里边放着暖水袋,水虽然凉了,但他从心里感激爸。爸到村里的王寡妇家去了,因为自己没有娶亲,爸也不能娶王寡妇,张保红觉得自己对不住爸,也想着死去的娘可怜,和弟弟保山说,保山说:"王寡妇能让他白睡?"

王寡妇家后来就老出事,不是鸡死了,就是地里丢了粮食。张保红想这事肯定是保山干的,找弟弟说过,保山说:"有脸说,以为自己是个什么东西?当你是大吧,你不像,张家又不是没有后,拿钱养人家的儿,有脸来说我!"

墙上修好的挂表集体儿嚓嚓响,时针同时指向三点,分针不到半,他有点迷瞪了,那嚓嚓声像小乐队奏出的催眠曲,不想那么多事情,蒙了头,一觉就睡到了天光亮。

窗玻璃上的阳光照得他睁不开眼睛,心有些暖热,想秋香,起身洗了洗,出了门往代销店走。路上碰上了丑丑。

丑丑说:"大大,走。"

张保红说:"大大口袋里只有两块钱,今天不买泡泡糖了,买包纸烟抽。"

丑丑瞪了一双大眼说:"给丑丑买,抽烟有害健康!"

张保红摸着丑丑的头说:"冲着你这句话,大大就给丑丑去买泡泡糖!"

进了秋香的代销店,秋香问:"你干儿怎么样了?"

张保红说:"消炎,过两天做手术。"

丑丑说:"我爷爷说了,谁提供了锥子让挑核桃吃,按规矩,就应该赔偿人家。"

秋香诧异地抬了头看保红。

丑丑说:"我看中央电视台的《今日说法》,我爷爷说了,按什么来呀?想不起来了,谁给了锥子谁就有责任赔毛伲。"

秋香满脸的不快僵在了脸上。秋香说:"小孩子家懂个屁,听你那爷爷瞎说,拿了锥子要他剜核桃仁了,要他剜眼了?"扔过来泡泡糖不说话了。

丑丑拿了泡泡糖出去玩儿了,张保红看着秋香说:"好好的怎么就又不高兴了?拿一包烟过来。"

秋香不看张保红,也不给张保红取烟,张保红自己去拿。秋香一机灵挡了他伸过去的手说:"我是开店的,你赊得起,我赊不起,我是穷日子过怕了。"

张保红色色地说:"嘻,还真生气了!你一生气,我就想弄你。"

秋香不拿,不看张保红,也不让他弄,看对面墙上的报纸。外面的天映黑得看不清字,张保红说:"秋香你是真生气了?秋香你不要生气嘛?那报纸上都是在说假话,有什么好看,看看我,我是硬起来了。"

秋香翻脸不认人地咧了一下嘴说:"你那东西我早看熟烦了!"

张保红那地方一下就软塌了。女人性格就像田野上未刨尽的根茬,在上面走着,小心应对着,还是有那么多让男人绊倒的可能。张保红不明白秋香的心,也不知道居家过日子的女人,在大事面前常常要患得患失。乡下人过日子得弯腰锄地、收割、刨茬,张保红按说是有艺道的,自己做不来可以赚了钱雇人,张保红是一个贴了工夫不见钱的主,谁不愿意不花钱捡便宜。秋香有秋香的实际,秋香是个泼辣女人,别看个子小,嘴巴厉害,手上功夫更厉害。下田干活不输男人,家里喂猪做饭样样拿得起。张罗一家大小吃穿还兼顾东家长西家短,不是一个征服女人的行家里手制服不了秋香。

张保红想换个话头,想了想说:"过年还得你打凑我俩钱。"

秋香说:"你是我啥人要我给你打凑钱,我要是指望你养活我,那还不长年喝西北风,啃玉荄秆?我就看你熟烦,你走走,走啊!"

张保红惊讶地抬起头看着秋香,他不知道这到底是不是他认识的那个秋香?

张保红说:"秋香啊秋香!"

秋香掉转了屁股进了里间。要是平时,这就是一个信号,张保红也会跟了进去,现在,张保红肯定是不能。看着半天不出来的秋香,要是平时,秋香早在屋里喊了:进来呀拐子!

现在,秋香没有一点动静。张保红想:女人的脸天上的云,时好时坏,时阴时晴,站在过门上等秋香的脸转晴。

秋香在里屋说:"拐子,你不走,我就喊人了,不想等再讨没趣,掀了帘子往外走。"张保红想掀了帘子往里走,挪了两步,听得屋里的秋香喊出话来说,"我公公这一辈子不画炕腰墙子了,你看谁画给画去吧,这个社会怕是不需要画炕腰墙子的人了!"

张保红的心像锥子剜了似的疼,就这么扯淡的几句话,两个人就弄僵了。返身往外走,心里凌乱涣散起来,他眯着眼睛看西乙村,一些树,一些石头,上面铺了一层亮亮的雪,有年味儿慢铺开,他心里叫着秋香秋香,想着秋香手上的功夫,从上到下细细揉自己的腿,真是无穷的最大的享乐和舒服,他叫着秋香秋香,想着自己被她呼来喝去时,脚下的路被裤管扫得一片洁净,秋香笑得弯下腰叫着拐子拐子,你那条拐腿是扫地的笤帚!又想:毛伲出了事情,咋就弄得西乙村人看自己都不自在呢?想着做人的正道来,我不怕你秋香怨恨我,年会给人带来福气的,我不是一个不够大的人,是人心把我想得不够大了,人天生是乐着活的动物,热心、热闹有什么不好?我要你慢慢知道我的好。他回头看了看秋香,看到秋香的门帘是杂色布头对起来的,雪天里透着一股暖,就又闪了一个念头,秋香是个巧媳妇呢。

风刮过来,树上的雪落在了他的肩膀上,荡涤着张保红的心情,他突然觉得自己也该准备过年了,谁也不能把过年的幸福隔在年后边。

七

年腊月二十三李庆怀办了出院手续和毛伲坐了班车回了西乙村。本来张保红说是二十六去接他们的,他不要接,他要自个回来,他心里堵着一口气。知道毛伲回来了,西乙村的人都来看,张保红的爹张庆生走在第一拨人中间,秋香店里的罐头和早餐饼干被卖得绝了货。乡下人还是懂得情分的,再冷清的人家,他们也懂得出了事情是要去看看的,看看表示眼中有这个人,不看日子长了是会积怨的。乡下人从来就不想和人积怨,都是土里摸爬滚打的人,愁苦中兼有的那份活着的不易,谁能保证自己一生不出点什么事?欺负别人是祸,看得起别人就是看得起自己呢。

看的人一拨儿一拨儿走了,就是不见秋香来,秋香不来的原因,一是因为保红帮助你李庆怀够多了,张保红也代表我一份,心里不想去看。后来秋香也来看了,觉得在自己家里挑了眼,怕西乙村的人说自己胆虚。看着毛伲那只视力下降的眼,都说,这孩子可惜得就这么坏了几分人才。李庆怀看着送来的东西,就想秋香的代销店,想才茂老汉,想才茂老汉的锥子,想自己的儿一只眼睛说看不清楚就看不清楚,秋香因自己的儿还增加了收入,心里的那个酸就不是一般的了。

年腊月二十八那天,西乙村的人们准备剃头洗身子过大年了,有人看到李庆怀端了一盆热水放在门前的台阶上,躬起身把他那颗干巴瘦小的头颅浸泡在盆子里,然后就在膝盖上来来回回壁剃刀子。毛伲给他端了镜子在前面照着,他先从脑门子上一刀一刀削去,继而就扩而大之地削到了后脑勺,一会儿他的头就旋成了一个花豹皮。西乙村会剃头的就张保山一个人,李庆怀不去找他,只要是张家的人他都发誓不去找。毛伲看着笑了,两只眼睛弯成了月牙儿一样,笑着的眼睛有一只眼睛是看不清楚的。李庆怀的心就像剃头刀子割了一下,眼泪想往下掉,到底没有掉下来。有什么东西响了两下子,毛伲回头看,看到两只耗子从屋子里跳出来打着旋,毛伲举着的镜子耷拉了下来。

李庆怀说:"毛伲你往哪看了,镜子不好好举着?"

毛伲说:"我看着老鼠追着玩呢。"

李庆怀扭回头看到两只足有一尺长的耗子转着圈跳着,他昨天晚上刚下了耗子药,现在看来是起作用了。那两只耗子互相撕咬着一会儿就躺下了,躺下的耗子挺了两挺四条腿,八字一样展开死了。听得有人说:"我要你闹腾,你闹腾也选个对象,你闹腾穷人,你闹腾穷人有什么好!"说话的人是张保红,张保红给毛伲来送过年的新衣服。

毛伲说:"干大!"

不等张保红开口,李庆怀说:"闭上嘴,把镜子举正了,谁要你认他做干大?"

张保红说:"两相情愿的事情,你和一个孩子计较。毛伲记住了,干大就是干大。"

放下东西顾自拐了腿走过来夺了李庆怀的剃刀,出溜了几下子,一个头很完整地剃出来了。

张保红不管李庆怀是什么态度,该帮助的他就是要帮助,不领情归不领情,那是你的事情。张保红拐着腿往回走,哼着歌曲,捏着嗓子学了女声:"快乐老家。"

西乙村上空从进入腊月开始,就一直飘漫着一股年香,虽然整个腊月伴随着的话题是毛伲,现在毛伲也回来了,人们的思想又集中在了年上,年是乡下人最大的庆典。

大年初一早上八点多钟,迎喜神的开始从大队的仓库里取出闲置一年的铜响器,年轻后生们嬉笑着敲响了第一槌锣,听见锣响的人们在篮子里准备了牲畜要吃的东西,其实也是人吃的东西。各家各户往出赶牲畜来迎喜神,迎喜神迎的不是哪门子神仙,是乡下人的五畜六禽,这是老祖宗留下来的一个活传统,也是关于生命的事情。

一缕炊烟,几声五畜六禽的叫声,人就有了活下去的精气神。五畜六禽和人一样,一年开始了,一年的开始是简单、自然,也是喜庆的,五畜六禽一年给人带来了福,人也要敬重五畜六禽呢。年三十晚人们吃了岁饺子,大年初一就该五畜六禽吃"岁"了。家家户户把五畜六禽赶到一个大的空地上,各自提了篮子,篮子里装了最好的吃食。人围了五畜六禽,有打响的开始"咚咚呛,咚咚呛,咚呛,咚呛,咚咚呛!"很有节奏地敲。原先的时候是细吹细打,现在的人活得都粗糙了,能拿得起细活的不多,乡下人把弦乐叫细乐,把锣鼓铜镲叫粗响儿。迎喜神等于是大年初一给五畜六禽过大年,要它们来年里继续给人带来福气,因为乡下人敬重它们都是一等一的壮劳力。

举行仪式要有一个领头人,往年都是村干部卢成员主持,今年人家到县城孩子那里过年了,为了方便初一就近去县常委院拜年,西乙村迎喜神的事情就缺了领头吆喝的人。领头吆喝的人不是一般人,是有身份、受尊敬的人。大家议论来议论去,还真找不出一个人来。接受过张保红帮助的人就提议张保红来主持,也有人不同意,说他到底不是够数人。但是,数来数去,就还数不上几个够数的人,看上去够数的人大都往里迷,不见帮助过谁。也就张保红,他年龄虽然不大,但做的事情细想起来还是够大的。大年节的,乡下人相信,磨难会在五畜六禽中激起残忍,而人的心间就应该唤醒良善,良善是人活下去的光明。

秋香提了篮子拿了吃食,进猪圈叫猪走。秋香叫着猪说:"猪,啦啦啦,猪,出来,猪,出来吃岁!"搬开猪圈的挡板,猪躺在圈窝里直哼哼。秋香想,猪是得了病了,大年初一的人要是有病了,初一都不吃药,病也是要隔年的,大年初一是要忌讳说一些字的。自己的猪病了,要赶了去迎喜神,一路上遇了人咋说?头皮上就有麻星子往出蹦。人赌的是一口气,秋香拿了棍照着猪屁股打,嘴里喊着:"起!起!起!"猪站起来了,站起来的猪摇摇摆摆往空地上走。空地上的五畜六禽基本都全了,就差秋香的两头猪了,秋香赶了猪走到畜群里,她的猪瘫下了,等响器儿一响,猪烦躁得站了起来开始一口一口拱着脊梁往出吐,秋香看到她的猪吐出来的不是粮食,是一团一蛋儿的细肠子,有好事人走进去拿了小棍儿扒拉几下,看到猪吐出来的是两只死耗子。

秋香一下瘫坐在了地上,心里明白是有人害她哩,喂了她的猪死耗子了,这个人不是别人,是拐子。秋香不能骂,大年初一是不能动怒、恸哭、动脏字儿的。好你个拐子,我等着你呢,过了初一有十五!

张保红心里知道这是谁干的。

干这事的人不是李庆怀,是张保山。张保山从灰堆上拣了死耗子,顺手扔进了秋香的猪圈,弟弟记恨自己把钱都给了秋香。他看到秋香看自己的眼睛恶恶的,知道秋香误解了,他不怕,就算秋香不让自己弄那事情了,以后还是要帮她。她一个女人带着两个孩子不容易,他要扭转秋香对自己不是正常人的看法,谁说他都不在乎,他就在乎秋香。

大年初一天降喜给乡下人,乡下人要得懂珍惜,他不计较秋香的眼神。他拐着腿走进"喜神"圈子里,拿了镢刨了那一堆死耗子,钩出人群外,他说:"这哪是死耗子,是一堆烂抹布,喜神饿得误吃了,现在吐了。一切好运来了,给喜神投食啦!"

四周围的人集体喊了一句:"给喜神投食啦!"

人们把篮子里的吃食一起扔向五畜六禽,高兴地哈哈笑着,饶有兴致地看五畜六禽悠闲地吃。秋香的猪,有点泛过来了精神,也开始了吃。

张保红走到弟弟保山面前说:"到底是猪,怎么说两个死耗子也还是毒不死的。你是正常人就不能做点正常事!"

响器家伙起哄架秧地响起来,村里人稀罕张保红主持,不参加送喜神的,远远站下了看。张庆生远远也来看,往年他是不看的,带着迷信色彩的东西他都看不惯,他是不相信西乙村人会选了自己的儿!往年的规矩,给喜神投了吃食,要祈求一番吉祥的话,他的儿说得来说不来?

以往做的那事他就怀疑,他要是说不来,自己就得替这个儿上,不能叫人看了笑话。张保红要等五畜六禽吃饱了喊祝福词,然后放麻雷子和二踢脚。张保红穿了西装打了红领带,看到毛伲穿了自己给他买的新衣服也跑了过来,张保红拐出人群弯下腰抱起了毛伲,回头看空地上的牲口,全都风饱气粗地打着饱嗝。

张保红面朝空地上鼓足了劲喊:"过年迎喜神啦,五畜六禽一家人啦,一保田地,二保钱财,三保平安,四保喜神,五保祖先,千年保富贵,万年保儿孙哪!"

啪!

麻雷子和二踢脚冲上了天!

连　翘

一

　　寻红把院子里开放的指甲花捏碎,草汁的气息如此浓郁。

　　她照着阳光小心涂抹到指甲上,用一片撕烂的塑料布包紧一个个指头,她要把手指甲染成红色,女孩儿不该有一双素手,染红的指甲看上去如花似玉,就像阳光散碎的金点子,点点滴滴能撒满寻红的心田。

　　阳光忽高忽低,时明时暗,只一小会儿,阳光就全隐到了西山背后。

　　天上有几片霞色的云,连着几缕夜的黑影,天眼睁着就要苍茫下来了。

　　寻红18岁了,从上初中开始辍学,就一直在家帮家里做事,下面的弟弟要上学,爹说:"农村不缺种地的,但咱家缺上学的。一个女娃儿能识得钱数就行了,早晚要外嫁,回来照顾家吧。"

　　娘在院边石板上坐着透着天光补手套,娘说:"明天上山,线手套不经用,要把十个指头用料子布裹一圈,摘山货,心急,下手狠,全凭了料子布打底。"

　　天暗下来的时候有蟋蟀绵密地叫着,从屋后的墙脚下传过来,把娘说话的声音搅凌乱了。娘抬头看了看院中央的寻红,因为涂了指甲花,寻红的双手像鸡爪一样吊着,娘在最后的针脚上打了结,抬起手套用牙咬断了线,站起来走近寻红照着她的背狠狠给了一拳。"要你疯得和吊死鬼一样,明天上山的干粮还没有准备,你爹打山货就要回来了,你和了面烙饼去。"

　　寻红想:捂一夜指甲就红透了,一夜的时间都找不出来。和面要占手,无奈寻红把一根一根指头解放开,手指有些泛黄,指尖也有些泛黄,颜色还没有定上去。风平淡地吹着,不紧不慢,寻红听到出山的后村口上有人声传过来,看到打头里走着的爹肩上扛着蛇皮袋,霍闪着走过来,跟着的人也都霍闪着走过来,个个儿脸上挂了兴奋,招摇得很。

这个季节的山货是上山打"青疙瘩",冬天干透了裂了口子,就改叫"黄花瓣儿"了,是药材,学名叫连翘。

王二海的四轮车开过来,停在河滩的场上,他跳下车,翻到后马槽里拿起秤,坐在车帮上张着嘴看后村口走下山一长溜满载收获的人,累了一天的身子骨还没散架,硬挺着,等王二海口袋里的钱呢,就连走路的姿态都摽着一份儿蛮劲。

寻红藏着自己的私心看,是对王二海的私心。有一只乌鸦在院子里的椿树上饱满而滞重地叫了两声飞过去,寻红用清水洗了手开始和面,和面的时候把面盆端到院边娘坐的石板上,娘到屋后喂猪去了。寻红和着面看着对面的场上,人声嘈杂,打情骂俏声飘过来。寻红想:我要是做了王二海的婆娘就幸福了,和他一起站在四轮车上夏收"青疙瘩",冬收"黄花瓣儿",他把秤,自己结账……娘在身后喊了一嗓子:"一疙瘩面要和到明晨?"

寻红端了面回到屋子里,把面放到案板上,擀开,舀了一点儿清油,加了点儿葱花、盐和花椒面,火上的鏊就热透了,饼子搁上去的时候香味蹿出来,听得爹在窗外和娘说:"摘了50斤,一斤五块,比夜天长了一毛,收起这75块。"

娘冲着屋子里喊:"把第一张饼子给你爹端出来。"

寻红端饼子出来看到爹伏在院子里的水桶上,饮牛一样,小半桶水下了肚,抬起头来打了两个嗝儿,抓过碗里的饼子咬了一口,半张饼子没有了。

娘约定五更起床上山,起迟了,提前上山的人就把山铺满了,转一天不见收获。她和娘和爹替换着上,歇一天上一天,连着上山,人吃不消。夏天天亮得早,娘喊,起床,要她把裤腿用带子绑好,穿好高腰球鞋,夏天的山坡上有蛇出没,蛇是静物,獠牙一张,毒液金黄飞溅。去年夏天爹上山就被蛇咬了,爹说:"蛇像黑绳一样轻巧地划过,脚脖子就有针扎了的感觉,霎时就肿了,就麻了。"爹的脚脖子上被人用刀划了一寸长的口子,扳了火罐,爹杀猪一样叫了好几天。村上的人说:"你爹心贪,贪那最后一疙瘩繁,叫蛇咬了。"

上山的人见了能卖钱的哪个不贪!

走到山尖上就看到不断有人影晃过来,都是山里人,就算是互相不照面也还知道谁是谁家的人,打声招呼散开了,娘要寻红跟了往对面山梁上走,人走得快,只听得草丛中沙沙响,人影就走到了灌木下,娘说:"看见了没有,一疙瘩,一疙瘩长得繁密呢,手要糙啊?"

寻红就着口袋往下捋,一丛灌木娘母俩捋到了太阳泛红。天边上有一朵云飘过来,云越集越厚,娘说:"天不正经,要下雨了。"寻红看了看了天,就一块云,还看不出有雨来。听得有雷声从天边滚过来,滚到头顶上见小了,接着有一阵风汹涌过来,山上的灌木顿时纷乱如雨了。娘说:"把繁的歪下来,到那边的崖下守着摘,山头上有雷要过来了。"

寻红把繁密的一枝一枝放在地上,雨点子就来了,寻红说:"娘,走。"

娘说:"把我的一起搂了过去,娘再歪几枝,天一放晴,不定就有人过来这片了,大山姓公,谁占了就算谁得好了,过几天山空了,去哪给你弟弟凑学费。"

寻红把布袋背到脊上,用嘴咬着口袋,不让它脱落了,推出手搂着地上的青疙瘩往对面的崖下跑,对面的崖下有人已经在避雨了,对面的人看着雨滴喊过话来说:"寻红娘,不在乎这一会半会的,过来吧,有雷要过来了。"

寻红放下怀里的青疙瘩,丢了嘴里的布袋,布袋从脊背上划到了她的屁股下,她就势坐到了上面,她看到娘往这边跑,也和她一样用嘴叼着脊背上的口袋,娘的怀里抱着繁密的青疙瘩,天上的雷响了,不像刚才的那个雷刚从云中钻出来,浑浊着,黏稠着,这一声雷干裂裂的,像天空放下的一个大雷管,它的头是照地下来的,跟着的一条闪电,寻红看到娘身子骨软了,软得像一只鸟,身上的衣裤都炸了起来,娘像是要飞走了,只一刹那,地上的草就淹没了娘。

寻红惊叫着站起来叫了一声:"娘!"

崖头下早有人拽住了她前行的脚步,雨稀稀落落地往下掉,云和雷慢慢往前走了,天突然地就蓝了起来,那种蓝扩大得令人惊悸,那一块云横过山头,飘向另一座山头,崖下的人跟了寻红跑到她娘倒下的地方,寻红看到娘的身体白得像一张纸,衣裤像剪刀裁过一样烂碎,四下里散开的青疙瘩旁边,娘伏在地上像一只折了双翅的鸟。

在渐次高耸的山梁和渐次围绕的蓝天下,寻红的又一声喊叫:"娘!"让哑默的空气一下就被撕裂了。

哭声涌浪一般拂过坡谷,没入蓝天,对面山头的人看着这边,往这边跑,知道有人遭了天雷。看的人大多是男人,女人离得远远的相互叙述补充刚才看到的一幕。有人背了寻红娘往回走,寻红背了青疙瘩跟了走,一路上走得飞快。昨天晚上娘还上阁楼要弟弟给菩萨点了三炷香,娘念念有词,求菩萨保佑今年中考的弟弟寻军顺利考上高中,求日子过得安乐平宁,娘却在今天走了,弟弟今天往县里参加大考,她想:娘的死不知道会不会影响他的考试?两行苦泪无声地顺颊流下。

二

西火村向西二十华里是上泊初中。二十里路,顺着河岸走,河里的水像尿一样细瘦地流着,寻军走着,裤衩上缝着娘昨晚缝好的300元钱,钱是10块面票,共30张,娘怕拿了整钱到了县城里要花的时候被贼惦记上,要他花时一张一张往出抽。钱在自己的裆里鼓着,走不了二里路鼓着的钱摩擦得他就想尿。第一次尿的时候,尿憋得满,照着一块石板尿了两字:高中。"高"字模糊得啥也看不清楚,倒是把石板腾了一股热气,热气腾起来的尿骚味儿,让他深深闻了一鼻子,他打了个激灵,抖了抖最后几滴尿,拉住拉链,挽了裤腰继续往前走。他要走到学校和老师、同学集合,坐下午的班车往县城走,明天开考。一想到明天,寻军有些激动,也有些心慌,他不想再念书了,学习不长进,越学越没有意思,要是考不上高中,想上高中就得花钱,好高中考不上,次一点的,都是收费生,去哪弄那么多钱,差一分学校就要收一千,他觉得上学把家里人的日子都弄得整天没明没黑的。再一次尿的时候就顾不上尿字,尿也出得软几下就止住了。阳光照得他的头上冒火,他走到学校的时候,看到人差不多都到齐了,他看到自己打成四方块的被子和杨木箱,本来他昨天想挑回去的,想着自己要是考不上还得来这里复习,就独自一人回了家。

带队的语文老师黄国庆叫他出去,说有事情要交代,他跟了黄老师走出学校,学校外有一片杨树林,有一大片阴凉,两个人坐下来。黄老师说:"无论发生什么事情,你的任务就是考试,心里不要有杂念,对你来说,未来就是大学,只有考上大学,农村的孩子才有出路,天灾人祸是免不掉的,自己的努力却一定要靠自己。"

黄老师突然地和他说这样的话,寻军有些莫名其妙,平常黄老师根本不注意他,就盯着前几名,自从上了初中哪见过老师和他谈话。他瞪着眼看着老师,想不到回什么话?黄老师摸了摸他的头站起来说:"吃午饭去吧!"

寻军看着老师慢慢走回了学校,吃饭的时候,他发现所有的人都看他,他心里到有点发毛了。拽着一个同学说:"为什么都看我?我脸上不干净了?"

那同学说:"没有。"

寻军说:"不对劲啊?"

那同学说:"你是真不知道?"

寻军说:"不知道。"

那同学说:"你娘被天雷击了。"

寻军一拳头照着那同学的脸就上去了。

两个人打了起来。黄老师跑过来呵斥开两人问明白了情况,黄老师指着那个同学说:"是中考,要不是中考,我开除你!"

那同学说:"他娘就是遭天雷击了,是上午发生的,我在电话上听我舅舅讲的。"

他舅舅是西火村人。寻军觉得他的话不假。

寻军把碗照着那同学的背影扔过去,不说话,掉了头往西火跑,身后的黄老师说:"你站住,你要不考试,你就对不起你死去的娘!"

寻军还是跑了,头也没有回,钱摩擦得一点尿意也没有了,一路上就想着农村人骂人的话:你要害了人,叫天雷击了你!

他的娘叫天雷击了。

寻军跑回西火村的时候,看到大场上围着几个人,他往场上跑,跑近了看到穿了白孝的姐姐寻红,姐姐看到他的时候喊道:"你不到县里考试,怎么跑回来了?"

寻军喊:"娘呢?"

寻红不说话了,回过头看场上的草棚子,在外暴死的人依村里的规矩都不让进村,就停留在村口的场上。娘还没有装棺,还没有来得及买木料,娘在草上躺着,身上盖着一条花被,草上看不出娘在哪,小得就像草上加了一根草。寻军却怎么也哭不出来,他突然不想看到娘了,甚至觉得从学校跑回来没有多大意思,他一屁股坐在了场上,歪过脑袋看对面的山,山顶上的云极薄,张着阔大的翼,慢悠悠地走。

寻红走过来一把拽了他,要他起来,喊道:"你疯了吗?不参加考试,你跑回来做什么,叫你回来看天来了,你把娘的希望弄没有了,你回来做啥来了?你走啊!要不是为了你上学上山打什么山货,要不是为了你上学,我也不会早早就不识字了,你还不快往学校走,走晚了连班

374

车也赶不上了。"

寻军不动,屁股像吸铁石吸在了地上任由寻红拽他。寻红急了拽了他的头发往起拽,他被拽疼了,站起来抓了寻红的手推出他好远,他爹从远处跑过来,照着他的头打了上去,说:"你回来做什么?这里有你什么事情?"

寻军梗着脖子说:"有娘!"

爹说:"你再不走误考试了,你要有那份心就好好参加考试,就给你死鬼娘脸上增个光!"

寻军说:"不考了!"

爹说:"怎么能不考呢?你要不考等于是你爹也死了一回,你马上走,误了车,租车也别误了明天的考试!"

寻军不走,一屁股又坐了下来,这时候泪出来了,阳光照着他脸上的泪骤然划出了两道亮,泪就断了线了,吧嗒,吧嗒往下掉!看的人也都歪过了头,歪到了阳光直射不到的暗处:天也不长眼睛啊,好好过日子的一个家,叫天雷击了一个,天也是拣软人儿捏!

把娘葬了,一家人坐了下来,有些事情要交代,爹不是一个管家的人,话少。外面上山的人依旧一大早就听到了响动,近处的山都摘秃了,往远处的山上走,走得远的时候要走到临县的山上,人开始相跟着走,怕走到远处的山上和临县的人打起来,毕竟是人家的山,什么东西值钱了人的眼睛就红了。

爹说:"家里就缺念书人,误了考试就不说了,你是眼看得你娘不在了,你不念书就没有出路,没有出路就只能回西火来种田,你看看村前头王华家里,人家多妆光,考了大学,谁看人家爹娘不是仰了头看,咱西火五六十个娃娃就人家的儿独占花魁,人一辈子就活了一个后代,你是想种田还是想读书?你自己定,你娘不在了少了说你的人,这个家就由你姐来当。"

寻红看了一眼爹,又看了一眼寻军,她看到爹比那天从山上回时瘦了,两鬓角有了白头发,那天的爹走路大步流星,脸膛因为阳光照射泛着红,爹递给娘钱的时候,娘沾着口水数了一遍,娘弯下腰把钱卷在了鞋垫下。现在的爹和娘在时不一样了,爹说一句话就望一眼对面黑处,往常这时候娘都在那片黑处给猪拌料,搅食的木勺子磕得料桶叮当响。寻红一下觉得自己大了好多,看着寻军说:"你得上学,不上学将来在社会上没有办法混。"

爹看着寻红说:"把家里的米面缸和粮食缸都看一遍,缺啥了就去钢磨上推啥,不能因为没有你娘了,日子就散了,还得过。没有钱了找我要,家里你娘的一摊子都由你来做,寻军只管念你的书,读好读不好,将来有没有出息,就看你自己的造化了。"

寻红说:"我明天跟了人上山,能赚一个是一个。"

寻军说:"都上,我就想知道它天雷咋就击了我娘了!"

寻红说:"天雷不认人!"

爹说:"家里得留一个人看门。"

寻红说:"寻军留下,我和爹上!"

寻军说:"我和爹上。"

爹看着寻军说:"要不你跟了人出去做一个月机砖?"

爹半天后抬起屁股来走到黑处,提起料桶给猪糊食,用瓢挖了糠,对了地锅里熬好的菜叶子,搅了搅,在桶沿上磕了两下抬头叫寻红提了去喂猪,爹说:"出去做一个月机砖也划算,听人家说也能弄千把块。"

寻红提了料桶走到院子里,看到场上王二海在收购青疙瘩,寻红望了半天,有人探了头捏住秤砣看吊高的秤,他就伏下来要他们看,寻红想,王二海也不小了,身边就是缺个扶秤的人。娘在场上躺着的这几天,王二海在村口的路上收购,没有进场,娘死了他还上了 10 块钱丧礼,几天都没有见他人,现在一下看到了,心里有些酸,莫名的酸。喂猪的时候又想到了娘,想到娘时觉得娘像一只天空收走的鸟。喂了猪从房后走出来,发现场上的王二海开车走了,心里突然又有了一丝茫然,收回眼睛看院中的指甲花,听得卖了青疙瘩的人走过门前说:"山上的路一天比一天走得远了,人和野蜂一样爬在山上,到处是人的喳喳声,明儿歇了。"

"歇了。"

寻红回到屋子里,屋子里暗了,她洗了一把手,端了面盆上阁楼上舀面,爹说几天来因为你娘都心累了,熬点儿米水儿,烙几张饼吃。寻红上阁楼挨着缸掀了看,有小米、大米、豆、高粱,娘把日子过得顺当,屋里的粮食铺排得满满的,娘是个好女人。寻红不自觉地又想到了娘临死的样子,她突然有些害怕了,觉得娘的阴魂还在这个家里走动,她甚至有些不相信大好的晴天下娘就被天雷击了。舀了面快速下了楼,不敢回头看,爹在楼下喊了:"做事情,没有你娘一点利落劲!"

寻红要弟弟添了水在地锅熬米水儿,她擀了面开始烙饼。

爹叹了口气说:"家里的摆设好好的,就是少了你娘。"

爹站起身要寻军离开灶火,他俯下身子捂了一袋旱烟探到灶前吸了一口,火把爹的黑红脸印得越发黑红了,烟锅子一明一灭的,早该亮灯了,爹怕浪费电总要等天黑透了才亮。娘活着时娘就不让亮,要吃饭的都坐到院子里照了月光吃,只有睡觉的时候才亮一下。第一张饼子寻红端给了爹,爹说:"军,我孩来吃。"

寻红觉得爹的语气和活着时的娘一样。寻红想哭,眼里就有泪滴了下来,滴到了鏊上,烘着的鏊"哧"响了一下。谁也不会想到是寻红的泪,鏊盖上的热气腾上去落下来,也是这响儿。

寻红端了米水儿拿了饼坐到门墩上照着月光吃饭,总觉得身边有人走进走出,不由得把自己的脚往外挪了挪。娘活着时看着她外蹁的脚会顺手打她的后脑勺一下,娘说:"闺女家没有个坐相!"寻红咬了一口饼子看爹,爹吹出烟袋里的烟灰说:"你娘真是走了啊。"

所有的响动都静下来,寻红喝米水儿的声音也淡了下去,房檐的黑就压了过来,压过指甲花,压到了院边上,有蛐蛐儿高一声低一声立了起来。

三

娘的去世,对寻红是一个打击,是一下子让寻红步入了成年农村妇女的行列。一天的日子排得满满的,早上做早饭,洗碗,饭后用洗碗水糊猪食,爹上地,大秋还没有开始,零星的小片地里下种的粮食利用这一段小秋往回收了。院子里东摊开一块豇豆,西摊开一堆红谷,中间用锄把、镢头隔开,喂了猪,寻红就开始捶豇豆了。爹挑了地里的小秋回来,看到院子里到处蹦散开的豆粒,爹说:"没吃过猪肉,没看过猪走?捶豆把豆都散开了,想想你娘是怎么捶的。"

寻红抓不紧木槌,抓不紧,捶几下手掌心就起泡了。寻红戴了手套捶,爹说:"你看哪个村里女人和你一样捶豆戴手套。"

寻红看着四下里蹦散开的豇豆想哭,扭了一下头想把眼里的泪甩出去,就看到上山的寻军空空返回来了,寻红问:"山上空了?"

寻军说:"空了。我想出去做机砖,和人定好了。"

寻红捶了一下豆夹说:"你不念书了?"

寻军说:"念书有什么用?我肯定考不上高中,考个师范有什么用?就怕师范也考不上。就算考上了,毕业出来找工作都是走后门,找不下工作,还得出去打工,谁让我生在农村。"

寻红说:"生在农村的人多啦,又不是你一个,你不念书,你让爹操心了。"

寻军不说话,要过寻红手里的木槌坐在地上捶豆。寻红站起身望了望河滩的场,场上被挑回来的秋粮占满了,各家的粮食用木条隔开。寻红想,王二海的四轮进不了场了,娘活着时,上山回来,总是不让自己去卖青疙瘩,怕她看不准秤缺了斤两,寻红想:山上到底被人摘空了。

寻军是第二天跟了人出去做机砖的。走时他只和爹说要出去赚一个月钱,其实他内心想了很多,不好说出口。爹走时安顿他,要他记着一个月后回来上学。寻军咬着嘴角点了一下头。走到上泊学校背了自己上学的铺盖卷坐车走了,寻军一路想着,我要是在外赚了钱,就不回来了,农村不好,回来过这种日子没有意思,太平淡了,读书读不出名堂,自己的理想和现实是脱节的,自己也算是男人,要家里人赚钱供自己上学,要不是因为钱,娘也不会上山遭了天雷。寻军的思想就朝前走了,把家里的一切都抛开了不去想。

大秋眼看着要开始了,学校也开学了,不见寻军回来。爹着急得屋里一趟,屋外一趟,看什么都不顺眼。爹把提前打下的红谷去钢磨上碾下来,要寻红跟了村上的人进一趟城,卖了新米的路费尽量到城外的机砖窑去找一找寻军,问问他为啥好好就不念书了?

寻军看到寻红的时候,心里打了个激灵,脸也还红了一下,站在一排排做好的红砖墙下,搬过来三个砖头要寻红坐下。

寻红说:"你咋就不想着回乡读书了呢?"

寻军不说话,也搬了三块砖坐下,掏出一包烟来取出一支点上抽了一口。寻红看到他叼在两指间的烟一巴掌打脱落在地上,说:"你多大了?本事没有长,到长烟瘾了,谁借你烟胆了?"

寻军突然意识到他的这个举动错了,和工地的人平常烟来烟去的惯了,和姐一下子也来了这个。弯下腰拣起烟来装到口袋里,反倒有了一种很释然的感觉,既然这样了,啥都说到明处吧,又不是见了爹。寻军说:"实话说,我不想上学了。"

寻红站了起来,肘下夹着的米布袋像风筝一样落到了她的脚面上,她踢了一脚,狠狠地又踩了一下,有点想哭,却又慢慢地看着低头不停用鞋底子来回搓地。坐下后,顺手拽过米布袋缠了个卷拿在手里,抬了手指要寻军说:"怎么的就不想念书了?"

寻军说:"我脑筋糊涂,学过的过目就忘了,志向也不大,当初为什么不让你念书呢?出来做机砖,觉得比学习容易,还不如早点赚钱,也好补贴家。"

寻红说:"你是早有这想法还是才有?"

寻军说:"才有。"

寻红说:"爹说了,咱家不缺赚钱的,也不缺种地的,就缺念书的。"

寻红伸出手掏出寻军装到口袋里的烟,看了看说:"爹才敢抽五毛左右的烟,你倒抽块半的了。"

寻红的眼泪往下掉了,有些生气地说:"咱家祖上没有一个在城市里当过官,哪怕当工人的都没有,就想着指望你了,倒好,还没有学出名堂,半路你就转行了。"

寻军说:"不是我不念,我也想过读高中,考大学,我还看不上中专生呢,可是,读书我不开窍,我知道,我再念也是瞎花钱,要是考不上,念高中比念大学还花钱。"

寻红皱了眉头,抹了一下往出掉的泪蛋子,眉头上的汗和泪聚在一起顺着鬓角流下来,汗不是透亮的,是污浊的,寻军想:姐在大街上卖米,东躲西藏,过往的车辆把姐的脸荡黑了。寻军掏出刚发下的一个月工资递给寻红,寻红不看,一巴掌打落在地上:"你都会赚钱了,你要是念了书将来赚的钱怕比这要多出好多。"

寻军弯腰捡起来,立起解开裤带,把裤衩上口袋处的别针摘下来,钱放进去,又把别针别上,系住裤带时,寻军突然想尿,走到后排的砖垛下撒了一阵子。

寻红听着撒尿声,靠在一长溜砖墙下望着远处,远处的高压水龙头正往出冒水,一匹土洇透了水,"哗啦"塌了下来,有人开始把土往砖模子里放土,寻军不念书,一辈子就要过这样的日子了。

寻红看着挽了裤带走出来的寻军说:"爹说,他小时候就不想念书,长大了想念了,也晚了。没文化的人,在人面前说话就短一截子,这个家要是娘在就好了。人说龙生龙,凤生凤,老鼠生子会打洞,咱农村人辈辈就只能是农村人,你要有那心思,就回家念书去!"

寻军看到远处做机砖的有人扭头往这边看,有点生气了,说:"我不念了,就不念了,不回家了,你回吧,你迟早要嫁的人来管我!"

寻红站起来说:"你,你要有骨气,就在外别回村里,一个男娃不念书,就算混到了城市里也是挑泥搬砖的!"

寻军想:要是娘在,我也不念了,觉得因为念书的事情让大家都难受,要不是因为供自己念书,娘也不会遭了天雷,农村人都指望孩子有出息,看看有几个有出息的?他数了数村里不念书的人,有一大半跑到城市里了当民工搞副业了。能念下书来的,念到最后拉了一屁股饥荒,到最后还不是回农村拿锄把。

寻军想掏出烟来抽一口,发现寻红看自己的眼睛吓人,没来由看看寻红,要她往城里赶班车,走迟了就误了,你看那些人都往这边看呢,还以为你是我啥人!

寻红看了看天色,紧抿了一下嘴,一下子抿出了泪的味道,站起来打了把土往回走,头也不回地,撂过一句话来:"有一天你要后悔的!"

大秋开始收了,家里缺了娘,爹像自己缺了一只手一样,里里外外的,打下的粮食不知道往那里囤。以往,娘总是把楼上拾掇干净,该放什么粮食,要爹往楼上扛,指挥他倒就行了。苞谷不怕雨就在院子里用荆条编的长筒囤起来,屋檐下有一条长棍挑着系好的苞谷,系苞谷的时候,因为寻红系细了苞谷皮,放上去的掉了下来,爹照头给了她一下。寻红想:怎么爹和娘看自己就是外人?爹要寻红把院中央的指甲花拔掉,他要把苞谷囤到那里。寻红有点不舍得把那方方指甲花拔掉,秋深的时候它还要开一捧,寻红还想着把自己的指甲染红呢,爹看着她干活的不利索劲,走过去三下两下揪起来扔到了院边上。寻红不说话了,跑进屋子里把指甲剪得光秃秃的,她说不上来要和谁怄气,只是觉得人家那女孩子都有一段自己的时间,自己却慢慢和娘一样了。

大秋过后有人来为寻红提亲,说的是下泊村的王二海,寻红一听,心里像揣了小老鼠一样突突跳,她是打心里喜欢王二海。爹却拒绝了来人,理由是,寻红娘刚去世,弟弟还小,就算是寻军不念书了,新房还没有盖,人家都往前批地契了,寻军三头二年也要说亲,不能因为没有娘了,家里就连个楼也盖不起,没有一座楼竖着,找人家闺女没法说话,当姐的这时候就得尽当娘的义务,闺女好坏迟早能嫁得出去。

寻红送媒人走,跟着人家走出了村口,人家回头看了看她说:"你爹说的是正理,农村人十八九岁都出嫁,你现在要出嫁了,这个家就剩你爹了,一个汉们家,地里一下,锅台边一下,你说说,弄不好就得打两个光棍,你等着竖起楼来再考虑出嫁吧,不误,还小着呢,有女不愁嫁,好歪说话!"

寻红觉得这话是给自己听,半天不好意思张口,看着媒人要走了,跑了两步拽了人家一下说:"叔,你能不能告诉王二海,要他等我几年,哪怕就一年?"

那人停顿了一下说:"再说吧,人家屋里就一个娃,缺人手,捎带搞收购,急着用人呢。"

寻红不知道还该说什么?那人背着风点了一根烟,看着寻红说:"回吧,风大。"

往回走时,寻红就想着王二海,想着他哪都好,没有一样地方不好,就连他长得不太高的个子,也觉得正好,男人长得太高了还浪费布呢。心里叫着王二海,王二海,就想自己要给他写封信。回到家还没有等找出纸来,爹就要她把院子里的谷收起来,把楼上木仓里的旧谷倒腾出来,碾了,等有收购米的人来了当新米卖。收了谷爹要她做晚饭,不能因为没有娘了,日子过得就不像正常过日子的人,你娘活着时从不吃饭吃到人后头。爹端了饭到邻家的院子边上,等吃饭人都端了碗出来讲东西上下一条河的新闻,第二碗总是娘要了爹的碗回屋里盛出来给爹,天黑透了,爹才敲着碗帮哼着曲回来,走到门口,娘听见了脚步声,"吧嗒"把灯拉亮了,灯泡瓦数不大,娘已经透着月光把锅台上收拾利落了。寻红现在也学了娘就着天上的月亮洗了碗喂猪挡猪窝,累了一天,寻红顾不上想王二海,眼皮开始打架,倒头呼呼就睡。

半夜里寻红起夜,想到娘,不敢起床,闭实了眼睛听村子四周围黑寂寂的声音,不知道都是一些什么东西在叫,无边的黑暗压着她,不敢出声,憋着尿,呼吸也变成黑暗的了,仿佛天再也不会亮,把头蒙在被子里,觉得四下里有娘的影子晃动,自己要被窒息了,迷迷糊糊睡过去,却是梦见到处找茅厕。天不亮听得爹披衣坐起来,坐在火台上抽旱烟,爹不喜欢抽纸烟,旱烟劲大,抽起来过瘾。爹边抽边咳嗽,觉得爹喉咙里有一口痰吊着,咳嗽时忽上忽下,听上去耳根一点也不舒服,她想着爹要把它咳出来了,却在喉咙里吭哧着不动。寻红起床后去了一趟茅厕,看到院里囤着的苞谷,像被黎明剖开了,亮的一半有苞谷挤着荆条鼓出来,黑的一半有一把锄立着,像一个人站着,同时她看到了穿过村子黑黑地走掉的那条路,寻红想,一个人要是走上路,走出这个山坳就好了。听得爹在屋里喊:"放出猪来,该做早饭了,一大堆事情等着做,地里的茬还没有刨,你吃了饭去苞谷地把那些干豆角摘回来,掰出来也能换俩钱。"

寻红站在院边上深深吸了一口空气,天要亮了,空气里满是尘雾霞气,又黄又红,吸进来感觉稠稠的,能把人喝饱。看到爹扛着锄头下地,一天里人畜就都开始动了。爹总有一个接一个的希望,弟弟不念书了,他会有计划给弟弟盖屋,娘活着时和娘商量,娘去了,爹自己闷在肚子里,爹是一个很有主意的人,什么时候爹能给自己拿一个主意呢!

四

整个秋天寻红不停地劳动,家里的,地里的,做不完的活。有一双半高跟皮鞋放在搂梯下,想找时间穿了要人看也找不到机会。洗锅刷碗喂猪,一双手在秋风中变得粗糙了,手皮裂开了细小的口子,指头也粗短了,火炉里的煤熏得指头尖黑黑的,寻红就不看自己的指头了,这样的指头染了指甲花也不好看,她觉得自己的手越来越像娘的手了。爹有几次发现她看着手出神,爹就说了:"入冬后,我上山打黄花瓣儿,你在家把院子里的苞谷卸下来，等有个好价卖了它，明年春天该批地契了，没一座楼竖着，日子过着要叫人笑话了。"

院子捂黑了阳光的两囤苞谷，寻红的手一个冬天手掌心都要毛刺刺疼了，但人活着总是要一天天过日子，她想到娘活着时过日子的那份心劲，自己却怎么也找不来，出生在这个家，这个家却不是自己的，自己不知道将来要到哪里去活，哪里才是自己的家。

开始进入冬天，上山的人又开始补手套，秋天结籽的青疙瘩成了黄花瓣儿，干透了，比夏天的更值钱。好久没有见过王二海，傍晚时候又看见了王二海的四轮车冒着青烟开到了场上。寻红有几分激动，在等山上下来的人的一段空闲里，寻红简单写了一封信想给王二海，写信的过程中，几次开头都不知道该叫王二海什么，最后想了想下决心写道：

王二海：秋天走到冬天了，你不知道还记得不，秋天时，下泊村的来成叔来替你提过亲事，因为，我妈死了，你是知道的，家里缺人手，我爹拒绝了提亲，其实，我是愿意的，你要是能等明年我爹给我弟弟竖了楼房，我就能嫁你，你等等我，我迟早是你的人。

信写了一半想着后面该怎么样写，就想趁着想着的一会儿出门再望一眼，看他现在做什么，不知道口渴不，要是口渴，不知道他知道不知道上来要口水喝，还想着什么来着？想着自己还没有换了半高跟皮鞋，往楼梯下找出皮鞋来想要穿，发现潮湿的地让皮鞋变形了，生出许多霉点子，哪里还能穿得上去，有几分失落，身子就站在了门口，眼睛就望到了河滩的场上，这一望呀，心就真悬起来，看到王二海和一个谁家的闺女坐在车帮上说话，不时望着后山的出山口，等上山摘山货的人下山来好收购。看他们俩说话的热乎劲儿，说到高兴处，那个闺女还扬了手打了他的头一下，王二海缩了一下脖子，笑着从车帮上翻下来。寻红走出门,往院边上走了走,手里写着的信就被手掌心的汗弄湿了,软下来,缩回来,缩成了一个团。看清楚了是河下对面一个村子里的毕福贵的闺女毕小红。她想不到毕小红怎么就和王二海坐到了一起,想着毕小红真够胆大了,就听得隔壁的婶从院子里出来倒脏水,婶看着寻红说:"红,你望甚呢?"

寻红不好意思笑了笑,把手里那团纸越发揉得紧了,说:"望我爹呢,看他怎么还没有回来,收黄花瓣的都来了。"

婶说:"看看人家王二海,好孩,好家庭,秋口上给你说,你爹想把闺女使唤到老了才好出嫁,人家来成做媒说了河滩下毕家的老二,要说那闺女瞧外表就比你差,可人家怪对缘分,你快看看,那撩猫逗狗的小样儿,人哪,说不清楚风从哪家门前要过。快看快看,烧得那毕家的老二妞,屁股都起燎泡了,坐不是站不是的。"

婶又看了一眼,歪了歪嘴,很不屑地冲着刮过的风吐了一口唾沫,扭身走的时候腰身往上还摆了几摆,像是要告诉寻红:咱不稀罕她,看她疯得那样西火村都放不下了。

寻红觉得手心的汗突然的就被凉风收干了,脊背也有些凉,把手里的信扭成麻花样,犹不过瘾,走到房后的猪圈里扔进去,猪以为要吃食了,跑到猪槽前等,却发现人扭身掉头回虚晃了一眼。地上的苞谷堆了一地,她坐到小板凳上,把火柱伸到板凳下面,露出火柱尖来,拿过一穗苞谷,用火柱尖在苞谷的屁股上豁出一长溜口子,两只手在火柱尖上一歪,包谷就落到石板地上。两囤苞谷,她得掰半个月。两囤苞谷掰下来,手上起了泡,慢慢地长了茧。爹要她把新苞谷,该脱皮的脱皮,该磨面的磨面,该往出卖的就卖,种包谷主要是为了卖钱,爹说一年的苞谷要卖到5000块,一年里种地才叫不赔。

日子和往常一样,寻红觉得心里少了什么,少的那一段空挡常常被一种声音占去,是傍晚时分王二海的四轮车发动的声音。远远望去,人家毕小红已经站在车槽里举秤,俨然像老婆汉们了,寻红觉得那个位置本该是自己站着的,现在站着的那个和自己一样,但就是不是自己。她笑不出来,看到人家笑,心里难过,冬天黑得早,爹也看不清楚自己脸上的难过。她无来由就恨上了毕小红,有时候路遇了,假装看不见,躲开了走,真要碰了头顶头,人家毕小红不笑,自己倒先笑了,笑得牙关都酸了,笑是为了不让人家看出自己的心事,可那笑要多苦有多苦。

天一经上冻,做机砖的就放假了。寻军在县城里遇见了往药材厂送货的王二海,王二海要寻军坐了四轮车回村,车上给一家代销店捎了几箱啤酒。一路上碰着好多农村来买或卖粮食的人,遇见的人说:"二海,捎个脚。"

王二海戴着狗皮帽说:"上吧。"

车也不停,怕有交警追上来,他的车没交养路费。走的人就扒了车帮往上爬,车槽里的人拽,等出了县城,车上的人就有十多个了,车身有些晃,男男女女扭来扭去的,这个喊,踩了脚了,就没有觉得踩得软?那个叫,不挤紧点,风就挤进来了。满车人嘻嘻哈哈笑。不知道谁看见了上泊村一个骑摩托的,带着一个人从后面赶过来,他跟着四轮车跑,想超却超不过去,一路上吃了不少荡起的尘土。

有人喊说:"他车坐后带着的那个女的,是他的对象,准备腊月里结婚呢,他领着对象到县城里去买衣裳,两个人都荡成土人了,不要让他超过去啊,咱就一路上看他这西洋景了,要他高兴,高兴就高兴透,提前咱给他弄房!"

寻军本来是坐在人中间的,听了就往外挤了挤,也想探出头来看,看到男的穿了黄大衣,戴了墨镜,耳朵上捂了护耳,脸被风吹得和猪肝一样。女的在后面搂着他的腰,脑袋伸到一边,前面的灰尘荡过来,本来雪青色的大衣荡得成了土黄色。怕荡灰就别伸脑袋出来,她还专门把脑袋伸出来往前看,她头上的红色围巾因为荡了土,看上去一点也不鲜艳。都想看看那女人的脸,红围巾捂着,鼻周围的围巾上还结了一层霜花,眼睛看花了也没有看清楚那女人长了啥样。

有人说见过那闺女,身材还好,就是牙不好。

有人搭话说,不知道吧,人家订婚时就要求到城市里做烤瓷牙,满口白雪雪的牙了。

女人捂着嘴怕有冷气刮进嘴里,捏着嘴说:"妈呀,都成什么事了!"

男的加大了油门想穿过四轮车,车上的人就喊了:"别让穿跑过去啊,他带着对象心里风光呢,想在咱们面前显摆,要他给咱发烟啊,不发烟就别想过去。"

一车人开始兴奋,挣着伸了脖子往后看,开车的王二海也搞得有点兴奋,山路弯大,他在用心开车的同时,兴奋得清水鼻涕不住往出冒,不时地一把鼻涕,一把鼻涕往出甩,车上的人说:"怎么好好的阳光要下雪了?"

有人看了看说:"是王二海的清水鼻涕。"

一车人又开始笑。有人冲着摩托车喊,不想吃土灰就扔过两包烟来。看到骑摩托车的歪了脑袋和后面坐着的对象说话,后面的听不清楚,又往前探了一下身,整个人就爬在了他的背上,四轮车上的人就又喊了:"搂着脖子亲两口也行!"

看到摩托车后的女人坐下后,从背着的提兜里往出掏东西,摩托车就开始加速。前面正好是爬山,四轮车不及摩托车有劲,光听见"哼哼",眼看着摩托车就要超过去了,在超速的瞬间同时摩托车上飞过来两包纸烟。

四轮爬上山的时候,看见摩托车早下到了半山腰,男人点了烟,望着远方兴奋还没有落下去。寻军也要了一根抽,车上有人笑着问寻军:"出去走走啥都会了,懂不懂结婚主要是干啥?"寻军的脸一下子就红了。车上的女人打了一下问话的,说了一句:"没有大小的,结婚就是生你呢!"

一车人又开始笑。有人点了一根烟给王二海放进嘴里,看到前面的摩托停下来了,好像是哪里出了毛病,车上的人就开始起哄了,加快啊,攥上他,再和他要两包烟抽。因为是下坡,王二海就熄了火让车溜,为的是省油。车在溜的时候,不防备一个背阴处有一块潮湿地带结了冰,车身晃了一下,车上的女人们集体惊叫了一声,四轮车来不及发动控制,出溜下了沟。

　　这一次车祸的直接受害人是王二海,他昏迷了过去。再一个直接受害人是寻军,他双脚没有了,粉碎性骨折。其他人只是受了点轻伤,或手脚划破点皮。

　　寻红从来没有见过爹哭过,这一次爹在看到寻军的一刹那,不是那种小声的往出挤哭声,是张口就喊了一句:"儿啊,你让爹干脆利落替了你吧!"

　　大山把爹的喊声穿出去,让镇上来的干部吓了一跳,就看到爹跪在地上抱着弟弟,泪像河一样把衣裳前襟洗得湿漉漉的。

　　爹这次是真伤了心了,爹一边哭一边数:"想着是祸不单行,哪想到祸来得就这么大!第一大祸是你娘死,怨谁?人说,冤有头债有主,天雷击了人,留下一串雷音走远了,拽不住,找不见,找哪个去说理?活着命穷,死了命苦!老天爷你不睁眼,瞎着个眼你就给了我第二祸,我的儿遭谁惹谁了,一车人翻下沟你要走了他的脚,就算是可怜他你留一只给他呀,你一只不留,霍翠平,你在天之灵也不知道保护咱的独苗,怨不得天雷要击了你,要天雷再击你一次啊,我把你个死鬼霍翠平!"

　　听的人心里酸酸的,寻红听到爹从开始哭祸到开口骂死去的娘,不由得也开始哭,看到王二海的爹娘赶过来哭成团,寻红的哭声也从小到大放开了。镇上的车来了,一干人才乱着往医院走,寻红看到王二海的脸白得没有一点儿血,弟弟的脸也白得没有一点儿血,她真开始害怕了,她害怕他们都和娘一样,说没有命了就没有命了,心里开始打哆嗦,她觉得人活得没有一点意思,生死转瞬间该有的就没有了,脑海里也闪了一下毕小红,也就是一闪,念头儿就断了。她要弟弟捏着自己的手,弟弟疼得开始呻吟,手指甲嵌进了她的肉里,她咬着牙,只要是能缓解弟弟的疼,现在就算是要她的手她也乐意。

住院的时候爹哆哆嗦嗦掏出卖苞谷的4000块交了,交了钱开始治疗,病情稳定下来的时候,爹觉得自己交钱亏了。自己交钱?好好的儿又不是他自己要下沟,是开车的人把他开下沟了,这钱应该他王二海来出。王二海一直没有醒过来,爹见了王二海他爹的时候说:"等你儿醒来,咱还有理要讲。"

王二海他爹原来是开汽车的,开过修理厂,人长得胖、黑,说话音粗,看着寻红她爹说:"是有理要讲!"

气冲并没有理短的意思,寻红爹走过去,觉得不对劲,这句话明着是给自己听的,回过头不等王二海醒过来就着急了。说:"你说,我的儿他不是自己下了沟了吧?"

王二海他爹准备要回病房了,听得有人给难听话了。扭转身子,卡了腰说:"我的儿要不是拉了人,车失重也不会下了沟!"

寻红爹一听,人家到有理了!抬了手指着对方说:"我的儿缺了脚,两只脚不是白缺的,缺一只,我要你还一双!"

王二海他爹不甘示弱地也抬了手指着对方说:"怨不得天雷击了你老婆,你心眼就不正!"

寻红爹这下动肝火了,他见不得人揭他的短,出了这么大的事情,他骂自己老婆霍翠平行,别人骂等于是打自己的脸,该出手了,一拳过去,王二海他爹早有准备眼疾手快挡了一下,第二拳还没有上去,两个人就搂一起了。护理病人的丢下病人出来看稀罕,护士和医生也出来看,听得走廊打架,寻红也跑了出来,她看到第一个人不是两个打架的人,是看到毕小红在人群中晃了一下,掂了脚尖看了看,扭身返回了病房。寻红想:毕小红还算是知道心疼人的人,王二海病重时,也来医院守着。

保安把地上的打架的拉开,寻红挤过去看到爹脸上抹了许多墙上的白灰,王二海他爹也抹了许多墙上的白灰,两个人的脖子上都暴着青筋,有些不服气地在院领导的训斥中回到了各自的病房,都留下了话:"狗日的你等着!"

寻红不知道该怎么样安慰爹,叫了一声:"爹。"

爹的气一下子又找到了地方,看着寻红说:"你要有能耐上去撕狗日的两下,也好替你爹出口气,你就会叫爹!"

寻红不说话了,她不知道好好地怎么上前去撕人家爹两下,一个闺女家,没过门的闺女家,怎么好意思动手动脚,她倒了一缸子开水放到面前,拿了湿毛巾要爹擦,爹看了看两手白灰,突然抬起手来照着自己的老脸打了一下,病房里的人被他的举动弄臆怔了,他对着病房里的人说:"打人不打脸,我活得还像个人吗!"

病房里的人安慰他说:"谁家也有三长两短,活人活事,没事活着也叫个没有意思。你还有个好闺女呢。"

寻红爹瞟了一眼寻红,本来他还想说闺女不是顶梁柱。想了想还是没有说出口,也觉得说这话没有水平。

寻军的脚好得差不多了,有一只脚成了秃子,有一只脚缺了脚指头,只有架双拐了。寻军看着自己的双脚哭,心情坏到了极点,寻红看他哭,一开始也难受,看弟弟老哭,就忍不住了说:"要你念书,你不念,到好,成了这样子。"

寻军拿过床头柜上的茶缸照着寻红的头扔了过去。寻红弯腰拣了起来看着寻军说:"你要是解恨,就再扔一下过来。不要看我不是这个家的人,现在这个家凭了我,将来这个家也要凭了我!"

寻军不说话了,看着窗外,爹也看着窗外。爹说:"年头腊月的,你小姨过来给咱看门也该回家过年了,咱得出院。就算是有多大的烦恼,年总得过。"

在医院住得熟了,隔壁的一个病人就想要寻红留下来给自己家当保姆。先是问寻红愿不愿意,寻红说:"自己做不了主,得问爹。"

问寻红爹的时候,寻红爹思考了半天,寻军的脚还没有好利落,家里缺人手,留不下来,就摇了头说:"走不起,屋里没有人。"

那人说:"我给你高工资,还可以给寻军办个残疾证,弄好了还领国家的残疾人补助。"

寻红爹疑惑地问那人:"做啥工作的?"

那人说:"我是县政府的公务员。"

寻红爹说:"你咋的了住院?"

那人说:"不瞒你说,吃饱肚子也没有多少年,人就都吃出病来了,脂肪肝、血压高、糖尿病,都有,富贵病,一年输两次液。"

寻红爹说:"那贵了。"

那人说:"有医保。"

寻红爹也不知道啥叫公务员,啥叫医保,觉得是县政府的,肯定属有权人,就问人家,自己儿坐车掉沟里了,该不该开车的人赔?

那人说:"要看情况,通常是应该赔,但也要看对方的情况,比如对方有没有赔偿能力。"

寻红爹赶紧递过去一支烟,掏火的时候,人家说:"病房不让抽烟。"

寻红爹说:"你夹耳朵后,出去抽。"

那人不要,婉言推了说:"你把你儿的情况说说。"

寻红爹说:"开车的人还活着,也在这里住院,听说年后转院到市里,也撞得不轻,啥人也不认识,大睁眼睛望天花板。"

那人说:"这就不好说了,按法律弄起来也是很麻烦的事情,比如,对方没有驾驶证件,拉货车非法拉人,再比如,就算是法律判对方赔偿,但是,现在他还处于昏迷状态,也不好执行。互相都没有钱,你要怎么来赔偿?"

寻红爹说:"你说我就哑巴吃黄连,吃定了?你说,我赔了儿子花了钱这亏就该吃大了?"

那人不说话,拍了拍寻红爹的肩膀说:"人穷,国家大。"

寻红爹突然地小眼睛放出了亮光说:"领导,我叫我闺女给你当保姆,你帮帮我?帮我出了这口气!"

那人说:"我姓杜,这个忙我不好说帮不帮,能帮我肯定要帮,也不是交换,我就是觉得寻红这闺女勤快,脾气好,想让她来,以后熟了有事情自然会帮,人都得现实点。"

寻红就这样定了下来,先回家去过年,过了年再来给人家当保姆,其实也就是和一个老人在一起,孩子们都上班,家里要有人来照顾她,管她吃喝,头疼脑热的有人报个信。寻红和她爹去了一趟人家家,家不在县里在市里,也不远坐车半个多小时就到了,认了地方,看了看家里的老人定了过了年就上来。

临出院的时候,寻红偷着去看了看王二海,他爹已经回村了,他娘在伺候他。寻红看到王二海仰面躺着,挂着吊瓶输液,他娘看着睁着眼睛的王二海,不时地抹眼泪。寻红叫了声:"婶,咋样了?"

王二海他娘说:"就那样,看见活着啥都不知道。"

寻红说:"毕小红没有来?"

王二海他娘说:"来了,绕了一下,走了再没有来,还想着腊月里办事情,都准备了,出事情了。自己的儿这样,张不开口,这事怕黄了。"

寻红说:"总有好的一天,人好了就都好了。"

王二海他娘说:"都好了就好了,都不好啊,老天就让你过日子作难,有生就有死,有福就有难,找哪个去说理?就这么一个儿,你说说,出了事情家里整个就变了,看啥不是啥,做啥都没有心劲,我也就这一个儿啊!"

寻红看见婶哭,自己也鼻头发酸说:"婶,慢慢养着吧。"

王二海他娘说:"不慢慢能行?急死你,不过晌午黑不了天。"

寻红出了病房门的时候,想起了王二海开着四轮车进西火村,见人就打一下喇叭,那一声喇叭就比别人多了几分神气,不像爹一样,见人就手脚无措,像个庄稼汉。又想到自己要嫁了这个人,真摊上了,要和他过一辈子,那真叫窝囊死了,就有点庆幸自己到底没有摊上,开始可怜毕小红,想到年后要进城当保姆了,心就又多了一份惊喜,自己的责任不在王二海身上,在弟弟身上,王二海是毕小红的责任。

五

过了年,正月初八杜先生就打电话来,说要来车接,初九果然就来了一辆两头平的小车。寻红拾掇了两大包东西要带,人家说,城市里啥都不缺,不用带。人家还给寻军送来一辆轮椅,寻军试着坐上去,用手转着车轮走了几步,一下还不习惯,方向老掌握不对,转得脸儿通红,头发上都冒出了汗。爹笑着看,嘴张着,哈喇水都掉了出来。杜先生觉得农村人很容易被一件事感动,很是朴实无华,看到这个轮椅的时候是高兴的,一个人要一辈子坐在轮椅上,现在还想不到那种痛苦,一点利益就容易被感动的农村人,让杜先生也感动了,他挺着啤酒肚子开始笑。寻红忙着找口袋往城市里带新小米、新苞谷瓣儿、新黄豆,大大小小有五六个袋子串在了一起。要准备走了,镇里突然来了车,来的车不如杜先生的车好,车是直奔寻红家的,村里的人都稀罕,从来没有见过寻红家里来过镇干部,就连村干部路过都不打正眼看她家的屋子,突然地来了镇干部就觉得寻红家一定是来了重要人物。下了车的人都看腆着肚子笑着的杜先生,来的人有镇长和副镇长,急忙弯了腰走过来,人还没有到跟前,手先伸了过来,杜先生也不弯腰,也不往前探身子,等他们的手伸过来轻轻抬了一下,也不握手,表示礼数到了,自己目前的兴趣不在和他们握手上,嘴里"啊啊啊"点了点头,就结束了对来人的欢迎。

镇长、副镇长们想说什么,却不好也不知道该说什么,镇长就找了个话头说:"杜部长,我们是来看看寻军这孩子出院了。您来呢也不打个招呼,有事情办说一声就给您办了,劳驾这么远来咱西火。"

杜先生笑着看寻军转方向,并要求他转向的时候一只手吃劲,一只手呢要虚着,把牢车轮子,就好转了。杜先生也不看来的镇长们,看着寻军的车轮子说:"你们怎么知道我来了? 风声传得倒快。"

镇长说:"是听说的,晚了,杜部长路过乡里也不进去,正月天,我们都在,都在值班,越是节假日越不能擅自离开工作岗位。"

杜先生说:"我是来办个人的事情,与工作没有关系,大过年的就不去添乱了。"

镇长说:"走过路过不该错过,怎么能说是添乱呢? 咱现在就回镇里去,只要杜部长给我们这个面子,杜部长来是高看我们了。"

杜先生不回话,看着寻红说:"好了吗? 和你弟弟和父亲道个别,咱们也该走了。"

听说要走了,寻红突然对这个家有几分不舍,往常面对村前的路,一看到就会想什么时候才能走出去,现在真要走了,人到惶惑了,自己走了,爹和弟弟怎么过日子? 一老一少,里里外外,寻红上了楼在祖宗的牌位前给娘磕了个头,抬头看娘的照片,是娘年轻时候的照片,娘笑得多好,打从自己记事开始,她就记得娘不停地唠叨,没有见过娘有过这样灿烂的笑容。她听到楼窗外村里来看轮椅的人的说笑声音,她想自己不知道能给这个家带来什么,想着娘活着时的影子,也不觉得害怕了,就算娘没有人了,有影子在,爹活着就有心劲,爹常说:你娘给我养了一对儿女,没有享了福早走,你娘要活着,家就不是这个样子。是哪个样子呢? 寻红又想到王二海,娘要是活着,她现在有可能就是王二海的媳妇了。

下了楼要往车上坐,杜先生拉开车门要寻红坐到前面,前面从来都是领导坐的,村里人一下子觉得寻红这闺女一走就不回来了,攀了个重要人物。坐到了车上,隔着玻璃望着爹和弟弟,爹拍了拍车窗要说什么,什么也听不见,寻红在车里喊道:"别忘了给猪煮食,娘在时猪吃一料桶,猪长了,得吃两料桶。"

车就开走了。路过镇里也没有停,只听杜先生和司机说:"按一下喇叭走,表示一下,这些人麻缠着呢。"寻红看到车窗外的镇长们在路边站着,笑着看着车里的人不停地摆手,车把外面人的笑闪了过去。

寻红当天被送到了市里,住进了老人的家。临走的时候杜先生把寻红叫到厨房的阳台上说:"我老娘什么都好,就是太讲卫生了,你要处处洗手,或者说她要你洗的时候你就洗,不要反抗,其他她都好说。"寻红想:不就是洗手嘛,讲卫生是好事情呢。点了点头,表示自己能做得到。安顿好,杜先生就坐车回县里了,寻红才知道,杜先生是县里的组织部长,管干部的,自己家里没有人是干部,也没把杜先生当领导看,唯一觉得的是,杜先生走路的姿势和平常人不一样,说话时做出来的手势也不一样,怎么说呢,很有力度和派头。寻红觉得跟了杜部长享福了,连镇长都不敢小瞧自己。反过来又想了想,自己也不过就是来给人家当保姆罢了,假如给一个不管干部的人当保姆,照样没有人理自己,还不是西火村出来的寻红。寻红每天的任务就是打扫家里的卫生,帮老人换洗衣服,买菜做饭,每天的菜钱就放在客厅的茶几上,老人平常不和寻红交流,有什么事情说什么事情,需要做什么了就叫她,只要寻红做一件事情,之后就是不停地要寻红洗手。寻红不知道这是一种病,这种病呢,就叫"洁癖"。有时候她也会定定地看寻红,看半天后,就叫她去洗手,洗完手过来,她从口袋里掏出一个糖果什么的给她吃,一些动作很怪异,因为是老年人了,手和脑袋不停地抖。寻红叫她奶奶,她半天后很不高兴地说:"我老了吗?你怎么好叫我奶奶。"

寻红不知道该叫什么好,也不好按农村人的规矩叫婶,想了想就按电视上的人那样叫她"阿姨"。老太太不太满意地点了点了头,算答应了。

下午留给寻红的时间很充足,她有时间会出去外面走走,她把周围住着的街道走遍了,也记死了,她看到有很多农村进城市来的人在做小买卖,时间久了慢慢就都熟了,听他们讲对面那个钉鞋的人的事情。钉鞋的是一个女人,温州来的,很能吃苦,缺了一条腿,据说也是车祸弄残的,她每天自己坐了轮椅架了双拐来钉鞋,不管刮风下雨她总是定时定点地到,给人钉鞋的时候态度也好,家里有四口人,男人是常年卧床的病人,家里的收入就靠她一个人,她供了两个女儿上大学,现在都毕业了,在北京找了工作,要接他们去,她不去。她说,到了北京也闲不住,还是要钉鞋,在首都的大街上钉鞋,会给女儿丢人的,不钉鞋呢,人又容易坐出病来,她是一个不会享福的人,也是一个闲不住的人。寻红看到她的时候,心里就想到了弟弟寻军,弟弟虽然没有脚了,也可以钉鞋,要杜先生想办法办个残疾证,光明正大地坐到大街上钉鞋,人家能养活一家人,弟弟也可以养活自己啊。

有一次爹打电话的时候,她就把自己的想法给爹说了。爹说是个办法,但是,寻军去了以后住到哪里,就是个问题,他需要有人来照顾,寻红给人家当保姆不能领了弟弟住到人家家里。寻红下午的时候又开始在大街上走,走了一段时间就认识了对面饭店一个男服务员,服务员是外地人,晚上不回家在饭店住,等于是看门。混熟了寻红说到自己的弟弟,那个人就说帮寻红想想办法。隔了一段时间,他见了寻红说:"办法是有了,就怕你肯不肯接受。"

寻红问:"住处有了还能不接受?"要他快说。

服务员说:"我们那里有几个瞎子在这个城市卖艺,合伙租着一间平方,你弟弟要不嫌弃就伙住在一起,等赚了钱房租平分,也好给他们减轻负担。"说完了又怕寻红不高兴,又补充了几句说,"我原先是想让和我住到饭店的,也不用花钱,和老板说了,老板说,一个没有脚的人住到饭店也不能看门,是添负担,没有答应,我才想了这个办法。"

寻红听了,觉得这也是个好事情,感激人家还来不及呢,有什么好不高兴的,就点点头答应了。寻红往家打电话要爹把寻军送上来,寻军也积极要来,他不想在农村待着,春种都忙着,自己啥也做不了,还老听人喊自己拐子,觉得钉鞋也是个好事项。爹等种进去锄了头遍青苗,就到夏天了,瞅了一个好天气带着寻军来到了市里。寻红不好意思把爹和弟弟领家里,怕阿姨的脸色,就要爹在饭店吃了午饭,领着他们到了瞎子住的屋子。那地方有些乱,也不怎么讲卫生,又是夏天,苍蝇满屋子飞。寻红拾掇干净问弟弟行不行?寻军说行。两个瞎子出去买艺了,他们是坐在街上拉二胡,有时候也走到饭店或商店门口拉一段喜庆的音乐,要几个吉利钱,一天两个人也能讨四五拾块钱。因为是瞎子,他们还顾了一个本地出来打工的女人做饭,寻军加进来了就得往里摊一份钱。

人还没有学会赚钱,就开始花钱了,万事开头难,一个没有脚的人,总得现实点啊。寻红和爹找了对面钉鞋的阿姨,和她说了寻军的情况,说想和她学手艺,钉鞋的阿姨听了,知道和自己一样是没有脚的人,一口就答应了,说:"保管一个星期就出师,还管给你弟弟买一台旧机器,生手上路不出一年就赚钱。"

送走爹,回到家,看到阿姨有些生气,就主动承认自己的爹来看自己了,没有来家怕麻烦阿姨,知道阿姨是爱干净人。阿姨就要求寻红去洗手,不停地用香皂洗,还要寻红换衣服,她觉得乡下人是最不讲卫生的人,有很多病就是从乡下传播到城市里的。寻红觉得阿姨病得不轻,自己洗得身上总是散发出一股香皂味道了还要洗。而且买回来的菜要碱水泡,说是如果不泡呢,农药就都残留在上面,人吃了容易中毒。寻红在城市里的变化,就是把一双手洗得白嫩白嫩的,透着阳光看上去像嫩豆角似的。但是,寻红不想过这种日子,这也不是自己的家,不知道要当几年保姆,杜部长才能给自己找一份工作?寻红下午去看弟弟的时候,看到商店门口卖指甲油的,就挑了一瓶红色的买了,还要求旁边修指甲的给自己抹上,总共花了寻红10块钱,开头寻红还心疼钱,后来越看手指甲越喜爱,寻红就觉得值得。

她走到钉鞋处,看到弟弟坐在地上的小凳子上看得出神,因为是夏天,弟弟把脚上的一只鞋脱了,双腿放在地上,裤管里露出两条长短不一的腿,放在地上的腿让人看上去可怜。有人走过去,就在弟弟的腿旁边扔下一毛两毛钱,弟弟虎着脸,觉得被人小瞧了,同时缩回腿不让过路的看到自己是个残疾人。寻红从提兜里掏出两个包子来,给了弟弟一个,给了阿姨一个,阿姨不要都给了弟弟。寻红说:"中午吃包子了,我出门的时候拿了两个。"钉鞋的阿姨说:"你这个弟弟学得用心呢。"

寻红摸着弟弟的头,问寻军晚上住得好不好,瞎子好不好相处?

寻军就笑了,寻军很久没有笑了,他吃着包子笑着说:"瞎子回来数钱,不是数,是摸,摸得很准,一个又要练琴,说是刚从街上听到的,练了明天就能赶了潮流拉出来。两个人就不吵了,开始练。他们也挺可怜的,捏了捏我的脚,还叫我明天和他们一起出去讨钱。"

寻红说:"不去,你是出来学手艺的,跪下给人求告,丢人呢!"

寻军低下头说:"知道。"

钉鞋阿姨说:"闺女,你是没有念书,要念书能考了大学。"

寻红就不说了,没有念上书不能怨自己,得怨娘和爹,重男轻女,不把闺女当家里的顶梁柱,当了外人看。

寻红回到家,阿姨一下就发现了她的手指甲,阿姨气得站起来要她洗掉,她哪里能洗得掉?阿姨说:"你不洗掉指甲上的红,你晚上就离开这里!"寻红打开阳台用小刀一下一下刮,刮干净后,寻红看到自己的指甲盖上没有一点光泽,苍白得难看。

阿姨两天没有让寻红出门,要她反思自己的过错,她说:"一个农村女孩子又不是城市交际花,把指甲染成红色,你是农村人,你是来当保姆的!"

寻红想不通是谁把这个社会上,同时出生的人分成农村人和城市人了!

两天后寻红出门着急得找弟弟,钉鞋的阿姨说:"你弟弟两天没有来了。"寻红去弟弟住地去找,屋子锁着。寻红想不到弟弟去哪里了,就顺着街道找,走出街口,就是大街上了,就在她考虑要往哪边走的时候,她看到了王二海他爹。她隔着街道叫了一声:"叔——"

王二海他爹也没有想到在城市里有人会喊他叔,就照直往前走。寻红紧着跑了几步赶上去,跑到他前面回过身叫了一声:"叔。"

王二海他爹看到是叫自己,停下脚步,有些疑惑地看着寻红,他想不起来是谁家闺女,肯定是东西一条河的人。

寻红说:"叔,二海好了吗?"

王二海他爹说:"好啥,住着院呢,原来的时候啥也不知道,现在呢,对以前的事情还是啥也不知道,唯一的好处就是能站起来走路了。"

寻红说:"那就是快好了。"

王二海他爹说:"你是谁家的闺女?"

寻红不敢说是霍翠平的闺女,怕对方听了不高兴,就找了个话头问:"那他结婚了没有?"

王二海他爹说:"和谁结婚?一辈子就算完了。哪个好闺女要嫁给他,要是有人肯嫁给他,冲冲喜说不定还好一些呢,没有。你是二海的同学?"

寻红说:"嗯,是同学。"

王二海他爹就往前走了,寻红突然想到,该问问他住那个医院,就冲了他的后身喊:"叔,你告诉我他住哪个医院?"

王二海他爹指着前面说:"就那个,内科住院二部305房。你看你多好,活蹦乱跳的。"

寻红没有找到弟弟,倒打听到了王二海。她是听爹说过毕小红出嫁了,这么说不是嫁给了王二海,是嫁了另外一个人。

寻红想:毕小红到底失了良心了。

六

寻红第二天找到弟弟的时候,她看到弟弟坐在地上挽着裤管露出两条残腿,他前面放着一个破旧的茶缸,一些过往的行人往进去扔一些零钱。寻红在她对面看了半天,泪水忍不住往下掉,她想不到他弟弟是这样的人,一个把自己糟蹋得讨钱的人,就算是自己养活不了自己也还有我啊,怎么能让他出来讨钱!寻红走过去弯下腰说:"你抬起头来,你看看你成什么样子了,要你念书你不念书,你要念了书也不会这么不懂羞耻,把自己糟蹋成这个样子!"

寻军抬头看了一眼,从早上出门到现在,他还没有抬过头,他低着头什么也不想,偶尔看一眼面前茶缸,他心里就盘算着有多少张毛钱了,加起来就是多少大票。他的理想在丢掉脚的时候就没有了,他不是一个喜欢动脑子的人,但是,他舍得下力气。做机砖的时候他用双脚刺泥,他是下力气的,他不念书,是真的不想念书,念书念到什么时候才会有出息?没有娘了能说是因为没有念书?没有脚了能说是因为没有念书?寻军抬头看了看寻红,他说:"我不认识你,走开!"

寻红指着自己的鼻子说:"你不认识我,也不该不认识霍翠平和李安平吧?你爹你娘总该认识吧?"

寻军狠狠地说:"你挡了我的生意。"

寻红拣起地上的茶缸,扶起寻军要他跟了自己走,他不走,寻红说:"我背了你也要把你背回西火,就算是爹多知道了也不让你出来丢人败兴!"

寻军喊道:"我好好一个人,我好好就这样了?你有本事叫人赔我啊?赔我一双脚来!我丢人是丢我自己了,我败兴也是败我自己了,你就当没有我这个人!"

寻红说:"就算是没有了脚,还有手还有脑子吧,怎么就不能像钉鞋阿姨那样活着!"

寻军说:"我愿意这样活着,我愿意这样丢脸,我又没有把脸丢在西火!"

身后的两个瞎子听到他们吵架,站起来走过来说:"闺女,要是和你一样,也不出来弄这营生,是娘生的都长了脸,谁愿长了脸不值钱!"

寻红坐到了马路边的草坪上开始哭,她哭她自己,哭弟弟,还捎带着哭王二海。想着原来的家,想娘被天雷击过的情景,娘的去世让家少了一半的温暖。爹的希望是供一个念书人上大学,弟弟却不上学了,要做机砖,弟弟不上学了,爹又有了希望,盖楼房,楼房因为弟弟的脚耽搁下来,每一次把钱攒起来了,就又要出事情,家总是空空荡荡的,可这是自己的家啊,尽管自己的家没有自己的地位,但是,家是没有办法选择的。她只能被生活推着往前走,她不能选择生活,她连她自己的命运都选择不了,就算是王二海现在是个好人,他能赔偿弟弟吗?弟弟又这么不争气,可是细想想,要他怎么争气!

寻红不哭了,也不看旁边的弟弟,瞎子坐在小凳子上拉着二胡,曲子在街道上缭绕着,有人走过去,在弟弟的茶缸里扔下了一枚硬币,硬币敲打着茶缸沿,让寻红的心揪心搬地疼了一下,如果不注意谁也听不见那声音,但是,寻红听见了。她觉得自己一下子长大了,突然觉得一个女人染了红指甲是多么俗气,她要活出个样子来,不是给人家当保姆就能活出个样子来,她一下想不起来自己怎么样就能活出个样子来,但是,她不是以前的那个寻红了,她要勇敢地面对生活,面对生活就是面对自己。她想到娘和爹为什么老是那么现实,是生活让他们那么现实的啊。爹在生活逼迫下不断产生希望,希望是一颗不发芽的苞谷,它不发芽的时候,爹会想到别耽搁了季节和土地,该换换种子了。

她走过去和寻军说:"你回去好好想想,前前后后都想想,你总会想明白的。"

路过医院门口,她看到屋顶上写着"和平医院"。她想我明天来看王二海,不管怎么说他也是车祸的受害者,他要不是可怜农村人,他也出不了车祸,况且自己还曾经把幸福寄托在他身上。爹说:"因为没有人收购青疙瘩了,夏天除了上地,人都开始支了桌子打麻将了。"

夜晚,望着窗外城市的楼房,寻红想了很多。傍黑里爹来电话说,村里因她给杜部长当保姆在村前批了五间房的地契。寻红想到弟弟就说:"批那地契有什么用,人将来还不知道咋办呢。"

爹说:"你将来招个上门女婿,过日子总不能没有规划,家里的担子还得你来挑。"

爹的希望总是很及时地就出现了。天快亮的时候,她才蒙蒙眬眬睡着,却又做了满脑子的梦,好像是一片苞谷地,刚刚被爹收割过了,有未刨尽的茬根,有西火村的人都穿过苞谷地去场上卖青疙瘩,坑洼不平的地,有那么多人被绊倒,她也要穿过去,却怎么也走不过去,不是地上的茬根限制了她,是自己的思想或者情感被限制了,她看到每走一步路途中就会有一个陷阱,那陷阱就像茬根一样,慢慢就变成了一张张嘴巴,咬噬着她的脚,她看到自己的脚和弟弟的一样,她害怕得面色苍白,疲惫不堪,生活把她拖入了无望之域,她叫喊着:这不是我想要的生活啊!喊叫声把她自己喊醒了,她撩了窗帘,看到了城市上空有一缕霞色的云彩,她坐起来看着那云彩慢慢发白了,天边也就开始发亮了,她起来做饭收拾家,一天又开始了。

下午,寻红找到了内科住院二部305病房,她走近的时候,看到门上有一个四方小窗户,她在窗户上往里看,里边有好几个床位,靠窗户的一个床上坐着王二海。她推开门走进去的时候,她没有看到王二海他爹和娘,他就一个人坐着,望着窗外。窗外的天空是蓝的,有几丝云彩。远远望去,城市里没有山,是一层一层的楼房。她在他身后站了有一会儿,她不想叫他转身,她害怕他转过身来认出了自己,假如说,他要问自己来干什么,自己就不好回答。她还是看到了他慢慢转回了头,眼睛里没有光泽,看了她一眼,低下了头,他不知道她是谁。

寻红问:"你认识我不?"

他不回答。

寻红说:"外面的楼好高。"

他不回答。

寻红知道他什么也不知道,什么也不记得。

寻红突然的闪了一个坏念头,她说:"认识毕小红不?"

他说了一句:"山。"

寻红想:一个精明的人,变成了一个傻子。他还都不知道毕小红和他一起收购过青疙瘩了。弟弟还知道讨钱,他啥都不知道。寻红说:"你想吃什么?"

他说:"糖。"

寻红说:"明天我来看你给你买糖。"

寻红没有话说了,看了半天想起街上的弟弟,决定要走了,他却不看她。寻红脑海里就想起了:西火村的傍晚,一片暮色中,他开着四轮车,从村路上走来,拐个坡,他开着车下了河滩的场上,他操纵着那辆车,他看上去是那样英俊,寻红想我那时候是多么喜欢他啊。寻红又回头看了他一眼,她发现他白了,体格比原来还要胖,突然的心疼了一下,她觉得心尖尖上有什么东西挑了一下,她突然明白了,她依然喜欢他。就在她扭转头要走了,和一个人撞了个满怀,是王二海他爹。

王二海他爹眼睛一亮认出了她,说:"你是二海的同学?是谁家的闺女?"

寻红不好意思说是李平安的闺女,她爹毕竟在县医院和人家打过架,两家因为车祸结了仇,两个受害者如今都没有美好的以后了。

寻红低下头说:"你不认识我爹。"

王二海他爹说:"哪能,东西上下河没有我不认识的人,就你们这一茬小人儿不认识。"

寻红躲着对方迫切想知道,她是谁家闺女的眼神,说:"叔,我说了你会生气。"

王二海他爹说:"生气?知道你是谁的闺女我生啥气?"

寻红咬了一下嘴说:"西火霍翠平、李平安的闺女。"

王二海他爹抬起手摸了摸她的头说:"好闺女,比你爹懂事理。叔知道你,去年秋口上和你提过亲,你爹把着不放,还好,要嫁了二海,现在就苦了你了。闺女,你在城市里做什么?现在嫁哪里了?"

寻红说:"当保姆。还没有家,现在爹想招女婿,弟弟没有脚了。"

王二海他爹说:"闺女,我送你出去。"

下了楼,王二海他爹送她走了好远,寻红才知道因为二海住院,家里人都围着他转,说是家里人,也就是他爹和娘。他爹原来跑大车,因为他住院,不跟人家跑了,存了有小10万块钱都花到医院了,现在是他爹跟着他住院,捎带在市里给别人拉货,他娘在家种地,不种地,活不了命,农村人靠地活命。就算是花钱也还算是值得,从不会说话到会说话,有进步啊。

王二海他爹又问了寻军的情况,知道缺了脚,却也没奈何地叹了口气说:"都是穷人,你说这事愿谁?愿命!人穷志不短,但人穷了就怕命不强。他也是好心拉你弟弟的,没有要钱,也是想省他点路费,要知道就不拉了,不拉那么多人车也翻不到沟,不拉那么多人车也不会失重,人穷了连法律的边都粘不上,我还想找人的麻烦,问了懂法的,人家说了,不找我麻烦就算不错了,幸亏是自己的儿傻了,要是自己的儿好好的没有撞出毛病来,那就是说,他得住看守所。傻得倒应该了!"

王二海他爹有点想哭的意思,话尾上说出来的话音有些打战。

寻红说:"叔,我帮你下午看一会儿他,你做事情去,我相信他总有一天会好的。"

王二海他爹瞪了一下眼说:"驴年马月能好?我前世积啥德了遇见你这样的好闺女!"

寻红路过广场的时候,没有看到弟弟,她知道弟弟是在躲她。好人走这么长的路脚心都发热,他一个残疾人,他也不容易。寻红看到路上有一条交通广告:生命只有一次!这句话让寻红感到内心寒战,她觉得生命就一次还活不成一个正常人,比自己难的人有多少?

七

寻红下午没事时一直陪着王二海,尽管不怎么说话,有热烈而温暖的视线拥着他,他开始看一会儿窗外,在回过头来看寻红,他闭上眼睛说:"我看到你变成金色的了。"

他脑海里慢慢有感觉了。

整个一个夏天和秋天,窗外的阳光任意挥霍,寻红就在阳光的窗户前织毛袜子,她把毛袜子织得很厚,冬天就要到来了,这个季节,蚊蝇们都会冻死,弟弟的脚也该穿厚了。她织的毛袜子没有脚掌,王二海说:"脚哪里了?"

寻红告诉他:"那一次车货,记得不记得了?那一次,你从山上掉下来,你就不认识人了,我弟弟寻军就没有脚了。"王二海想不起来,寻红就不停地启发他:"那一次,你的头一定是撞到四轮车的铁上了,撞重了,你开着四轮车,收购山上的青疙瘩,冬天的时候不叫青疙瘩,叫黄花瓣儿。"王二海说:"是不是连翘,开了黄花?"

寻红激动得放下手里的毛活,站起来要看他,他吃的药里就有黄花瓣儿,就有连翘。寻红拣出来放到他手心,王二海看着看着,似乎有什么东西撞了他一下,他想不起来,但也好像有个惶惑。医生看到天天下午来陪她的寻红说:"你是他什么人?病人是需要启发的,他父母亲就是个着急,没有人像你这样和他说话。"

寻红说不上来是他什么人,王二海看着其他病床上伺候病人的有媳妇,就也告诉医生说:"是我媳妇。"

医生听后不说话,见了王二海他爹,很慎重地和他说:"其实,你没有必要再在医院住院了,药物治疗是控制他的病情不要发展,我看他更需要精神治疗。你儿子有对象嘛,你儿媳妇多好,启发你儿子有了记忆,不妨早给他们结了婚,也许可以刺激他的中枢神经,他说不定很快就恢复了。"

王二海他爹不说话,他不能肯定还有人能嫁给他儿子,和闺女张嘴无疑是打自己耳光,就算闺女愿意,她老子也不会愿意,李平安恨不得把我的脚剁了给他儿子安上呢。王二海他爹还是决定出院,住不起医院了,回家养着,娶媳妇的事情,他不敢想,像寻红这样的好闺女想都别再想。

阳光透着窗玻璃把两个人晒暖和了,寻红和王二海说:"你坐在四轮车上真好看,你回家后再让你爹买一辆四轮车吧。"

王二海说:"买了车,你嫁我?"

寻红翻了一下眼睛调皮地说:"买了车,我嫁你。"

王二海说:"你不嫁我你是甚?"

寻红想了想说:"连翘。"

王二海从中药袋里拿起几颗黄花瓣儿说:"你不嫁我,我就天天熬药吃你!"

王二海他爹在旁边听了,不敢相信,掉了个身子看着别处说:"闺女,我可是听错了?"

寻红说:"没有,叔,我哄谁也不能哄他。他的病是四轮车造成的,你就再给他买一台,他手脚不缺,你就让他开,他本来就会开,再让他学也是刺激他啊,他会了,我也学,我帮他。"

王二海他爹说:"你说的我不敢相信,闺女,你要是嫁了二海,你是要担名声的,不好的名声,好闺女嫁了赖汉,鲜花插了牛粪,他要好了呢,是好事,我还能动,钱也不少赚,他要不好,我见了你爹一辈子我抬不起头,我是真亏欠他啊。"

寻红说:"叔,你等我到明年春天,我说话算数,但是,我也有个要求。"

王二海他爹说:"啥要求我都答应。"

寻红不好意思低了头说:"我不是要彩礼,但也说不清楚,就是想要叔帮我爹起了楼房,我还有弟弟呢,我不能不长我爹的脸。"

王二海他爹说:"这个我帮,是应该帮的。"

王二海出院的时候,寻红没有见着,王二海出院后想着寻红的话,强烈要求爹买一辆四轮车。他爹说:"你都这样了,吃亏就吃在车上,你还买。"

王二海说："你都忘了,是寻红说要买!"

他爹就想起了医院里的约定,觉得人不能凭空一句话就相信了一个闺女,得多长个脑子。专门去了一趟西火,见了寻红她爹,不说儿女亲家的事,就说："出了事情了,忙着看病,也没有顾上过来瞧瞧,你的儿也受了牵连,咱在医院闹过笑话,丢人了,这事呢是我不对,我想过来了,也问过懂法的人,这事呢是我儿不对,没有多有少,我儿出院了,基本上有所好转。一条东西上下河我也算有钱的户主,这一折腾呢,也差不多了,没多有少,你说,得多少?咱也私下里有个说处,你有这意思呢,咱就通个中间人说和说和。"

一听说来送钱来?寻红她爹想:泥菩萨开口说话了,还想着送我钱,是来要我了!我倒要狠狠耍他一下。说狠也狠不到哪里去,农村人的眼光短浅得还想不到要去害人,盘算了一下说："你看吧,一辈子的事情,起码得够一座楼。"

王二海他爹一拍大腿说："这事定了,中间找个证人,我要来成给你送过来。"

寻红爹觉得不对劲,来成是说媒的,要个媒人送钱是啥意思?却也想不到别处去,收了来成送的四万块钱,就开始到处去看沙子和水泥。村里的人都觉得这事蹊跷,他还安慰人家村里人,他是怕他儿坐禁闭呢。

寻红把织好的毛袜子送到弟弟的住处,弟弟看了一眼收了起来。寻红想用剪刀帮弟弟剪掉脚上的硬皮,弟弟不让,说自己能剪掉,要她快走吧。寻红说："你不听话。"

寻军不说话,脸憋得通红,像有什么事要做不想让寻红知道,一定要她走。寻红就装了要走,走到门口停下来靠着窗户往里看,看到两个瞎子坐在床沿上开始练着一首新曲子,灯光下眼睛一翻一翻的,看上去有点鬼鬼祟祟,他们弯腰曲背,岁月在他们的脸上刻上了皱纹,拉到抒情时,眉头就展开了,露出了太阳没有晒红的白印子。拉完一段曲子后,又开始拉过门,然后其中一个要寻军唱,寻军眉心一皱鼻子一抽胸脯一挺就唱起来了。寻红才知道他们合伙了,一起做事,她原来脸上的尴尬一下子没有了,她觉得弟弟是一个懂得生活的人,只有懂生活的人才懂得怎么来适应生活。寻红不是一个懂文艺的人,但是,寻红看着他们拉着二胡唱着的样子,她想起了初中学过的一句话:看上去多么活泼生动!

寻红往回走,想到阿姨那么干净,太干净了,干净得让人心里发冷,一无杂物,纤尘不染,连只苍蝇都没有,而老人的干净就是一辈子的希望。自己不也因为弟弟乞讨而觉得难过吗,想到弟弟一辈子要这么样度过余生,也寒冷过,没有想到弟弟也会唱歌了,他也有希望,他的希望是给人带去快乐,别人的快乐就是他们的快乐。寻红又想到王二海,觉得,人的脚下有一小块站立之地,就足够了,让别人温暖,自己也就温暖了。

寻红第二天特意到街上去寻弟弟,她看到一个瘸子领着两个瞎子,两个瞎子托着弟弟的肩膀,到了一家小商店的门口,他们成三角形站开。弟弟的歌声没有一丝苦难,唱到激动处,眉飞色舞。寻红听到那歌声里的快乐是扭动的,让身体不由得随着那歌声扭动起来,看的人真有人扭动了,寻红激动得颤抖,是身体里快乐在颤抖。弟弟那种鸟一般飞翔的歌声化解了生存里最严酷的一面,寻红觉得弟弟长大了。

寻红进入冬天后离开了杜部长的母亲家,不是她要离开的,是杜部长在县城里出了事情,被"双规"了。有些事情不好说,城里人也有他们自己的烦恼,阿姨心情不好就辞退了寻红。

寻红回到西火的时候,她觉得西火村没有一点变化,爹领着她去看了看批好的地,爹说:"开了村就动工,修楼!"

寻红一个冬天没有事情做,就要爹领着她上山摘黄花瓣儿。爹说:"没有人收购了。好价钱,就是没有人收购。"

寻红肯定地说:"有人收购。"

寻红和爹上山把黄花瓣儿摘回来放到院子里装苞谷的囤里,因为囤是用荆条编的,缝宽,寻红要爹用烂席片围住它。西火周围山上的黄花瓣儿都被他父女摘完了,西火人还笑话他没事瞎折腾呢,爹茫然地看寻红,寻红不说话,就是笑。要是以前,爹早骂上寻红了,这一次出去回来后,爹不骂寻红,他以后还要凭了闺女养活,他不想伤闺女的心,他有时候觉得都对不起闺女。

有一天寻红和爹说,想去镇里买一些家里用的东西。一走就是一天,傍晚的时候,西火打麻将的人突然听到村路上有四轮车响,想也没有想到是收购黄花瓣儿的。看打麻将的寻红爹手里夹了根烟,和屋里的人说:"我出去看看四轮车上来收购啥,我看看是不是苞谷涨价了。"这一看就看到闺女坐在四轮车上,开车的是王二海,闺女寻红碰上熟人了要车停下来,替车上的司机王二海发烟呢。寻红爹急忙往车前跑,却发现车直奔自己的院子。寻红看到爹的时候说:"爹,来收购黄花瓣儿了。"

爹说:"秤呢?我要不要去借一杆秤?"

寻红说:"借啥,多少都是自家的。"

她爹有些没有反应过来,也来不及反应,急着招呼人往车上装货。

装了货,爹看着王二海说:"你好了我儿还不好。"

王二海说:"我以后当你的儿。"

寻红就很有些意味地看了一眼爹,爹还是没有明白地说:"我招女婿来,你给你爹当儿吧。"

寻红说:"爹,我得跟了二海走,明天进城送车上的货,咱的货咱得跟了人,不能叫缺了斤两。"

爹就让寻红跟了走。

西火村的人看到又有人收购黄花瓣儿,就收起了麻将桌上山摘山货了,近处的山上都摘完了,又开始往远处跑,冬天的山上不怕蛇咬,也不怕天雷响,上山的人不怕天冷,跑一天头上还冒汗呢。收购的四轮车上除了王二海,还有寻红,爹说:"闺女家老跟着人家,不怕人笑话,以后还招不招女婿?"

寻红说:"你都收了人家彩礼了,还怕人笑话!"

爹一下明白了来成送来的四万块钱是啥意思,是把闺女许配了人家!想提了钱去找王二海他爹算账,钱在信用社存着,信用社的人说:"你存的是死期,况且我们年底完任务呢,现在也没有钱,要等到过了年才能取。"

爹想到上当了,却也想不出好办法来,就又想到:反正他和我说的时候不是彩礼钱,闺女嫁人还得我说了算!开了春正好用他的四轮车拉盖房子的料,等把料备齐了退不退你钱咱经法院说!

过了年,没有事情的时候,寻红爹天天望天,就等第一声春雷响,雷一响他就开始开工,还没有等天雷响,寻红瞅了好天气和爹说:"爹,没有娘了,我不知道该和谁说,你把闺女嫁了吧,闺女有了。"

爹一下子敏感得反应过来了,问:"谁的?"

寻红说:"收购黄花瓣儿的。"

爹抬了手,想要狠狠打过去,却又想到了一句古训:

儿大不中管,女大不中留啊!

情　归

一

　　高崖底村口长了一棵柏树,村和树不一样,树一测骨龄,就知道了年龄。高崖底村的骨龄是人,突然地,人就走光了,村缩成了一坐庙。此时,民工王二全冷漠地看着快要修成的庙,穿过砖头、木头和水泥走进庙里,庙外的一个等待入住庙里的和尚说:"想不透,房子里和庙里住人有啥不一样?"

　　很早以前高崖底只有六户人家,后来人口繁衍呈快速增长,一下爆长成了30多户。据说,当初落脚到这里的人是看中了这里的土,这里的土和别的地方的土不大一样,这里的土叫"骡皮土",土的颜色和骡子的皮一样,色重肥厚。骡皮土把山上的灌木养得粗壮,山上开出来的地不用上肥种什么,什么疯长。但毕竟是小地方,不容外人知道,它甚至小得以至于《沁阳县志》上对它的记载仅有20个字外加3个逗号1个句号。30多户人家,100多口人,两条街横贯东西,把村庄缀在了一起,就这么一个村庄说没有就没了。

　　五年前,清明节捎后一些的一个星期天,天气变得暖融融了,王二全和李强、王蕊、宋佳佳他们四个坐在高崖底靠山的山垴上,山下的高崖底农民脸上抹了黑,是从地下走出来的,他们在地下挖煤,煤丰富了他们走路的姿态,大老远看过去让山上的人兴奋。

　　李强说:"要是高考结束,我还没有考上大学,我真是不敢面对他们那张黑夜的脸。"说完话望着远处,远处有不知道名字的鸟飞来飞去。

　　王蕊说:"咱们四个中最有希望的要数你了,你爸是小学教师,你要没有信心我俩就想都不要想了。"

李强说:"最没有希望的就是我,我都想好了,不等高考公布分数我就外出,人最怕有一个音信,说不在眼前却知道有这么个人在,说在眼前吧,又看不见,只知道还在这个世上游荡,给他们一个希望,等我创出一番天地了在回乡,到那时他们的怨恨就不会停留在我没有考上大学的基础上了。"

宋佳佳说:"这倒是个好主意,等高考一结束,我们四个一起走。"说完话她看着王二全,王二全有些忧郁,低下头用一根细草棍拨弄一个忙着赶路的小蚂蚁,那只蚂蚁嘴里举着一个白色的花粉样的东西,被草棍拨弄得晕头转向,走一走返一返,欲去又不舍。王蕊不说话,宋佳佳就把视线从地上王二全的手里收回一些来,停留在李强的嘴唇上,那上面有一层毛茸茸的胡须,李强被宋佳佳的视线盯得紧了扭回头看,就看到一股子柔情软软地顺着紧盯的视线划过来,李强点了一下头。李强这一点头,里面是包含了两层意思的:一层是说,你跟我走,我也跟你走。一层是说,他们不和你走我也要想办法和你一起走。这时候王蕊说话了:"要走我们四个一起走。"

王二全说:"不可能。我怕是跟你们走不成,我妈瘫在炕上,一年的药钱要花多少不说,炕前炕后要人伺候,我弟弟要上学,一个大男人怎么能老给家里增加负担。"

宋佳佳把吊在前面的辫子撩到脑后说:"我就想知道城市的风、雨、雾、雷、电,和乡下的湿气、土壤、河水、巷道、谷物、梅雨季节有什么不同。"

李强说:"这天地,天生就是一只方舟,我们只要踏上去了,我们就应该活得很好,要想活得很好,就要走出去,考上大学,从知识的殿堂走出去,没有考上,踏着一条泥路也要走出去。"

王蕊抬起头,瞪了一双明亮的大眼睛说:"行啊你们,说得多好,诗一样的语言,人就是不能太驯良了,太驯良就会像我们山下高崖底的农民一样注定一辈子只能是农民,挖了地上挖地下还很一副满足的样子。"

王二全看着她们,然后回过头看着山下,阳光把山下的农民照得明亮起来,在明亮的空中有蝴蝶和蜻蜓和鸟在飞。

二

不等高考结束,宋佳佳的家里出了一件事,这件事说出来很平常,但它对宋佳佳的影响却很大。是这么一件事情:宋佳佳妈头上长了一头青丝,青丝辫了两条长辫子,及屁股,走起路来一甩一甩,成高崖底一道风景。当初妈和爸在学校里是一个班,前后桌,坐在后桌的爸,一上课不好好听讲,就看那两条辫子,看得时间长了,光看就不大过瘾了,想玩耍。一日上课,爸把那两条辫子用一条细麻绳系在了爸的课桌上,等老师宣布一下课,小女孩们就高兴得往外跑,这么一跑把后面的课桌带倒,课桌这么一倒,辫子提了课桌把妈的脑袋揪得像个斜下来的吊葫芦,满课堂的人大笑。妈脸上的泪像天空下到葫芦上的雨水,一粒一粒滚到地上来。妈不知道这样的恶作剧其实是爸爱妈的一种表现,当然她妈后来知道了。这么一知道,妈就百般爱护这头青丝,到生了宋佳佳,生了她弟弟,一头秀发,不管外面有什么样的流行趋势,妈都小心呵护着,不让头发受一点儿伤害。现在家里出了事情,事情就出在头发上。

宋佳佳妈的那一头青丝不仅她爸看见好,和她爸一样的人也看见好,难免有人就想多看,她妈挑了水在前面走,后面就有男人盯死了看,他爸看了像沤酸的醋渣子发臭,决定要整顿一下现状。他的这一决定一下,她妈的两条辫子早上起床就少了一条,她妈一摸觉得不对劲,其实不用摸也能感觉出后脑勺的分量,眼泪唰唰就往下掉,抬起手来再他爸脸上捆了一下,他爸就捆了她妈好几下,两个人就骂上了,打上了。她妈说:"我这是图了个啥?图了个啥!"

她爸说:"图了我对你好。是我的老婆就得按我的意思来,我看见它长得顺溜,我就让它长,我看见她长得不顺溜,就不想让它长了。你浑身上下连皮带渣哪样儿都是我的,你还掴我耳巴,都40岁的人了又长了个野心,我今儿就把你剃成个秃子,我让你的屁股再摆来摆去。"

她爸拿了剪刀要剪,她妈站起身就跑出了家门,一点弯道都没有走,搭了顺车到县城学校里找闺女去了。

她妈到了县城,头发一半儿披着,一半儿结了辫子,不管街上的人什么眼神,直接走进了县一中。一中的门房老头不让进,说要等下了课,马上就是中午了。她妈的眼泪又开始唰唰往下掉,老头一看她那个样子想是出了大事,不敢再说什么了领了往教室走,在教室的窗玻璃上一晃,就有学生看见了,小声嘀咕道:"有一个疯婆子。"这样,都扭回了头看,宋佳佳看到了是她妈。门房敲开门和老师说了什么,老师就叫宋佳佳出去了。

宋佳佳埋怨妈:"怎么这样儿就来学校了?也不怕人笑话。你没有听见,满教室人说你是疯婆子。"

妈撩开披散开的头发说:"我养大你了是不是?你爸他打我,我来找你寻一点安慰,你倒这样来说话。要不是你爸耍无赖,我能嫁到高崖底?那地方,什么地方嘛,叫土都不正常,要叫骡皮土,看那人性吧,螺子一样。"

宋佳佳说:"那是谁绑了你了?还是自己愿意嘛。"

妈说:"你要这样和我说话,我就去找你舅,我怕找到你舅,他那二杆子脾气上来去高崖底打你爸,我就是想出来让他找一找嘛,又不是真的不想过日子了。"

宋佳佳领了妈往宿舍走,一路上又问她妈到底出了什么事,她妈就把事情的经过说了一遍,宋佳佳觉得爸真是没道理。

这时候下课铃敲响了,宋佳佳领了她妈到街上的理发店理了个发型。她妈对着镜子看了半天,觉得梳辫子的风韵时代一去不复返了。

扭回头看着宋佳佳说："闺女,你要把辫子给妈留下来,留到屁股蛋子下面,要摆摆摆,摆给他们看,也摆给你爸看。"宋佳佳看着妈笑了起来。

她妈说："这还像我的闺女。妈不到学校住了还是回高崖底,有些想法到现在这个年龄还想咋的。"

县城很小,宋佳佳把她妈送上车,扭回头往学校走,那两条辫子在小城的街上引来一些回头的目光,她妈紧贴在窗玻璃上的眼睛大大的,咧开了嘴笑。

本来宋佳佳想把头发也剪掉,让理发店剪个短发示人,她妈坚决不让,她也就只好放弃了。宋佳佳就因为妈不让剪头发,后来发生了一些事,这些事情直接影响了她的一辈子。宋佳佳不知道,当然也不可能知道,人要是长了前后眼,那叫个人嘛。现在她就想着,爸和妈真是一对冤家呀,一辈子吵闹,却又离不开。

大雨过后夏日的清晨,高考结束了,他们四个从教室出来,背了铺盖卷往车站走。李强说："我考得不好,我回家要说我考得不好我爸可能要打我,我和我表哥说了,让他给我筹点钱,后天就走。"王蕊踢着地上一个易拉罐,那个易拉罐被踢得滚过来滚过去,突然它不响了,他们四个抬起头看,看到一个捡破烂的用一个长长的铁叉子收起了它。那个人不是别人,是王二全他爸。王蕊说："是你爸。"宋佳佳说："你爸好可怜。"王二全抬头看李强,李强装了看不见,调换了一下背上的铺盖卷。李强说："我去我表哥家说个事情,待会儿,车站见。"说完李强走了。王二全走到他爸面前,他爸背上拖了一个大大的蛇皮袋,布袋里的东西还没有拣满,他爸从口袋里掏出一沓子钱,污黑的手抹了一下舌头尖,点出20张一毛的来递给王二全,他爸说："早点回去上地给猪拔回猪草。"王二全取了钱自顾自地往前走,钱在手心里捏出了汗。

回到高崖底,一下车,有人笑着问："考大学的回来了?"他们四个不吭声。那些人就说："在学校里喝了十年墨水,是喝了十年高级(厕所)水吧,喝得你们一个个斑鸠丢了蛋,话都不会说了。"

415

李强扔下铺盖卷想扭回去和他们理论，王蕊拽了他的袖角一下，李强拣起地上的铺盖卷转身走了。王二全说："有本事谁在这里耍，早出去了，也就会放个发烧屁罢了。"后面有笑声传过来。

王蕊朝后拉了拉李强的衣服，要李强慢下来，李强就慢了下来。王蕊说："你要什么时候走?"李强笑了笑说："什么时候想走了就走。你要走就回去准备准备，走时一起走。"李强说着话，眼睛却看到前面宋佳佳的两条辫子，辫子在及腰处摆来摆去，在夕阳下煞是好看。

在高崖底的前街分手时，李强乘王蕊不注意递给宋佳佳一个小纸条，宋佳佳走到自己家的大门洞前展开了看，是李强要她晚上出来，有话说。宋佳佳走进院子，房子是前面砖挂面的房子，她妈走出来喊道："呀!是闺女回来了。"她爸也走了出来，宋佳佳把铺盖卷递给她妈想坐下来歇一歇。她爸穿了一条大红花裤衩站在门旁边说："考试考不好，不长心眼光长辫子，明天把那辫子给我剪掉，看它就不顺人眼。"宋佳佳白了她爸一眼站起来走进了屋子里。

夜里，月光挂在山尖上，李强和宋佳佳坐在高崖底村下的河岸上，河水泛着银光流过。

李强说："烦。"

宋佳佳说："烦什么?"

李强说："烦人。"

宋佳佳顺手采了一朵蒲公英，夏日干燥的阳光已经充分提取了它的汁液，它蓬松得如一把小伞完全地舒展开来。宋佳佳憋满一口气吹它，先是外围的一圈，顺序地告别花座，远远近近，高高低低，悠悠而行，李强又补吹了一口，剩下的种子摇摇晃晃飘了起来，在夜晚的月光下形成一道美丽的风景。宋佳佳说："多么奇妙，生命的种子系在伞翼里面，风把它带到哪里，它就到哪里落生。"

李强说："风不知道能不能把我们带到大城市里，我们要到那里落生，要活出个样来。"

宋佳佳说:"人挪活,树挪死。"

李强看着河水说:"佳佳,我就喜欢你的辫子。"

宋佳佳说:"你喜欢就编个你看。"

他们俩的对话被一个人听见了,是王二全。因为家里堆满了他爸捡来的垃圾,睡觉有些挤,他准备和放牛人锁柱去睡。去锁柱的土房子要经过河边,他听到河边的树影下有响动,轻手轻脚走过去想吓唬他们一下,却发现是李强和佳佳,王二全有些不自在,背靠着大树软下来听,听着听着心里就不是个滋味了。王二全也喜欢佳佳的辫子,王二全想,不知道佳佳会不会说也辫给自己看。半天没有听到什么动静,他想,一定是有意思的事情要发生了,扭了头透过月影看,什么也没有看到,发现他们已经走了。

走到锁柱的小屋子前,看到锁柱的灯已经暗了,上前去推门,门是虚掩着。拉了灯发现锁柱的火上蒸了一笼山药。王二全掀开锅盖抓出一个来就吃,有点不熟,掀开锅盖把咬了一口的山药又放了进去。锁柱不知道去哪里了,他每次放假回来都和锁柱一起睡,锁柱是光棍一个,因为打小里爹娘早走,由叔叔养着,叔叔家也不富裕,他一成年就让他住到自己家里单过。锁柱给村上的家户放牛,牛到脱毛的季节,把牛毛薅下来织毛活是锁柱的一绝。现在他的毛活就放在炕上,他拿起毛活也学着剜了几下,不是那回事,赶忙把它又拽开一针一针往上穿。这时候锁柱回来了,一进门拉灭了灯。

王二全说:"拉灭灯干什么?"

锁柱示意他不要出声,就听得门外有脚步声传来,一帮人吵吵嚷嚷来到锁柱的窗户下叫道:"锁柱,装孙子,以为不知道是你干的,出来。"

锁柱说:"你才是孙子,我和王二全早已经睡下了,喊什么喊?"然后他示意王二全说话。

王二全说:"是啊,我们早躺下了。"

听得外面的人说:"是不是我们看错了。"

"这高崖底除了锁柱没有第二个人,要不是他,把我的脑袋拧下来。"

"进去找一找,要不是他,肯定要开门,要是龟孙子,他肯定不开门。"

锁柱说:"这一回真得把你的脑袋拧下来了。"一边说,一边把被子抖开,要王二全拱进去,然后,掀开锅也不管烫手不烫手把箅子揭开放进去个什么东西,那东西像个石头蛋子一样沉了锅底。锁柱从煤池子里抄了一钎稀煤糊到火上,一切做起来无声无息,很像一个鬼魂。王二全不知道他到底干了什么坏事?这边就有人叫喊着要开门。锁柱开了门,有人进门拉了灯,王二全看到有四五个男人穿了大红裤衩光着膀子一个个唬着个脸要打架。进来的人什么话也不说,开始翻箱倒柜找了起来。找了半天什么也没有找到过来要王二全起来,抖了被子掀了褥子,席子,收了他俩的身。有一个人揭开了锅看,一锅山药冒着热气,那人取出一个来要旁边的人吃,结果几个人一起上去吃了个净光。王二全看到锁柱脸儿吓得发黄,话也不说了,看着那口锅,好歹灯光才十五瓦,锁柱的眼睛也不大,他们还以为锁柱是怕挨揍不敢吭声。这帮人中一个说了:"回去再找找看看,也许掉到哪个旮旯里了。"一个人在锁柱的头上打了一下说:"你要敢取了扔到外面什么地方,我们找到了小心你的狗头。"

人一走,锁柱吓得一屁股坐到了地上,坐到地上不放心地又起来从锅里捞出来捏在手里,眼睛里渐渐恢复了一股仇恨。王二全掰开他的手看是一个麻将:九万。想问问拿人家这东西干什么?锁柱说话了:"有什么明天跟我上山放牛告诉你,窗外有贼听,今天的事情你不要说出去,你要给我说出去了你就不够朋友。"王二全点了点头,两个上了炕躺下。窗外的月光明晃晃照过来,两双眼睛望着窗户,窗户上有柳树叶子荡过来荡过去。

第二天吃过早饭,王二全和他妈说了声:"上山挖药材。"就和锁柱一起赶了牛上山了。到了山上,牛散了群吃草,他俩躺在油亮的石板上说话,锁柱掏出那个"九万"要王二全看,看过要王二全帮他埋到一个地方。

锁柱说:"你找个人不知的地方埋了它,我也不看,你替我埋了它,就锁了你的嘴,要不你将来肯定要说出去,这样我们就连到一起了,你要不怕说出去他们一样揍你,你就说出去好了。"

王二全觉得这事情突然闹得有点大了,就问:"到底是为了什么,你要拿人家的麻将?你不说,我就不埋,你说了我才埋。"

锁柱说:"我说了你不要笑话我,你要笑话我,就到心里笑话我,不要说出来,给我一个面子。"

王二全说:"你麻烦不,说就是了,你肯定有你的理由,我一个学生笑话你干什么?要说我昨天晚上就说了,还用等到现在?"

锁柱说:"我就说了。"半天望着前面的牛群说不出来。

王二全说:"你说不说?要是不想说,我还紧着去挖药材,和你耗不起这时间。"

锁柱说:"我这不是正想着从哪里开头说。我喜欢上了昨夜打麻将的刘永他媳妇,他媳妇喜欢不喜欢我,我还不清楚。但是,她和我说了,刘永太能打麻将了,地都种不进去,好不容易种进去了,又锄不出来,一有工夫他就打麻将,咱高崖底打骨牌都成疯了。前一段时间你上学不知道,因为刘永打麻将他媳妇上地回来误了喂猪,猪饿得跳出圈跑到你那同学宋佳佳家的地里吃了刚成熟的麦子,人家来找他赔钱,他媳妇那一次苑了他的麻将桌子,他动手打了他媳妇,他媳妇跑到后山的一个土崖下哭,我赶牛回来听见了,我让牛在后山吃了一会儿草,站在她身后听她哭了半天,她哭着说:'嫁个锁柱这样的人也比嫁个你好。锁柱知道天天放牛,你就知道天天打麻将。'你说,人要一迷上了赌博连媳妇也不喜欢他了,是不是?我就想替他出这口恶气,我偷了几次都没有偷利索,这一次他没有逮住我,我偷成功了。"

王二全听完锁柱的话,想也不想站起来走到一块石头下用牛铲挖了个坑把那"九万"埋了。"你的想法很对,天天打麻将不光地要荒,连媳妇也不和他一心了,可我觉得刘永他媳妇不一定喜欢你。你和我一起挖药材去,有些药材我认不大清楚。锁柱,你要是想媳妇就想一个心里没别人的媳妇,人家心里已经装了人了,哪还有你的落脚地? 将来我要是能了,我给你说个媳妇,你不能老满足想别人的媳妇,要有自己的媳妇。"

锁柱说:"我这样的状况,想一想别人的媳妇就很不容易了,哪还有心事敢想自己的媳妇,你要是日能了,我保证不想你的媳妇就是了。"

王二全说:"这高崖底的媳妇们,你都敢想?"

锁柱说:"我这么说吧,他们的窗户我都听了。不和你说,你还没有迈进这个门槛,等以后知道好处了,就不笑话我了,我再和你说。"

王二全不问了,埋头挖药材。锁柱告诉他:"咱高崖底的山上野长的当生、柴胡、黄金茶,多的是,可惜他们就知道打麻将,下一次打,我还偷他们的麻将。你要考不上学就挖药材,开公司,我第一个给你送货。你要真能了就给我说个媳妇,人要是没媳妇,这一辈子白活了。我就白活了。"

考分下来了,王二全考上了省城的一个专科。王二全他爸说:"这学怕是上不成了,不是爸不让你上,是钱不让你上,你娘看病在信用社贷了款,人家不给咱贷。咱祖辈没有念过书,你能念个高中就不错了。"

王二全看着他爸掉了两眼泪,什么也没有说,照样上山挖药材。走到前村碰到了宋佳佳和王蕊相跟着到河里洗衣服,王蕊说:"王二全,你是大学生了,咱们四个就考了你一个,祝贺你。"

宋佳佳也说:"祝贺你。"

王二全说:"我不上了,放弃了,不是我不想上,是钱不让我上。无所谓。大丈夫要做的事情太多,哪里也有咱天下。"说完不敢停留,一直往前走,他怕她们看到他眼睛里的泪水。

她们停下来议论了半天,觉得不上学了太可惜。宋佳佳问王蕊打算如何,王蕊说:"我爸让我自费上大学,要是王二全也上就好了。"

宋佳佳就觉得有点不大公平,说:"可惜他爸不是支书。"

王蕊有些不高兴地说:"支书怎么样,支书就不是人了?"

宋佳佳说:"我没有说支书不好,可惜王二全他爸不是支书。"

两个人不说话端了脸盆下河洗衣裳了。

李强和宋佳佳准备外出打工,他们找王二全,王二全说:"走不了,家里要留个人,爸在城里捡垃圾,家里没有人看,娘没有办法生存。"既然王二全不走,两个人也不好强说要他一起走。宋佳佳回去和她爸说,要和李强一起出去打工。她爸马上就翻了脸,说:"和谁出去,也不能和他出去,你要是敢和他出去,我敲断你的腿。"佳佳不知道为什么爸不让和李强一起出去,就问妈。她妈说:"年轻的时候,李强他爸追我,他嫉恨着呢,你要想和他出去,就不要和你爸说。"佳佳决定和李强悄悄走,由李强的表哥在县城里接应。

夜静悄悄的,李强走到宋佳佳的大门口学了一声鸡叫,宋佳佳立马起床,叠起被子,放到枕头上一封信,悄悄出了门,两个人顾不上说话往县城奔去。

表哥给他们写了个地址,要他们寻了地址上的人找,李强撩起裤腿把钱放到袜筒里,说:"这样比较保险,只要一到了广州,找见了地址上的人,一切就好说了。"

下了汽车,上了火车,他们尽量不敢吃好东西,就啃烧饼,坐两天三夜火车到了广州。一下火车,他们傻了,哪是哪,不清楚,问广州人纸上的地址,他们都摇头,怎么办,不敢到处跑,就守了车站看广告。广告上大部分是招女工,两个人不可能到一起。李强说:"要是我们不能在一起干活,每个月的 15 号中午 12 点,我们就到进车站的正门来见面,我把你带出来了,我就有了责任。"

这时候有一个稍胖的一个中年妇女走过来看他们,看着看着就说话了:"你们是不是北方来的,能看出来,是想找一份工作吧,哝,我也是北方的。"

一听说是北方人,两个人就像抓了救命稻草和她拉呱了起来。他们说他们是山西的,那女人也说自己是山西人。"有个地方要招工,她是来接站的,现在既然遇上了老乡,老乡见了老乡,你们又是学生模样,看了就让人疼,老乡不帮老乡帮谁?这样吧,你先跟我走。"她指了宋佳佳说。

李强说:"我不同意你带她走,要走一起走。"中年妇女说:"谁说我要让你们分开?我只不过是领她去洗手间洗洗脸,看你们俩这个样子,到哪哪里会有人看上,出外打工也得讲个仪表美。本来是一个靓女一个靓崽,现在倒好。看上去就是一个坏女,一个坏崽。你到这里等,我们一会儿就回来。"

李强就看着她把宋佳佳领走了,等了几个一会儿也没有等回来,李强坐在地上哭起来。过往的人谁也不看他哭。他把眼睛哭肿了也没有人看。他明白了,城市的人是冷血动物,城市里不相信眼泪。他觉得像做梦一样,一个人突然地不见就不见了。

决定找一份工作等每月的15号来车站等宋佳佳。

三

宋佳佳被领到了一个不知道是什么街什么路的地方,有一栋楼很高楼耸起来,她看到那上面写着"皇家酒店"。她被领进去时,一下子被里面的富丽堂皇吓得张不开嘴。转了好几道弯,上了电梯,出了电梯小心敲了门进了一个房间,她看到了两个染了黄头发的女人在给一个男人按摩。那个男人爬在床上,抬了头看了一眼低下了头,突然又想了什么就又抬了一下头,这一回他用双手挡开了那两个女人,从床上坐了起来。他坐起来时她发现这个男人不像他躺下时那样老,还很年轻,也长得帅气。宋佳佳想,也不知道李强现在在什么地方,一定还在车站等着,挣脱了中年妇女的胳膊想走。就听得那男人说:"你们都出去,把门给我闭上。"宋佳佳看到她们低了头弯了腰退了出去。这么看着,宋佳佳一下就想到了她奶奶说起的旧社会。

那男人像日本人一样穿了短衣短裤,颜色是小碎花,不像高崖底的男人,夏天都穿大红花肥裤衩,光了膀子在前街和后街的石墩上坐着说事情,大事小事,家事国事都议论,他们对有些事情比新闻联播还清楚。宋佳佳还是想到了李强,她不知道他现在在哪里。事情到了这里她觉得她应该告诉这个人,她得走。

那男人说:"几岁了?"

宋佳佳说:"我要回火车站找我的同学去,你这样儿把我领来是绑票。"

那男人说:"笑话。你又不是大款,我绑票你干什么?你不就是想找一份工作吗,就在我酒店做事情,蛮好的。"

宋佳佳说:"你要我的同学也来你的酒店做保安,他高高大大,能做你的保安。"

那人说:"好吧。"按了一下床头的一个开关,就有人推了门进来,听得那人说,"叫阿婆出去把那个和她一起来的人带来。"

那个男人就当了宋佳佳的面开始脱衣服。宋佳佳不知道他要干什么,吓得尖叫了一声。那男人说:"我在换衣服嘛,尖叫什么?"

宋佳佳瞪大了眼看,想旧社会也不过如此,都说广州是淘金的好地方,广州其实还生活在旧社会。就想要逃跑,扭了身想走,一看好几道门,一下又想不起来从哪道门进来到,像一个没头的苍蝇乱撞了几下,哪个门也没有撞开。

宋佳佳开始哭了,背转身,边哭边说:"你也有父母姐妹吧,假如她们像我一样生活在农村,本来教学条件就差,高考的分数线又比你们城市高,都是爹娘生出来的怎么你们城市就比我们乡下人活得优越?你们想咋地就能咋地？我们想出外打工赚钱养家养自己都不能如愿？同样的一条马路怎么我们一走就走到了邪路上？要是你也有兄弟姐妹，你会看着她们和我一样的下场吗？你不缺女人的，你有的是钱，你也不在乎我这样的人，寺庙里的和尚说了，救人一命胜造七级浮屠，你救了我，我用我的工作来回报你，你不会的，我看见你长得就不像是个坏人。"她有点语无伦次了。

宋佳佳听到身后没有了动静，扭回头看发现屋子里就剩了她一个人，她找了一个能坐的地方坐下来，动也不敢动，瞪了眼睛看四周的门，门一有动静她就站起来，当门真有动静时，她不知道是哪个门响。这时候那个中年妇女推开门进来，看着宋佳佳说："你的那个同学不在火车站了，找了他一大圈没有看到人影。"宋佳佳说："怎么会不在火车站，怎么会不在火车站？"她正想要问问清楚什么，那个头已经缩了回去。另一扇门响了进来两个烫了黄头发的女人，手里取了碎花短衣短裤要她换上。她不明白是为了什么，其中一个说话了："你很幸运啊，你被老板看中了，进去洗澡嘛，要快一点，老板要面试。"

当宋佳佳被两个黄头发女人领到一个很大的很有些气派的房子里时，宋佳佳和走进这个酒店时已经判若两人。她穿着细跟的高跟鞋走路还不大习惯，身上的浅绿色连衣裙长长地漫到脚面上，地上的地毯花色绚丽，让她走起路来摆得厉害，她的一双乌黑的辫子从背上滑到前胸，她把它们提起来甩过去，甩过左边的右边的滑了过来，甩过右边的左边的滑了过来。两个女人推开两扇很大的门，走进去时，门在身后无声地合住了。看到一个长桌子后面坐着一个人，她不知道是不是她刚才看到的那个人，那个人正拿了手机打电话，说着一口广东话。等那个人说完话，宋佳佳不知道是自己应该先说话，还是等那个人问话，两条辫子软软地又滑到了前胸，就听得对面说话了。

"我就是看中了你的辫子，像两条青蛇。你在我的酒店里不负责接待，专门做一种事情，就是每天晚上手里捧了玫瑰，一个房间一个房间送花,一般要等到晚上九点,客人入住后,你才敲门进去,要笑容满面。对了,你害怕蛇吗?"

宋佳佳想不到他要问这样的一个问题,蛇她真怕。她原本是不怕蛇的。上初中时候,有一天是暑假里,她和弟弟在院子里做作业,有一条蛇从后墙的老鼠洞里钻到家里来,她家的窗户因为天热,一到白天就摘下来,她和弟弟在院子里听到有一种声音细细小小的传过来,她站起身往家看,看到有一条花蛇正绕着从中堂的条几上往下滑,弟弟说:"姐,是蛇。"她说:"知道。"她从大门洞旁拿过来一根细椽,她要弟弟给她搬过来凳子,她踩上去拿了椽寻了蛇的尾巴按下去,她没有想到那蛇回了头,像扭麻花一样缠了椽,她大叫一声,跌坐在地上,拉起弟弟就跑。两个穿了大红花裤衩的孩子跑在田野里,大口喘着气坐在田垄上,互相看着身后怕有青蛇出没。

她怕蛇。

对面的人说:"怎么不回答我的问话?要明确来回答,怕,不怕。"

宋佳佳想,到广州来干什么来了?找工作来了。找工作容易吗?不容易。既然不容易,我怕什么?祖母说:"这世界上除了人最怕,什么也不怕!人算计名利,算计财富,算计生死,人只要不怕人,就什么也不怕了。"宋佳佳正视着前方说:"除了怕人,我什么也不怕。"

对面的人笑了,笑过后还摇了一下头。这让宋佳佳搞不清楚他是什么意思了。

对面的人说:"我姓黄,叫我黄总好了。既然不怕蛇,那就好。"他按了桌子上的一个开关,对着说了声:"取一条青蛇到办公室来。"

黄总要她坐到身后的沙发上,她不敢坐,一是工作的事情还没有落实,二是听说要拿来一条青蛇来过现,她心里毛。就这么想着这件事情,门就打开了。她看到一个男人的肩上缠着一条细蛇,蛇的脑袋翘起来,嘴里有一条线甩出来,样子说可爱也可爱,说怕它也是真怕。来人说:"黄总。"

黄总说:"递给她。"

来人拿一根指头挑起来递到宋佳佳面前,"哪"。

宋佳佳提了提心,有了按住蛇尾巴的教训,她上去捏住了蛇的头,那条青蛇一下缠住了她的胳臂,她大叫了一声,撒了手,那条蛇在她的胳臂上缠得很紧,她要倒下去了,她想她真的是倒下去了,她倒下去时有一个人扶住了她,是黄总。黄总不仅扶住了她,还说了话:"真是一个有味道的小女孩。"

她马上想到了这样倒下去不是个事儿,一定要站起来,她发现她手上的那条青蛇不见了。

宋佳佳把滑到前胸的头发撩到后面说:"对不起,黄总,我失败了。"她说的不是失态了是失败了。黄总更觉得这个女孩有味道,黄总说:"人怕的不是失败,怕的是没有勇气,你有。"

黄总坐到办公桌后继续说:"我已经决定录用你了,月工资2000元。"他又对着桌子说了一声,"公关部的小常上来。"

小常就上来了。小常穿得很得体,清清爽爽的,看上去像正经干事的人,不像那两个黄头发女人,看上去很妖道。宋佳佳觉得要那么一条青蛇干什么用,穿得像小常一样有什么不好。

小常面朝宋佳佳点了一下头,宋佳佳也点了一下头,小常说:"随我来。"宋佳佳就随了小常走,出门的时候她回了一下头,黄总看着她摇了摇头,她不清楚是什么意思,她后来才知道,黄总要是看着一个人笑着摇头,就说明他喜欢上这个人了,不仅喜欢上了,还表示很欣赏这个人。宋佳佳觉得这一点和高崖底的人反了个个,高崖底的人是看见这个人没希望了才要摇头。

宋佳佳落脚在了"皇家酒店",皇家酒店因宋佳佳的出现很热闹,准确地说是因为黄总的创意很吸引人。她的工作是一到晚上,她脖子上挂了一条小青蛇,怀里捧了一大捧玫瑰一个房间一个房间送花,要送给住宿的客人,要是哪个客人看见她水灵灵的想上去摸一把,她脖子上的小青蛇会高高地翘起头来,嘴里吐出一根线,来回绕几下,那个人就缩回了手。入住酒店的人不满足那一朵玫瑰了,也很讨厌那条小青蛇,夜总会常常有人想点宋佳佳的卯。公关部的小常问宋佳佳想不想去,她说还真想去夜总会看看。她发现夜总会里的男人不把女人当女人待,女人自己也不把女人当女人待,男人回身上下冒出一股潮湿的热气来,那热气熏得女人老往他们怀里钻。看看大白天一个个人模狗样的,一到晚上,一到这里来男人的脸怎么就成猪肝样了呢?眼睛怎么也出了水了呢?细想想,有点像高崖底那几只发情的狗,根本不把"人"当回事。

这叫什么活嘛,宋佳佳对夜总会的工作不很满意,她决定不去了。有些事情不是说不满意就可以不做,小常说:"不是说你想干啥就干啥,你得去。"小常说此话时脸和平常不一样,怎么来形容呢?好像是没有人气。宋佳佳决定找一下黄总。

她走近黄总办公室,发现门口站着两个保安,她说要见黄总。一个人进去通报了一声,门开了,她走了进去。她说:"黄总,我不想去夜总会了,那里的男人不是人。"

黄总要她坐下来说话,她就是不想坐,想要把说的话说完。

她说:"你让我到厨房也行,到洗衣房也行,就是不想去夜总会。你们城市人和我们农村人不一样,你们城市人太不懂生活,就知道挥霍。"

黄总说:"生活和收入是成正比的,你没有上过大学,当然不知道经济的正负关系。"

宋佳佳说:"一加一等于二,一减一等于零吧?我爸种一亩地,一亩地假如收300斤玉茭从春天开始犁地、上肥、播种、出苗,它就需要上化肥、锄草、拣苗,等秋天了要收了,它最后才落了不到50斤,你知道为了什么?它要农业税、耕牛费、劳工费、化肥费,等等,他们的生活和收入为什么就不能成正比?"

黄总抬起头张大了嘴看着宋佳佳说:"那么你到底想干啥?"

宋佳佳说:"就想干重活,我爸说了活越重心里越舒坦。"

黄总笑着摇了摇头说:"好吧,你就不要去夜总会了,还做你自己的事。"

宋佳佳听黄总说完话,扭头就要走。

黄总说:"你怎么说走就走了?"

宋佳佳回过头瞪大了眼睛说:"话说完了,不该走吗?"

黄总说:"该走,该走。"

宋佳佳出了门又想起了一件事,扭回头想进去,保安拦住了,说要等通报。宋佳佳想:城市里的人真是喜欢把简单的事弄复杂了。

宋佳佳走近去时,她看到黄总在通电话,黄总看到她进来了就不通电话了,笑眯眯地看着她摇了摇头说:"又有什么事,我的公主?"

宋佳佳想,他叫我公主了,他把我当成他女儿了,这样就好。"黄总,我想把我的那个同学接过来让他做保安,您答应吗?"

黄总说:"你那同学在哪里?"

宋佳佳说:"在火车站。"

黄总说:"在火车站当搬运工?"

宋佳佳说:"不是,是约好了15号在火车站见面,见了面在决定。"

黄总说:"好吧。"黄总的电话就响了,宋佳佳扭回身甩了一下辫子走了出去。黄总想喊住她,因为有电话接,不好说话,就在眼前的纸上写了两个字:青蛇。

一个月的15号中午,宋佳佳去了火车站。火车站的正门口不见李强。宋佳佳等啊等啊,依旧不见李强。她抬头看看车站顶的大表,觉得不能等了,想着李强为什么没有来,想不出原因来,一步一回头地走了。

四

李强从车站和宋佳佳分了手,就被一个建筑工地招工了。建筑工地在广州市的郊区,中午吃饭的时间就一个小时,假如说不吃饭往火车站也得坐一个半小时的车,且不说工地是全封闭的管理,中午是根本出不去。晚上下了班,要是不加班,可以到附近走走。

附近有个公用电话厅,李强看四下无人弯下腰从袜子里掏出10块钱来,他想往家里打个电话。

高崖底只有支书家里有电话,要是外出有人打回电话了,支书就到高音喇叭上喊,喇叭就安在他家的楼上。支书是王蕊她爸。王蕊因为她爸和她说过要自费上大学,就在家里等。这时候李强就打来电话了。

电话铃响了有好几响,才听到有人接电话,因为接电话的支书夫妇早上就去了县城,到现在还没有回来,接电话的是王蕊。

李强说:"喂,是王支书吧,我是李强。"

王蕊一听是李强火就蹿了起来:"你在哪里呀?你知道不知道我是从心里喜欢你,怎么悄悄就和宋佳佳走了呢?李强你要记住我上了大学也不忘你。"

王蕊的这一段话,因为她不懂电话的机关,取电话的时候把喇叭的闸合上了,高崖底的人就全都听到了耳朵里。这时候王二全在山上挖药材,锁柱放牛,看见李强他爸和宋佳佳她爸各自抄了一根棍往支书家跑。这时高音喇叭又响了。

李强说:"喂,王蕊你听我说,你要我爸来接电话。"

王蕊正想对着喇叭喊,听得地上"咚"一声什么捣了一下,接着又是一声"咚"什么又捣了一下,王蕊的电话吓得掉了下来。

王蕊脸色煞白地扭过头看着地上的两根锨柄,说:"干什么,你们要干什么?"

宋佳佳她爸说:"李强那小子在哪?我非敲死他不可,说,在哪?"

李强他爸也说:"在哪?"

王蕊一听说要打李强,就取了电话说:"在电话里,来,你敲!"

李强在电话里急忙喊道:"爸,你接电话听我说——"

等不得他爸听他说,电话断了线。李强对着电话:"喂,喂喂?"没有声音。

王支书夫妇回家了,在门外就听到了吵闹声,赶忙跑进来一把扣了电话,用二拇指指着两个拿了撅柄的男人说:"干什么,干什么,拐卖妇女来我家闹事了?要再胡闹,我要报警了!"

两个男人你看看我,我看看你,一声不吭拖了撅柄等接电话。支书说:"我的电话想让你接就让你接,不想让你接就不让你接,你们这是来接电话嘛,分明是想来闹事嘛,也不看看马王爷头上长了几只眼。"王支书一下把电话线拽了下来,电话再响,响塌天了谁也不会听见。两个男人傻站着走也不是,不走也不是,还是宋佳佳她爸抬了撅柄先走了,后面传来王支书的话:"我×,就这样儿走了?我的电话费呢?"

李强他爸听见了反进来掏出三块钱电话费放到桌上。支书说:"三块钱?打发傻鸟。"

李强他爸掏出一个50块,想了想不对,想掏一个10块,又没有,掏了半天掏出一个20块,重重拍在了桌子上。

王支书定的规矩是,凡是打出的打进的电话都必须交钱,打出去和打进来一样浪费电话线嘛。

李强再要电话,电话它不响。想那边还不知道怎么样闹事,自己出来明明是领了一个人,这个人却就这样儿地蒸发了,从车站分了手,广州这么大要到哪里去找?李强想了一晚上,想起了和宋佳佳的约定,等不得15号中午,第二天晚上一下班就坐了车到了火车站,他把写好的一张纸贴在火车站的大门上,那纸上写着:

山西沁阳县高崖底宋佳佳:

我是李强,你可能是考上大学了,你看到纸条给我留下你的电话,我现在在一家建筑工地干活,你在哪里?我找你找不到,我快要急死了,都是我不好,不该把你带出来。你要是看到了纸条你一

430

定给我留下电话,一定往家里打给电话。我中午紧张出不来,晚上才有时间,你告诉我你的地址,我去找你。

山西沁阳县高崖底:李强

李强不知道他贴出去的纸,当天晚上就被卖假文凭的给盖住了,第二天早上被卖壮阳药的给盖住了,八点前又被招工的给盖住了,九点稍后一段时间,有环卫工人提了桶和刷子三下两下纸就没有了影踪。

李强第二天晚上来到火车站一看,发现墙上已经贴了东西,他自己贴的纸不知道哪里了,他拿了小刀轻轻地往下刮,小心翼翼的样子反倒引来了周围的人围观,就有人走过来给了他两个巴掌,李强抬起头骂人,结果又有几个人过来打他,他想不起是为了什么,他喊道:"你们为什么打我?"那帮人中有一个人说了:"敢刮我的广告!讨死!"

李强拖了一条讨回来的身体回到了建筑工地。

五

宋佳佳不知道李强在找她,她脖子上吊了小青蛇,怀里捧了玫瑰,日子平淡而奇异。发第一个月工资时,她决定给家里打一个电话回去。她往家打电话肯定要通过支书,她也想问问王蕊上大学了没有。接电话的不是支书,也不是王蕊,是他们家心眼最小的一个人,王蕊她妈。

宋佳佳说:"姨,我是佳佳,麻烦你喊一下我爸,要他来接电话。"

王蕊她妈一听说是佳佳,说:"佳佳,你在哪里说话?我家王蕊上大学了。"

宋佳佳说:"知道,姨。我在广州打工,我想叫我家里人接个电话。"

王蕊她妈一听,合上闸对着话筒说:"宋佳佳的家里有人吗?有广州来的电话,给你十分钟时间,要赶快过来,不要浪费我的电话线,要不过来接就挂了。"

说完合了闸问佳佳:"你在广州打工,一个月赚多少钱?"

宋佳佳说:"两千。"

王蕊她妈一听说赚这么多钱,张了嘴干叫了一声:"娘!"

宋佳佳她爸就进了门。

接了电话说:"小婢子,你在哪里,你敢不和家里说一声就出走,你就不怕坏了名声,你的胆也真够个大,你听了,在那边干什么工作?李强那小子坏你了没有?"

宋佳佳说:"酒店。工作很好,一个月两千块。告诉我妈不要操心,我把工资寄回去,要我弟弟好好学习,就这样了。李强他没有坏我。我还会给家里打电话的。李强往家里打电话了没有?"

她爸说:"管他打电话干什么,你不是和他在一起?"

佳佳说:"不在一起。爸,他要往家打电话你问一问他现在在哪里做工。我再打电话时告诉我。"

她爸说:"管他干什么,有那个空压压凉,瞎操心。就这样了。"说完挂了电话。

宋佳佳她爸掏出三块钱放到桌子上要走,王蕊她妈说:"够五分钟了。"佳佳她爸看到墙上的纸上写了:接电话5分钟5块,5分钟以下3块。打电话长途5分钟10块,5分钟以下5块。这妇女是个"糖公鸡",不光拔不下毛来,还粘毛。佳佳她爸说:"记上账。"

农民就这样,有时候不把事情当回事儿,有时候也把事当回事儿,往往是把小事当回事,捡了芝麻丢了西瓜,只要能顾了嘴,他们就很安分。上不上大学吧,出那么多钱,上了大学又能怎样,还不是得出去打工,上头没有人,啥事情也难办,不好办的事情农民一般都不想去办,守住二亩三分地,守住老婆孩子热炕头就好,啥叫个好,平安就是个好。一想到那两千块,把刚才多要的那两块钱也想开了,哼了小曲往家走。

有人问:"接闺女电话了?"

他说:"接了,一个月两千块呢。"

那人说:"广州就是广州。"

宋佳佳打完电话回头撞见了黄总。

黄总说:"佳佳,你来我办公室一下。"

宋佳佳跟了黄总进了他办公室。黄总的办公室还有另一道门,那道门里的布置看上去很豪华,大大的一个床,横排着躺能躺六个人,好像还要松。她一想就想到了星期天领了学校里女孩子回家一排儿躺到床上疯笑的事。黄总从柜子里取出一套女式西服来要宋佳佳换上。佳佳说:"我不能到你房间换衣服,你可以当了我的面穿衣服,我不能当了你的面换衣服,这就是男人和女人的不一样处。"

黄总说:"我要你穿这套衣服是因为晚上有个饭局,我想带你去。我也不想让你到我房间换衣服,但是,你听我说,如果你取了衣服从我房间出去,在换了衣服进来让我看,我的保安看了会说你的闲话,一个女孩子不能老在人面前晃来晃去,你穿你的衣服,我回避。"

说完话黄总关上门出去了。佳佳锁上门上的把手,放心脱了身上穿的碎花连衣裙,她的身体看上去很美,正在发育中,或者说已经发育得很到位了。她在弯腰解西服的扣子时,门无声地开了。一个人在走近。宋佳佳发现有人走进来的时候,她的辫子挡住了她的视线,她以为是看花眼了,当觉得不对劲时,她的后腰已经有一双手伸过来了。宋佳佳大叫了一声坐在了地上。一个人把她抱起来,她惊恐地瞪着那个人,那个人不是别人,就是那个黄总。

黄总嘴里叫着:"我的公主,我的乖乖。"两只手很不老实地抓住了佳佳的两个咪咪。

佳佳挣扎着说:"你不能这样儿,我是你的公主,公主不就是你的女儿吗,你怎么能这样呢,你这样是要坏我名声的。"

黄总笑着摇了摇头说:"有时候坏一个人的名声是救一个人,你迟早要被一个男人坏你的名声,这个男人就应该是我。因为我喜欢上了你,你和城市里的女人不一样,城市里的女人浮。"

这样说着黄总的嘴就咬住了佳佳的耳朵垂子。像小猪衔住了猪奶,一下一下地咬着移向了她的嘴,她马上把辫子舔在了嘴里,双手用劲推,推的力量渐渐垮去,那个黄总就很容易得逞了。

良久,佳佳听见黄总说:"贞操从来不是一个女人最重要的东西,最重要的是品格。因为一个人的品格很不容易高尚,一个人的贞操却很容易得到。"

宋佳佳在这个炎热的秋天的下午双手抱着膝盖,心里边有泪汪成了一个泉子,泉子里显影着一个人的脸,是李强,她最想让坏自己名声的就是泉中的这张脸。宋佳佳抬起头骂了一句:"你把公主当作了你的妈。"

宋佳佳跟了黄总出入一些酒会,酒会上的男人看宋佳佳的眼神有些浮,黄总就让他们浮。佳佳很不习惯,这是不把女人当人看嘛,佳佳想,这不是正常人的活法。

有了这么一码子事情,她感觉自己就不是自己了。她把脸蛋涂了一层脂粉,很后的那种,她就想学城里的女人,她想把城里女人的那种俗气全学会,只要学会了,城市里的女人多的是,谁还在乎她这个冒牌货。她不恨自己的身体,也不觉得自己无辜。她是从不同的侧面和下属的议论中,从实际工作中认识黄总,她对他的认识可能只是一个局部,一个人能走到这样的令人瞩目的位置上不容易,爱他的女人不少,但大都是爱上了他的钱。宋佳佳想,我既不爱他,也不爱他的钱。她也知道,她与他的愿望和效果之间有着一块相当大的空旷之地,在这空旷之地上便生长着许多的隔阂和障碍,他的顽固常与固执同在,他的魄力常与粗暴同行,他的喜欢仅仅是觉得她有味道,当味道蔓延到一定的阶段,这个女人的痛便成为无法填补的壕沟,他就很无所谓了,吃一种菜,时间长了难免要换换口味,而长时间想吃一种菜的人有,他一定是个农民,她就又想到了李强。

想到李强,她想生活是可以多姿多彩的。你不就是喜欢我这两条辫子吗,好啊,我就剪了它,不仅剪了,还要把它染成黄色,不仅染成黄色,还把它烫成卷毛,那种大爆炸的样式。她就是想把自己改变掉。每天夜晚往房间送过玫瑰,要有夜总会的人点她,她就去,她不会唱现代流行歌曲,她唱民歌,她唱的民歌能博得满堂彩。她也逢场作戏让客人抱一抱,她要小费的时候常常很会说话地说:"大哥,当一个女人养了你的目和你的心时,你不会在乎这'泉'的,鲁迅把这东西就叫作泉,大哥活水长流的。"那个男人就一张一张给她掏钱。

每个月的15号也不想出去找李强了,她嘴上说她不怨李强,可她心里是怨他的,也知道没来由,可就是控制不住。她看那个黄总的时候也不觉得他有多帅,这样她发现黄总看她的眼神从中间断了,是迷茫,也不经常摇头了,是眉头一皱低下了头。

宋佳佳在变,变的不仅是性格,还有身体。她怀孕了。

当她知道自己怀孕了的时候,她就不想在这个酒店干了。她打听花房里每天送玫瑰的那个老头是哪里人,当有一天她碰上了那个老头时,她说:"大叔您的花好绚,是在乡下种吗?"

大叔说:"是在乡下种。但不是我种,我也是从人家那里批发来。"

宋佳佳说:"我想开个花店,你知道哪里有房子出租?"

大叔想了想说:"我就有房子出租,不过不在广州市区,偏一点。"

宋佳佳说:"偏一点不怕,房租肯定也便宜的。"

大叔说:"那肯定。我那出租屋原来就是卖花的,是我那二儿媳妇开,现在他们不干了。"

宋佳佳说:"我开花店,你给我送花。大叔你有女儿吗?"

大叔说:"没有,有两个儿子,都成家了。"

宋佳佳说:"想要一个女儿吗?"

大叔说:"想啊,我老伴要是有一个女儿,现在就不用看媳妇的眼色了。"

宋佳佳笑了起来说:"您回去和阿姨商量一下,要我做您的女儿吧！"

大叔看着佳佳说："那感情好啊。"

宋佳佳把每枝玫瑰用剪刀修剪得看起来很修长,玫瑰的用量大,不仅房间用,餐桌上也用,夜总会用量更大。宋佳佳在花丛中像一个天使,大叔看到她就笑了,脸上笑得像一朵菊花。"你真想做我的女儿吗？我把你领回家,我老伴不知道该有多高兴。我把你领回家,你来帮我开花店吧。"

宋佳佳说："明天你就把我领回家,我辞了职回去帮你开花店。"

宋佳佳望着花出神,想:天地之大,可哪里是我的栖身之处呢！

六

王二全在院子里翻晒药材,从外面进来一个人。是收购药材的。他看看药材的成色,说："柴胡2块,黄金茶2块5毛,党参4块。"拿了秤准备吊。

王二全说："不能加个价？这价不合成本,不能卖。"

那人说："这地方穷山恶水的,长了好东西也卖不出个好价,不是我压,卖到药材公司,一路下来不合成本。"

王二全不说话,让那个人一秤一秤地吊。最后合计下来是55斤,王二全说："我跟了你出去收购药材吧,我不要你的工钱,这药材的钱我也不要了,我跟你走就管个嘴。"

那人抬起头看了看王二全,又低下头看了看地上打了捆的药材,说："你家的大人同意？"

王二全说："同意。"

王二全和锁柱商量要他来家里帮忙伺候他妈一个月,他妈这几天因为天气热病情好转一些,有人扶着能挪下地走几步。他说："你帮我一个月的忙,我出去摸一摸药材路,回来咱大干。"

锁柱说："我能不能叫你妈一声干妈,我认了干妈,伺候她名正言顺,要不村里的人说我偷懒,不好好放牛,尽扯皮。"

王二全领了锁柱走到他妈面前和她说了锁柱的意思,他妈说:"可怜的,一个羊是养,两个羊是放,我收了你这个干儿子了。"

锁柱跪下来磕了头,就算认了这门亲。王二全跟了收购药材的就走了。

宋佳佳从"黄家酒店"走的那天,谁也没有注意,送花的大叔在百米远的地方开着车等她,她提了简单的行李出了酒店。一上工具车,车尾巴就冒出一股青烟向前蹿了。

大叔的家在郊区,往大叔家要路过李强的建筑工地,李强的建筑工地是全封闭式的,李强看不见工具车上的佳佳,佳佳也看不见李强,但是,恰恰这时候李强到楼下领料,李强带了安全帽,两条长腿让佳佳路过时看到了,佳佳想,这个人怎么这么像李强?但是,就这么晃过了。

佳佳先是到了大叔家,迎接她的阿姨拉了她的手说:"怎么这样妩媚。"后来就到了他开的花店,花店开在郊区的一家街面上,花店装潢得很别致。佳佳简单收拾了一下就开始工作了。她把自己的头发辫成了两条辫子,两条黄色的辫子,看上去不像是两条"青蛇"。一想到这两字,她就想到了黄总,由黄总就想到了李强,由李强又想到了肚子里的孩子。她决定生下这个无辜的小生命。

花店里的生意很冷清。佳佳想,不能就这么样干等。她找了电脑房做了名片,还买了一两脚踏三轮车,她一早把花装上车,到市区去转,她的花卖得出奇好。一段时间下来和送花的人就混熟了,她从他们的嘴里知道了鲜花的利润很大,她想,要是自己种花来卖,那有多好。她这么想着,就想到了高崖底肥沃的土地。有时候那个念头想了就很不好往回收,但是,她同时也想到了肚子里的孩子。她和阿姨说:"过几个月我孩子爸爸要来看孩子。"阿姨问:"孩子在哪里?"她说:"在肚子里。"阿姨笑着说:"我不光认了干闺女,还捎带了一个干外甥。"阿姨说:"你该叫我什么呀?"佳佳说:"干妈。"

"这是干妈给你的见面礼。"她掏出一个红包来递个佳佳。

佳佳想自己应该往家里打个电话问问李强现在在哪,捎带告诉家里认了干妈干爸。

佳佳打回了电话,高音喇叭上喊来接电话的是李强他爸,高崖底的人全听见了,前街和后街的人议论,这两小男女怕是从高崖底一出去两人就叠一个人了,在学校里不好好读书就搞。说话人的嘴咧了咧,看到宋家和李家的两个男人一前一后进了支书家。接电话的是李强他爸。

佳佳问:"喂,是李叔吗?我想问问李强在哪里工作?"

李强他爸说:"你们出去不是在一块儿吗?怎么你不知道李强在哪?"

佳佳她爸一下夺过了电话说:"不在一块就好,你不要让那小子坏了你的名声。闺女,现在你还好吗?过年要不要回来,你妈盼你回来,你寄来的钱都收到了,家里人都好,就这样啦,不要浪费两头的电话费。"说完把电话扣上了。

李强他爸说:"你怎么能这样儿?话还没有说完。"

佳佳他爸说:"我说完了,咋的,是我闺女的电话。"说完哼了小曲儿待里不待里地走出了支书家的门。

支书的老婆说:"谁出电话费?"

佳佳她爸扭回头朝李强爸噘了一下嘴,出了大门。

李强他爸也不掏钱,说:"我又没有接电话,凭什么要我出?我不出这个钱。"王蕊她妈一屁股坐到了正门中间堵上了。李强他爸没办法掏出三块钱放到桌子上,边走边说了一句话:"不就是个支书。"

身后传来王蕊她妈的话:"支书咋了?你倒是长了一副支书样,就是人多挤不上。"

她这话被赶了牛上山的锁柱听见了,锁柱赶了牛走到前村口碰上了真正的王支书从县城的班车上下来,锁柱就说了:"长了一副当官相,再跑人多也挤不上。"

王支书觉得这话听起来不入耳,一把揪了锁柱问:"锁柱,你说谁?"

锁柱说:"咱俩人你说我说谁?"

王支书说:"我就不和你一个放牛的一般见识了。"放了锁柱。

锁柱边吆喝着牛走好路,一边唱了两句:"想你想的不能忍,想你想的心尖尖疼。"

佳佳觉得真是可笑,也太没劲了,就又往回拨电话,电话占了线,不是有人打电话,是高崖底停电了,高崖底一停电,电话就占线了。

李强往家里打电话,知道佳佳在酒店,不知道在哪个酒店,他决定告了假找。李强几乎把广州的酒店找遍了也没有找到佳佳。他到"皇家酒店"找,佳佳已经走了,保安说:"这里是有一个叫佳佳的女孩,不知道你是不是找的那个小'青蛇'。"

李强不知道什么叫小"青蛇"。他说:"是一个辫了两条长辫子的女孩,长得个子高高的,是山西口音。"

保安说:"你说的那个女孩她已经走了。"

李强问:"那年知道她现在在哪里吗?"

保安说:"不清楚她到哪里了,她走时谁都不知道她要走,放着好好的一份工作,她就走了,不知道她是怎么想的。"

李强再问,保安就让他走,说他防碍了四星酒店的门容。李强说:"我和进出的人一样的模样,怎么就妨碍了你的门容?"

保安说:"一样儿吗?你看你那'副业'样!"

李强狠狠往地上吐了口唾沫,保安就不让他走了,要他把地上的东西擦干净,不光要擦干净,还要罚款。李强办完事,他就开始对城市产生厌恶了。自己放着好好的一农民不当,要出来打工,要被城市人瞧不起,哪根筋不通了?他决定找到佳佳就领了她回高崖底,高崖底再不好,也有自己的立脚地,这城市,自己站哪,哪碍人,出口气都不直,要绕着弯儿从人缝里挤出去。他火气很大地走了,往哪走,往火车站,他要到火车站贴广告。

他这一贴广告就贴出个事来了。

那天的阳光很明媚,李强在火车站的正门口望着来来往往的行人出神,他的忧郁的眼神被一个在火车站招工的人看上了,那个人二十多岁的样子,说他叫李华,是北京一所大学毕业生。现在大学毕业了也不好找工作,只能外出打工。李华说:"我正在招租一个公司,这个公司叫'钟点'公司,是专门给那些需要各种服务的人一个钟点服务,我不知道你对这个公司的看法是什么,想不想加入。对了,你是什么毕业?"

李强没好气地说:"民大毕业。"

李华眯缝了眼睛想,想不清楚他到底说了个啥。李华说:"你想不想到我的公司来?"

李强说:"给我一千块钱,我就来。"

李华高兴地拍了一下手说:"要得,我就给你一千元。"

李强吓了一跳,扭回头正正经经看了看说话的人,李强说:"你真敢给我一千块?"

李华说:"都是男人说话,说出去的话,泼出去的水,要讲得个干脆,你要是做得好,提成要比一千块还要多。"

李强说:"我一个大老爷们去你公司能做啥?"

李华说:"你先别问,你叫什么名字我还不知道。"

李强说:"李强。"

李华说:"五百年前是一家。当然了,你到我公司做事情,脾气不能像现在这么大,你做的那个活就是温柔的活。"

李强笑了,这是李强毕业出来打工第一次笑。

李华说:"我要你到我公司做一个钟点爸爸。你不要插嘴,你听我把话讲完,因为,你长了一副娃娃脸,就脸的样子,孩子很喜欢,你又长了一副好身板,就身板的样子,孩子的妈妈又很喜欢,两个喜欢一结合,你这个钱赚定了。"

李强瞪大了眼睛听他说完,想着这事就像高崖底人在老槐树下开玩笑,都说广州人想事情想得绝,没有想到绝到这个程度。李强说:"你要是闹着玩儿,你就另去找人,我还有事,没工夫和你闲扯淡。"

李华马上认了真:"我说的话都是真的,我给你取出我公司的证件你来看看,你这个男人,我骗你干什么?"李华从包里取出一摞子文件要李强看,李强大略翻看了一下,李强说:"我能去你的公司看看吗?"

李华说:"要得。"李强想李华一定是四川那一片儿的人。

李强去公司看了看,觉得公司不是很大,看上去也像是一个公司的样子。李强说:"最好管我住宿,要不然我还得租房子,这点钱看上去多,租了房子顾了嘴就没有了。"

李华说:"那你就得住办公室。过来首先需要培训一下,你做过孩子的爸爸吗?"

李强说:"胡扯淡不是,孩子他妈妈还在丈母娘家养着哪。"

李强回到建筑工地和工长说他不想干了要结算工资,工长白了他一眼,要他去找工头。

工头的黑色"奥迪"眼看进了工地,工头就从车里出来了。李强上前和工头说:"家里有事情,要回去一趟,想算一下工资。因为,到现在还没有拿过一分钱,要回家连个路费都没有。"

工头说:"你们山西人又馋又懒又喜欢较个真。"他问工长李强干了几天活,工长说:"结了一百个工。"

工头说:"你应该做一年活,你现在做了还不到三分之一,所以,你的工资只能付你所干的不到三分之一工资。"

李强说:"这叫啥话嘛!你们招工时可不是这样说的,说的那个好听你们比我清楚。"

工头说:"这里我说了算,我是工头,要么你干满一年拿全额工资,要么你拿上这点钱走人。"李强张大了嘴巴就是说不上话来。

李强就这样取了三分之一的工钱当他的"钟点爸爸"去了。

宋佳佳在花店里想李强怎么就这样儿不见了呢？想路过的那个工地那个长了一双长腿的男人，她越想越觉得那个人真的是李强。她锁了店门骑了一辆自行车往那个工地走，路上有一辆公交车从她身边走过，那车上有一个人正看着窗外想自己出来所受的窝囊气，就看到一个骑自行车的入梳了两条长辫子从她面前滑过去了，那个女人怎么就和宋佳佳一样儿呢，可宋佳佳梳的是两条黑辫子，这个女人梳的是两条黄辫子，宋佳佳怎么能够好好儿地就把黑辫子梳成黄辫子了呢，车上的人扭过了有些酸痛的头，天下相似的人不少，要是一个人一个样子，哪有那么多的模子。

宋佳佳骑到工地的大门口下了车。工地的铁大门从里面反上了锁，佳佳摇晃着铁门喊了半天，有一个五十多岁的人走了过来说："喊什么喊？"一看是个好看的女孩子马上拉长的脸就缩短了回来，问，"你找谁？"

佳佳说："我找一个叫李强的男人，他是山西人。"

五十多岁的男人说："李强啊，啊，他刚走，是不是高高瘦瘦的？"

佳佳说："是，是是，他上哪里了？你快告诉我她上哪里了？"

五十多岁的男人说："不清楚，好像是说家里有事回老家了。你是他什么人？"

佳佳说："我是他同学，一起出来打工的，走散了，我一直在找他找不见他，谁想到就在眼皮下面，在眼皮下反倒找不到，那天我要是停下车进去就好了，现在怎么能找到他呢？"

五十多岁的男人摇了摇头说："天知道怎么才能找到他。"

宋佳佳骑了车往回走，一路骑一路想：生活中其实没有多少大事，都是由一件一件很小的事组成，当一个人心灵的一部分因这些小事而受伤时，那些难堪的往事，推导起来就构成了一个人成熟的基础，我成熟了吗？这样想着黄昏就慢慢暗了下来，佳佳觉得自己还是不成熟，一个人要是成熟了她就不哭了，而自己一个人晚上在床上还哭，说明就不成熟。这样儿想佳佳就又想哭了,眼泪从腮帮上掉下来,风一吹刮到了身后,甩出去老远。

李强在一个不太大的房子里接受培训。前方的黑板上写了一行字:怎样做一个钟点爸爸。有一个三十多岁的人在讲课。

讲课老师说:"时下有三个方面的因素孕育了钟点爸爸广阔的问题市场:为什么说是问题市场呢?因为,造成这样的结果本身就是一个问题。好了现在说三个因素:一是随着城市里生活水平的提高和城市精神文明建设的深入,城市人开始寻求过剩的精神食粮,这一问题的产生与农民的大量拥入有很大的关系;二是近年来大量的青年妇女急于走向城市,在经历了个人情感波折后由生理问题而遗留下来的情感问题结果,导致了大量的未婚妈妈;三是一位女性最宝贵的爱情失去后,成熟的部分肯定。"

这个老师讲的话听起来很抽象,让李强理解他的话时费了一番周折:城市里的爸爸都哪里去了?

讲课的老师喝了一口水开始继续讲下一章:钟点爸爸是强者对弱者最完美的诠释。

讲课老师说:"钟点爸爸就是一个家庭的钟点服务。一个家庭最基本的组合是爸爸和妈妈和儿女,因为社会的发展,形成了男性强权中心,婚姻地位最完美的一对儿出现了动摇,在爱情不断更新中产生了单亲家庭,这样很容易就出现了我们上述的这个问题:爱的失落。当然,完美的爱是没有的。比如:没有了爸爸的儿女,家庭中就缺少了一种阳刚气,这样,家庭中需要有一个爸爸来给儿女填补一个空缺。这就需要你们的一颗爱心了。爱为何物呢?爱,其实就是一盏灯。永远为别人亮着的时候,同时要点亮别人的心灵。注意:在这里,这个别人就是即将要成为你们儿女的小他或小她。"

李强觉得要做一个"钟点爸爸"不仅要上升到一定的理论高度,还得跌落下来落实到一个实际处:这个"实际"很无语。

第一个要求"钟点爸爸"的女人打来了电话。打电话的女人要求"爸爸"要高高大大,脸上要有一副天生带来的笑容。先是一个"钟点爸爸"去应聘,对方不满意退了回来,李华让李强去。李强说:"怎么感觉这样的不舒服呢。"

李强被这个家庭的小男孩搞得很烦。这个小男孩他五岁,长相调皮不说,有两点很不好管理。一是大小事情拒不认错;二是赌气冲出家门,不到天黑他不回家。李强必须跟他保持距离看好他,还得让他从心里上明白他就是"爸爸"。

大街上小男孩回过头来说:"跟着我走这么远,不累吗?"

李强说:"我是你的爸爸,我能把你一个人扔在外面吗——再累,我也得跟着呀!"

小男孩说:"那以后我离开家,你还会不会跟着?"

李强说:"当然要跟着,因为你还小呀。"

小男孩想了想说:"等我长大了呢?长大了你也跟着吗?"

李强肯定地说:"大了也要跟着——人长大了,也有找不到路,或走丢的时候,那时你只要回过头来望望,就能看见爸爸。"

李强的回答让小男孩十分欣慰,笑着不走了回过头来看李强,李强从心里就害怕了:这叫怎么回事吗?不是人家的爸爸,要让人家肯定这就是爸爸,明知道不可能等人家长大,却肯定长大了也是爸爸,这不是爸爸的爸爸对一个小孩子的童心会产生什么后果?

李强的内心真正地愁烦起来了,如果说母亲是土地,那么爸爸一定是耕耘了,春日柳梢头的时候下了种,下了种怎么能说不管就不管了呢?农民还知道要上肥、锄草,这城市人怎么就不清楚下了种的环环相扣?直觉告诉李强,这城市大大地扼制了人的生长,别看他们很像个人样,而他们的不少往事也一定是扣人心弦,却由于深不可测的对未来的追求,一个个男人就这么迷失了自己坏了良心。

李强从一个家庭走进另一个家庭,每一个家庭的幸福都是相似的,每一个家庭的不幸却各有不幸。李强的儿女多起来了,李强的幸福是做爸爸的幸福,李强的不幸是什么?

不同的是以前去火车站一个人去,现在是一家三口去,李强不变,"妈妈"和"儿女"在变。李强和孩子们说:"领你们去看火车,长长的长龙一样。""妈妈"说:"看那做啥,火车站的人就像沙尘一样让人喘不过气来。"这时候李强总会有办法让他们去,因为,不可能让他一个人领着孩子去,城市人的防卫意识很强。

七

王二全在外面闯荡了一个多月回来了,他决定种植药材,建几个塑料大棚,可钱是最大的一个问题。他找信用社贷,人家说:"你娘的钱还欠着本利,这明显是个黑洞,我不敢贷,也不会让国家的资金严重流失。"王二全想:人活着最大的底气是什么?是钱。

在这节骨眼上,佳佳来了电话。当时,王二全正想找支书,想让支书看看能不能想想办法,高音喇叭就响了,是叫宋佳佳他爸接电话。趁这个空隙王二全和佳佳说了自己的想法。佳佳说:"王二全,建一个大棚要多少钱?"王二全说:"估计要2000块,我算的是连药材的本金。"佳佳说:"建几个大棚?"王二全想了想说:"最少都得三个。"佳佳说:"我给你一万块,现在就寄,你收到后给我打个电话。"佳佳告诉了他花店的电话。这时候就有人跑进来叫支书,说有人杀了人了。王支书要王二全看了门等佳佳他爸来接电话,自己和叫他的人一起跑出去了。

等佳佳他爸来接电话,才知道是高崖底那帮成天打麻将的人,因为庄家的上家打了张牌,下家要碰,庄家正好摸了一张二饼自摸了。下家坚决要碰,说庄家烤火不规矩,庄家说,下家碰得太慢,自己摸了牌就应该进钱,三个人一起和庄家吵,说不算,不算。结果吵毛了,庄家从地上拣起一把杀猪刀一个人捅了一刀,庄家跑了,捅死一个,捅伤两个,捅死的那个不是别人,是刘永。

锁柱在山上放牛,不知道村里出了这么大的事,太阳落山赶了牛回来入圈,发现村里开来了警车,锁柱才知道坏了事情。锁柱找了王二全说:"我就是喜欢他媳妇,没有想到要他死,他死了,人家还以为是我害死了他。"王二全说:"谁害死的现在很清楚,罪犯已经逮住了你慌什么?是不是相思病犯了?你不要发神经了好不好?"锁柱说:"我就是发神经了,我想他媳妇也不想让他死,他这死了,我想都不能想了,我一想我就是犯罪。"锁柱说完大哭了起来。

宋佳佳的肚子一天一个样子,李强却一点影踪也没有。这种事情佳佳是不敢和高崖底的爸爸妈妈说的,什么事情都好说,就这种事情不好说,特别是违背了自然规律的正常发展。这种事情也不能和干爸干妈说,大多说不清楚,说不清楚的事情不说最好。

花店里的花走得快,佳佳无事时就看养花方面的书,也跟着送花人到人家的花棚里看看。真真是花海如潮,五色灿烂呀。花农对她也不设防,告诉她什么花什么习性,什么土壤,什么温度。宋佳佳一一记清楚了,置身其间,恍然有冬去春回之感。花农说:"在花中就有一种穷开心的感觉吧?"宋佳佳不说话,站在花丛中笑着,孤云野鹤一般。她想:对于自然之中美的热爱,乡下人这一点并不逊于城里人。她想起了高崖底,那山林之间,溪涧之畔,茂密的枝叶覆盖下探出小脑袋的野花,一握握,一丛丛,开在浑茫深处,宁静得像一个轻盈的童话。因为脑海里出现了高崖底,佳佳的心扉怦怦作响,高崖底的土地肥沃啊,肥沃的土地种什么长什么。宋佳佳这么站着就站出了一种意味,一种想法。

临走时花农用报纸抱一捧白菊花送她,宋佳佳的头发长出了黑色,黑色过渡到黄色的辫子长及腰处,走起路来一摆一摆的,花农目送她走远,花农自言自语地说:这个女人长了一个水蛇腰。他想,长水蛇腰的女人怎么看怎么都好。

佳佳回到花店把菊花插到花瓶里,顺手把那张报纸扔到了纸篓里,也就是一下子的工夫,她看到那上面有一条广告,是一条很日怪的广告,她想这条广告真真是值得一看。她捡起来放到花店的小桌子上,用手把它抚平,花店里的光线有些暗,她取了它走到花店的门口,充足的光线让她看清楚了,那上面写了一句话:"钟点爸爸"家庭的爱。佳佳笑了笑把那张不完整的报纸揉成一团扔进了纸篓。

夜里躺到床上想事,想什么事?想高崖底的事。想来想去想不出个头绪,快要过年了,说什么也得回去一趟。她摸着肚子,不知道高崖底人会不会看出来,于是站了起来,找了一件大一点的衣服穿上,走到穿衣镜前左看右看,觉得这肚子经不住细看,细看还是能看出来。有些泄气地坐到沙发上。

干妈和干爸过来看她,说:"两个哥哥回家了叫佳佳一起回去看电视。"佳佳抬起头突然就想和他们说个事。她说:"我想回家走一趟,想看看高崖底的土壤能不能种花,我想人不能就这样儿一辈子在外打工。"干爸说:"回去说,两个哥哥就是生意人。"

佳佳领了二老到花店包了一束花,说:"要见哥哥了,也算是个见面礼嘛。"

两个哥哥乍一见佳佳有些傻眼,想不出农村里也出靓女。大家一起坐下来聊事,佳佳说:"想回高崖底看看能不能做点啥事情,想来想去还是想种花,城市里的人讲浪漫,表达心里的意思动不动就送一束花,花在城市里已经成一道风景了。高崖底的土好,那土不是一般的土,它叫骡皮土,种什么长什么。"

两个哥哥听佳佳说完当下表态,不支持佳佳回农村,大哥说:"那地方要好,农民就不出来了,出来的农民宁愿在外坑、蒙、拐、骗也不想回农村,在土地肥沃它长的也是粮食。这城市里没有土地,可它就生钱。"

小一点的哥哥指着电视上正播放的一部专题片说:"看看,那就是农民,你要回了农村,嫁人生孩子过不了多久,就和他们一样很农民了。回去干什么?哪个农村出来的人想回去?城市里从牙缝里掏出来的那点东西也够你吃半天了。"

他们说完看着佳佳摇着头笑,这样的笑很像一个人,一个姓黄的人,她肚子里有这个人的血脉传承,可她心里对这个人的记忆好像很久远了,她觉得城市里的男人怎么都是这样的笑法,乍一看上去这样的笑很吸引人,可这样的笑后面隐藏着一种可怕的东西,是什么东西呢?佳佳不想往下想了,眼里含了泪,两个哥哥看不到她的泪,只看到这个农村来的靓女长了一双水汪汪的大眼睛。

一夜无眠,想事情。想着想着就想乱了,脑海里闪过了一张报纸,是扔到纸篓里的那张报纸,好像是那张报纸上的广告"钟点爸爸"。佳佳想,有钟点爸爸,不知道有没有钟点丈夫?她这个想法很离奇,可她就是要这样想,好像扭转不过自己的思维。

早上一到花店,佳佳低头看纸篓,纸篓里空空的。她坐下来想,报纸明明是扔进去了怎么就不见了呢?想来想去是昨天夜里自己出去倒垃圾倒丢了。

佳佳到售报厅买了所有广州的报纸,找到了那个广告。就着下面的电话她打了过去。

佳佳说:"喂。是钟点公司吗?"

对方说:"是钟点公司。请问小姐,是想给孩子找爸爸,还是想找保姆?"

佳佳说:"我想问一问有没有钟点丈夫?"

对方停留了有好半天说:"对不起,没有钟点丈夫。"

佳佳有些失落地取了电话不想往下放,就听得电话里有声音传出来:"喂,喂,小姐,你在听吗?"

佳佳忙拿起电话说:"是。"

对方又换了一个人说:"请问小姐,想要什么样的一个丈夫?"

佳佳说:"你们有什么样的丈夫?不是说没有钟点丈夫吗?"

对方说:"我们现在正在扩大钟点服务的范围,如果你有需求,我们可以为你提供,不过要等一段时间。"

佳佳说:"过一段时间还是这个电话吗?"

对方说:"是。不知道能不能请小姐留下地址和名字来?"

佳佳说:"可以。"想了想留了地址和姓给他们,把名字放下了。

佳佳不去火车站找李强了,因为自己的肚子问题,好像有一点面子上下不来。我要这样儿真见了李强要怎么来给他解释?人这一辈子不是说想和一个人做什么就能做成。自己这样儿在城市也许不是个事情,在高崖底它肯定就是个事情。无法挽回的时间,就这样以无法理解的方式发生了。佳佳抚摸着肚子里的小生命,会长的是个什么样子呢?一出生就不能按照健全的家庭生活,不能按传统的模式生长,既然像种子一样落生到了土地里,就一定得让他长出来。佳佳面对这个即将到来的陌生的世界,感到了紧张、激动、不知所措,各种念头在脑海里走马,但是,有一点,她性格中的那一点倔强让她就是想面对这种不合时宜。

这一年佳佳没有回高崖底。花店的生意很火,佳佳又顾了两个从农村来打工的女孩。

这一年王二全的大棚里因为生了火,药材长得很旺,王二全望着这绿,就望到了来年希望。

这一年王蕊放了寒假没有回家在外面给一家饭店打工,饭店里新年热闹的气氛挂满了她的脸,她给佳佳通了电话,给王二全通了电话,因为没有李强的电话,她心里有些失落,但失落归失落,她看到的还是到处洋溢着的红红的喜气。

这一年,锁柱看着刘永他媳妇走到后山,窝在朝阳的地方哭,锁柱看着她哭了个够,在后面拢了袖把她送回了家。扭回身看到高崖底的小孩子在拣拾花炮,锁柱的脸上也挂起了一丝儿笑。

八

是春天了,蓝蓝的天上飘着白云,洁净无比。佳佳望着无声流动的白云,头有点眩晕,她走回了自己的花店,满店的鲜花充满生机,她坐下来,嘴里咬着一根铅笔望着外面的街道,她看到城市人水光流滑走过去了,也看到农村人灰头土脸走过去了。佳佳想,不管怎样人是不能麻木的,人的理想首先不能被生存消灭掉。比如,买花的人都是城市人,哪有一个农民想起来要买花?那么,农民咋就成了农民了?城市人像鹅一样仰着脖子走路,农村人像鸡一样窝着脖子走路,他们在街道上极不协调的糅杂在一起,农村人被城市人说成是没有文化、没有知识、没有能力的代名词,还被城市人说成是骗子,他们的残疾是假装的,他们家里的灾难是骗人的,有好多乞丐早已通过在城市里讨饭发家致富了,他们讨钱都不要零钱了,佳佳想,这城市人谁会傻得轻易把钱掏给一个乞丐?不就是城市人多嘛,牙缝里掏出的东西也够吃半天嘛,农村人真就活得这么没有面子吗?佳佳想,我不想改掉我的出生地,我一定还要回到我的出生地,佳佳想,如果我考上学校了,也许就改掉了我的身份,现在,我就是一个农民嘛,一个高崖底户口的农民,佳佳在心里想着一个事,一个美丽的鲜花烂漫的事。

她看到有一个人走了进来。那个人一进来,花店里的小女孩说了:"先生,想选什么样的花,送人还是自己喜欢?"

那人说:"我不选花,选人。"

小女孩说:"先生真会开玩笑。"

进来的人不是别人,是李华。

李华取了一份合同要一个姓宋的女人签。

签合同的人不是别人,是宋佳佳。

李华说:"哪位是宋小姐,我是钟点公司的经理李华。"说完递上了自己的名片。

佳佳接过来名片看了看要李华坐下来说。

李华说:"不知道小姐想选一个什么样的丈夫,你把你的要求说出来,如果小姐有意向,那么我们就要按你的要求提供人了。"

宋佳佳看了看他们的合同,抬起头来问:"想要一个北方人,高高大大,当然,一定是北方人。其次要求他人一定要善良,看上去感觉要好。因为,你是看见了的,我将要做妈妈了,我要这个人在做我的钟点丈夫的同时过渡到孩子的钟点爸爸。"

李华说:"小姐,打断一下,我们的钟点公司开办以来还没有碰上你这么个例子,你把我有点搞糊涂了。是不是先做钟点丈夫,后做钟点爸爸?"

宋佳佳说:"对了,你还是听明白了。"

李华说:"是明白了,但是,我还是不知道要怎样和你说,因为,我不清楚我公司里会不会有人来这样做?"

宋佳佳说:"你不是收费吗?"

李华说:"是收费。"

宋佳佳说:"那就对了嘛。我先给你出钟点丈夫的工资,后给你出钟点爸爸的工资。如果你觉得这样不方便,我可以先要一个钟点丈夫嘛。如果你公司的人员做得好,我可以续约,可以继续。"

李华说:"还是宋小姐说得明白。你看我们的合同上的标准,你还能满意吗?"

宋佳佳说:"那得要人来看看,看后才能定下来。"

李华说:"你说的那样的人,我公司还真有一个,本来他今天要和我一起来的,因为他临时有事情去了火车站。既然小姐想看看你未来的钟点丈夫是什么样子,我们肯定是要你来挑选的,只到宋小姐选到合适为止。"

宋佳佳目送李华出去后,马上往高崖底打了电话。

高音喇叭喊来了接电话的佳佳她爸。

佳佳说:"是我,爸。"

她爸说:"没事老往家打什么电话,浪费电话费。快说。"

佳佳说:"王二全的药材种植得怎么样了?"

她爸说:"丰收了,正在扩建。沁阳县搞开发旅游,要卖山,王二全在县政府公开拍卖会上买了西崖底的一座山,现在正搞什么规划呢。"

佳佳说:"搞什么规划?"

她爸说:"旅游。山上有个庙,山下有个沟,沟里有条水,他们说城市人愿看,也就是作糊城里人吗,搞什么生态旅游一条沟。"

佳佳说:"一座山要卖多少钱?"

她爸说:"合计下来也就是5毛钱一亩。"

佳佳说:"爸,王二全他抓住机遇了。你赶快给家里安部电话,安装好给我花店打过来,告诉王二全要他给我来个电话。

她要支书接电话。

她说:"王叔,开春了,高崖底的后坡上的那一片森林我记得被外地人砍伐了,运出山去做了枕木,那片坡地是不是还荒着?"

支书说:"荒着,不荒着能长出花来。你问它做什么?"

佳佳说:"我想把它买下来,听说咱们沁阳县搞旅游开发,你也给我一个政策,当然,不是现在要你答复,你考虑一下,我会给你打电话的,必要时也想回去一趟。"

支书说:"给你政策,你要买,我说了算,卖你。"

支书扣了电话想,一个小姑娘家人没一块石头蛋大还想买山。看着佳佳她爸笑了笑,拍着他的肩说:"广州,大地方啊!"暧昧得很。

李华给佳佳打了电话,说有一个叫李强的人上午要到花店找她,要她不要走开。李华还说:"我们的后备力量很雄厚,要是宋小姐看不上眼,下午再去一个,因为,我们的服务宗旨是:人人爱我。"

佳佳一听说李强这个名字心里就"咚"跳了一下,由不得说了一声:"怎么他会叫李强?"

李华在电话里说:"冒昧说一句,是不是宋小姐未出生的孩子爸爸也叫李强,要是宋小姐不喜欢这个名字,我们还可以再让另外的人去,不过,我们这个李强,绝对不是宋小姐想象的那种人,要说叫李强的人,广州就有两万多个,当然,宋小姐最好还是看看我们这个李强。"

佳佳说:"你误会了,不是那个意思,我只不过是觉得李强这个名字很耳熟。"

李强取了地址一路上寻找一个叫"阳光自救"的鲜花店。这个花店的名字很怪,李强想,城市里的人就喜欢怪里怪气,越怪越有市场。比如这钟点爸爸就很怪,现在倒好,又冒出了一个钟点丈夫,我怕是一天里钟点爸爸和钟点丈夫要交替着做了。

李强看到了那个花店,那个花店前站着一个人,那个人挺起个大肚子,是个梳了两条黄色长辫子的女人,她正在从一个花农的车上往下抱鲜花,鲜花在她的怀中开放得灿烂,李强想,这个女人开的这个花店怕不是"阳光自救,是身体自救"吧。

李强走上前说:"请问,这里的花店有一个姓宋的小姐吗?"

梳了两条黄辫子的女人一下转过了头,李强看不到她的脸,她的脸被鲜花挡住了。梳了两条长辫子的女人看到了问话的人,先是从声音听出来的,后是从他的腿开始往上看,这么一看,怀中的鲜花就掉到了地上,她叫了一声:"好。你给李强!"李强终于看清楚了,那个女人不是别人是他找寻了好久的高崖底女人宋佳佳。

九

宋佳佳生了个女孩,孩子父亲一栏里写了李强。

十

李强回公司和李华说:"我想辞职。"

李华说:"理由。"

李强说:"我找到了我要找的人,我不想务虚了。"

李华说:"想转正?"

李强说:"准确地说,想。"

李华站起身拍了拍李强的头,低着头的李强脸上掉下了两滴水,李华看到李强的腿上湿了两个眼睛。

李强从公司出来看到天空很蓝,有一絮两絮云在半天空挂着,李强从另一个花店买了一束花到医院接回了佳佳母女。

夜晚的时候,李强和佳佳在租住屋里望着远处广州灯火,李强说:"经历了这么多我们都不是孩子了。"

佳佳说:"不是孩子了。"

李强说:"给孩子起个名字吧,叫什么好呢?"

佳佳说:"我查了字典了,叫宋一,她是我成年的礼物,过去的结束了,从一开始。"

李强说:"我想让她姓李。她睁开眼睛第一次看到我是她的爸爸,她学会说话后,要叫的爸爸就是我,等以后长大了拉着我的手叫着我爸爸,我做了那么多孩子的爸爸,我知道他们渴望有一个真正的爸爸,让我做她一辈子的爸爸吧。"

宋佳佳看着远处说:"我们没有恋爱的过程,一切浪漫的东西都被城市省略了,做她的爸爸很辛苦,不仅是精神上,心理上,传统中的爸爸和现代中的爸爸是两码事。"

李强说:"我当过的爸爸中有一个女孩子,她很早熟,有一次我问她,你快乐吗?她说,不快乐。我说为什么?她说,我爸爸小时候来看过我,后来就不来看我了。我说,你想你爸爸吗?她说,想,你能做我的爸爸吗?我摇了摇头说,我只能做你的钟点爸爸,时间到了我就得走。她叹了口气说,幼儿园的阿姨说,我是石榴树上嫁接的牡丹花。她那叹息的样子,让我心酸,让我想城市里的男人还叫个男人吗。也让我真想做她的爸爸。"

静下来很久,李强说:"我们都成年了是不是,都走向社会了是不是,我们虽然没有热恋,可爱情在我们的心里一直发芽,就像隔冬的小麦,它必须经过冬天,来年春天才能泛青。爱情不是说也可以从婚姻开始吗?佳佳,我没有电影上的浪漫,我说就想做你女儿的爸爸,你就相信我的真诚好了。"

佳佳含着泪点了点头。

李强说:"等黄头发变黑了,等孩子大一点了,我们就回高崖底。"

佳佳:"等孩子满月了我们就回。店里的女孩小月说,她原来给人家当保姆,人家防她就像防贼一样,我们在城市找不到尊严,农村人的尊严要从土地上找起。"

这时候孩子哭了起来,李强和佳佳走到孩子面前,佳佳抱起孩子背转了身喂奶,李强闻着奶香,一下子有一股热流蹿上了,什么叫幸福,这才叫个幸福嘛。

十一

李强和佳佳抱了满月多一点的女儿回了高崖底。高崖底的人看他们抱了孩子回来,小嘴儿就忙起来了。

"怎么说,说中了吧,一出去他们就叠一起了还不信,说是不在一块儿,小人儿是风吹出来的。"

最最从心里恨的人是佳佳她爸。还说没有坏事,坏得树都烂根了。这小子他妈的真敢做。佳佳她妈抱了孩子说:"说当姥姥就当了,不管那么多,下一代就是希望,你爸他敢把咱的希望破灭了?!"

佳佳不管那么多,和王二全一起找了支书要和支书签合同。支书不敢怠慢,上报了乡里,乡里又上报了县里,县里派下来一个分管农业的副县长。由乡镇长和各村支书和村主任陪着开了一次大会。

县长在会上说:"现在政策放宽放松了,只要是搞发展政府全力支持。邓小平同志说了:改革开放胆子要大一点,敢于试验,不能像小脚女人一样。看准了,就大胆地闯。没有一点闯的精神,没有一点'冒'的精神,没有一股气呀、劲呀,就走不出一条好路,走不出一条新路,就干不出新的事业。现在咱高崖底就摆放着一个例子,王二全。咱们就是要向先进学习嘛！如果款项有作难的地方,我们政府为大家提供最大的优惠:免利贷款。"

农民的掌声很热烈地拍响了。

县长下来拉了佳佳和李强的手说:"毛主席说:穷则思变。其实思变的,只是那些'先觉者'。你们就是先觉者啊。"

王支书说:"县长同志,先觉者怎么讲?"

县长白了他一眼说:"先觉者,就像你一样有先见之明,接电话还收电话费! 这是谁给你规定的? 你回去把你安装电话以来收过的钱给村民退回去。你大小也是个干部,就不想着搞一些正确的'花色点子'就想着算计,只要有一个村民说你接电话没有退清他钱,我就地免你的职。我们要走就要走一条'旅游+特色+规模'的农业增效之路,不能瞎干。"

佳佳和王二全协商联手搞发展,一手抓旅游,一手抓"花色点子",各种各样的"野货":野芥菜、野蕨菜、野马齿菜、野菊花,由此往大处发展,到野鸭、野兔、野山鸡……并从广州接来了干爸干妈。人是群居动物,人生是互相需要的,也需要互相帮助,有时候一个人做一件事情很难,人多了就不难了。

佳佳在山坡上搭起了塑料大棚,引水上山,从广州引来了花种,只一季,鲜花在大棚里盛开了。第一批鲜花剪下时,佳佳和李强去县城里照相馆抱着女儿照了婚纱照。佳佳她妈看着照片说:"你看她多像李强,也长了一张娃娃脸。"佳佳眼里含着一丝惆怅看着李强,李强在女儿脸上亲了一口说:"爸爸永远的乖女儿。"

这一年夏,王蕊毕业回来。一个月明的夜晚,佳佳、李强、王二全和她,他们四个坐在河边。王蕊说:"真想不到你们搞得这么红火。"

佳佳说:"命运决定一个人的成长,不是顺境,是逆境。"

李强说:"现在我们国家高素质人才全部集中在城市,而国家的教育投资又差不多全用于城市,农村经济落后,必然导致环境的落后和教育的落后,城市人现在埋怨我们农村人是一群罪犯进城了,其实他们应该知道这是贫穷对富裕的报复。"

王二全说:"王蕊,毕业回来吧,多领几个大学生回来,土地是我们的根,经历了才知道什么最重要,不要冷落了它。"

王蕊望着远处,因为开发旅游,山的影子上有楼台厅阁耸起,灯光映着天上的星星一闪一闪的,李强说:"这里的山是吃不尽的。"

这一年秋,锁柱和死鬼刘永他媳妇正式决定举办婚礼。婚礼上,王二全要锁柱介绍爱情经过,锁柱想了半天说:"主要是人得要有个想法,有了想法一切就好办了。我在山上放牛什么也不想,就想她。"

乡村的婚礼热闹红火,红火的新生活拥着他们走向新的未来。

甩　　鞭

一

麻五早上被农会的人带走,到现在没有回来。坐在炕头的王引兰心里有一点抓挠得慌。

窗外青山被秋风吹得惑乱起来,她心里就乱成了一团麻。外面突然热闹了,王引兰跳下炕,不假思索开了门,她不是想看热闹,只是感觉那热闹是奔着她来。倒吸了一口凉气心也就悬了起来。看见一帮人抬着麻五跑进来,麻五被撂到炕上时,脸黄蜡蜡的。农会来人说:"麻五死了,找人打发吧。"王引兰感觉那颗心一下掉到了腔子外,一把揪住早上带走麻五的人。

"早上走时好好的,怎么就死了,你给我说说清楚!"

"他在高台上站着软了下来,我们的人上去看,早没气了。"

"怎么站着就软了下来?斗他又不是一天两天了?"

"反正是软了下来。"来人梗了一下脖子又说,"他的脸泛黄,有汗流下,大口地出气,出着出着就软下来了。"

"出殡吧,人已经死了,还计较什么死活?"

王引兰松开了手:"人死了我才计较,人活着还计较什么?我倒要问问去!"

"还敢去问,风口浪尖上,不怕给你再定一个罪?"

"如今,眼下,我还怕什么怕?你们说!"王引兰的声音像是从铁砧上发出来的。

所有的人木然地看着王引兰,王引兰在麻五身边站着,腿一软整个身体就出溜了下来,她细丝样地呵出了声音,那声音拖着民歌小调的韵脚在麻五身上起伏。天真的要塌了,怎么说走就走了呢?她心里装满的希望顷刻化为乌有。王引兰想不出该做什么,定定看着麻五湿了一大片的裤裆。

王引兰站起身从木板箱里找出一条棉裤,想给麻五换上。除了棉裤之外竟然找不到其他可穿的衣裤,衣服都被贫下中农分走了。

没有费很大劲脱下了麻五松松胯胯的裤,看到麻五麻秆样的腿罗圈着。倏然,那中间地段有一个黑色的东西,把脸挨过去,看到两个蛋肿胀得像成熟的大毛桃,根部被一条麻绳紧勒着,循着麻绳看到下端坠着一个秤砣,王引兰大叫一声着实跌坐在了地上。

窑内的世界闹得很,但是,对王引兰空洞的大脑来说一切似乎已经都与她无关。

王引兰站起来,想了想,还是要找农会。一把抓了农会来人坚决要去。来人躬着腰说:"你去找要怎么说?麻五坠了秤砣!?有脸说?自己的物件谁能给他系上,要系也只能是你,要不、要不也只能是他自己了,自己想到富贵到头也就一了百了了。"

王引兰说:"放屁崩出屎来了,麻五就算是想死也不会是这个死法!"

窑庄人都知道麻五是被秤砣坠死的,如果不是麻五自己坠的,那么,是谁把秤砣给麻五拴上去的呢?麻五已经死了,死无对证,谁会跑出来说?

二

窑庄,最早的时候是李村李姓家族的砖窑。有人在窑上住下,慢慢地就扩展开,后来有人叫起了窑庄。麻五是窑庄的富户,最早的时候麻五是靠了两头毛驴起家,从高平关驮煤回来然后卖给李村和窑庄的用户。那时候用煤的还不多,大部分是烧柴火。麻五看到城市里的人烧木炭就动了心事,他发动窑庄人把上好的柴砍回来在废弃的窑内烧好,拉到城市里去卖。起早搭黑的麻五不几年口袋鼓了,不仅有几十亩塬地、大家宅院、长工短工,而且有羊和马车,占去了窑庄大部地产。土财主麻五,始终过着比普通人家还要"苛"的生活。无论寒冬炎暑,一身布衣,每日鸡叫起身,除了进城送木炭的,就和雇工一起下地劳作。富了的麻五虽然从思想上依旧认识到自己是个乡下人,但这并不影响可以具有富人那样的消费观和价值观,麻五首先想到的就是添妻。

添妻的事不是说了就能办,要出银子。方圆八乡十里人听说麻五添妻就有媒人来找,能够门当户对合麻五心思的找起来还真是少。麻五希望人要标致,银子还得少要,这很难办。麻五说:"缓着来,缓着来,路到头总有河。"

麻五长得细瘦,小眼睛,肉头鼻子,整个五官看上去有点不成比例。麻五的原配夫人是本地前庄倪姓家的女儿叫倪六英,如她的名字一样是排行老六。以倪六英的容貌,麻五见了世面后就觉得不太理想。矮矬个子,满脸乡下人才有的潮红,说话时每句话的尾音带着一个"哦"字。假如说麻五是一个一辈子也没有出过山的农民倒好说,关键是麻五是见了世面的人。麻五如果仅停留在食不果腹的基础上那也好说,问题是麻五小富思淫欲,一直在心里搁着这事。

麻五是在一个多云有雨的日子从山外领回王引兰。那天,17岁的王引兰坐着麻五的马车从山口进来,眼看着要下雨,车跑得飞快,王引兰用手抓着车帮,身体像风中的小草很急促地摇来倒去。麻五挥动着鞭子一声紧一声地吆喝着头马。

"快到了吧,快到了吧。"王引兰说。

麻五说:"就到,就到。看见了吗,那个庄,那个高楼就是我的屋,我的屋叫高楼院。"

王引兰顺着麻五的指头看到半山腰上有一个小庄炊烟袅袅,有一座楼房明显凸起来,比其他土房相对有些气派。倏然风就吹散了她的头发,王引兰轻声"呀"了一声,麻五回头看了一眼心里生出了几分情感,想:这小女人,这小祖宗,我麻五不花钱搞到了一个粉娘,真要过两天快活光景了。

三

王引兰是晋王城里李府的丫头,十一岁上和母亲从安徽来晋王城讨饭,三块大洋被李府买过来。娘走时安顿她说:"娘到你婚嫁年龄来赎你,你要好好活着啊!"从此没了音信。在李府做丫头长到十六岁,被李家汤水喂养得如花儿一般,李府老爷看她就多了一层意思。终于在一个黄昏李老爷把她堵在书房,奸笑着压了下来。她说:"老爷,不要,不要。"老爷眼睛眯着一种古怪的情欲,噘起嘴说:"不要?要的,要的。"那声音很暧昧,在雕花窗棂透过来的阳光下游魂一样飘荡。她还没有来得及反抗就闻到了一股腥腻味儿,听得老爷说:"啊吁,说不中用就不中用了。"她整个脑壳就空了。老爷把她抱起来放在条几上,四肢像四条垂挂的藤悠悠晃荡。老爷不要她穿衣服,老爷说:"我要自上而下地鼓捣你,鼓捣你这块羊脂玉。"春色满眼的好事终于有一天被太太发现了。太太说:"打死她!"她从心里不愿意面对这个家了,决定要逃跑。在这时候她发现了麻五。麻五是来李府送木炭,半个月一次。一年多了,她的眼睛从没有多看过这个男人,现在看他就有了心事。

领了麻五到柴房送木炭,看四下无人说:"大叔你救我出去吧。"麻五说:"我救你出去,我就不能来送木炭了。"柴房里散发着一股干霉味,麻五看了一眼王引兰,蒙昧的心像鼓一样敲起来。也就是说王引兰这个女人不能让人多看,看多了有想法。想法不是别的,其实说来也简单就是想掰下来,在想掰下来的前提下还有一层意思:这粉娘倒可以让我省下钱。麻五把王引兰想成一穗玉米了。这时,王引兰扑通一声跪了下来说:"爹啊,救救我吧,你不救我,我就没命了。"

麻五吓了一跳,颤抖着累极了似的小声说:"除非你要我掰下来。"

王引兰半天没有想明白是什么意思:"要带我出去当然不会让你白来,这还用说。"

麻五想王引兰把自己的话理解错了,自己的话也太没有章法,硬板。怎么可以这样说?人家大小也是大府的丫头,眼睛里是长了大府人家铺排的,就算是拾话也多拾了几句。但是,麻五觉得这种事情不直接说好像又说不清,就很是有点不好意思地说:"我……我是说除非你想做我的女人。"王引兰抬起头稳稳说了一句落地有声的话:"我应你,做你的女人。"麻五小眼睛一下放出了电:"你真的应我?"王引兰肯定地说:"我真的应你。"麻五松了一口气:"应我就要贴心,我救你是顶了风险的,再一个你不可以叫我大叔。"王引兰想了想说:"我贴心跟你走,不叫大叔,叫你麻五。"

再来李府送木炭,麻五从市面上买了不少棉花,一进李府就开始张扬他的棉花,和李府总管议论了半天棉花的好坏,出李府时,麻五用遮雨布把王引兰盖在棉花堆里了。

王引兰想这些的时候感觉有雨点落下来。落下的雨点像豆子乒乓爆响。听得麻五说:"下车吧。"

王引兰看到一座四合院门楼前,站着一个粗矮女人,胸前大襟衣服下露着半截红肚兜,左肩下的腋窝里挂着一串铜钥匙,女人满脸红润,咧了嘴冲着麻五说:"回来了,哦,雨说来就来了。"

麻五把车交给羊工铁孩要他去备料,领了王引兰走往堂屋里去。羊工铁孩望着王引兰咧了大嘴笑,一时有些不知所措地说:"怎么这么好看!"王引兰心有些慌乱,就听麻五扭身说:"小鸟孩,有你受用的时候。"这时雨下大了起来。

夜里麻五让王引兰和自己女人睡一起。

这是一个如常的夜晚,山野里透着风,风把王引兰的心搞得层叠折复。在粉缎被子里她听到窗外风扑草动,一个缺少了自由的人能嫁到这样的人家也算好。就听麻五女人说:"听老爷说,哦,你也是丫头出身,哦,既然来了窑庄做了小就要懂个规矩。"王引兰说:"我从小没有了人疼,如今跟了麻五就全凭姐姐你疼我了。"王引兰又说:"我自小就给人家当丫头,也算是在规矩人家长大的,只是这女人家的好多事情不懂,姐姐你要多教我才是。"倪六英觉得王引兰有点野,怎么可以叫老爷的名字呢?就说:"你叫你家老爷也是哦,叫他的名字吗?"王引兰说:"不是的。姐姐不一样,你不知道城里的青年人只要结婚了,都互叫名字,听起来很中听。"倪六英觉得王引兰的话日怪,想问一问婚姻是说什么,听得窗外传来一声轻轻的咳嗽,就不说话了。王引兰觉得倪六英说话很有意思,像肚子受了凉。已经三更天了,麻五女人说:"秋凉了哦,睡一更吧。"王引兰扭回头看着窗外,暴风雨已经过了,月亮浮上了中天,银色的月光从麻纸窗户上射进来。"月亮好大。"听到麻五女人轻轻"哦"了一声,同时闻到了她嘴里呵出来一股气味,飘飘荡荡像一团温热空气糅杂着她的感觉,慢慢地她就沉醉在了昏沉里。

后半夜听到麻五女人起夜,感觉门吱呀响了一声好像麻五女人出去了,王引兰就醒了几分,支棱起耳朵听,却什么也没有听到。

隔了有一会儿,听到门又"吱呀"响了一声,好像麻五女人回来了。喘气声很粗,好像又不是她。突然闻到了一股烟味,是暖和,是干燥,由远而近,在一双手的轻微划动下,烟味缭绕了全身。她说:"谁?""我。"是麻五的声音。王引兰说:"是麻——老爷。"麻五说:"叫我麻五就好,今夜咱就来个婚姻。"王引兰知道麻五听了窗户不再说话任由麻五动作。王引兰轻声叫了一声:"疼。"麻五说:"不可能,我还没有进去呢。"其实麻五是在试探,试探什么?只有麻五清楚,麻五在试探一个疑惑。王引兰眼泪生生滚下来,感觉到麻五有点忘我地在做一个反复动作,类似树枝的摇摆,芽儿拱得有劲儿,她被麻五的芽儿撞得青肿,并有一种撕裂的快感袭来。她叫着:"麻五,噢麻五,麻五……"月光下麻五的小眼睛里闪过了一丝儿亮。

麻五撩开粉缎被子,有烟味儿飘出来。麻五说:"我真没有想到你还是个闺女。"麻五把她抱起来,麻五说,"祖宗,粉娘,我的小祖宗,我要正经八百给你个名分。"

停歇了几天,麻五从李庄雇了上好花轿,由一队响器领着绕窑庄走了一圈。新人王引兰坐在花轿里,妖娆得很。她感觉到了幸福,也无异于投靠了幸福。得到幸福了吗?恍惚中又觉得这不是她要的幸福。她觉得有些乱想,就放下心事抬起眼睛看马上的麻五。

骑在马上的麻五,十字披红,不时弯腰给窑庄看热闹的孩子们发放自己做的高粱粘糖。透过红绸帘子,王引兰看到一起一伏的麻五在红色阳光下像一只工蜂。笼罩在她眼前的喜气如同贴在她前额的往事,让她想起童年时老财娶妾。从春天油菜花田里穿过的花轿忽闪闪的,忽闪起了她一个梦想:长大了也坐了花轿穿过油菜花田嫁人去。

油菜花亮汪汪,坐了花轿奔哪方?绿望绿黄望黄,娶了媳妇不想娘……

王引兰想娘。不知道娘想不想她。

麻五决定不出去卖木炭,一来是自己岁数大了,快40岁的人没有一男半女,二来是不敢再进城里,要是被李府的人撞上指不定就没命了。麻五脸上挂着烟气如雾的喜气,鼻子是鼻子、脸是脸,和所有人说话就露出了一丝儿和善。麻五用赚来的钱多买了地。冬天,地荒着,他雇人一车一车往地里拉马粪。

屋子里倪六英教王引兰做新年衣裤,倪六英说:"城市里女眷时行什么?"王引兰说:"早不穿大襟衣服了,姐姐这样的肚兜,没人戴。"这时听得羊工铁孩在外面来回走动。

王引兰说:"姐姐,他是咱们家的下人,也要给他做吗?"

"不是下人,是长工,要做的。"

"长工?"王引兰想了想长工不就是下人吗?想来也和自己一样,就生出了几分可怜。

王引兰站起身走出去,看到铁孩正往堂屋封道走,她说:"哎,是叫铁孩吧?"铁孩扭回头看着王引兰笑。铁孩说:"你真好看。"午后阳光照着堂屋砖墙暖暖的,王引兰靠着墙,眼睛斜着石板院地上的鸡仔,一只白公鸡咕咕叫着扑着一群花母鸡调情,母鸡们有条不紊地一歪一歪调扭着屁股,阳光把鸡们照得美丽异常,王引兰看着鸡们夸张的动作笑了起来。王引兰的笑声有些浪,这让铁孩有点忘情。就听屋里倪六英在咳嗽,铁孩伸了伸舌头扭身走进了封道。王引兰回过神来迎上去,看到铁孩从封道拿出一条鞭子来。那鞭子在阳光下泛着青光,蛇一样盘曲在铁孩怀中。

"拿鞭子做甚?"

"甩鞭。"

铁孩抬起头冲着王引兰笑着,把鞭子扔到西屋门前。

王引兰说:"恁大的鞭赶多大牲口?"

铁孩笑了,笑得有点滑稽。"这牲口大咧,大得叫你想不到。"

"甚牲口?你倒给我说说。"

铁孩从封道端出一盆水放在西屋廊檐下,然后把鞭放进去。

"到时候就知道了。"铁孩说。

王引兰看到铁孩用手在水盆里翻着牛皮鞭子,腥膻味儿弥漫了满院。王引兰从来没有正眼看过这个汉子,他个子不高却很结实,四方脸,紫红色脸膛,皲裂的双手很灵巧地在湿软的牛皮中间来回翻搅。她发现他翻搅得很仔细。这时候麻五从外面回来,王引兰说:"麻五麻五,什么叫甩鞭?"

麻五想了想说:"甩鞭呀,就是敲响冻地,告诉春天来了。"

麻五自从和王引兰婚姻后,说话上用词很是注意。

"那为什么要用水泡?"

"泡了的鞭不浮,实。"

还是不明白,听到麻五身后发出鞭子湿软的沙沙声,就有了一丝儿渴望。落日余光让麻五脸上镀上了一层蜡光,她仰起脸冲着麻五肉头鼻子说："麻五，今儿就想听。"这时听得倪六英在屋子里重重地叫了一声："老爷。"

王引兰笑了笑缩着脖子走进了堂屋。

吃了晚饭，王引兰悄声和麻五说："黑夜不要过来了，到堂屋陪陪姐姐。"麻五肉头鼻子轻轻地抽了一下，她不知道麻五是同意了还是不同意，反正她扭过腰身一摆一摆提了灯笼回了南屋。屋子里火盆燃着红红的火苗，把灯笼放在炕头上，从怀里取出麻五塞给她的苹果偎在炕上吃了起来。

窑庄人从来不知道用木炭取暖。冬天大部分烧暖炕。天一黑就把被子铺开，炕头上盘了小泥炉用来生煤火，因为缺煤，到晚上火就灭了，早上起来在地火做饭，用热木炭再燃好炉火。王引兰来到窑庄第一天起就决定要用火盆来取暖。她不想生煤火，一来烧煤脏；二来李府太太拢着袖管坐在火盆前的姿态很优雅，她从心里一直想着那个姿态。窑庄人看王引兰用火盆很稀罕，但是，没有人效仿，觉得那东西很贵气。王引兰往火盆里添了一些木炭，解开红绸袄和红腰带把自己脱精光拱到粉缎被子里，一股热气腾上来。王引兰想着甩鞭的事，听到门"吱呀"一声开了，不用说一定是麻五。

"说好了不来。"

"来看看，看看就走。"

麻五在火盆上把手烤暖，然后掀开粉缎被子把手伸进来在王引兰赤条条的身上揉来揉去，揉得王引兰面色红润。麻五说："要不要进去暖暖？"王引兰说："不。"反逗得麻五有了一股豪气，脱了衣服拱进来，搂着王引兰像搂着一团棉花，王引兰痉挛着，满面灼红地叫着："麻五，麻五麻五。"麻五一声不哼，王引兰脸上生出了沉醉的红晕。麻五突然不动了，静静地听了一会儿冲着窗外说："是铁孩吗，怎么还不回去？"听得窗外的铁孩叫着"羊，羊，羊"走远的声音。麻五说："小叫驴也想痒。"王引兰说："怎么不把大门关好？"麻五说："我说是来看看嘛，看看就看进去了。"

转眼大年到了,年三十后晌捂了一场很厚的雪。铁孩从山上砍回初一五更点亮的明火柴,堆到院子里。铁孩说:"麻叔,该准备的都准备了。"麻五说:"取来鞭子放在供桌上点了香磕了头了吗?"铁孩说:"还没有。"取了鞭放在香案上,烧了香磕了头。麻五拿了鞭走到大门外站到碾盘上,王引兰看到窑庄男男女女都站在碾盘周围,甩鞭人麻五张开了腕口,一条生命弧线炸开了。鞭声不沾尘土与落雪交融,王引兰觉得心开了,血沸了,再等第二声鞭起,鞭声不响。看到铁孩用红布包了揣在怀里。麻五跳下碾盘拍了拍铁孩,回过头大声说:"干冬湿年,明年定是个好年成啊。"

吃完年夜饭,全家人开始守更。说是全家,也就是麻五、倪六英和王引兰三个。王引兰问麻五:"咋还供鞭?"麻五说:"新鞭,要请神开鞭,以后再甩就通灵了。"王引兰想着甩鞭不知不觉倒在麻五腿上睡着了。不知道过了多久,松柴点燃的噼啪声惊醒了王引兰。明火把院子燃得如同白昼,雪地被火光烤出了一个很大的圆,麻五盛了饺子用火筷夹了在明火上烧。王引兰迎着火光走了出来。麻五看到穿了红缎衣裤的王引兰,在火光映衬下,一双丹凤眼顾盼生辉,麻五就愕然怀疑自己是在做梦了。

王引兰说:"烤这些年夜饺子做甚?"

麻五说:"吃了明火烧的粮食能点亮心灯。"

这时听到遥远处有一声雷响,生生滚了地气,在天地邈远之中,浩浩荡荡传来。紧接着是大片雷声从漠漠旷野中急速滚过,王引兰叫了声:"快听。"就听到外面有孩子们喊道:"甩鞭啦——"

王引兰的心激动得要跳出来了,抓了麻五的手飞快地跑出院。

月雾相融一色,满世界一片白茫。

在这黄土塬上奇异冬景中,她看到四周围山上有篝火点亮,篝火映照下一个个舞蹈的身姿,鞭声就从那里清晰地传来。

所有走出屋门的人大气不出,风刮过窑庄上空,有浮游的雪尘洒下来,晶莹地打在王引兰脸上,如同无数温柔的小刀子,让她莫名地快乐。麻五说:"今年的鞭声比往年集中,听起来爽亮。"这时候有李庄的鞭声传过来,像裂帛声音,接着就是窑庄鞭声应声而起。

仿佛来自浩渺天宇惊雷般的鞭声,竟让王引兰的灵魂战栗了。爹爹生前喜欢敲鼓,惊蛰那天是驴的生日,这天晚上总要爆出如豆如炸如度岁的鼓声,爹爹腰里扎着红绸,一口气灌下三碗黄酒,到一个山头上去擂鼓,那鼓声惊天动地,爹爹说,鼓声敲响了冻土,把春天召唤来了。爹爹的生命里却没有春天。爹爹曾设立蒙馆,教着几个孩子,在没有脱下开裆裤的孩子面前,爹爹给他们讲陶潜不为五斗米折腰的故事。爹爹就是一个不肯折腰的汉子,村上的保长六十大寿时给他发了帖子,他不去送礼。对方放出话来:"我用八抬大轿抬呀,我请不了他来家里,还请不了他到一个地方去?"小日本人过来了,爹爹被说成是私通"共匪"。爹爹说:"不误虚名,我还真想通一通哩。"爹爹被请进了牢里。爹爹说,这地方待不住了,叫母亲带了她远走高飞。伸手不见五指的夜晚,远房舅舅赶了驴车送她们上路,经过一片沼泽地,车轮陷进了泥坑拔不出,娘说:"抽那头老驴啊,用劲抽。"舅舅疯了一样地抽,驴受了惊吓,她被驴车颠在了地上,舅舅甩过鞭让她抓紧,她叫了声"娘",拽了麻鞭划出了沼泽地。她觉得有一种东西从此就嵌进了她的生命,是什么呢?她现在明白了,是鞭。鞭声是一种昭示:她王引兰的生命里会有春天吗?

麻五说:"年说过就过了,春天说醒就醒了。"

"鞭声能够让油菜花开得更艳苞谷长得更壮吗?"

麻五说:"能。"

王引兰眼中流下了眼泪,在天光映衬下,亮晶晶的看上去是如此无言绵长。

四

王引兰的肚子一天天大了起来，麻五脸上的笑容也一天天多了起来。

是春天了，树好像一夜间润出了薄的浅绿，经过沉闷的冬季后，人们站到春天的田野上，心里不由得涌起了莫名的激动。王引兰建议把高楼院对面坡地买下种油菜。

麻五说："为什么要种油菜，种高粱不好吗？"

王引兰说："种油菜，开油坊啊。小时候看见有钱人家种油菜，满天满地的黄，我就想等以后嫁了有钱人也要种一大片油菜。麻五你算有钱人吗？"

麻五说："我当然算有钱人。穷人连粮食都是上一年和下一年接不上。"

王引兰说："就在对面坡地上种油菜。"

麻五说："对面坡地不蓄水不适宜种粮食，户主早想卖，我思量种什么也不合算。"

王引兰说："油菜花好看。你是有钱人嘛，要买要买。我喜欢油菜花，我要在春天里看油菜花开。"

麻五说："买买，让你春天看油菜花开。"

男人有些时候是很听话的，他的听话是需要一个不听话的女人来媚惑他，就像他的财产要女人来挥霍一样，历史只是女人对男人的调教。

买了对面山坡地，雇了人，只几天光景十几亩油菜地齐刷刷出了苗。铁孩把羊赶到对面山顶上，山上的绿色厚实适宜羊吃。满山顶羊群像落下来的云彩，有淡淡烟一般的白气满逸开来。铁孩拿着羊铲吆喝着头羊："吆呵——"

一切恍若隔世，王引兰每天坐在自家高楼院大门口老槐树下碾盘上看,这么一看就是大半天。阳光把红绸大襟褂照得像蝉翼一样透明,王引兰眼巴巴看着桃花开了,杏花开,然后是李花、梨花、海棠花。

忽然一夜,油菜花开了,满坡耀眼的黄亮,花香把她拂闹得轻灵舒缓,差不多堵塞了对春天的其他想象。她想起李府老爷说:"躲到油菜地田埂上做一些春天有关的事,那才有意思,才叫别致的春色。"那意思她不完全懂,但是知道老爷的话里是充满了浮想和暗示的,很美妙。在王引兰思想中那个浮想和暗示不是老爷,不是麻五,是谁呢?王引兰在这里把自己的思想系了个扣,她脸上就有了近似油菜花香的春愁。这以后桃和杏长出了嫩嫩的果实,她开始闹着要麻五给她去摘。麻五捏着她的鼻子说:"我的祖宗啊,我的粉娘。"

每日里麻五让铁孩从山上放羊回来,摘一些刚长出的嫩果子。

铁孩说:"你喜欢吃酸了,我就给你摘酸,喜欢吃甜了,我就给你摘甜。"

麻五和王引兰要一些来给倪六英。王引兰就说:"你好偏心。"麻五说:"天下老的最疼小的。"油菜花香把麻五的话抬到了半空,落下来时落进了窑庄人大大小小的耳朵。耳朵们在春天的田埂上说些和春有关的话,这些话因为王引兰就更有意思了。

王引兰吃完桃啊杏啊,把软核用手揉得软软,对着麻五脸上肉头鼻子轻轻一捏,一股子水射了过去。麻五说:"射吧,射吧射吧。"王引兰说:"麻五,麻五麻五。"阳光把他们亲昵的影子拉得很近,王引兰看到麻五细眯着眼睛的脸上浮着一层虽然泛黄却很有神采的光亮。麻五说:"祖宗,你不知道你有多好看,满窑庄人都说你好看,都笑话我说我要死挺在你怀里。"王引兰说:"你就看不出窑庄人在眼气你吗?傻麻五、倔麻五、憨麻五。"

土坡上油菜谢花了,有稚嫩的荚顶出来,空气里残留着油菜的芳香,麻五看到王引兰脸上有细细的绒毛,那细碎的绒毛在阳光下亮着灿灿的光华。这时就听到铁孩在对面的山上喊道:"狗——日——

的——羊啊——"麻五望着山上的铁孩说:"好你个狗日的铁孩!"

快进入夏天时候王引兰要生了,肚子挺得看不见脚。倪六英肚子也挺了起来。倪六英什么也不能吃,整个人脱了形。王引兰要生了,倪六英用筛子把炉灰过滤出一箩筐细面,揭掉炕上席片,把炉灰铺上。王引兰在窑庄接生婆桂花摆弄下顺产下一个女孩,麻五激动得出来进去。王引兰坐在细碎炉灰上像棉花一样松散,倪六英抱着女儿偎在炕头菩萨般地笑。王引兰说:"姐姐要生一个男孩就好了。"倪六英晃着怀中的女儿说:"生哦男孩,生哦男孩。"

麻五看到阳光在王引兰身上流来流去,阳光和麻五的吸奶声很响,王引兰眯着眼睛,想叫麻五麻五麻五麻五,看到倪六英不敢叫了。在地上给孩子用艾叶水洗澡的倪六英低着头,故意把水声闹得很响。孩子像一只初生羊羔在倪六英手里绵软地叫起来,麻五缓缓抬起头,王引兰看到他嘴角挂着一缕奶香。

近秋,倪六英要生了。

见红时,麻五叫来了倪六英母亲和接生婆桂花。倪六英躺在铺好炉灰的炕上,阵痛一阵阵袭来,她两手痉挛着在炕上抓,桂花说:"孩子脚先出来了,立生,是个男孩。"从早上一直到傍晚,豆大的汗珠从倪六英脸上浸出来。

桂花说:"要娘还是要孩?"

隔着窗户麻五什么也不说,因为是男孩,麻五有点犹豫了。

倪六英忍着痛坚决地说:"要儿。"

倪六英母亲抓着闺女的手呜呜哭了起来。

王引兰抱着四个月大女儿在炕沿上,看着桂花撕裂了麻五进去的那一条河沟,看到那河沟里流出来的不是白色乳浆是一涌一涌的血,王引兰害怕就隔着窗户喊:"麻五麻五,死麻五,良心狗吃了的麻五……"听到麻五叫道:"救大人,救大人,孩子还有将来。"王引兰看到桂花调换了一个姿势,用剪刀一块一块把肚子里那个小人抠出来。血把炉灰染成一片黑紫,这时听到倪六英呻吟声逐渐小了下来。王引兰叫道:"姐姐——姐姐——姐姐。"倪六英沉沉地睁开眼睛,"我……怕是,哦……不行了。"倪六英母亲抱着闺女的头用沙哑的声音叫道:"儿,不敢留下白发人先走!"

麻五疯了一样从守了一天的门外冲进来,麻五扑过来时看到倪六英眼睛亮了一下,并艰难地指了指肘窝下的铜钥匙。麻五解下它捏在手里,俯在倪六英耳朵上,听得断断续续说:"防着她,哦……守不到头……哦——"然后一个"哦"没有上来,沉沉合上了眼睛。王引兰用力抱紧怀中孩子,孩子被抱痛了,哇一声哭出声,这时听得麻五叫了一声:"不要!"脑袋埋在倪六英胸前一动也不动。桂花依旧不紧不慢抠那个孩子,血依旧流着,窗户上月光一片旺白,桂花冷冷地说:"准备后事吧,肚净了。"

王引兰哆嗦了一下,觉得有什么东西把她的心掏了去,有些冷。

倪六英是在油菜挂铃时走的。

麻五决定要买上好的棺材。把家安顿给铁孩,用倪六英那串钥匙开了堂屋立柜上铜锁取了什么锁上柜门,然后赶了马车上路了。倪六英停殓在堂屋谷草上,守灵的侄男侄女们跪卧在草铺旁,很平稳地呵着伤调。蜡烛整夜亮着,大好的月光。王引兰坐在南屋炕上抱着女儿静静听送更纸的,踏着满地横流的月光哭着出去进来,一种凉津津的孤独漫遍了全身。屋子里油灯摇曳着黄色光晕,黑乌鸦在院外老槐树上啊、啊叫着,偶尔有一两声狗叫声插进来,王引兰满脑子是那孩子抠碎的影子,身上就有汗毛竖起来。想出去叫一个人过来,走出院子看到铁孩一脸冷霜,像松树的皮却不知道什么原因。一定是倪六英死了心里难受就说:"铁孩你也不要太操劳也要小心身体啊。"

"以后的日子还有什么指望,铁定是麻叔的了。"铁孩说完也不管王引兰是什么反应扭头出了院子。

王引兰没有明白铁孩说什么,觉得热脸对了凉屁股,心往下一沉扭身走回了南屋。

三天后有人看到通往窑庄路上有一团黄尘滚过来,接着看到了三匹飞跑的马和灰头土脸的麻五。车上拉了三口上好的楠木棺材,麻五在高楼院老槐下勒紧了缰绳,叫人把棺材卸下来,两口放进西屋地上,一口放进堂屋。

窑庄老斋公走过来说:"就买了三口?"

麻五说:"冲丧。死了要躺一样的棺。"

老斋公说:"我还怕等不到你,要重新定一个出殡时辰。"

麻五揉了揉鼻子说:"定了就不能变,我欠了她!"

王引兰眼泪唰一下就涌了出来。

老槐树上挂了彩练,门上贴了丧联,八抬大轿顶用纸做了白鹤,孝子们抬棺恸哭送行。麻五选了一处山势高燥的窑洞把倪六英放进去,等自己和王引兰百年后选好坟茔一起下葬。王引兰抱了穿白袍的女儿在窑洞口跪了很久,这时听到崖的山顶上传来三声鞭响"——啪——啪——啪——",如扒着云缝射出的一线阳光。王引兰幽暗凄清的眼睛里就发生了变化,想:这日子真要敞开天光让人活,真是没有几天活头,说走就走了。鞭声是唤醒春天的,倪六英的春天去了,带着她肚子里的儿子,我的春天呢?

林中有鸟飞起来,干褐色黄土在阳光下泛着马粪一样的光泽,窑洞两边的树绿得像蚂蚱的血。麻五悲悯地说:"这些窑洞前风口上的树在秋风里叶落得早,在春天里发绿得也早,人日他娘还不如棵树。"

冬日第一场雪下后,麻五雇了人炒菜籽。因为应了坡地上不蓄水的话,油菜少收了几成。麻五说:"都是你这小妖精害了我。"

王引兰说:"麻五,麻五我害了你,怪不怪我?"

麻五说:"我不怪你。"

王引兰说:"你不怪我,我可是要怪你。"

麻五说:"怪我什么?"

王引兰说:"怪你不把那串铜钥匙给我。"

麻五说:"铜钥匙不能给你!"

王引兰说:"怎么不能给我?"

麻五说:"等给我养了儿,就给你。"

王引兰说:"我偏不给你养儿。"

麻五说:"小妖精,小祖宗,小粉娘,我现在就要你给我养儿。"

大白天两个人揉在了一起,就听得屋外铁孩叫着:"羊,羊,羊。"

麻五对着窗户喊:"叫羊日你娘呢,还不快去炒菜籽。"

菜籽碾成油饼在铁锅里熬,香味就飘满了窑庄上空。窑庄有人问铁孩:"麻五哪里了?"铁孩答:"掉进油缸里了。"

这一年,王引兰给女儿起了名字叫"新生"。

五

公元1946年夏天,太行山区解放得早,在新中国成立的礼炮还没有放响前夕,窑庄迎来了伟大的土地革命。历史的进步就是这样准时。然而这一年在决定自己命运关头,麻五被窑庄土改工作组定为"地主成分"。起初麻五不知道地主是啥意思,当明白过来时,麻五决定不当地主。但是,土改工作队的人说:"这不是当不当的问题,在事实面前当也得当,不当也得当。在窑庄数你地多,扳指头数数,哪一家像你一样雇了短工长工?"麻五说:"我雇他们是出工钱的。"土改工作队的人说:"你还嘴犟,是你雇了短工长工,不是短工长工雇了你,从道理上讲你就是地主,不定你恶霸地主就算便宜了。"

头一次斗麻五,由于当时国共两党在东北对峙还未见分晓,生怕斗不倒麻五将来惹下祸,无人为他们做主,斗了半天,几乎没有结果。工作组动员铁孩斗,铁孩不斗。后来农会领导组织群众敲着锣,打着旗,把高楼院包围起来,一面把麻五揪出来斗,一面把麻五的箱笼、粮食家具搬了出来,这些东西堆成了一坐小山。工作队及时把这些东西分给农民,让他们看到自己从斗争中得到的成果。并鼓动说,要翻身就翻个彻底。铁孩斗争情绪也激昂了起来。

起初麻五的嘴还说:"铁孩他爹想要两张羊皮暖腿要铁孩来帮工,我是给过他羊皮的。"铁孩一听说羊皮,就抹眼泪就说:"两张羊皮换了我十年的工夫,你还说得出口啊?"工作队的人一听铁孩是用两张羊皮换来的,就指着麻五说:"开油坊的恶霸,榨干了穷人的血汗,我们就是要打倒你。""打倒地主麻五!"窑庄人应声而起举了拳头喊。就有人用指头粗的麻绳由脖子到胳膊紧抽麻五,抽得麻五似秋日的谷子,几乎两头着地了,工作队的人说:"还要不要说不是地主?"麻五说:"不要说了。"有人问:"是不敢了还是有愧不说了?"麻五说:"我是地主,是老财,是有愧不说了。"肉头鼻子上细丝一样的筋脉憋得暴出来,麻五在抬头示众时整个脸就像猪肝一样通红。

土地改革来不及让麻五把那串铜钥匙交给王引兰就把麻五的家产全部分了。王引兰寻死觅活坚决要求留下那两口棺材和那条甩得毛了的牛皮鞭子。分田分浮财那天,麻五领了王引兰和女儿新生,最后用马车拉了棺材到铁孩的老窑里居住。

铁孩分了麻五的堂屋,依旧放羊,不过羊是群众的了。但是,这并不影响铁孩春风得意"羊"蹄疾。宿羊的窑在老窑和窑庄的路中间,王引兰往返路上碰到铁孩看到他脸上不知甚时又挂出了笑容。铁孩说:"你还是那样儿好看。"王引兰说:"有什么用,好看也是地主。"铁孩说:"贫农就没有你好看。"王引兰说:"好看?怕天天斗,斗多了就不好看了。"

麻五把两口棺材摞起来放在窑掌深处。麻五说:"以后要自己动手种田。"肉头鼻子一抽一抽,像有满腹心事要倾诉,好像又找不到头绪。新生已经13岁了,因为运动一直没有识字。麻五说:"新生也该识字了。"新生进窑庄识字班第二天跑了回来,新生说:"同学都叫我小地主。"望着如花的女儿,麻五哭了。这是王引兰这么多年来第一次看到麻五哭。麻五哭时鼻头泛着潮红的血光。

　　麻五来不及看到新生识字,麻五就死了。如果麻五不是自己给自己坠了秤砣,那么,是谁给他坠了秤砣?麻五死了谁还会说?

六

　　王引兰仔细解着麻五蛋上的麻绳,怕把麻五弄疼,嘴里叫着:"麻五,麻五麻五,不要怕疼,疼了就告诉我。"麻五不应,王引兰眼泪似珍珠一样落下来,着实感到了天人永隔的锥心之痛。

　　长工铁孩领着窑庄的青壮后生走进来,他们帮王引兰把麻五平平展展放在楠木棺材里。

　　铁孩说:"葬到东凹祖坟里,和他老婆一起下葬。"

　　王引兰说:"不葬。"

　　铁孩一脸困惑,"不葬?以后日子怎么过还不知道,留他是个负担。"

　　王引兰说:"活着我做主,死了新生做主,把他抬到倪六英姐姐窑内。"

　　铁孩说:"按规矩湿伤带干伤应该入葬,不可以破坏了规矩。"

　　王引兰冷冷地说:"还有规矩啊、按规矩他不该死,死了;按规矩不该坠蛋,也坠了;铁孩懂规矩啊?给我坠了你的蛋我看看!"

　　铁孩搞了一脸不自在,挥了一下手说:"上路。"

　　新生拉了灵,王引兰穿了孝,由四个后生抬着麻五出丧。一路上歇了有十几歇,窑庄人说:"老财麻五扭着劲不想走。"

　　王引兰想,不想走就能不走吗!这世界上走一个人还不是稀松平常的事,麻五算啥,死都不利索,要人坠了蛋,下辈子做啥,做啥也绝了后啊,倒叫我来背负这苦。

　　放进窑,抬材的一走,王引兰和新生说:"跪下,给你爹磕头。没有他就没有你娘。"新生眼睛睁得大大的,王引兰说:"给你爹磕三个响

476

头,记住,年年清明要来上坟。"

王引兰望着对面青山,看到脚下是窑庄,再远处曾经是自己的油菜地,更远处是蜿蜒环抱的山脉,新绿遍地。她用手把散乱发辫打开在脑后挽了个髻子,不远处有一个泉眼,有淡淡的岚气在聚拢。拉了新生走过去,看到清澈的泉水里有细小的蠓虫在游动,她用手轻轻拂了一下,然后爬下去断了气地喝。新生听到母亲喉管有咕噜噜的跌落声传出来,同时看到母亲鬓角有几根耀眼的白发,想上去拔掉它们。突然王引兰跌坐在地上气绝了似的哭了起来:"呀喂——指望是松柏树万古长青啊,呀喂——谁想到是扬柳树一时新鲜……哭一声麻五少早亡啊,生生把我闪了半路上……死鬼麻五啊,你留下母女俩怎么活……哦呵呵……"

哭声掀动满山绿叶响彻天地。

王引兰不明白日子究竟发生了什么变化,也不知道从哪一天开始,和这个世界一下子疏远了,疏远得如此陌生,视觉和感觉很自然地被堵上了一种坚固的东西,她不再想笑,也不再想哭。工作队的人来找过她,要她控诉麻五的罪行。

王引兰说:"人已经死了,怎么就连死人也放不过!"

工作队的人说:"不可以不去,也不是放不放的问题,是讲明理的问题,也是剥削者和被剥削者的问题,你要找到这个原因的病根所在,找到了才知道什么叫剥削、什么叫压迫。比如你以前在李府做丫头,就是剥削者剥夺了你的生存自由和劳动自由,后来到了窑庄等于是吃了二遍苦,受了二茬罪。你目前社会成分不好,应该尽快觉悟,就说不为了你自己吧,也要为你的闺女想想,也该给她树立一个正确的人生观,你想怀揣一本变天账吗?麻五连钥匙都舍不得给你,在他心中你是啥还不明白?"

王引兰说:"是啥我知道,说句爽利话吧,非要去?"

"非要去!"

王引兰说:"去。"

吃过后晌饭,王引兰拉了新生穿过羊窑去接受批判。新生吵着要王引兰打灯笼,王引兰说:"打一回灯笼,一个鸡蛋就没了,如今比不得从前了,要学你爹懂得东西中用。"新生说:"东西再中用也是要给人家分的。"王引兰想了想,是啊,又一想觉得不对,现在还是不能打灯笼,因为没有进项。"娘不活今天了你还要活明天哩。"

天漆黑得像锅底,新生害怕不敢走,为了壮胆王引兰哼起一首歌:"青石板,板石钉,青石板上钉银钉,银钉亮晶晶,满天闪星星……"娘俩一牵一扯提了心走到窑庄诉苦会高台上。地上坐着窑庄的男女老幼,一个个神情激昂,窑庄也不过就二三十户人家。听到铁孩在控诉两张羊皮把自己卖给了麻五,王引兰来不及思考铁孩说的话就听到有人指点:"看,麻五烧木炭的小老婆来了。"

窑庄人看到麻五小老婆站到高台上用方言诉苦,声泪俱下的诉说带有一种本地没有的韵律,工作队从她脸色中发现不对劲,她在给麻五评功摆好呢,急忙叫她匆匆下台去。

王引兰一边走一边骂了句故乡口语:"他没有罪,我翻你妈的事,我宁愿受二茬——"想不起受二茬什么了,就被农会的人拥出了会场。

由于复杂而麻烦的背景原因,工作队不再找王引兰诉苦。王引兰在老窑内静静地守着时光,用残余的生命活着。

以往的日子幻影一样消失了。王引兰忍不住怀疑这一切是否都是梦,一个神思恍惚状态下的白日梦。想麻五一定是躲起来了,心被掏空也想不出麻五躲到哪里了。柔和如洗的阳光依旧穿过窗户照进窑内,空气中传来种种隐约而嘈杂的、难以捕捉的声音,好似一种细碎而绵密的声息,犹如一种絮语,嘤嘤嗡嗡,在这些嘈杂声中,一切变得更为寂静,寂静得使王引兰心头沉重,一种生命不知何所依归的强烈的郁闷的沉重。

有人来给王引兰提亲,是离窑庄五十多里地的六里堡光棍李三有,社会成分下中农。来人说:"一个婆娘带着孩子,没有男人搭伙,日子过得紧巴巴不说,春种秋收寡妇家别人谁敢来帮忙?再说了,社会成分又不好,总是问题啊。"王引兰感到有满腹懊恼和不快,媒人的话让她心里怔忡不安。她说:"思忖思忖再说吧。"

媒人走后,王引兰心里一酸,投到炕上,抱着被子哭了一场。人没了,但日子因了闺女还得往下过,是啊,明年的春种秋收靠谁?只怕要赚窑庄女人的骂。小时候女人活娘,长大了活男人。如今娘和男人都没了。王引兰身上感到凉意,有小风儿沿着脊梁沟吹。

夜晚降临时,坐在窗外的条石上看山,远山葱郁的树木形成一团一团的黑影,王引兰生出了一种自怜自惜又掺杂着几分疼痛的情绪。路在哪里,该向何方?日子已经像饴糖似的融化了,粘成了一团糊糊。向前、向后、拐弯等等都失去的意义。

王引兰听到有脚步声传来。来人说:"睡了吗?"

听声音是铁孩。

铁孩怀里抱了一捆编好的艾草,近了说:"防蚊虫咬,睡前熏一熏。"王引兰正准备让他进窑想起了麻五。麻五待他不薄,怎么就不能看好麻五,让人给坠了秤砣!这么一想王引兰腻歪得就不想动了。铁孩一看没有让他进窑的意思,放下艾草说:"听说你要嫁人了?"王引兰抬起头看了一眼铁孩撂出一句不明不白的话:"要不是我能嫁人?"说完此话,突然觉得有一种耗尽生命天光的难过。铁孩说:"社会成分不好,要找也该找一个社会成分好的。就不能守麻叔三年?"王引兰想,你算啥,来张扬我。到底没说出来,提起窑前的马桶扭身走进了窑洞。隔着窗户铁孩说:"走了,啊?"

王引兰听出那一声"啊"有想让她叫他转回的意思,可她就是不想叫,要你啊个够,不是旦能得很吗?翻身了吗!

听到铁孩脚步声远去,才镇定了一下情绪坐到炕上。突然觉得倦怠得很,好像有无边的幽暗在等着,把身子贴牢墙根就这么靠着,内心的愁烦似乎才有了一丝儿喘息,是什么原因使她的命在途中转了个弯,弯成了这样一个结局?

窑外风掀起落叶,一阵沙响。落叶提示着节气的细微之变,王引兰吹灭灯,感觉夜光微移,却找不来睡意。

王引兰决定嫁人。路想了很多,都走不通,能够走通的只有一条路——改嫁。找一个靠背和新生活下去。

出嫁之前王引兰要媒人叫来李三有,她有话要说。

李三有是一个个子很高的人,比王引兰要高出一头还多。长得又黑又瘦,微微驼背,穿了黑夹袄黑夹裤。李三有低头迈进窑洞时,王引兰坐在炕上纳鞋底,感觉就像似有一堵墙倒了过来。王引兰指了指对面的炕要他坐下。李三有说:"不瞒你,咱是旧社会家穷娶不起媳妇耽搁了,今年四十六,会木匠,大是大了点,和麻五比还是小。和我搭伙过,说不上享福也不会让你受很大的罪。"

王引兰说:"既然说开了,我也就明人不做暗事,人是嫁过去了,到末了我是要回来窑庄和麻五合葬的。人总得懂个情义吧,麻五死时不明不白,怕也听说过吧?"王引兰抬起头看了李三有一眼然后用嘴滤了滤了麻绳。

李三有说:"嗯,听说了几句,大形势吗?"

王引兰咧了咧嘴没有出声。

李三有说:"是不是要择个日子过去?"

王引兰说:"选日子,那倒不必,我要过去是要带了棺材过去的,最好等天黑透。"

王引兰说起棺材的事底气很足。在当时,活着有棺材的人那是很了不得的。

因为窑内黑现在才看到窑掌深处躺着一口棺材。李三有走过去看见棺材盖的沿上雕了镂空花饰,很贵气。一时找不到要说什么,脸上就挂出了一个光棍汉经常有的忧虑和黯淡神色。

王引兰穿了月白水蓝夹袄,耳朵上吊着滴水绿玉耳坠,30岁的人了,居然看不出一点岁月的痕迹。透着傍晚的天光她的脸上蒙上了一层淡淡的光晕,纳鞋的手势很圆弧地画出一道亮影。李三有想,她年轻时一定是个仙女。

不自觉地说了一句:"都依你。"

两天之后王引兰和新生带了棺材被李三有用一驾马车拉走了。

那时候,黄昏降临,老槐的花香弥漫了整个上空,香味和紫莹莹的暮色一起笼罩了整个村子,窑庄人在这香味里翕张着鼻孔,一个个神情亢奋。青蛙在河沟里聒噪,窑庄人看到了一辆马车穿过暮色走来,马车像小山一样昂着苍白的头,那个景致很动人。窑庄人眼睛一刹那在腻香的黄昏里迟疑了很久,然后颓然落地听着马脖子下的铃铛,叮当,叮当,叮当,远去。

那时候,铁孩正在羊窑给羊接生,脸上浮着一层汗,马灯的光晕弥漫过来一股潮乎乎的煤油味,母羊下身不时涌出绯红的胰沫。

有人走进羊窑说:"麻五小老婆带了棺材嫁人了。"

铁孩抬起头瞪着来人说:"谁说的?"

来人说:"我亲眼看见的,六里堡的李三有赶着马车,那小子像杆子一样,真他妈好命相。"

铁孩说:"有这么快?怎么也该给麻五守三年孝。"

来人说:"她能夹得住!"说完觉得自己这句话很有意思就笑了起来。

铁孩说:"笑个鸟!你来看着我出去泻尿。"

这时候是月中,一轮圆月挂在天空上,山野里淡蓝色的热气在亮光里升腾,看羊狗在羊窑外卧着,听到铁孩走出羊窑它摇着尾巴跑过来,铁孩一脚踢过去,嘴里骂了一句。狗叫了一声,摇着尾巴躲到了一边。四野里响起鸟飞起的声音,铁孩突然不想尿了,一屁股坐到羊窑外的地上,觉得心上有一股热热的东西一下流走了。

羊窑内传来羊羔落生的叫声："咩——咩——"

远去的马蹄声像月影下弹拨出的琴声，漫漫泛泛，王引兰带着棺材绕着山脊辽远而去。

八

李三有住了两间土坯房子，院子很大，不像麻五的四合院严紧。屋子里几乎没有摆设，一盘火炕，看上去空空荡荡。李三有叫人把棺材抬到屋里南墙角。打发走来人，安顿新生睡下，王引兰开始拾掇小东碎西。一时有点不好意思的李三有远远坐到了棺材盖上。李三有说："土改分了些东西，趁夜间无人，都隔墙扔回去了。再穷也不能要人家的东西。"

隔了一会儿又说："六里堡的地主要比你原先的家富裕，听说你原先的家也就是比别人多几亩地，人还是靠土地养，我们堡地主不光有地出租在城里还开了商号，家里很是气派的，还有枪。"

王引兰说："人哪里去了？"

李三有说："人家算是开明地主，有一个孩子在城里得到了消息，不等土地改革就把商号和土地退了，跟孩子到城里去住了。"

王引兰头脑里真切显出了一个影像——麻五。浮上心头——小山沟里的小地主斗得比大村里还狠。心里就产生了对自己经历相去日远的伤感。

李三有说："明天是好日子，大小也该热闹一下，我租不起花轿，闹运动也不允许，我本家哥哥借了一把太师椅，就用太师椅抬了绕堡转一圈也算是坐了轿了。"

王引兰说："过来就过来了，我是什么人物还要坐轿，还要到村上绕一圈，怕那六里堡的人大牙都要笑掉。"

李三有惶惶地站了起来，双手摩擦出咕咕哑哑的涩响，"那不行，定好了的，是要蒙盖头的，怕什么？"李三有迟疑了一下接着不好意思地嘟囔了一句:"我也是第一次结婚,不热闹也不吉利。"

王引兰端着一碗水往嘴里送,听到李三有说此番话,忍不住地把碗放下,停顿了有一袋烟工夫,然后说:"就依你。"

李三有说:"睡吧。"

王引兰看了看炕上的新生说:"怎么睡?"

是啊,怎么睡? 李三有一下子心事重了。有一句话涌上了喉头想往出说又止住了,像似自言自语:"我还是睡棺材吧。"自己搂了铺盖在棺材上铺好躺下了。

第二天,王引兰由两个后生抬着绕六里堡转了一圈。

头上红盖头一掀一掀,王引兰坐在椅子上,身体像失去平衡一样任由他们颠来倒去。听到有炮仗不时响起,就想到了窑庄的甩鞭。一切是那样虚幻,似一个梦,奇奇怪怪,和梦中的人和事搅混着,便把一个好端端的梦弄得似梦非梦了。想着这些时,感觉那个梦在不远的地方重新圆起来,看上去滚滚翻翻像一团云。

透过红红的盖头看到李三有在一条曲里拐弯的村路上前行,同时听到了闹哄哄的议论声,听得有婆娘说:"窑庄的地主婆是带了棺材来的,老财被人坠了蛋,人长得水,怕是命不好。"她将眼皮儿轻轻抬起又轻轻放下,在这个梦的将散未散里幻化成一个字:活。

就这样王引兰和李三有婚姻了。

王引兰要李三有帮她抬开棺材盖,她取出那条甩旧了的鞭子说:"三有你来甩甩。"

李三有拿了鞭走到院子里笑着说:"我没甩过这东西。"用力把鞭子甩出去,鞭梢反过来打了他的脸一下。王引兰大笑着说:"甩鞭,真不在乎个高,你不会甩,鞭把你甩了。"王引兰拿起鞭也想甩,却甩成了一团麻。

安心住了下来,住下来的王引兰因为和新生睡一处,和李三有实际上是有夫妻名无夫妻实。这一点让王引兰感到很不安。但是,好像又没有好的解决办法。时间一长,反而弄得双方有点不好意思提那事了。

王引兰首先想到的是新生识字问题,和李三有商量要新生进六里堡的识字班。

夏天了,李三有院子里的豆角秧扯了起来,有蝴蝶飞来,对对双双,煞是好看。新生老远叫着娘跑过来,王引兰听到新生嘴里念着:"请看天上日月,昼夜不得留停,坐地日行八方,寒来暑往古今。"

王引兰想:世事变转,上天也是如此劳劳碌碌,辛辛苦苦啊。

辛苦的上天却不让人过好日子,冬麦不冒尖儿,夏收眼看要落空,等不得高粱、玉米秀穗,人们就急慌慌下地拔野菜。王引兰和李三有提着荆条篮子走在连着重重坡地的山谷。阳光下的田野有一种生动而感人的美。李三有采过一把"炮杖花"顺手递给王引兰说:"吸吸它的根部,很甜。"李三有看到阳光嵌进了王引兰的每一丝头发,头发全是金色的,李三有说:"甜吧?"王引兰说:"甜。"

李三有要王引兰学会识别野菜,因为草的家族在土地上是那么庞大,像满天的星星。有荠、蕨、蘩、蓣、薇、匏、甘棠、卷耳。把野菜采回家,可以拌上玉米面蒸吃,也可以凉调,如曲麦菜、薄荷、小蒜;苦菜、刺夹菜、灰灰菜、杨叶、柳絮、沙蓬则用来煮熟浸泡后去苦味调食。当季是菜,过季就是草了。

时光流逝对于任何事物都是无情的,对野菜也同样充满着决定性或暗示性的作用。

草生草落,世事茫茫,人还不如草木。王引兰把目光落在了一个地方,那地方有丛野菊花生长着,花瓣很稠很浓,在太阳光下闪闪烁烁。山菊花的黄有点像油菜花,花朵在风的作用下不停地翻动,她和太阳的目光在翻动着的花朵上就一起高兴了起来。李三有看到王引兰高兴,就想有什么事也该行动了,走过去撩了撩她额前被风吹下来的乱发,感到心酥了一下。

两人的目光相撞,有些闪烁。

在期盼得以实现的时候,还应该有什么铺垫,王引兰说:"这花开得多好,像油菜花。"

"再好也没你好。"

"我有什么好,福薄命贱。"

回过神来的李三有说:"我比你更福薄命贱。小时候早早没了娘,弟兄三个,我大哥叫福成,二哥叫福顺,都死了。生下我之后,我娘得痨症死了,我大给我起名三有,意思是福、禄、寿都要有。我大是木匠,给我修了这两间土房也死了,'土改'运动因为我有房有童养媳就定成了下中农。你看我个儿大,其实很胆小,吓怕的。"

王引兰说:"还有童养媳?"

李三有说:"是我舅舅家闺女,从小送到我家做童养媳。成婚前名分是家中女儿,长我七八岁,后来到十二上也死了。依旧俗在地角丘着,等我以后一起下葬。"

王引兰轻轻"哦"了一声。那种含愁也不减眉目传情的神态让李三有再一次的心酥了一下。感觉有什么东西想迫切进去。

王引兰缓缓把手伸到李三有脸上,李三有的喉结咕咚一声落下一口唾沫。闭上眼睛把头靠在王引兰膝上,像猪娃子拱母猪奶一样拱了几下,王引兰就不能把持"呀喂——"整个身体就软了下来。

顺手揪下那捧山菊花,朝着那金黄软垫躺下去,酥酥张开双臂。阳光从疏密不一的高粱叶子空隙漏下来,空气里浮游着细碎的金点子,地上山菊花发出湿软的沙沙声,她看到有一只大鸟俯冲下来。几朵云彩如棉花一样开放,她闻到了青草香味、野菊花香味,泥土香味。想,和一个人在油菜地田埂上做有关事就是好,只是这不是油菜花也不是春天。风抚着她的大腿和腹部,搓弄着她的乳房,从未有过的激动,在一种大幅度撞击声中她从喉管里挤出了:"麻五,噢麻五,麻五麻五——"

九

铁孩顺道来六里堡看王引兰娘俩,同时带来了一张羊皮。

铁孩说："你出嫁那天圈里有羊生了羊羔,羊羔活着,母羊死了,我把皮熟了给你送过来。顺道看看,日子过得好吧?"

王引兰说："什么叫好,心情爽快了就好,三有是女人性总让着我。"

铁孩留意李三有脸上写着很多快活的东西。

李三有给铁孩取来旱烟锅："自家种的,抽两口。"

铁孩接过烟袋说："你大还是我大?"

李三有说："我属虎,你属……?"

铁孩呵呵笑了一声说："属鸡,比我大。"

王引兰忙捅开火坐锅给铁孩做饭。

铁孩说："别忙了,又不饿!"

李三有说："谁说你饿,来家总不能不吃饭吧。"

铁孩扭回头和王引兰说："新生去了识字班?"

王引兰说："去了。"

铁孩说："认了多俩字?"

王引兰说："大字不够一箩筐。"

李三有说："不能那样说,我看新生认的字比咱三个加起来还要多。"

铁孩说："全国就要解放了,解放了好啊,天是明朗的天,原先人们想这社会也不过是一时一运,现在看来真要变了。"

这时天空传来了一两声雷响。

李三有冲着王引兰说："要下雨了。"

王引兰说："秋天的雷,唬人哩,怕也是过云雨。"

王引兰把高粱面掺上榆皮面和好,等锅开了往里拨,到院子里揪了一把香菜和辣椒。王引兰说："你一直喜欢吃辣椒拌鱼儿,今儿吃个饱。"

铁孩盯着火上冒热气的砂锅,心被什么烫了一下,很是不自在。把烟锅子递给李三有说:"你也来几口。"

这时候听到院子里雨滴像崩豆一样落了下来。煌煌的天空和着雨滴伴着铁孩吃鱼儿声,在昏暗屋子里弥漫开来。这一顿饭吃得铁孩头上冒汗,清鼻涕出溜出溜往外涌。

铁孩说:"好吃的东西是好。"

这时候雨已经停了。雨在干黄的浮土上打出鱼鳞似的泥皮,铁孩踩着这些泥皮和李三有告别。

王引兰说:"就走?"

铁孩说:"就走!"

李三有说:"想走动走动时就来走走。"

铁孩说:"带来的羊皮,毛有点不大顺溜,隔日我给你弄一块羔皮来。"

李三有说:"这就够了,可能的话帮我擀一条毡,给你出羊毛钱。"

铁孩说:"回去就给你擀。"

李三有回过身到屋子里给铁孩拿擀毡的黄豆。趁着空隙铁孩说:"你还是那样儿好看。"

王引兰说:"过日子,不顶吃,不顶喝。"

铁孩说:"还想不想回窑庄?窑庄有人想你,想不想听窑庄人甩鞭?"

王引兰心里想:窑庄有人想我?怕是瞎话。想听甩鞭倒是真的,可人是跟了奈何走,有什么就想什么,没什么也就不想了。脸上就露出了涩黄的笑,觉得鼻子酸酸,生怕再说下去眼泪掉下来,赶紧说:"人到了这步田地,啥也不想!"

李三有提了黄豆出来说:"拿着不送了啊。"

铁孩说:"不送了,不送了,回去吧。"

铁孩大步往回走,走了几步扭回头看,看到王引兰不知什么原因撅着的屁股,他有点透不过气来,有什么东西往指尖上流,狠狠扇了自己的脸一下,这样好像才滤掉了一些憋闷气。

钉了铁掌的懒汉鞋走在干湿的泥皮上,他突然对这些干湿泥皮产生了近乎乖僻的热爱。到处是潮湿的静谧的青草气息,涩拉,涩拉,四周山野里只有他的脚步声在轻佻地摆动,看着暮色中缓缓沉落的天光,笑了起来,那笑也像干湿的泥皮卷曲着似有几分涩凉。铁孩突然边走边踢着泥皮叫着:"羊,羊,羊,羊……"

铁孩叫着羊回到窑庄时,天上星星已经出全了。

十

天不亮,李三有起身了。取了木匠家伙,尽量不弄出声响,但是,还是惊动了王引兰。

王引兰眯眼抬起头看了看天光,发现还早,还可以迷瞪一会儿。就问:"要去哪?这么早?"

李三有说:"我大活着时种过两棵柳,成材了,我怕过一段日子又有什么新运动,早一些把它砍回来做一张床,我要让你有床睡。"

王引兰说:"天亮了砍也不迟,又不是砍下来就能做。"

李三有说:"天亮就砍倒了,好叫人来抬,要不然,白天人都忙着收秋,谁还顾得!你睡吧,我知道你贪觉。"王引兰说:"三有,你真好。"李三有说:"好什么?让你过粗茶淡饭的日子,受穷。"王引兰把头缩进了被窝,却怎么也睡不着,想,粗茶淡饭的日子过着也好,只要气顺受穷怕什么?命中有的早有,命中无的想也想不来,世上好东西太多,你想"要","要"不想你。没有甩鞭,没有火盆,没有油菜花开的日子也能活出成色。王引兰就决定不睡了,早起给李三有做饭,吃了饭和李三有上地啊,地塄上的山菊花一定铺得很厚了。

早饭时,李三有和六里堡几个人抬回两棵不太粗的柳树。李三有把它放到院子里,等干透了用。王引兰递过烟袋,他吸了几口说:"吃了早饭拿上扁担和绳子一起去把沟里七分地的高粱杀回来。"

上午,阳光下有没有散尽的雾。王引兰和李三有一前一后,雾从脚跟升腾起来,在眼前绕来绕去,把铺向山凹的秋景弄得潮湿得很。王引兰和李三有都有点激动。无边旷野上正压抑着一种喧响,那喧响很是有一点柔暖,而那些雾就和八月里天空细密的阳光和身体内部发出的暗示很和谐地连接了。

坐在地垄上稍稍休息了一会,李三有站起身来说:"来吧。"

一种说不清但目的明确的要求,一下子冲上脸颊,有点喘不过气来。

王引兰通体舒畅而凉爽,不断加厚的青草地结实而富有弹性,十分高大的李三有在雾帘中沉下来,时间仿佛凝住了,那一刻,时间早已变成无边的空间。悬浮的雾粒将阳光散射成泛漫的天幕,李三有看到王引兰的身体白得透亮。

潮润的土腥气拌着呻吟在雾气缭绕中作长久的浮游,王引兰有些颤抖地叫着:"三有,三有三有,噢三有——"

突然感到了一种异样。

王引兰说:"芽儿怎么不精神了?"

李三有说:"怎么突然叫起我的名字了?一下不习惯,我等你叫麻五。"

王引兰说:"麻五是麻五,你是你,跟了你,你就不是麻五了。"

李三有开始在王引兰身体上扭缠起来,雾气湿润朦胧的白色在轻佻的动荡中起伏。

栖集在山坳里的鸟趁风翔起,天空一片生动。真格是秋波升温啊。

王引兰看到不远处有一个人影走过,手里是一把羊铲,铁孩来六里堡送毡来了?她看到他向前方的一头断崖走去,铁孩不会去断崖,她想:那不是铁孩。

是该开镰了,八月高粱和阳光奏出的乐声在悠悠回响,土塄子在淡蓝色的热气里战栗,高粱一片深红。人们提着镰刀走向各自的粮食,成熟的粮食在贫瘠的土地上唰唰倒伏,蚂蚱纷纷逃窜,王引兰望着尘雾里起伏动荡的李三有和落定的高粱心里有一股说不出的失落。不可能搞清楚的是究竟是山野的粮食还是这种可能环境的消失使他们失落了,因为这两个因素是交织在一起的,它们都起了作用。更进一步说,王引兰希望秋天来得慢一些,然而季节是一件不容抗拒的事,心碎的温情转眼就要离去了。王引兰明白秋天的到来意味着什么,然而等不得王引兰多想一切就结束了。

李三有从断崖上掉下去摔死了。

王引兰想不出李三有为什么会摔下去,自己的地离断崖有些路,烟袋锅在地中割倒的一片高粱旁放着,人却从崖头掉下去了。王引兰感到生活混乱不堪,六里堡中央的老槐上,有一只乌鸦到夜晚降临时,啊啊啊地叫着。六里堡的人都知道乌鸦是来叫丧的,叫丧的乌鸦除了给李三有叫,还给谁叫?六里堡家家门上系了红,说王引兰福薄命贱,说王引兰命贱是贱了和她睡的人。女人们就像躲避瘟疫一样看着自己的男人不让出门。王引兰拿了石头走到老槐下用劲搞它,它不飞,它不敢偷闲的叫声越发来得密集。王引兰不知道它是受了自己内心的激情和天道的法则驱使而叫的,它的叫就是这种法则的显露形式。它要按照它的道理告诉王引兰,活虽然不能按活的方式来活,死是要按照死的方式去结束生命。王引兰咬牙切齿从嘴里蹦出一句让六里堡的人都听清楚的话:"死鸟。"

六里堡人说,不管死鸟活鸟,王引兰是带了棺材来勾命的。王引兰说不清,想了想觉得自己是来勾命的。棺材是放死人的,哪有活人睡棺材?事实上王引兰又如何能说得清楚。

王引兰用自己的楠木棺材下葬了李三有,李三有和他的童养媳埋在了他父母脚头。

用自己的棺材下葬李三有是自己决定了几天的。她的决定有一种不争的气度,她懂得人处于世间时,情分的重要。生死由命,死了,死了,人若不死了,麻五怎么不转过来活呢。既然苦难不为人忌地逼近了并不幸福的生活,要一具楠木棺材又能给自己带来多少好!

王引兰搂了一包李三有生前用过的东西在一个午后坐在了李三有坟旁。头上蒙着一块黑蓝方头巾,心痛却哭不出声音。北风呼呼叫着,她感觉生活在进一步朝深渊迈进,因为,等待和幸福的等待的岁月已经过去了,她不能回避自己心底对李三有的怨恨心情,因为他把她遗留在苦海之中独自去了。坟上的枯草干黄泛白,她拽过一把在嘴里嚼着,嚼着,干涩地咽下去。新坟的土堆上压着一团麻纸,风吹过时,纸张摩擦的声音响起。

荒秃秃的坟茔埋葬的不仅是人的肉体,同时,许多心愿和难以忘记的岁月也在这里安睡,没有谁能绕得过去。推导起来,如果说麻五给她的爱因年龄差异该是父爱,那么,李三有给她的爱也许才是婚姻之爱。这种爱是怎样脆弱易逝啊,广阔的空间和苦难的岁月大大地扼制了王引兰爱的生长。直觉告诉,即使痛苦是命定的和应该的,她也不想沉醉在痛苦之中了。她把李三有用过的东西拿来,决定烧掉它。这是要在没有李三有的情况下继续生活所想出来的唯一办法。

李姓家族看中了两间平房,因为李三有睡了王引兰的棺材,没有人敢出来明说。王引兰是决定要回窑庄了,她不想让生活中横着一个死人的幽灵和一些活人的眼睛。既然找不到和这个社会相处的方法,那么就龟缩进窑庄的老窑。

从决定走时,天空就开始落雪,王引兰想等天晴,但是,雪时徐时疾地下着,大有不下到年头不罢的意思。她不想再在六里堡过这个年了,捎了话要铁孩来接。

铁孩冒雪赶了牛车来接。铁孩说:"马和马车分家下户了,只好找了牛车来。"

天气阴暗,望着薄暮暝暝中雪落蒙蒙的六里堡,王引兰想:阳间就是男人和女人,女人和男人的欢爱。人住在地上,地给了男人和女人种种生存的命,命牵了你往哪走就得往哪走,咋活也是一辈子,一辈子咋活才叫好?麻五走了,李三有走了,欢爱没了。麻五买来的棺材,给了李三有,都是我的至亲啊,这个世界上,我用活来肯定他们的死,然而这活、这肯定是怎样的一种疼!

坐在牛车上的王引兰,有一种隔世的恍然与无奈,她看到六里堡在她回望的视野中一层一层往远方推去,鱼鳞一样……

十一

一路上新生蜷曲在一条棉被中,小脸冻得红红的。

山野往后移动,那移动起伏不定,有些零乱。王引兰看着这些不断掠过的毫无内容的山,感到十分凄凉。风抄着地皮刮,然后狠狠甩出去。呼出的哈气把眉毛和额前的头发糊满了冰霜,看到铁孩拢着袖管,夹着一根桑条,脑袋上狗皮帽子在牛车晃荡中摇摆不定,想:命中就剩下这一个男人了,自己怎么就没有想到同病相怜的这个人呢?自己的一生和这个人到底是一种什么关系?本能抗拒着他,却又牵扯不开。新生说想睡觉。铁孩跳下车,把身上穿的羊皮大衣脱下来盖在新生身上。王引兰说:"不可以这样脱,要伤风的。"铁孩说:"受苦人还怕伤风?"

王引兰笑了笑,有一点苦涩。

车轱辘和铁孩的脚步声在雪地上合并出一种好听的响儿。

王引兰突然想起李府老爷教过的一个字"奴"。意思是女人生来就命定不是一个人活的,因此就得有一个人,用绳子牵着,在"女"字旁又加了一个"又",就成了"奴"。我的"小奴家","叫一声小奴家与我多卿卿"。她不知道她这一生是谁的小奴家?王引兰抬头遥看远处白色的空山,止不住泛起了一股热,就有眼泪掉下来。听到身后传来抽泣声,知道王引兰在哭。

铁孩说:"人都想争活,其实活着的人哪有死了的人稳妥。"

隔了一会儿,铁孩又说:"有些事情放不下,就得活。"

王引兰的心动了一下,擦了擦眼睛,回过头,看到身后山野中一条蜿蜒的小道被牛车的铁轱辘碾出两道深深的辙。

活是归宿和安宁,风是飘零,雪是散落和湮灭,在这广漠的大山中骤然变得渺小了的牛车,在天地相接下看上去几近于无了。

十二

新生在窑庄口闹着下车要去找小伙伴玩,王引兰说:"让人家知道咱回了窑庄要笑话的。"铁孩说:"有什么可笑话的,和土疙瘩打交道的人还怕笑话?迟早得见人。"

王引兰不好说什么,让铁孩抱下了新生。

开了老窑门,一股热气腾了过来。有一盆木炭放在火台上旺旺燃烧。

王引兰问:"是你把火生着的?都忘了烧木炭了。"

铁孩说:"捎话来让去六里堡接你,就把火生着了,久不住人怕阴。"

炕上铺着一张白羊毛新毡,想起了李三有,他想要的毡到死都没有铺上。炉台旁的水缸内满上了水,王引兰觉得像在做梦,梦醒了自己也不知道自己是谁。铁孩把东西搬进老窑,天有些阴,黑得看不清。王引兰要铁孩留下来吃饭,如今自己的身边还有谁?

王引兰说:"谁的牛车给人家送过去,过来一起吃饭。"

铁孩说:"不用了,送了牛车还得去羊窑看羊,不知道甚时辰才能过来。"

王引兰说:"甚时辰过来我们娘俩都等你。"

铁孩有些激动,头重脚轻走出窑门,"得"的一声赶了牛车走了。

王引兰在老窑门口沁凉透骨地站了很久,风的跌荡中伴着牛脖子上的铃铛声渐渐远去时,她才返身走进了窑洞。

找了一根麻秆点了火,想找一找从六里堡带来的洋油,从窑墙上摘灯时发现油灯里的煤油是添满的。灯捻爆了一下,泪水就止不住地流了下来。索性坐到灶火旁的板凳上,油灯在炉台上一闪一闪的,王引兰"哇"的一声抖肝倒肺地哭出了声。

大约酉时铁孩腋下夹着羊铲来到了老窑。新生蜷缩在炕角睡着了,铁孩拽了被子盖在新生身上。王引兰用粗瓷海碗给铁孩端过来高粱鱼儿,他看到铁孩正用一种毫不掩饰的爱怜眼光看着她。王引兰说:"趁热吃。"铁孩一激灵,眼睛慌乱地看了一下别处,她很奇怪,她的心竟然也跳了一下。

王引兰说:"铁孩啊,今年多大岁数了?"

铁孩用手摸了一下嘴说:"快40了,也就是40了吧,明天就是腊八,离年近了。"

王引兰说:"真是快啊,麻五过世已经三年了。"

停顿了有一段时辰王引兰问:"都解放了,咋还是一个人?"

铁孩说:"不是一个人,能有俩?过了,什么事情过了就过了。"

王引兰说:"不算耽搁,还有机会。"

铁孩说:"是有机会,怕是机会不巧。都让旧社会耽搁了。"

王引兰一听说旧社会心里就感觉沉,僵了一样站着不动,一张脸赫然在油灯下泛着白。

铁孩知道一定是说到了她的痛处,但是,铁孩突然就激动了,停止了往嘴里吸鱼儿。铁孩说:"15岁上爹的腿罗圈了想要两张羊皮暖腿,让我给麻五扛长工,20多年,从来没有想离开,我对他忠心不二。一直到我爹娘死,麻五从没有问过我的年龄,他忘了我的年龄了。"

王引兰看到铁孩麻色泛黄的眼睛里有一丝泪光。

铁孩说:"耽搁了。"说完低下了头。

王引兰走过去拿过碗用笊篱又捞了一碗。王引兰说:"以前有些事情没有想到也想过了,旧事咱不说,说起来都不好,麻五也没有落个好死,叫人坠了秤砣。"

铁孩埋头开始吃饭。

吃了饭撂下碗问了王引兰缺什么不缺什么,夹了羊铲踩了雪回了自己土改分的麻五的堂屋。

雪落无声。王引兰关上门吹灭灯和衣躺在新生旁边,老鼠在窑后掌动出了响声,她坐起来学了两声猫叫,一切又静了下来。窗户外的雪地透进来微弱光芒,晃在隆起的被子上,羊毛毡在身下蓄着火炕的余热,却怎么也找不来睡,新生不安稳地翻来翻去,她想麻五,想李三有,想一些难以想清楚的和难以陈诉的旧事,由不得把脸用被子捂上哭了起来,却不知道这日子甚时能走到头。

准备过年了,雪也停了。化雪天的寒气冻得人直哆嗦。停雪天把新生的手冻得生了疮,铁孩给新生送来土制的冻疮膏和猪胰子。腊月二十几又送来了羊肉。铁孩身上有一股羊膻味,王引兰说:"铁孩,脱下袄罩子来,我给你洗洗。"铁孩就脱下袄罩子让王引兰洗。

王引兰用脸盆端了铁孩的袄罩子到窑庄的暖泉里去洗。

腊月里天空一片空荡,暖泉旁已经有几个窑庄的婆娘在洗涮。从六里堡回来的王引兰给窑庄的人找到了话题。

"你说六里堡三有好好的,让人送去一口棺材给埋汰了。"

"可不,她命里带克星,谁找她谁倒运。"

"听说了没有,麻五在世时就和铁孩好上了。"

"麻五死了咋不跟了铁孩?"

"跟铁孩,她心高哩,她还不知道想嫁什么人哩。"

"嫁什么人?想嫁玉皇还嫌她破哩。"

"哈哈,哈哈,哈哈哈哈。"

王引兰听了这话心里恶恶的,脸上就浮上了一团青红,过也不是不过也不是,后悔自己不该拿了铁孩的袄罩子来暖泉洗。想:大小我也是在城市生活了十几年的人,你们懂什么?懂油菜花田别样的春天吗?

懂婚姻吗？就知道和男人黑宿，我是命不好，可懂春天，懂四季给人的好，怕你们啊，就决定走过去。

暖泉旁的空气有点不自然。各自在石板上搓衣，看到铁孩袄罩子漂洗出的黑水一团一团涌向远方，她们就停下来看铁孩的袄罩子，看王引兰，互相使了个眼色又低下头搓起了自己男人的袄罩子。

腊月三十，铁孩从山上砍下明火柴在老窑院子里堆起来。王引兰剁好羊肉饺子馅，撩了门帘和铁孩说："年夜饭不要回去，在这里吃吧，回去也是一个人。"

铁孩说："大过年的怕不合适吧。"

王引兰说："有什么不合适？咱早就是一家人啦。"

铁孩笑了，王引兰发现铁孩笑起来很有意思，透射出一种男人才有的大度。就有了一股暖意，像一团棉花塞住了喉咙。松枝的香味，年的香味，捎带男人的什么味儿，王引兰也笑了，铁孩感觉有一道阳光穿透了身体，一下子就要有汗往出溢。

铁孩说："解放了上边送下来鞭炮就不甩鞭了。"

王引兰说："怎么能不甩鞭呢，春天就是要用鞭声来叫醒，叫醒了的年会布满土腥气，五谷才好生长。"

铁孩不好意思地说："想听就再甩一次，怕是鞭旧了声音不正。"王引兰站起身从窑后掌木板箱里取出鞭子递个铁孩说："再旧也是鞭啊，它的声音是可以盖了天的。"

铁孩说："那我去安顿好，让他们各自领花炮回家放，五更我上山给你甩鞭。"

铁孩走后王引兰给麻五和李三有的灵位点上香上了供，然后坐在炕上独对一盏如豆的油灯。王引兰取过给铁孩压好的鞋底，缠下绕在上面的麻绳，拿了针在头上滤了滤，然后一针一针纳了起来。

年夜晚，梦像溶化的灯晕一样无力地流泻着，山的谷峰在皎洁的冷光中起伏抽动，铁孩腋下夹了牛皮鞭和镰刀走在雪天中。夜空太高太远,月光在冷凉的空中充满一种谛听的寂静。铁孩站在山腰回头看老窑那一盏如豆的灯火,感觉自己的影子无声地直起来。铁孩的攀登声和喘气声,在寂静中皱缩成团。"呼哧,呼哧。""呼哧,呼哧。"

铁孩在山的顶端用松枝划开一片空地,用火镰燃亮松柴,火光照亮了周围的一切。要是往年对面山顶同时也会点亮明火,今年不同了。铁孩站到一块巨岩上挥动手臂,一声鞭响张着阔大的翼扬天而起,横过苍穹、山峦,阔大的群峰以其旷古的宁静接纳了它,之后山顶的鞭声便浩浩渺渺从天边荡起回音。

王引兰和新生激动得走出老窑,点燃明火,渐次高耸的山峰和渐次传来的鞭声生生从耳边扬起,而后没入夜空。在坚执的仰望中支棱起耳朵听,舒展于空山之上的鞭声,如春云浮空,还有什么比这永世绝响的鞭声更接近幸福的日子?鞭声拖拽着王引兰的梦巍巍峨峨,绵延不绝又荡起了她对春天的希望。

窑庄地上燃起了星星明火,柔暖的火光同时也点燃了铁孩舞蹈的激情。

鞭声响起后,窑庄和李庄的花炮淹没了鞭声。孩子们高兴地猫腰拣拾地上没有点燃的花炮,没有人抬头看山尖上的铁孩,人们热衷于新生事物的出现。王引兰望着那篝火前舞蹈的身姿,突然觉得被淹没了的鞭声空洞洞的,在缓缓向下沉落,沉落,落入无边的黑暗。那个舞蹈的人在残月清冷的天空下孤零零地由着篝火的熄灭转入黑暗。王引兰想,怕是再也听不到那鸣成一片如天外之音的鞭声了。

岁月因鞭声堆聚,复又随鞭声流散。

十三

新生十六岁了,方圆来提亲的人不断。王引兰想给女儿招一个上门女婿。由于成分不好,又因为分配了土地,广大翻身群众在保卫胜利果实的号召下,都前赴后继地走上了杀敌前线,这样和新生年龄相当的后生能入眼的就少。十六岁的新生和麻五就像一个模子脱出来的,没有一点像王引兰。窑庄人说:"真是麻五的闺女啊。"新生听了有点不耐烦,就不高兴地说:"为什么要生在一个地主家庭?"不再到窑庄串门,整天守着老窑和王引兰学女红。偶尔也有别家的女孩子过来看新生绣枕头,她们一个个像遥远山崖上开花的桃树,还有春水荡漾,沉浸在未来中。

铁孩轮换着赶羊给窑庄口粮地卧圈。也就是夜间把羊赶到地里让羊拉屎,给地上肥。一户两天,大约有半个月铁孩没有到老窑。王引兰从心里盼铁孩来,她已经把他当成自己的依靠了。轮到卧圈王引兰打破规矩到地里给铁孩送饭。

这是清明前,时间往前挪一点,天还有那么几分寒意;往后推一段呢,就到了农忙时候,树在发芽,草在泛青,王引兰看到麻五和倪六英的窑洞,在左上方的山崖下,有桃花开得红灿,王引兰冷不丁说了一句:"日月真难熬。"

铁孩腮帮上有一块肉鼓跳起来,铁孩说:"难熬也没有我难熬,我是真难熬,都快熬不住了。"

王引兰诧异地回过头看着铁孩说:"铁孩,你不可以那样想,要那样想就是把话送到窑庄人嘴里了。"

铁孩一看,话被捅透了,反倒不怕:"你现在是没有主的人了,只要你情我愿,想怎么想就怎么想。"

王引兰说:"就算是情愿也不能想,我已经害死两个男人了,不能害你。"

铁孩说:"你早就害了我了。"

王引兰一怔,诧异地说:"铁孩,不可以这样说,我害我自己也不会害你,说话可要讲个天地良心。"

铁孩说:"吓唬你哩,我害了我自己了,我看你好。"

王引兰说:"不好,也没有人看我好。"

铁孩说："谁要是看你不好,谁就不是个人了。"

王引兰站起身收拾了送饭桶边走边说："铁孩,新生大了有些事情不要对着我闺女说,说多了就不能给闺女做榜样了,当娘的活着就不配当娘了。"就听铁孩说："等新生出嫁了我再说,有个话口就行。你明早送饭扛过一把镢来。"

第二天王引兰扛了镢挑了饭桶到地里送饭。打老远铁孩看到了王引兰,因为是上坡王引兰走几步要停下来喘几口,该挺的地方在喘息的间隙抖抖的,铁孩觉得王引兰以前好是脸蛋白嫩,如今脸蛋和乡下妇女一样潮红了,王引兰的好不是脸蛋了是身段。铁孩感觉有一团火滚过来。

趁给王引兰卧圈帮她下种,俩人一起拉耧种谷。铁孩架耧,王引兰拉套,王引兰弯着腰,撅着屁股,两条浑圆的腿一闪一闪地前后移动。斜长的坡地常会碰到狗头泥块或棒秸茬子,一碰上,吭登一下,耧便顿住,然后提一下耧脚,躲过去,再往前耩。那吭登一下让王引兰浑身一震,脖子都拽歪了,王引兰回过头来看一眼,红扑扑的脸上挂着笑,一下就裹住了铁孩的心,让他浑身战栗。铁孩就希望再吭登一下,那一种盼望中藏着铁孩的盼望,铁孩的盼望是很有意思的盼望。

这时,离窑庄四十里地的黄牛蹄一户人家来提亲,是下中农成分,家里有一子三女,权衡了各方面王引兰决定给新生定了这门亲事。新生跟着媒人去黄牛蹄走了一趟,回来后,王引兰问对方的家庭和人怎样,新生说："能过日子吧!"王引兰问人怎么样,新生说："问啥人,反正大我三岁,只要不是地主就行。"王引兰说："地主怎么了,你人小心不小,翅膀硬啦?才经过什么事?"

趁清明王引兰来给麻五说说此事。两口棺材在土窑内静静守候着时光的流逝。王引兰说："麻五你听清楚,新生找了人家,闺女要出嫁,本来要找人上门续香火,你是知道的成分不好,谁来?麻五,我是兜了一个圈又回来窑庄的,棺材留给了李三有,他也是好人啊,好人命不长。

麻五,你要是在天有灵一定看到了我娘俩活得苦,活得累啊,苦日子没个尽头,我说给谁听?麻五告诉我呀,好好的人怎么都走了?你说不出来托个梦也好呀?麻五呀——冰凉的秤砣坠了你,让你成了无芽儿的鬼,日头早升晚上落,狠心一走我没人疼,世道转换满眼疼,生死疾患我恨谁,呀喂——背靠地,脸朝天的麻五啊,我的心灰冷冷……"

新生看到母亲仰天伏地痛哭,心像是被生丝勒了一下,也嘤嘤埋头哭了起来。王引兰说:"你还哭他。他是地主啊!"王引兰抬起粗皮吹裂的手在新生脸上擦了一把泪,新生感觉娘的手像刺猬的脊毛刺刺的,扎得脸有些火辣。

铁孩躺在石板上在岭头放羊。那阵,太阳明亮而不刺眼;风缓缓地从山头上划下来;一声接一声单调枯燥的羊叫声不时响起,铁孩黝黑粗粝的脸挂上了一缕苦笑,然后,不知道什么缘由地翻起身面对着山下清明上坟的人们大声喊:"羊,啊——羊——"

脸木木地冲着山下,有些恶恶的,之后老泪纵横。

七月天,太阳好像害了瘟病似的,连天阴雨。坡地上的秋粮被雨水浸泡了水分,散发出潮湿霉烂的气味。苦雨欺人,山坡上犁刻出斑驳的沟沟槽槽,秋天的落叶兜不住水,随了叶片落了下来,漾着一股草木沤烂的腥膻气,成群的蠓蝇拥进老窑,歇在草皮脱落的窑墙上,新生拿了蝇拍一下一下拍打着,声音的不断重复让王引兰什么也做不到心里。

雨不停,粮食真要烂在地里了。

好不容易等天放晴了,王引兰就托付铁孩到山外用新玉茭换回五斤棉花,她要给新生做出嫁的新衣。

收完秋王引兰和媒人定了好日子出嫁女儿。

大红的喜联贴在窑门上。上联是:成全一双儿女事,下联是:了却两家父母心,联额是:麻五嫁女。

男方来了四个人,俩姐和一个嫂。

也就是五头毛驴。新生骑了小黑驴款款从田塍上走去,有蝉在窑埝一棵老榆树上歇着,知了知了知了地叫着,五头驴像山谷里浮起的一团紫气,伴了花鞭炮响沿山脊扭扭歪歪地远去。

王引兰望着远处眼泪滴到了衣服的前襟上,心一下子空了,站在躁闷的空气中干咳了两下,用手拢了拢了头发走回了老窑。

十四

牛鞭吊在阳光下翻晒,粗糙的山石完全撕裂了它,有纷纷落下的皮屑荡起来闪着光斑分化而去。王引兰仰起头嗅着它,嗅着一个春天的梦。太阳刚刚坠入山脊,远处的岭头上,无数黑暗的点子跳荡起来,又轻又软,有风瑟瑟吹来把这些点子连成一张大网,这时天光就在这张大网的作用下暗了下来。王引兰听到有羊羔的叫声传来。撩开帘走出去,看到铁孩怀里抱着一只羊羔。王引兰问:"有病了?"铁孩说:"要死了,我答应过要给你搞一张羔皮,现在它要死了,羔皮正好能给你暖腰。"王引兰给铁孩取出凳子来要他坐到院子里。

天光下晃荡的鞭子划过铁孩的头,铁孩放下羊羔站起身拽下它。

王引兰突然心血来潮地说:"从没有近处看你甩鞭,甩几下我想看看。"

铁孩诧异地握着鞭说:"有什么好看的。"

王引兰说:"山下望你看你很张扬。"

铁孩说:"那是远望,近看我就是一个山汉。"

铁孩走到院边,往手心唾了一口唾沫捏紧鞭杆在头顶划出一个圆弧,鞭声落下去时僵硬而萎缩毫无弹性,连着远方的山脉,显得那么干,啪,啪啪,啪啪——光秃秃的鞭声在老窑上空飘浮着,一点也没有穿透天空的力度。

王引兰说:"这鞭声怎么就贴着地走了?"

铁孩说:"鞭声是要山谷的应娃娃来衬托的,是山谷的应娃娃让你的耳朵里灌满了鞭声。"

没有鞭声的罩蔽,王引兰突然觉得一切都空了,扑面兜头而来的就在自己的眼皮下跳动,眼睛耳朵被撑大了也感受不到鞭声的肿胀。王引兰抬起头除了天光她什么也没有看见,什么也没有听见。她的思想是伸向天空了的,但是,天空里什么也没有。

王引兰说:"干巴巴的。"

铁孩说:"干巴巴的。"

王引兰说:"真是过得快呀,有些事情还没有明白什么就什么也不能够明白了。"黑暗中有生灵在动作,轻手轻爪的。她变换了一个姿势,用手轻轻倒了倒有些酸麻的腿,王引兰说:"铁孩,拿过旱烟来我也抽两口。"铁孩站起身递过捏好的烟袋锅子。王引兰呛得咳嗽了起来,"太呛。"铁孩说:"要不要我给你捣一捣背?"王引兰说:"不用,呛一呛也好,也好。"

铁孩觉得有某种陌生的燥热在身体的某个角落升腾,仿佛要把他生命的原汁浮突地挺起来,弄得他很是难过。铁孩接过烟锅子说:"我还是想给你捣一捣。"王引兰抬起头,看到灯光下铁孩那两只混浊的眼睛盯着自己发亮。

一股腥膻扑鼻而来,铁孩木木站着,短粗的手烧着烟锅子,人像是有了分量似的看着王引兰脖子梗梗的。

铁孩说:"说过等新生出嫁了说那事的,我现在就说了?"

王引兰说:"我想了,还是不要说,等李三有烧了三年纸我答应你。"

铁孩说:"等不得,不是没有等麻五三年你就嫁了?"

王引兰说:"不一样。"

铁孩说:"什么不是人办,就怕是人等它不等。"

王引兰说:"你等它就等,该成的瓜不开谎花,等我把心放平了,给了你也就把心给了。"

铁孩说:"非要我脸皮厚一回?"

铁孩嘴上咬着烟袋,嘴角翘起眼睛望着王引兰。王引兰感觉自己的心在微妙曲折地跳动。

铁孩扑上去一把拽仰了王引兰,把嘴对了上去。王引兰挣扎着扭动着身体,渐挣扎渐柔软,觉得自己被什么框住了,是厚腻的羊膻味,汁液般地沉淀下来,觉得自己的舌头被吸吃了,羊膻味就更加刺鼻,令人作呕,可又奇异地使她兴奋。

铁孩说:"从看到第一眼起你就牵了我,牵了我的魂,我就把持不住了。麻五从城市里带你回来以前,告诉我要是你早破了身子他耍了就给我,后来他不让我挑逗甚至不让我和你说话。"王引兰推开铁孩把眼睛瞪得大大的,有些吃惊地望着说:"铁孩,不要乱说。"铁孩说:"没有乱说,是麻五骗了我。听到你和麻五宿我就躁。"王引兰推着铁孩说:"不要瞎说。"铁孩说:"没有瞎说,我就等这一天,你看什么,快来啊。"王引兰突然觉得铁孩的背后有一张脸晃了一下,像是麻五。王引兰说:"铁孩你的背上有麻五的脸。"铁孩惊叫了一声:"在哪?"然后骂了起来,"麻五你个龟孙王八蛋,你坏我好事。"王引兰定定看着铁孩,觉得铁孩的手在抖并连带着身子也抖了起来。山野的风打着旋扑进院子来,她的心里绝望了起来,有什么东西打碎了她的梦,她看到有一颗流星划下来,画出很好看的弧。

没有实现自己想法的铁孩有点暴怒,俯身将那只将死的羊羔撂倒,用左手摁住它的脑袋,然后掏出一把刀,毫不费力地一刀捅了进去。羊羔就像撕碎的棉花一样地抖了起来,温婉的眼睛亮亮地看着持刀人,血水像芙蓉花盛开。铁孩点燃一锅烟,拿刀又往里刺了刺,冰凉的刀让羊羔再一次抖了起来,它的毛发层层开来,如茸茸霜毫。王引兰低下头时看到它铃铛明亮的眼睛暗了下来。铁孩拿刀反复刺它,它合着刀的节拍抖动,像空气中上升的爆裂的气泡。铁孩迎着王引兰的目光说:"这样它的皮才蓬松。"

王引兰吓得面色如土,好久才挤出一句:"铁孩,你好歹毒。"

铁孩头也不扭地看着地上的羊羔,像是欣赏一件艺术杰作。

铁孩说:"比给麻五坠蛋轻省多了。"

王引兰回身像电击了一样松垮了下来,已发生的来自生存的痛苦和艰辛在她的脑海里像火一样烧起来,迷惑和绝望,重渡生命之河,她看到了血腥和杀机。

"天杀你啊,铁孩!"

铁孩为自己这句话惊恐得跌坐在地上。

铁孩想:自己是说漏嘴了。

王引兰大叫着窜上去揪住铁孩的领口,"你干的好事?!"

"都是为了你。"

"还敢说是为了我?"

"怎么就不能说是为了你!"

"我说我为了你就是为了你。当然,我不说谁也不知。今儿说了是我想和你说,都和你说了吧。你不知道我有多想你。为了你什么都敢干。我要真说了?还是说了吧,不说怕什么事也干不成。你以为给麻五坠蛋容易?我是费了一番心思的,我说麻五你能啊,为了两张羊皮你要我给你当十年长工,我不干了,他哄我说,你等着啊铁孩,我要到城里搞一个粉娘回来,我先要她,要是她早被破了身,肚里有了旁人的种,就让给你。我等啊,麻五这个老王八死龟孙咬住你就不放了,让你夜夜空想,我也是人,我和麻五没有两样,他想干的我也想干,和谁?谁不知道我是寡汉条子,窨庄女人多,哪个有你好?好不容易等到了土改斗地主,我想总算翻身了,我领麻五上茅厕,我说麻五你欠我的!麻五说是欠你的可是还不了了。我说把王引兰给了我你就不欠了。麻五说我是趁火打劫,他现在什么也没有了就是不能没有你。我看没戏就想了一个恶招,我说麻五你不让我好活是不是?我也不让你好活,我给你那玩意上拴个秤砣,你要能经受得住一后响斗你,也算不欠我了。他想了想不同意,我就说你要不同意我就让农会关了你禁闭,我去强行搞你的小老婆。他就同意了。他自己给自己系上了秤砣要我看,我看他系得蛮紧就说行。没有想到一个时辰没下来他就死了。我也不是有意害他,真的不是。你听我说完了,你说我不是为了你我是为了谁?!"

王引兰瘫了一样坐下去,猛然间又想到了李三有,倒吸了一口气说:"六里堡的李三有是不是也是你干的?"

铁孩有些激动,觉得自己好像是在窑庄的高台上讲演,有一种充斥意义不明的暗示,暗示什么呢?类似情欲的东西在无节制地膨胀,好想倾诉。是该说出来了,不说就不说了,越说倒越想表达,想说的欲望令他激动:"那也是为了你啊!"

"麻五死了我想该归我了,谁想到你要嫁走?麻五刚死夜里我老做噩梦就不敢和你明说。我是给你提过醒的,我想你要等麻五三年,没想到你守不住。我干李三有是想明干,后来我看明干干不过他就想了个巧。那天,我说我是来帮他收秋,我和他吸了几锅子烟就开始杀高粱。我说你喜欢吃酸枣,那边的崖下有一丛酸枣树酸枣好大,快杀完了,你一个人杀,我去摘上来。他不让,放我身上我也不让。我就知道他不让我去,他自己要去。我说我告诉你在哪。我把他领过去指给他看,他说很险。我说,是险,还是我下去吧,王引兰说你是女人性,你哪能干这等险活?我这样一刺激,他就越发要下去,他拽着一条老藤往下走,老藤根上一块石头脱落了把他带了下去。我绕着沟下去找,看到他死了,我当时不是盼他死,我盼他残废,他残废了日子就不好过,我来和你们一起过,我养活你们,我甘心情愿。可是。他死了,我怕你怀疑是我推下他,我不敢停留就回了窑庄。我想一定是老天疼我,命中注定你该是我的。"

王引兰听铁孩说完觉得气血往上涌,整个身体像撕碎的布散乱了下来,而涌上的气血就和肉体剥离开了,眼里流酸水,把哭的念头强压下去,她开始视她的肉体为累赘了。

铁孩说:"千挨万挨到现在,为了你有两条命搭里了,你我是一根草上拴的蚂蚱,说什么都没用,拴死了。王引兰,老天把你送给我了,让我也动一动我的真家伙吧,你不要这样看我,都活到这份儿上了我还怕谁!"

铁孩越说越激动,感觉在叙述中获得了一种精神上的快意,他突然来了兴致,放下刀在暗夜里期待着一个美丽的时刻到来。

暗,完全降了下来,像有什么东西也偃息了,黑,有些趋向稠和,四壁竖起,封起了相对有限的空间。气血的涌动平复了,王引兰感觉自己的身体楔进了暗中,像蚕钻进了茧中,真好。看不见了,没有什么东西能破路而开,一股羊膻味,令她作呕,她要找一种气味来逼开它,她无法动了,成蛹了吗?她积聚所有悲哀激情捡起那把刀,摇摇晃晃站起身。

她说:"来吧,来让你看看真家伙吧,铁孩。"

铁孩有些卸落了责任的激动,说:"我等得够久了,这活儿归你了。"

王引兰拿着刀找准了铁孩身体一个缝隙插了进去。"扑哧"一声,她感觉他身体闪烁出一种迟疑和惆怅来,他抖了起来,抖得王引兰心颤。她躲开他的影子,看到了油菜花田,先是鼓鼓囊囊的苞蕾,星星点点,饱满而繁密;再是冬日黑天下残绿衰翠渐渐起了亮色,那浓郁的、高雅的、药味儿的幽香就弥漫了她周身。她渴望的真正的春天来了,春天美得没有办法,她看到一个舞蹈的甩鞭人,在叫着她"小奴家,来啊,来啊",只一眨眼,她发现她看到的依旧是一片暗,是一种没有半点生机的死亡颜色,一个聒噪的世界里,有一种神秘的东西已经离她而去。原来她的生命里是没有春天的啊。她听到血滴成阵,落地如鞭,干巴巴地成为绝响。